ARTURO
PÉREZ-REVERTE

HOMBRES BUENOS
巴黎仗剑寻书记

［西班牙］阿图罗·佩雷斯-雷维特　著

李 静 译

上海译文出版社

献给格雷戈里奥·萨尔瓦多①。

献给安东尼奥·科利诺②、安东尼奥·明戈特③和海军上将阿尔瓦雷斯-阿雷纳斯④，愿他们安息。

① 格雷戈里奥·萨尔瓦多（Gregorio Salvador, 1927— ），西班牙方言学家、词汇学家、文学批评家，1987 年当选为皇家学院院士。

② 安东尼奥·科利诺（Antonio Colino, 1914—2008），西班牙工程学家，1972 年当选为皇家学院院士，负责词典中的科学与技术词条。

③ 安东尼奥·明戈特（Antonio Mingote, 1919—2012），西班牙漫画家、作家，1987 年当选为皇家学院院士。 其创作的讽刺漫画常年登载在各大报刊上，广受读者的欢迎与期待。

④ 全名埃利塞奥·阿尔瓦雷斯-阿雷纳斯（Eliseo Álvarez-Arenas, 1923—2011），西班牙皇家海军上将、作家，1996 年当选为皇家学院院士，负责词典中的军事词条，作品均与大海和战争有关。

真理，信仰，一代人。他们走过，被遗忘，不被提起。除了少
数相信真理，心怀信仰，或挚爱他们的人。

约瑟夫·康拉德①：《青春》

该小说基于真实事件、真实人物和真实场景，尽管部分故事和人物为作者虚构。

想象一场发生在十八世纪末巴黎清晨的决斗绝非难事,只要读过几本书、看过几部电影就行。落笔会麻烦些,用在小说开头更有风险。作者所见或脑海中所见,如何化为读者所见? 如何在叙事时悄然隐去,化为他人或读者,让其独自面对? 此处需要天色微明,草地霜白,薄雾笼纱。雾不能浓,晨曦中巴黎周边林子——如今或被毁,或已融入城市——里常见的那种就好。

　　有场景,还得有人物。天蒙蒙亮,雾霭中依稀可见两个男人模糊的身影。后方树下,停着三辆马车。马车旁也站着几个男人,裹着斗篷,遮着脸,戴着三角帽,共六个。他们不是主角,暂且按下不表。需要瞩目的是那两个穿着衬衫和紧身短裤,泥塑木雕般相对而立的男人。湿漉漉的草地上,一个清瘦,当年算高个子,头发灰白,扎短马尾,垂在脑后;另一个中等身材,太阳穴边上的头发鬈着,扑了粉,俨然当年最时髦的发型。两人似乎都不年轻,隔得太远,看不太清。来,让我们走近几步,看真切些。

　　人手一剑。仔细一瞧,像是花剑。事态严重,看来要动真格的。两人相距三步,岿然不动,定睛对视,若有所思,或许是静观其变。胳膊自然下垂,剑尖蹭着凝霜的草。凑近了看,矮个子年轻些,倨傲鲜腆,目中无人。这么说吧:看的是对手,想的是草地边观战者眼中的个人姿态。高个子年长些,眼如碧潭,忧郁伤感,似乎盛满了空气中的水。乍一看,他在平视对手;仔细瞧,其实不然。他在凝神,或走神,身在心不在。也许对手动了,他也浑然不觉,只顾盯着远方,看他眼中的景象。

树下有人发令,草地上的两人缓缓举剑,微微致意。一人将护手举得与下巴同高,两人均为守势。矮个子空手搭胯,姿态优雅;双眼澄澈、扎灰白短马尾的高个子一手举剑,一手抬起,上臂和前臂几乎垂直,手指放松,稍稍下垂。双剑初次交锋,轻轻一碰,在清冷的早晨发出金属的脆响。

他们何至于此,且听我慢慢道来。

1.高个子和胖子

听他们谈论数学、现代物理、自然史、人权、古玩和语言文学是件趣事。有时候,他们说得比造假币还认真。他们在蒙昧中生活,在蒙昧中死去。

J·卡达尔索:《摩洛哥信札》①

　　我在图书馆最里面与二十八卷大厚本不期而遇,皮面精装,被岁月冲淡的栗色,刻着两个半世纪被反复摩挲的痕迹。我不知道图书馆里有这套书。我去找别的资料,在书架上东张西望,突然看到书脊上写着Encyclopédie, ou dictionnire raisonné②。首版: 一七五一年第一卷至一七七二年最后一卷。书我当然听过,好歹也算大致了解,五年前差点在古董书商朋友路易斯·巴东手里买进一套。巴东说,有人预订,要是对方反悔,就让给我。不幸的是——或幸运的是,那可是天价书——对方没有反悔。他是当年的《世界报》社长佩德罗·J·拉米雷斯③。有天晚上,我在他家里吃饭,见整套书赫然陈列在书房。佩德罗知道我和巴东的那段往事,跟我开玩笑,说"下次会有好运"。不会有下次了。原本就在旧书市场上难得一见,全本更是可遇而不可求。

　　十二年来,我在西班牙皇家学院的位置是大写字母T④。那天早上,我在学院图书馆,面对十八世纪知识界最了不起的成就。它是理性与进步战胜蒙昧与黑暗的产物，系统收入了七万两千个词条，共计一万六千五百页，一千七百万字，包含了当年最具革命性的思想，被天主教会视为异端邪说，给编者和编辑招致牢狱之灾，甚至杀身之祸。我不禁要问：这部长久位列禁书目录的书，为何会出现在这里？何时来的？如何来的？阳光透过玻璃窗，照进馆内，在地板上泼洒出明亮的大四边形，在架子上古老的二十八卷金色书脊上泼洒出近似委拉斯开兹⑤风格的光与影。我伸手取出一卷，翻到内页：

Encyclopédie，

ou

dictionnaire raizonné del sciences，des arts et des métiers，

par une société de gens de letters.

Tome premier

MDCCLI

Avec approbation et privilege du roy.⑥

---

① 全名何塞·卡达尔索（José Cadalso, 1741—1782），西班牙军人、文学家。《摩洛哥信札》出版于 1789 年，包含九十封信件，讲述了一位摩洛哥年轻人游历欧洲，在西班牙的所见所闻，比较了当年的西班牙和欧洲各国。

② 原文如此，为法语，意为"百科全书，或分类词典"。该书全名为《百科全书，或科学、艺术和手工艺分类词典》，由十八世纪法国启蒙思想家编撰，主编狄德罗，参加撰稿的有 140 余人，1751—1772 年共出版 28 卷，1776—1780 年又出版补遗和索引 7 卷。《百科全书》的出版是法兰西民族精神文明的一座丰碑。

③ 佩德罗·J·拉米雷斯（Pedro José Ramírez, 1952— ），西班牙记者，《世界报》创始人之一，1989 至 2014 年间为《世界报》社长。

④ 西班牙皇家学院院士每人有一张专门的座椅，椅子上刻着大写或小写的西班牙语字母。皇家学院共 46 名院士，作者于 2003 年当选。

⑤ 全名迭戈·委拉斯开兹（Diego Velázquez, 1599—1660），西班牙巴罗克时期著名宫廷画家，代表作为《宫女们》。

⑥ 原文如此，为法语，意为"百科全书，或科学、艺术和手工艺分类词典，合编，第一卷，1751 年，法兰西国王授权出版"。

最后两行让我哑然失笑。MDCCLI（一七五一年）四十二年后的一七九三年，《百科全书》所弘扬的思想在法国乃至世界各地已成燎原之势。恰恰在该书思想的指引下，恩准印刷这本第一卷的国王的孙子①在巴黎市民广场被推上断头台。哎，生活太幽默，总爱开这样的玩笑。

信手一翻，古旧纸张纯白如雪，像刚出印刷机。我暗自思忖：这是上好的亚麻布纸，高贵奢华，不惧岁月磨砺、冥顽暴殄，与现代纸张的纤维类酸性物质有云泥之别。纤维纸用不了几年，便会发黄变脆，破败不堪。鼻子凑过去，书香犹在，沁人心脾。我合上书，放回书架，离开图书馆。那天，我有别的事要办。然而，马德里费利佩四世街老楼中与万卷书默默相守的二十八卷《百科全书》已在脑海中盘桓不去。后来，我在门厅衣帽架旁遇到名誉院长维克多·加西亚·德拉孔查②，跟他聊起此事。正好，他也有求于我。他在写一本不知道什么书，问我要一篇有关克维多③作品中黑话使用的研究文章，被我成功转移话题。加西亚·德拉孔查刚刚撰写完西班牙皇家学院史，应该对历史记忆犹新。

"学院什么时候收入《百科全书》的？"

他听了一惊，客客气气地挽着我的手。任院长时，他曾客客气气地粉碎美洲西班牙语国家④语言学院的分裂企图——阻止墨西哥人编纂一本墨西哥语词典比登天还难——并客客气气地说服银行基金会在《堂吉诃德》问世四百周年之际，资助出版七卷本《塞万提斯全

① 即路易十六。
② 维克多·加西亚·德拉孔查（Víctor García de la Concha, 1934—　），西班牙著名学者，1992年当选为皇家学院院士，曾连任三届皇家学院院长，现任塞万提斯学院院长。
③ 全名弗朗西斯科·戈麦斯·德克维多（Francisco Gómez de Quevedo, 1580—1645），西班牙黄金世纪诗人、小说家，代表作为流浪汉小说《骗子外传》。
④ 西班牙语是世界上21个国家和地区的官方语言，美洲西班牙语国家包括19个国家和地区，如：阿根廷、墨西哥、智利、委内瑞拉等。

集》。也许正因为这样，我们才会一而再再而三地选他连任，直到他超龄，被迫卸任。

"具体不太清楚，"我们沿着走廊，去他办公室，"我只知道从十八世纪末起，书就在这儿了。"

"谁会更清楚？"

"冒昧地问一句，你干吗关心这个？"

"我也不知道。"

"想写本小说？"

"言之过早。"

他的蓝眼睛盯着我的眼睛①，将信将疑。为了吊一吊院士们的胃口，我有时会宣称在写一本纯属子虚乌有的小书，要把他们一股脑全写进去，名为《清理、杀戮并创造辉煌》（*Limpia，mata y da esplendor*）②，说的是塞万提斯的魂灵——只有物管才能看见——游荡在学院大楼、引发连环谋杀案、院士们相继遇害的故事。卓越的塞万提斯研究专家弗朗西斯科·里科③首当其冲，成为第一个倒霉蛋，被凶手用全会室前厅④的窗帘绳勒断了脖子。

"不是那本备受争议的犯罪小说吧？那本……"

"放心吧，不是。"

加西亚·德拉孔查素来君子风范，他没有长舒一口气，但明显轻

---

① 戏仿自西班牙浪漫主义诗人贝克尔（Gustavo Adolfo Bécquer，1836—1870）的《诗文选》第21首：什么是诗？/你的蓝眼睛盯着我的眼睛/向我这样发问/什么是诗？/你竟来问我？/哦，你……就是诗。

② 戏仿自西班牙皇家学院的座右铭"清理、修复并创造辉煌（limpia，fija y da esplendor）"。

③ 弗朗西斯科·里科（Francisco Rico，1942— ），1987年当选为西班牙皇家学院院士，卓越的塞万提斯研究专家，备受同行们的爱戴和作家们的青睐，曾经作为小说人物出现在哈维尔·马里亚斯的《坏事从此而起》（*Así empieza lo malo*）和哈维尔·塞尔卡斯的《鲸鱼的肚子》（*El vientre de la ballena*）中。

④ 原文为sala de pastas，是院士们进全会室前休息聊天的地方，墙上挂着历代学院院长的画像。

松不少。

"你的新作《穆尔西亚的舞蹈家》我很喜欢。有点，怎么说呢……"

他是名誉院长，大好人一个。话说半截，留半截，好让我耸耸肩，客套两句。

"世俗的。"

"什么？"

"书名叫《世俗的舞蹈家》①。"

"哦，没错。当然，是那本……首相大人去年夏天在萨阿拉·德洛斯阿图内斯②度假，吊床上也放了一本，《你好》杂志还专门刊登过照片。"

"书是首相夫人的吧？"我反驳道，"首相大人这辈子就没读过书。"

"上帝啊……"加西亚·德拉孔查含糊地笑了笑，适可而止地表示惊恐，"上帝啊！"

"你什么时候见他出席过文化活动？……是看过话剧首演，还是听过歌剧？要么看过电影？"

"上帝啊！"

我们俩走进办公室，在扶手椅上坐下，他又说了一遍："上帝啊！"阳光依然透过玻璃窗，洒进室内。感觉那天我又被构思困住，无法自拔。我对自己说：这次谈话或许会搭进两年的时光。活到这个岁数，想写的故事多，能写的时间少。选这个，等于让别的胎死腹中。因此，选，要慎之又慎；错，要少之又少。

---

① 西班牙语中，"穆尔西亚"（Murcia）和"世俗的"（mundano）有些相似。

② 萨阿拉·德洛斯阿图内斯（Zahara de los Atunes）：西班牙南部加迪斯省的海边小城。

"就这些，没别的？"我问他。

他耸耸肩，把玩桌上的象牙裁纸刀，刀柄上刻着皇家学院的徽章和铭文，与正式场合奖章上的珐琅雕饰一模一样。西班牙皇家学院自一七一三年成立起，规矩众多，包括打领带进学院大楼、官方场合互称"您"等等。女性不得当选为院士的荒谬做法很早就被摒弃，周四全会上出现了越来越多的女性面孔。世界在变，学院也在变。如今，它是最权威的语言工厂。院士们，包括我在内，只不过是工厂的领导委员会。恐龙级智慧老爷爷俱乐部早已是陈年旧事。

"记得我们之中最年长的堂[①]格雷戈里奥·萨尔瓦多跟我提过，"加西亚·德拉孔查想了想，说，"好像是专程去了趟法国……把书带回了西班牙。"

"太奇怪了！"这个答复我不满意，"要是如你所说，《百科全书》十八世纪末进馆，它在当年的西班牙是本禁书，好多年都没解禁。"

加西亚·德拉孔查身体前倾，胳膊肘撑在桌上，十指交叉，望着我。依然是鼓励的眼神：有想法真好，别给我找麻烦就行。

"图书管理员桑切斯·罗恩[②]或许可以帮忙。"他建议，"罗恩负责管理档案，自学院成立之日起，所有全会都有记录，所有记录都有存档。要是真派人去买过书，档案里会有记录。"

"要是私下派的，那可不一定。"

听到"私下"这个词，他笑了。

"别这么想。"他反驳道，"皇家学院向来保持真正的独立性，从不听命于政权，曾经度过几段异常艰难的日子。想想费尔南多七

---

① 堂（don）：用在男性人名前的敬称；女性人名前用堂娜（doña）。
② 全名何塞·曼努埃尔·桑切斯·罗恩（José Manuel Sánchez Ron, 1949—　），西班牙物理学家，撰写了多部重要的科学史，2003 年当选为皇家学院院士。

世①，独裁者普利莫·德里维拉②，他们都想控制学院……内战③后，佛朗哥④下令增补人选，补上共和派流亡院士的缺，学院不答应。那些位子一直空着，直到院士们客死他乡，或重归故土。"

我琢磨当年此事的轻重，以及会遭遇的复杂环境。直觉告诉我：这是个精彩的故事。

"《百科全书》秘密进馆，"我说，"这是一段美丽的插曲，不是吗？"

"我不知道，从来没关心过。既然你这么感兴趣，找图书管理员试试……找堂格雷戈里奥·萨尔瓦多也行。"

我去找了。话说到这份上，已经勾起了我的好奇心。我从院长大人达里奥·比利亚努埃瓦⑤问起。身为地道的加利西亚⑥人，他反问了我三十个问题，而我的问题他一个都没回答。他也对那本犯罪小说感兴趣。我说里科老师会被谋杀，他申请当凶手。至于作案工具是窗帘绳还是吉他弦，他无所谓。

"我什么也不能答应你，"我说，"想杀帕科⑦的人排长队，谁都想下手。"

他把手搭在我肩上，看着我，劝我：

----

① 费尔南多七世（Fernando VII，1784—1833），西班牙国王，经历过法国入侵西班牙的战争，曾被拿破仑俘虏，关押在法国。
② 全名何塞·安东尼奥·普利莫·德里维拉（José Antonio Primo de Rivera，1903—1936），西班牙政治家，1923 年 9 月至 1930 年 1 月任西班牙独裁者，法西斯政党长枪党的创始人。
③ 西班牙内战是指 1936 至 1939 年间人民阵线与长枪党长达三年的战争，以佛朗哥的胜利而告终。内战后，大批共和派人士流亡到法国和拉丁美洲。
④ 全名弗朗西斯科·佛朗哥（Francisco Franco，1892—1975），西班牙军事独裁者，1939 至 1975 年间为西班牙国家元首。
⑤ 达里奥·比利亚努埃瓦（Darío Villanueva，1950—　），西班牙著名文学理论家和文学批评家，2008 年当选为皇家学院院士，现任皇家学院院长。
⑥ 加利西亚（Galicia）：位于西班牙西北部的自治区。
⑦ 帕科（Paco）是弗朗西斯科（Francisco）的昵称，此处仍指里科老师。

"好吧，你尽力，总之我很期待。我保证：一定把指示代词上的重音加回去①。"

后来，我去找图书管理员何塞·曼努埃尔·桑切斯·罗恩。他瘦高个，银发，洞察世界的目光聪慧冷静。我们是很好的朋友，几乎同时当选为皇家学院院士。他是科学史教授，负责科学部分。我找他那会儿，他还负责图书馆。首版《堂吉诃德》、洛佩②或克维多的珍贵手稿，诸如此类藏在地下室保险箱里的宝贝，全归他管。

"《百科全书》于十八世纪末进馆，"他确认道，"这个我敢保证。当然，这套书当年无论在法国还是在西班牙都是禁书。法国名义上禁，西班牙严禁。"

"我想知道是谁买来的，如何骗过审查机构……混进咱们馆的。"

他坐在椅子上摇了摇，想了想。桌上一摞摞书，把他半个人埋在后面。

"我觉得，既然学院所有决定都要在全会上通过，"他终于开口，"这么重要的事不会没有征求过院士们的意见……这么说来，应该会有记录。"

我像一只在空气中嗅到猎物的猎狗，嗖地精神起来。

"能查档案吗？"

"当然可以。不过，会议记录还没有完全电子化，原稿保存，纸质版。"

"只要找到会议记录，就能确定时间，锁定环境。"

---

① 2010年，西班牙皇家学院公布最新版正字法，取消了指示代词（éste，ése，aquél）上的重音，与指示形容词同形，引起了不少语言学家的不满。在本书中，作者对最新的正字法完全不予理会，保留了所有指示代词上的重音。
② 全名菲利克斯·洛佩·德维加（Félix Lope de Vega, 1562—1635），西班牙黄金世纪最杰出的戏剧家，代表作有《羊泉村》等。

"这么感兴趣？又要写小说？……又是历史小说？"

"目前只是好奇。"

"行，我去办。我跟档案室的人说说，有消息通知你……哦，对了，帕科·里科的事儿怎么说？……我能当凶手吗？"

我跟他告辞，回到图书馆，又闻到故纸堆和旧皮革的味道。阳光透过窗户，泼洒的四边形换了位置，变窄了，快没了；昏暗的书架上静静地躺着二十八卷《百科全书》。我用手指抚摸皱皱的旧皮革时，书脊上古老的烫金字母不再发光。突然，我找到了想写的故事。水到渠成，自然而然，往往如此。我能在脑海里清晰地看见它：开始、高潮、结局，结构很完整。一幕幕场景，一个个有待去爬的格子。小说正在酝酿成型，故事情节正守候在图书馆的许多角落。当天下午，我一到家，就开始构思，落笔：

共二十四位院士，这周四，只来了十四位……

共二十四位院士，这周四，只来了十四位。他们陆续来到古老的大房子，独往或结伴，少数人坐马车，多数人步行，在门厅脱斗篷、大衣和帽子，自发地三五成群，进全会室，围在大长桌旁，羊皮桌布上沾着蜡烛油和墨水印。手杖靠着椅子，擦鼻涕的手帕在上衣袖子里掏进掏出。一小盒鼻烟在众人手上传来传去，院长的一点心意，盒盖上有侯爵纹章。阿嚏！保重！多谢！各种喷嚏声，拿手帕擦鼻涕声。所有人都站着，彬彬有礼地咳嗽，清嗓子，小声议论风湿、伤风、消化不良和其他毛病。几分钟后，听见 Veni Sancte Spiritus[①]，大家才纷纷落座。椅子用久了，椅面磨损得厉害。在座的院士，最年轻的也

① 原文如此，为拉丁语，意为："来吧，圣灵！"

已年过半百：深色毛呢上衣，若干件教士袍，五六顶扑了粉或没扑粉的假发，刮过胡子的脸，各人的年纪都写在皱纹里、斑痕上。在蜡烛和油灯的照耀下，所有摆设营造出朴素的氛围：已故国王费利佩五世①和学院创始人比列纳侯爵②的画像，整幅旧天鹅绒窗帘，褪色的旧地毯，暗淡的家具，堆满书籍卷宗的书架。尽管每周认真打扫，一段时间以来，到处都像蒙了一层建筑灰尘。卡洛斯三世③慷慨地将新王宫边上的珍宝馆拨给院士们开会，新王宫正在施工。十八世纪的最后三分之一即将过半，可在西班牙，就连卡斯蒂利亚语④和鸿儒们也在受穷。

"书呢？"维加·德塞利亚院长问。

戏剧评论家堂赫罗尼莫·德拉坎帕编写了二十二卷大部头《西班牙戏剧史》。他费劲地站起身，走到院长身边，呈上最新出版的第二十卷。院长微笑着，毕恭毕敬地接过书，交到图书管理员堂埃莫赫内斯·莫利纳手中。莫利纳是卓越的拉丁文学者，出色地翻译过维吉尔⑤和塔西佗⑥的作品。

"感谢堂赫罗尼莫·德拉坎帕，赠书将收藏入馆。"维加·德塞利亚宣布。

奥西纳加侯爵弗朗西斯科·德葆拉·维加·德塞利亚是国王陛下的掌马官。他举止优雅，衣着入时，蓝色绣花上衣和系着两根表链的

---

① 费利佩五世（Felipe V, 1683—1746），1700 至 1746 年间任西班牙国王，他是波旁王朝在西班牙的第一个国王。

② 原名胡安·曼努埃尔·费尔南德斯·帕切科·伊·苏尼加（Juan Manuel Fernández Pacheco y Zúñiga, 1650—1725），1713 年向费利佩五世建议，效仿法兰西学院和佛罗伦萨学院，创建了西班牙皇家学院。

③ 卡洛斯三世（Carlos III, 1716—1788），1759 至 1788 年间任西班牙国王，建造了现在的马德里旧城，被誉为"最杰出的马德里市长"。

④ 卡斯蒂利亚语（lengua castellana）为西班牙人所使用的西班牙语，和拉美国家人民所使用的西班牙语略有不同。

⑤ 维吉尔（Virgilio, 前 70—前 19），古罗马诗人，代表作为《埃涅阿斯纪》。

⑥ 塔西佗（Tácito, 55—120），古罗马历史学家，代表作为《日耳曼尼亚志》。

樱桃色外套是大厅里唯一的亮色。他家境殷实，善于在宫廷中活动，拥有高超的外交天赋。据说，要是家里安排他去做神职人员——就像荣任索尔索纳主教的弟弟那样——这个年纪，他恐怕已经当上了罗马的红衣主教，极有可能被拥戴为教皇。他是个差强人意的诗人，年轻时的作品《致克洛林达的信札》反响平平。让他声名鹊起的是十年前出版的《论人与人之间的多样性或平等性》。这本小书被前卫思想聚谈会热议，被宗教裁判所审查官不齿。他还与卢梭①有过一段时期的书信往来。结果，他给皇家学院罩上了启蒙主义的光环，招来了教皇至上论者的猜疑。

"日常事务。"他又开口。

秘书堂克莱门特·帕拉福斯应声而出，向在座诸位通报了学院工作，分配了新版词典和正字法的工作任务及卡片，公布了不久前伊瓦拉②印制的四卷本豪华版《堂吉诃德》截至目前的盈利状况。

"下面，"秘书说完，越过眼镜上方看了看大家，"按照议程，就巴黎之行和《百科全书》进行投票。"

帕拉福斯是德高望重的希腊语言文化专家，翻译并注释过亚里士多德③的《诗学》。"百科全书"这四个字，他是用字正腔圆的法语说的，一边说，一边环顾四周，右手执笔，悬在记录上方，确认议程继续进行前，没有异议。

"除了上次会议讨论的内容，院士先生们有何高见？"院长

---

① 全名让-雅克·卢梭（Jean-Jacques Rousseau，1712—1778），法国十八世纪伟大的启蒙思想家、哲学家、教育家、文学家，十八世纪法国大革命的思想先驱，杰出的民主政论家和浪漫主义文学流派的开创者，启蒙运动最卓越的人物之一，代表作有《社会契约论》《爱弥儿》《忏悔录》等。
② 全名华金·伊瓦拉·伊·马林（Joaquín Ibarra y Marín，1725—1785），西班牙著名印刷商，创造了三种十分典雅的字体。
③ 亚里士多德（Aristóteles，前384—前322），古希腊先哲，世界古代史上最伟大的哲学家、科学家和教育家之一，堪称希腊哲学的集大成者，代表作为《诗学》。

发问。

桌子一端举起了一只手，胖嘟嘟的，戴着好几枚金戒指。一盏油灯的光将那只手邪恶的影子映在羊皮桌布上。

"有请堂曼努埃尔·伊格鲁埃拉发言。"

伊格鲁埃拉开始发言。他六十多岁，脖子粗，鼻音重，穿着带褶衬的上衣，没扑粉的假发总是歪着，似乎在脑袋上坐不安稳。他外表粗俗，只有眼神透着灵活、歹毒和聪明。他是平庸的剧作家，蹩脚的诗人，却是极端保守的《文学审查官报》的编辑，拥有贵族、教会等最保守阶层的鼎力支持，坚守报纸阵地，猛烈抨击一切进步思潮和启蒙思想。

"请将我的反对意见记录在案。"

院长斜睨着，见秘书一一记下。之后，他缓缓地叹了口气，字斟句酌地回复道：

"巴黎之行是学院在上周例会上通过的……今天只是投票选出委派哪两位院士。"

"即便如此，我也想对这种胡闹行为再次表示不满。我拿到了那本书里有关'上帝'和'灵魂'的词条，神学家们读了，义愤填膺……我向诸位保证：读完，我差点病倒。那本书不配来这儿。"

维加·德塞利亚谨慎地看了看大家。凡需公开表态，院士们大多三缄其口，神情莫测，置身事外。他们知道这个世界的厉害，指望他们出头，很难。院长欣慰地想：幸好上周实行了秘密投票，选票匿名，直接入箱，才能得偿所愿。要是举手表决，没几个敢惹祸上身。两年前，若干名院士，包括院长在内，都因阅读外国哲学家的作品而被宗教法庭起诉。尽管没有官方证实，大家都心知肚明：告发者便是此人。

"请您陈述理由，堂曼努埃尔。"维加·德塞利亚耐着性子，和善地笑了笑，"按照惯例，秘书先生会记录在案。"

伊格鲁埃拉兴之所至，侃侃而谈。他的说话方式与文风如出一辙，危言耸听地历数各种想法给欧洲带来的灾难：自由思想和无神论的风暴搅乱了无辜民众的安宁，无信仰的无神论者撼动了欧洲王室的根基，哲学家们的学说是导致革命性破坏的主要工具。犬儒主义者伏尔泰①、伪君子卢梭、歪曲事实的孟德斯鸠②、不敬神灵的狄德罗③和达朗贝尔④等等，他们肆无忌惮地膜拜理性，曲解常规，辱骂神灵，用极其不光彩的思想打造出那套《百科全书》——他说"百科全书"这四个字时，用的是西班牙语，鄙夷之意暴露无遗。西班牙皇家学院馆藏此书，无异于辱没清名。

"总而言之，此为大奸大恶之书，在下反对购入，"他表明姿态，"同时反对委派两名院士前往巴黎，专程购书。"

接下来一片沉默，只听见窸窸窣窣，窸窸窣窣，秘书的羽毛笔划过纸张的声响。院长如惯常般沉稳地环顾四方：

"哪位院士先生有不同意见？"

窸窸窣窣声没了，谁也不说话。大部分人眼神迷离，静候风暴过境。在座的另外四名保守派——五名神父院士中的两位，努埃沃·埃克斯特雷莫公爵，外加一名财政部高官——对伊格鲁埃拉的发言频频点头。尽管上周四是匿名投票，维加·德塞利亚院长和在座诸位都能猜到是哪些人投了空白票，委婉大度地对表决之事提出反对。其实，包括伊格鲁埃拉在内，反对购买《百科全书》的共有六人。院长对第

---

① 伏尔泰（Voltaire，1694—1778），十八世纪法国资产阶级启蒙运动的旗手，被誉为"法兰西思想之王"，主张天赋人权、法律面前人人平等，代表作为《哲学通信》《路易十四时代》等。
② 全名查理·路易·孟德斯鸠（Charles de Secondat，Baron de Montesquieu，1689—1755），法国启蒙时期思想家、律师、西方国家学说和法学理论的奠基人，代表作为《波斯人信札》《论法的精神》等，提出了三权分立的思想，与伏尔泰、卢梭并称为"法兰西启蒙运动三剑客"。
③ 全名德尼·狄德罗（Denis Diderot，1713—1784），法国启蒙思想家、唯物主义哲学家、作家，百科全书派的代表人物，《百科全书》主编。
④ 全名让·勒朗·达朗贝尔（Jean Le Rond d'Alembert，1717—1783），法国著名物理学家、数学家、天文学家，代表作为八卷本巨著《数学手册》和《百科全书》序言等。

六张反对票来自何人有绝对的把握。诡异的是，此人的思想与保守主义激进派记者院士南辕北辙。此刻，他正身着英法最新款窄袖燕尾服，系着鲜艳夺目的领带，戴着太阳穴边留了卷、没有扑粉的假发，从桌子另一端举起了手。此举倒是意料之中。

"有请桑切斯·特龙先生发言。"

大家都知道：此人百年一遇，极为罕见。胡斯托·桑切斯·特龙是西班牙所谓的启蒙主义激进派。阿斯图里亚斯①人，家境一般，学习刻苦，博览群书，享有思想前卫的名声。他在政府就职，撰写的有关孤儿院、监狱和大赦的报告《论人民之不幸福》引发轩然大波，成为众人津津乐道的话题。此后，马德里的数家咖啡馆和聚谈会便成为他所主导的文学与哲学辩论的舞台。也许，"主导"这个词才是关键。桑切斯·特龙五十过半，小有成就，便不知天高地厚，缺乏自知之明，卖弄学问，自鸣得意，倨傲得令人作呕，文章和演讲中满口仁义道德，于是，私底下得了个"奥维多启蒙读本"的绰号。更有甚者，他走到思想和文化的最前沿，总比别人慢半拍，却总能发现别人已经发现的东西，并将其公之于众，似乎是他启蒙了大众，这点最让人恼火。听说他正在创作剧本，打算埋葬国内戏剧界的糟粕。至于现代作家和哲学家，阿斯图里亚斯人希望自己成为他们和落后的西班牙社会之间唯一的调停人，大言不惭地宣称自己是灯塔，是诠释者，是救世主（如果别人允许的话）。在行使这项权力时，他见不得有人插手，容不得有人竞争。所有人都知道，多年来，他一直在编写皇皇巨著《理性词典》，相当一部分所谓的原创词条和论据都是明目张胆地从法国百科全书编纂者那儿翻译过来的。

---

① 阿斯图里亚斯（Asturias）：位于西班牙北部的自治区，自治区首府为下文提到的奥维多（Oviedo）。

"对于这次不合时宜的巴黎之行，"他整整燕尾服袖口冒出的花边，沾沾自喜地说，"请将我的反对意见也记录在案。我认为：《百科全书》不适合皇家学院。如果西班牙需要脱胎换骨——毫无疑问，需要——只能倚仗知识界精英的启蒙……"

"包括在下。"一名院士小声揶揄。

桑切斯·特龙打住话头，气愤地寻找谁在开玩笑。可是，桌边的人全都一本正经，一脸无辜。

"堂胡斯托，请继续。"院长出来打圆场。

"追寻理智与进步之光并非本院分内之事。"他接着说，"西班牙皇家学院担负的使命为编纂词典、语法和正字法，对卡斯蒂利亚语进行清理、修复并创造辉煌……仅此而已。启蒙思想确为时代所需，但这是哲学家们的事。"说到这儿，他用挑衅的目光环视在座诸位，"哲学家们理应担此重任。"

所有人都明白，他所说的"哲学家们"指的是"包括我在内的哲学家们"。俗话说得好：正所谓鞋匠修鞋，瓦匠补瓦，《百科全书》就让懂它的人去读。桑切斯·特龙话音刚落，抵触声便嗡嗡四起。有些院士不耐烦地在椅子上动来动去，有些显然在挖苦嘲讽。然而，在院长严厉的目光下，众人又安静下来。

"有请图书管理员堂埃莫赫内斯·莫利纳发言。"

举手的正是图书管理员。他矮胖，亲切，身穿棕色上衣，衣服早就不新了，肘部磨得发亮。他谢过院长，提醒同事们为何要将狄德罗、达朗贝尔和布列塔尼人①主编的二十八卷书从巴黎带回图书馆。

---

① 布列塔尼人（Le Breton），法国书商，曾经冒着生命危险与当局斡旋，给狄德罗等编者资金和社会资源上最大程度的支持，最终促成了《百科全书》的凌空出世。但布列塔尼人顾及到经济利益，唯恐遭到审查引火烧身，删改了《百科全书》的后十卷，最终与狄德罗割袍断义。

他不乏深情地说，那套书，即使白玉有瑕，也是现代知识界最辉煌的成就，将哲学、科学、艺术以及所有已知和未知学科最前沿的知识收录成册，是智慧的结晶，人类历史上鲜见的、里程碑式的著作。它会点亮读者的人生，为各国人民开启幸福、文化、进步之门。

"因此，"他总结道，"不馆藏此书，让院士先生们一饱眼福，为工作如虎添翼，为学院锦上添花，将是不可饶恕的错误。"

记者院士伊格鲁埃拉再次举手，眼神恶毒。

"哲学、自然、进步、尘世幸福，"他不客气地插嘴道，"都与我们无关。我们的任务是定义这些词汇，让单纯无知的人免受其害，特别是当它们试图撼动君主制或宗教神圣不可侵犯的根基时……尽管我和桑切斯·特龙先生往往意见分歧甚至意见相左，但就此事而言，我与他的想法不谋而合。"他冲特龙勉强地笑了笑，特龙冲他生硬地点点头，"不妨这么说，我们是在分别从两个极端对这一欠妥的决定提出同样的谴责……我还想提醒诸位院士先生：《百科全书》已被宗教法庭列入禁书名录，在法国也是如此。"

所有人将目光投向托莱多大主教辖区总管兼宗教法庭委员会终身秘书堂约瑟夫·翁蒂韦罗斯。他刚满八十一岁，满头银发，膝盖不好，头脑清晰，三十年来，一直坐在大写字母 R 的位置上。他耸耸肩，宽宏大度地笑了笑。尽管在教会中身居高位，睿智的翁蒂韦罗斯膜拜启蒙思想，不带任何偏见。四十年前，他贡献了贺拉斯①作品最优秀的卡斯蒂利亚语译本："逃亡的仙女啊，你，／农牧神，是她们绝妙的爱人"②；卡图卢斯③的诗歌译本也堪称杰作。利纳尔科·安德

---

① 贺拉斯（Quintus Horatius Flaccus，前65—前8），古罗马诗人、批评家，代表作为《诗艺》。
② 出自贺拉斯的《颂歌》。
③ 卡图卢斯（Catulo，前约87—前约54），古罗马诗人，传下一百一十六首诗，对欧洲诗人，包括莎士比亚产生过巨大的影响。

罗尼奥是他的笔名，此乃公开的秘密。

"就我而言，nihil obstat①。"教士开口，桌边的人都笑了。

"我无比真诚地提醒堂曼努埃尔·伊格鲁埃拉，"院长的分寸一向拿捏得恰到好处，"经堂约瑟夫·翁蒂韦罗斯的适时斡旋，教会同意学院购进《百科全书》……宗教法庭高瞻远瞩，认为这些书尽管不便交到未受过良好教育的人手中，但由院士先生们阅读，不会伤其灵魂与良心……不是吗，堂约瑟夫？"

"所言极是。"堂约瑟夫回答。

"如此说来，咱们继续。"院长望着墙上的挂钟说，"秘书先生，您意下如何？"

秘书先生写完会议记录，抬起头，扶好鼻子上的眼镜，环顾众人，宣布道：

"根据全会决议，下面进行投票，选出两位院士先生，前往巴黎，购回二十八卷《百科全书》。决议内容如下：

> 经尊敬的国王陛下和天主教会首肯，皇家学院全体成员在珍宝馆，以少数服从多数通过决议，在院士中选出两位好人，携带车辆及费用，前往巴黎，购买全套《百科全书，或科学、艺术和手工艺分类词典》（*Encyclopédie，ou dictionnaire raisonné des siences，des，arts et des métiers*），带回学院馆藏，仅供院士阅读查询。

沉默片刻，只听见长者堂费利佩·埃莫西利亚——汇编了著名的《西班牙古代作家名录》——的咳喘声。院士们你看看我，我看看你。大部分人神情肃穆，充满期待，深知此举有重大的象征意义；小

---

① 原文如此，为拉丁语，意为："并无异议"。

部分人阴沉着脸，摆明了不高兴，比如最保守的两位神职人员、努埃沃·埃克斯特雷莫公爵和财政部高官。四人会心地注视着伊格鲁埃拉和桑切斯·特龙，表示和他们站在同一战线，只是不敢明目张胆地宣扬，以求明哲保身。

"还有不同意见吗？……没有了？"院长关心地询问，"那好，咱们开始投票。正如秘书先生所言，投票选出两个好人。"

"'两个好人'。会议记录上的原话。"我去拜访堂格雷戈里奥·萨尔瓦多，他跟我确认道，"多年前，我看过那份文件，我知道。"

透过阳台窗户，我能看见他身后马拉萨尼亚街上的楼房。老人年过八旬，知名语言学家、教授、院士，是现任皇家学院院士中最年长的一位。他坐在家中书房的沙发上，茶几上有一杯孙女刚刚端给我的咖啡。

"这么说，那次会议有记录？"我饶有兴趣地问。

他使劲点头。他的脑袋古老、高贵、保养得好。头发银白，但很浓密；眼睛总是笑眯眯的，尽管年事已高，刚做过白内障手术，也只有看书才需要戴眼镜。堂格雷戈里奥·萨尔瓦多参加了三十年来学院每周四的会议，从不缺席，思路出奇地清晰，对历史细节、趣闻轶事知之甚多。他参编了巨著《安达卢西亚的语言和人种地图》，是唯一全会之外，没有规矩约束，被几乎所有人尊称为您的人。

"那当然，"他回答，"所有会议记录都在。不过是纸质版，找起来没那么容易。您想想，三百年的会议记录啊！想找到这一篇，您得有耐心，一个个周四往下找。"

"年份能确定吗？"

他想了想，一只手在转银头乌木手杖，另一只手抄在灰色针织羊毛开衫的口袋里，里面是衬衫领带，下身是深色法兰绒裤子，皮鞋虽旧，擦得锃亮。堂格雷戈里奥·萨尔瓦多干净清爽，严谨自律。

"应该在一七八〇年之后。我研究过伊瓦拉版的《堂吉诃德》，书是那年出版的，会议记录上有，我看到过。"

"会议记录上也有两位院士的巴黎之行？"

"没错。他们要去巴黎，购回全套《百科全书》。不是所有人都同意，会上有些争执。"

"争什么？"

他把手从口袋里掏出来——那只手瘦骨嶙峋，指节突出，关节炎落下的毛病——在空中随意地晃了晃：

"不知道。我跟您说，那份记录我只是粗略地翻了翻，挺有意思的，原本想有空回去细看，可惜一直在忙别的事。"

我啜了一口咖啡：

"挺奇怪的，不是吗？……《百科全书》在西班牙被禁，书却轻而易举地买回来了。"

"不能用'轻而易举'这个词。我倒觉得，巴黎之行艰难坎坷……还有，皇家学院是个挺特别的机构，院士们很有趣，"说到这儿，老院士笑了，"什么人都有。"

"您想说，好人坏人都有？"

堂格雷戈里奥不说话，笑意更浓，盯着手杖的银把手看了几秒。

"这只是一种说法而已，"他终于开口，"如果每个人真的知道哪派对，哪派错……派别当然有。西班牙当年有，现在有，一直都有。当年的分歧愈演愈烈，后来酿成历史悲剧。分歧是一目了然的：一些人自信、热诚，相信教育和进步，坚信只有通过启蒙，民众才能幸福……另一些人冥顽不化，固步自封，无视现代和启蒙，仇视新生事物。骑墙派和机会主义者自然是见风使舵，摇摆不定……西班牙人在接下来的两个世纪里自相残杀的种子当年就在学院内外埋下了。"

他专注地看着我，兴致勃勃地看着我，揣摩我是否能写好这个故事。最后，他似乎看到了一丝希望，问我：

"您了解那个时代吗？"

"还行。"

"曾经陪伴我们的胡利安·马里亚斯院士，小说家哈维尔的父亲①，经常会写那个时代的事。他有一本小书相当不错：《卡洛斯三世时期的西班牙退想》……我不太记得了，也许提到学院如何购得《百科全书》……内战结束后，他也遭遇过揭发和迫害。"

他又笑了，笑得心不在焉，或许沉浸在回忆中。老院士出生于一九二七年，早年回忆中有形形色色格尔尼卡②式的画面。

"西班牙的历史并不美好。"他忧伤地说。

"没几个国家的历史算得上美好。"

"那倒是，"他承认，"但我们特别不幸。十八世纪再次错失良机：酷爱读书的军人，沉迷科学的水手，拥护启蒙的大臣……社会在革新，却一点点地让教会等反动势力占了上风。教会就像一只硕大无比的黑蜘蛛，什么都盯着。与此同时，新思想却在改变旧欧洲……"

堂格雷戈里奥一边说，一边缓缓地扫视满满当当的书架。到处都是书，家具上，地板上，堆得到处都是。我的目光也随着他的目光游动。过了一会儿，他说：这事绝非偶然，巴黎购书适逢卡洛斯三世时期，那是一段充满希望的日子。尽管只是少数，但部分神职人员是有学问的，也算追求进步。可敬的人试图引入启蒙思想，将蒙昧世纪甩

---

① 胡利安·马里亚斯（Julián Marías, 1914—2005），西班牙著名哲学家，奥尔特加·伊·加塞特最得意的弟子之一。哈维尔·马里亚斯（Javier Marías, 1951— ）：西班牙著名小说家、翻译家，胡利安·马里亚斯的儿子，代表作为《如此苍白的心》。父子俩均为皇家学院院士。

② 格尔尼卡（Guernica）：西班牙北部巴斯克自治区小城，1937 年被德国空军疯狂轰炸。毕加索据此创作了不朽的立体主义画作《格尔尼卡》，控诉了法西斯战争惨无人道的罪行。

在身后。

"西班牙皇家学院视其为己任。"老院士接着说，"他们认为：既然有照亮欧洲的巨著，不妨拿来仔细研读。我们词典中的每个释义，精妙之余，均背离理性、科学及未来，无不浸染着基督教中心论，连副词中都能看见上帝的存在。不能再这样下去了……西班牙语除了高贵、美丽、典雅，更应该有教养、有学识、浸润着哲学思想。"

"这是革命性的观念。"我承认。

"没错。那些院士大多目光敏锐，道德高尚。您看在当年资源有限的情况下，《权威词典》①上那些令人惊叹的释义……十八世纪末，几乎所有院士都是天主教徒，有些还是教会人士。然而，他们抱着最大的善意，希望能让新思想与宗教信仰并存。他们本能地觉得：对语言精准释义，理性化、科学化，也是改变社会的一种方式。"

"可惜只走到这一步。"

堂格雷戈里奥稍稍举起手杖，表示反对。

"也不尽然，"他反驳道，"尽管的确错失良机。推翻旧制度的法国大革命没有在西班牙爆发……伏尔泰、卢梭、狄德罗，编纂《百科全书》的哲学家们都被拒之门外，至少很难进入。他们的思想被镇压，被血洗。"

我喝完咖啡，好一会儿没人说话。老院士又好奇地看着我。

"但是，"他补充道，"珍藏在学院图书馆里的二十八卷《百科全书》是个美丽的冒险故事……您真的想写这个故事？"

---

① 《权威词典》（*Diccionario de Autoridades*）：出版于1726至1739年，是西班牙皇家学院编纂的第一部词典，共六卷，后来逐渐发展为如今的《西班牙皇家学院词典》。

我指了指周围那些书，似乎答案就在其中：

"也许吧！如果我能搜集到更多的资料。"

他仁慈地笑了，如此打算，正中下怀：

"挺好挺好，这是学院掌故，值得铭记：蒙昧时期，好人千辛万苦，为同胞带来启蒙与进步……可有些人，却千方百计地阻挠。"

按照惯例，会议八点半结束，院士们互相道别，下周四再见。冬天只剩了个尾巴，夜晚十分安宁，屋檐间星星闪烁。胡斯托·桑切斯·特龙往马约尔大街走，身后响起了马蹄声。枢密院大楼前的街灯在他身边投下了马车越驶越近的影子，经过他身边时，有人在马车里说话。车夫勒住马，停下车，车窗里探出曼努埃尔·伊格鲁埃拉歪戴着的假发和邪恶的圆脸。

"堂胡斯托，上车，我送您回家。"

桑切斯·特龙无意掩饰傲慢与不屑，一口回绝。他用表情告诉对方：他不愿坐马车在马德里街头散步，更不愿坐在身为教皇至上论者的记者兼文人身边。就算街道昏暗，行人稀少，他也要保持一向简朴的生活习惯，免得玷污一世清名。

"随您的便。"伊格鲁埃拉说，"那我下来，陪您走走。"

记者院士下车，整整斗篷，夹着帽子——他戴假发，几乎从不戴帽子——跟车夫说了一声，便心平气和地与桑切斯·特龙同行。桑切斯·特龙双手抄着大衣口袋，没戴帽子，下巴贴在胸口上，步态严肃。他散步时都这样：若有所思，反躬自省，心无旁骛，似乎在深入思考哲学问题；走路时只往地上看，注意不踩到狗屎。

"必须要制止这件混账事。"伊格鲁埃拉说。

桑切斯·特龙只顾往前走，死活不开口。他明白指的是哪件事。全会最后一次投票，八张同意，六张空白——后者包括他自己那张——选派图书管理员堂埃莫赫内斯·莫利纳和退役海军准将堂佩德罗·萨拉特前往巴黎购书。院士们都叫堂佩德罗海军上将，按照传统，坐他那个位子的人向来都是和文学界关系密切的陆军军官或皇家海军军官。

"堂胡斯托，您和我时有分歧。"伊格鲁埃拉继续往下说，"但在这件事上，我俩的立场虽南辕北辙，却殊途同归。对我这个爱国者和天主教徒而言，所谓法国哲学家们的作品妖言惑众，乃不祥之物……对您这个深邃的思想家和未成年人专家而言，让天真的西班牙民众此时此刻阅读这部作品，有些强人所难。"

"不合时宜。"桑切斯·特龙语气生硬地强调。

"好吧，一回事。不合时宜，为时过早……随您怎么说。身为院士，咱们就是干这个的：找到合适的形容词。问题是，无论从您的角度，还是从我的角度，卑鄙下流的《百科全书》在西班牙自由流通都不合适……恕我斗胆揣摩您的想法，您会认为：狄德罗之流的观点，即便与您的不谋而合，直接交给民众，也未免太过危险。"

此言招来桑切斯·特龙的鄙夷，他的眼神高高在上，高不可攀。

"您说危险？"

伊格鲁埃拉熟悉这副腔调，没被吓着。

"没错，我是这么说的：不但危险，简直荒唐。人是从鱼变来的，山是从海里冒出来的……简直胡说八道！"

"您不懂装懂，才叫胡说八道。"

"您别这么草率地下结论，咱们说正经的。这里需要的是中间人，艰深晦涩的大部头需要受过良好教育的人去诠释、做导读。"伊格鲁埃拉目光歹毒，故意拍马屁，使劲拍马屁，"这样的人不用说远，您就是一个……总之，在西班牙，《百科全书》还只是青涩的葡萄，酿不成葡萄酒……我说错了吗？"

他们漫步在马约尔广场周围的银器街，此时行人稀少。瓜达拉哈拉门陷入黑暗，珠宝店早已收摊关门。垃圾堆在门廊前，等垃圾车来收，猫咪们悄悄地在里头扒拉吃的。

"堂胡斯托，这就是西班牙。这年头，要是上帝不来拯救，谁都会成哲学家。就连我认识的一些夫人也会炫耀地谈起牛顿，引用笛卡儿①，梳妆台上放着蒲丰②的书，尽管只是看看插图……所有人早晚都会梳着哲学家的发型，像磨坊里的老鼠，从头到脚扑着粉，跳巴黎流行的对舞。"

"这跟《百科全书》和学院有什么关系？"

"您对巴黎购书也投了反对票。"

"我提醒您：是无记名投票。不知您为何斗胆……"

"没错，是无记名投票。可在学院，谁不知道谁啊？"

"堂曼努埃尔，这么说话很不合适。"

"绝对合适……恕我直言：这次谈话，对您对我都合适。"

有铃铛声。从邻近的圣希内斯教堂走来神父和侍童，捧着圣油和圣体，赶去主持临终忏悔。两位院士停下脚步：伊格鲁埃拉低头画十字，桑切斯·特龙不以为然。

"我的想法，您都清楚。"记者院士边走边说，"我们竟然遭遇了这场不信神、不敬神、辱骂一切传统与光荣的印刷洪流……这场浪潮企图倾覆王位与圣坛，代之以理性与自然崇拜，这些新字眼没几个人能听懂……想法一旦落到士官生、一年级学生或药店店员手里，将会

---

① 全名勒内·笛卡儿（René Descartes, 1596—1650），法国哲学家、物理学家、数学家，被公认为西方现代哲学的奠基人，创立了解析几何。

② 蒲丰（George-Louis Leclerc de Buffon, 1707—1788），法国博物学家，曾为法兰西科学院院士，巴黎皇家植物园园长。

引发革命与动乱，您想过吗？"

"不至于。"桑切斯·特龙一本正经地反驳，"您总是这样，言过其实，夸大其词。别忘了：我不爱看您写的文章。学院购进《百科全书》，专供院士研读。没人说会向不合适的读者开放。"

伊格鲁埃拉狐疑地笑了：

"院士？……堂胡斯托，都这个时候了，您别逗我。您和我一样了解他们，瞧不起他们。他们大多只是平庸文人，寒酸儒士，躲在图书馆里皓首穷经，两耳不闻窗外事……有些只长年纪，不长脑子，天真幼稚。多少院士能啃下伏尔泰或卢梭，不会消化不良？……这部书太有煽动性，万一落到不合适的人手里，局面可想而知，连您这种称职的哲学家也无法控制。"

最后这句话说到他心坎里了，竟让他无言以对，只能将眉头锁得更紧。在厚颜无耻的机会主义者伊格鲁埃拉面前，虚荣心是令他刀枪不入的铠甲。哲学家院士依然双手抄在大衣口袋，下巴贴在胸口上，不苟言笑，慢悠悠地往前走，一副刚正不阿的模样。记者院士在一旁继续煽风点火，穷追不舍，挥舞着双手，循循善诱。

"学院对尊贵的卡斯蒂利亚语贡献巨大，令人赞叹，"他执意往下说，"这点毫无疑问。塞万提斯、克维多、正字法、词典，还有其他……所有工作都可圈可点，值得称颂，为国家做贡献，为人民做好事……但去掺和那些哲学新思潮纯属不务正业，您同意吗？"

"可以这么认为。"桑切斯·特龙的口气软了下来。

伊格鲁埃拉满意地笑了笑，找对路子了。

"那些玩意儿根本配不上博学睿智的学院。"他乘胜追击，"人类的好色淫荡、自由思想、自大傲慢都要有底线，比如说君主制、天主教和无可辩驳的天主教义……"

桑切斯·特龙如同见到了一条毒蛇，赶紧打断他，叫道：

"比如说将罪恶的无神论者投进监牢？……先生，这腔调我熟悉，您和您那帮人成天嚷嚷。那帮老朽，头发是假的，恨不得连眉毛都是假的，指甲留得长长的，衬衫半个月换一次。好了好了，别再说了。"

记者院士谨慎起见，鸣金收兵，最好绕过敏感话题。

"好吧好吧，堂胡斯托，我道歉。我不想冒犯您，也不想跟您争辩……我了解并尊重您的想法。"

话茬一下子被"奥维多启蒙读本"接了过去：

"您连您母亲都不尊重，堂曼努埃尔……您一辈子兴冲冲地到处找柴火，去烧异教徒，就像生活在另一个世纪……带着您那帮教会神职人员，声嘶力竭地叫嚣着手铐脚镣。您的那份报纸……"

"别提了，不谈这个话题。今天，我不以审查官编辑的身份，只以朋友的身份跟您说话。"

"朋友？……老兄，别气我了，您以为我是白痴吗？"

他们在白天热闹、晚上冷清的圣费利佩台阶前停下，面前是关门打烊的卡斯蒂略书店、科雷亚书店和费尔南德斯书店。石阶上、破屋前的门廊里，蜷缩着乞丐们模糊的身影。

"我要对抗人类的敌人，即使被迫孤军奋战。"桑切斯·特龙指着打烊的书店，似乎它们是见证人，"我只以理性与进步为旗帜，我和您的思想压根儿沾不上边。"

"没错。"伊格鲁埃拉坦然面对，"我还撰文公开抨击过您，我承认，不止一次。"

"那您说说，比如在最新那期报纸上，虽然没有指名道姓……"

"好了好了。"记者院士打断他，"堂胡斯托，眼前的事都快火烧眉毛了，为了共同的利益，为了西班牙皇家学院的颜面，我打算暂时尊重您的思想，下不为例。"

"堂曼努埃尔，恕我直言，您那份狗屁不通的报纸似乎从来不要什么颜面。"

伊格鲁埃拉再次恬不知耻地笑道：

"今天随您怎么说。不过，说句体己话，您也逃不了'虚伪'二字。"

桑切斯·特龙几乎是猛地把头抬了起来：

"谈话到此为止，晚安。"

他加快脚步，愤然离去。走得虽快，还是被伊格鲁埃拉赶上。记者院士耐心地陪他走，不说话，让他考虑。最后，桑切斯·特龙放慢脚步，停下来看着他问：

"您有何打算？"

"您不希望《百科全书》变成乱哄哄的大杂院，谁都能大摇大摆地进去，对收录的思想东摸摸、西看看。简而言之，不经过您的诠释，比如说，通过学习您那本《理性词典》……"

桑切斯·特龙上了钩，傲慢地看着他：

"这事与《理性词典》有何关系？"

伊格鲁埃拉狼一般狡猾地笑了，一击即中，分寸刚刚好。据可靠消息，桑切斯·特龙正在肆无忌惮地洗劫比利牛斯山北麓哲学家们的知识宝库。

"您的作品无疑乃旷世奇作，西班牙人写的，国人将无比自豪。咱们不需要法国佬思想家。就算是无神论、错误论，西班牙人也能自己应对……您觉得不是？"

哲学家院士的虚荣心坚如磐石，伊格鲁埃拉讥讽的口吻再次无功而返。

"那又怎样？"桑切斯·特龙只说了这几个字。

伊格鲁埃拉悠然地耸耸肩：

"我向您伸出和平的橄榄枝。"

桑切斯·特龙目瞪口呆地看着他，反感不假，惊讶更甚：

"您想跟我合作？"

记者院士摊开手，手心朝上，表示绝无隐瞒：

"尊敬的同事，我建议咱俩休战，暂时结盟，战术需要，有百利而无一害。两个极端，握手言和。"

"愿闻其详。"

"二十八卷书不能来，连边境都不能过。必须把这趟行程给搅黄了。"

桑切斯·特龙眉头紧锁，不出声，看了他一会儿。

"怎么搅？"他疑虑重重，"学院出资，图书管理员和海军上将会说法语，兢兢业业，按照会议记录上的说法，都是好人，值得尊敬。根本无法阻止……"

"错！在我看来，办法多得很，他们难着呢！"

"比如说？"

"山高路远，"伊格鲁埃拉表情暧昧，"国门关卡，危险重重。《百科全书》被天主教会列为禁书，欧洲王室纷纷支持，法国官方明令禁止，印刷商只能或几乎只能偷偷出售。"

"风声没那么紧。"

"都一样……堂胡斯托，西班牙由此引发的争论您是知道的：宗教法庭和政务委员会开始反对，国王陛下受奸人蛊惑，最后出面干涉，同意购入……"

"您想说什么？"桑切斯·特龙听得不耐烦。

伊格鲁埃拉沉着冷静地盯着他说：

"办法只有一个：我俩联手，破坏行程。"

"我的作用是……？"

"如我一人，会被曲解为阴谋反动。有您的参与，性质会大不同。咱们可以联合力量，筹措资金……您和法国哲学家、书商等思想先进的人士素有通信往来。您在法国有很多朋友。"

"您的意思是：左右夹击？……您从您那边，我从我这边，同时发力？"

"没错。左右夹击，粉碎这次荒唐的巴黎之行。"

卑鄙与傲慢携手同行，来到太阳门，这里稍微热闹些。

一辆公共马车刚在邻近的博斯塔斯街上打烊的布店旁停下，乘客们在广场泛红的街灯下四散开去，脚夫们背着包裹、提着箱子，跟在后面。一小群闲人守着邮局门房，这个点儿，报纸快到了，有和英国交战、围困直布罗陀的新闻。

"我有一个完成任务的绝佳人选。"伊格鲁埃拉接着说，"如果您愿意加入，我再提供具体信息。总之，此人在西班牙和法国畅行无阻，为雇主们顺利完成过多项棘手的任务。"

"我猜，他是为钱。"

"不为钱，为什么？……尊敬的堂胡斯托，经验证明：有钱能使鬼推磨。我向来不信任心血来潮的志愿者，自告奋勇地做这个、做那个，不为钱，单凭良心或兴趣。兴致过了，就把你扔在一边。但是出好价钱雇的人，不管什么任务，都能踏踏实实地完成。此人就是其中一个。"

"您该不是说，咱们的同事会……"

"哦，放心！当然不会，您把我当成什么人了？"

他们穿过太阳门，走向停在卡雷塔斯街口的出租马车。桑切斯·特龙的家就在附近，挨着普雷西亚多斯客栈。伊格鲁埃拉跟车夫做了个手势，车夫点亮了马车灯。

"没人要伤害咱们亲爱的图书管理员和海军上将，"记者院士说，"只会设置障碍，让他们无功而返，空手而归……您意下如何？"

"可以考虑。"桑切斯·特龙小心翼翼地松了口，"找的人是谁？"

"您放心，那人很有办法，做事情也有分寸。拉波索，他叫……帕斯夸尔·拉波索。"

"您说他很机灵？"

伊格鲁埃拉的一只脚已经踏上马车。他摸摸脑袋，整整假发，油灯下，无耻的笑容也变得油腻。

"既机灵，又危险，"他说，"跟他的姓一样[①]。"

查个记录真不容易，它们密藏在学院档案室。档案员洛拉·佩曼认为：保存档案的最佳方式就是不让人查。不过，我按照规定，走完程序，取得了斗争的最后胜利，终于拿到了十八世纪的会议记录原稿。

"翻页时小心，"洛拉·佩曼认为出借档案是对自己的大不敬，"纸张不好，已经严重破损，一扯就破。"

"放心吧，洛拉！"

"都这么说……然后，该破还是破。"

我在图书馆窗前坐下，馆里有几个带桌子的小隔间，让院士们工作。我很享受这一刻。周四全会被事无巨细地记录在羊皮封面的大厚本里：字迹清晰、整洁，像出自抄写员之手，每隔一段日子，秘书去世，换人，也换字体。帕拉福斯秘书的字迹十分俊朗，尖尖的，容易识别："皇家学院成员齐聚总部珍宝馆……"

---

① 拉波索（Raposo）在西班牙语中的意思是"狐狸"。

我很失望：会议记录并不十分详细。当年，虽然卡洛斯三世推行启蒙主义政策，宗教裁判所依然一手遮天。院士们出于谨慎，落在纸上的细节越少越好。从内容上看，帕拉福斯的记录也是如此。我只找到两处相关信息，一处表明学院有意购进《百科全书》："西班牙皇家学院全体会议以少数服从多数……"另一处提到两位当选出行的院士姓名："很久以前得到消息，法国《百科全书》全套有售，学院决定原版购入，特此选派莫利纳和萨拉特赴巴黎办理购书事宜。"

信息虽少，却足以顺藤摸瓜。在安东尼奥·科利诺和埃利塞奥·阿尔瓦雷斯-阿雷纳斯编写的资料类图书《西班牙皇家学院院士》中，我查到了两位院士的生平，尽管没有提到巴黎之行。一位是图书管理员堂埃莫赫内斯·莫利纳，当时六十三岁，卓越的古典语言教师及文学翻译家；另一位是退役海军准将堂佩德罗·萨拉特，被同事们尊称为海军上将，航海术语专家，编纂过一本重要的《航海术语词典》。

有了这些基本资料，我开始四处活动：人名词典、埃斯帕萨出版社①、网络、参考书目。短短几天，我尽可能还原了两位院士的生平，内容有限。两位均为人谨慎，受人尊敬，生活平凡：一位教书译书；另一位安然退休，潜心研究航海术，终于荣升院士。有关萨拉特海军准将的参战情况，我唯一查到的是他年轻时，参加过一七四四年对英国舰队的一场恶战。任何资料都无法推翻帕拉福斯秘书在会议记录上的评价："两个好人"。

---

① 埃斯帕萨出版社（La Espasa）：成立于1860年，专门出版词典、百科全书等查询类工具书和经典文学作品。

用完饭后甜点，侍应生走过吱吱呀呀的木地板，用托盘端来一壶热气腾腾的咖啡、水、一瓶酒，外加烟具。西班牙皇家学院院长维加·德塞利亚殷勤地招呼两位客人，亲自给图书管理员堂埃莫赫内斯·莫利纳斟上满满一杯咖啡和一小杯马拉斯金酸樱桃酒，给海军上将萨拉特斟上一指宽的麝香葡萄酒。萨拉特的生活在学院院士中出了名的简朴，他只吃了点蒜爆羊肉，喝了点梅迪纳·德尔坎波葡萄酒。三人围坐在金泉客栈①小餐厅的桌旁，窗户开着，能看见敞篷马车和行人在圣赫罗尼莫街上来来往往。

"旅途凶险，无须赘述。"维加·德塞利亚说，"两位深得学院及同事之信任……特备薄酒，略表谢意。"

"众人祈盼，"图书管理员回答，"不知我俩能否担此重任。"

维加·德塞利亚做了个信任、得体、充满情感的手势。

"对此，我深信不疑。"他想鼓舞士气，"无论是您，堂埃莫赫内斯，还是海军上将先生，都会圆满完成任务……我百分之百确定。"

说完，他俯下身，将哈瓦那雪茄凑到侍应生刚端来的烛火上。

"百分之百确定。"他靠回到椅背上，又说一遍，笑着喷出一团蓝色的烟。

图书管理员堂埃莫赫内斯·莫利纳——信得过的朋友会斗胆叫他堂埃梅斯——心里没底，礼貌地点点头。他矮胖，厚道，丧偶五年，是卓越的拉丁文学者，教授古典语言。他所翻译的普鲁塔克②的《希腊罗马名人传》是典雅文学西语译本史上的一座丰碑。他不修边幅，上衣肘部磨得发亮，沾着巧克力汁，翻领上沾着鼻烟丝。然而，和为

---

① 金泉客栈（la fonda La Fontana de Oro）：十八世纪中期建于马德里的一家著名客栈兼餐厅，西班牙作家贝尼托·佩雷斯·加尔多斯（Benito Pérez Caldós, 1843—1920）1870 年发表了以此为场景的小说，名为《金泉》。

② 普鲁塔克（Plutarco, 约 46—120），罗马帝国时代的希腊作家、哲学家、历史学家，代表作为《比较列传》，又称《希腊罗马名人传》。

人相比，这些都算不了什么。他备受同事爱戴，不仅奉献私人藏书，供大家使用，还自掏腰包，在古董书店购买珍本或其他有用的版本，买了就买了，总是忘记报销。和院长等其他院士不同，他不戴假发，不扑粉。短发剪得十分糟糕，黑发中已有几条银丝。他胡须浓密——每天修剪两遍方能保持整洁，可惜他做不到——映黑了整张脸。栗色的眼睛十分和善，多年读书，用眼过度，看世界的目光有些糊涂，有些惶恐，但很有涵养。

"院长先生，我们会尽力。"

"对此，我深信不疑。"

"我对上将先生十分信任。"图书管理员又说，"他走南闯北，博闻广见，还会说一口流利的法语。"

海军上将一如既往地端坐在椅子上，腰板挺直，军姿标准。他双手扶桌，微微颔首。笔挺的黑色燕尾服，配漂亮的真丝宽领结，更需他抬头挺胸。如此考究，与图书管理员的邋遢对比鲜明。

"法语您也会说，堂埃莫赫内斯。"他直截了当地指出。

图书管理员谦虚地摇摇头。维加·德塞利亚吞云吐雾，赞赏地看着海军上将。他欣赏这位老兵，尽管和几乎所有院士一样，和他保持一定的距离。堂佩德罗·萨拉特·伊克拉尔特孤僻怪异的个性并非空穴来风。他是皇家海军退役准将，编纂了一部杰出的《航海术语词典》。他又高又瘦，英俊忧郁，一板一眼，几乎不苟言笑；头发灰白，有点长，开始稀疏，用塔夫绸带子扎了个短马尾；脸上最引人注目的是那双淡蓝色的眼眸，十分澄澈，说话时盯着对方，时间一长，会让人惴惴不安，甚至气急败坏。

"那不一样。"堂埃莫赫内斯反驳道，"我只是理论上会，能看懂。拉丁文穷尽了我一生的精力，让我无暇钻研其他学科。"

"可是，图书管理员先生，您可以流畅地阅读蒙田和莫里哀，"维加·德塞利亚说，"和阅读恺撒或塔西佗不相上下。"

"看是一回事，流利地交谈是另一回事。"图书管理员谦虚地说，"堂佩德罗和我不同，他经常操练：和法国舰队航行时，他有太多的机会说法语……当然，这也是他当选前往巴黎的原因之一。我不明白的是：为什么选我？"

院长开怀大笑，理由显而易见，还非要他说出口，真是痛苦。

"因为您是好人，堂埃莫赫内斯。"他解释道，"您为人谨慎、受人尊重，是学院称职的图书管理员，跟咱们的上将先生一样，值得信任。院士们选择相信两位，完全正确……哪天走，决定了吗？"

维加·德塞利亚看看这位，又看看那位，给予同样的时间，同样的关注。他很细心，也很热心。待人处事的小节，在举手投足间，表现得自然而然。因此，卡洛斯三世陛下才会视他为心腹，将清理、修复并创造卡斯蒂利亚语——外人称之为西班牙语——这一辉煌重任交到他手里。传言道：为了表彰他所作出的贡献，将授予他金羊毛骑士勋章。

"旅行准备事宜，我直接拜托给了海军上将先生。"图书管理员说，"他是军人，在置办用品方面经验丰富，冷静沉着。这些事情，我并不擅长。"

院长大人转向堂佩德罗·萨拉特：

"上将先生，您有何打算？"

堂佩德罗·萨拉特将一根指头放在桌上，另一根指头放得远一些，目光从这根指头扫到那根指头，似乎在海图或地图上估算距离：

"走最近的官道，有驿站的：从马德里经巴约纳，前往巴黎。"

"估计有三百里①……"

---

① 为西班牙里（legua），相当于 5.572 7 公里。

"据我计算，共两百六十五里，"佩德罗·萨拉特从技术角度冷冰冰地纠正道，"差不多要走一个月，单程。"

"打算什么时候出发？"

"估计两个礼拜可以准备停当。"

"行，我也来得及筹措资金。算过需要多少钱吗？"

海军上将从上衣袖口贴边里掏出一张对折再对折的纸，摊开，使劲抚平，放在桌上。满纸的数字，手写体，横平竖直，整洁清晰。

"除了《百科全书》的书价八千里亚尔①，我估计：住宿交通五千里亚尔，驿站通关每人三千里亚尔。这是明细单。"

"花费不多。"维加·德塞利亚仔细看着明细单，由衷的敬佩。

"足够了。除了生活必需，我没考虑别的开销，学院也容不得浪费。"

"您不希望口袋里……"

海军上将澄澈的眼眸高傲地接住了维加·德塞利亚的目光。院长盯着他脸上一小道横着的伤疤，从太阳穴到左眼皮，在皱纹中若隐若现。尽管海军上将对此只字未提，院士们都说这是他年轻时参加土伦海战被木头扎的。

"院长先生，我代表我自己，不代表堂埃莫赫内斯。"海军上将说道，"口袋里装多少钱，是我的事。"

维加·德塞利亚吸了口雪茄，看了看图书管理员。堂埃莫赫内斯含笑点了点头。

"我完全相信上将先生算的明细账。"他说，"如果他身为海军将士，可以接受斯巴达式的节俭，我的生活也无须太多。"

"行。"院长先生表示同意，"几天后，出纳会给你们一笔现金，

---

① 里亚尔（real）：旧时西班牙镍币，相当于四分之一比塞塔。

路上用；其余款项开具信用证，到巴黎范登-伊韦银行支取，那家银行信得过。"

海军上将伸出食指，以军人的姿态指向明细单。

"每个里亚尔的用途都会入账，"他的口气十分严肃，"并附相关单据。"

"亲爱的朋友……对你们两位，我觉得账没必要做得那么细。"

"一定要，我坚持。"海军上将的口气依然生硬，食指依然指向明细单，似乎这关乎个人名誉。维加·德塞利亚注意到他的指甲，短短的，修过，堪称完美，和邂逅的图书管理员又长又脏的指甲有天壤之别。

"行。"院长大人表示同意，"不过，有个问题需要考虑：普通驿站的设施很不完善，没有多少公共马车能走完全程，路又特别难走。恕我直言，两位已经过了骑骡子赶路的年龄……咱们都过了。"

院长开了个小小的玩笑，堂埃莫赫内斯善意地笑了，海军上将并不为之所动。就个人而言，甚至就年龄而言，堂佩德罗·萨拉特魅力犹存。他身材很棒，衣服特别合身，人又干净清爽。院士们猜他六十到六十五岁，尽管谁也不知道他究竟几岁。

"回程要带书，"海军上将说，"更麻烦。二十八卷大厚本，很沉，要寻找合适的交通工具，还要根据情况，疏通海关什么的。不护送、直接邮寄的话，不妥。"

"肯定需要一辆马车。"维加·德塞利亚想了想，建议道，"最理想的是：专用马车，专供两位使用。套马，不套骡子，马腿脚灵便，跑得更快……"说到这儿，他想想费用，脸一沉，"不知道有没有可能。"

"您别担心，我们就走普通驿站。"

院长又想了想。

"我有一辆英式马车，"他说，"套马完全没问题，或许，可以供两位使用。"

"您真是太慷慨了，不过，我们会想办法应付……您说呢，堂埃莫赫内斯？"

"那当然。"

院长大人能想象出他们各自想办法应付的情形。图书管理员本来就是大好人，路途艰辛，他能忍则忍，顺便开开玩笑，幽默感不会丢，希望也不会丢。而坚忍不拔的海军上将依然会外表一丝不苟，严守军纪，走过一个个没完没了的驿站，栖身于又脏又破的客栈，咽下干鳕鱼炖鹰嘴豆，风尘仆仆，随时应对突发状况。

"两位还需一名家仆。"

堂埃莫赫内斯惊讶地看着他：

"您说什么？"

"一名仆人……做些杂事。"

对视的眼神有些尴尬。维加·德塞利亚知道堂埃莫赫内斯的生活一团糟。家中有位老仆，从妻子在世时用到现在，饭菜做得不好，主人照顾得也不周。堂佩德罗·萨拉特正相反。他没成家，从皇家海军退役后，一直跟两个姐妹住在格拉西亚骑士街。姐妹们也没嫁人，年龄相仿，外表相似，两个女人全心全意地照顾他一个。每周日都能看见他们仨在家附近的普拉多大街榆树下散步。有了家中女眷的细心呵护，没有哪个院士像他那样穿得既朴素又高贵：深色上衣——姐妹们亲自打样，看着裁缝做的——蓝色、灰色或黑色细呢，完美贴合海军上将瘦高的身材；坎肩和及膝短裤堪比任何一位法国贵族；长袜同样无懈可击，无一丝褶皱或织补过的痕迹；衬衫和领结熨得笔挺，连阿尔瓦公爵[1]见了，也会嫉妒得脸色发白。

---

[1] 阿尔瓦公爵爵位（ducado del Alba）是西班牙最古老的爵位之一，迄今已有五百多年的历史。

"我可以找个家仆，陪同两位前往。"维加·德塞利亚建议道。

"工钱怎么付？"堂埃莫赫内斯有些不安，"不知上将先生什么意见，可是我……"

海军上将不高兴地皱了皱眉。显然，出于教养和个性，他不想谈钱。尽管穿着考究，他并不富裕。维加·德塞利亚清楚：他家祖上几乎没留下什么钱，堂佩德罗·萨拉特和两个姐妹只能靠积蓄、准将退休金和其他微薄的收入勉强度日。如今的西班牙糟透了，不公正的现象永远消除不了，拖欠工资，老兵连退休金都无法按时领到，不少人在穷困中死去。

"我都说了，是我家仆人，临时借给两位。"

"院长先生，您真是太好了，"堂埃莫赫内斯说，"太周到了。可我觉得没必要……上将先生，您说呢？"

堂佩德罗点了点头，断然拒绝：

"这种奢侈，咱们无须享有。"

"听你们的。"维加·德塞利亚说，"不过，我出马车和车夫，我会找个牢靠的人。这点，两位就不必跟我争了。"

堂佩德罗又点了点头，没吭声，表情十分严肃，跟平常一样，琢磨不透，有点淡淡的忧伤。院长大人心想：也许海军上将有点担心。生活在见证奇迹的时代，出一趟远门，冒一点风险，肩负着古怪而又神圣的使命：将世纪的光芒与智慧带回到西班牙知识界那个卑微的角落——皇家学院。这项使命将由两位道德高尚、勇于挑战的好人来完成，他们将行走在日渐动荡的欧洲大陆，古老的王国们摇摇欲坠，一切都变得那么快。

2. 危险分子

对外来事物的接受，从教义上和政治上都会无比慎重。所有的努力，都是为了保护数不清的特权和一些传统意识形态，新世界的曙光容不得它们。

F·阿吉拉尔·皮尼亚尔① :
《开明专制主义时期的西班牙》

写小说，我很注重场景描写，哪怕只是寥寥数行，可以为人物和故事提供合适的环境。场景有时也是故事的一部分，无须着墨太多，比如：天空明亮或铅灰，地点开阔或闭塞，下雨、昏暗或黑暗，就能有助于推动情节和对话。其实，作者营造场景和情境，无非是让读者想象，让他们尽可能站在作者的角度，去看正在讲述的故事。

我对十八世纪后三分之一的马德里十分熟悉，之前写另一本小说时接触过，因此知道该如何将人物置身于环境。关于当时的风俗习惯，甚至习语措辞，我有合适的参考书：卡达尔索和莱安德罗·费尔南德斯·德莫拉廷②的作品，拉蒙·德拉克鲁斯和冈萨雷斯·德尔卡斯蒂略③的独幕笑剧，详细描绘当年人物、地点、事件的回忆录和游记。城市结构、街道分布和建筑方位也没有太大的问题。我珍藏了两份地图，之前写一篇有关一八〇八年五月二日抗击拿破仑军队④的文章时用上过。一份是由制图员托马斯·洛佩斯绘制、出版于一七八五年的马德里地图，外加一份完整的街道和建筑清单。地图的精准性令人叹为观止，时常让我们忘记当年无法拍摄卫星照片。另一份是马丁内斯·德拉托雷·伊阿森西奥出版于一八○○年的《马德里首都地图册》，多年前从古董书商吉列尔莫·布拉斯克斯手中购入。这本图册不仅包括书名所说的地图——在书中折叠，可以展开——还包括六十四幅小型地图，是马德里各个街区的详图。

凭借这些资料，找到珍宝馆易如反掌。购入《百科全书》时，那里是西班牙皇家学院所在地，是王宫的一座偏殿。当年，王宫的内部装修正处于扫尾阶段。如今，珍宝馆已经不复存在，一八一○年建东方广场时被夷为平地。不过，我在网上找到了几张正面图，法国佚名建筑师绘制，保存在国家图书馆。拿着它们，外加其他地图的复印件，我在该地区逛了很久，对比古今地貌，试图找回珍宝馆当年的位置。西班牙皇家学院在那儿开了四十年的会，直到一七九三年，一纸法令让他们迁往巴尔韦德街。我想象着当年备受尊敬的智者在老楼里进进出出，想象着曼努埃尔·伊格鲁埃拉和胡斯托·桑切斯·特龙大致的行走路线。这两位院士，意识形态迥异，却一致反对购入《百科全书》。那晚，他们从马约尔大街走到太阳门。伊格鲁埃拉说服了桑切斯·特龙，两人联手，密谋阻挠巴黎之行。

在接着讲故事之前，还有一个场景需要交代：伊格鲁埃拉和桑

---

① 全名弗朗西斯科·阿吉拉尔·皮尼亚尔（Francisco Aguilar Piñal, 1931— ），西班牙著名历史学家，十八世纪研究专家。
② 莱安德罗·费尔南德斯·德莫拉廷（Leandro Fernández de Moratín, 1760—1828），西班牙十八世纪最著名的剧作家，代表作为后文提到的《新喜剧》。故事发生在一家咖啡馆，剧中人对何为喜剧进行了一番辩论。
③ 拉蒙·德拉克鲁斯（Ramón de la Cruz, 1731—1794）和冈萨雷斯·德尔卡斯蒂略（González del Castillo, 1763—1800）均为西班牙著名剧作家。
④ 1808—1814 年，拿破仑率兵占领西班牙，西班牙开展了长达六年的独立战争，最终取胜。西班牙著名画家戈雅有一幅名为《1808 年 5 月 2 日》的画作，表现了马德里人民奋起抗击法国侵略者的画面。

切斯·特龙会见帕斯夸尔·拉波索。他是本文的危险分子，在后来的故事发展中起到至关重要的作用。出于情节需要，会见必须安排在合适的地点，环境要凸显人物个性。最后，我决定选择具有典型时代特征、莫拉廷《新喜剧》风格、内设台球室和棋牌室的咖啡馆，地点应在市中心。查完地图，我想把咖啡馆安排在所谓哈布斯堡王朝时期马德里——说法并不完全恰当①——的中心地段，圣胡斯托街和巴拉哈斯伯爵广场之间的某条街道。后来，我去实地考察，觉得很合心意。于是，站在一栋也许当年已经存在的老楼前，我想象着其中一位院士正在很不情愿地赶往会面地点。

胡斯托·桑切斯·特龙所找的地方位于塞拉达门附近一条昏暗的窄巷。阳台与阳台间晾着衣服，污水在石板路的中央汇成水流。正门前更体面，但桑切斯·特龙偏要避开人群，选择偏僻的入口。他皱着眉头，快步走过最后一小段路。门虚掩着，推门进去，鼻子一紧：又是霉味，又是烟味，说话声和击球声从昏暗的走廊尽头传来。高高的大窗户洒下光亮，照在一个男人身上。他坐着，边等人，边看《日报》，旁边的桌上摆着一杯喝了一半的巧克力茶和一小碟吃剩的蛋糕。

"堂胡斯托，您总是这么守时。"曼努埃尔·伊格鲁埃拉跟他打了声招呼，刚掏出怀表看了看时间，如今放回外套口袋。

"咱们长话短说。"桑切斯·特龙很不自在。

"该长则长，该短则短。"

"我没那么多时间。"

---

① 哈布斯堡王朝时期（1506—1700），马德里成为西班牙首都。当时的马德里不断扩张，地点大致为现在的马德里中心历史文化街区，备受游客青睐。

伊格鲁埃拉笑了，喝完最后一口巧克力茶，费劲地站起来。

"风湿。"他放下杯子说，"久坐不动，站起来走头几步特别困难……您正相反，身子骨硬朗得很。"

桑切斯·特龙很不耐烦：

"闲话少说，我不是来聊健康问题的。"

"那倒是，"伊格鲁埃拉打趣道，"您还早着呢，没到时候。"

他十分客气地指了指走廊，两人默默地往前走，走廊尽头有个房间，越往前走，声音越大。进去一看，里面十分宽敞，隔成两间。一间稍大，摆了两张台球桌，好几个人拿着球棍，击打象牙制成的球；另一间稍小，地板略高，几桌人在打牌，余下的人在观战。侍应生系着围裙，端着一壶咖啡和一罐巧克力茶，游走续杯。有人看报，有人抽烟。抽烟斗和香烟的都有，抽得很凶。窗户关着，空气更加污浊，弥漫着一层灰色的烟雾。

"Ecce homo.[①]"伊格鲁埃拉说。

他抬了抬下巴，指了指一张牌桌。有个男人四十岁左右，鬈发，蓄着浓密的黑色连鬓胡，斧头状嘴巴。他看见两位院士，抬起头，出了张金杯骑士[②]，跟牌友交代两句，起身走来。他个头不高，肩膀结实，穿棕色毛呢上衣，鹿皮及膝短裤，没穿长袜和出门穿的好鞋，只系着绑腿，套着简陋的靴子。他走过来，伊格鲁埃拉介绍道：

"堂胡斯托，这位是帕斯夸尔·拉波索。"

被称为拉波索的人大大咧咧地伸出手，他的手粗糙、有力，和面孔一样黝黑。桑切斯·特龙视而不见，依然手背后，只是将下巴微微

---

① 原文如此，为拉丁语，意为："瞧这个男人！"是彼拉多将戴荆冕的耶稣交给犹太人示众时说的话。

② 西班牙纸牌共分 4 种花色，分别为：币、杯、剑、棒，每种花色有 9 张点数牌和 3 张人头牌（王、骑士、武士）。金杯骑士为金杯花色的骑士人头牌。

地抬高两英寸，不像打招呼，倒像故意冷落。拉波索面不改色，盯着他看了一会儿，深色的眼眸透着几乎和善的眼神。手伸着，无人搭理，他想了想，这么别扭，还是收回来的好，大拇指伸进坎肩口袋，手抄在兜外。

"跟我来。"他说。

两位院士跟着他，来到一间包厢。里面有一张铺着绿色台布的桌子，几张椅子，一副快要打烂的扑克。三人落座。

"两位请讲。"

拉波索貌似在对伊格鲁埃拉说话，眼神却在端详桑切斯·特龙。哲学家院士没好气地耸耸肩，将主动权让给同伴，似乎在无声地表示：跟你们这种人，我也就临时打个交道。

"堂胡斯托和我已经商定，"伊格鲁埃拉开口，"请您替我们办点事。"

"三天前说好的那件？"

"就是那件。什么时候可以开始？"

"听两位吩咐。还有，要看那两位先生什么时候动身。"

"根据我们得到的消息，下周一。"

"走普通驿站？"

"学院替他们弄了辆马车……如果条件允许，会在驿站换马。"

沉默片刻。拉波索拿起一沓牌，心不在焉地洗牌。桑切斯·特龙注意到，他每洗一次牌，手里都会出现一张A。

"您得跟着他们。"伊格鲁埃拉接着说，"当然是偷偷跟着……您一个人上路？"

"是的。"拉波索在台布上连放三张武士，看了看牌，似乎在问：第四张在哪儿？"大部分时间，我会骑马。"

"拉波索先生当过兵，"伊格鲁埃拉向桑切斯·特龙解释道，"骑兵。耶稣会教徒被驱逐那会儿，他还当过警察。此外……"

拉波索举起第四张牌，棒花3，好让记者院士住口，哪儿来这么多话？脸上掠过的和善表情——来得快，去得快——使举牌的动作显得不那么突兀。

"我估计，"拉波索盯着桑切斯·特龙，"这位先生对我的履历不感兴趣。两位来这儿不是为了聊我，而是为了聊出行和即将上路的人。"

"去程没那么重要，"伊格鲁埃拉解释道，"盯着点儿就行……正经活儿得从巴黎开始，您要千方百计地阻挠，绝对不能让二十八卷书运到西法边境。"

拉波索满意地笑了。他刚把第四张武士——棒花武士——放到那三张旁边。

"应该可以。"他说。

沉默。桑切斯·特龙稍稍犹豫，接过话头：

"我听说，您在巴黎认识不少人。"

"我在那儿住过一段时间……对城市挺熟的，知道它危险在哪儿。"

哲学家院士听到最后一句，眨了眨眼：

"您要绝对保证他们两位的人身安全。"

"绝对保证？一根毫毛也不能少？"

"是的。"

拉波索的脸藏在连鬓胡里，缓缓抬起，若有所思地将眼神从纸牌挪到"奥维多启蒙读本"上衣的螺钿纽扣上，再挪到他花哨的领带上，最后挪到他眼睛上。

"当然可以。"他不动声色地回答。

桑切斯·特龙看了他一会儿，转过头，冷冷地看着伊格鲁埃拉，让他接着往下说。

"拉波索先生,"伊格鲁埃拉果然接了过去,"当然,这并不排除必要时,还得麻烦您。"

"麻烦?"拉波索挠了挠鬓角的胡子,"啊!那是当然!"

两位院士又彼此交换了一个眼神:桑切斯·特龙有些怀疑,伊格鲁埃拉请他放心。

"最理想的是,"记者院士建议道,"两位先生遇到困难,被迫放弃。"

"困难。"拉波索似乎在剖析这个词。

"没错。"

"要是一般的困难不起作用呢?"

伊格鲁埃拉乌贼般缩成一团,就差喷墨汁了:

"我不明白您的意思。"

"不,您完全明白。"拉波索收起四张武士牌,混进那沓牌里,小心翼翼地码好,"我想知道:尽管旅途劳顿,困难重重,如果那两位先生依然弄到了他们想要的书,我该怎么办?"

伊格鲁埃拉张开嘴,正要回答,话头被桑切斯·特龙抢走:

"如果这样的话,您有全权自由,抢书!"

哲学家院士原本想在对话中占领道德制高点,这下阵地尽失。拉波索嘲弄地看着他问:

"全权自由?"

"百分之百自由。"

拉波索斜睨着眼,看了看伊格鲁埃拉,想证实所听不虚。之后,他把扑克放在台布上:

"先生们:全权自由得花钱。"

"除了说好的价钱,"记者院士稳住他,"其他费用另付,一切全包。"

他把手伸进上衣内口袋，掏出一包钱，共计十九盎司金币，折合六千零八十里亚尔，递给拉波索。拉波索没打开，只是掂了掂，平静而又傲慢地看了看两位院士：

"两位平摊？"

桑切斯·特龙听了，几乎在椅子上坐不住，没好气地回答：

"这与您无关。"

拉波索把钱收好，点点头：

"您说得没错，这与我无关。"

再次沉默。拉波索不说话，盯着他们，眼神里掠出奇怪的光，想逗逗他们。

"会玩扑克吗？"他突然问，"大满贯或别的？"

"我会。"伊格鲁埃拉说。

"我不会，一点儿也不会。"桑切斯·特龙嗤之以鼻。

"打扑克，不是赢，就是输……不过，总要看牌出牌……听明白吗？"

"当然。"

拉波索用胳膊肘压着台布，看了看牌，又转头看了看哲学家院士。他这么一转，桑切斯·特龙看见了他上衣底下，别在腰边的大折刀柄。

"要是在极端情况下，一位或两位出了意外，该怎么办？"

沉默良久。伊格鲁埃拉向来无耻，他先开口：

"有多严重？"

"哦，这可说不准。"拉波索含着笑，语焉不详，"我说的是意外，山高路远，总会出点意外。"

"听天由命。"

"得认命。"傲气的桑切斯·特龙一本正经地说，"自然法则，无法违抗。"

"明白。"拉波索再次嘲弄地看着他，"自然法则，这可是您说的。"

"是我说的。"

"武士、王，还有其他……不是压别的牌，就是被别的牌压。"

"当然，我明白。"

拉波索又挠了挠连鬓胡。

"有个问题，我一直想问，"他想了想，问道，"两位是院士，搞语言的，对吧？"

"没错。"桑切斯·特龙点点头。

"有个问题，一直让我百思不得其解……字母 p 前面用 n 还是 m？……inplacable 还是 implacable？"

与此同时，西班牙皇家学院图书管理员堂埃莫赫内斯·莫利纳正在男孩儿街的家中收拾行李。卧室床边摊着一只小箱子和一只旧箱子，用得太久，纸板和皮革破旧不堪。老仆放入了白色内衣、一件家居服、一顶睡帽和几双专程为出行采购的牛皮鞋。衣服都不新：长袜子补过，衬衫的领口和袖口开始脱线，睡帽上的羊毛掉的比剩的多。那个年代和别的年代一样，在马德里当了一辈子拉丁文老师兼翻译，挣的钱只能糊口。煤、油、蜡烛总是要的，总要取暖、吃饭、照明，这是一笔开销；外加房租和市政税收，还有鼻烟、书籍和其他零碎，可怜的收入一眨眼就没了。

"堂埃莫赫内斯，饭好了。"老仆在门口伸了个头，叫他。

"就来。"

照顾了他和亡妻十五年的老人不高兴地嘟哝一声：

"您别磨蹭，汤要凉了。"

"都说了，就来。"

堂埃莫赫内斯不慌不忙地叠好一件外套和几条及膝短裤，放到小箱子里；又在上面加了一件穿了很久的深色毛呢上衣，尽量不压皱袖子和下摆。椅背上搭着深红色花边的黑色斗篷、抹了石蜡的塔夫绸阳伞和圆边海狸皮帽子，戴上有点像神职人员。衣柜上摆着别的打算陪主人出门的寒酸物件：剃须刀、洗漱包、两支铅笔、一本笔记本、一只带表链的破怀表、一只小珐琅鼻烟盒、一把牛角柄折刀，还有一本三十二开双语版贺拉斯。

他把上衣放好，站着不动，思忖片刻。有时候，他会像现在这样，还没出门，想想就觉得累，很累，很疲倦，就像饭桌上正在候着的什锦汤①，浓得化不开，心里惴惴不安。堂埃莫赫内斯不明白，自己怎么会意志不坚定，答应学院同事们前往巴黎购书？他没打算去，可所有人都说，选他是因为他天性善良。到头来，他就莫名其妙地马上要出远门去了。千里迢迢，舟车劳顿。他无奈地叹了口气，都这么一大把年纪了，身子骨又差，怎么能累得起？他对出国向来不感兴趣，除了意大利，那里是他毕生研究的拉丁语世界的摇篮。他做梦都想去佛罗伦萨、那不勒斯和罗马，徜徉于肃然可敬的石像间，寻找美丽的拉丁语的回声，可惜始终未能如愿。岁月荏苒，造化弄人：拉丁语的摇篮里孕育出了卡斯蒂利亚语，如今被沿海各国人民使用。堂埃莫赫内斯没出过国，西班牙国内去得也不多：年轻时在阿尔卡拉和萨拉曼卡求学，还去过塞维利亚、科尔多瓦、萨拉戈萨和很少的几座城市。他大部分时间都在点灯熬油地钻研古籍，削羽毛笔的笔尖，手

---

① 什锦汤 (cocido) 是马德里特色菜，用高汤炖火腿、鸡肉、血肠、鹰嘴豆、土豆、胡萝卜等制成。

上沾着墨水，写下"地米斯托克利①虽然伟大，但他也许出身低微……"诸如此类的文字。

然而，有个词很有吸引力，它是一座城市的名字：巴黎。它在千里迢迢、舟车劳顿的尽头。这段日子，巴黎对于堂埃莫赫内斯等人来说，极具召唤力，尽管西班牙人出于谨慎，往往喜怒不形于色。那里是变幻世界的心脏，启蒙主义的发源地，将理性置于陈旧的教条之上，为各国人民照亮了通往幸福的道路。皇家学院图书管理员今年六十三岁，病逝的老伴是个随遇而安的基督徒，他本人也有真诚的宗教信仰，信来世。不像某些认识的人，染上了时代通病，尽去琢磨一些费解的问题，为难自己，搅得灵魂不得安宁。图书管理员相信：上帝是造物主，也是万事万物的解决途径。同时，他通过读书，得出结论：凡人应在此生顺应自然规律，获得安逸与救赎；而非此生受苦，寄希望于来世圆满，作为补偿。一个人有两种信仰，往往难以取舍，但堂埃莫赫内斯在最踌躇的时刻，搭起了一座坚固的桥梁，在理性与宗教间畅行无阻。

纵观局势，巴黎意味着挑战，一次充满诱惑的人生经历。那座城市已经无可争议地成为理性对抗非理性的中心，人类知识与现代哲学精髓的大熔炉。在那里，千年死结可以解开，旧时颠扑不灭的信仰可以推翻，天底下、世界上所有的事情都可以拿出来讨论，就连法国君主制的宗教根基也在清扫之列，照这个逻辑，别国的君主制更是不在话下。能够近距离地去了解，搭一搭新世界疯狂跳动的脉搏，感受几天无论在沙龙、咖啡馆还是其他闲聊处，从商铺后店到王宫前厅里这座城市的躁动，这样的挑战，连生性平和的堂埃莫赫内斯也无法

---

① 地米斯托克利（Temístocles，前525—前460），古希腊杰出的政治家、军事家，力主扩建海军，曾在萨拉米海战中大败波斯舰队，奠定了长达一个世纪的雅典海上霸权。

抗拒。

"跟您说汤要凉了，我不会再催了。"

"来了，胡安娜，别烦人……跟你说了，就来。"

图书管理员一抬头，就能看见卧室窗外、街道尽头的特立尼达修道院，看一次，伤心一次。那些砖墙，之所以会让他心痛，多半是因为老古板、受压抑、没文化的西班牙民族亟须指引未来的新思想。米盖尔·德塞万提斯是西语文学和世界文学的无上荣耀，他的遗体却混杂在特立尼达修道院的公共墓穴，骸骨化为尘埃，消逝在岁月中。塞万提斯辞世时，几乎孑然一身，穷困潦倒。他一生命运多舛，被人遗忘，几乎没有享受到旷世之作《堂吉诃德》的成功。塞万提斯故居位于弗兰科斯街和莱昂街的街角，离这儿只有两个街区。人们从陋室中搬出他的遗体，没有前呼后拥，没有奢华排场，随便找个阴暗的角落埋了，谁也不记得究竟在什么地方。同时代的人没把他当一回事，后来，《堂吉诃德》在国外一版再版，读者群体不断壮大，他才被人知晓。时至今日，他依然没有一块铭牌、一处碑文。他的荣耀只能来自岁月的积淀，来自有识之士——和外国人——的敏锐目光和个人崇拜，从未来自他的同胞。塞万提斯在世时默默无闻，如今大多冥顽不化的西班牙民众，只知道斗牛、看剧、穿衣打扮，依然对他不屑一顾。那几堵无名砖墙是西班牙人民无知无识、躺在历史的废墟中、沾沾自喜、固步自封的象征。那座被遗忘的坟墓是塞万提斯在身后留给同胞们苦难的一课。塞万提斯是个好人，他参加过勒潘多海战，做过阿尔及尔的囚徒，一生坎坷，却留下了从古到今最天才、最具创新意义的小说。

"堂埃莫赫内斯！……您再不来，我就把汤端回厨房了！"

堂埃莫赫内斯无奈地叹了口气，转过身来，背对着窗，慢悠悠地沿着走廊前往餐厅。书墙对面，有一尊石膏彩绘圣母像，下方是一盏烛台，小蜡烛发出微弱的光。

　　搜集退役海军准将堂佩德罗·萨拉特·伊克拉尔特的资料比搜集图书管理员的资料要复杂得多。一开始，我几乎什么都没找到，只有西西尼奥·冈萨雷斯-阿列尔在讲述启蒙时期西班牙海军的一本书中有所提及，很少的几行字。后来，我尝试了不同的检索方法，综合了各种资料，总算还原了他的部分生平。堂佩德罗·萨拉特生活低调，服役记录上无任何可圈可点之处，在当年赫赫有名的军人中不算是什么了不起的人物。种种迹象表明，他单身未婚——海军士兵结婚，需要上司批准。如果他结过婚，会有官方记录，可是没有——住在格拉西亚骑士街和阿尔卡拉街拐角处的房子里。在我找到的信息中，只能确认他参加过一次海战：二十六岁那年，他在装有一百一十四门大炮的"皇家费利佩"号上任海军中尉，一七四四年二月二十二日，作为维多利亚侯爵舰队的一分子，参加了土伦海战，那是一场发生在锡西埃角的海上恶战[1]。此后，他在皇家海军的职业生涯始终黯淡，先就任于加迪斯海军士官生学校，后在海军部秘书处做过文职，直到以海军准将的身份退役。

　　有关他的文人生涯，我在皇家学院的档案中找到不少，比军旅生涯方面的资料丰富。皇家学院几乎从创始之日起，始终为军方留出一个院士名额，人选来自陆军或海军，负责撰写词典中的军事词条。十八世纪这一百年里，英国是西班牙的宿敌，战火纷飞，相关词条不断涌现。堂佩德罗·萨拉特的学院工作十分繁忙，一七八三至一七九一

---

[1] 1744年2月22日，法西联合舰队在土伦一带以弱胜强，击退马修斯海军上将指挥的英国舰队，取得了战略上的决定性胜利，英国从1707年土伦战役获得的西地中海制海权被法国重新夺取。这场战役对英国来说是最丢人的一次失败，法国和西班牙舰队成功地结束了英国的封锁，导致败退的英国舰队撤回米诺卡岛。

年间出版的皇家学院词典中，诸多军事词条署的都是他的名。然而，他毕生最重要的成就是首开西班牙同类词典先河的《航海术语词典》，之前只有杂乱无章的海军手册或不成气候的词汇表。我坐在图书馆书桌前，手捧一本《航海术语词典》，信手一翻：十六开本，一七七五年加迪斯印刷，挺漂亮的。几天后，我在拉尔迪餐厅①约朋友吃饭，朋友是马德里航海博物馆馆长、海军上将何塞·冈萨雷斯·卡里翁。趁此机会，我请他向我详细介绍词典和作者。他向我确认：堂佩德罗·萨拉特的词典堪称传世之作，当年就是必备的航海类工具书，半个多世纪后，才被蒂莫特奥·奥斯康兰的《西班牙航海词典》超越。

"在此之前，据我们所知，萨拉特曾与率领西班牙舰队在土伦和英国舰队作战的维多利亚侯爵胡安·何塞·纳瓦罗②合作过……一七五六年，纳瓦罗完成了一部精美的大开本航海图册，一直未能出版。不久前，我们出版了临摹本。在相关注释上，出现了佩德罗·萨拉特·伊克拉尔特署名的信件和报告。几乎所有注释都跟航海术语有关，可见维多利亚侯爵对这本词典有浓厚的兴趣。"

他俯下身，从靠在椅腿上的文件包里取出一只透明的塑料文件夹，放在我面前的桌布上。文件夹里有好几份复印件：

"关于你那位海军准将，或者，按照院士们的称呼，海军上将，我能找到的资料全在这里：包括由维多利亚侯爵亲笔签署的晋升令，任命他为海军中尉；还有他写的一封信，陈述航海词汇的简洁等优点，很有意思……可以帮助你了解这个人。"

"他于一七七六年当选为西班牙皇家学院院士，"我说，"填的是

---

① 拉尔迪（Lhardy）餐厅位于马德里市中心圣赫罗尼莫街 8 号，创始于 1839 年，是马德里最古老的餐厅之一，创始人是法国人埃米利奥·于格南·拉尔迪。

② 胡安·何塞·纳瓦罗（Juan José Navarro, 1687—1772），西班牙皇家海军最高统帅，被封为胜利侯爵。

陆军上将奥索里奥留下的缺。"

"这么说，时间就对上了。萨拉特词典是前一年出版的，皇家学院自然会注意到他。他最大的贡献在于首次出版了系统完整、条目清晰的航海术语大全……他还特别有心，在每个词条旁边，注上了对应的法语和英语，法国和英国当年也是海上强国。启蒙时期的海军正在经历彻底的变革，这本词典紧跟时代，直到今天，依然是世界上最重要的航海词典之一：纯正、清新、有序、现代……一流的科学与文化著作。"

"当年的海军将士既读书，"我指出，像在挑衅，"又写书。"

冈萨雷斯·卡里翁笑了，说这样的海军将士现在也有，只是没当年那么多。他还说，十八世纪下半叶，经过恩塞纳达侯爵①的改革，西班牙海军突飞猛进，势不可挡：用美洲殖民地的原材料和当年最先进的技术制造出性能优异的船只，加迪斯海军士官生学校用科学的方法培养出海上精英，只可惜船员是软肋。在不公正的贵族制度下，船员是强征来的，薪水微薄，士气低落。我没想到，航海博物馆的图书馆里珍藏着那么多当年西班牙海军出版的法令法规、绘图学、港口地图集、航海学课本和专著，共计一百多本航海学和基础科学的重要著作。

"这些海军将士，生活在充满希望的年代，深受启蒙思想的启迪，"冈萨雷斯·卡里翁总结道，"甚至备受敌方军队的敬重……安东尼奥·德乌略亚②去美洲测量子午线，回国途中被英国人俘获，送往伦敦。英国王室以礼相待，任命他为皇家科学院院士。"他顿了顿，

---

① 恩塞纳达侯爵（Marqués de la Ensenada, 1707—1781），西班牙启蒙时期政治家，曾任国务秘书、财政部长、海军元帅等职。
② 安东尼奥·德乌略亚（Antonio de Ulloa, 1716—1795），西班牙自然学家、军人、作家，发现了元素铂，并创建了国家自然科学博物馆。1735 年前往美洲测量子午线的长度，返程时被英国海军俘虏，1746 年当选为英国皇家自然科学院院士。

忧伤地看了看面前的盘子，"几年后，一切止于特拉法尔加①：人没了，船没了，书没了……再后来，就发生了后来发生的事。"

他用勺子轻轻拨了拨什锦汤里的鹰嘴豆，又把勺子放下。话说完，胃口没了。

"萨拉特在个人研究领域，就是一位具有启蒙思想的海军将士。"他沉默片刻，又说道，"他坚持不懈地贡献自己的力量，希望能建设出一支光荣的现代化海军，让西班牙王国能够面对各种挑战。毕竟，当年的国土遍布大西洋和太平洋两岸。他和众多籍籍无名，死于毫无希望的海战，或因领半饷，甚至领不到军饷而死于穷困的士兵一样，有文化，有尊严，有诚信……当年的西班牙不想做任何改变，有太多的黑暗势力在扯国家的后腿。"

他端着勺子，又停下。后来，他把勺子放在盘子边，伸手去端葡萄酒。

"可是，他们努力过。"他喝了一口，苦笑着，看着我，"至少，那些优秀的人努力过。"

现有的皇家学院词典旨在体现卡斯蒂利亚语的崇高、美丽与丰富。考虑到商船与航海是贸易往来与社会进步的基石，我决定编写一部相对小型的词典，按照其他文化发达国家的方式，收入并扩充有关海洋科学与艺术部分。我不会无中生有，只想忠实地、原汁原味地收录古典作家笔下的词汇，有分寸、有学识的人所使用的词汇，甚至海上普通老百姓所使用的日常词汇。希望借助这本词典，能让更多的人了解，并用好……

---

① 特拉法尔加海战是英国海军史上的最大胜利。1808 年 10 月 21 日，英国海军在纳尔逊的指挥下，以少胜多，打败了法国和西班牙联合舰队，粉碎了拿破仑征服英国的企图，使英国成为海洋帝国，并确立了此后一个世纪的海上霸权地位。

皇家海军退役准将堂佩德罗·萨拉特·伊克拉尔特放下羽毛笔，又将最后几行读了一遍，那是新版《航海术语词典》简短前言的结尾部分。房间桌上摆了一盏油灯，光线对他已经足够。尽管他上了年纪，但视力几乎完好无损，不需要戴眼镜凑近了看东西。他对文章十分满意，洒上吸墨粉，吸干墨水，将这张纸和先前写好的四张叠在一起，用火漆封好；之后，再用羽毛笔蘸上墨，写上地址——加迪斯海军士官生学校印刷厂——将信封放在书桌正中央，起身，最后环视一眼，确认所有物品收拾完毕。最后那一眼是习惯动作，多年不变。身为海军将士，他受过相关训练，原本就爱整洁；年轻时，遇到过各种各样的风险。因此，每次出门前，他都做好一去不归的准备，保持一丝不苟的整理习惯。所有物品各回原位，回家后好找；万一主人永远回不来了，接手物品的人也好找。

房间小而朴素，符合有尊严、不张扬的绅士家庭。油灯的光照亮了为数不多的几件实用的桃花心木和胡桃木家具、一张普通质量的地毯、几个摆着许多书和海战图册的栎木书架。正面墙上有只从来不点的壁炉，搁板上的玻璃盒里，是一艘装载着七十四门大炮的战舰模型。壁炉上方，并排挂着六幅镶了框的大型彩色铜版画，展现的是西班牙舰队和英国舰队的土伦海战。堂佩德罗·萨拉特扫了一眼，沿着走廊，慢悠悠地走到门厅。他穿着旅行用的英式旧皮靴，刚上过油，擦得锃亮，很舒服，踩在木地板上发出回响。姐姐安帕罗和妹妹佩利格罗斯候在门厅。她们穿着带蝴蝶结和细丝带的家居服，灰白色的头发挽起来，压着一尘不染、浆过的束发帽。姐妹俩和他一样，又高又瘦，特别是姐姐安帕罗。他们仨最像的是眼睛，一样的明澈，泛着淡淡的蓝，像是被阳光溶解了，看起来不像西班牙人，有些邻居甚至叫萨拉特姐妹"英国女人"。她们都没出嫁，性情温和，任劳任怨，三十年来，一直悉心照料着海军上将。母亲过世得早，姐妹俩先是照料年迈的父亲，兄弟从海上归来后，又接着照料兄弟。她们为他而活；除此之外，只去参加宗教活动，每天听弥撒，看劝人向善的书籍。

"车夫上来过，把行李拿下去了。"安帕罗说，"马车在街上等。"

姐姐看上去很激动，妹妹拼命忍住泪水。但姐妹俩站得笔直，十分坚定，为家族荣耀感到欣慰。她们知道他此行的目的，在火盆桌旁讨论了半天，认为从法国带来的东西没一样是好东西，因为她们的忏悔神父对法国害人不浅的哲学家和其他胡说八道的人没什么好印象。尽管如此，堂佩德罗身为西班牙皇家学院院士，受命出国，这是荣耀，性质完全不同。他要做的事，不会是什么坏事。更何况，教育民众不应遭到反对，理应全力支持。既然如此，管他去巴黎还是君士坦丁堡。忏悔神父就算再虔诚，离上帝再近，也会时不时地犯错。

"我们在篮子里放了两大块面包和凉菜，"姐姐递给他深蓝色厚呢面料、裁剪合身的大翻领大衣，"还有两瓶用柳条筐包好的帕哈雷特酒①……够不够？"

"够了。"堂佩德罗拉着短款英式燕尾服的袖子，将胳膊伸进大衣，"酒馆客栈里什么都有。"

"这些是现在吃的。"佩利格罗斯说，她都没出过富恩卡拉尔门。

海军上将充满温情地摸了摸姐妹俩憔悴的面颊，一边一下，每人两下。

"别担心，这次旅行挺舒服的。院长大人把自己家的马车借给我们用，只要在驿站换马就行……再说，堂埃莫赫内斯·莫利纳是个好人，车夫也信得过。"

---

① 帕哈雷特酒（pajarete）：出产于西班牙赫雷斯附近帕哈雷特（Pajarete）的高浓度白葡萄酒。

"我说不好，"大姐皱了皱鼻子，"总觉得车夫太随便，有些放肆。"

"这样才好。"海军上将让她放心，"跑这趟，要的就是有经验、有见识的车夫。"

"跟你年轻时相比，有过之而无不及。你也很有见识。"

海军上将扣上大衣扣子，微笑着，有些漫不经心：

"也许吧，安帕罗……那么久远的事，我都记不清了。"

妹妹递给他刚刷过、干净清爽的黑色三角毡帽。堂佩德罗注意到，羊皮条内衬里，有赶路人的保护神，圣克里斯托瓦尔的画片。

"小佩德罗，路上千万小心。"

只有在特殊情况下，她们才会像小时候那样，叫他小佩德罗。上回这么叫，是在两年前。他严重肺充血，卧床三周，水蛭、糖浆、外科医生开的膏药全用上了。姐妹俩轮流，没日没夜地守在床头，手持念珠，不停地祈祷万福马利亚。

"我留了一封信，寄到加迪斯，麻烦你们送到邮局。"

"你放心。"

手杖架里有十几根手杖，海军上将挑了一根银把手的桃花心木手杖，里面藏着一柄五拃长的托莱多优质剑。他转过身，发现姐妹俩的眼神忧心忡忡，尽管谁也没开口。她们多次见他拄着这根手杖，出门散步。一柄手杖剑在当年、在任何时候都可以防患于未然。

"我房间的大箱子里有点钱，如果你们需要……"

"用不着！"姐姐有些高傲地打断了他，"家里一直量入为出。"

"我会从巴黎带礼物，每人一顶帽子，还有一条真丝披肩。"

"这里的披肩不是更好？"佩利格罗斯爱国主义情绪泛滥，"菲律宾出产的马尼拉披肩，那些岛屿是咱们西班牙的①……法国披肩不怎

———————

① 菲律宾在十六到十九世纪为西班牙殖民地。

么样。”

“好吧，那我再找点别的。”

“别乱花钱买东西，”安帕罗批评他，“你自己要当心。”

“我们去找书，又不是去打仗。”

“即便如此，也别相信任何人。钱收好。吃东西要小心，那儿的菜太油，放了太多黄油，对胃不好……”

“他们连蜗牛都吃。”妹妹特地指出，口气很不屑。

“行，”海军上将答应她们，“不吃蜗牛，不吃油腻的东西，不吃黄油，只吃橄榄油。我保证。”

“巴黎有橄榄油吗？”佩利格罗斯不太放心，“沿途客栈里有橄榄油吗？”

堂佩德罗亲切地笑了，耐心地回答：

“妹妹，你放心，一定有。”

“注意保暖，”安帕罗再三叮嘱，“脚湿了，别忘了换袜子……箱子里有六双，听说法国老下雨。”

“我会的，”海军上将又安慰道，“你们放心。”

“药剂师开的糖浆带上了吗？带上了？……小心别把瓶子弄碎了，出门别忘了喝，你的肺不好。”

“我保证，我会放在手边。”

“小心法国女人。”佩利格罗斯胆子大些，特意提醒道。

安帕罗打了个激灵，责备地看着她：

“上帝啊！妹妹，你说什么呢？”

“怎么了？”妹妹反驳道，“难道法国女人不是那样？”

“你怎么知道……这么说，缺乏基督教仁义。”

“什么仁义不仁义的？那些女人可放肆了！”

姐姐大惊失色，在胸口画十字：

"天啊，仁慈的基督耶稣！佩利格罗斯……"

"好了好了，我知道我在说什么。那些女哲学家，在时髦的沙龙里对着男人侃侃而谈……没准哪天，就频繁出入咖啡馆了。我不说了。"

海军上将笑了，戴上帽子，脖子上耷拉着灰白色的短马尾，扎着黑色塔夫绸带子。

"你们放心。我都这把年纪了，对法国女人不感兴趣，对西班牙女人也不感兴趣。"

"这是你自己以为的。"佩利格罗斯不同意，"好多美男子都对女人感兴趣，是不是，安帕罗？……就你这个年纪，很有魅力的。"

"那当然，"大姐表示同意，"会感兴趣的。"

帕斯夸尔·拉波索迎着晨曦，坐在圣米盖尔酒馆门前，腿伸在桌子底下，手抄在口袋里，手边放着一罐葡萄酒，望着街对面帕哈小广场的拐角处。四座马车旁站着两个人：一个又高又瘦，穿着深色大衣，戴着三角帽，挂着手杖，刚从附近的门厅出来，正在跟一个又矮又胖、穿着西班牙斗篷、戴着海狸帽的男人说话。车夫蓄着大胡子，穿着厚披风，看上去像个粗人，将最后几个包裹搁在马车顶上。拉波索眼神犀利，总能注意到有用的细节；不像别人，要么太笨，要么太嫩，看不见，事后懊悔。无论是放在车夫座位上套着套子的猎枪，还是运行李下楼时，胳膊底下夹着的一盒手枪——先把手枪放进马车，再将行李搁在车顶——都被他看在眼里。

拉波索四十三岁，一辈子打打杀杀，左腰上有老伤，被刀捅的，缝过针，在休达监狱蹲过多年。他能活到今天，全靠眼神好，能注意到细节，七年的军旅生涯练就了他这身本事。他早就退了伍，换了种活法，但习惯和眼神这些战术上的底子还是当年打下的。对于这位老牌骑兵来说，生活意味着无休止的逃亡，看着不同的风景，从事不同的行业。哪行都不容易，就为了讨口饭吃，各地的风景也没那么好看。

两个男人上马车，关门；车夫也在位子上坐好。鞭子一响，马儿们慢悠悠地起步，拉着马车往圣路易斯广场走。拉波索在桌上放了一枚硬币，起身，慢条斯理地扯了扯马赛买来的带灯芯绒装饰的短大衣，戴上卡拉尼亚斯出产的帽子，帅气地翻起前额上的帽檐。一位漂亮的姑娘，很年轻，小麦色皮肤，披肩拉到头上，穿着高跟鞋，从附近某个教堂走来。拉波索不动声色，傲慢地盯着她的眼睛，绅士般地后退一步，给她让路：

"美人儿，跟您做洗礼的神父真有福气。"

姑娘没搭理他，独自走远。拉波索对她的轻蔑并不在意，目送她远去，咂了咂嘴，沿着格拉西亚骑士街，远远地跟着马车。其实没必要，他早就调查过，知道由两位院士组成的远征小队从哪儿出城。不过，还是确认了更放心。他估计：他们会走富恩卡拉尔门或圣塔芭芭拉门，前往布尔戈斯。拉波索对这条路，包括沿途驿站和客栈都十分熟悉。根据出发时间，加上这个季节破天荒的干燥，他们能顺顺当当地赶八到十小时的路，估计第二天能到索莫谢拉，照例住在华尼利亚客栈。他打算在第三天出发前，不紧不慢地赶上他们。他骑马，三天前刚买了一匹好马：淡黄色、中等身材，健康，壮实，四岁，经得起长途跋涉，至少能跑完大半程；实在不行，就找机会再买一匹，或者用驿站的马。去巴黎，路上要走四个礼拜。老习惯，行李只带必需品：一只拴在马屁股上的皮箱；一只装着干粮的大皮口袋；一件遮寒挡雨的涂蜡披风；一床卷起来、用皮带拴好的萨莫拉毯子；还有一把卷在毯子里的骑兵军刀。这些他都打包好，放在拉帕尔玛街的客栈房间。他还睡了老板娘的女儿，老板娘居然痴心妄想，想把女儿嫁给他。马儿吃得饱饱的，鞍辔也备好了，候在富恩卡拉尔门附近的马厩。

"妈的，帕斯夸尔，真没想到，能在这儿遇到你。"

被熟人撞个正着，拉波索依然在笑。他干的是刀尖上行走的勾当，微笑是必需的，甚至在适当的时候，微笑意味着大开杀戒。跟他打招呼的理发匠扎着吉卜赛风格的小辫儿，箍着发网，是在下三滥的巴尔基略·伊·拉瓦彼斯认识的。他在这条街上开了家理发店，除了理发修面，还弹得一手好吉他，方丹戈舞曲和塞吉迪亚舞曲信手拈来。

"进来，给你刮个胡子，说说话。进来吧，不收钱。"

"帕科罗，我赶时间，"拉波索表示歉意，"正忙着呢！"

"就一会儿。跟你说个事儿，你准感兴趣，"他会心地冲他挤挤眼，"那人你认识。"

"我认识的人多了去了。"

"这人绝对有料，整天撩人……还记得玛利亚·费尔南达吗？"

拉波索坏笑着点点头：

"我记得，半个西班牙的人都记得。"

"是这样的：有个人追她，穿得挺时髦，有点家底，好像是个侯爵家的公子哥儿，听说是。"

"那又怎样？"

"公子哥儿喜欢穿得漂漂亮亮的，带她去赌场。我在那儿跟他结了点梁子，打算捉弄他，栽他玩弄处女。"

拉波索听到最后一个词，扑哧一声笑了：

"玛利亚·费尔南达从娘胎里就不是什么处女。"

理发师实事求是地点点头：

"那是，可公子哥儿不知道，可以敲他一大笔……你去扮生气的哥哥,怎么样?"

"我有别的事儿。"

"好吧,太可惜了……你手上拿把折刀,很吓人;不拿折刀也吓人。"

拉波索耸耸肩,跟他告别:

"下次吧,帕科罗。"

"行,下回干他一票!"

拉波索离开理发店,两位院士乘坐的马车已经驶到了圣路易斯广场。他稍稍加快脚步,跟上他们,马车果然右拐。很显然,如他所料,他们会从富恩卡拉尔门出城。该去客栈拿行李,跟老板娘的女儿告别了,再去马厩取马。

"给点钱吧,看在上帝分上。"乞丐一瘸一拐地挡住了他的去路,伸过来一只断了手的胳膊。

"滚!"

见他不好惹,乞丐立马闪人,敏捷得不可思议:人一闪,没了。拉波索专心做事,摸着连鬓胡,目送马车走远,脑子里正在盘算一大堆的事:要走多少里?途经多少驿站和客栈?走后面?走前面?还是擦肩而过?终于,他心满意足地笑了,露出一点点牙齿,几乎有些凶残。他这种人,隔段日子,不是见人杀人,就是自己杀人。对于见惯类似场面的人,不重要的事情居多,重要的事情没几件。其一,人分两大类:有人干坏事,是因为天生品行恶劣、想保命或性格懦弱;还有人像他那样,干坏事,是因为受雇于人。其二,生活在这个不公正的世界,无论是上天不公正还是人为不公正,办法只有两个:忍气吞声或沆瀣一气。

3. 客栈与沿途交谈

人在他的一切探究中,应当乞援于物理学和经验:在人的宗教、道德、立法、政治、科学、艺术、快乐和痛苦之中,人应该求教的也正是物理学和经验。

霍尔巴赫男爵[①]:《自然的体系》

重现马德里到巴黎这趟旅程对我而言,有些技术上的困难。路况迥异: 如今是公路和高速公路,十八世纪是马或马车走的土路,路况差不说,恶劣季节完全无法通行。想当年,出门等于冒险,就连客栈和驿站——马车沿途换马的地方——也没有十九世纪那么完善。打造安全可靠的交通网,确保出行方便、舒适恰恰是卡洛斯三世等启蒙君主的操心事。

尽管道路交通图直到两个世纪前才出版成书,但在本文发生的年代,人们的好奇心不断增强,出门旅行的人日益增多,小开本的旅行指南已经普及。有的是欧洲各国首都之间的路线图,有的是去外省的路线图,都标出了驿站间的距离。单位为西班牙里,相当于五点五公里,一小时的路程。有了这些指南,出行者可以精确地计算出路程和时间,一天差不多可以走六到十里。

我的藏书中原本就有这样的旅行指南;为了写这个故事,我又去专门采购了几本。关于西班牙境内的道路和驿站,埃斯克里瓦诺一七

七五年出版的那本最合适；关于法国境内的道路和驿站，我参考的是
一七六三年海略特在巴黎出版的那本。我还需要当年的道路、乡村和
城市地图。在一次古董书拍卖会上，我很幸运地拍到了罕见的大开本
加大厚本托马斯·洛佩斯全集，这位西班牙人绘制了十八世纪末的全
国地图。法国地图是一位老友帮我解决的。古董书商米谢勒·波拉克
在巴黎的书店专门出售航海和旅行书籍，她帮我弄到了一本品相绝佳
的《新版法国驿站地图》。

"我有好东西，你会感兴趣的。"她打电话给我。

四天后，我到巴黎。她那家位于埃绍德大街的古董书店是个塞满
宝贝的洞窟，去那儿不需要理由。书架上，地上，到处都是书。电炉
周围也是，我总担心炉火会烧了整家书店。

"你上岸了？"她见我去，跟我开玩笑。

"下不为例。"我回答。

这是个老掉牙的笑话。我在这家书店买了四十年的十八、十九世
纪海图及航海类书籍，先从她父亲手里买——米谢勒当年是位魅力四
射的小姐——她接手生意后，又从她手里买。米谢勒很专业，我最钟
爱的一本航海学专著就是她帮我找到的：拉玛图埃列的《致波拿巴
的海战策略基本教程》，法国海军在特拉法尔加海战时用的那本。二
〇〇五年，我出版了一本相关小说[2]，写作时需要参考。

"你要的地图。"她说。

地图已经铺在桌上，大概五拃乘四拃，很干净，十成新，铺在现
代风格的桌布上：致最尊贵的公爵殿下，皇家地图绘制员贝尔纳·

---

① 霍尔巴赫男爵（Barón Holbach, 1723—1789），原名亨利希·提特里希（Heinrich
　　Diefrich），十八世纪法国启蒙思想家、哲学家，代表作《自然的体系》被誉为
　　"唯物主义的圣经"。译文引自商务印书馆 1964 年管士滨译本第 13 页。
② 指 2005 年 Alfaguara 出版社出版的《特拉法尔加角》（Cabo Trafalgar）。

海略特。

"一七三八年印刷。"米谢勒指着标签说。

"距我要求的时间，会不会早了点？"

"我觉得不会。那时候，社会变化比现在慢……区区五十年，不会有什么大变。"

她递给我放大镜，我接过来，寻找两位院士从巴约纳到巴黎所走的大路。有条虚线，看得很清楚：波尔多、昂古莱姆、奥尔良、巴黎。每个驿站都用小圆圈标出来，非常细致。

"太棒了。"我说。

她点头称是：

"那当然，是很棒……你要吗？"

我把放大镜放在地图上，偷偷地咽了口唾沫，看着她眼睛说：

"看情况。"

她笑得我直打寒战。我说过，我们认识了四十年，她谈生意发过火，我见过。对老主顾也不留情面，包括对我。

"你要多少钱？"我问。

我带着地图回到马德里，继续四处打听。我还需要专著，那个时代的人写的，好让我了解人物活动的地方。幸好，十八世纪这类作品很多。当年，旅行在上流社会蔚然成风，许多持启蒙思想的游客出版了指南、游记或回忆录。我没费太多工夫，就找到了克鲁斯、庞斯①和阿尔瓦雷斯·德科尔梅纳尔②的游记大全，外加其他西

---

① 全名安东尼奥·庞斯·皮克尔（Antonio Poz Piquier，1725—1792），西班牙启蒙时期历史学家、旅行家，著有十八卷本的《西班牙游记》和两卷本的《国外游记》（包括低地国家、英国和法国）。
② 阿尔瓦雷斯·德科尔梅纳尔（Álvarez de Colmenar，1659—1733），荷兰地理学家，著有二十八卷本的《东印度和西印度游记》及《西班牙与葡萄牙趣事》。

班牙和法国游记，特别是两本回忆录：约瑟夫·汤森[1]的《卡洛斯三世时期的西班牙游记（1786—1787）》和乌雷尼亚侯爵[2]的《欧洲游记（1787—1788）》帮了我不少忙。我很快发现，书里的细节对我弥足珍贵。

> 路很宽敞，红色的黏土地，上面有漂亮的车辙，共七里，有一段路况很差，有很多石子……

这样一来，我就可以讲述主人公离开马德里之后的故事。估算行程，驿站换马，客栈休息。我能想象出堂佩德罗·萨拉特和堂埃莫赫内斯·莫利纳——杀手帕斯夸尔·拉波索紧随其后——前往法国首都沿途走过的路，脑子里过一遍，能更好地体验旅途凶险。然而，就连如何形容两位院士所乘的马车，我都必须仔细研究。马车要带车篷、结实、能赶远路。我在乌雷尼亚的回忆录里找到了 berlina 这个词，又差点弃之不用。根据一七八〇年皇家学院词典，该词只能形容两座马车，而我的故事需要一辆四座马车。后来，我在藏书里翻了又翻，在网上找了又找，终于查到 berlina 也可以指更大的马车，若干幅插图可以佐证。于是，我决定就用这个词。一辆英式四座马车，漆成黑色和绿色，驾四匹马，车顶有行李架，奥西纳加侯爵提供的车夫也有专门的座位。海军上将和图书管理员面对面，坐在陈旧的皮坐垫上，玻璃拉窗关着，免得扬灰进来。马车晃晃悠悠地往前走，他们聊天、看书、打盹、默默地欣赏光秃秃的山景。

---

① 约瑟夫·汤森（Joseph Townsend, 1739—1816），英国物理学家、地质学家、旅行家。

② 乌雷尼亚侯爵（Marqués de Ureña），原名加斯帕尔·德莫利纳（Gaspar de Molina y Sladivar, 1741—1806），西班牙建筑师、工程师、画家、诗人、旅行家。

"我听到的是狼嚎吗？"堂埃莫赫内斯抬头问。

"有可能。"

马车不停地晃，弹簧嘎吱嘎吱地响，声音很单调。轮子压到石头或路面不平整，车厢会轰的一声，抖一下。图书管理员在读《史政信使报》《文学审查官报》《马德里公报》等过刊，堂佩德罗·萨拉特望着窗外，聚精会神地看飞翔在花岗岩乱石堆上的雄鹰和秃鹫，以及分布在索莫谢拉峡谷中茂密的枞树。

"光线快不够了。"图书管理员遗憾地说。

海军上将将窗帘再拉开些，系上带子，好让车里更亮堂。可是，没过一会儿，即便如此也无济于事。日头很低，躲在沿途的大树后面，将远方白雪皑皑的山顶映成暗红色。堂埃莫赫内斯看得吃力，将报纸放在座位上，摘下眼镜，抬起头，和堂佩德罗目光对视，冲着他和善地笑了笑。

"海军上将先生，说来也怪，真是怪……咱们在学院共事多年，就没说过几句话……反倒在这儿遇上了，一起去办这趟奇怪的差事。"

"堂埃莫赫内斯。"海军上将点点头，"很荣幸能与您同行。"

图书管理员亲切地抬起手：

"请您跟大家一样，叫我堂埃梅斯。"

"我绝对不会……"

"拜托了，上将先生，我都习惯了。这个称呼很亲切，您叫，会更亲切。咱们要一起生活好几个礼拜，很多事情要一起做。"

海军上将想了想，似乎这很重要。

"行，那就叫您堂埃梅斯？"

"这就对了。"

"好吧，那您也别对我这么客气，称旅伴为'海军上将先生'有点过。您可以直接叫我名字。"

"我觉得别扭。那么多院士里，您的军人身份……"

"那好，"海军上将没让他把话说完，"我恳求您：就叫上将。"

"行。"

马车稍稍往一边歪，顿了顿，又奋力往前。这是一段陡坡，车夫在外面甩鞭子，催马儿快点走。堂佩德罗指了指图书管理员放在一边的《文学审查官报》，问道：

"有好看的文章吗？"

"没什么好看的，老一套……一篇鼓吹斗牛，一篇拼命抨击年轻人莫拉廷用笔名发表的小文章。"

海军上将苦笑道：

"是那篇批评西班牙作家辞藻华丽、矫揉造作，建议采用现代风格的文章吗？……学院征文比赛获奖那篇？"

"没错。"

海军上将说，巧得很，他就是评委会成员，读到那篇文章时，满心欢喜。莫拉廷想法新颖，表述清晰。年轻人很有品位，对俗文学泛滥持批评态度。上演的独幕笑剧全都俗到了家，主角不是下流坏，就是来自下层社会；剧情胡编乱造，什么暴风雨、大屠杀、莫斯科大公，甚至连修鞋匠都能在最后一刻变成国王失散多年的孩子。观众的审美情趣全都被败坏了。

"您说《文学审查官报》撰文批他？"他问。

"批得体无完肤，一钱不值……您应该知道伊格鲁埃拉的为人。"

"理由呢？"

"还是那些。"图书管理员做了个无可奈何的手势，"西班牙传统美德什么的。陈词滥调，耳朵都听出老茧了：国外的时髦玩意儿会侵蚀到诸如宗教、传统等西班牙民族的精髓。"

"真是悲哀：西班牙的头号敌人还是自己。星星之火，坚决扑灭。"

"这趟旅行恰恰不是。"

"请原谅我这么说：这趟旅行只是全民归顺的大环境下一丁点不起眼的小火星。"

图书管理员看着海军上将，真的很吃惊：

"上将，您对未来没有信心？"

"信心不足。"

"那您干吗……？那您干吗还愿意跑这一趟？"

堂佩德罗没吭声，只听见马车的嘎吱声、外面传来的马蹄声和马鞭声。终于，他古怪地笑了笑，若有所思：

"年轻时，有一次参加海战……我们被英国人包围了，取胜无望。可是，谁也没想过降旗投降。"

"这叫英雄主义。"图书管理员钦佩地说。

澄澈的蓝眼睛看着他，没有回答。

"不，"海军上将终于开口，"这叫不屈不挠。胜也好，败也罢，总得尽职尽责。"

"我想……我猜的：还有一点点骄傲。"

"没错，堂埃梅斯。要是再加上一点点的聪明，会很实用。"

"您说得没错……我记下了。"

海军上将又去看窗外，天色越来越暗，路很直，在下坡，马儿们都很精神，马车的速度也快了起来。

"暮气沉沉，逆来顺受，这都是国民性。"过了一会儿，他又说，"不愿意自找麻烦……西班牙人希望永远长不大，什么宽容、理性、科学、自然，这些字眼会让我们午觉睡不安稳……说起来真害臊，我们就像黑人或加勒比人，全欧洲都知道的消息，我们最后一个知道。"

"没错。"

"更过分的是，国内的一点点精华，却被当成武器，窝里斗：那个作家是艾斯特雷马杜拉人，那个是安达卢西亚人，这个是巴伦西亚人①……我们远不够团结，远不够文明，被别的民族超越，是正常的……我觉得，老说谁从哪儿来的不可取。不妨先忘掉家乡，所有的名人，首先都是西班牙人。"

"您说得没错，"图书管理员认为，"只是有点夸张。"

"我夸张？……堂埃莫赫内斯……堂埃梅斯，我们没有……您数数……我们没有伊拉斯谟②，更别说伏尔泰了，顶多只有费霍神父③。"

"已经不错了。"

"可是，费霍既不反对天主教，也不反对君主制。西班牙没有独树一帜的思想家或哲学家。宗教无处不在，思想很难开花结果，根本无自由可言……对外来思想浅尝辄止，害怕引火烧身。"

"上将，我认为您说得很有道理。可是，您刚才提到的'自由'是柄双刃剑，北欧人民就不这么理解。这儿疯狂地教唆没有文化、崇尚暴力的人民当家做主，结果，国王们的命运落到了极端分子的手里。要是他们不改革，也就不会自掘坟墓，挖个坑给自己跳。"

---

① 艾斯特雷马杜拉、安达卢西亚和巴伦西亚均为西班牙自治区名。
② 全名德西德里乌斯·伊拉斯谟（Desiderius Erasmus，1466—1536），尼德兰哲学家，十六世纪欧洲人文主义运动的主要代表，被誉为"十六世纪的伏尔泰"，代表作为《论自由意志》。他一生忠于教育事业，反对死记硬背，主张学习自然科学，始终追求个人自由和人格尊严。目前，欧洲高等教育领域的合作性学生交流项目以他的名字命名。
③ 全名贝尼托·赫罗尼莫·费霍（Benito Jerónimo Feijóo，1676—1764），西班牙杂文家，西班牙启蒙运动的代表人物，也是天主教会的神父。

"堂埃梅斯，别跟我说什么王权神圣不可侵犯……"

"绝对不会，但这是最起码的。您是国王陛下的海军将士，怎么会跟我争论这个话题？"

海军上将几乎和善地微微一笑，躬下身，友好地拍了拍图书管理员的膝盖。

"尽职尽责，肝脑涂地，在所不惜是一回事，明知国王和政府的性质，自欺欺人，是另一回事……亲爱的朋友，忠诚与建设性批评并不矛盾。我向您保证：我在国王的战舰上，也见到过龌龊事，跟在陆地上见到的没有任何区别。"

太阳已经落山，仅剩的余光灰灰的，带一点蓝，就快没了，还能依稀分辨出风景的轮廓和车内两位院士的身形。

"我只是个在军队服役多年、爱读书的军官。"海军上将继续说，"卡斯蒂利亚语的作品我读过不少，有关高雅的品位、启蒙、科学、哲学的都有，但有关自由的，从来没有……我们所生活的这个世纪，自由与进步携手同行。新生代哲学家们勇气可嘉，拥有其他世纪启蒙思想从未有过的活力，可以照亮通往未来的路……然而，西班牙很少有人敢于冲破天主教义的桎梏，也许心里想，不敢明说。"

"谨言慎行，情有可原。"图书管理员反驳道，"瞧瞧可怜的奥拉维德①，落了个什么下场！"

"您说得没错，简直让人落泪。卡洛斯三世改良主义运动忠心耿耿的大主管，国王和政府居然懦弱到对他不闻不问……"

"上帝啊，上将。我不是说这个，咱们不提国王。"

"为什么不提？……早晚得提。是国王叫奥拉维德负责改良，却

---

① 全名巴勃罗·德奥拉维德（Pablo de Olavide，1725—1803），西班牙作家、翻译家、政治家、法学家，1778 年被宗教裁判所治罪，流亡到法国。

让他落到宗教裁判所手里的。君权屈从神权，定他的罪，让咱们在有文化的民族面前抬不起头来……西班牙国王具有启蒙思想，人民对他寄予厚望，不能因为良心上有所顾忌，就向宗教裁判所投降。"

黑暗中交谈，对方只是一团黑乎乎的影子。突然，马车嘎吱一声，跳了一下，车厢一震，两人险些撞上。路太黑，赶路危险。图书管理员拉开车窗，担心地瞅了瞅外面。

"您这话不公平。"过了一会儿，他说，"进步不可能一蹴而就，有若干中间阶段。出于个人信仰，许多人，包括我在内，并不希望国王倒台或宗教消亡……您知道的：我是启蒙思想的追随者，但没打算放弃信仰天主教。启蒙之光也是信仰。"

"它是理性。"海军上将断然拒绝，"神秘与神示违背科学与理性，而自由是理性的产物。"

"又转回到自由这个话题。"图书管理员又从车窗探出头，"……亲爱的朋友，您很固执。"

"塞万提斯借堂吉诃德之口说，自由是人生最宝贵的财富……'我认为人是天生自由的，把自由的人当作奴隶未免残酷……'①您这么专心，在看什么呢？"

"我觉得有光，恐怕是咱们过夜那家客栈。"

"但愿如此。再这么晃下去，骨头都要散架了。这才刚刚开始。"

一天后，帕斯夸尔·拉波索将马交给马厩的伙计，提着行李，掸掸衣服上的灰尘，走进阿兰萨河边的客栈。偌大的壁炉点着火，旁边放着三张桌子，长条板凳，没铺桌布，已经有人在吃晚饭。第一张桌

---

① 源自《堂吉诃德》第一部第二十二章，译文引自《塞万提斯全集》第六卷杨绛译本第 174 页。

子坐着两个车夫，两位院士的车夫也在其中，由一位姑娘负责伺候。第二张桌子坐着六个脚夫——拉波索在马厩看见了骡子，院子里堆着大包小包，由专人看管——吃吃喝喝，大声聊天，吵得慌。第三张桌子放得有点偏，坐的人更有身份：拉波索一路跟随的两位院士、一位女人和身边年轻的绅士，由老板亲自伺候。老板见拉波索进门，迎了上去。看表情，有点不太欢迎。

"没有空房间了，"他态度生硬，"小店客满。"

拉波索镇定地笑了笑，风尘仆仆的脸上露出洁白的牙齿：

"别担心，朋友。我自己想办法……现在，我想吃点东西。"

他看起来很好说话，客栈老板松了口气。

"没问题，"态度和善不少，"我们有锅炖猪头和炖猪手。"

"酒呢？"

"本地产的，能喝。"

"那就行。"

客栈老板对他上下打量，思忖着该把他分到哪桌。刚进来的这位一副赶路人打扮：马赛买的短大衣，鹿皮及膝短裤，绑腿，看起来像个猎人。不过，老板注意到他进门时，将行李放在门边，卷着的毯子里有把军刀。拉波索自己做主，坐了脚夫那桌，免得老板费心。脚夫见他过去，纷纷停下不说话，却和善地给他让出位置。

"大家晚上好。"

他拔出别在腰上的弹簧刀，弹开时，七个弹簧一起响。桌上有个大面包，他切一块，接过脚夫递来的酒罐，给自己斟酒。姑娘端来一盆看上去十分可口、热气腾腾的炖菜。

"祝您好胃口！"同桌对他说。

"谢谢。"

他拿起锡勺，细嚼慢咽，吃得很香。脚夫们继续聊天，有人抽烟，所有人都在喝酒，他们在聊牲口和过路过桥费，后来又争起斗牛士科斯蒂利亚莱斯和佩佩-希略谁更厉害。拉波索没有插嘴，默默地吃完晚饭，偷偷地观察坐在远处那桌的院士、夫人和年轻人。他在客栈门口看见的第二辆马车肯定是这两位的，车夫就在那桌，和院士的车夫坐在一起。夫人中年，风姿绰约；身边的年轻人和她有些相像。他们在和院士交谈，夫人说得多，拉波索听不见他们在说什么。

"这些先生真的把所有房间都住满了？"姑娘过来添酒时，他问。

姑娘回答"是的"：两位年长的绅士住一间，夫人和年轻人一人一间。她还说：他们像是母子，要去纳瓦拉。两位车夫住一间；还有个大间，有六只草垫，给脚夫住。拉波索要想在这儿过夜，要么跟车夫商量，要么睡马厩。

"谢谢，姑娘，我来想办法。"

他一边用面包擦盘子上的菜汁，一边用鹰一般的目光打量猎物。名叫堂埃莫赫内斯·莫利纳的矮胖院士正在和颜悦色地与那对母子交谈。母子俩，特别是母亲，很高兴这段旅程能与他们相伴。图书管理员和蔼专注、不咄咄逼人、性情温顺，有亲和力。另一位，海军准将或海军上将，总之是萨拉特，话不多。同桌看他，他才会点点头，或简单点评两句。他瘦高个，头发灰白，扎着短马尾，耷拉在上衣领子上。他坐在板凳边，手腕扶在桌边，腰板挺直，昂首挺胸，像在接受检阅。他聆听三位的谈话，不时礼貌地说上两句，神情忧郁，有些疏离。

"朋友，递个蜡烛？"

拉波索开口，脚夫听了，递过来黄铜烛台，上面有支点了一半的蜡烛。拉波索道过谢，从短大衣口袋中掏出四支捆在一起的香烟，抽出一支，叼在嘴上，凑到火苗上去点，接着往后一靠，喷出一口烟，回头看车夫那桌。他知道院士们的车夫叫萨马拉，和四座马车一起，是奥西纳加侯爵家的。侯爵派他出门，给两位同事当差。离开马德里之前，拉波索尽可能地了解了他的一些情况：四十岁，不识字，麻脸。车夫是个无名小卒，大块头，很难看，天生适合赶路，应付突发状况，走起路来很笨拙，跳到马车上，握着缰绳和马鞭，立马换个人。他是个老把式，那把带套子的猎枪，使起来一定顺手。

"往北走，就在不到米拉格罗斯驿站和里亚萨河那片栎树林。"

"木桥那儿？"

"不是，不到那座桥……在通往渡口的那个峡谷。"

脚夫的话引起了拉波索的注意，他在说有人拦路抢劫。客栈的姑娘说，的确有，有帮人在去阿兰达·德杜埃洛的路上转悠，一个礼拜前抢了几个赶路人，据说现在还有埋伏，最好小心点。

"得结伴，"脚夫说，"多几个人一起走。"

拉波索最后看了一眼院士那桌，母子俩还在跟他们聊天。他请姑娘替他把水壶倒满水，酒囊倒满酒。姑娘倒好了，拿过来。他又叫老板，问他晚饭加马厩，还有马吃的燕麦，一共多少钱。他付了两个比塞塔①，向脚夫们道了声晚安，拿起行李，站在外面摸黑吸烟，直到烟屁股烧了手指。他把烟头扔在地上，用脚踩灭，去马厩看了看马，检查马蹄和马掌。之后，他找了一处远离牲口的僻静角落，铺了一大堆稻草，再铺上萨莫拉毯子，躺下睡觉。

天气冷。窗户上没安玻璃，窗棱里几乎能钻进一只猫头鹰。堂埃莫赫内斯·莫利纳去客栈院子，上了趟厕所回来，坐在床边，几乎不启齿地默念每日祈祷。床由几块木板搭成，铺了一层劣质羊毛垫。他

---

① 比塞塔（peseta）：西班牙货币单位，2002年起被欧元取代。

穿着衬衫，戴着睡帽。屋里点了盏油灯，油一点点滴，烟往上冒，熏着屋顶。图书管理员见同伴躺在床上，盖着毯子，时不时地翻一页书。他在读欧拉①的三十二开三卷本《致德国公主的信札》。他们已经是第二晚共处一室，环境所迫，挨这么近，很不自在。出于教养和礼貌，旅途中诸如脱衣服、听呼噜、用脸盆洗漱、去房间一角带盖的木桶里撒尿等尴尬场面才算勉强应付过去。

"夫人和她儿子，人都挺好。"图书管理员评论道。

堂佩德罗·萨拉特裹着毯子，把书放在膝盖上，用指头当书签，免得书合上。

"小伙子有教养，"他同意，"夫人性格好。"

"夫人很有魅力。"堂埃莫赫内斯赞同道。

图书管理员心想：客栈偶遇实属幸运，晚饭吃得愉快，饭后聊得也愉快。夫人是好人家的女儿，基罗加炮兵上校的遗孀；儿子也是军官，夫人陪儿子去潘普洛纳上门求婚。

"也许，我们还会在路上遇到，"他又说，"我不介意再与他们同桌进餐。"

"我们会把他们护送到阿兰达·德杜埃洛。"

堂埃莫赫内斯心里一紧，直言不讳：

"您觉得强盗的事，会有危险？……路边每隔一段，就会有十字架，都是悼念遇害路人的，看了让人心神不宁。"

海军上将想了想，说：

"我觉得不会有事，但最好提防点。明天，两辆马车结伴，挺好。"

---

① 全名莱昂哈德·欧拉（Leonhard Euler，1707—1783），瑞士数学家，自然科学家，十八世纪数学界最杰出的人士之一，经典著作有《无穷小分析引论》《微分学原理》《积分学原理》等，《致德国公主的信札》完成于 1768—1772 年。

"不管怎样，咱们有两个车夫，两把猎枪……"

"还有小基罗加，他一定有防卫能力。我有几把手枪，咱俩用。明天上路前，我会装好子弹。"

说到枪，图书管理员更慌：

"亲爱的上将，我可使不了枪。"

海军上将笑了笑，请他放心：

"我也不是成天使枪的人，好久不用了。但我保证：如果有需要，您会和任何人一样开枪……逼急了，没几个人会不开枪。"

"我相信，形势不会糟糕到那个程度。"

"我觉得也是，您就放心睡吧！"

堂埃莫赫内斯躺下，盖上毯子，拉到胸口。

"可怜的西班牙！"他痛心疾首，"出城几里，就会遇见强盗。"

"堂埃梅斯，其他国家也一样……不过，这帮强盗是本国人，所以才更让人痛心。"

海军上将似乎今晚不打算再读书，他在书页上做了记号，把书放在床头柜上，又枕着枕头躺下。堂埃莫赫内斯伸手想去关灯，手在半空中停住：

"亲爱的上将，有句话，不知当问不当问？……既然咱俩不得不挨得如此之近，我就斗胆问了？"

油灯下，海军上将的颧骨处泛着细细的红色血管，澄澈的眼睛更加澄澈，他专注地看着图书管理员，有些惊讶：

"但问无妨。"

堂埃莫赫内斯沉思片刻，终于开口：

"我注意到，您不虔诚。"

"您指的是宗教仪式？"

"嗯……怎么说呢？我没见您做过祷告，您也不像做过祷告。我这么问，是因为我有做祷告的习惯，不想让您不自在。"

"您指的是您那些迷信行为？"

"别开玩笑了！"

海军上校之前严肃的脸上突然绽放出笑容，心情愉快起来：

"没开玩笑，对不起，开了点小玩笑。"

堂埃莫赫内斯忍着气，亲切地摇了摇头：

"记得今天咱们在路上歇脚时，聊过理性和宗教……互不相容。"

"我记得很清楚。"

"那好，我也不希望您当我是假学究。我承认，我有时会内心挣扎，觉得身处基督教信仰的边缘……"

海军上将举起一只手。无疑，他想用更有力的话反驳，仔细想想，又把手放回到毯子上。

"换了别人，我会说'虚伪'。"他的语气十分亲切，"就像某些人，一边说绝对信仰基督教，一边又偷偷摸摸地读卢梭……不过，堂埃梅斯，我了解您，您是个诚实的人。"

"我向您保证，这不是虚伪，这是痛苦的内心挣扎。"

"在别的有教养的国家……"

海军上将无可奈何，欲言又止。可是，图书管理员的爱国主义情绪已经受到伤害。

"您想说，在那些拥有文化精英、引领时代进步的国家。"他反驳道，"咱们之前讨论过，没教养的人到处都有。"

"这正是我想说的。"海军上将指了指床头柜上的书，"国家要有组织，够强大，懂得呵护艺术家、思想家和科学家，才能推动物质和精神上的进步……西班牙不具备这些条件。"

现实残酷，两位院士陷入沉思。隔着窗棂，传来一只狗孤独的吠声，之后重归寂静。

"关灯？"堂埃莫赫内斯问。

"请便。"

图书管理员欠起身，吹灭油灯，灯芯的糊味弥漫在漆黑的房间里。

"培育精神的国家叫启蒙国家，"海军上将的声音突然响起，"理性指引的人叫文明人……反之，是野蛮的国家，主导思想是粗俗的低级趣味，自吹自擂，自欺欺人。"

堂埃莫赫内斯在黑暗中点头：

"所言极是。"

"您这么说，我很高兴。宗教是人类编造出的最大谎言，信口雌黄，违背常理。"堂佩德罗的语气有些嘲讽，"比方说，您对内裤门襟之争有何看法？您真的认为教士有权对裁缝活儿指手画脚？"

"上帝啊，上将……求求您，那么荒唐的事，不必再提，别再给我添堵了。"

两位院士开怀大笑，笑得图书管理员直咳嗽。法国人流行在男士内裤上开一个小门，简称门襟，国外报纸大肆宣扬，以取代传统的左右两小门样式。对此，西班牙教会强烈反对，诉其不道德，有悖优良传统。甚至连宗教裁判所也插进一只脚，在各大教堂张贴法令，宣布凡用门襟者，无论裁缝还是客户，一律严惩。

"我们的思想和对我们的教化，门襟之争可见一斑。"海军上将评论道，"更糟糕的是奴隶制度和贩卖黑人、出售公职、审查书籍、斗牛和行刑示众……我们需要少一些萨拉曼卡大学的博士，多一些农夫、商人和水手。国家要明白，缝衣针比亚里士多德的《逻辑学》或托马斯·德阿基诺①全集更能创造人类幸福。"

---

① 托马斯·德阿基诺（Tomás de Aquino, 1224—1274），意大利著名神学家、哲学家。

"所言极是。"图书管理员表示赞同，"无疑，教育是关键，教育是提升新人类的杠杆。"

"所以，堂埃梅斯，您和我……在该死的马车里颠簸，在糟糕的床铺上睡觉，被臭虫咬，被跳蚤挠，就是为了能给那根杠杆贡献一颗微不足道的小螺丝钉。"

"也是为了去巴黎买两条时髦的、带漂亮门襟的内裤。"

又是一阵开怀大笑，和上回一样，图书管理员一阵咳嗽。他应该就此打住，但他还是喘着气，笑了一会儿。黑暗中，眼睛睁得很大。

"晚安，上将。"

"晚安，朋友。"

马德里，阿兰达·德杜埃洛，布尔戈斯……在接下来的几天里，我熟悉了十八世纪的地图和道路指南，计算出客栈和驿站之间的距离，更精确地设计出两位院士的行走路线。然后，我把整条路线标注在托马斯·洛佩斯绘制的地图上。最后，我再把它标注到今天的公路图上。大部分新路是和老路重合的：双向汽车道逐渐取代了古老的马道和马车道，但路基本还是那条路。我还发现，有些二级公路和老路完全重合，连地名都和十八世纪指南上标注的一模一样：佩德雷苏埃拉客栈、卡瓦尼利亚斯、丰西奥索客栈……那些不太常用的道路对我用处更大。尽管铺了柏油、有了现代化的标识，依然是除了河流、桥梁、渡口、山隘、峡谷之外，最平坦、最好走的那条路。对比地图后，我发现：两个半世纪以来，这些小路变化很小。走这些路，有可能看见或合理还原出图书管理员和海军上将沿途看见的风景。于是，我把两本当年的道路指南、一本现在的公路地图、一个照相机和一个笔记本塞进旅行包，打算沿着1号高速公路从马德里走到西法边境，做些实地考察。

还少东西，还有线索没有理清。我的藏书里，有关十八世纪的资料很多，包括当年出版的图书、现代出版的回忆录、传记和专著。其中一本十分特别，是堂格雷戈里奥·萨尔瓦多推荐的《卡洛斯三世时期的西班牙退想》，作者是哲学家胡利安·马里亚斯。两位主人公前往巴黎，他们如何看待外面的世界，该书极具参考价值。我写了好几本笔记，定下了人物观点，还需要有人最后拍板，确认我的历史观准确无误。于是，我给卡门·伊格莱西亚斯①打电话，约她吃饭。

"给我讲讲卡洛斯三世和他的失败之处。"我对她说。

"按什么水平讲？"

"就当我是你最笨的学生。"

她扑哧一声，笑了。

"从悲观主义角度还是乐观主义角度？"

"最好从批判的角度，实事求是。"

"你知道的，卡洛斯三世有许多成就。"

"是的，但是今天，我想知道他的负面成就。"

她一脸机灵地看着我：

"又要写小说？"

"也许。"

她又笑了一会儿。我和卡门做了十二年的朋友。她个头小，气质好，绝顶聪明，还是女伯爵，年轻时做过阿斯图里亚斯王子②的家庭教师，写过六本重要的政治学著作，荣任首位西班牙皇家历史学院女院长。皇家历史学院令人尊敬的大楼就位于韦尔塔斯街和莱昂街拐

---

① 卡门·伊格莱西亚斯（Carmen Iglesias, 1942—　），西班牙历史学家、教师，十八世纪专家，1991 年当选为皇家历史学院院士，2014 年当选为皇家历史学院首任女院长，曾为国王费利佩六世的家庭教师。
② 阿斯图里亚斯王子或公主是西班牙王国授予王位继承人的称号，文中的阿斯图里亚斯王子指的是现在的西班牙国王费利佩六世。

角。我早上跟她通完电话，去大楼前等她。那天阳光明媚，有点热。我想先跟她走走，再去圣塔安娜广场上的比尼亚·佩餐厅吃饭。

"卡洛斯三世当年是个好国王。"

我们俩往普拉多大街方向走，图书管理员堂埃莫赫内斯·莫利纳曾经住在附近。那片特殊的街区叫文人区：右手边是塞万提斯长眠的修道院，不远处是贡戈拉①和克维多故居，再过去一点，是塞万提斯故居。当然，这些故居都没有被保存下来。只有同样在附近的洛佩·德维加故居，推倒前，被西班牙皇家学院成功救出。

"这么说，"我饶有兴趣地问，"启蒙君主制的说法能站得住脚？"

我以为卡门会应声说是，可是她没有。

"只能在某种程度上站得住脚。"她思忖片刻，回答道，"按现在的标准，他算不上有进步思想的国王。但他来自那不勒斯，有教养，有合适的身边人，大臣们能干，思想前卫……所以，他的行为才会经常与当年先进的哲学思想不谋而合。他所颁布的法律进步性卓越，甚至强于法国当年颁布的法律。"

我能感受到她身为历史学家，对卡洛斯三世的态度有所保留。

"当然，他有局限，"我总结道，"桑丘，咱们跑到教堂前面来了②，等等。"

她挽着我胳膊，笑了。

"不止有教会这个拦路虎。卡洛斯三世属于那种想法很妙、顾虑很多的国王……反对势力乘虚而入，他们阻挡不了历史进步的车轮，

---

① 全名路易斯·德贡戈拉·伊·阿尔戈特（Luis de Góngora y Argote, 1561—1627），西班牙黄金时期诗人、剧作家，夸饰主义的创始人，代表作为《孤独》。
② 源于《堂吉诃德》第二部第九章，译文引自《塞万提斯全集》第七卷杨绛译本第63页。

但是可以在前进的道路上多掺点沙子，多制造点障碍。"

"说到底，那段时期给人希望，不是吗？……"

"那当然。"

"可我的印象是：人们还是不知道希望源于信仰还是理性。"

卡门表示同意。她继续说，在十八世纪的西班牙，不仅教会势力大，传统和暮气势力也很大，社会本身出了问题：贵族不用交税，工作被人瞧不起，祖上没人干过手艺活儿反倒是种荣耀。生活在这种社会，人们自然会懒散懈怠，固步自封。

我停下来看她。她的背后是家商店，专门出售古代版画，橱窗里展示着铜版和大幅地图，其中一张是西班牙地图。我不由得走了神，扫了一眼地图上两位院士前往边境的道路。

"你是说：因为怯懦和懒惰，这里从来没有真正质疑过社会秩序？……我原以为，西班牙也有杰出的启蒙人士。"

她松开我胳膊，耸耸肩，把包抱在胸前：

"和欧洲其他国家相比，西班牙没有启蒙主义之光，因为从来没有一批哲学家和政治理论家团结在一起，自由地抒发过新思想。在这里，不说'启蒙'，只说'启示'，程度上差远了。因此，西班牙在欧洲启蒙时期没有发声，只是传声筒。平心而论，我们无论如何也不能将费霍、卡达尔索、霍维利亚罗斯①和狄德罗、卢梭、康德②、休谟③、洛克④相提并论……事实上，西班牙启蒙运动进行得并不

---

① 全名加斯帕尔·梅尔乔·德霍维利亚罗斯（Gaspar Melchor de Jovellanos，1744—1811），西班牙启蒙主义时期作家、法学家、政治家，1781 年当选为皇家学院院士。
② 全名伊曼努尔·康德（Immanuel Kant，1724—1804），德国古典哲学的创始人，代表作为《纯粹理性批判》《实践理性批判》和《判断力批判》。
③ 全名大卫·休谟（David Hume，1711—1776），苏格兰哲学家、经济学家、历史学家，苏格兰启蒙运动以及西方哲学历史中最重要的人物之一，代表作为《英格兰史》《人性论》等。
④ 全名约翰·洛克（John Locke，1632—1704），英国哲学家，思想对后代政治哲学的发展产生了巨大的影响，代表作为《政府论》。

彻底。"

"你这么说，很有意思。我花了好几个星期的时间，读各种各样有关那个时代的文献，哪里也找不到作褒义词的'自由'。"

"哪里也找不到对皇权的质疑。而早在差不多半个世纪前，法国的霍尔巴赫男爵已经写道：'国家如果没有失去理智，怎么会将权利交到令他们持续痛苦的人手里？'"

"我懂了，"我总结道，"有动机良好的国王，启蒙思想的大臣，但红线无处不在。"

"这个总结十分中肯。敢于跨越天主教教义和传统君主制这两条红线的西班牙人屈指可数，想跨的人不少，但如我所说，敢跨的人不多。"

我们继续往下走，来到圣塔安娜广场。露天茶座上坐满了人；一群孩子在小小的、围起来的儿童乐园里玩耍；手风琴手坐在卡尔德隆·德拉巴尔卡①的雕像下，拉着《老卫队的探戈》②；广场的另一头，加西亚·洛尔卡③的铜像漫不经心地看着几只小鸟，似乎在不紧不慢地等待即将到来的行刑队。

"和法国相比，"卡门总结道，"启蒙时期的西班牙谨小慎微，血气不足。"

我环顾四周，看了看正在荡秋千的孩子和正在泡酒吧的人。

"我感觉，少了个断头台……我的意思是：断头台也是象征。"

"别瞎说。"

---

① 卡尔德隆·德拉巴尔卡（Pedro Calderón de la Barca, 1600—1681），西班牙黄金时期著名剧作家，代表作为《人生如梦》。
② 老卫队的探戈（El tango de la guardia vieja），被公认为属于探戈发展的最早阶段，大致为 1880—1925 年。作者于 2012 年创作出版了以此命名的小说《老卫队的探戈》，该书已被人民文学出版社于 2016 年引进出版。
③ 加西亚·洛尔卡（García Lorca, 1898—1936），西班牙剧作家、诗人，代表作为《贝尔纳达·阿尔瓦之家》《诗人在纽约》等，1936 年内战爆发时被国民军枪杀。

"没瞎说。"

她又好气又好笑地看着我，仔细想了想。

"从象征意义上讲，没错。"她总算表示同意，"西班牙没有爆发过能够带动其他革命的思想革命……你想想，根深蒂固的民族弊病让十八世纪黯然失色，今天，我们要感谢当年奋起斗争的人们。当年失败的后果不是报纸标题或网上评论，而是流放他乡、名誉扫地、身陷囹圄或一命呜呼。"

两位院士正在聊这个话题：西班牙之可能与不可能。马车颠簸着，一路向北。路况不好，弹簧吱吱呀呀，叫个不停。前一辆马车扬起的灰尘，全都落在后一辆马车上。他们说好，这段路与客栈相识的母子同行。堂埃莫赫内斯·莫利纳和堂佩德罗·萨拉特打打盹、读读书、看看风景、继续长谈。

"堂埃梅斯，您身上痒？"

"是的，亲爱的上将。不知动物学何种门类的小虫子咬了我一晚上。"

"哎，运气真不好。虫子今天倒没咬我。"

"看来它们更喜欢我。"

多年来，两位院士只会在学院礼貌地打招呼，探讨语言问题，如今同进同出，互相了解，相敬如宾——如果该词用得恰当的话——结为知己。就这样，他们不知不觉地同休戚，共进退，越来越亲近。这也正常，需要齐心协力、以防不测时，人与人自然会走到一起。

"您在想什么，上将？"

堂佩德罗好半天才把视线从外面收回来。欧拉那本书，打开放在膝上，好半天都没看。

"我在想昨晚谈论的话题。您能想象西班牙大学不搞经院派教育——现在多半都是，不是的很少——改为传授科学吗？……您能想象西班牙不再是一帮神学家、律师、文书、拉丁文学者的天下，代之以几何学家、天文学家、化学家、建筑师等科学家吗？"

图书管理员点头称是，但有所保留。

"一个国家有思想家、哲学家、科学家，不代表它更好管理。"他提出反对意见。

"也许。但是，如果这些智者能畅所欲言，自由行动，人民就能更好地保护自己，免得被政府和教会祸害。"

"又来了！"堂埃莫赫内斯举手打断他，"求求您，别又把教会掺和进来。"

"怎么能不提教会？数学、国民经济学、现代物理学、自然史总是遭人鄙视，鄙视它们的人会用三十二个三段论去证明炼狱是液态的，还是固态的……"

"好了好了，您别夸张。教会也是尊重科学的。我提醒您：哥伦布获得的第一个支持，就来自拉比达修道院研究天文学和其他科学的修士。"

"堂埃梅斯，一个虾公起不了浪，二十个虾公也起不了浪。"海军上将将书放到座位一边，"哥伦布之后的两个半世纪，我有幸跟杰出的航海学家豪尔赫·胡安①有些接触。他告诉我：他陪安东尼奥·德乌略亚从秘鲁测量完子午线回来，不得不在旅行报告上隐瞒了一些科学发现，因为教会审查官们认为那些发现有悖于天主教义，甚至逼他们将哥白尼学说定义为'假说'……我简直觉得不可容忍。科学从什么时候起，要受在任主教的摆布了？"

---

① 豪尔赫·胡安（Jorge Juan, 1713—1773），西班牙人文学者、科学家、航海学家、船舶工程师。

图书管理员好心地笑了笑，笑得很滑稽：

"说到航海学家，就此事而言，您所展现的皇家海军精神，倒在我意料之中。"

"我所展现的只是常识，堂埃梅斯。如果我在海上，需要用八分仪确定当前位置，可偏偏太阳被云层遮住①，念天主经能有什么用？……茫茫大海里，真正能救命的是航海表、航线、罗盘和天文学，不是什么祈祷。"

马车停了下来。图书管理员拉开车窗，探出头，去看发生了什么事。

"我承认，您的话有一定道理……不过，我恳求您，也请您尊重我的意见。"

"听您的。"海军上将回答，"如果我们能搬走迷信这座大山，这个世纪倒可以被称为启蒙世纪或哲学家的世纪……我相信：本世纪结束前，亚里士多德学说和神学将会遭到摈弃。人们会抓紧时间，做更可靠、更实用的研究。摒弃了每日弥撒、卡尔德隆戏剧、斗牛、响板、浮华和喧嚣，我们会有天文台、物理实验室、植物园和自然历史博物馆……您在看什么呢？"

"出事儿了，另一辆马车也停下了。"

车门打开，小基罗加下车，向他们走来。

"我家马车坏了个轮子，"他来报信，"车夫在修，你们的车夫在帮忙。"

"严重吗？"

"还不清楚，有可能轴坏了。"

---

① 八分仪是一种航海仪器，1731 年由英国人哈德利和美国人戈弗雷发明，用两块镜子将太阳或某颗星星的投影与地平线排成一条直线，从而确定纬度。

"真糟糕。您的母亲，夫人她还好吗？"

"她很好，谢谢。"

两位院士从马车上下来。日头很辣，海军上将眯缝着眼，手搭凉棚，看了看地形。他们正在乱石堆中穿行；前方是一道峡谷，长着许多栎树，还有几棵柳树和橄榄树；后方山坡上，有座废弃的城堡，只剩下一堵墙和几乎空荡荡的塔楼。

"如果您允许，我们想借此机会，去问候一下夫人。"

小基罗加感激地笑了。他头发没扑粉，戴着镶军阶的三角帽，身着便装，只能从三角帽上看出他是军人，已经是西班牙卫队中尉。他的五官赏心悦目，有风吹日晒的痕迹，估摸二十三到二十五岁。

"当然可以。能和其他人说说话，母亲会很高兴。"

两位院士拿上帽子，三人一起往另一辆马车走。小基罗加一边走，一边担心轮子：几根螺栓脱落，造成轮毂变形，还碎了一根辐条。里亚萨河上是座木桥，年久失修，不让走马车。要是哪个零件没修好，接下来的涉水过河会有麻烦。

"麻烦不止这个。"海军上将还在研究地形。

年轻人循着他的目光看过去，迅速掌握了情况。

"车坏得不是地方。"他压低嗓门，"此处是一片旷野，距阿兰达两里……您担心那片栎树林？"

"没错。"

"是因为在客栈听到的传言？"图书管理员惴惴不安起来。

"是的。"海军上将回答，"别忘了，堂埃梅斯，咱们和中尉母子同行这段路，就是为了互相保护。"

"真见鬼！加上两个车夫，咱们有五个男人……咱们人多，不是吗？"

"那得看在这儿转悠的有几个强盗，咱们只有车夫两杆猎枪和我的手枪。”

“我也有两把手枪，”小基罗加说，“还有一把军刀。”

海军上将不安地叹了口气：

“您母亲在这儿。要是真有麻烦，抵抗恐怕太危险……会让夫人受惊。”

年轻人笑了：

“您不用担心。我母亲很有个性，她是军人遗孀、上校夫人，这种场面她见过几次。”

三人边走边聊，来到另一辆马车前，车夫正在奋力修轮子。是萨马拉发现车出故障的，正如他们所担心的那样：轮毂变形，辐条破碎，更糟糕的是，后轴也坏了。如果修不好，马车和车夫只能原地不动，所有人搭乘院士们的马车前往阿兰达·德杜埃洛，在那儿找工具和备胎送过来。堂佩德罗和堂埃莫赫内斯同意让母子俩搭车。

“母亲和我不想麻烦两位，耽误两位赶路。”小基罗加连声致歉。

“上帝啊，中尉，千万别这么说。”

基罗加夫人不在车里，她在路边散步，路边长着虞美人和酢浆草。夫人仍在居丧，一袭黑衣，使场景更加肃杀。看见他们，她莞尔一笑，气氛顿时由寒转暖。

“真不巧，马车出了点小故障。”海军上将客气地说，两位院士向她脱帽致敬。

夫人劝他们别着急，她对旅途中的种种不便安之若素，丈夫在世时，她早已习惯。

“听你们的车夫说，也许我们要搭车去阿兰达……”

“夫人，能为您效劳，是我们的荣幸。”

“可能会有点挤。不过，我和儿子很高兴能和你们聊天。”

夫人看着他们俩，说话时，冲着海军上将。上校夫人戴着镶花边和丝带的毡帽，漆黑的大眼睛闪着灵气。她大约四十五岁，长相一般，身姿曼妙，生机勃勃。所有这些，堂埃莫赫内斯全都默默地看在眼里。他还注意到，海军上将的态度有些不自然。往夫人那边走时，他整过领结；彬彬有礼地走到夫人面前时，他身板笔直，一手拿着帽子，一手看似无意地搭在腰间。姐妹俩参照英国时装杂志，为他精心裁剪的燕尾服时尚修身，无可挑剔，更显得他英武俊朗。堂佩德罗·萨拉特从不提年纪，但他必定年过六旬。图书管理员曾经善意地评论过：尽管如此，他魅力犹存。

"咱们去峡谷那边逛逛。"夫人提议，"小河就在附近，我估计时间绰绰有余。"

"好主意。"堂埃莫赫内斯附和道。他发现海军上将和小基罗加忧心忡忡地交换了一个眼神，脸上的笑容顿时僵住。

"母亲，恐怕这不是个好主意。"小基罗加说。

"为什么？……既然都在……"

夫人注意到儿子的表情，就此打住。小基罗加蹙着眉，看见附近的栎树林里，远远地走出了六个人。

"两位枪法如何？"小基罗加问。

堂埃莫赫内斯咽了口吐沫，显然不知所措：

"天啊，开枪……说到开枪……"

"夫人，"海军上将镇定自若地安排，"您最好回到马车上，我去拿我的手枪。"

帕斯夸尔·拉波索倚着城堡残留的那堵墙，坐在塔楼的阴影下。塔楼的顶没了，空荡荡的，鹳鸟在上面筑了巢。他赶走苍蝇，嚼了块奶酪，吐掉奶酪皮，稳稳地举起酒囊，喝上一口。酒囊用腿夹着，就在褡裤旁。之后，他切一块烟草，用折刀碾碎，小心地卷进烟纸，两头一捏，拧紧，最后掏出火绒、火镰和火石，将烟点燃。他一边慢条斯理地吸烟，一边冷眼旁观下方两百巴拉①开外发生的事。他高高在上，可以隐蔽自己，舒舒服服地看到两辆马车停着的那条路、附近的栎树林和往前一点的河岸。他发现小树林边上，出现了六个人，在乱石堆间形成一个包围圈，正在慢慢靠近。隔得太远，他看不清那些人的模样。但凭借专业眼光，他注意到他们的手里有猎枪和火枪。赶路人撤回马车，夫人进了四座马车，车夫们拿起猎枪，守护另一辆马车，小伙子一手军刀一手枪。拉波索看不见两位院士，他们刚好被马车挡住，不过，手里一定有枪。

强盗们离马车更近了些，其中一位挥着手，似乎想规劝赶路人别紧张。拉波索很冷静，但十分好奇。他从皮口袋里掏出折叠望远镜，拉开，凑到右眼上，帽子往后扯扯。取景框里的场景十分真切，挥手的人像从画里走出来的：尖顶帽、短款皮夹克、及膝皮短裤，肩上挂着短筒火枪。拉波索转看其他人，同伴们也一副强盗打扮：头巾、帽子、黑脸、长鬓角、短筒猎枪，腰上别着折刀和手枪。看样子不像受饥荒的村民和牧民，是些要么讨、要么抢、谁撞上谁倒霉的强盗。栎树林里走出的这帮人都是极端危险分子，能打，不要命。

强盗们离马车和赶路人还有三十巴拉。拉波索饶有兴致地将望远镜对准车夫，他们躲在那辆出故障的马车后面；两位院士和小伙子在十五步开外的四座马车旁。小伙子守着车门，护着母亲。看他握刀握枪的架势，应该会使武器。再看两位院士，矮胖院士手足无措。他脱了外套，穿着紧身上衣和衬衫，一手扶着车轮，稳住身子，一手毅然决然地抓着一把手枪，像攥着一根胡萝卜。另一位院士稍微动了动，

---

① 巴拉（vara）：旧时长度单位，约合 0.836 米。

现在，望远镜里的他更加清晰：岿然不动，沉默寡言，表情严肃，守着四座马车的另一扇门，几乎漠然地握着枪，垂着胳膊，枪口指地。那只空闲的手正在一丝不苟地扣燕尾服扣子，衣服后摆垂在深色及膝短裤和灰色长裤上，更显得他身材高挑。

"哟，哟，哟，"拉波索低声赞叹，"看来，猎物们不想束手就擒！"

他放下望远镜，吸了口烟。这时，下面传来一声巨响。他赶紧凑回望远镜，首先看见那个挥手的强盗已经倒地。更多的枪声响起，回荡在山间，乱石堆和道路上四处腾起火药燃烧后冒出的小云朵。拉波索迅速移动望远镜，依次看过去，抓住战场上倏忽即逝的瞬间：强盗们在用猎枪和火枪射击；车夫们护住另一辆马车；年轻人开枪后，冷静地在给空弹匣装子弹。取景框里清晰地出现了高个子院士：他相当冷血，坚定不移地向前三步，像身处射击场，伸直手臂，开火；又同样镇定地后退，退到另一位院士旁，从他手里拿过没开火的手枪，再向前，再开火，无视身边乱飞的子弹。

拉波索放下望远镜，指尖的烟雾袅袅升起，他开心地欣赏最后一幅画面：倒在地上的强盗爬起来，单脚跳，随同伴一溜烟地逃回栎树林。车夫们欣喜地欢呼，年轻人和矮胖院士探身马车，问候女眷。高个子院士在几步开外，一动不动地站在路边，拿着打光子弹的手枪，目送强盗们逃窜。

马车行走在小路上，路况很差，路边都是大葡萄园。他们刚渡过里亚萨河，将陡坡与断崖抛在身后。萨马拉驾车，车里坐了四个人。海军上将和堂埃莫赫内斯礼让客人，坐在逆行方向的座位上，将主位留给基罗加母子。他们还在聊刚才那段惊险的插曲。尽管发生了这么大的事，夫人将扇子开开合合，谈笑自如；中尉原本年轻，又是军人，自然情绪不错。倒是堂埃莫赫内斯还没从惊吓中缓过神来，对众人的表现赞叹不已。

"这就是糟糕政策的结果，"图书管理员说，"有法不依的结果，横征暴敛的结果，安全无保障的结果，让我们无颜面对文明世界。西班牙没有农业法，实行大庄园制，土地攥在四个或二十个贵族手里……于是，无数绝望的人被逼上梁山，落草为寇，去走私，去干坏事，就像今天这样，置我们于危险中。"

"西班牙贵族并非浪得虚名，"小基罗加表示反对，"跟摩尔人打了八百年的仗、欧洲战争，还有美洲①足以为他们正名……我觉得，贵族们居功至伟。"

"居功至伟？"堂埃莫赫内斯和善地反驳道，"过去，贵族出资，率领军队，效忠国王；如今，军队里尽是仆役、理发师、裁缝匠……尊敬的中尉，您跟他们不同，您是楷模。您父亲无愧于军人的称号，刚才的行为足以证明，虎父无犬子。祖上在十一世纪立下的功业和西班牙大公本人有什么关系？……这个公爵，那个公爵，都是孙子的孙子辈了，他们何德何能？名下有那么多土地，不去种，也不想去种，只知道去买四匹骡子拉的马车，去买剧院的包厢座，频繁出入皇室行宫，睡完午觉去普拉多大街闲逛。"

"这点，您说得恐怕在理。"基罗加夫人说。

堂埃莫赫内斯无奈而忧伤地笑了：

"不幸的是，我的话确实在理，我也希望自己在胡说八道。可是夫人，这些就发生在用犁耕地的西班牙。农村没有烙铁、刀片、平土

---

① 摩尔人指出生在西班牙的穆斯林。阿拉伯帝国于711—1492年占领了西班牙近八个世纪。1492年，西班牙打赢了光复战争，成为世界范围内第一个日不落帝国，先后与欧洲各国，如葡萄牙、荷兰、英国、法国等多次开战。哥伦布1492年发现新大陆后，西班牙成功殖民了数倍于国土面积的美洲。

型板，土地摩擦力大，牛耕得费劲……农村里往往要等到刮风，才能扬小麦，他们不知道黎塞留发明的扬场机早已在其他国家推广。"

"教会有些人明令禁止使用扬场机。"堂佩德罗·萨拉特指出。

大家都看着他。他之前一直没说话，置身事外，突然莫名其妙地插嘴。

"又来了，我亲爱的朋友，"图书管理员求他，"当着夫人的面，我觉得……"

"没关系，"基罗加夫人转而关注海军上将，"我很希望听一听上将先生有何看法。"

"没什么好说的，"海军上将回答，"堂埃莫赫内斯提到的那个新发明遭到了教会的反对。"

"为什么？"小基罗加惊讶地问。

"因为就不用指望上帝慈悲，给我们送风了。"

年轻人开怀大笑：

"我懂了，我猜是中间人的问题。他们想继续一手遮天。"

"好了，路易斯。"夫人责备道。

"尊敬的夫人，您儿子说得没错。"海军上将说，"错在我们，您别怪罪他……这孩子机灵，一语中的。可惜，这是老问题，自古就有。"

堂佩德罗仔细端详小基罗加：他穿着上好的西班牙皮靴，衬衫领子上系着紫色丝巾，鹿皮及膝短裤，鹿皮紧身上衣，外套上钉着十二颗银纽扣。他想，这孩子不是脂粉堆里的公子哥，脸上点着痣，头发扑着粉，鬓得像鸽子翅膀，成天忙着聚会、看戏；也不是混混堆里的公子哥，戴着发网，说大话，好逞强，混迹于吉卜赛人的客栈、斗牛士们的酒馆、彻夜通宵的舞会。

"年轻人，您看书吗？"

"看一点，不多。"

"您千万别放弃。您这个年纪，多看书，才有前途。"

"我不知道，看那么多书，好吗？"夫人问。

"尊敬的夫人，您不必担心。"堂埃莫赫内斯回答，"有些西班牙人以为这是恶习。目前，大量的读物甚至为女性读者和底层民众点亮了智慧之光。这些光芒，过去仅限于知识阶层。"他转头去看堂佩德罗，希望他附和，"难道不是吗，上将？"

"希望在年轻人身上，"堂佩德罗思忖片刻，回答道，"在中尉这般既聪明又勇敢的年轻人身上。读合适的书，揭去神殿的面纱。"

听到最后一句，母亲画十字，儿子微笑。堂埃莫赫内斯发现又要大事不好，赶紧从座位一角插话道：

"上将，神殿多了，各不相同……"

堂佩德罗冲他促狭地挤了挤眼：

"您明白我指的是哪座。"

"上帝啊……又来了。"

"尊敬的夫人，我说神殿，您不必惊慌。"海军上将微微前倾，向夫人解释；夫人不扇扇子了，盯着他的眼睛，"说到这份儿上，不是我本意。我想说：西班牙亟须不愿做旧世界奴隶的新人……像您儿子这样既有胆识，又念过正规军校的军人，要多读书，学几何，学历史。"

"还有水手。"小基罗加善意地指出。

"当然，包括有启蒙思想的水手，他们推动贸易，开拓疆土，探索科学，开启通往理性与未来的大门。"

"他们既爱国，又有精神追求。"堂埃莫赫内斯指出。

"没错……他们是能够点亮世纪的年轻人。无益于同胞身心发展的书，他们坚决不看。"

"两位说得我心潮澎湃。"小基罗加坦言道。

"我也是。"夫人说。

堂佩德罗善意地摆摆手，甚感欣慰。

"因此，我的想法是……"他接着往下说，"对于年轻军人，真正的爱国主义不是在沙龙里寻衅滋事，认为爱国等于国家有错也不说，国家不好我接受。那些人只见过烟火，没见过战火。他们带着军刀去咖啡馆，跳着小步舞，叫嚣着要是他们上阵，马翁①早攻下来了。他们还瞧不起那些埋头苦读，研究如何在海上用钟表测量经度，或撰写工程学著作的人……"

"也许，两位并不知情，"堂埃莫赫内斯介绍，"上将在完成皇家学院工作之余，还编纂了一本令人赞叹、非常实用的《航海术语词典》。"

"真了不起！"基罗加夫人仰慕地看看这个，看看那个，"看来皇家学院是个鸿儒云集的地方，很有趣，是吗？……我想想，相当于卡斯蒂利亚语警察。"

"不是警察，更像公证员。"图书管理员纠正道，"学院尽可能地记录人们的语言用法，用词典、正字法、语法加以引导，提醒他们语病会影响语言美观……不过说到底，语言的主人是使用语言的人。今天觉得这个词不好，是外来词，或是低俗，久而久之，也许会谁都用。"

"若是如此，两位和其他院士们会如何？"

"举优秀作家的例子提醒民众并给予指正，根据卡斯蒂利亚语的纯正用法制定规则。但是，如果糟糕的用法被无可救药地用开了，那也只能接受现实……总而言之，语言是工具，是活的，在不停的变化中。"

---

① 马翁（Mahón）：西班牙梅诺卡岛首府。

小基罗加饶有兴趣地问：

"这么说，如果没有皇家学院，模仿洛佩·德维加、卡尔德隆的拙劣剧本搬上舞台后，我们说话时，也会模仿那些拙劣的台词？"

"您能这么说，恰恰说明您品位不俗。"堂埃莫赫内斯十分高兴，"您说得没错。那些台词，说得更确切些，是古文滥造与市井行话的混合体。"

"语言混搭，毫无章法。"海军上将强调。

"因此，"图书管理员继续说，"希望我们的工作能使卡斯蒂利亚语去芜存菁，紧跟时代。确立规范，使语言更干净、更美观、更高效。"

"法国之行与此有关？"基罗加夫人问。

"从某种意义上说，是的。我们去找些参考书……对词典有用的资料……"

堂埃莫赫内斯正想往下说，又打住话头，不知该不该点到为止，回头看看海军上将，请求援助。

"法语词源学。"海军上将帮他解围。

"没错，词源学。"

夫人扇着扇子，越听越着迷。或许，让她着迷的还有遇事冷静的堂佩德罗·萨拉特，她自始至终对他十分留意。

"太棒了！"夫人说，"两位的工作表现出对母语的挚爱……应该深得国王陛下的庇护。"

两位院士面面相觑：堂埃莫赫内斯很不自在，海军上将面带讥讽。

"精神上的支持有，"海军上将似笑非笑，"金钱上的支持，那就是另外一回事了。"

小基罗加笑了，赞赏地点了点头：

"在我看来，两位效力于国家的方式令人尊敬。"

"您身为军人，能这么想，我很高兴。"

小伙子轻拍前额，似乎恍然大悟。

"当然了，"他说，"真该死。"

"路易斯，要有礼貌。"夫人批评儿子。

"对不起，母亲……我刚刚意识到我见过海军上将先生编纂的那本词典，我在军校学习时用过。可是，我到现在才把作者名和真人对上。"

堂佩德罗·萨拉特含糊地做了个手势，很有绅士风度，他并不在意。

"尊敬的中尉，只要是书，"他强调，"我的，别人的，都一样……跟您愉快地聊一聊，就知道您是个读书人。回到刚才那个话题，如果不能保证每天至少读一小时书，如果家里没有书，少一点没关系，如果没有值得尊敬的老师，如果没有谦卑的学习态度，不耻下问，恭听回答，谁也做不到睿智博学……尽量不要让苏格拉底当年针对欧西德穆斯说的话落到自己头上，那番话适用于许多同胞：'我永远不担心老师有学问，我担心的是一辈子没有向任何人学习任何知识，却不以为耻，反以为荣。'"

"我同意，先父就是这样教导我的。"

"我能证明。"基罗加夫人一口确认。

"真好，这才叫启蒙主义者。有人认为：启蒙就是对西班牙无端指责，而非爱之深责之切；所谓的启蒙主义者会扬起眉毛，笑话祖先，假装忘了母语，说话掺一大堆意大利-加利西亚语词汇，诸如 toeleta、petivú、pitoyable、troppo segno 什么的，尽是从理发师、舞蹈教师、歌剧演员、厨师那儿学来的，现如今，这些人列席用餐，竟然成为风尚……与此同时，人们迫害科学，鄙视科学家，对待哲学家、数学家、严肃诗人就像对待集市上的小丑或猴子，哪个孩子都能用石头砸。"

"阿兰达·德杜埃洛到了。"堂埃莫赫内斯拉开车窗，伸出头去看。

大家纷纷效仿。四座马车的轮子滚在石板路上，声音清脆有力。这条街像是主街。黄昏时分，天空由红转黑，厚重的云彩似乎就压在附近屋顶。这地方不大不小，人口两三千，有两座修道院和两个教堂钟楼。马车驶进广场，在一家饭馆和一家看上去还行的客栈门前停下。众人下车活动筋骨，车夫卸行李。堂埃莫赫内斯负责陪同基罗加夫人，小伙子和海军上将前往市政府，报告栎树林有人打劫未遂。等他们从市政府出来，天已经黑透，附近只有客栈门前点着街灯。两人沿着柱廊走回客栈，遇到一位孤身行走的骑士。他慢悠悠地穿过广场，松着缰绳，隐没在黑暗中。

4. 船舶、书籍和女人

不久以前,大家才承认:"意外"一词不过是在表达我们的无知,对某些现象无法解释。人类越聪明,意外会越少。

A·德帕谢乌斯:《论人类生活的可能性》

黄昏时分,太阳还没落山。我坐在阿兰达·德杜埃洛中心广场的露天茶座,要了杯咖啡,翻开装在旅行包里的两本书和一份地图,发现到此为止,地形地貌与十八世纪的旅行指南完全吻合: 米拉格罗斯和富恩特斯皮纳的驿站和客栈、杜埃洛河上的老桥、田野上的葡萄园,甚至从1号高速公路下来后,进城那条路就是古老的马道和马车道。我坐了一会儿,记了些笔记,重温了乌雷尼亚侯爵欧洲旅行笔记中一七八七年对此地所做的简要描述:

阿兰达有两个教区,两个修士修道院,两个修女修道院。房子比塞戈维亚的略好,客栈逼仄,饭馆更窄……

自两位院士前往巴黎至今,已经过去了两个多世纪,阿兰达的中心广场早已今非昔比。不过,布局还是老样子,当年的一些建筑,包括古老的柱廊大多保存至今。那天晚上,堂佩德罗·萨拉特和小基罗加从市政府出来,就是在柱廊下,遇到了帕斯夸尔·拉波索。当时,他们与他并不相识。现在，我需要营造合适的环境，还原内景，重现海军上将、堂埃莫赫内斯、基罗加母子其乐融融地共进晚餐，愉快交谈的场面。附近任何一家酒吧或餐厅都有可能是"窄"饭馆和"逼仄"客栈的原址。十八世纪，"窄"和"逼仄"意为条件差、简陋、寒酸。我看中了一栋带门廊的老房子，走过去一看，做客栈很理想。大门宽敞，过去一定通往带马车棚和牲口圈的内院。从那儿再看广场另一边，我看见了一家酒吧，权作乌雷尼亚笔下的饭馆。

至于客栈里面，乌雷尼亚侯爵的作品让我用不上任何与奢华有关的词，肯定就是那种坐下来哪儿都不舒服的地方。西班牙游记中有很多描述，十分贴切，很容易想象出一楼只有一张宽宽的、没有上漆的橡木桌子，挨着烟熏火燎的大壁炉；水烛椅子，靠背是坏的；蜡烛吊灯，黄色的蜡烛滴满了烛泪；厨房最好别看，门边挂着老板的吉他；木楼梯嘎吱嘎吱响，通往楼上房间；墙粉刷过，毯子和草垫质量很差。跳蚤和臭虫改天再讲，脚夫和骑士沿途经常光顾的客栈虫子最多。我估计，院士们运气好，某个手脚勤快的粗壮女佣那天碰巧给房间通过风，用掺了烟灰的开水——根据皇家学院的《权威词典》，叫lexía——打扫过，因此，房间还算体面。说到饭菜，羊肉三个里亚尔一磅，圆面包五个夸尔托①一个，葡萄酒八个夸尔托半升，厨房专为新来的客人炖了一锅羊肉，加了鹰嘴豆和咸肉。

"闻起来真香。"堂埃莫赫内斯将餐巾围在脖子上。

老板娘端来满满一锅热气腾腾的炖羊肉，每人舀了满满一盘。用餐前，基罗加夫人做了简短的祷告，感谢上帝赐予食物，听完，大家都画十字，只有海军上将出于尊重，低着头。餐厅里只有他们

---

① 夸尔托（cuarto）：货币单位，相当于四分之一个里亚尔。

四个，车夫萨马拉在厨房吃。进门时，一对艾斯特雷马杜拉商人夫妇正在桌边用餐，他们刚走。这天惊险刺激，众人胃口大开，一顿饭吃得十分愉快。大家拿上午的枪战打趣，两位院士对夫人一个劲地客气，夫人很开心，由着他们照顾。儿子在葡萄酒里兑了水，递给她喝；堂埃莫赫内斯帮她切面包，留给她最好的羊肉。海军上将闷头吃饭，几乎只听不说，做沉思状，被他们问到，才言简意赅地答上两句。但是，他注意到坐在对面的夫人边吃边聊，饶有兴趣地在盯着他看。

吃完饭，他们将椅子拖到壁炉边接着聊。上午的冒险让大家都很兴奋，睡意迟迟不来。小基罗加恳请母亲允许他吸烟，他找来烟斗，装上烟丝，点燃，腿伸长，靴子靠在壁炉边上。他在吞云吐雾的间歇，用地道的军人眼光，盛赞堂佩德罗·萨拉特在与强盗交锋时所表现出的沉着冷静。

"上将先生，迅速进入战斗准备，显然对您并不陌生。"

堂佩德罗淡淡一笑，望着壁炉的炭火熊熊燃烧。

"是您英勇果断，"他也去恭维小基罗加，"谁见了，都会说您打过仗。"

"我没那个福气。不过，我是军人，武器和射击倒是熟悉：随时愿为国王陛下效忠。"

"但愿国王陛下让你用别的方式效忠。"夫人责备道，"养大孩子，结果送到战场，这也太可怕了……跟你可怜的父亲在一起，我就成天担惊受怕。我受够了！"

小基罗加吸着烟斗，泰然自若地笑道：

"母亲，您别激动……真不知道，两位先生看了，会怎么想？"

"别担心，中尉。"堂埃莫赫内斯出来打圆场，"咱们都是自己人。您有高雅的品位、美好的情操、出色的谈吐。但母亲终归是母亲。"

一时无人言语，似乎图书管理员的话发人深思。一根木柴没烧透，冒着烟，从壁炉里迸出来，熏得夫人直流眼泪。她使劲扇扇子，让自己喘过气来。海军上将俯下身，拿起拨火棍，将木柴拨回壁炉，抬头时，又和夫人的目光相遇。

"上将先生，您打过海战，对吗？"夫人问。

海军上将迟疑片刻后回答：

"是的，打过一点。"

"很久以前的事儿了？"

身边的炭火映红了众人的脸，海军上将脸颊更红，细小的红色血管越发清晰。

"很久很久以前的事儿了……我有三十年没有踏上过甲板了。大部分时间里，我只是一名理论上的水手……过着波澜不惊的生活。"

"哪儿是波澜不惊？"堂埃莫赫内斯说，"依我看，上将为人谦逊，不贪功。他在致力于研究和编纂《航海术语词典》之前，参加过几场重要的海战。"

"比如说？"夫人停下扇子，好奇地问。

"据我所知，至少有土伦海战。"图书管理员解释道，"当然是将英国人打得落花流水……是不是，亲爱的朋友？"

海军上将没有回答，还在俯身看炭火。他笑了笑，用拨火棍拨了拨木柴。小基罗加吸完烟斗，长靴从壁炉边收回，直起身子，迫不及待地问：

"上将先生，您参加过土伦海战？四四年的土伦海战？……上帝啊！我觉得，那真是一场恶战，那是光荣的一天。"

"那时候，您还没出生。"

"那有什么关系？哪个西班牙人不会对土伦海战如数家珍？……

那时候，您很年轻。"

海军上将不动声色，对年龄问题避而不答。过了一会儿，他只是耸耸肩：

"我在'皇家费利佩'号上任海军中尉，船上装有一百一十四门大炮。"

小基罗加羡慕地吹了声短促的口哨：

"我记得，这艘船在海战中最遭殃。"

"遭殃的有好几艘，这只是其中一艘……堂胡安·何塞·纳瓦罗将舰旗升在我们船上，英国人当然会扑上来。"

"拜托您跟我们说说。"夫人恳求道。

"没什么好说的，"海军上将朴实地摇了摇头，"至少我没什么好说的。我负责第二组炮，刚开仗就下了舱，那时候大概中午一点；仗打完我才上甲板，已经是晚上了。"

"很可怕吧？"小基罗加问，"窝在舱底那么久，浓烟不说，还有爆炸声和木板碎裂声……恕我冒昧，您太阳穴上的疤是当年留下的吗？"

海军上将澄澈的双眼盯着小基罗加，显得更加透明：

"如果是，您会高兴？"

"嗯，"小基罗加吞吞吐吐，不知该如何回答，"我不知道该怎么说……如果是，我当然会觉得那是一道光荣的印记。"

大家都不说话，时间不长。

"您说是光荣的印记。"

"没错。"

"那当然。"夫人对海军上将怀疑的口吻有些诧异，"身为军人的妻子和母亲，我也这么想。"

堂埃莫赫内斯关切地看着堂佩德罗·萨拉特，海军上将柔软刚毅的唇边，抹过一丝若有若无的笑，也许只是壁炉火映在他脸上的光。

"待在舱底的滋味很不好受。"他说，"那天不觉得冷。三艘英国战舰，同时炮轰我们那侧。"

说完，他沉默片刻，看着炉火。

"你们说得没错。"终于，他又开口，几乎叹息道，"说到光荣，无上光荣之至。"

小基罗加想象着当年的场景，无比兴奋地点头。

"我受训在陆上作战，一直崇拜海军。"他坦言道，"深海上天气冷，什么都没个准儿，只能在云朵里找星星找太阳识别方向。海军真是什么苦都能吃……海上风暴，恶劣的自然条件，腥风血雨地打仗…… 我只在版画上见过海战的场面，海上一定惊心动魄。"

"无论海上还是陆地，所有的战争都会惊心动魄。中尉，我向您保证： 最优秀的版画家也还原不了现实之万一。"

"嗯……我明白您的意思。可是光荣……"

"我向您保证：皇家费利佩号的第二组炮和光荣两字完全沾不上边。"

堂曼努埃尔·伊格鲁埃拉先生收，马德里家中：

写这封信，是因为您吩咐我要定期汇报。我在阿兰达·德杜埃洛，今天晚上到的，尾随两位您认识的先生，我和他们始终保持一定的距离。这个季节不错，没下雨，路上并不泥泞。旅途一切顺利，出了些小问题，但至今没有耽误行程，两位先生也身体无恙。值得一提的是，在里亚萨河附近，他们遇上了强盗（我完全没有插手）。您的两位朋友和同行的另一辆马车上的乘客奋起抵抗，打得他们落荒而逃（发生了枪战，高个子朋友镇定沉着，出乎我的意料）。同行的两位旅人是夫人（听说寡居）和她的军官儿子，母子俩乘坐自己的马车前往潘普洛纳。路上轮子坏了，搭乘了您朋友的马车，来到阿兰达。如今，所有人都在客栈用餐住宿。谨慎起见，我住在对面客栈（饭很难吃，住得更差）。我从客栈马厩小子那儿得知：母子俩会在阿兰达停留，等车修好再走。咱们的两位朋友明天继续赶路，打算八点启程。我估计：他们会按照既定行程（您在马德里跟我说的那个），先到巴约纳，再从那儿，前往巴黎。

我会沿途继续汇报（我们事先说好的），特别是重要的事。越过西班牙境之前，如果您有急事相告，可以飞马传书（如果您愿意承担相关费用），在沿途的某个驿站追上我。我觉得，最稳妥的是布尔戈斯的跛子客栈（那儿的人跟我很熟）、奥亚尔顺的布里维斯卡客栈和马钦客栈（那儿的人也认识我），马钦客栈几乎就在西法边境。如果从现在起到那时候，我没有接到新的指示，那么，我就按照原先说好的去做。

顺致问候（也问候另一位您的朋友）。

祝好！

帕斯夸尔·拉波索

拉波索折好信，写上地址，将火漆凑到烛火上，小心翼翼地封住信口。他打算明天一早把信交给客栈老板，给他一个半里亚尔，让他送上去马德里的头班马车。之后，他收拾文具，将手边方形玻璃瓶里剩的两指劣质葡萄酒一饮而尽。正如在给伊格鲁埃拉的信中所描述的那样，一个多小时前，他在房间里吃了女佣端来的晚饭。女佣不干净，但身材姣好，长相不差，年纪尚可，出房间前，让他揩了点油。晚饭量少，寡味：半只干巴巴的鸡，恐怕是万巴国王①时代的小鸡；两只鸡蛋，恐怕也是这只鸡在遥远的年轻时代产下的蛋。盘子里还剩几片面包皮和一点奶酪，用来下酒，被他吃了个干净。拉波索一直居无定所，先是当兵，后来又干刀口上舔血的营生，胃早就被折腾坏了。只要过了饭点不吃东西，就会胃痛，痛得死去活来。现在，他的衬衫松松垮垮地耷拉在及膝短裤上，靴子脱了，长筒羊毛袜还穿着，地上冷，没垫席子。他隔着衬衫摸了摸肚子，瞅了瞅桌上带链子和盖子的银怀表。怀表是法国名牌，贵得很，老早以前的战利品，都快忘了，原主人再也不需要它了。他站起来，走到窗前，木百叶开着。隔着厚厚的玻璃窗，他见广场上漆黑一片，空无一人。广场对面几位赶路人下榻的客栈也黑乎乎的，只有门口点着小灯笼，看上去也快熄了。拉波索回想起上午远观的那场好戏，摸摸连鬓胡，若有所思地笑了。他想起那位高个子院士，海军上将，镇定自若地开枪。谁也想不到西班牙皇家学院院士会有如此举动。生命中自然会有惊喜或惊吓，谁也不敢说自己的父亲不是一位神父。

有人敲门，敲得很小心，只是轻轻碰了一下。拉波索的笑容一变，变得淫荡，就要有乐子了。他没收拾，径直走到门口去开门。是女佣。她穿着衬衫，没戴帽子，肩上披了条羊毛披肩，手上举着点燃的烛台。一小时前，她答应十二点过来。市政府的钟正在敲十二下，她来按时赴约。拉波索让开，女佣悄无声息地进去，将蜡烛吹灭。他不由分说，伸手去摸她粗布晨衣下结实、热乎的乳房，指指桌子，桌上有两枚叠放的银币。她点点头，笑了，任他摆布。

"别亲我嘴巴。"他凑过去，她说。

女佣闻起来，有股汗味。干了一天的活儿，又脏又累。拉波索一

① 万巴国王（rey Wamba）：672 年至 680 年间西哥特王国的国王。

下子来了劲，把她往床上推。躺到床上，她主动撩起晨衣，露出半截大腿。他趴在她光光的大腿上揉啊揉，把腿分开，解开裤子。

"你别射在里头。"女佣说。

拉波索笑了，笑得既狡猾，又残忍。

"不用担心，"他说，"就算醉了，我也没打算进去。"

聊天聊了很久，毕竟已是话别。四个人挨着壁炉，聊到很晚。小基罗加还向客栈老板借来吉他，两位院士没想到，他弹得不错，让他们开心了一会儿。堂埃莫赫内斯和堂佩德罗疲倦地上楼，回到房间。房间里只有一扇芦苇屏风，蒙着粗制滥造的印花布，供客人更衣，基本无隐私可言。

"堂娜阿森西翁和她儿子人真好，"堂埃莫赫内斯说，"小伙子吉他弹得也好，是不是？……我会想念他们的。"

海军上将没说话。他脱下上衣，小心地挂上椅背，解开坎肩扣子，给怀表上弦。黄铜烛台上点着两根蜡烛，微弱的烛光只能照到他半张脸，在红色的脸颊上投下长长的影子。

"亲爱的上将，我想，"堂埃莫赫内斯说，"夫人也会想念您。"

"别说傻话。"

"我是说正经话。咱们也算活了一把年纪，眼神还是会看的。我感觉，您俘获了她的心。"

海军上将脸上的影子变成了难以捉摸的表情：

"睡吧，堂埃梅斯，已经很晚了。"

图书管理员点点头，将睡衣搭在胳膊上，走到屏风后，开始脱衣服。

"这也不奇怪。"他执意往下说，"尊敬的夫人正当年，您又保养得好，就您这……"

他说了上句，探出头，希望海军上将能接个下句，可是落了个空。每次说到年龄，海军上将总是讳莫如深。他坐在床上，穿着衬衫和及膝短裤，正在解灰白色短马尾上的塔夫绸带子。

"再说了，"堂埃莫赫内斯缩回脑袋，继续说，"您很有派头。"

隔着布屏风，他听见海军上将在笑：

"我很有派头？"

"没错。您总是那么不苟言笑，那么稳重沉着。"

"我也不知道怎么会这样，图书管理员先生。"

堂埃莫赫内斯从屏风后出来，戴着睡帽，睡衣长至膝盖，衣服捧在手上：

"哦，这可是上天眷顾。瞧瞧我：又矮又胖，一天要刮两遍胡子。可怜的老婆当初愿意嫁给我，真是奇迹，愿她安息。我第一次求婚，也没成功。瞧瞧现在，我老了，有痛风和其他乱七八糟的毛病。而您……"

海军上将揶揄地看着他，情绪挺好，没搭腔，从箱子里找出睡衣，往屏风走。

"亲爱的朋友，能问个问题吗？"图书管理员说，"挨得这么近，我想壮着胆子问一问。"

海军上将走到半路，停下，好奇地看着他：

"当然可以，您问。"

"您就从来没想过结婚？"

海军上将愣了愣，似乎在思考，真的在回忆。

"也许想过，"他终于开口，"年轻时想过一次。"

图书管理员在等下文。可是，海军上将不往下说，只是耸耸肩，消失在屏风后。

"我想是大海闹的。"堂埃莫赫内斯看着自己伸进拖鞋里的脚，猜了个理由，"结婚和出海、职业什么的，有冲突……"

印花布那边，传来了海军上将的声音：

"我很快就不出海了，几乎一直住在加迪斯和马德里，不是这个原因。"

两人又不说话。后来，海军上将也换好睡衣，走了出来，堂埃莫赫内斯觉得他更高更瘦。

"我想是因为不需要。"海军上将接着之前的话题，"婚姻中利己的一面，家务什么的，都被我姐姐和妹妹包了。她们出于不同的原因，没嫁人，或不想嫁人，于是就决定全心全意地照顾我。"

"于是，您也决定全心全意地照顾她们？"

"差不多。"

"那是出于忠诚，彼此忠诚不渝。"

海军上将又耸耸肩：

"这个词有点夸张。"

"好吧！不管怎样，一个男人不需要结婚，为了……"

图书管理员不说了，他被海军上将盯得发怵。

"对不起，"过了一会儿，他接着说，"我扯太远了，咱俩还没熟到那个程度。"

"别担心。要走这么远的路，自然而然会熟。"

海军上将坦诚的微笑打消了他所有的顾虑，堂埃莫赫内斯壮了壮胆，又问：

"您年轻时，去过那么多港口，艳遇一定少不了。"

海军上将笑了笑，没有回答。图书管理员听了，感觉那声低笑似乎与讨论的话题无关。

"您当年一定是位英俊潇洒的年轻军官。"堂埃莫赫内斯继续，"要我说，您现在就保养得挺好，嗯，就您这年纪……我又想起了小基罗加，那么棒的年轻人在弹吉他时，夫人瞧您那眼神。自从上午枪战后，夫人的眼里只有您。我相信……"

他突然打住，被自己吓着了，眨眨眼，似乎刚发现说的话有些不同寻常，或出人意料。

"真怪，上将先生，"他想了一会儿，说，"过去我从不谈女人，跟谁也不谈。估计是因为旅行，因为冒险，我才会多嘴，请您原谅。这真不是西班牙皇家学院院士该聊的话题。"

海军上将宽慰地笑了，很明显，出于善意。

"为什么不是？"

"嗯，咱们聊的这个话题……"

海军上将举起手，再次将他的顾虑化为无形：

"您别为这个担心。走将近两百里路，按字母顺序聊语音、语义和派生词，那才叫恐怖。"

两人哈哈大笑。海军上将上床躺下，床垫很糟糕，被他压得嘎吱响。图书管理员说了声抱歉，拿起搁在角落的尿壶，绕到屏风后面。一时间，只听见水浇陶瓷的声音。

"堂埃梅斯，女人有女人的小九九，"海军上将突然说，"那是女人的天性。"

图书管理员尿壶在手，探出头来，好奇地问：

"小九九？……什么小九九？"

"您结婚多年，应该比我清楚。"

图书管理员将尿壶放在地上，经过海军上将打开的箱子，看见欧拉三卷本中的一卷，问道：

"我能看一眼吗？"

"当然可以。"

堂埃莫赫内斯拿起书，戴上眼镜，上床躺下。《致德国公主的信札》，一七六八年印于圣彼得堡。

"说实话，我没这么想过女人。"他一边漫不经心地翻书，一边说，"我妻子是个圣人。"

"我不是这意思，您妻子一定是个圣人。"

"嗯。"

"我说的是别的意思，嗯……"

他停下，想了想，像在找词，合适的词没那么容易找。

"许多女人就像得了一种病，"他总算开口，"脑子清楚，内心忧伤，有第六感……我也不知道，很难描述。"

"哦，我在可怜的妻子身上没注意到这些。她只会每个月有几天比较怪，您懂的。就这个，没别的。"

"可能您没留心。堂埃梅斯，您一个劲地看拉丁语，一个劲地读书。"

"有可能，aliquando dormitat Homerus①……您说所有女人都这样？"

"至少聪明女人都这样，甚至不聪明的女人也这样，只是不自知。就是一种不闹腾的病。"

图书管理员睡在床单和毯子中间，浑身不自在，滑稽地碰了碰自己：

"病？……哦！但愿不是传染病。"

"问题就在这儿。要是有人挨得太近，还会被传染。"

"亲爱的朋友，尽管您单身，我还不知道您讨厌女人。"

"我没有，我说的是另一码事……所以要慎重。很少有人先考虑

---

① 原文如此，为拉丁语，直译为"连荷马也会打瞌睡"，意译为"人非圣贤，孰能无过"。

周全再结婚，然后就这么过了一辈子。"

两人沉默良久。海军上将伸手，想把灯关上，发现堂埃莫赫内斯仍旧把书放在膝上，没有读，盯着他看。

"上将，就因为这个，您对她们敬而远之？"

"敬而远之？……我家里有两个女人，一点儿也不少。"

"您知道我是什么意思。"

海军上将没有回答，图书管理员枕着枕头，看着黑乎乎的天花板。

"我很想念我妻子。"他接着说，"她是个好人，我很想她。不过，现在想想，有时候，她会好长时间不说话，就像有我在身边，也很孤单。"

"我觉得所有女人都是……至于不说话的原因，我觉得她们似乎时时刻刻都在评判我们，所以才不说话。"

"法官式的沉默？"堂埃莫赫内斯直起身子，很感兴趣，"哦……这点，倒值得好好想想。"

"我估计：她们所做的大部分裁决，都介于同情和鄙视之间。"

"我的天！我没这么想过……从来没有。"

图书管理员心不在焉地扫过翻开的那两页："无疑，暴君在让好人们受苦之前，上帝应该很容易就要了他的命……"他用手指着这几行字，翻译完，抬起头。

"本世纪和以往不同，"他思索着总结道，"新时代即将到来……启蒙之光会改变许多事，包括女人。"

海军上将披好毯子，背对着他，似乎已经睡着。过了一会，声音却突然响起：

"这点毫无疑问。只是我不知道，女人的病会治好还是会恶化。"

我在布里维斯卡驶离高速公路，对比过去的旅行指南和现在的公路交通图，发现1号国道走的就是布尔戈斯至比托里亚的老路。乌云密布，压在头顶，不一会儿，暴雨倾盆，雨雾遮住了地平线，将田野浇成一片泥泞。我把车停在一家客栈门口，下来喝杯咖啡，躲躲雨，坐在门廊下，看地图，看笔记，感觉行走在文学与现实之间是种奇妙的体验。拜访书中读到的地方，还原真实或想象的故事、真实或虚构的人，使地方更加丰富多彩。如果事先读过相关文字，城市、酒店、风景都会别有深意。从这个意义上讲，捧着《堂吉诃德》走拉曼却，读完《豹》[1]再去巴勒莫，走在布宜诺斯艾利斯的街头回忆博尔赫斯或比奥伊·卡萨雷斯[2]，漫步在希沙立克，知道那里曾经有个城市叫特洛伊，脚上的灰尘就是当年阿喀琉斯将赫克托[3]的尸体绑在战车上拖拽扬起的灰尘，感触自然不同。

　　这点不仅适用于写好的书，也适用于要写的书。作者需要发挥想象力，将人物安排在某些场景。我会经常遇到这种情况，因为我习惯于实地安排小说场景。当脑海中孕育一个故事，我会像猎手般带着打开的皮口袋到处走，感觉棒极了，鲜有经历可与之媲美。走进一栋楼，走过一条街，做出取舍：这地方挺合适的，我要把它写进书里，想象着书中人物就在此地活动，坐在你坐的地方，看着你看的风景。和写作本身相比，这项前期准备更加激动人心，更有收获。落实到文

---

① 《豹》（*El gatopardo*）是意大利作家朱塞佩·托马西·迪·兰佩杜萨（Giuseppe Tomasi di Lampedusa, 1896—1957）唯一的长篇小说，讲述了意大利复兴运动时期发生在西西里一个贵族家庭的故事。作家出生在西西里岛的巴勒莫。

② 比奥伊·卡萨雷斯（Adolfo Bioy Casares, 1914—1999），阿根廷著名作家，代表作为《莫雷尔的发明》。作家出生并生活在布宜诺斯艾利斯。

③ 阿喀琉斯和赫克托均为希腊神话中的英雄人物。当年，阿喀琉斯刺死赫克托后，剥下他身上的盔甲，用绳子将尸身绑在战车后面，拖着他血肉模糊的身体在特洛伊面前来回跑了几遍，才掉头返回希腊人的营地。

字上、纸上或电脑屏幕上的过程反倒很官僚，让人很不愉快，和开头懵懵懂懂的起意完全是两码事。起意才是开始，是小说真正的源头。作者靠近一个想要讲述的故事，好比靠近一个刚刚爱上的人。

这种靠近往往或时常有些迂回，甚至纯属偶遇。那天早上，我在布里维斯卡附近客栈观雨时，便是如此。帕斯夸尔·拉波索给伊格鲁埃拉和桑切斯·特龙写了封信，导致两位院士要在马德里再见一面。我一直在脑子里盘算，地点安排在哪儿？他们俩见面交谈，咖啡馆、晚间散步都用过了。下次可以安排在皇家学院所在地珍宝馆，每周四例会前或例会后；要不在普拉多大街也行。然而，当我坐在客栈门廊时，突然有了另一个主意。我在雨中走了一小段路，鞋脏了，沾了泥。我穿的是巴尔韦德·德尔卡米诺乡间徒步鞋，皮质好。多年来，我始终穿这款，购于马德里跳蚤市场的骑手马术商店。我看着鞋，心想：晚上到酒店，得好好擦一擦；之后又想：得再买双新的，还去跳蚤市场那家店。这时，我突然想到：早在十八世纪，这座二手市场便是市民经常光顾的地方，具有浓郁的马德里风情。我手头有大量描绘那个年代的风俗主义文学作品——从各类报纸到当年或稍晚时期的作者，如独幕喜剧作家拉蒙·德拉克鲁斯或十九世纪编年史家梅索内罗·罗曼诺斯[①]——可以从中查找细节。罗曼诺斯对跳蚤市场小广场——现在叫卡斯科罗广场——和里韦拉·德库尔蒂多莱斯街的描绘对我还原十八世纪八十年代的当地面貌很有帮助。他是这么写的："中央市场上，各种用品、家具、服装、杂货，应有尽有，年久失修的，贱价变卖的，或使了点手段，从原主人手里弄来的。"于是我决定：两位密谋阻挠皇家学院购买《百科全书》的院士，伊格鲁埃拉和

[①] 梅索内罗·罗曼诺斯（Ramón de Mesonero Romanos, 1803—1882），西班牙编年史作家，擅长创作历史和风俗主义作品。

桑切斯·特龙，下次会面定在跳蚤市场；时间嘛，当然是个雨天。

　　小广场上暴雨如注。摊位上的雨棚被积水压得变形，水从接缝中、补丁旁、破洞里往下漏。雨点噼里啪啦，持续不断地打在石板路上。尽管如此，老主顾们并没有退缩。虽说人没有晴天周日时多，从上等人到女佣、仆役、小无赖，各色人等倒也一应俱全。大家打着伞，披着披肩，戴着帽子，穿着斗篷或油布披风，或在摊位前闲逛，或流连于市场周边门面房里的二手货商店，在商店前的帆布下看稀奇。

　　曼努埃尔·伊格鲁埃拉和胡斯托·桑切斯·特龙在一家二手书店前偶遇，门廊地上洒了吸水的锯木屑。桑切斯·特龙看上了一本皱巴巴的旧书，《新哲人思想》第一卷，正在讨价还价。卖家是个男人，蓄着络腮胡，眼神贪婪，手不干净。他要十个里亚尔，桑切斯·特龙砍到四个。

　　"就两个比塞塔①，不能再多了。"桑切斯·特龙掷地有声。

　　"就一个杜罗②，不能再少了。"卖家跟他耗上了。

　　"接着，一个杜罗。"伊格鲁埃拉很自然地将一枚银币放在卖家手里。

　　卖家当什么事儿都没发生，不再搭理桑切斯·特龙，将书递给后来人。书的封面破了，里面也被翻得很烂。桑切斯·特龙摆明了不高兴，盯着伊格鲁埃拉，酸溜溜地说：

　　"我不知道您就在我身后。"

　　"我见您站在这儿，不想打扰。看您讨价还价，很有趣。"

　　桑切斯·特龙听了，恼怒地看着学院同事手中的书。

-----

① 两个比塞塔相当于四个里亚尔。
② 一个杜罗相当于十个里亚尔。

"瞧您看得真开心！……您这么做，很掉价。"

伊格鲁埃拉哈哈大笑，把书递给他：

"老兄，这是买给您的。一点小意思。"

桑切斯·特龙看着他，又惊又疑：

"这书不值一个杜罗，您亏了。"

"没事儿……您就收下吧！"

桑切斯·特龙夸张地露出不屑的神情，倨傲地想了想：

"别当真，我就是买着玩的。作者是个老顽固，保守得很……"

"哎呦，老兄，您就收下吧！"

桑切斯·特龙"屈尊"收下，把书放进大衣口袋。两人一起在商店雨棚下走，躲着不让雨淋着。伊格鲁埃拉穿着涂蜡的黑色斗篷，戴着圆圆的油布帽；桑切斯·特龙没戴帽子，打着伞，护住他漂亮的法式长摆收腰大衣。

"咱们的事进展如何？"

"您说巴黎那件？"伊格鲁埃拉使坏，故意问。

桑切斯·特龙不高兴地噘起了嘴：

"您跟我似乎没有别的合作。"

记者院士没有立即回答，又走几步，低声笑了笑，觉得同伴语气可笑。

"我收到了第三位路人的消息。"

"什么消息？"

"周四在学院我没机会跟您说，人多眼杂。后来，我就匆匆忙忙地走了。"

"他们还在赶路，没出意外？"

"至少没耽误，还遇上了强盗。"

"我的天……严重不严重？"

"不严重。海军上将尽显军人风范，遇到状况，立马开枪，将强盗击退。"

"咱们的上将？……不可思议。"

"瞧见没？技不压身。"

两位院士继续在布头商贩和旧货商贩之间行走，尽量避让雨棚下躲雨的人，顺便看看脱胶的家具、来路不明的首饰、生锈的佩剑、缺了口或不完整的餐具。

"我有个朋友，在卡斯蒂利亚枢密院，"桑切斯·特龙说，"名字不便透露。"

伊格鲁埃拉饶有兴趣地看着他：

"这跟您朋友有什么关系？"

桑切斯·特龙简要解释。赴巴黎购买《百科全书》在宫廷引发了各种议论，并非所有人都看好。有人说：这是坏事。皇家学院正因蒙皇室荫庇，才不该擅闯哲学大花园。两天前，托莱多大主教就此发表评论，导致圣上、大主教和在场的普拉多侯爵进行了短暂的讨论。

"堂曼努埃尔，大主教、普拉多侯爵跟您一样，"桑切斯·特龙总结道，"都是极端保守派。他们俩大着胆子，一唱一和，建议圣上取消巴黎之行……"

"圣上怎么说？"伊格鲁埃拉问。

"他什么都没说，听得倒很仔细，没过一会儿，就聊别的了。"

"圣上受了小人蒙蔽。"

"有可能，但事实如此，只能接受。"

"宗教裁判所的意见呢？"

"您在学院全会上听到宗教法庭委员会终身秘书堂约瑟夫·翁蒂韦罗斯的意见了……他说'并无异议'，连从法国购书的许可证都是他亲自派发的。"

伊格鲁埃拉咂了咂嘴，摇了摇头：

"这都什么世道啊！连宗教裁判所都不能信任。"

"我就不说什么了，尽管您真的该骂。"

伊格鲁埃拉无耻地笑了笑，他脸皮真厚。

"这样我喜欢，堂胡斯托。"他嘲讽地说，"我该骂，但您没骂……您是个好孩子，咱们说好休战，您说到做到。"

桑切斯·特龙心不在焉地看着一间旧衣铺，里面堆满了镶着金银丝带的旧上衣、泛黄的花边、虫蛀或过时的帽子，散发出一股霉味。空气湿度高，霉味散不掉。

"您就不能做点什么？用您那个《文学审查官报》……"

伊格鲁埃拉刻薄的眼神让他没敢把话说完。

"我那份破报纸，"记者院士成心挖苦他，"不是被您的同僚们斥为太古蒙昧主义的传声筒吗？……据可靠人士称，您本人某天在圣塞瓦斯蒂安客栈咖啡馆的聚谈会上，说它是'无耻透顶的宣传册'，是不是？"

"没错，"桑切斯·特龙傲气地承认，"我是这么说过。问题是：您就不能登些权威人士的声音在报纸上，控诉一下？"

伊格鲁埃拉向来奉行实用主义，说消气就消气，自然而然，不留痕迹。

"比如说？"

"我不知道，登两个主教、奥兰公爵或普拉多侯爵本人的意见……在宫廷里找些您的同僚，跟您想法相近的重量级人物。"

记者院士竖起一根手指，指甲脏兮兮的，表示反对。

"我可不能掺和进去。"他反驳道，"我有编辑立场，也有院士立场……我可以在学院全会上反对购进《百科全书》，但不能在公开场合抨击您和我所在的可敬的皇家学院。我可不能授人把柄。"

桑切斯·特龙带着喉音，趾高气扬地说：

"您得凭良心……"

伊格鲁埃拉讥笑着打断他：

"哲学家先生，要说良心，那我同样要求您，您去做。您在哪份报纸或公开场合直抒胸臆，您去冒这个险，说：现代启蒙之光只能靠您这样的启蒙人士进行传播，驴嘴哪知蜜甜[①]？"

"您别胡说八道。"

"好了好了，我心里有数，您心里也有数。"

一个吉卜赛人模样的丑八怪打断了他们的谈话。他从湿漉漉的褐色斗篷底下掏出用粗包装纸包着的四套银制餐具，开价一百二十个里亚尔，说老婆病了，要治病，只能贱卖这些宝贝。

"是重病？"伊格鲁埃拉讥讽地问。

骗子十分机灵地画十字：

"我以我母亲的名誉发誓。"

"好了好了……赶紧走，不然，我叫警察了。"

骗子收好银餐具，恶狠狠地看着他。

"先生，我们是赶脚的。"他嘟哝道。

"都说了，赶紧走。"

两位院士继续往前，避开水洼，走过街口。桑切斯·特龙高举着伞，转头去看同伴：

"您认为有办法在巴黎揽黄那件事儿吗？"

"靠帕斯夸尔·拉波索？……我有把握。城市、环境他都熟，又有办法……我说的是歪门邪道。"

他俩在柱廊下停住脚步，往下就是里韦拉·德库尔蒂多莱斯街。

---

① 西班牙俚语，意在指责别人不识好歹，误将好心当作驴肝肺。

挨着卖空相框、褪色画或破画的店铺，还有一片二手书店。伊格鲁埃拉抖去帽子和斗篷上的雨水，桑切斯·特龙收起正在滴水的伞。

"周四在学院，"桑切斯·特龙提到，"说起巴黎之行，院长透露了一条之前我不知道的消息：海军上将和图书管理员带了一封他的亲笔推荐信，给西班牙驻法国大使阿兰达伯爵。"

伊格鲁埃拉听了，很不高兴。

"真糟糕！"他说，"阿兰达是伏尔泰派，不信教，支持新兴哲学思潮。"

"您的意思是：他和我一样。"

记者院士狠狠地瞪了他一眼：

"堂胡斯托，别驴头不对马嘴地把事儿扯一块去……现在说的是另一码事。"

"我没扯，"桑切斯·特龙听到比喻，受了刺激，还嘴硬，"只是强调。您要知道，我和阿兰达伯爵在不少事情上都英雄所见略同……"

伊格鲁埃拉不耐烦地举起手，引回正题：

"好了好了，无所谓了……现在的问题是：大使一定会出手相助，他们办事会更容易。咱们的拉波索够不了那么高……他只是个混混，攀不了那么高的枝。"

两位院士摸摸书，瞅瞅书脊上褪色的书名和破烂不堪的装帧。大多是宗教方面的书，贱本或残本里，有格瓦拉①的《马尔科·奥雷利奥》，破损严重，受过潮，还被老鼠啃过。

"咱们不是一点办法没有。"桑切斯·特龙说，"我和阿兰达的私人秘书伊格纳西奥·埃雷迪亚比较熟，他给我寄过书，我们也有通信

---

① 全名安东尼奥·德格瓦拉（Antonio de Guevara，1480—1545），西班牙教士、作家、历史学家，文艺复兴时期最畅销的作家之一。《马尔科·奥雷利奥》出版于1528 年。

往来。"

伊格鲁埃拉再次饶有兴趣地看着他：

"他能帮我们在巴黎设置障碍，让两位院士完不成任务吗？"

桑切斯·特龙不翻了，那本书少了近三分之一，被他嫌弃地放回书摊。

"我不知道他能不能帮这么大的忙。我不能连累自己，更不能连累他。谁也不知道来往信件会落到谁的手里。"

"要不来点含沙射影……"

桑切斯·特龙仔细想了想。伊格鲁埃拉见他犹豫，乘胜追击：

"您在信里随便加几句……看似无意的评论，让他反感……等两位院士赶到，就算再有推荐信，他也不会让他们顺风顺水。"

桑切斯·特龙终于信服地点点头：

"行，我觉得这办法可行。"

"太棒了！这么一弄，大使秘书跟咱们亲爱的帕斯夸尔·拉波索联手，您跟我联手……换句话说，咱们黑白两道，双管齐下。"

沉默，聊天，打个盹。光线不够，看不了书。四座马车在雨中行驶，车夫穿着油布披风，车轮在泥地上留下了深深的辙印。马车驶在林间，绿意更浓；雨雾蒙蒙，更显荫翳。田野开阔，到处都是泥，大水洼和小溪里映出浅灰色的天空，阴沉沉的。隔一会儿下场暴雨，雨点像子弹，噼噼啪啪地打在车篷上。

海军上将望着窗外，时不时地用手抹去车窗上的雾气。他腿上盖着旅行毛毯，欧拉的书合着，放在上面，枯坐着想了好半天的心事。对面的堂埃莫赫内斯腿上盖着斗篷，双手交叉，安详地放在膝上，正在打盹。过了一会儿，他突然惊醒，抬起头，看看同伴。

"情况怎么样？"他有点蒙，眨了眨眼。

"在下雨，路上全是泥，有点耽误。可怜的马儿，走得很费劲。"

"天黑之前，能到比托里亚吗？"

"应该能，大概还有两里路。这种天气，可不能在脚夫住的那种破客栈里过夜。"

"布里维斯卡的客栈太破了，不是吗？"

"破烂不堪。"

堂埃莫赫内斯扫了一眼窗外。近处有几座绿树葱茏的小山丘，雨雾中，远处依稀有座小村庄，墙都粉成白色。

"您不觉得风景太凄凉？……不过，有这么多树，天气好的话，会很美。"

"那当然。这是片福地，土地肥沃。"

"真奇怪，"图书管理员思忖片刻，说道，"不仅是风景、雨水什么的，会让人感觉凄凉，好天气也会。咱们经过的那些村庄，您注意到了没？……咱们习惯了马德里的喧嚣，忘记了并非西班牙各处都是这样……许多外国人想得不对，西班牙是个忧伤的民族。您不觉得吗？"

"有可能。"海军上将表示同意。

"比如说两天前，在布里维斯卡。那儿很繁荣，牲口、菜园、树林、漂亮的房子随处可见，就是客栈不尽人意……您还记得吗？"

"当然记得。那儿很美，有两个修道院、一个大圣堂、一个教区。可是，就像您说的，没有欢乐。"

"那天是星期天，"堂埃莫赫内斯回忆道，"大家工作了一个礼拜，也该好好乐一乐。天又没下雨，可是街上空荡荡、静悄悄的。咱们见到的几个人，虽然走出家门，也好像很不乐意，似乎无聊透顶，才出的门……到了街上，也好似泥塑木雕。男人披着斗篷，女人围着披肩，在广场上或教堂门廊下，要么懒洋洋地坐着，要么漫无目的地闲逛，一点儿也不开心，兴味索然。"

"您看见的：到了祷告时间，所有人各回各家。"

"没错。我们在布里维斯卡见到的情景也会发生在外省任何地方，所以我觉得：西班牙是个忧伤的民族。我在想：为什么？我们有灿烂的阳光、优质的葡萄酒、漂亮的女人、很好的同胞……"

海军上将挖苦地看着他：

"好？为什么好？"

"我不知道。"图书管理员也很纳闷，"不好？好？……我认为……"

"人无好坏，事才有好坏。"

"这么说，是什么让布里维斯卡人如此忧伤？"

"堂埃梅斯，是糟糕的法律、"海军上将挤出一点笑容，几乎是苦笑，"执政者的不信任、法官的乱猜疑。他们觉得：是人，就得管。必须严刑峻法，令人战战兢兢。开心哪儿行？那是骚乱，要严查、抓人、罚款。这个国家，官员受贿，法官贪婪，其余人遭殃……听明白吗？"

"太明白了。"

"那我就不用跟您解释民众有多恐惧、多忧伤了。到头来，当局唯一能容忍的是周日弥撒、教堂朝拜，还有结婚、洗礼那一点点乐子。"

图书管理员听了不开心，扭头去看雨水滑落在车窗外：

"行了，老兄……您兜了一大圈，还是要找教会的麻烦。"

海军上将并不在意，和善地笑了笑。过了一会儿，他说："教会不只是教会，它已经沦为邪恶政权统治人民的工具。不是君主制是好是坏的问题，英国人就是例子，各种不相干的东西，也能彼此相处无虞。问题在于西班牙如何理解'民安'二字。"

"警察局颁布的各项规定，"他继续往下说，"阻碍幸福，阻碍繁荣。许多地方禁止音乐、聚会、舞蹈；还有些地方要求市民祷告时间必须回家，天黑不准上街，不准聚众议论……农民们面朝黄土背朝天，累死累活种庄稼，到头来，还不准周六晚上在村里广场上自由自在地吼一嗓子，不准和老婆或街坊邻居跳个舞，不准在心上人的门口栅栏前唱首情歌。"

"您懂的，做人要正派，守规矩……"

"什么正派，纯属瞎扯！您知道，问题不在这儿。伏尔泰说过：你们要让人读书，你们要让人跳舞。问题的关键是：少点弥撒，多点音乐。"

图书管理员有点受惊，举起了两只手：

"亲爱的上将，您太夸张了。"

"您说我夸张？……比如，之前提到的朝拜，后来什么结果？……祷告时间到，所有人必须停下，提前回家。教会不许男人和女人跳舞，连男人和男人跳舞也不许。"

"可是，民众很有耐心，"堂埃莫赫内斯说，"一切逆来顺受。"

"这是最糟糕的。逆来顺受，终究心不甘情不愿。不情愿，警察就强制执行，忘了人活得憋屈，会引发动乱。不自由，哪儿来的繁荣？……估计这句话您会同意。"

"那当然。希腊人早就说过：自由快乐的民族当然会是勤劳的民族。"

"没错。优秀的执政者不会强加幸福感，只会保障幸福感。"

"您说得完全在理，我百分之百接受。诚实的民族无须政府逗他玩，只需政府让他玩。"

"那当然。有了教育和娱乐，民众自然会勤劳、有责任感。社交晚会、咖啡馆、沙龙、打球、看戏……这些都有帮助。"

"还有斗牛。"图书管理员挚爱斗牛。

海军上将撇了撇嘴，并不同意。

"这点我不敢苟同。"他冷冷地批评道，"如此野蛮的活动，应该禁止。"

"禁止禁止，屡禁不止。我爱斗牛，勇敢的斗牛士，勇猛的斗牛……"

"堂埃梅斯，您是有自控力的。"海军上将生生将他打断，"可是，一帮文盲看人屠牛，还拼命鼓掌，简直让我们在文明国家面前抬不起头来。照我说，戏剧才是西班牙理想的大众娱乐方式。"

"恐怕您说得有理，没错……当然，我跟您意见一致。"

四座马车猛地一晃，溅得外面全是泥，突然停下。路上一定有个坑，藏在水洼烂泥里。堂埃莫赫内斯想拉开车窗，看个究竟。可是外面雨太大，噼里啪啦地直往车窗上打，他只好作罢。有一阵，只听见雨点敲打车顶，车夫甩鞭子，恶声恶气地赶马。最后，车厢左晃一下，右晃一下，往前一蹿，继续上路。

"戏剧是一流的教育方式。"海军上将接着说，"不过，西班牙戏剧亟须革新，去掉那些寡廉鲜耻、女仆私奔、决斗、犯罪、不可一世的小丑、拉皮条的仆人什么的……如果您觉得合适，还要去掉那些低俗恶心的幕间小品和独幕笑剧，都是些下等人、流氓、无赖的故事。戏剧应该反映当今的社会全貌。"

堂埃莫赫内斯拼命点头，表示同意：

"您说得很对。特别是那种俗不可耐的习气，通过舞台，传递给民众……哪国人民都爱俗文化。西班牙坏就坏在俗文化登堂入室，打入贵族和上流社会，不像英国或法国那么安分守己。您说呢？……俗人到处都是，这很正常；可是西班牙已经俗到家了。"

"堂埃梅斯，对此，我深表赞同……不学无术，狂妄自大，只有死路一条。别国还以为此乃国民性，害得我们名誉扫地。"

又是一个坑。两位院士差点撞上，马车再次停下。堂埃莫赫内斯决定打开车窗看一眼，关上时，满脸都是雨水。鞭子声再次响起，四座马车再次猛地往前一蹿，继续上路。图书管理员无奈地揉了揉酸痛无比的腰。

"当然，"他重拾话题，"宗教和政治——好的政治——应该携手，就大众品位低俗，进行一场深入的改革，改掉那些旧习俗。"

堂佩德罗听完，笑了。

"要是您说宗教和政治不再携手，应该撒手，"他反对道，"我会更同意……出台宗教特色的法律进行改革，绝非正道。"

"又来了，我求求您。"

"不是什么又来了，又去了，堂埃梅斯。我认为： 改掉旧习俗，只能靠理性与品位。"

图书管理员向来天真，再次抗议道：

"亲爱的上将，一个虔诚的民族……"

"我们不要打造虔诚的民族，"海军上将打断他，"而要打造诚实、勤劳、高雅、繁荣的民族……所以我才认为： 戏剧是重要的大众娱乐方式，它可以培养爱国主义情怀——这点大家都懂——彰显学习的重要性，呼吁诚实工作，弘扬文化与美德，维护自由与率真……总而言之，戏剧可以弥补优秀民众所需的常识，让他们感受到知识的光芒。"

"哦，亲爱的上将，您这是缘木求鱼。"

"我知道。可是晃一晃树，没准真能掉下几条鱼……您和我现在做的，去巴黎找禁书这件事，从某种意义上说，就是在晃树。"

马儿将蹄子踏入泥浆，缓缓地向前走。雨依然很大，半英里之外四座马车留下的两道平行辙印里，水突突地往外冒。帕斯夸尔·拉波索伏在马脖子上，眯缝着眼，尽量不让针一样的雨点打在脸上，淋湿变形的帽檐好歹也挡住了一些雨水。暴雨中，孤独的骑士披着斗篷，又湿又冷，不舒服极了。他愿意付出一切代价，换盆火，靠上去，让衣服上的水变成蒸汽；或者，好歹换一处躲雨的地方，喘口气，可路上没地方躲雨。拉波索当过骑兵，受过训练，这种状况他能应付。然而，岁月不饶人，恶劣的环境让他越来越难以忍受。他没好气地想：总有一天，身体垮了，干不了这行，到时候，但愿能找份工作养活自己，能有个住处、讨个老婆、有口热乎的东西吃。雨中想着这三个愿望，足以让他立刻陷入平静的绝望，感到无尽的忧伤。

马儿过石桥时，一瘸一拐。石桥下，水流浊而湍急。拉波索低声咒骂了一句，松开缰绳，跳下马来，检查马蹄。马蹄热乎乎的，没过马蹄的水却冰冰凉。拉波索发现掉了一块马掌，咒骂变成了恶毒的诅咒。他尽量裹好披风，双眼动辄就会被雨水迷住。他打开褡裢，取出备用马掌、折刀、钉子和锤子；之后，两腿夹住马蹄，不时地用手背拭去脸上的水，刮一刮蹄甲，尽可能地对好马掌和钉子。雨水哗啦啦地浇在身上，从涂蜡披风的接缝处往里渗，凉丝丝的，从脖子流到肩膀，再从肩膀滑下背，冻得他瑟瑟发抖。活儿好半天才干完，下身湿到大腿，马赛短大衣的袖子直滴水，皮靴也在冒水。他不慌不忙地收好工具，从褡裢里掏出酒囊，头往后仰，任凭雨水打在脸上，喝了长长的一大口。他翻身上马，马感觉到背上有人，缰绳一松，又开始往前走，马蹄在石桥上敲出清脆的声响。

四座马车的两条平行辙印在泥泞的道路上弯曲向前，直到看不见。辙印中两道平行的沟渠映出昏暗的天空与朦胧的地平线。拉波索想象着两位院士衣服干干的、暖暖的，坐在车里，冷漠地看一眼怀表，算一算距比托里亚还剩多少里，不由得气不打一处来。不是不报，时候未到，这口气迟早要出。对他而言，马儿每走一步，在雨中每走一段，至少有钱可赚。他又累又冷。远方的小树林里，一道闪电划破天空，轰隆隆的雷声随后而至，好比在黑压压的乌云里开了一炮。闪电照亮了孤独骑士的嘴，他的嘴歪着，表情狰狞，想着早晚要去复仇。

周四晚八点半，皇家学院在马德里珍宝馆开完例会。全会桌上铺着羊皮桌布，摆着蜡烛和油灯，光线很差，油油的，装满书籍和泛黄卷宗的书架看不太清楚。深色的木质卡片箱上有标识，按字母排序，方便查找。院士们起身，院长维加·德塞利亚按例念完祈祷，之后响起椅子声、清肺的咳嗽声、清嗓子声和交谈声。帕拉福斯秘书还在和院士埃切加拉特——《熙德之歌》杰出的注释者——以及多明格斯·德莱昂——《关于刑法改革的讲话》等著名文章的作者——低声讨论axedrezado，全会刚刚通过将它作为形容词，收入下一版皇家学院词典。所有人离开座位，有些人磨蹭一会儿，在火盆旁暖暖手，火盆也没让房间暖和多少。

"咱们那件事，"曼努埃尔·伊格鲁埃拉对胡斯托·桑切斯·特龙低声说，"出现了一个有趣的可能性。"

他把桑切斯·特龙拉到火盆旁，其他院士刚刚离开，有一股烧焦的木炭味。头顶上方，黑乎乎的墙上，依稀看出挂的是已故国王费利佩五世和学院创始人比列纳侯爵的画像。他们俩在黑暗中，俯视着全会大厅。

"明天，托莱多大主教和教廷大使要在圣上用餐时接受觐见。"

桑切斯·特龙摆出他特有的鄙夷方式，眉毛一挑，问：

"这跟咱们有什么关系？"

"大有关系。普拉多侯爵也会在场，他站咱们这边。"

"您想说的是：他站您那边。"

伊格鲁埃拉不耐烦地咂了咂嘴：

"堂胡斯托，您就别成心气我了，咱俩都是老江湖……巴黎这件事，没有您和我还真不行，咱俩可都在一条船上。"

两人交换了会心的眼神，记者院士又压低嗓门：

"他们仨想劝圣上，取消巴黎之行。"

桑切斯·特龙低着头，但颇感兴趣：

"晚了点，不是吗？"

"一点儿也不晚。"伊格鲁埃拉笑得无赖，"飞马传书，一周就能到西班牙驻法国大使馆。"

"您忘了？大使是阿兰达伯爵，知名的启蒙派人士。"

"圣上有令，他不会胆敢违抗。"

桑切斯·特龙谨慎地看看周围。院士们正聚在门厅衣帽架旁，取帽子、斗篷和大衣。

"不管怎样，"他指出，"我跟您说过，大主教和侯爵几天前试过一次，没成功。圣上听了，全当耳边风。"

"据我们所知，他既没说'是'，也没说'不'。再说了，当时教廷大使不在。您要知道：奥塔比亚尼大人很有个性，说话一套一套的，极有说服力……对了，圣上也是虔诚之人。我有可靠消息：圣上的忏悔神父也打算做他的思想工作。"

"基莱斯神父？"

"就是那个 ora et labora① 的人。"

"天啊！"桑切斯·特龙苦着脸说，"你们一来劲，折腾一大堆！"

---

① 原文如此，为拉丁语，意为"祈祷加工作"，指神职人员的工作。

"就这事儿，咱俩都来劲。别装了，我的先生。"

"您见鬼去吧！"

桑切斯·特龙掸掸英式燕尾服上的灰尘。他系着浮夸的宽条领带，一把年纪了，非要赶时髦。他们走到门厅，院长、秘书和两位院士正在道别。门房在帮维加·德塞利亚套斗篷，院长穿的是绣着圣地亚哥十字的漂亮上衣。下午在全会上，他念了一封海军上将和图书管理员从比托里亚写来的信，信中报告了旅途详情。

"对了，堂胡斯托，"院长对桑切斯·特龙说，"忘了恭喜您上周发表的文章《文字的信使》……写得当然妙极，向我们揭示了委拉斯开兹在画《纺纱女》时，纺锤没有辐条的真正用意，思想深邃，叹为观止……动态性、颠覆性，记得您用了这两个词。之前评论委拉斯开兹的人，谁都没想到，不是吗？什么都逃不过您的法眼。"

桑切斯·特龙听到夸奖，洋洋得意，有些飘飘然。说得这么满，不像院长的风格。他觉得院长在拐着弯讽刺他。

"感谢院长先生，"他试探道，"其实我……"

维加·德塞利亚疏离的笑容打消了他的最后一丝顾虑：

"真不知道，文化界和哲学界要是没了您，会怎样？真的，我们都不知道该如何是好。"

说完，院长礼貌地点了点扑了粉的脑袋，告辞。

"晚安，先生们。"

伊格鲁埃拉和桑切斯·特龙目送他离去。

"混蛋！"桑切斯·特龙嘟哝道，"他听到了点风声。"

"什么风声？"伊格鲁埃拉看完好戏，还在偷着乐。

"咱俩的谈话，还有……"

"怎么可能！他对您印象不好，没别的。"

"可他当年投了赞成票，让我进了皇家学院。"

伊格鲁埃拉开心地点点头：

"堂胡斯托，恐怕是因为您当年还没向全世界宣布委拉斯开兹的绘画天分，还没向西班牙人揭示丛林和草原的野性美……"

桑切斯·特龙斜着眼看他，希望能听出话中的挖苦成分。可是，记者院士用狡猾的笑容化解了一切。

"维加·德塞利亚会不会反攻？"桑切斯·特龙换了个话题，担心地问。

"针对教廷大使和其他人？……就凭他跟圣上走得近？"

"那是。"

伊格鲁埃拉不以为然地撇了撇嘴：

"要是奥塔比亚尼大人说服了圣上，咱们的院长做不了什么。Manarchia locuta, causa finita①……那两个大无畏的同事只能掉转马头，打道回府。"

"那人有新消息吗？"桑切斯·特龙突然压低嗓门，窃窃私语，"那个第三位路人？"

"没有。这时候，他们快过边境了。有无教廷大使，前方都有一条险象环生的漫漫长路。"

两位阴谋家穿上大衣，走到街上。街上只有一盏灯，照着通往王宫的路。他们没有告别，匆匆忙忙地，简直偷偷摸摸地各走各路，分道扬镳。

国王卡洛斯三世庄严地坐在王宫大厅的一角，正在用餐。大厅有两扇高高的门，周边墙上，挂着皇家御制、印有神话场景的壁毯。国王大鼻子，皮肤被太阳晒得黝黑——他爱打猎，打猎很晒——被太阳

---

① 原文如此，为拉丁语，意为"圣上之言，即为圣旨"。

穴边上鬈曲的白色假发一衬，显得更黑。他穿着绿色天鹅绒上衣，领口绣着金羊毛骑士章，胸前绣着卡洛斯骑士团十字勋章。团员们恪守教皇圣谕，捍卫无沾成胎说①。离地面二十肘尺②的头顶天花板上，绘制的图案寓意着伟大的波旁王朝③和广袤的美洲殖民地。国王背对着墙，独自坐在桌边，若有所思地看着盘子，细嚼慢咽，时不时地用餐巾擦擦嘴，伸手去拿葡萄酒，酒装在拉格兰哈④出品的玻璃杯里。随伺的是王宫总管安苏莱斯伯爵，他盯着穿统一制服的侍从低头呈上每一道菜。两条猎兔犬要么趴在桌边地毯上打盹，要么抬头望着主人。主人会一边若有所思地用餐，一边时不时地扔给它们一点好吃的。

宫廷礼节一如既往的严苛。国王用餐时，允许二十人觐见，全部为男性，恭敬地与国王保持一定的距离。今天参加觐见的有：那不勒斯大使、俄罗斯大使、教廷大使、托莱多大主教、几位官员和特别嘉宾。大家齐齐地往那儿一站，只见五彩缤纷的上衣、教士袍、制服、胸前花褶、漂亮的及膝短裤和两鬓的鬈曲假发。国王有时抬头，看看其中某人，请他过来。被叫到的人毕恭毕敬地上前，鞠躬，聆听圣上教诲，做出回应，等圣上低头再看盘子，示意谈话结束时，便自行退下。与此同时，其余人等或耐心守候，低声交谈，或偷偷竖起耳朵，希望能捕捉到圣上的只言片语。

"您瞧，侯爵，注意看……圣上只接见了佩尼亚弗罗里达半

---

① 无沾成胎说（dogma de la Inmaculada Concepción）：天主教认为圣母马利亚在其母腹成胎以及耶稣在她腹中成胎时，因蒙受天恩而未沾原罪。

② 肘尺（codo）：从肘到手指尖的长度，约 42 厘米。

③ 1700 年，西班牙哈布斯堡王朝的最后一个国王去世，未留子嗣。自此，欧洲进入了旷日持久的王位争夺战，波旁王朝最终胜出。直到今天，西班牙王室仍是波旁王朝的分支。

④ 拉格兰哈（La Granja）：1727 年成立的皇家玻璃制品厂，位于塞戈维亚，负责制造皇宫的玻璃窗、镜子和玻璃餐具。原址现为玻璃制作工艺博物馆、玻璃制作学校、玻璃制品史料馆及研发中心。

分钟。"

"为女婿讨个陆军上校的职位，半分钟够了。"

"哎呦，您真是观察敏锐！"

侍从撤下了最后一道菜，给国王端来三指宽的咖啡，盛在中国皇帝馈赠的瓷杯里。卡洛斯三世酌了一口，视线越过咖啡杯，落到罗马教廷大使奥塔比亚尼红衣主教的身上。教廷大使带着外交官式的微笑，走上前来，双手交叉，贴着镶花边的猩红色教士袍，主教戒指十分醒目。他和圣上客套几句，转呈了教皇的口信，便转至其他话题。他用带托斯卡纳口音的华丽的西班牙语请求让托莱多大主教和普拉多侯爵上前叙话。国王首肯，两位大人走上前来。

"陛下，我等略感不安。"三位站好，教廷大使率先开口。

大主教和侯爵趁机插话，你一言，我一语。国王听得漫不经心，时不时看一眼猎兔犬。其中一只从地毯上站起来，舔他的手，发出很大的声响。新旧大陆的国王脾气好，任它去舔。

"西班牙皇家学院声名卓著，岂能屈尊俯就，去听什么乱世之见。"托莱多大主教表示，"巴黎之行购买《百科全书》饱受非议。"

"是的，饱受非议。"普拉多侯爵将最后几个字重复一遍，教廷大使眨眨眼，深表赞同。

"谁在议论？"国王轻轻地问。

三人你看看我，我看看你，教廷大使负责回答：

"总之，陛下……上帝啊……该书自相矛盾，谬误百出，鼓吹自然规律，罗织各种害人不浅的理论，位列教会禁书名录，已被批，且有可批之处。"

国王用几乎天真无邪的眼神看着他：

"可是，王宫书房里就有。"

众人都不吭声。普拉多侯爵并非教会人士，他看出了苗头，悄悄地打起了退堂鼓，旋即微笑，闭嘴，缄默。教会人士似乎更有胆识。

"陛下的书房是没有任何……"托莱多大主教说漏了嘴。

他愣在那儿找词，或想避开某个词。卡洛斯三世耐心地看着猎兔犬正在舔的那只手。

"问题的。"教廷大使用红衣主教的谨慎，帮他把话说完。

国王拿起咖啡，凑到猎兔犬鼻子前。它先谨慎地闻了闻，再摇着尾巴，将咖啡舔干净。

"正如阁下所知，"过了一会儿，国王将咖啡杯放回到桌上，"西班牙皇家学院也是没有任何问题的。"

托莱多大主教如今也看出了苗头，把嘴闭上，和保持缄默的普拉多侯爵共同退守。火线上只剩下教廷大使。

"《百科全书》满眼都是对正统教义的遁词、讥讽与污蔑，"教廷大使决定顽抗到底，"它否定一切，只放过了洛克和牛顿……我认为，教皇陛下也认为：此书在挖国教基督教的根基。"

"至少我记得，"国王并不赞同，"'基督教'条目无懈可击。"

"啊……陛下读过？"

"读过一部分。国王也不只是忙着打猎。"

许久无人说话，教廷大使重整旗鼓。

"如此说来，"他继续侃侃而谈，"陛下一定不会被蒙蔽。为了骗过审查，编辑们狡猾地使用双关语，含蓄地宣扬异端邪说……在看似无害的词条里，比如 Siako，他们嘲讽教皇陛下，说他穿日本人的衣服；再比如 Ypaini，他们将圣餐描绘成荒诞无知的仪式……更不用说 Autorité politique，说什么王权应该顺应民意。"

"这个词条我还没读到，"国王饶有兴趣地坦言道，"您说叫什么来着？"

"Autorité politique，陛下……不管怎样……"

卡洛斯三世微微竖起指头，也就离桌布两英寸，但足以让教廷大使噤声。

"既然你爱读书，我给你们推荐一本：在欧洲，它独一无二。我说的是《卡斯蒂利亚语词典》……阁下听说过吧？"

"那当然，陛下。"

"那您应该知道，此书博学多闻，院士们的工作令人击节赞叹。他们只想用词典、正字法和语法去维护卡斯蒂利亚语的纯净与荣耀……此举对国家有益，对王室有益。因此，对我而言，正如对我先辈而言，他们值得我去庇护。"

教廷大使咽了口吐沫：

"也就是说，陛下……"

卡洛斯三世转过头，抚摸他的猎兔犬：

"也就是说，尊敬的奥塔比亚尼红衣主教：西班牙皇家学院图书馆拥有《百科全书》对王室有益。"

他看了一眼王宫总管，总管帮他拉开椅子，请他起身。新旧大陆的国王宣布谈话到此结束。

托洛萨、奥亚尔顺、伊伦……出门第十二天，又是个雨天，雨下得时断时续。两位院士早早地出示护照，在海关办完必要的手续，交完钱，四座马车便越过比达索亚河边境，在玉米地、葡萄园和小树林间穿行。早晨的天灰暗潮湿，绿油油的风景里散落的村庄便是那几抹亮色。雨中的田野依然焕发着勃勃生机：奶牛在牧草丰盛处吃草；农妇们穿着木屐，在泥地里赶马和骡子；男人们穿着帆布上衣，弯着腰，在林子边和耕地里使用农具。马车沿着栎树环绕的小道驶上山丘，来到一片空旷地。放眼望去，右手是比利牛斯山，左手是海边的一马平川。突然，一束绝美耀眼的阳光照亮了道路，赶路人顿时心旷神怡。

"法国到了，我的朋友。"堂埃莫赫内斯说，"我们终于来到了法国，高乃依①、莫里哀、蒙田、笛卡儿等人的故乡，葡萄酒和哲学的故乡。"

"也是法国病的故乡。"海军上将成心气他，"它还有个名字，叫梅毒。"

"上帝啊，老兄……上帝啊！"

似乎这是吉兆，从那时起，天气开始转好，天空渐渐放晴。接下来都是艳阳天，一路安稳，并无大碍。所谓麻烦，也就是赶路人正常会遇到的麻烦。如波尔多附近马车坏了、蒙特利尔驿站少了匹马。堂埃莫赫内斯结石发作，疼痛难忍，海军上将找来医生，医生建议在安谷莱玛找家舒适的客栈，静养两天再走。这期间，海军上将表现得特别暖心，日夜守护在床前，对图书管理员关怀备至。

"您去睡吧！"图书管理员每次睁开眼，都看见海军上将叉着腿，反坐在椅子上，手臂搭着椅背，枕着头小憩。

"干吗？"海军上将不乐意，"我精神好着呢！"

于是，两人聊得更多，接触更亲密，感情也愈加深厚。等他们再上路，往图尔和卢瓦尔河方向走的时候，已经是……怎么说呢？世上最好的朋友，尽管两人的态度有细微的差别。堂埃莫赫内斯对这份友谊毫无保留，他原本仁厚，也敬重海军上将；堂佩德罗·萨拉特同样好意对他，但在信任度上，始终有道跨不过去的坎。他很细心，待人十分周到，但情感不愿外露，自控力强，彬彬有礼，有时不苟言笑，会挖苦人。堂埃莫赫内斯投入了百分之百的热情与信任，而海军上将

---

① 全名皮埃尔·高乃依（Pierre Corneille，1606—1684），法国剧作家，代表作《熙德》创立了法兰西民族戏剧的光辉典范。

却顾惜苍凉。

以上差别在普瓦捷有了充分的体现。他们在古罗马圆形剧场附近找了家相当不错的客栈，晚饭前，出门散步……

写到两位院士黄昏时在普瓦捷散步，我打了省略号，决定搁笔。我注意到，更确切地说，我有直觉，故事结构即将陷入困境。捧着游记和放大镜，我想在城市地图上找到阿托伊斯客栈所在的那条街。这家客栈有详实的参考资料，适合两位院士居住。这时，我发现了一个技术性难题。一方面，推动故事发展，人物必须在法国版图上移动，篇幅要足够长，才能让读者体会到旅行的漫长艰辛；另一方面，地理描写只能点缀一些十八世纪后三分之一陆上旅行的小花絮，页数过多，铺陈过度，普通读者未免厌烦，连作者也会厌倦。没有发生特别的事，也想象不出什么趣事，也许只能再写点图书管理员和海军上将沿路的交谈。可是，故事讲到这里，该聊的都聊了，没聊的取决于后续场景，还在考虑之中。我已经借两位人物之口，向不太熟悉情况的读者详细交代了故事背景：那些年，西班牙人民的生活不幸福，亟须实质性的改变，《百科全书》代表了启蒙与进步思想的最高成就，值得专程前往巴黎购买。总而言之，这两位具有启蒙思想的好人和皇家学院对他们鼎力相助的院士都在急国家之所急。因此，按我的理解，他们应该尽快赶到巴黎附近，或者直接抵达巴黎。那里会发生许多事，可以确保故事的精彩性。

于是，我决定跳过——也正在跳过——接下来从普瓦捷到巴黎的约八十五里路。这段路，四座马车要走整整一个星期。事实上，我替他们走了一趟：开车上高速到图尔，从那儿转 152 国道，沿卢瓦尔河右岸，有时要绕到左岸，一直往前，走起来十分顺畅，只用了短短几个小时。这一点，堂埃莫赫内斯和海军上将恐怕连做梦都想不到。我沿着河，逆流而上，中途在葡萄园间停车用餐，顺便查阅乌雷尼亚一七八七年的游记，对比米其林法国地图和书商波拉克提供给我的十八世纪法国地图，在两张地图上都找到了两位院士先后停留的驿站：昂布瓦斯、舒瓦西桥、布洛瓦、克莱里……无论过去还是现在，这些地方土壤肥沃，人民勤劳，经济富裕。在他们前往巴黎的那段日子里，社会开始动荡，并最终演化为法国大革命。不管怎样，当时离路易十六被送上断头台的日子还远，游客的目光只能停留在表面。比如故事中的两位院士，在他们眼里，民众不满、忍饥挨饿、社会不公都是次要的事。和任何有学问的人一样，他们羡慕地认为，这里什么都好，是了不起的思想家与现代哲学家的故乡。乌雷尼亚侯爵的《欧洲游记》中有很多细节，让我不费吹灰之力，捕捉到两位院士的内心感受：

> 我在街角看到一则征兵海报，有塔西佗或提图斯·李维①的风格。一个民族的天分，从绘画笔触之类的小事上均有所反映。

在奥尔良附近的克莱里，我完成了小小的个人仪式，过桥，到河对岸，在麦安稍作停留。《三个火枪手》的第一章就是从这儿开始的：达达里昂在诚实的磨坊主客栈门前第一次遇见了他的宿敌米莱狄和罗什福尔。仪式具有双重意义。我追随着大仲马小说的脚步，早在二十年前，就来麦安住过几天。我的小说《黎塞留的阴影》也发生在这儿，开头是："那是一个凄凉的夜晚，卢瓦尔河的水流得很急……"在小城中心的酒吧，我喝了一杯安茹②葡萄酒，以缅怀我作

---

① 提图斯·李维（Tito Livis，前59—17），古罗马著名历史学家，代表作为《罗马史》，同时精通文学、修辞学、演讲术等，是位几乎无所不知的大学问家。
② 安茹（Anjou）：位于法国西部卢瓦尔河下游，是世界著名的葡萄酒产区。

为纯真读者乃至纯真小说家的岁月。我查阅笔记，继续往巴黎走。海军上将和图书管理员第一眼见到的巴黎应该和二十年后尼古拉斯·德拉克鲁斯①在《西班牙、法国、意大利游记》中记录的并无二致：

> 爬上一座小山坡，巴黎就在眼前，十分清晰。景色壮丽，真想快点走进这座美妙的城市，备受各国赞美的城市。

然而我决定，在描述两位院士眼中的巴黎时，用十多年前乌雷尼亚不太美好的印象去冲淡德拉克鲁斯的热情：

> 走近一看，巴黎位于肥沃的平原，几乎终年迷雾笼罩。要是没有冒出那么多穹顶、塔楼和烟囱，这里满眼除了墙，还是墙。烟囱里冒出的烟和石板瓦屋顶使这座城市阴郁忧伤，让人苦闷，心情沉重。

就这样，堂埃莫赫内斯仰慕地走进这座备受各国赞美的美妙城市，而海军上将则苦闷地看着它，心情沉重，有种不祥的预感。终于，两位院士经过长途跋涉，疲惫不堪地走进了世界启蒙思想之都——巴黎。

---

① 尼古拉斯·德拉克鲁斯 (Nicolás de la Cruz, 1760—1828)，智利军人、作家，在加迪斯成婚，后定居西班牙，代表作为《西班牙、法国、意大利游记 (1806—1813)》。

5. 哲学家们的城市

整座城市就像一本书，市民们徜徉其中，阅读之。每走一步，都是在阅读公民教程。

R·达恩顿① :《法国大革命前被禁的畅销书》

"大使先生会很快接见，请稍候。"

大使秘书穿着鼠灰色的衣服，刚做过自我介绍，只说姓埃雷迪亚。他冷漠地指了指房间里的几张椅子，没等堂埃莫赫内斯和堂佩德罗坐下，人就从走廊离去。房间里铺着地毯，摆着镜子，贴着蓝白色石膏线条，两位院士见了，大失所望，原以为西班牙驻外使馆会更气派些。蒙马特酒店很小，算不上宫殿，它最尊贵的客人阿兰达伯爵之所以选择这里，是因为想靠近法国国王路易十六。图书管理员穿着深色毛呢长外套，海军上将穿着海蓝色燕尾服，钢纽扣擦得锃亮。两位院士走进使馆，惊讶地发现这里根本不够用。管家、文书、侍从、访客，一大堆人挤在走廊和办公室。可是从街上看不出。使馆的正门很美，瑞士籍门卫身着红色上衣和白色及膝短裤，帅气极了。酒店位于巴黎优雅的市中心小场街，卢浮宫②和杜乐丽花园近在咫尺。

"外头是门面，里头才是现实。"海军上将刚进门，就开起了玩笑，"地道的西班牙风格，太吓人了。"

图书管理员不安地在椅子上动来动去，毕竟不是每天都在巴黎，等待阿兰达伯爵的接见。海军上将倒是神态如常，若有所思地观察四周，好几次撞上房间里第三个人好奇的目光，那人正在肆无忌惮地打量着他们。他中等年纪，胡子拉碴，假发乱蓬蓬的，又脏又油；上衣原本是黑色，如今色彩难辨。邋邋遢遢没戴帽子，双膝间支着一根恶心的手杖，手杖柄是只动物角。腿又细又长，穿着补了又补的灰色长筒羊毛袜，鞋子太破，连修鞋匠都会嫌弃。

"我想，咱们是同胞。"他静静地观察了一会儿，说。

素来和善的堂埃莫赫内斯点点头，陌生人露出满意的表情。图书管理员发现，他长相普通，脸庞瘦削，眼睛是唯一的亮点：像打磨过的黑曜岩，黝黑明亮，神采奕奕。堂埃莫赫内斯心想：这是信仰的眼神，笃定的眼神，勇往直前的眼神，有些布道者就是带着这种眼神走上布道坛的。

"来巴黎很久了？"

"刚来两天。"堂埃莫赫内斯礼貌地回答。

"住得怎么样？"

"还行，住在法兰西宫廷酒店。"

"哦，我知道那家酒店，就在附近。住着还凑合，吃的就不尽人意了……玩过巴黎了？"

他又聊了几句巴黎的住宿、可供选择的正当娱乐方式、这栋楼地方太小等等。怪人说：此处作为西班牙使馆很不合适，尽管时移世易，西班牙依然是无可争议的世界强国。再说了，租金要十万里亚尔，可不是个小数目。

---

① 全名罗伯特·达恩顿（Robert Darnton, 1939— ），美国人，著名的欧洲文化史专家，普林斯顿大学教授。
② 卢浮宫始建于 1204 年，原是法国王宫，居住过 50 位法国国王和王后，现为世界著名的艺术殿堂，位居世界四大博物馆之首。

"真的要这么多，千真万确。"他出人意料，恶狠狠地说，"你们能想象这么一大笔钱，对人类有多大用处吗？能让多少人吃饱饭吗？……能保护多少孤女吗？"

堂埃莫赫内斯不明白这人是口不择言，还是成心找茬，也许是故意安排在那儿，试探他们的。他决定沉默，专心看脚底下地毯上的图案。海军上将始终没开口，看了看怪人，后来盯着镜子，看映在里面的一块装饰性天花板。那家伙见无人理睬，低声嘟嚷几句，听不太清，不在乎地耸耸肩，从口袋里掏出一本皱巴巴的宣传册，兀自看了起来。

"哎，一帮混蛋！"他不时地咕叽两句，无疑，和看的东西有关，"哎，一帮无赖……"

场面很尴尬，先前那个秘书过来救场，叫他们，说大使先生现在有空，可以接见。两位院士松了口气，站起来跟他走。那家伙头都没抬，还在看宣传册。他们走过长长的走廊，来到办公室兼会客厅。窗户正对着小小的英式花园，逆光下，一个男人手背后，站在点燃的壁炉旁。他戴着扑了粉的假发，太阳穴边各有三条鬈发，天蓝色金边天鹅绒上衣完美地——这么说是称赞裁缝的——贴合他的驼背。大使先生气质欠佳，神情忧郁，牙齿不好，一只眼有点斜。秘书跟他说话时，他要微微欠身，凑过去听。两位院士估计，他还有点耳背。

"阁下，这两位是堂埃莫赫内斯·莫利纳和退役海军准将堂佩德罗·萨拉特……来自西班牙皇家学院。"

两位院士鞠躬，握手。大使先生递过来的那只手绵软无力，戴着一只硕大无比的黄玉戒指。阿兰达伯爵没有请他们落座，只是心不在焉地说了声"欢迎"，便聊起了雨。他突然说：两位运气真好，天没下雨。他看着洒在花园里的阳光，似乎太阳很不像话，居然敢忤他的意。

"你们知道吗？这儿一年有大半年在下大雨……街上简直没法儿走。"说到这儿，他转向秘书，凑过去一只耳朵，问，"嗯，是不是，埃雷迪亚？"

"当然是，阁下。"

"下大雨的时候，车夫半小时收费相当于十二里亚尔，瞧瞧这价钱……所以，一定要留个心眼。嗯，别人当你是傻瓜，国家的脸上也不好看。"

两位院士从不知所措到失望透顶。佩德罗·巴勃罗·阿瓦尔卡·德博莱亚，即阿兰达伯爵，天主教国王在法国的代表，外表与传奇人物相差甚远。他是西班牙大公，曾任驻里斯本和华沙大使，失宠前——如果每年拿一万两千枚金币叫失宠的话——在西班牙一手遮天，是卡洛斯三世的重臣，启蒙派政治家，百科全书派的朋友。他在埃斯基拉切暴动后主持卡斯蒂利亚枢密院，将耶稣会教徒逐出西班牙，现任驻巴黎大使，同时成功指挥梅诺尔卡和直布罗陀战役，抗击英国，确保美洲殖民地，实可谓大权在握。这么大的影响力、这么多资源和钱财，居然掌握在这个驼背、斜眼、没几颗牙齿的六旬老人手里。他客气地跟两位院士说话，眼睛却不耐烦地盯着壁炉台子上滴滴答答在走的钟，似乎烦得很，只能忍。壁炉的热量足以暖一暖大使先生的冷血，却让两位院士热得透不过气来。秘书先生也热得够呛，他谨慎地掏出手帕，熟练地做打喷嚏状，趁机拭去额头上的汗。

"听说你们来，是为了《百科全书》。"阿兰达伯爵终于说到正题。

他指了指绿色摩洛哥山羊皮桌布上打开的推荐信，不等两位回答，便将下巴埋在绣着金羊毛骑士章的花边里，对来访者机械地发表了简短的演说，关于那套博大精深的书，丰富的概念，对现代哲学、艺术、科学的决定性贡献，等等等等。

"那些编纂者，我认识其中一位。嗯，当然了，人在巴黎，谁会不认识他们？……嗯，我跟伏尔泰有过一段时间的通信。"

他说，不管怎样，皇家学院想为图书馆置办一套《百科全书》，想法很好。阻力嘛，按照惯例，还是来自于某些人。嗯，光，启蒙之光，这才是西班牙需要的，保障一定的社会秩序，照耀众生。让那些老顽固们去死吧，还有那些笨蛋。嗯，此行目的崇高，理当全力支持。堂伊格纳西奥·埃雷迪亚会为你们引路，提供一切所需。嗯，先生们，很高兴见到你们，祝你们在巴黎生活愉快！

阿兰达伯爵话音刚落，两位院士还没来得及回两句客气话，就被直接推到了门外。一眨眼的工夫，人都站在走廊上了，衣服底下一身汗，茫然地看着秘书先生。

"他今天心情不好。"秘书漫不经心地解释，"太多的邮件需要处理，下午还要去拜访财政大臣。你们想象不出他过的是什么日子，或者，我们过的是什么日子。"

堂埃莫赫内斯和平常一样，善解人意地点点头。海军上将黑着脸，看看秘书，看看身后刚刚紧闭的那扇门。

"伯爵或大使，"他开始发作，"这不是……"

秘书不高兴地举起手，请他稍安勿躁。他拿着一大沓卷宗，专注地在查什么。院士们不知道这些文件是否与他们有关，估计没有任何关系。过了一会儿，秘书抬头看了看，似乎忘记了他们的存在。

"哦，《百科全书》，"他总算想起来了，"请跟我来。"

他领着他们走进一间办公室。文书正在桌边工作，有几个深色的木制档案柜，一张硕大无比的桌子上堆满了文件。还有些厚厚的文件，一沓沓用绳子捆着，靠着墙，放在地上。

"咱们长话短说。"他请他们坐下，自己也坐下。

他确实长话短说：尽管有奥西纳加侯爵的推荐信，西班牙驻法国大使馆不能直接参与此事。《百科全书》被宗教裁判所列为禁书，而使馆又代表一位名副其实的天主教国王。没错，西班牙皇家学院有特别许可，可以购买禁书；但仅限于馆藏和阅读，不包括运输。说到这里，秘书露出机械、冰冷的笑容，强调运输的风险需要自行承担。总而言之，虽然西班牙使馆看好此事，但不能直接参与购买和运输，必须置身事外。

"这是什么意思？"堂埃莫赫内斯一头雾水。

"我们只能给予精神上的支持，无法从官方层面提供任何帮助，你们需要自行联系出版商或书商。"

图书管理员听完，急了：

"那运输呢？……我们打算通过外交途径，将书打包运回马德里，拿使馆通行证走。"

"走外交邮件？"秘书飞快地看了一眼坐在办公桌旁继续干活的文书，大惊失色地挑起了眉，"这不可能，这么做不合适。"

堂埃莫赫内斯从着急转为泄气；海军上将在一旁，只听不说，和平常一样，表情严肃，不动声色。

"至少你们可以指条路，告诉我们去哪儿……"

"这个要求有点过分。我要提醒你们两件事。第一，《百科全书》在法国也是禁书，至少从官方角度讲，它是禁书。"

"可是依然在印，依然在卖，至少到不久以前还是如此。"

秘书勉强笑了笑：

"这得看情况，不是看起来那么简单。这套书自第一卷问世起，就不停地遭禁、解禁。教皇下了焚书令，全部烧毁，一本不留，否则革除教籍。法国议会认为，该书居心叵测，毁教灭国，因此收回了印刷许可……如果编者的思想没有得到重量级人物的支持，前几卷出版后，剩下的早就印不出来了。事实上，不仅印出来了，还为了掩人耳目，伪造了版本说明，看起来像在外国印的。”

“在瑞士印的，据我们所知。”堂埃莫赫内斯说。

“没错，瑞士的纳沙泰尔。所有这些，让《百科全书》的处境相当于……”

“出版净界。”

“没错，既存在，又不存在。既在印，又不在印。”

“可是，还有卖吗？”

秘书又飞快地看了一眼文书，文书低着头，握着羽毛笔，对着墨水和纸张，还在忙他的事。

“官方途径没有，”他回答，“要卖也是遮遮掩掩。事实上，原版全套已经不印了，全部售罄。最后两卷是八九年前出版的，哪个书商手里都不太可能有。”

“据我们得到的消息，市场上还有卖，所以才专程来一趟。”

秘书几乎像法国人那样，噘噘嘴，摆摆手，表情让人捉摸不透：

“也许能买到根据市场需求由英国、意大利、瑞士出的盗版书。不过，那些版本多半篡改过，不太靠得住。法国卖的是重印本或新版，只能说还行。有个十六开的版本……”

堂埃莫赫内斯摇摇头：

“我们要的是对开本，原版。”

“这就难找了。重印本要好找得多，当然，价格也会便宜得多。”

“没错。但购书方是西班牙皇家学院，”海军上将坐在椅子上，身体微微前倾，十分严肃，“总不能妄自菲薄……您明白吗？”

蓝色的眼眸盯着秘书，秘书眨了眨眼：

“当然明白。”

“您认为我们能找到首版二十八卷全本吗？”

"有可能……当然，如果开的价，你们肯出。"

"您的意思是……？"

"至少六十个金路易①。"

堂埃莫赫内斯掰着指头算了算：

"相当于……"

"至少一千四百镑，"海军上将说，"差不多六千西班牙里亚尔。"

"五千六百里亚尔。"秘书确认道。

堂埃莫赫内斯看了一眼同伴，松了一口气。《百科全书》的购书预算高达八千里亚尔，相当于差不多两千镑。原则上，除了意外情况与额外开销，足够了。

"我们能付得起。"他说。

"很好，"秘书站起来，"那就简单多了。"

他们走出房间，文书头都没抬。秘书指引他们沿着走廊往外走，能送走这两位，他明显轻松不少。

"您能至少给我们提供一个信得过的书商地址吗？"海军上将要求道。

秘书停住脚，不高兴地皱了皱眉，看看他们，没想好。

"之前我已经说过，这件事使馆不便插手。"突然，他灵机一动，"我只能以个人名义，给你们推荐一位合适的人选。"

他在前面带路，又走了几步，来到院士们觐见大使前等候的那个房间。秘书站在门口，指着那个邋里邋遢鬼，仍旧坐在那儿看宣传册的黑衣人：

"我想，你们已经见过面了。这位是布林加斯教士。"

---

① 金路易（luis）：法国金币。

萨拉斯·布林加斯·庞萨诺的横空出世，也吓了我一跳。我惊讶地发现，他的名字两次出现在海军上将和图书管理员从巴黎写给学院的信上，原件保存在学院档案室。和任何一位读过十八世纪末历史、西班牙启蒙人士流亡史和法国大革命历史的人一样，我听说过这个人。当我发现他的名字和巴黎之行有关后，我又尽可能多查了些资料。我的几本藏书中提到过他：莫拉廷的书信（"这个鲁莽的布林加斯，总是那么狂热，那么优秀"）、米盖尔·奥利弗的作品《法国大革命中的西班牙人》、奥莱切亚·伊·费雷尔撰写的有关阿兰达伯爵的大部头传记、米切莱特的《法国革命史》、梅嫩德斯·伊·佩拉约的皇皇巨著《旁门左道的西班牙人史》。此外，弗朗西斯科·里科也在《启蒙世纪的冒险家们》中专门为他写了长长的一章，这些足以让我近距离地了解这个人物。我还查阅了《西班牙人名词典》，在皇家学院的图书馆里找了好几本历史书，跟里科老师聊天，搜集到一些有趣的资料。就这样，我做了充分的准备，可以将这位奇人安排在一波三折的《百科全书》的购买过程中。

　　布林加斯教士在萨拉戈萨学习神学和法律，获得低级教职。他饱受争议，人生经历足以写成一本书，尽管还没人写过。一七四〇年前后，他出生于韦斯卡省的谢塔莫，在巴黎遇到堂佩德罗·萨拉特和堂埃莫赫内斯·莫利纳时，大约四十岁。当时，萨拉斯·布林加斯已经惹了一屁股的麻烦事：因为诗歌《暴政》被宗教裁判所治罪，成为逃犯，联系上巴约纳的西班牙流亡者；在巴黎化名发表了针砭时弊的短文《国王、教皇和其他暴君的本性》，被当局——至少他是这么说的——关进监狱，这是他第一次在法国坐牢；几年后，从意大利回到法国，带来了萨佛·德莱斯博斯译成拉丁语、尚未出版的《怒火在阴道里烧》等诗作，出版后引起轩然大波，闹了半天，这些诗全是他自己写的，这让他再次锒铛入狱，后被阿兰达伯爵救出。伯爵和他一样，是谢塔莫人，时任西班牙驻法国大使。布林加斯在狱中给他写了一首诗，跟他攀老乡。诗写得有趣，伯爵一高兴，大发慈悲，便允许这位奇异的教士留居巴黎。法国大革命前几年，布林加斯与激进分子和流亡人士接触，将狄德罗和卢梭的作品译成卡斯蒂利亚语，靠给人牵线搭桥、拉皮条、当向导、卖纪念品和小玩意儿、卖色情用品和打胎药养活自己。如此这般，他反倒能登堂入室，他的无赖、聪明和无耻挺能让上流社会人士开心的。阿兰达伯爵卸任后，他又发表了另一篇针砭时弊的短文，题为《宗教的不容与民众的敌人》，让他第三次入狱。一七八九年七月十四日，他有幸成为被解放的囚徒之一。此后，他的经历在史书中很容易找到：入法国籍；成为西班牙人古斯曼和马切纳的朋友，丹东①派和吉伦特派②落难后，他把这两人都告发了；被革命法庭审判并剥夺荣誉；为马拉③的《人民之友》撰稿；极具煽动性，最终在国民议会中占一席之地，隶属于最激进的派别；在大恐怖时期脱颖而出，成为嗜血演说家，最后与罗伯斯庇尔④和他的朋友们一起走上了断头台，行刑那天，排在第三个，就在圣茹斯特⑤之后。面对铡刀，他留下的遗言是："你们都见鬼去吧！"要想大致了

---

① 全名乔治-雅克·丹东 (Georges-Jacques Danton, 1759—1794)，法国政治家、法国大革命领袖、雅各宾派的主要领导人之一，后被革命法庭判处死刑，走上断头台。
② 吉伦特派：法国大革命时期立法大会和国民公会中的一个政治派别，主要代表当时信奉自由主义的法国工商业阶级，由于著名活动人士皮埃尔·维克杜尼昂·韦尼奥、玛格丽特-埃利·加代、阿尔芒·让索内乡均为吉伦特省而得名。
③ 全名让-保尔·马拉 (Jean-Paul Marat, 1742—1793)，法国政治家、医生、法国大革命时期民主派革命家，创办了《人民之友》报，后改名为《法兰西共和国》。
④ 全名马克西米连·弗朗索瓦·马里·伊西多·德罗伯斯庇尔 (Maximilien François Marie Isidore de Robespierre, 1758—1794)，法国大革命时期的重要领袖，雅各宾派政府的实际首脑之一。
⑤ 全名路易·安托万·莱昂·弗罗莱·德圣茹斯特 (Louis Antoine Léon Florelle de Saint-Just, 1767—1794)，法国大革命雅各宾派领导人之一，罗伯斯庇尔最坚定的盟友，由于他的美貌与冷酷，被称为"恐怖的大天使"。

解他的演说与意识形态风格，只需瞅一眼诗歌《暴政》的开头：

> 谁让国王、教皇和统治者
>
> 成为法律的仲裁者，世界的法官？
>
> 谁给这帮臭气熏天的人
>
> 涂上肮脏污秽、亵渎神灵的圣油？

从本质和精神意义上讲，布林加斯教士是诗人、革命者、檄文撰写者。对于海军上将和图书管理员来说，这家伙是个陌生人。使馆秘书伊格纳西奥·埃雷迪亚推荐他，让他协助两位院士寻找《百科全书》。这种态度，估计和胡斯托·桑切斯·特龙的来信多少有点关系。布林加斯教士是未来的雅各宾派，不遗余力地将无数生命送上断头台，自己也最终死在断头台上。米切莱特称他为"坚定的恶棍"，拉马丁内称他为"疯狂的雅各宾派"，梅嫩德斯·伊·佩拉约读过这两位的作品，称他为"冷酷而有天分的疯子"。埃雷迪亚的这个决定将两位院士的命运交到了危险分子的手中。

"那儿就是。"布林加斯挠了挠被油腻腻的假发掩住的耳朵，"那条街上的商铺装着整个巴黎……它是世界的巴比伦①。"

他们过街，穿过已向公众开放的皇宫花园——正在施工中——来到圣奥诺雷街。这儿的景象的确壮观。海军上将和图书管理员习惯了马德里的安宁和近似外省的气息，环顾四周，惊讶地发现这里永远有几千人进出各大商铺，或在漂亮的街道上散步，街道两旁还有许多豪华的私人酒店。邋遢鬼向导说：这是巴黎最著名的街道，时尚购物

---

① 巴比伦（Babilonia）古城是古代世界最壮丽的城市。

中心，谁都能在这里找到心仪之物。人们慵懒地坐在各种各样的书店、餐厅、咖啡馆，看人或读报。不计其数的商店提供各类精美的商品，从科学仪器到高级时装、成衣、帽子、手套、香水、手杖，还有林林总总的装饰品。特别是女人们，来到这里，等于来到天堂。哪个父亲都要大放血，满足妻子或女儿的愿望。她们盯着这个公主、那个公爵夫人的时装，全都是博拉尔夫人、亚历山大小姐或其他著名设计师的作品。女人在这条街上走一遭，就能让丈夫倾家荡产。

"听说，皇宫花园那一片会出现这条街最有力的竞争对手。你们也看到了，那儿到处都是泥瓦匠和脚手架。那是国王的堂弟沙特尔公爵的产业，周围在建宽敞的室内购物长廊，企业家和商人可以去租赁店铺。这个房地产开发项目很有争议，肯定会让那个混账公爵赚一大笔……想喝点东西吗？"

没等两位回答，他就在一家咖啡馆大理石小桌旁的藤椅上坐下，刚好能晒到太阳。两位院士也在桌边坐下，来了个侍应生。布林加斯点了巧克力茶，也给两位院士各点了一杯。啊，再来点饼干，可以蘸着吃。

"太忙，出门走得急，没吃早饭。"

等餐那会儿，他聊起圣奥诺雷街，聊起这里如何会成为无法回避的时尚舞台，众人来欣赏，同时被欣赏。他用手杖冲着一些人，指名道姓，如数家珍。夫人们戴着优雅的帽子；先生们的头发扑了粉，坎肩上挂着两只怀表，链子上挂着无数小饰品，脸颊上点着痣，怀里毕恭毕敬地抱着哈巴狗，跟在夫人后面。他咬牙切齿地说：全是绣花枕头一包草！

"在这里，贵妇们的消遣是卖弄风情。轻浮得很，法国范儿，被舞蹈教师、理发师、时装设计师、厨师……一大堆男人围着。醒醒吧，先生们！别以为巴黎只有几何学家能来。"

布林加斯说完，狞笑着，心满意足地历数贵妇们一天的生活：十二小时在床上，四小时梳妆，五小时访客，三小时散步或看戏。这条街及周边是时尚中心，属于时尚女祭司的领地，任何新款发型、新款果汁、新款香水，都是运用知识无数次实验的结果，也算是技术进步。与此同时，贫民窟里的人没钱治病，没钱吃饭，在菜市场里拣几片烂叶子充饥，要不卖淫，只为带一小块面包回家。巴黎有三万名妓女，他强调。不多不少，三万名。不算情妇和暗娼。

"总有一天，所有这些会被历史一把火烧掉，"他说得恶毒，说得痛快，"可是现在，既然咱们都在这儿了……先享受完再说。"

两位院士面面相觑，默默地问自己，撇开老用 le 代替 lo[①] 这一点，这位同伴是否合适。这时，巧克力茶来了。布林加斯疑惑地喝一口，蘸了块饼干，跟侍应生吵了起来，又要了一杯咖啡。

"啊，再来一块巴伐利亚面包。"他补充道。

海军上将发现坐在附近的一个人看了他们一会儿，然后向他们走来。远看穿得还挺像样，近看上衣和帽子又脏又破。他过来说了几句，用的是法语口语，海军上将勉强能听懂，大意是：他有急用，想卖件值钱的东西，珠宝什么的，说着拍了拍口袋。

"不要。"海军上将猜到了他的用意，一口回绝。

那人惭愧地看着他，转过身，消失在人海。

"先生，您做得对。"布林加斯说，"这个城市到处都有像他这样讨生活的人，最好小心点……不过，请允许我提个实用的建议：在巴黎，永远别说'不要'，这基本相当于骂人，和在西班牙说人'骗子'差不多一个意思。"

---

① 此为一种语法现象，许多西班牙人分不清宾格代词 lo 和与格代词 le，错误地用 le 替代 lo。

"有意思。"海军上将评论道，"那我遇到不像话的事，该如何应对？"

"说'不好意思'是个体面的解决方式，不会被卷入香榭丽舍附近的一场决斗。要知道：巴黎经常发生决斗，哪天没死人，反倒不正常。"

"我还以为这里和我们国家一样，禁止决斗呢！"

布林加斯冲他咧了咧嘴，一脸坏笑。

"改天再跟您好好讨论'我们的'这个词。"他边说边抠鼻子，"决斗确实是明令禁止的。可是法国人，特别是某个令人哀叹的社会阶层，尤其小心眼，动不动生气……决斗在这里，跟鸽翅假发、花边束发帽或瑞士款三角帽一样时髦。"

海军上将笑了：

"我会注意的，谢谢提醒……您决斗过吗？"

教士夸张地哈哈大笑，右手一挥，似乎整条圣奥诺雷街都可以为他作证。接着，他把手放在胸口，正好放在上衣补丁上。

"我去决斗？……魔鬼啊，放过我吧！我永远不会拿我宝贵的生命去干那种糊涂事。我的名誉要用理性、文化、文字去捍卫。要是所有人都三天两头地动刀子，这世界就乱套了。"

"您的想法值得称道。"和平主义者堂埃莫赫内斯深表赞同。

账单来了。布林加斯夸张地拍了拍口袋，做了个大大的鬼脸，说钱包忘家里了。海军上将付了账——自从三人坐下，侍应生就直接找他——他们站起来，接着往前走。教士挂着手杖，继续讲解所见所闻，时不时地停下，瞅一眼守着店铺的底层姑娘。

"瞧瞧那个维纳斯，不要脸地从门口探出身子，花枝招展的，尽想招蜂引蝶……还有那个……这些可怜的姑娘，总是勾搭上一些连高级情妇和歌剧院舞女都养不起的男人，有时候还动了真情。她们在店铺里抛头露面，注定了早晚都是炮灰，你们懂的……好女人都被坏世界给糟蹋了，看着心痛。这是个腐化堕落的世纪。当然，如果你们……"

他目光深邃，意味深长地看着他们。他们没接茬，他也就不往下说了，自然而然地换了个话题。那时候，海军上将和图书管理员已经摸清了怪向导的脾气，并达成默契。布林加斯是他们在这个陌生城市里唯一的依靠，他对巴黎确实了如指掌。

"我在河对岸的雅各布街认识一名书商，"教士接着说，"他有《百科全书》的散卷，至少他有过。我们就从他开始……两位意下如何？"

"太好了。"堂埃莫赫内斯回答。

他们往旁边站，给马车让道。

"哦，小心这些出租马车，车夫都是些没良心的家伙，一不小心就会轧着你。要不，咱们也叫一辆，你们不想坐吗？……这个点儿，不想走路。"

出租马车拉着他们，车程不到二十分钟，经过卢浮宫，沿着塞纳河，来到皇家桥。桥上挤满了马车，积了厚厚的一层马粪。两位院士看着宽阔的塞纳河与沿岸的城市风景，赞叹不已。

"那边新桥上有亨利四世的雕像[①]。"布林加斯双手拄着手杖，托着下巴，介绍道，"河中有座小岛，将水流一分为二。越过岛上的那些屋顶，能看见巴黎圣母院的平顶塔楼。它是人类将才能与财富浪费在不急人所急的仪式与迷信上的明证。要是那些该死的钱能派上好用场……"

---

① 巴黎新桥（Pont Neuf），塞纳河上年代最久且最负盛名的桥梁，建于 1606 年，由西岱岛分别连接左右两岸的两座独立拱桥组成。在两座拱桥之间的空地上，矗立着亨利四世的青铜雕像。原作毁于法国大革命，现在的雕像是 1818 年的仿制品。亨利四世（Enrique IV，1553—1610）：1589 年加冕为法国国王，开创了波旁王朝，于 1610 年 5 月 14 日被狂热的天主教徒弗朗索瓦·拉瓦莱特（François Ravaillac，1577—1610）刺杀身亡。

"教士先生，"海军上将打断他，"我觉得您有教士之名，但非虔诚之人。"

布林加斯看看他，哼！有人跟我对着干：

"既然您都问了，我承认：的确不是。都是老黄历了，说来话长……不管怎样，但愿我的话没有冒犯您。"

海军上将平静地笑了：

"完全没有。我不会因为这种事不高兴。不过，我估计我的同伴会有些不开心……堂埃莫赫内斯很有耐心，也很有善心，可是有些论调或许会伤害到他的信仰和感情。"

"哦，天啊！"布林加斯夸张地摆出追悔莫及的表情，连声道歉，"我保证，我不是有意的……"

"甭理他。"图书管理员更想息事宁人，"您的话没让我觉得不舒服。谁都有言论自由，更何况，身在这座哲学家的城市。"

"听您这么说，我很高兴。只是肺腑之言，一吐为快，无意冒犯。"

布林加斯面带微笑，语气温和，眼神却凶神恶煞。他瞪了海军上将好几秒，似乎想找些损人的话回敬过去。海军上将也留意到了，有那么一刻，时间很短，他见那双冷酷的黑眼睛里，闪过一丝危险的光芒。那是无赖的眼神，蕴藏着威胁，渴望报复。他无暇细想，马车就停在了一个人来人往的街口。这儿的环境与对岸完全不同，仆役、小资产阶级、手艺人、搬运工、下等人，所有人都忙忙碌碌，闲不下来。

"雅各布街到了。"教士几乎胜利地宣布。

他们下了出租马车。布林加斯再次无奈地拍了拍口袋，海军上将付给车夫二十个苏埃尔多①。车夫傲慢地抗议，教士用下里巴人的行

---

① 苏埃尔多（sueldo）：法国古钱币，相当于½镑。

话冲他短促地嚷了几句，车夫嘟嘟囔囔地扬起鞭子，赶着马车走了。

"那儿就是。"布林加斯指了指，"勒叙厄尔，印刷商兼书商，国王的供书商……如果路易十六陛下那种只长肉不长脑子的人还会读书的话。"

之后，他扶正假发，啐了口唾沫，似乎国王路易十六就躺在他脚下。三人一起过街。

书商勒叙厄尔瘦削，笨拙，银发。巴黎流行修面，他却逆潮流而行，蓄着德国式的络腮胡，一直连到小胡子。此外，他穿着刚熨过的灰大褂，戴着家居羊毛帽，人和书店一样清爽。书店有扇大窗户，薄纱窗帘拉开，让街上的阳光照进来，照亮书脊的金边与装饰。书整齐地排列在书架上，静候买家。书店里有打过蜡的皮革味和崭新的纸张味，透着整洁。柜台上摆着一摞《学者杂志》①和几本简装书，是刚从地上打开的包裹里取出来的。两位院士好奇地凑过去看，是麦斯麦②先生的《有关动物磁力说》。

"我没有首版《百科全书》，"勒叙厄尔遗憾地表示，"连重印本我都不全，只有日内瓦-纳沙泰尔版的前十一卷，十六开，按内容排序，共计三十九卷……不是你们要的版本。"

说着，他转身朝向书架，从一排灰色硬壳书中抽出一本，书脊上写着书名。

"这个版本容易找。"他打开书，给他们看，"给我两个礼拜，保

---

① 《学者杂志》(Journal des Sçavants)：世界上最早的期刊，1665 年 1 月 5 日由法国人萨罗创办，共 12 页。

② 全名弗朗兹·安东·麦斯麦 (Franz Anton Mesmer, 1734—1815)，奥地利精神科医生。他根据当时英国科学家牛顿的力学原理，认为天空行星的磁力也会影响到人体功能。他相信有些人之所以精神错乱，乃体内磁力失常所致。在博士论文中，他用动物磁力说理论说明此种影响人体的超自然力量。

证能找全……当然，它比首版要便宜得多。首版太罕见，就算能找到，价格也要近两千镑。"

"使馆的人说，约一千四百镑。"堂埃莫赫内斯反驳道。

"哎，他们不了解情况。首版只印了四千套多一点，标价两百八十镑；后来因为书大受欢迎，价格一路上涨。四年前，我以一千三百镑的价格卖过一个全套，换成你们国家的货币，相当于……"

"五千两百里亚尔。"海军上将遇到数字，总是算得特别快。他看了一眼书商递过来的书，挺漂亮的版本，但开本小，比对开本小。

Mis en ordre et publié par M. Diderot.

Et quant à la partie mathématique，par M. D′Alembert.

Troisième édition

À Genève，chez Jean-Léonard Pellet.

À Neuchâtel，chez la Société Typographique.[1]

"如果现在能找到，估计价格会再涨三分之一。"书商预测。

海军上将继续翻那本书，堂埃莫赫内斯和布林加斯教士不以为然。

"估计这会超出我们的预算。"

书商用手指轻轻敲打柜台：

"祝你们好运，你们需要好运。要知道，首版《百科全书》真正到订户手上的，应该更少，总有错印或损耗，还有相当一部分卖到法国境外……因此，首版非常罕见，物以稀为贵。"

---

[1] 原文如此，为法语，意为："M·狄德罗主编。／数学分册，达朗贝尔编。／第三版。／日内瓦，让-莱昂纳尔·佩莱印刷厂。／纳沙泰尔，纳沙泰尔印刷厂。"

海军上将举起手上的书，问：

"这个版本如何？"

勒叙厄尔看了看书，想了想，过了一会儿，耸了耸肩：

"我不想骗你们：号称再版，完全忠实于原版，其实和原版相比，有很大的改动……这版肯定不是你们要找的。"

"感谢您据实相告，先生。"

"不客气，我是做正经生意的。"

书商从海军上将手里接过书，放回到书架上。

"不管怎样，要是你们改主意了，"他尽量把书放好，和其他书一样齐，"这版我可以特价卖给你们，两百三十镑……我保证，这已经很便宜了，全法国加起来也不会超过五十套。"

"我们都糊涂了，"堂埃莫赫内斯问，"《百科全书》到底有多少个版本？"

"除了你们在找的首版，再除去近年来出现的盗版，比如意大利的卢卡版，市面上出售的版本比想象中的要多得多：有一七七一至一七七六年在瑞士日内瓦重印的版本，对开本，两千多套；两年前在意大利里窝那重印的版本，也是对开本；还有我给你们看的这版十六开本……"

"据我所知，还有更小的版本。"布林加斯教士说。

"是的，还有三十二开本。瑞士洛桑和伯纳正在出包括三十六卷文字、三卷插图的新版，经济实惠……也可以考虑。要是不着急，我可以帮你们订一套，价格两百五十镑……"

"为什么您说要是不着急？"

"因为这版刚出了头几卷，剩下的会陆续印，估计要至少两年才能出齐。印书可慢了。多卷本会出预售宣传册，寻找订户。预付款不到账，印刷厂不开工。"

"不管怎样，这个版本的内容有保证吗？"

"我不知道。日内瓦-纳沙泰尔版的问题我已经讲了，都怪审查制度，这个插一脚，那个插一脚……"

"连法国教士大会都横插了一脚。"布林加斯恨恨地说。

确实如此，书商也说。那次告发，害得出版商潘寇克①重印的六千册书被全部没收。舒瓦瑟尔公爵②斗争了六年，才把书要回来。而且，首版的灵魂人物狄德罗对书很不满意，扬言有些要修改，有些甚至要推翻重写。为首版编纂词条的达朗贝尔和孔多塞③参与了之后的再版和印刷，做过增补或润色。这么一来，肯定动过原文。有些内容倒是有所完善，或许，这只是勒叙厄尔的看法。不过，他也不能肯定是否全书都有所完善。

"事实上，"书商清楚地说出了结论，"不忘初心的只有首版，必须严格在一七五一年至一七七二年间出版，前十卷在巴黎印刷，余下的佯称在纳沙泰尔印刷的才是首版……因此，首版很稀有，很珍贵。"

"您觉得，您的同行手里会有吗？"堂埃莫赫内斯问。

"我不知道。我可以帮您问问，找到的话，我会收取一定的佣金。"

"佣金多少？"布林加斯两眼放光，兴致来了。

"一般百分之五。"

教士眉头紧锁，开始算账。海军上将感觉，他只差掏出纸和笔来

---

① 全名查尔斯·路易斯·弗勒里·潘寇克（Charles Louis Fleury Panckoucke，1780—1844），法国作家，著名书商、出版商。

② 舒瓦瑟尔公爵（Étienne-François, Duque de Choiseul，1719—1785），法国将领、政治家、外交官，路易十五时期的重臣，曾任国务大臣。

③ 全名尼古拉·德孔多塞（Nicolas de Condorcet，1743—1794），十八世纪法国最后一位哲学家、数学家，启蒙运动最杰出的代表人物之一，雅各宾派当政后被杀害。

算了。一百镑在巴黎不是个小数目，更何况对于教士这种吃了上顿没下顿的人。

"找旧书店呢？"图书管理员问。

"希望只会更渺茫。也许能找到几卷，或再多点，它不是那种廉价的二手书。倒是有这种可能：找到某个有这套书的人，他想出让。不过要是遇到这种情况，价格就难说了。如果你们能留下地址……"

"不用。"布林加斯又插嘴，他接得太快，令人生疑，"这件事我来负责，您跟我联系就行。"

"悉听尊便。"勒叙厄尔注意到海军上将正在盯着柜台上的书，"先生，看来您对麦斯麦很感兴趣。"

海军上将点点头，拿起一本，愉快地翻了翻：纸张很好，印刷也很棒。他早就听说过这位奥地利籍老师和他做过的有趣的催眠实验。实验基于最先进的物理学、电学和宇宙学理论，捍卫这些理论的正是诸如富兰克林①、孟格菲兄弟②等科学家。

"西班牙有些报纸提到过他。"他说。

"是的。"堂埃莫赫内斯确认道，"只是把他和詹森主义③、共济会联系在一起，所以，他的书都是禁书。"

书商听到"西班牙"三个字，笑了，很自大，有点瞧不起。

---

① 全名本杰明·富兰克林（Benjamin Franklin, 1706—1790），美国著名的政治家、物理学家，同时也是出版商、印刷商、记者、作家、慈善家，更是杰出的外交家以及发明家。他进行过多项关于电的实验，发明了避雷针、双焦点眼镜、蛙鞋等。此外，他是美国独立战争最重要的领导人之一，参与起草了美国的《独立宣言》和宪法。

② 孟格菲兄弟：指约瑟夫-米歇尔·孟格菲（Joseph-Michel Montgolfier, 1740—1810）和雅克-艾蒂安·孟格菲（Jacques-Étienne Montgolfier, 1745—1799），法国造纸商、发明家，人类航空史的先驱。

③ 詹森主义（jansenismo）：罗马天主教十七世纪展开的运动，认为教会的最高权力属于公议会而不属于教皇，反对天主教教皇的荒淫无度。因此，该派势力被几代教皇所排斥。十八世纪后，詹森主义逐渐衰落。

"这儿可以随便买，不过速度要快。印刷商迪多特①只要送来，立马一抢而空……我可以卖给您一本，价格三镑；如果您要皮面精装，书脊烫金，那就五镑……您要吗？"

海军上将举棋不定，书商嘴边高高在上的微笑让他打消了这个念头。一码归一码，他想。也许，身为西班牙人，往往是件不幸的事。可是，家家有本难念的经。马德里有宗教裁判所，巴黎也有巴士底狱。那什么勒叙厄尔和他的书爱谁买谁买，全都见鬼去吧！

"不用了，非常感谢。"海军上将冷冷地回答，"下次吧！"

他猛地戴上帽子，没说告辞，径自离开了书店。

堂曼努埃尔·伊格鲁埃拉先生收，马德里家中：

根据您的指示，我需要定期汇报。本次汇报具体如下：两位院士下榻在维维恩街的一家酒店（近西班牙使馆）。他们拜访了阿兰达伯爵，伯爵不太重视，把他们扔给了一位住在巴黎的西班牙人。此人名叫萨拉斯·布林加斯，文人，无名气，无正当职业，靠撰写檄文和帮别人做些不入流的活儿勉强度日。据我调查，此人极具煽动性，思想狂热，被宗教裁判所和西班牙法庭追捕（警方会有案底），在巴约纳和巴黎的西班牙流亡圈里小有名气，在法国至少坐过两次牢。因为和阿兰达伯爵同乡（出生于同一个村子），可以经常去西班牙大使馆。据说，他是那儿的线人，会帮使馆干点零活儿。他也能出入巴黎的某些社交沙龙，奇人一个，也算聚谈会上的一景。哲学家们光顾的、进行政治煽动的咖啡馆，他也常去。

_____

① 迪多特（Didot）：为法国家族姓氏，世代都是印刷工、字模雕刻师和出版商，1784 年设计并雕刻了 Didot 字体，该字体代表了启蒙主义客观、理性的哲学，并暗含着强烈的工业感。

两位院士开始活动，去找他们要买的书，到目前为止，还没有找到。我调查过，他们要的那个版本很难找。除此之外，他们的生活很平常：不去拜访书商，就在市中心散步，或去咖啡馆，读法国、西班牙、英国的报纸。那个布林加斯和他们寸步不离（午饭、晚饭、去咖啡馆，全都吃他们的）。我会按照之前的约定，及时追踪，陆续汇报。

我正在琢磨怎样才能更好地完成任务。开销方面，恐怕会超出预算。巴黎什么都贵得要死，活动经费也要不少（这儿不给一个金路易，没人愿意开口）。所有账目，等我回去跟您结算。如果逗留时间过长，请您给我寄汇票。

祝好！

帕斯夸尔·拉波索

帕斯夸尔·拉波索洒了点吸墨粉，晃了晃信纸，确信墨水都干了，装进信封，封火漆，正面写上地址。然后，他站起来，伸伸胳膊，走到窗前，踩得破烂地板咯吱咯吱响。他穿着及膝短裤、衬衫和紧身坎肩，不多的行李散落在客栈的二楼房间。这里是罗伊·亨利客栈，是家位于费龙内里街的普通客栈，对面有家迷宫般的市场，挨着古老的圣洁无辜者墓地围墙。乱七八糟的街道、摊位、棚屋里，赶车的男人和卖菜的女人成天扯着嗓门吵架。拉波索不是第一次住这儿，来巴黎干活儿——最干净的活儿也足以送他上断头台——他总住这儿。此处商贩、游客来往频繁，容易掩人耳目。每周房费三个金路易，还包一顿丰盛的早餐。这次，唯一不方便的是老板换了。原来的老板是个不爱说话、性格乖戾的布列塔尼人，带着积蓄回莫尔比昂小村养老去了。新来的老板是对中年夫妇，有个女儿，还有个女仆帮忙打理。

拉波索扫了一眼窗外，走到门口，开门叫人。来的是老板女儿，二十上下，身材火辣，金鱼眼，戴着束发帽。拉波索把信给她，付了五镑，请她送到驿站。姑娘看了看挂在墙上的军刀，往门口走。拉波索想试探一下，拍了拍她圆滚滚的屁股，一摸就知道肉紧，毕竟年轻。这个叫亨丽埃特的姑娘没有惊慌，冲他笑了笑。有戏，至少不是完全没戏。拉波索心想：巴黎就这点好，规矩松，姑娘被摸，既不会叫恶心，也不会装恶心。他想了想，看了看松木五斗橱抽屉里的怀表。怀表旁边，有一包钱和一支短柄双筒带扳机的手枪。他把怀表放进紧身坎肩，穿上棕呢上衣，戴上帽子，检查火帽和弹药，把枪揣进上衣右口袋，拿上那包钱，锁门下楼，冲坐在门口抽烟斗的老板点点头，上街。

墓地几个月前才关，尸骨还留在那儿。围墙一股烂蔬菜、烂水果味儿，小溪里流淌着一股令人生疑的污水。拉波索沿着圣德尼街，步行到塞纳河。他走过小沙特莱街阴森森的中世纪围墙，左拐，沿着码头，来到河滩广场。离市政府不远、与河边一栋窄楼构成斜角的是古老的巴黎圣母院印象夜总会，这个时间一点也不热闹，门口坐了几个闲人，在广场上晒太阳。拉波索坐在长凳上，背靠着墙，要了一罐清水，欣赏着附近的圣路易岛、红桥和巴黎圣母院石板瓦屋顶上的白色塔楼，庆幸这次来，天气不错。之前来巴黎若干次，大多遇上了持续阴雨。这座城市恨不得一年到头泡在雨里，尽管路都铺过，街上还是泥泞，难以通行。知情人都说，巴黎可以成为照耀欧洲的启蒙之都，但绝对不是一座干净的城市。

"瞧我看见什么人了？帕斯夸尔……哪阵妖风把你吹到这儿来了？"

拉波索斜着眼，看见刚用蹩脚西语跟他打招呼的人正在向他走来。他耸耸肩，用脚递了张凳子，让他在一旁坐下。

"很高兴见到你，米洛。"他用法语回答，"看来，你收到了我的通知。"

"所以我来了，来跟朋友打声招呼。上次来是什么时候？……一年前？"

"快两年了。"

米洛很壮实，秃顶，没戴假发，戴的是三角帽，深色的长大衣垂到脏兮兮的靴子上。他拍了拍膝盖，笑道：

"去他妈的，去他奶奶的……日子过得真快！"

拉波索看人是行家，他注意到米洛腿间夹着一根铜柄木节手杖，巴黎各区巡警的标配，特别适合一杖下去，脑袋开花。米洛用得得心应手，两人之前一起做"买卖"的时候，拉波索亲眼见他用过。

"日子过得好吗？"拉波索问。

巡警把手伸进大衣下摆，在裤裆里挠了挠。

"没什么好抱怨的。"

"还在负责这个区？"

"人还住在附近的玛莱区，工作在杜乐丽花园，专抓妓女和男同性恋……挺有意思的。总有人乐意使点小钱，让我放他走，不进号子。姑娘们表现很好，你懂的……知恩图报。"

"哪天陪你去巡逻，见识见识。"

"太棒了。我带你去玩，去郎泰酒馆喝酒，那儿的酒真不错。"

"行，这次挑贵的喝。"

米洛听到这话，疑惑地看了看他。拉波索知道他在想什么。

"有买卖？"巡警问。

"也许。"

"带我吗？"

"也许。"

米洛啃了啃大拇指，想了想：

"多大的买卖？"

"没准，看情况……不着急。"

酒馆老板出来，米洛要了红葡萄酒。拉波索惬意地半眯着眼，像睡在尾巴上的猫，享受着和煦的阳光，看着洒满阳光的广场，来来往往的行人，无数辆各式各样的马车穿过附近那座桥，码头上停着运煤、柴禾和饲料的驳船。他很高兴回到巴黎，他喜欢这座纷繁复杂的大都市，只要不是阴雨天。

"还在这个广场处决犯人吗？"

"那当然。"米洛干笑一声，一点儿也不好笑，"巴黎的刽子手来河滩广场，比醉汉来这家夜总会都勤……最近一次就在两个礼拜前：女仆用毒老鼠的砒霜毒死了主人一家。好像是主人把她肚子搞大了，让她去打胎，还想撵她走。是个金发姑娘，略有姿色。你真该看看当时的场面：这里卖鱼的、卖菜的，见她被送上断头台，全都心疼得不成样子……冲刽子手扔石头，亮了军刀才把他们驱散。"

"世道不好？"

巡警皱了皱眉：

"要我说，正常。不过，人更无耻，更傲慢，承受力更差。贵族的马车被人用石头砸了……下层社区发生过两次暴动，老问题，面包涨价，缺少饮用水。店铺的玻璃被人砸了，好几个店主被人用棍子揍……有个做面包的，在面包里掺了石灰粉，被人扔进了塞纳河，淹死了。"

"咖啡馆呢？"

"还是老样子。密谋、谈论、演说、抖报纸、看宣传册、威胁……骂国王的不多，他还挺受国民爱戴。骂王后的多：那条奥地利母狗什么的。说她两个礼拜换个情人……不过也就说说罢了。大臣时不时发些国王签署的监禁令，抓几个白痴进巴士底狱，太平几天，再来下一波。"

老板端酒过来，巡警打住不说。一罐酒，两个酒杯。拉波索斟酒：自己两指，巡警满杯。

"喂，说来听听。"米洛催他快说。

拉波索想了想。要慢，慢慢说。

"我在盯两个西班牙人，他们刚到巴黎。"他决定开口。

"流亡分子？"

"不是，都有合法证件。"

"危险分子？"

拉波索摇摇头，有点犹豫。他想起瘦高个院士在阿兰达·德杜埃洛附近对企图抢劫马车的强盗开枪射击。

"是两个值得尊敬的人，"他说，"你可不能对他们乱来。"

"劫财？"

拉波索举起手，让他别打这个主意。

"跟钱无关，不是这个。"

"明白……嗯，人都有了，咱们要做什么？"

"两件事。"拉波索点了点头，"第一，掌握他们的行踪。"

"什么圈子？"

"书商，印刷商什么的……"

米洛冷酷的灰眼睛里闪过一丝好奇：

"筹划秘密行动？"

"我不知道。我想，一切皆有可能。"

"好吧，这容易……第二呢？"

"有必要的话，动手。"

"动什么手？……来硬的？伤人？"米洛泰然自若地撇了撇嘴，

"灭口？"

拉波索随意地挥了挥手，暂时没有回答。他把左手抄进左口袋，枪在右口袋。

"妈的……都跟你说了，是两个值得尊敬的人。这事儿挺棘手的，明白吗？……不管怎样，走一步看一步。"

他说着，掏出那包钱，悄悄地递给巡警：

"先预付十个双层金路易，当跑腿费。"

"呦！"米洛满意地掂了掂钱袋，"这份心意不错……兄弟，欢迎来到巴黎！"

他举起杯子，祝帕斯夸尔·拉波索身体健康。

失望，失望，失望。堂埃莫赫内斯垂头丧气地连说了三遍"失望"。他们跑了一早上，一无所获，正在比西酒店的朗代勒餐厅吃炖鸡，喝安茹葡萄酒，享用六法郎一人的午餐，布林加斯领他们去的。这天阳光灿烂，大窗户开着，只见马车和行人来来往往，来孔蒂码头的小敦刻尔克和多芬纳广场买珠宝、饰品和时装。图书管理员好奇地看着这些女人，想起亡妻，她和这些天天逛街、追逐时尚、无拘无束的巴黎女人有天壤之别。海军上将坐在他旁边，镇定自若地用餐，用勺子不出声。他也在欣赏波兰式或切尔卡西亚式褶裙，各种高挑的发型，各种带子，扑粉头发——假发、真发都有——上的帽子。布林加斯则在忙不迭地吃，忙不迭地喝酒。他既忙着吃盘子里的东西，又忙着看街上的人。

"哎，先生们，我发誓……"他用舌头舔一圈嘴唇，滑滑的，将炖鸡汁舔得干干净净，"哪儿的女人都比不上巴黎女人。"

堂埃莫赫内斯和堂佩德罗都没接茬，他们对这个话题不感兴趣。邋遢教士试了两回，都以失败而告终，决定换个话题。开口前，他先端着酒杯，瞅了瞅同伴：他想要拍马屁，结果拍到马腿上了。目前是这样。

"失望归失望，"他换了个语气，"好歹别泄气。这种事，得慢慢来，不可能一蹴而就。"

"您知道，我们的预算有限。"堂埃莫赫内斯说。

"神学说：要有信仰。所有的事都会迎刃而解，再来瓶葡萄酒？桌上有酒，心中有望。"他笑眯眯地看着他们，"喜欢这句话吗？"

"还行。"

"我说的，源于我正在写的一篇文章：《论手淫作为人类功臣的卫生及哲学分析》。"

"我的天啊！"堂埃莫赫内斯很不自在地眨了眨眼。

"文章大有前途。"海军上将打趣道。

布林加斯用面包将盘子里的汁擦干净。阳光从窗口洒进来，乱糟糟、油腻腻的假发下，是一张瘦骨嶙峋、胡子拉碴的脸。

"文章认为："他进一步说明，"民众可以免受无数暴君的统治，如果……"

海军上将明显有情绪，打断他：

"不用麻烦了，我们知道文章的意图是什么。"

教士一边吃，一边看窗外的行人。突然，他小小的嘴唇抽搐了一下，表情凶恶。

"尽管每个暴君都有心甘情愿为他效劳的仆人……"他鄙夷地说，"瞧瞧那些用香脂油膏、热钳子和虚荣心定型的金字塔式的头发……跟谁说都不信，在巴黎，理发师赚的比手艺人多。有人自吹自擂，说掌握了一百五十种女士或男士卷发的方法……还有衣服，那种带犹太式下摆的，叫男式大礼服，现在时髦得很。全身上下，从紧身坎肩到上衣到及膝短裤，都要带什么条纹，莫非皇室豢养的斑马成了时装设计师的灵感之源？……咱们真该下地狱！很少有人举债买书，但谁都想每周日有新上衣穿。即便如此，赶时髦的人还是欠裁缝钱……要是警察责令所有人把收据别在衣服上示众，准会让人大跌眼镜！"

"马德里时装界一样光怪陆离，害人匪浅。"堂埃莫赫内斯说。

"可是，这里的时装界才是万恶之源。日食月食款、热气球款、皇后发型款、芳芳款、波利尼亚克小狗款……什么傻瓜款都要追，不追不行，比死还难受！……钱就这样没了。可怜的劳动人民打两份工，赚两份微薄的薪水，还填不饱肚子。"

"话虽这么说，"海军上将说，"饿肚子的法国人总比饿肚子的西班牙人少。"

布林加斯讽刺地冲他笑笑，傲慢地说：

"要是你们愿意，我带你们亲眼去瞧一瞧什么叫真正的饿肚子。"他说，"巴黎饥饿的一面跟这个大相径庭，"他轻蔑地指了指满街的时尚人群，"那儿才是真正的法国，离这儿也就几个街区。"

他的笑容突然隐去，换成一脸阴霾，神情大变，好比突然戴上了面具。教士忧伤地看着面前的空盘子，喝了一大口葡萄酒，用手背擦擦嘴。他的指甲太长。上衣袖口边和领口边露出干净的衬衫，尽管都毛了，有的边还是破的。

"先生们，饥饿不分国界。饥饿就是饥饿……我告诉你们，这方面我是专家……既不会讨好底层民众又不会讨好当权者的人，学问再大，一样挨饿！……我在这里，和在西班牙、意大利一样饿肚子，甚至就像船帆上的蜗牛，饿得更凶……当然，这么说，只是比喻。"

"您为什么离开祖国？"海军上将问。

教士将肘撑在桌上，手摸下巴，神情忧伤。

"祖国这个词有歧义。"他说，"哪儿有饭吃，哪儿就是我的祖国。如果可能的话，还要有纸、墨、笔。"

堂佩德罗没有被他的表情或言语吓倒，又继续问：

"除了这些呢？"

"还要有可以自由呼吸的空气。总之两个字：自由。尽管我没想到，恰恰在这里，我会蒙受耻辱，见识监牢。"

"哦？……"海军上将吃了口东西，细细地嚼，用餐巾擦擦嘴，喝了口葡萄酒，"您坐过牢？在法国坐过牢？"

教士高傲地抬起头：

"说出来不丢人：我蹲过巴士底狱。祸兮福所倚，狱友们友爱团结，让我备感温暖。在牢里，我学会了耐心，学会了等待。"

"等待什么？"堂埃莫赫内斯有点摸不着头脑。

"撼动王位的时刻。"

"上帝啊！"

大家都不说话，气氛很尴尬。图书管理员和海军上将想象着布林加斯磨刀霍霍，按字母顺序列出报复名单的恐怖场面。海军上将觉得：这场面不奇怪，极有可能成真。

"您之前说法国的那些话，我不同意。"图书管理员提出反对意见，"法国和西班牙差别巨大……我们从巴约纳一路走来，看到的是一个富饶的国家，田野碧绿，水流充沛，和西班牙乱石嶙峋、枯槁荒凉的风景天差地别。西班牙崎岖的地形，注定了我们坎坷的人生。"

教士一巴掌拍在桌上。

"不能光看表面。"他轻蔑地说，"法国蒙上天眷顾，国家富裕。然而，这些经不住虚荣、贪婪、不公正的侵蚀，尽管这里确实有自由，比利牛斯山以南没有……"

海军上将将餐具放在空盘子一边，刚好五点钟位置，最后一次用餐巾擦了擦嘴。

"这里有书。"他的话简洁明了，似乎可以概括一切。

"没错。"布林加斯的眼里闪耀着复仇的光芒，"印刷品是个好东西，总有一天会打倒虚假的偶像，唤醒愚钝的民众。"

"这里有大量的书，"堂埃莫赫内斯试图缓和气氛，"着实让我羡慕、嫉妒，尽管唤醒民众……"

"在法国，"教士打断他，"国家毁了许多文学家和思想家，包括印刷商和书商的生活。然而，正因为有书的存在，国家无法将自由连根拔起。"

"这点我们同意。我想说的是：用书来唤醒民众，如此直截了当，让我有点哆嗦……"

"知道区别在哪儿吗？"布林加斯沉浸在自己的思想中，"在西班牙，书是反动的，危险的，是可有可无的奢侈品，是少数人享有的特权。"

"在这里，书是买卖。"海军上将插嘴道。

"而且是赚钱买卖，惠及所有人的买卖，给许多人提供了就业机会：从作者到印刷商，从排字工人到经销商，他们都交税。这个买卖生钱，创造财富。"

"可是那些法令……"图书管理员反驳道，"那些禁令……"

布林加斯哈哈大笑，又斟了一杯酒。

"凡事都是相对的。绝对禁止必然会影响财政收入，因此，国家虽然明令禁止，却允许买卖正常进行，不让肥水流到瑞士、英国、荷兰或普鲁士去……这才是法国真正富裕的原因：务实。当权者明白书既是威胁，又是财富，所以，他们会想法子变通。"

"可是《百科全书》……"

"怎么了？"

"我们找了，还没找到。"

教士的手势在说"行了"，指指街上：

"吃完饭，我带你们去见个朋友，他卖哲学书。"

"这个说法真奇怪。"图书管理员说，"我还不知道有专门卖哲学书的，估计是指伏尔泰、卢梭等人的作品，这类书不许公开出售。"

布林加斯嗤之以鼻，又笑开了：

"是不许，可别光看字眼。'哲学书'是书商间的习惯叫法，指的是那些不谈哲学的书，禁书……通常指色情文学。"

堂埃莫赫内斯吓了一跳：

"什么色情文学？"

"闺房小说什么的，"教士表情暧昧，"按照狄德罗的说法，是那种只能用单手阅读的书。"

堂埃莫赫内斯的脸腾地一下红了。

"上帝啊……咱们跟这种书有什么关系？"

"没关系。"海军上将请他放心，"他又没说所有都是这种类型的书。"

布林加斯长饮一口，把剩下的酒喝完。

"'哲学书'这个说法，"他解释道，"在图书界意义宽泛，无所不包：从《基督教揭秘》到《放荡女孩》，都算哲学书。"说到后一本，他会心地挤了挤眼，"……你们看过没？"

"连封面都没见过。"海军上将回答，"如果这儿都禁，西班牙可想而知。"

"这些乌七八糟的东西是传不到西班牙的。"图书管理员很有骨气地指出。

布林加斯笑得颐指气使：

"哦，我没说《放荡女孩》不是乌七八糟的东西，可另外那本真的是哲学书。"

"看书名，"堂埃莫赫内斯坚决认为，"只会更乌七八糟。基督教需要身体力行，不需要揭秘，更不需要钻进花园，去干些见不得人的事。"

教士看着他，有些不知所措：

"我还以为两位……"

"您以为的没错。"海军上将打断他，看起来挺开心，"我之前跟您说过：我的朋友是个去听弥撒的启蒙派人士。这种人在西班牙很常见。"

"我说，亲爱的上将，"图书管理员抗议道，"也不能这么说。我……"

海军上将温柔地将手搭在他胳膊上，让他别再说了。

"咱们的堂埃莫赫内斯，"他继续对布林加斯说，"认为鱼和熊掌可以兼得……咱们要尊重他的意见。"

教士看看这个，看看那个，在想这两人究竟属于自己认识的哪种人，想了半天也没想明白。最后，他摆出豁达的表情说：

"悉听尊便。"

"哲学书。"海军上将提醒他回归正题。

"啊，没错，就是……总之，地下流通的各类书都叫哲学书，尺度如何，取决于在任大臣……有些书商把书藏在柜台底下卖，瞅着机会就卖，知道要提防警察围捕，小心别被抓去做划船苦役。我说的这位朋友很在行，也许能帮上忙。"

堂埃莫赫内斯看看他，有些担心。他掏出鼻烟盒和手帕，吸了一点，打了个喷嚏，递给布林加斯。

"这位书商是值得尊敬的人吗？"

"跟我一样。"

两位院士迅速交换了一个眼神，被教士看在眼里。教士看在眼里这个细节，也被海军上将看在眼里。

"我希望，找他不会给我们惹上什么麻烦。"海军上将说。

他盯着布林加斯。布林加斯也不拘什么礼节，心安理得地在图书管理员的鼻烟盒中伸进两个手指，取了好大一撮，放在手背上，鼻子凑过去吸。

"麻烦？……（吸鼻烟声）先生们，启蒙派人士的生活本来就有麻烦。"

说完，他满意地挤了挤眼，张了张嘴，打了个惊天动地的喷嚏。

"好了，"他从口袋里掏出一块皱巴巴的手帕，"要是你们愿意，我现在就带你们去见识另一个巴黎……《贵妇梳妆台》里没有写到的那个巴黎。"

一开始，我觉得想找到旧制度下的巴黎是件麻烦事。堂佩德罗·萨拉特和堂埃莫赫内斯·莫利纳去巴黎时，正值法国大革命前夕。大革命改变了巴黎的城市面貌，有些街道名也与动荡的年代紧密相连，如：科德利埃①街、小奥古斯丁②街等。然而，大革命时期的巴黎城在一八五二年后经过奥斯曼男爵③的重建，许多地方已经无迹可寻。就连巴黎大堂④所在的市场、蓬皮杜中心所在的文化建筑群也在二十世纪最后三十年经历了一次全新的改造，商店、酒吧、餐厅全部变成

---

① 科德利埃（Cordelier）：又称"科德利埃俱乐部"，正式名称为"人权与民权之友会"，是法国大革命时期的政治组织，最初的成员来自科德利埃区，故得名。该组织的倾向为反对皇权和封建制度，是"自由、平等、博爱"口号的倡导者。俱乐部在后文提到的普洛可甫咖啡馆活动。

② 小奥古斯丁（Petits Augustins）：为巴黎塞纳河左岸一家修道院的名称，是法国大革命时期的临时文物收藏与陈列所。

③ 奥斯曼男爵（barón Haussmann, 1809—1891），法国城市规划师，拿破仑三世时期的重要官员，因主持1853至1870年的巴黎重建而闻名。

④ 巴黎大堂（Les Halles），巴黎塞纳河右岸重要的经济、文化和交通中心，前身是古老的巴黎中央市场。1971年，中央市场搬迁拆除，取而代之的是一个现代化的地下商业文化中心。

了时尚天堂，旅游胜地。唯一能用文学方式重现当年场景的办法是读文献，对比古今城市地图，尽可能准确地找出两位院士当年走过的地点。

除了几张地图和五六本城市史，我的藏书里有关巴黎城市建设的资料很少：伊莱雷的《认识巴黎老城区》用处有限，过去拿它走街串巷，这次只能根据古老的术语锁定几条街；最有用的算是霍夫鲍尔的巨著《走过岁月的巴黎》。网上有两份有用的资料：一七九〇年的《巴黎城市地图册》和一七六〇至一七七一年间的巴黎街道大全，附曾用名和现用名对照表，可以还原十八世纪八十年代的巴黎城，还有三十多幅法国大革命前街道、广场、花园的版画。最重要的两张地图是几天后在巴黎找到的，有书商米谢勒·波拉克的鼎力相助，找起来并不困难。一张由海略特于一七七五年绘制，很棒，很清晰，到手时品相完好。另一张是阿利贝尔、艾斯诺斯和拉皮利于一七八〇年出版的《新版巴黎城区及郊区地图》，简直棒极，对这几章的城市描写起到了关键性作用。它提供了详细的城市面貌，标签众多，城市交通图上都有坐标。至于如何在这些地图上寻找有用的信息，很早以前，我就做了有关街道、咖啡馆、酒店、商铺等众多地点的笔记，有些取自西班牙皇家学院档案室中保存的图书管理员的来信，有些则来源于十八世纪的旅游类丛书。如：蒂埃里的杰作《外国旅游爱好者指南》(1787) 中的城市描写、那个时代的报纸、作家通信和笔记，包括莱安德罗·费尔南德斯·德莫拉廷的日记和贾科莫·卡萨诺瓦①的《回忆录》。莫拉廷的日记散见于本书的各个角落；卡萨诺瓦抵达法国首都的时间比两位院士稍早，对巴黎之行有细致入微的描述。有了这些

---

① 贾科莫·卡萨诺瓦 (Giacomo Casanova, 1725—1798)，意大利冒险家、作家、外交家和秘密间谍。

文献，我就可以开工了。

于是，一天早晨，我去双叟咖啡馆①吃早餐。笔记本摊在一七八
〇年《新版地图》沾着咖啡渍、写满标注的复印件上，我要替邋遢教
士找个合适的去处。布林加斯要带堂佩德罗·萨拉特和堂埃莫赫内
斯·莫利纳前往巴黎的底层街区。我有幸在皇家学院查到了图书管理
员写给院长维加·德塞利亚的信，信中出现了奇怪的告诫性话语：

> ……昨天，我们去巴黎的底层街区转了转，太意外了，简直
> 让人瞠目结舌。奢华的城市黯然失色，人民生活穷困，恶习缠
> 身。说明即使在有教养的国度，在雄伟壮丽、有启蒙思想照耀的
> 城市，依然有不幸的人受到伤害。他们积怨难平，是社会的危险
> 分子。那些受上帝之托，为民众福祉努力工作的人，为了自身安
> 全，应该关注到这一点。

遗憾的是，信中没有提到街区名，于是，我只能发挥想象力。它
也许就在古老的市中心，塞纳河附近的街巷。当年，那里都是贫民
窟，后来几乎被全部推倒重建过。直到十八世纪末，街道名上仍然可
见一斑，如：老鼠街、牛蹄街、魔鬼街等。它也许位于城南的圣马塞
尔郊区或城北的类似郊区。不管怎样，布林加斯教士带两位院士去的
地方，一定没有被收入旅游指南或时尚刊物。短短几年后，此地民怨
沸腾，擦出革命的火花，燃遍全国，推翻王权，震惊世界。

"巴黎的底层民众，和西班牙民众一样，"布林加斯说，"没有政

---

① 双叟咖啡馆（Les Deux Magots）：位于法国巴黎塞纳河左岸拉丁区的圣日耳曼德
佩，是巴黎最著名的咖啡馆之一，得名于室内一根雕着两个中国贸易商形象的柱
子，历来是文人和出版商经常光顾的地方。

治存在感。他们没有习惯，也没有手段去宣泄仇恨与不快……英国人很清楚自己的利益，但西班牙人和法国人在无能的波旁王朝的统治下，缺乏公民意识，不知何为对自己有利。"

"问题的根源在教育。"堂埃莫赫内斯听到"无能"两字，疑惧地看了看四周。

"那当然。无论在这儿，还是在西班牙，民众都不识字。"

"可是法国……"

布林加斯轻蔑地举起了手：

"我觉得，两位神化了法兰西。这儿很少有人意识到山雨欲来风满楼。"

他们在三条窄巷的入口处下了出租马车，旁边的空地上长满了杂草，堆满了瓦砾。外观像中世纪的房子摇摇欲坠，高大的梁木横七竖八地支撑着墙。石板瓦屋顶上排列着脏兮兮的烟囱，炉子在喷烟垢，冒出热腾腾的灰烟。

"这个巴黎不像那个巴黎，是不是？"

布林加斯回头，嘲讽地观察两位院士的表情，明知故问。圣奥诺雷街的一家人比这里所有人加起来还要富裕，他说。一群破衣烂衫、光着脚板的孩子原本在溪边玩耍，看见他们，心怀戒备地拥上前来。两位院士也在看他们，六个孩子，有男有女。孩子们决定伸手讨钱，包括两个女孩。

"哎！乱七八糟，一穷二白。"布林加斯一巴掌推开孩子，"这儿别的鞋没有，只能听到可怜的木屐声，如果有木屐穿的话。这些赤身露体的孩子当然没有鞋穿，只能跟父母窝在脏兮兮的破房子里睡觉……他们没有言论自由，没有受过教育。民众在未来很长的时间里，依然会愚昧、无能，他们真正的利益和爱国主义情绪得不到理智之光的照耀……他们要诉说真相，但声音永远传不到国王的耳朵里。

相反，他们要是高着嗓门发几句牢骚，那就是犯上作乱，目无法纪。"

"可是在法国，自由毕竟得到尊重。"图书管理员反驳道。

"做做样子罢了：报纸杂志出言不逊，印一些在西班牙想都不敢想的书。可是，这些是留给社会精英的，往往只供沙龙娱乐……民众没有发言权，说了也没人听，充其量只是观众，只是各部门政策的牺牲品……愚蠢的法国人民对政治一无所知，也就略强于西班牙人民。"

教士晃着手杖，毅然决然地往前走，两位院士紧随其后。窗外晾着的衣服好比凄惨的万国旗，女人坐在门口，很不友好的样子，阴着脸，光着胳膊，手红彤彤的，用棒子敲打衣物或给流鼻涕的脏孩子喂奶。

"瞧瞧……"布林加斯苦涩地说，"人类测量了地球到太阳的距离和所有邻近星球的质量，却找不到行之有效的方法，让普通民众过上幸福的生活。别告诉我这样的结果不让人难为情！"

一位牙齿不全的老人穿着破烂的旧军装，光着脚，坐在门口靠墙的石凳上，见他们经过，从嘴里掏出烟斗，将手指靠上前额，敬了个军礼。这儿的味道很难闻，一股腐肉味儿。没铺石板的地面上，流淌着一条棕色带血的小溪。

"非法肉铺。"布林加斯走了几步，向他们解释，"附近有家地下屠宰场。警察当然睁只眼闭只眼，跟其他买卖一样，有好处拿。"

他们来到一栋房子前。过去，这房子应该挺体面，马车能驶进大门。如今，庭院成了肉类批发市场，全是小摊，卖牛肉或猪肉，有肘子、内脏、头和蹄。最里面有家酒铺，桌子是两只大酒桶。布林加斯笃定地在摊位间穿行，两位院士跟着，摊主和买家对他们并不留意。尽管如此，一个戴着灰色束发帽的壮实女人系着满是血污的围裙，举着刀，拿着一只白生生的羊头递给海军上将，无礼地哈哈大笑。

"好像是狄德罗说的，"教士冲两位院士挤挤眼，"每个世纪都有颇具特色的世纪精神，本世纪的精神是自由。"

说完他笑了，笑得很邪恶，像是不祥之兆。他笑着走到挨着酒铺的店门，门关着。他脸一沉，向酒铺老板打听，老板的胡子遮住了下半边脸，嘴巴好像张不开，说话含糊不清，说的是巴黎行话。

"稍等一会儿。"教士给他们翻译。

他要了酒，老板装一罐过来，拿来釉陶酒杯，三人在一只大酒桶旁坐下。

"每周一，这里会出现几十个空酒桶，里面原本装着廉价葡萄酒。"布林加斯用手背擦擦嘴，说，"这里的人即使有钱，也只能喝得起廉价葡萄酒。他们玩命生孩子，玩命喝酒，一天把一个礼拜、一个月，甚至一辈子的酒都给喝了。喝醉了，警察盯着，谁让他们老是趁着酒劲，出去亮刀子……哎！前脚出酒馆或夜总会，后脚进监狱。穷人开派对，警察也会盯着。"

堂埃莫赫内斯礼貌起见，端起酒杯，抿了一下；堂佩德罗·萨拉特小心翼翼地喝了一口，太酸，几乎原封不动又放回到大酒桶上。布林加斯眼都不眨，已经两杯酒下肚。海军上将瞥了怪教士一眼，将他定义为：可怜的知识分子，狂热的危险分子。难怪萨拉斯·布林加斯要远离西班牙，如果留在那儿，不是进监狱，就是上断头台。

"啊，暴风雨！"教士喝一口，嘟囔一句，"暴风雨就要来了！"

"咱们在等什么？"海军上将问。

布林加斯就当没听见，又倒酒，瞪着酒看，似乎想在红色掺水的液体中读出点什么。

"法兰西各部委蛮不讲理。"他终于抬头，望着四周，"逼民众放血，缴纳苛捐杂税，之后中饱私囊，还让国家债台高筑……国家也该动一动，改一改了，自上而下地搅一搅，来一场血淋淋的革命。"

"没必要这么极端，"堂埃莫赫内斯吓了一跳，"来一场弘扬道德、弘扬爱国主义的革命就好。"

布林加斯拿着杯子，正要往嘴边靠，他腾出一根手指，长长的指甲指着图书管理员：

"先生，您太天真了。无论贵族还是教会，更不用说国王和王室，谁都没有那么高尚，愿意做一点点牺牲，把国家建设得更高尚。"

"可是，都说路易国王心善……"

"心善？……别逗了，笑得我肚子痛。就那个白白胖胖、只会给自己戴绿帽子、打猎、修修钟表什么的年轻人？……就是他签署的监禁令，说我写诽谤文章，将我投进了巴士底狱。"

布林加斯眉头紧锁，目光越过酒杯，扫了扫庭院。

"瞧这些人，"他说，"瞧瞧这些白痴。他们大部分还以为国王是个好人，是个特别有爱的父亲，只是受了奥地利公主和大臣的蒙骗。"

教士砰的一声，像刽子手干脆地手起刀落，将空杯子拍到大酒桶上：

"可是，总有一天，民众会觉醒；或者，民众会被唤醒。到时候……"

"到时候，会怎样？"堂埃莫赫内斯问。

"来一场痛快的革命大屠杀。"

"简直胡闹！"

布林加斯不动声色，用深邃的目光看着他：

"您错了，先生。所有革命和内战一样，虽然残暴，却会激发才能，涌现出不同凡响的领导者……我向您保证，虎狼之药必须下。"

堂埃莫赫内斯庆幸有人来了，谈话到此为止。来人戴着红色假发，穿着棕色呢大衣，打开店门，投来询问的目光。他认出了布林加斯。教士让海军上将付点酒钱，放在大酒桶上，自己迎上前去，跟他握手。他指着两位院士，小声交代几句。那人点点头，请他们进去。两位院士发现：此处为印刷品仓库，遍地都是一包包的宣传册和旧报纸，还有排字工人的字库，抽屉半开着，铅字乱七八糟，外加一台好像依然在用的老式印刷机。房间里唯一的光源，是几乎快到屋顶的一扇天窗。光从天窗照进来，能看见堆在最里头的几箱书。

"他是我朋友，绝对靠得住。"布林加斯介绍道，"他叫维达尔，是 colporteur，西班牙叫流动书商，卖书和印刷品。因此，"他特别强调，"他对各类图书都很在行。"

那个叫维达尔的书商西班牙语说得还行，好像都听懂了，露齿笑。看牙齿，以前也是过过好日子的人。他的脸干瘦干瘦的，尽是皱纹和雀斑，样子更像英国人，不像法国人。

"两位先生对哲学书感兴趣？"

"这得看。"堂埃莫赫内斯赶紧说。

"得看什么？"

图书管理员有些犹豫，还有些难为情，他想起之前跟教士聊的那些话。海军上将看在眼里，赶紧过来救场。

"得看书里的哲学到底是哪种哲学。"他说。

"肯定没有亚里士多德。"布林加斯笑了。

书商不为所动，指着那几箱书说：

"我刚收到二十本《自然女孩》，还有几本《贵妇学堂》……我还有《修道院里的维纳斯》，伦敦版的《杜巴丽伯爵夫人轶事》，这本依然大受欢迎。"

"喂，维达尔，不是。"布林加斯笑眯眯地提醒他，"他们不是冲这些书来的。"

书商惊讶地看着他：

"他们要真正的哲学书？"

"没错。"

"好吧，这儿也有……梅西耶①的《2440 年》。对了，这本书在西班牙被烧掉了，他们硬从我手里抢走的。我还有些爱尔维修②、雷纳尔③、狄德罗的书，还有伏尔泰的《哲学词典》……这本价格高，和卢梭的《爱弥儿》不同。《爱弥儿》一版再版，随处可见，已经没人对它感兴趣了。"

"当真？"堂埃莫赫内斯十分惊讶。

"那当然。伏尔泰的书是警察的头等目标，所以才身价倍增。"

"这些先生要找《百科全书》。"

"没问题。手头没有现成的，不过很容易找，我去活动活动。"

"他们要首版。"

维达尔脸一苦：

"哎呦，这就难了。首版早就不印了，读者都要新版。国外印的那些行吗？……据说有几本修订过，剩下的和首版一模一样。我能弄到上好的重印本：比如专为莱奥波尔多大公在里窝那重印的那套，十七卷文字，十一卷插图……我还能弄到格拉梅在日内瓦重印的那套。"

"恐怕这两位先生心意已决。"布林加斯表示反对。

---

① 全名路易-塞瓦斯蒂安·梅西耶（Louis-Sébastien Mercier, 1740—1814），法国作家、戏剧家、文学批评家。《2440 年》是一本关于未来的科幻小说。
② 全名克劳德-阿德里安·爱尔维修（Claude-Adrien Helvétius, 1715—1771），法国哲学家，代表作为 1758 年出版的《论精神》。
③ 全名纪尧姆·托马斯·弗朗西斯·雷纳尔（Guillaume Thomas François Raynal, 1713—1796），法国作家、思想家、法兰西学院院士，代表作为 1794 年出版的《哲学史》。

"必须是原版，"堂埃莫赫内斯确认道，"一七五一至一七七二年间陆续出版的二十八卷本……没办法弄到一套？"

"办法可以想，给我几天时间，不做任何保证。"

海军上将去看那几箱书。大部分都是简装书，封面不是蓝色，就是灰色。街上飘来一股臭味，这里却有一股墨香，清心醒脑，让他浑然忘我。

"我能看一眼吗？"

"当然可以。"维达尔回答，"把最上面那些拿开。您不会对《法兰西的新教徒仪式》或里科博尼夫人①的通俗小说感兴趣的。"

堂佩德罗把箱子上层的书拿开，直接往下看：《阿拉斯的蜡烛》《淫荡的帕尔纳斯山》《游荡的妓女》《贵妇学堂》……最后这本是精装，羊皮封面，大三十二开，挺漂亮的版本。

"这本好吗？"

"我不知道。"维达尔挠了挠鼻子，"我是卖书的，能卖掉的都是好书。"

海军上将慢悠悠地翻了翻，专拣露骨的插图看。其中一张上有个荡妇，裸着乳房，撩着裙子，露出性感的大腿，两腿张成近一百四十度，正在饶有兴致地观察年轻人勃起的阴茎。年轻人站在她面前，意图有更大的"作为"。海军上将乐了，想把插图拿给堂埃莫赫内斯，看他如何反应。可他最终软下心肠，光想，没行动。

"我想，这些书一定很贵。"他问书商。

"价格不固定。"维达尔回答，"根据市场需求或警方围捕没收的力度，上下浮动。比如这本《贵妇学堂》，就十分畅销，需求量很

---

① 全名玛丽·珍·里科博尼（Marie Jeanne Riccoboni，1713—1792），法国书信体小说家，代表作为《朱里艾特·盖茨比夫人致友人亨丽埃特·凯普莱夫人》。

大，有好多个版本。这是最新的荷兰版，三十七幅插图。二十四镑。"

堂埃莫赫内斯好奇地凑上前来，想看一眼海军上将手里没合上的书。堂佩德罗使坏，飞快地给他瞄了一眼；图书管理员大惊失色，像见了鬼，直往后退。

"真有意思。"海军上将说，"提起地下图书，谁都会先想起伏尔泰、卢梭、达朗贝尔……"

维达尔耸耸肩，说：这只是表象。其实，真正的哲学书只占市场的一小部分，有需求，需求量不小。但禁书市场大部分都是这种类型。不管怎样，渠道来源相同：瑞士或荷兰印刷，没有装订就运到法国，全是散张，混在其他看似清白的书里，之后再装订、销售。

"还有些是直接从边境走私来的。"布林加斯说，"有一次，我想干这个，把书从瑞士走私到西班牙，后来放弃，实在太危险。"

"没错。"书商表示同意，"所以，走私进来的书更贵，海关人员和运输人员不见得好贿赂……万一事发，走私犯要冒着肩膀被烙印、划船做苦役的风险。"

"您怎么会在这个区？"海军上将问道。

"过去，我有个兄弟，叫迪吕克，在奥古斯丁码头有家读书坊……"

"我认识迪吕克。"布林加斯插嘴。

"还记得吗？他不是坏人。"维达尔转向两位院士，"我负责跑，他负责销。后来，有个警察没拿到他想拿到的那么多钱，没收了五千镑的插图版哲学书。插图很精美，你们懂的。迪吕克被直接投进巴士底狱……而我，就来到了这儿。"

"哦，这儿又不是坏地方。"布林加斯说。

"当然不是……我过得很隐蔽，邻居们睁只眼闭只眼，口风很紧，都是些走自己的路、让别人有路可走的老百姓。肉铺人来人往，忙忙碌碌，是个理想的避风港。谁爱来，谁来。我给区里的保安塞钱，不给别人添麻烦……"

"每四周，你会关一次店，偷偷装一车新书，去外省卖。"

"差不多。"

海军上将把《贵妇学堂》放回到箱子里。

"有意思。"他说。

"您真的不要？"书商劝他，"我想，西班牙可买不到这种书。"

6. 布林加斯教士的怨恨

我们有多少同胞在那里相见。因为国内政权的专制和不
容忍，他们走上了反叛之路。

M·S·奥利弗：《法国大革命中的西班牙人》

　　罗伊·亨利客栈老板家的女儿亨丽埃特是那种容易得手的姑娘，
帕斯夸尔·拉波索没试几回，就明白了。她会找各种各样的理由进房
间：铺床、送蜡烛、添灯油，每次进来，总是半推半就地让拉波索多
了解一些凹凸不平的人体部位。现在是下午两点，姑娘被他推到墙
上，金鱼眼在说"好"，嘴巴在笑着说"不"。拉波索的手放肆地伸
进她的粗布衬衫，贪婪地抚摸白皙光滑的皮肤，紧握热乎乱颤的乳
房。他在迅速勃起，硬邦邦的，顶着亨丽埃特的大腿。姑娘开始挣
扎，终于挣脱；而他如野兽般哼了一声，射在了短裤里。姑娘不要脸
地大笑，整整衬衫，松鼠般窜出门外，下楼去了。
　　拉波索靠着墙，喘口气，把门关上。他不开心地摸了摸湿漉漉的
短裤，走到窗前。窗户开着，正对着费龙内里街，街上热闹极了。古
老的圣洁无辜者墓地旁边的楼房里，有个光线不好的小房间，一尊半
身像下的大理石铭牌上写着：一六一〇年，亨利四世在此被狂热分
子拉瓦莱克刺杀身亡。锁匠在锉长凳上的金属片，身后的门开着，里
面是琳琅满目的锁和插销。拉波索看他干活儿，阳光照在脸上，玻璃

窗里的影子更亮：头发乱蓬蓬的，胡子两天没刮，黑眼圈写满疲倦。晚上大部分时间他都醒着，睡不着，在皱巴巴的床单上辗转反侧，擦靴子、擦军刀、擦手枪，给怀表上发条，坐在窗前看黑夜、看星星，一直折腾到大天亮。胃疼的时候，总是睡不着觉；如今失眠成了家常便饭，该死的睡睡醒醒，就像一头扎进深海。灰灰的海水像水银，漂着许多不愉快的回忆和臆想出来的幽灵。失眠的夜晚，什么都让人不安。睡过去、忘记疼痛、和梦中的魔鬼相遇，想想都让人不寒而栗。

他看见了米洛。米洛穿过熙熙攘攘的街道，从远处往这儿走来，三角帽往后倒，长大衣敞着，飘扬在两侧，好似不祥之鸟的两翼，手上还拄着那根铜柄木节手杖。拉波索走到脸盆边——上方是一张老路易十五披着貂皮披风的彩色肖像画，用面包屑粘在墙上——倒水洗脸，穿上上衣，边下楼，边扣扣子。米洛进门时，他正好到门厅。

"你好，老兄。"米洛跟他打了个招呼。

客栈老板巴布和平常一样，坐在门边，老婆和女儿在附近忙活。拉波索和巡警出门散步，米洛带来了最新消息。这几天，他派了两个爪牙，负责监视院士们的一举一动。

"他们还在继续活动。"他从大衣口袋里掏出脏兮兮的小本子，上面有铅笔记的笔记，"那个叫布林加斯的家伙全程陪同……昨天去了一家卖禁书的书店，书商名叫维达尔。不过，似乎收获不大。"

"能就这点找他们的茬吗？"

"我觉得不能。看来，他们只是去聊聊天。书商是卖哲学书和色情书的，你的小朋友们没有买任何会给他们惹麻烦的书。"

"后来呢？干什么去了？"

巡警又查了查笔记：

"没有你感兴趣的……他们在塞纳河右岸逛了逛书店和书摊，散步到圣奥诺雷街逛商店，接着走到林荫大道，参观蜡像馆……晚饭是在波旁酒店吃的，那是个好地方。我连菜单都有：火腿、牡蛎、鹅肝，外加两瓶勃艮第葡萄酒，那个布林加斯一个人喝了一瓶半。"

他们走过墓地旁的市场——那个点儿，卖水果和蔬菜的都收摊了——走到相邻广场的估衣店。没有风，天气湿热。米洛穿着大衣，身上汗津津的，用舌头润了润唇。

"今天上午，我亲自跟的。"他接着说，"一大早，他们去了另外两家书店，在格里耶咖啡馆喝东西，去香榭丽舍大街散步。"

"教士一直在？"

"寸步不离。我都没见过像他这样的：白吃白喝，胡吃海喝，带他们去的地方档次越来越高。"

两人沿着人潮涌动的洗衣妇街，慢悠悠地往塞纳河边走。擦鞋匠装鞋刷、鞋油的箱子挡了他们的路，米洛用手杖轻轻一敲，把他赶到一边。

"在香榭丽舍大街，路易十五广场的围栏附近，有一次偶遇，也许你会感兴趣……我远远地盯着他们，这时，那儿的警卫队长走了过来。他叫费德里希，瑞士人，跟我很熟，向我抱怨那些衣着时髦的贵族无视政府法令，在大街上骑马散步。正聊着，我发现教士在跟人打招呼：两位贵妇，一个绿衣服，一个蓝衣服，打着小阳伞，戴着丝带装饰的帽子；两位男士陪同左右……其中一个系着圣路易斯教派的束腰带。我很好奇，向队长打听他们是什么人。"

拉波索回头，专心地看着他。米洛停下，脱掉帽子，用手去摸大汗淋漓的光头。

"系束腰带的叫科埃莱贡，当过兵；另一个叫德斯·布尔沃思，理发师，巴黎潮人，被上流社会的贵妇们豢养成了百万富翁。"

"怎么讲？"

"你想啊，理发师和时装设计师才是这座城市的主人，新款假发、时装、发型什么的，全是这帮人弄出来的。如今，巴黎时尚就是追随德斯·布尔沃思。这家伙给王后的闺蜜、兰巴耶公主梳过头。你说呢？"

"马德里也一样……只不过延后六个月，等你们那些该死的彩色杂志运到。"

米洛笑了，用皱巴巴的手帕擦羊皮帽子上的汗珠。

"穿绿衣服的是画家阿德拉·拉比耶-嘉德①，穿蓝衣服的是丹塞尼斯夫人……听说过吗？"

"没有，我应该听过？"

"当然了，老兄，"米洛戴上帽子，接着往前走，"她是你同胞。"

"西班牙人？……怎么会有那个姓氏？"

"那是她丈夫的姓。她丈夫名叫皮耶尔-约瑟夫·丹塞尼斯，是阿巴斯托斯皇家委员会委员，房地产大亨，当过法国驻圣塞瓦斯蒂安商会会长，在那儿认识了她，结了婚，把她带回法国。他们家在圣奥诺雷街有一栋气派的房子，在凡尔赛附近还有一处庄园。"

"你知道她的西班牙姓氏吗？"

"埃查里。她全名叫玛加丽塔·埃查里·德丹塞尼斯，父亲是当地的金融家。"

拉波索想起来了：

"是有个埃查里，好像在圣拉斐尔银行干过，一直干到银行破产。"

"也许吧！总之，是那种特别有钱的主……习惯过奢侈的生活，优雅、富裕、时尚，在自己家里办了个颇有名气的哲学文学沙龙，每

---

① 阿德拉·拉比耶-嘉德（Adélaïde Labille-Guiard, 1749—1803），法国肖像画家。

周三聚一次。”

“她多大了？”

“三十多，或更大一些。有些毒舌妇说她四十多了……皮肤苍白，眼睛大而黑，是那种知道自己漂亮的漂亮女人，风韵迷倒一大片。”

“我想不通：她和布林加斯教士有什么关系？……”

“听我说完，你就能想通了。”

“行，说来听听。”

米洛挺会讲故事的，马上开讲。费德里希，就是刚才跟拉波索提过的瑞士人，是香榭丽舍大街的警卫队长，谨小慎微，跟正经瑞士人一样，缺乏想象力。不过，正因为如此，辖区内的任何一个名字、任何一张脸、任何一桩小事都逃不过他的法眼。他说，布林加斯教士虽说不是什么好人，出版过政治宣传册，被逮捕过，尽管罪名是贩卖黄书，也算是个风趣的文化人，至少大家都这么说。因此，除了混迹于作家和哲学家经常光顾的咖啡馆，他在巴黎某些上流社会的圈子里还挺讨人喜欢的，狂热的个性成为众人的笑料。他是好几个沙龙的常客，包括丹塞尼斯先生家这个。对于丹塞尼斯夫人而言，他就是个有才华的小丑。

“老兄，听明白了吗？”

“完全明白。”

他们来到挨着老卢浮宫码头的学院码头。米洛将胳膊搭在石栏杆上，拉波索站在他身旁。景色美不胜收：新桥上车来车往，马车在塞纳河两岸穿行，巴黎圣母院所在的西岱岛将河水一分为二。河上挤满了轮船和驳船，有的在行驶，有的拥在一起，停泊在码头。

“如果你捕的那两只鸟和小丑某周三去丹塞尼斯家做客，”米洛说，“千万别觉得奇怪。今天上午，布林加斯在香榭丽舍大街向丹塞尼斯夫人介绍了两位院士。之后，他们一起散步，一起聊天，很愉快，一直走到路易十五广场等候的马车前。"

"所有人一起？"

"那当然，我亲眼所见。费德里希像哈巴狗似的跟着我，向我解释每个表情的含义。"

拉波索转过身，肘靠着栏杆，背对着河，面前是圣日耳曼奥塞尔教堂的钟楼。圣巴托洛梅之夜，教堂前发生了大屠杀，巴黎民众对新教徒大开杀戒[1]。他默默地想：西班牙民众和神职人员才不会这样。别人都闹出名堂了，他们还在剪羊毛。

"这么说，我需要去打听丹塞尼斯一家，以防万一。"

"问我就行，免得你说那天白给了我钱……我还指望后面的款子呢！"

"丹塞尼斯家很有钱？"

"富得流油。他们家一顿饭，可以买下你和我。"

"那她呢？"

米洛嘲笑地看着他，问：

"她什么？"

"你懂的。"拉波索用拇指和食指围一个圈，伸进去另一根手指，"有情人吗？"

米洛猥琐地笑了，露出牙齿和无肉的齿龈：

"这里是巴黎，艳情生活和糜烂生活的中心……王后本人带了个好头，从国王往下的所有丈夫，戴绿帽子就像戴扑粉假发那么自然……丹塞尼斯夫人当然也有故事。至少有人追她，她也乐得被人追。她丈夫是个商人，性情温和，退休了，正在安享晚年。他藏书颇丰，大部分时间都在读书。据我得到的消息，他有一套《百科全

_____
[1] 大屠杀发生在 1572 年 8 月 23 日，是法国宗教战争的转折点。

书》……这就和你的两位院士大有关系了。”

“能盯着吗？”

“当然能。只要有仆人和侍从，总能打探到消息。丹塞尼斯家下人不少。”

“这件事就交给你了。”

“放心吧，老兄。相信你的老米洛……你会对房子里发生的事了如指掌，就像人在里头，亲眼所见。”

巡警友好地拍了拍他的肩膀，指了指桥口那家酒馆。

“我饿了，”他摸摸肚子，“你吃了吗？”

“还没有。”

“来点炸猪耳朵，再来点红葡萄酒，浇浇愁，怎么样？”

“行……浇浇他们带来的愁，把他们解决掉。”

“你请客！”

“你做梦！”

“掷骰子定……行不？”

他们在路上和几个美女擦肩而过，拉波索盯着她们，再次确认：他喜欢法国女人。她们不像西班牙女人那么假正经，天天捧着弥撒书和念珠，连冲男人笑一下都像是给了你天大的恩赐。

“自己的乐子，找得如何？”米洛促狭地问。

“还行。”

“你要是乐意，哪天我带你出去，找个信得过的姑娘。”巡警一阵浪笑，“记得上次你来巴黎，咱俩玩得挺开心。”

“行，我记着。”

“记着就好。奉劝你一句，别去打野鸡。我们一直在送妓女去圣马丁，大部分身子不干净……你在这儿一不小心，为了省几个小钱中招，会让你挠一辈子，挠到死。”

就在同一时间，从道德层面上讲，两位院士和布林加斯教士正处于拉波索和米洛兄弟对话的另一端。那天是西班牙弥撒日，堂埃莫赫内斯去听了巴黎圣母院的弥撒。随着一声 ite, missa est①，他走出大教堂，和站在门廊、被众多圣徒和国王雕像守护的海军上将及教士会合。弥撒开始前，海军上将带着冷冷的好奇，陪他参观了巴黎主教堂硕大无比的中殿。弥撒一开始，他就离开教堂，出去和布林加斯会合。教士等得一脸不耐烦。

"弥撒如何？"海军上将礼貌地问。

"感人至深。尽管和巴黎圣母院相比，莱昂大教堂或布尔戈斯大教堂也不逊色……教堂本身宏伟壮观，但彩绘玻璃让我失望。我以前读过，巴黎圣母院的彩绘玻璃会给大教堂带来神秘、几乎魔幻的光。"

"那是过去的事了，"布林加斯说，"早就改成白玻璃了。"

"不管怎样，这是一座无与伦比的教堂……不是吗？"

教士眉头紧锁：

"既然您问起，那我就回答：这是一座无比过分的教堂。所有教堂都是，无论奢华的还是朴素的，充斥着对人类而言负面的象征物。"

"可是，您得承认，它是建筑史上的杰作。"

布林加斯就像被毒蛇咬了一口，猛回头，指着身后那座像一艘搁浅在河边的巨轮似的建筑问：

"您知道为了建造这座迷信与傲慢的纪念碑，多少工人摔下脚手架吗？……几百个，也许几千个。您想象过建造这座荒唐透顶的石头房子所花的钱，能养活多少饥民吗？"

---

① 原文如此，为拉丁语，意为"弥撒礼成"，宣布会众可以散去。

"无论怎么荒唐，它也无可替代。"堂埃莫赫内斯反驳道。

"哼，换了我，才不去找什么替代品，直接推倒了事。巴黎也好，欧洲其他地方也罢，西班牙就更不用说了，教堂多到成灾。知道这座城市每天要做多少场弥撒吗？……四千场。一场十五苏埃尔多，意味着教会每天要赚……哎……这个……"

他糊涂了，掰着指头算。海军上将过来帮他。

"一天三千镑。"他冷冷地指出，"一年四百万。"

布林加斯胜利地用一只手掌拍了拍另一只拳头：

"你们瞧，我就说，赚大发了！……还不包括弥撒的募捐款和圣徒圣女慈善箱里的钱。"

"都是自愿的。"堂埃莫赫内斯说，"您得承认：巴黎信仰自由，够让人羡慕的了。"

"我承认，我当然承认。你不愿意，神父不会来打扰你；你病了，除非叫他，他也不会来纠缠你……除非你是名人，教会主动往上凑。任何一个堂区神父都会梦想着给某个哲学家涂圣油，好在礼拜天的布道中拿出来炫耀。"

布林加斯突然站住，竖起一根手指，似乎想起什么，提请大家注意：

"想去散个步吗？……我想带你们去看另一座更加邪恶的圣殿。"

两位院士跟着他，走过西岱岛通往右岸的桥，其实只是一个通道，两边都是住宅楼，挡住了塞纳河，底层是旧书店和宗教用品商店。

"总之别忘了，"布林加斯没好气地看着一个摆满念珠、十字架和圣徒像的摊位，"不久前，那些神父甚至拒绝给伏尔泰行基督教葬礼……"

他像说自家人那样说起伏尔泰，堂埃莫赫内斯看着他，好奇地问：

"您见过伏尔泰？……您认识伏尔泰？"

教士往前走几步，低下头。显然，他心中的怒火越烧越旺。最后，他猛地抬头挺胸，张开双臂，像要拥抱全世界。

"哦，伏尔泰！"他叫道，"他是人类的大叛徒！"

"您简直让我目瞪口呆！"图书管理员大惊失色。

教士狂热的双眼恨不得在他身上瞪出两个窟窿：

"您说目瞪口呆？……本世纪最智慧的人在权贵们的饭桌上，为了一盘宾豆，贱卖了自己的长子身份，那才让我目瞪口呆！"

"您说的这都是什么呀？"

"我说的句句属实。费内①的独居者其实厌恶孤独，喜欢谄媚、权力和金钱，渴望被著作中扬言要与之斗争的混蛋拍拍肩膀……没有人像他溜得那么快，任凭危险的论战将其拥护者送进监狱或送上断头台……该溜的时候，他溜得比谁都快……总是摆出很有才华的样子，可惜总是虎头蛇尾。他超人的智慧简直不可饶恕！"

"见鬼！就您这么说，您还能看上谁？"

"看上谁？……您问我还能看上谁？……我能看上伟大的、尊贵的、百分之百正直的……所有人中唯一淳朴的、了不起的让-雅克。"

布林加斯往前走几步，停下，浮夸地用手擦了擦脸，继续往前。

"想起我们的相遇，依然让我热泪盈眶……"

"哦？"海军上将有了兴致，"您认识卢梭？"

"略识。"教士回答，"他走出普拉特里耶街的家门，被我认出。

---

① 费内（Ferney）：位于瑞法边境的著名小镇，全名为费内-伏尔泰，因伏尔泰在此度过了几乎最后20年而得名。

他的客西马尼园①位于这座城市最不起眼、最不舒适、最不宽敞的街道。他被伏尔泰、休谟、米拉波②和那帮领袖们侮辱、迫害、虐待后，蜗居于此，贫苦交加，疑虑重重……那是七八年五月四日，距他去世只有两个月……那天被我视为一生中最辉煌的日子。我脱下帽子，记得假发都掉在了地上，站在那里，大声欢呼。他从我身边走过，看了我一眼：两个眼神，两个智慧的脑袋，共享一个灵魂……就这些。"

堂埃莫赫内斯看上去很失望：

"就这些？"

"没错，就这些。"布林加斯斜着眼看他，"您觉得不够？"

"您没跟他说话？"

"有必要吗？……多年来，我们一直在用文字对话。没错，就是这样。当时，我顿悟道：伟大的哲学家有超凡的直觉，能辨认出我是他的灵魂伴侣，是他忠实的朋友。于是，他咧开嘴冲我笑了笑，那是张能言善辩、高尚尊贵……"

"饥肠辘辘？"海军上将实在忍不住，斗胆接了个词。

布林加斯的目光凶神恶煞，海军上将神色如常，彬彬有礼地冲他微笑。

"您不是在嘲笑我吧？"教士气冲冲地问。

"绝对没有。"

"可是，您就像在嘲笑我。"

"没有……没有的事。"

---

① 客西马尼园（Getsemaní）：位于耶路撒冷东，靠近橄榄山，据说是耶稣基督经常祷告与默想之处。

② 全名奥诺雷-加百利·里克蒂（Honoré-Gabriel Riqueti, 1754—1792），又称米拉波伯爵（Mirabeau），法国政治家，曾任法国国民议会议长。

"卢梭，那可是卢梭啊！"布林加斯心里酸溜溜的，想了想，继续说，"那些没良心的神职人员还迫害他，诋毁他……你们瞧瞧：这就叫仁爱，无可指摘的仁爱！瞧清楚了：最反动的神职人员根本容不得理性之光……这些猪狗不如的东西！"

"哦，老兄，上帝啊，"堂埃莫赫内斯抗议道，"猪狗不如，猪狗不如……"

"别老兄长老兄短的……我说了：这帮人从头到脚，猪狗不如！"

他们过桥，走过河滩广场，沿着河边往前。河边停着驳船，搭着储存干草的棚子。马儿要吃草，巴黎的几千辆马车都得靠马儿拉。

"不只是神职人员猪狗不如。"布林加斯没走几步，又说，"除了唯一淳朴的卢梭，其他人……哎，其他人一样猪狗不如！那些沙龙里所谓的哲学家，号称权威，只知道消遣和奉承头发扑粉、无所事事的贵族……"

阳光将邋遢教士的影子拉得很长：上衣又小又破，羊毛袜织补过，假发油油的、打着结，看上去愈加的邋遢可怜。有时候，他会忧心忡忡地将下巴塞进脖子上皱巴巴的、泛黄的丝巾里，每回胡子都蹭得丝巾沙沙响，得找个理发师刮一刮才好。

"人类前所未有地需要我们这些无所畏惧、不被收买的炮兵，"他最后说，"我们会把炮弹轰到上帝家里去。"

堂埃莫赫内斯清清嗓子，教士的执念让他很不舒服：

"亲爱的先生：我尊重您的想法，正如我尊重所有人的想法。我觉得通过教堂靠近上帝……总之……宗教……"

他卡在那儿，没说完。布林加斯站在他面前，目光像刀子，要杀人。

"宗教？……别逗我了，我还没吃午饭！"

"既然您这么说……"海军上将拍了拍紧身坎肩的口袋。

布林加斯带着哲学家的轻蔑和明显的内心挣扎，先把吃饭的事放在一边：

"待会儿再吃……先让我把话说完：有个原始人，在美洲丛林里到处走。他看看天空，看看大自然，感悟到自然规律才是唯一的主宰。他比关在修道院单人房间里的修士，或想入非非、抚摸幽灵的修女更接近上帝……修女幻想时，也会自慰。"

"上帝啊，这都说了些什么呀！"堂埃莫赫内斯大惊失色，"求求您，别对修女……"

布林加斯哈哈大笑，笑声诡异恐怖：

"所有的修女都应该做母亲……不管是自愿还是强制。"

"上帝啊！……"图书管理员求助海军上将，求他评个理，"他这么胡说八道，您不说两句？"

"和修女有关的事，我不插手。"海军上将在一旁观战，很开心。

堂埃莫赫内斯只好化悲愤为力量，再次面对布林加斯：

"恐怕在这方面，上将跟您一样……认为上帝和理性无法共存。"

布林加斯转头去看海军上将，善意地琢磨他：

"真的？……先生，您怎么看？"

堂佩德罗好半天才回答，回答得既淡然，又超然：

"我和堂埃莫赫内斯的争论由来已久，我认为无解……简而言之，如果上帝是谬误，那么对人一无用处；如果上帝是真理，应有明确的物理学上的证据。"

"不管怎么说，上帝这个想法是有用处的。"图书管理员坚持认为，"这点，您必须承认。"

"即便如此，我亲爱的朋友，有用的想法不代表它是真理。"

图书管理员就是不认输。

"多少个世纪以来，"他反驳道，"人类已经达成共识，承认神祇的存在。您要知道：既然我们存在，是为了找寻真理，普遍达成的共识不可能不是真理。"

海军上将怀疑地看着他笑：

"我们存在，是为了找寻真理这句话，值得商榷……换个角度讲，人类对陌生事物达成的共识什么也不能证明。"

他们离塞纳河越来越远，沿着圣安东尼街往上走。街道两旁的家具店、细木工作坊、镜子店将橱窗和柜台延伸至圣玛德莲教堂。那儿有家又暗又破的咖啡馆，布林加斯说还没吃饭，一头钻了进去，要了两杯牛奶咖啡和一个黄油腊牛肉面包。海军上将付了钱，大家出门，继续往前走。前方便是巴士底狱黑乎乎、阴森森的围墙。

"那儿我进去过，"布林加斯指着围墙，几乎要啐它一口，"在这座违背常理、专制残暴的世俗圣殿，连门闩都带着鲜明的巴士底狱风格。"

"定义得不错，"海军上将评论道，"可以作词典释义。"

布林加斯眼神迷惘，摸摸歪着的假发，侃侃而谈：凡是公职人员，从国王到大臣，都惧怕人民受教育，更惧怕优秀作家手中的那支笔。每当这些人民英雄——不用往远里找，他本人就是其中一个——控诉权贵们不知羞耻地干坏事时，坏人们的良心总要拧巴一下。于是就有了审查制度，非说有些文章是对当权者的人身攻击，必须筛掉。精华就这么没了，天才的文笔只能受制于庸才残忍的剪刀。

"两位听明白我在说什么吗？"

"完全明白。"海军上将说。

"在这方面，教会不是煽动者，也是帮凶……回到刚才的话题，法国神职人员至少乐于接受新思想，教会的权力不像西班牙那么集中，允许争论。而在西班牙，布道坛和忏悔室里也存在不公正的现象……从特兰托的蒙昧时代起，西班牙总是背向未来，认错上帝，认错敌人……"

"尤其是认错敌人。"海军上将说，"非要与那些印刷术更发达的国家为敌，说他们出版图书，抹黑咱们。"

"您说得没错。"堂埃莫赫内斯表示同意，"就连在树敌这件事情上，我们的运气都很差。"

"跟运气无关，"海军上将反驳道，"跟意志薄弱有关，跟对艺术、科学、教育等使人类更加自由的学科无兴趣有关。"

"千真万确。"布林加斯附议，"说起学校和教育，西班牙语里有句话，我听了就血往上涌，气不打一处来。总说'这孩子谦恭'，当然是在表扬孩子……而真正的含义是：'上帝保佑，这孩子终于患上了西班牙人的通病：顺从，虚伪，沉默。'"

"可是，我们国家也有启蒙派教士，"堂埃莫赫内斯抗议道，"也有对现代哲学很感兴趣的贵族、资产阶级，甚至大臣。随着时间的推移，国家会更自由，更文明。明君至少在尘世生活中会让自己的住处远离上帝的家。"

"您醒醒吧！"布林加斯泼他冷水，"要是哪天发生革命……"

"我没说革命，革命这个字眼……"

教士注视着巴士底狱阴森森的塔楼，似乎这样的注视或他本人在高墙后的回忆赐予了他力量，使他义愤难平。他继续争论道：

"我说的就是革命，并引以为豪。我就是要把那些扬言天赋神权、统治民众的君王降格为普通公民……好言相劝或高举屠刀。"

堂埃莫赫内斯打了个激灵，惊恐地看了看四周：

"说什么胡话……上将，您得说两句，说点靠谱的。"

"我才不呢！"海军上将微笑着回答，"好端端的聊天，聊得挺好。"

"上帝啊！"

布林加斯只顾自己说话，没搭理他们俩。三人往回走，想折回塞纳河。他们走出圣安东尼街，进入一片陋巷。一个捡破烂的妇人醉了，坐在她那辆装满破烂的大车旁跟一名车夫吵架，她的大车挡了他的路。车夫从马车座位上跳下，掌她的嘴，围观的人看了开心。

"瞧瞧他们，"教士指着他们说，"粗野至极，鼠目寸光，看不长远，也不想要什么新思想解放自己……除了吃喝拉撒吵架睡觉生孩子，别的一概不管。"

他们继续往前走。前方有两个工人吵架，吵得天翻地覆。可是，当一位富商模样的人驾着敞篷马车经过时，两人却休战，脱帽致敬。

"瞧瞧那两个，"布林加斯笑得十分刻薄，"给一点点东西，就能满足。对神父和王子奴颜婢膝，为他们祈祷，亲吻他们的手，就因为同样愚蠢的父母教他们这么做……不是暴君造就了奴隶，而是奴隶造就了暴君。"

"可是，民众有时也会爆发。"堂埃莫赫内斯说，"五六年前，这儿就爆发过。里昂和巴黎的小麦暴动，因为面包价格飞涨……"

"先生，您消息挺灵通的！"

"都是从报纸上看来的，马德里出版好几种报纸呢！那儿毕竟不是非洲。"

"嗯……面包的事也没闹出什么名堂。放了把火，很快就被扑灭了。暴动者都是外地人，巴黎民众被动地持观望态度。没多久，大家就认命了；或者，原本一直就认命。"

"现在也有人闹事……不是吗？"

"都是小打小闹，东一个，西一个，很容易对付。偶尔吵个架，印点攻击王后的诗什么的。那些歪诗倒是越传越远，越传越妙。除了警察和告密的，这儿维稳，只需两千法国警卫加凡尔赛瑞士军团。民众之间还没形成气候……抱怨归抱怨，可是，当国王坐着马车经过时，就像刚才那个富商经过时那样，他们依然会鼓掌喝彩，俯首帖耳。王后怀孕了，他们也会鼓掌喝彩。似乎王后怀孕，大家都有饭吃……对了，我的几句诗正好应景：

> 荒唐奴隶制，
>
> 我身处其中。
>
> 美德在脚底，
>
> 恶习马上骑。"

"不会有多少人给王后鼓掌的。"堂埃莫赫内斯说。

"鼓什么呢？……表扬她奢侈浪费？情人众多？……想知道谁会是奥地利女人的新宠？我觉得，这才是王权覆灭的主要原因。是欲望，不是专制，不是财富集中在少数人手里，不是财政崩溃……耶洗别①、莎乐美②、波提乏的妻子③、蓬帕杜夫人④、杜巴丽夫人⑤，全是红颜祸水，男人和国家都毁在她们手里……从这个角度讲，历史上品行不端的君王没有好下场，都是罪有应得。"

---

① 耶洗别（Jezabel），《圣经》中以色列国王亚哈的妻子，在西方语言中喻指无耻恶毒的女人。她曾经大建崇拜异教神的庙宇，杀害上帝的众先知，迫害以利亚，并欲置之于死地。
② 莎乐美（Salomé），《圣经》中的人物，听从母亲希罗底的指使，在为希律王跳舞后，要求以施洗者约翰的头颅作为奖赏。
③ 波提乏的妻子（la mujer de Potifar），《圣经》中，约瑟被自己的兄弟卖到埃及当奴隶，主人波提乏的妻子引诱他，被他拒绝。后来，约瑟被她污蔑，被投入监牢。
④ 蓬帕杜夫人（Madame de Pompadour，1721—1764），法国国王路易十五著名的情妇，严重影响了王国统治。
⑤ 杜巴丽夫人（Du Barry，1743—1793），法国国王路易十五的最后一位情妇，干涉朝政，造成外交大臣的倒台，并支持大法官开展司法改革。

教士气愤得两眼冒火，又往前走几步。

"他们就睡在被大臣和机会主义者堆满鲜花的悬崖边。"他几乎诗意地总结道。

堂埃莫赫内斯觉得也该说句公道话了。

"我倒觉得，"他说，"这个国王和西班牙国王一样，心地善良，心平气和，习性单纯……如能无为而治，公正仁慈，民众定会十分感激……"

"喂，您醒醒吧！"布林加斯又来劲了，"法国人民和西班牙人民一样，放荡却没有自由，挥霍却没有财富，傲慢却没有勇气，屈辱地过着被奴役的穷日子……人民可以在咖啡馆和酒馆群情激昂，庆祝一千两百里之外北美十三个殖民地获得解放，却无法捍卫个人自由。一帮懒虫！得让人用针戳他们的屁股！"

"上帝啊！"

在圣约翰墓地的围墙边，他们遇到了几位卖花女。海军上将注意到，尽管布林加斯义愤填膺，滔滔不绝，他还有心思去看女人。其中一位卖花女年轻、结实，衬衫下乳房丰满，披着披肩，放肆地盯着他们看。

"女人们呢？"教士没走几步，又开始自说自话，"对不少女人而言，一觉睡醒时的看法就是枕边男人的看法……女人从十五六岁起就没了自我，只能和奴才交配，生小奴才。"

"可是，民众的幸福……"堂埃莫赫内斯刚开口。

"我不要民众幸福，"教士粗暴地打断他，"我要民众自由。有了自由，幸不幸福是他们自己的事。"

"当然，新哲学就是这个目的。"

"得用耳光把他们扇醒。民众太愚钝，理解力差。得让他们不再尊重桎梏自己的当权者……让底层民众思想上受到震动，以被奴役为耻。一群孩子眼巴巴地看着奢侈品商店里摆放的食物；丈夫累死累活地挣家用，酗酒，为了忘记自己穷得叮当响，买不起面包、柴禾和蜡烛；妈妈自己不吃，留给孩子吃；女孩子刚成人，就逼她们接客，只为给家里多挣两个钱……这才是真实的巴黎，不是旅游指南上交口称赞、圣奥诺雷街和林荫大道上的巴黎。"

他们回到塞纳河畔的码头。老城在河对岸，位于河边的围墙后。那里脏、乱、差，屋顶和烟囱上弥漫着一层油烟。

"如果法国、西班牙、我们所在的烂透了的世界爆发革命，"布林加斯咬文嚼字，似乎良药苦口，"革命不会诞生在举办沙龙、拥有启蒙思想的上流社会，也不会诞生在无知无识、甘心认命的底层社会；引发革命的人不会是没读过也永远不会去读《百科全书》的店主和手艺人……而会是印刷商和记者，会是我们这些能将哲学理论变成激昂文字的作家。革命会掀起无法遏制的暴力浪潮，革命会踢倒圣坛，推翻王位……"

教士啪啪两下，将手掌重重地拍在石栏杆上。他看看左边，看看右边，看看海军上将，看看堂埃莫赫内斯，看着河水，陷入沉思。

"暴君最好的盟友是顺民。"沉默良久后，他说，"民众可以寄希望于任何东西：物质进步或来世永生……我们这些操笔杆子的，其哲学使命在于向他们证明希望并不存在，逼他们直面自身绝望。只有到那个时候，他们才会揭竿而起，要公正，要复仇……"

说到这里，他顿了一下，冲灰绿色的河水响亮地吐了口浓痰，水中漂着树枝、垃圾和老鼠的尸体。

"本世纪竖断头台、磨铡刀的时刻就要到了。"他说，"印刷品就是最好的磨刀石。"

"布林加斯教士是法国大革命前民众积怨的典型范例，"里科老师点燃了他的第 N 支香烟，评论道，"知识分子的失败与失落也会孕育出魔鬼般的人物。"

对我来说，那是一次幸福的邂逅。我打电话给弗朗西斯科·里科，请教两个有关布林加斯教士的问题，他说他也在巴黎，来开有关伊拉斯谟、内夫里哈①或类似什么人的研讨会。我们约在利普咖啡馆②吃早餐，他告诉我一个荒唐的计划：想在皇家学院图书馆珍藏的手稿中采集克维多、洛佩·德维加、卡尔德隆的指纹。该想法毫无价值，这一点让他十分开心。后来，我们在波拿巴大街上散步，我全神贯注地听他说话。里科老师身材瘦削、风度翩翩、恃才傲物。跟平常一样，脑袋光光的，戴着梅菲斯特③式的眼镜，嘴巴又宽又软，对世界不屑一顾。蓝墨水色的领带，打着大大的结，花花公子式的手帕，不可思议的黄，从剪裁完美的意大利上衣的胸前口袋中探出头来。记得我之前提过：里科老师写过一本非常有趣的专著《启蒙世纪的冒险家们》，有关法国大革命中的西班牙知识分子。弗朗西斯科·里科平生最恨假正经，他说书有趣才最重要。

"看过我那本小书吗？"他问。

"当然看过。"

"罗伯特·达恩顿和布罗姆④的呢？……百科全书派的书、禁书和其他必读书目呢？"

"亲爱的帕科，这些太基础，我要的是名家指点。你是现成的，

---

① 全名安东尼奥·德内夫里哈（Antonio de Lebrija, 1441—1522），西班牙语言学家、语法学家，1492 年编写并出版了卡斯蒂利亚语第一部语法书。
② 利普咖啡馆（Lipp）：创始于 1880 年，位于巴黎拉丁区的中心，是画家、作家等经常出入的地方。
③ 梅菲斯特（Mefistófeles）：德国作家歌德《浮士德》中的魔鬼，和浮士德签订了契约。
④ 全名菲利普·布罗姆（Philipp Blom, 1970—　），德国历史学家、小说家、翻译家。代表作《危险的人》出版于 2012 年，副标题为：欧洲启蒙时期被遗忘的激进主义。

所以我就来找你了。"

"名家指点"这四个字听得他心花怒放，他得意地噘着嘴，吐了个烟圈——里科式的烟圈，很精致，几乎完美——将烟灰弹到路边罗马尼亚乞丐的塑料杯里。

"亲爱的，我们几个在书里把该说的都说完了，或差不多都说完了。达恩顿抄袭了杰比耶的想法，我没有抄袭任何人的想法，因为在这方面，我读的书比他们俩加起来还要多。对于这位思想十分激进的教士，书里或者说我们已经说得很明白了……你听明白了吗？"

"特别明白，里科老师。"

"你必须明白，因为咱们说的是知识界的贱民。你瞧，"他用香烟指着街道，似乎所有人就在附近，"一边是文化精英，伏尔泰、狄德罗、达朗贝尔等功成名就、名利双收的大人物……沙龙欢迎、读者尊敬、把握流行意识形态的人生赢家……另一边是壮志未酬的庸人或倒霉蛋，梦想荣耀，却半路掉队。你想想……自诩有才的臭小子兴冲冲地来到巴黎，以为能与卢梭交往，却蜗居在阁楼，写点廉价的抨击类或色情类文章，聊以果腹，日渐老去……连召妓的钱都没有。长此以往，汇成积怨。"

我们停下，看波拿巴大街上的书店兼手稿店的橱窗。我的小说《黎塞留的阴影》就诞生于此，其中一章还以去世店主的名字命名。里科老师怀疑橱窗里展示的一封维克多·雨果的亲笔信不是真迹，用意大利语引用《世纪传说》①中的一句诗："用法语说，漏了不少。"我估计他在胡诌，原书中并没有这句诗。说完，他把烟头扔在书店进门的小地毯上，用索然无味的科学式好奇心看它一点点熄灭。"这块

---

① 《世纪传说》（*La leyenda de los siglos*）是维克多·雨果 1859 至 1883 年间创作的诗集。

地毯不防火。"他观察完，得出结论，接着，又点了一支烟，和我继续往前走。

"无论十八世纪还是现在，"过了一会儿，他继续说，"谁都不承认失败是因为没才华，谁都说失败是因为不公、阴谋和轻蔑无处不在……布林加斯是个失意的伪哲学家，他思想激进，通过檄文和传单泄恨，恨无人慧眼识珠。他扬言恨贵族，恨国王……最恨的是独享荣耀的文坛霸主。于是，布林加斯之流变成了冷酷无情的革命者……不过，这并非那个时代的专利，历史剧变的关头都会上演……还记得西班牙内战和弗朗哥统治时期知识分子和艺术家互相告发吗？"

"当然记得……告发、入狱、枪决，两边阵营都有：加西亚·洛尔卡、穆尼奥斯·塞卡①……内战结束前十一天，哈维尔的父亲、哲学家胡利安·马里亚斯也被告发，差点被枪决。"

我就不说我现在的处境了，里科老师斜着眼、挑剔地看了看橱窗里的影子，总结道。听着：老做人尖儿，总是高处不胜寒！估计你没概念。过了一会儿，他又说：其实，布林加斯之流和心中的社会积怨加快了法国大革命的步伐。启蒙之光原本局限于贵族沙龙和聚谈会，以及新哲学理论家经常光顾的高级咖啡馆。那些魔鬼般的人物活得可怜，活得痛苦，活得绝望。于是，当大革命在社会最底层爆发时，他们将星星之火化为燎原之势。事实上，疯教士等积怨在心的激进派，因为失意和仇恨，鼓动了更多的人上街，比百科全书派加起来鼓动的人还要多。

"大革命爆发时，打头阵的往往是输得起的穷光蛋。他们冲在风口浪尖，摩拳擦掌，算账寻仇……科略特和法布雷等失意的演员和剧

---

① 全名佩德罗·穆尼奥斯·塞卡（Pedro Muñoz Seca, 1879—1936），西班牙戏剧家，内战开始时，被指控拥护君主制，遭到枪决。

作家拼命把老同行送上绞刑架……雅各宾时期，布林加斯让所有成功的哲学家人头落地，直到与罗伯斯庇尔及同伴身陷狱中……博腾瓦尔就是个例子。他是教士公开巴结、内心痛恨的百科全书派。大恐怖时期，教士告发他，把他送上了断头台……我要是在那儿，一线文人中必定少不了我。说了你也不信，那时候就有蹩脚的塞万提斯研究专家了……这么说吧，当年所有研究塞万提斯的人都很蹩脚。只可惜，"他不禁扼腕叹息，"我没有生活在那个时代。"

我们在雅各布街的十字路口左转，又站在另一家书店门前：这是家科学书店，橱窗里陈列着牛顿的《流数法》，蒲丰译，豪华版。我进店去问价钱，想买下带回马德里，送给何塞·曼努埃尔·桑切斯·罗恩，牛顿是他偶像。可是，这本书贵得离谱。我走出书店，去跟里科老师会合。他在外面吐烟圈，似乎想起了什么。

"有几本挺有趣的回忆录。"他说，"雷诺写的，几乎和我的书一样有趣。"

我看了看橱窗，意识到他在说另一件事：

"雷诺？就是大革命前的警察局长雷诺？"

他又吐了个烟圈，扔掉烟头，摘下眼镜，用那块引人注目的黄色丝绸手帕擦拭：

"就是他。"

"那些书我有。我在旧书丛书①里找到了，还没开始看。"

"那就赶紧看。有一章耐人寻味，雷诺提到一份名单。名单上的人都是后来的激进派议员，投票判处了国王死刑，在大恐怖时期身居要位……几年前，在警察局的报告上，他们全都被认为是没出息、上

---

① 旧书丛书（Bouquins）：法国出版之父罗贝尔·拉丰（Robert Laffont）书局出版的经典系列丛书。

不了台面的小混混……名单很有趣，有法布尔·德埃格朗蒂纳①、你的朋友布林加斯，还有《人民之友》那个马拉……对马拉的评论简直绝了，大意是：不要脸，乱说话，不是医生偏去行医，医死多人，故被指控。"

他对着光，看了看眼镜，戴上，将丝绸手帕放回到上衣的胸前口袋中，软软地垂下两只角。上衣袖口绣着一朵漂亮的花。

"希望你别跟那个混蛋哈维尔·马里亚斯学，"他冷冷地说，"把我写进下一本小说。"

"不会的，"我回答，"你放心。"

外面在刮风，海军上将傍晚就预见到了。当时，笼罩在城市上方的云朵和油烟开始抽丝，呈马尾状。他们住的客栈凹处、飞檐和落水管被风刮得哗哗响，周边房屋没扣好的木百叶敞个不停。变天了，堂埃莫赫内斯体感不适，发烧，脉搏加快，尽管他说是跟布林加斯教士论宗教气的。如今，他点着油灯，穿着睡衣，戴着睡帽，坐在床上，跟海军上将聊天。海军上将穿着衬衫和紧身坎肩，添了一铲煤，让炉火烧得更旺。

"那个布林加斯，他的眼睛。"图书管理员说。

"他眼睛怎么了？"

"滴溜溜地转个不停，您发现没有？……从东看到西，恶狠狠的，像要把所有东西都记下，列入黑名单。您知道的，眼睛有七块肌肉……"

"我记得有八块。"

"好吧，八块。问题是咱们这位教士，或者不管他现在是什么

---

① 法布尔·德埃格朗蒂纳（Fabre d'Églantine，1750—1794），法国剧作家、诗人、演员，大革命中被斩首。

人，他那八块肌肉运行速度惊人。"

堂佩德罗笑了。他关上炉门，转过身，在床边椅子上坐下：

"您得闭目养神。我估计，最近咱们走动太多，您吹了风，着了凉。"

堂埃莫赫内斯点点头，沉思片刻，挑剔地皱起眉：

"对了，亲爱的上将：在谈到宗教话题时，您没有给我任何支持……那家伙太残忍！太好斗！太记仇！……我知道您同意他的某些想法，尽管感谢上帝，不是那些最狂热的想法。"

堂佩德罗咧开嘴，笑了。他握住图书管理员的手腕，给他搭脉：

"话糙理不糙。布林加斯的想法，说得放肆，道理都对。"

"上帝啊！"

海军上将松开手腕，靠在椅子上：

"对不起，堂埃梅斯……布林加斯有关宗教的想法是对的。大千世界，以神之名做坏事的人比比皆是。"

"那是因为代表我们的神太笨拙，太野蛮，不开化，所以才需要智慧的传教士——按原义和引申义理解都行——建立真实的、必不可少的信仰，与真实的、必不可少的理性不相违背。"

海军上将诙谐地看着同伴，从口袋里掏出怀表，看了看时间，又凑到耳边，确认它在不在走：

"堂埃梅斯，这时候还说什么传教士？……什么传教士？我还没吃饭。"

"亲爱的朋友，您又来了。"

图书管理员拿起床头柜上的那本贺拉斯，想翻一翻，又没看，把书放到床上。

"特别是在这个追求进步的世纪，"他突然说，"对所有位于非洲腹地和太平洋里刚刚发现的民族而言……先上帝，再文明，最后上帝加文明。水到渠成，有百利而无一害。"

海军上将礼貌但坚定地摇了摇头。

"对于那些刚刚发现的民族，"他一边给怀表上弦，一边心平气和地说，"不应该派传教士去，应该派几何学家去。先让他们掌握基本原理……先学各种原理，再学各种观念。自由人应该膜拜物理和试验，膜拜试错法。"

一扇木百叶没关好，窗外的风将它敲得咚咚响。海军上将歪着脑袋出神，沉浸在画面或回忆中。后来，他几乎使劲摇了摇头，回到现实。

"如果混合铁屑、硫磺和水，会产生火。"他顿了顿说，"如果物体在坠落过程中碰到其他物体，会根据密度大小，让其产生移动……如果一艘船从 A 点行驶到 B 点，因素 C 会让它偏离航线，C 代表风力和水流……这些才是真正的教理问答，唯一实用的知识。"

"可是，上帝的想法……"

风继续呼啸，继续敲打着木百叶。堂佩德罗猛地站起来，朝窗口迈了三大步。

"上帝的想法只是用来掩饰人类尚未发现的、真正的自然教理……最糟糕的是以神之名犯错误。"

他一边说，一边打开窗户，砰的一声，关好木百叶。图书管理员从床上奇怪地看着他：

"我的天，上将，您这番话，谁听了，都会说您在生气。我不明白……"

"没错，请原谅，我不是冲您生气。"

他慢慢地走到椅子边，没坐下，站着手扶椅背，表情阴郁：

"人类不了解大自然，所以不幸福。人类无法用科学的方式向它询问，感受不到大自然无所谓好坏，只是在遵循颠扑不灭的规律……

换言之，大自然只能那么运作。因此，人在愚昧时，会屈从于同类，如国王、巫师和神父，将他们误认为凡间之神。而这些人，则利用人的愚昧，奴役人，腐蚀人，让人恶习缠身，生活悲惨。"

"我同意，"堂埃莫赫内斯回答得很有分寸，"但只是部分同意，有所保留。今天，布林加斯的一句话，我很赞同：不是暴君造就了奴隶，而是奴隶造就了暴君。"

"亲爱的朋友，还有一点，需要特别注意……人类的无知在蒙昧时期可以原谅，在启蒙时期不能原谅。"

说完，海军上将不说话，好久没动。油灯在他瘦削的脸上投下重重的影子，皱纹更深，人更衰老，双眼更加澄澈。

"我已经过了邪恶让我气愤的年龄，"他说，"如今，愚蠢才会让我气愤。"

"我不知道这话该如何理解。"

"不是冲您说的。"

关上的木百叶外面，刮起了一阵狂风，持续时间很长。图书管理员突然明白海军上将是怎么了：他想起了大海，大自然遵从自身规律，说发火就发火，全然不顾遭殃的是好人还是恶棍。

"堂埃梅斯，您真的认为，作恶的人低声对别人忏悔几句，就能心安或不用死后付出代价？"

海军上将盯着他，依然手扶椅背，一动不动。图书管理员觉得好歹要说两句，抚慰一下他所仰慕的海军上将。堂佩德罗总是异乎寻常的平静，冷静从容地认命。

"上帝啊，"冲动之下，他坦言道，"您难道不希望至少能开始一段新生活？从零开始，不用受到良心的谴责？……这就是基督教忏悔的美妙之处。在上帝面前低个头，就能灵魂不朽。相当于在炼狱里走一遭，洗涤罪过。"

"我的朋友，我会在炼狱里待多久？"

"您无法拯救。"

海军上将的脸上终于露出笑容。他动了动，阴影不再笼罩他的脸。

"要是有人让我在炼狱里待一天，以求灵魂永生，我会拒绝。还有，永远穿着那件滑稽可笑的白色大衬衫，站在云端弹竖琴，那该多累！……还是不要的好。"

"如果您说的是正经话，我会觉得恐怖。"

"当然是正经话。如愿活过一生的人，最好的归宿莫过于永远安息。"

"好吧，至少等您辞世时，您会当之无愧地永远安息。您的一生无可指摘：身为军人，为国王和国家出生入死；身为科学家，著作等身，特别是那本杰出的《航海术语词典》；身为院士，堪称完美，备受敬重，包括我在内……这些都值得骄傲。"

海军上将死死地盯着他，没有马上回答。后来，他的手离开椅背，带着一种孤傲的自尊，也是忧伤的自尊，昂首挺胸地站着。图书管理员的脑海中闪过一幅画面：海军上将年轻时，听到敌方开炮，也会像现在这样，昂首挺胸地站在甲板上。

"我不知道，堂埃梅斯……其实，我骄傲成为现在的样子，更骄傲没有成为别的样子。"

两位院士不可能知道：与此同时，两百六十五里之外的西班牙皇家学院也在展开类似的讨论。三天前，国王送给学院一盏阿尔冈灯①，

---

① 阿尔冈灯（Argand）：由瑞士化学家艾米·阿尔冈（Ami Argand, 1750—1803）于1783年发明，在油灯中使用中空的环状灯芯。

这是灰扑扑的全会大厅中唯一的现代化奢侈品。院士们处理完日常事务，开始讨论 ente（存在）这个词条。在场的某些院士提议：下一版词典应该修改相关释义，一七三二年出版的《权威词典》上的释义差不多半个世纪没有修改，现在看来，有所欠缺。胡斯托·桑切斯·特龙是最坚定的支持者之一，会议纪要上写道，他要求理性为上，与时俱进。原释义为："真实存在的一切。乃上帝之别称，创世纪前即独立存在，包括所创世纪之全部。"根据现代标准，只需第一句即可；或改成"所有的真实存在"，把存在和实体跟上帝和创造撇清干系。此事引起了激烈的争论，至今尚未平息。院士们唇枪舌剑，比去巴黎的两位刻薄多了。并非所有信仰或声称信仰天主教的院士都会像堂埃莫赫内斯那样和风细雨，并非所有信仰理性的院士都会像海军上将那样礼貌温和。

"国外都在发展物理学、解剖学、植物学、地理学、自然史，"桑切斯·特龙和平常一样，说话慢慢悠悠，洋洋自得，"我们在这儿讨论存在是同质的，还是类推的，是区别更重要还是联系更重要……先生们，这就是西班牙大学，这就是西班牙国民教育。"

陈旧的羊皮桌布旁，抗议声四起，有人举手，有人同意，有人不满。院长维加·德塞利亚请人发言，帕拉福斯秘书飞快地看看这边，看看那边，将所有发言记录在案。

"这是教育、外交、科学的世纪，"著有《民用建筑专题》的数学家堂尼古拉斯·卡尔瓦哈支持桑切斯·特龙，"咱们的教育和大学居然还掌握在维护亚里士多德-托马斯主义学说的人手里，这些人是反对现代科学的。此种现象，恕难容忍！"

接下来发言的是陛下的档案官、皇家历史学院院士堂安东尼奥·穆尔吉亚。他个子小，长相丑，精力旺盛，戴着卷曲的灰色假发，撰写过著名的费利佩五世传记和若干本有关哈布斯堡王朝衰落及王位继承战方面的专著。

"上世纪,革新派人士小心翼翼地提出想法,"他说,"被奉行经院哲学和亚里士多德哲学的神学家和道德家视为威胁……智者在高压下,出于谨慎,只好沉默。如今,我们仍在为此付出代价,皇家学院不能再对此姑息纵容。"

院长发现话题越扯越远,担心地看了看墙上的挂钟,从上衣口袋里掏出怀表,对了对时。已经八点一刻,他提醒在场院士,议题只是词典上的一个释义,并非会诊国家知识分子之弊病。

"院士先生们: 咱们在修改释义,修改卡斯蒂利亚语或西班牙语词条,寻找合适的措辞……这么说吧,咱们不是坐在咖啡馆,讨论报纸上的某篇文章。"

有人点点头,有人耸耸肩;桌边窃窃私语,有人赞同,有人反对。曼努埃尔·伊格鲁埃拉一脸不高兴,决定发言。记者院士和平常一样,假发下的眼睛恶狠狠地瞪着持不同意见的同事,尖酸刻薄地反对牛顿学说和理性主义。他强调,科学家应当专心了解和掌握上帝的智慧,而不是去发现什么自然规律。这事儿不归人类管,这么做既愚蠢,又邪恶。试图通过观察和实验让世界理性化,意味着摒弃神的解释,否定教会神圣的作用。

五位神父院士中的两位,财政部高官和努埃沃·埃克斯特雷莫公爵属于极端保守派,他们默默地听,使劲点头。宗教法庭委员会终身秘书堂约瑟夫·翁蒂韦罗斯带着敬而远之的笑容,也不说话。听完,他抬起白发苍苍的脑袋,请求发言。

"首先,我认为 ente 的释义无需改动,至少到下一版,可以保持不变。但是,长远来看,我们无法对波及各地的骚动置之不理……乐意也好,不乐意也罢,如今,所有的一切,从科学原理到宗教根基,从形而上学到高雅品位,从神学到经贸,都在被分析,被讨论,被颠覆……视而不见有损于理性，更有损于理性的敌人——宗教。"

伊格鲁埃拉举起胖乎乎、戴满金戒指的手，再次请求发言。他指着桌子另一端的桑切斯·特龙，这位激进派院士正在轻蔑地笑。两位院士虽然面对同一张桌布，战术上也有相似之处，但思想上宛如时空相隔，天冠地屦。

"尊敬的翁蒂韦罗斯神父大人言之有理。"伊格鲁埃拉说的是神父大人，盯的却是桑切斯·特龙，"然而，这种基督教式的理解与宽容对不信教的人来说，是种鼓舞。大哲学家们，比如学院的某些同事，希望咱们不念天主经，改念数学口诀；希望咱们离开城市，回到丛林或牧场，回归自然状态，和霍屯督人、巴塔哥尼亚人、易洛魁人①共同生活；希望咱们为圣欧拉和圣伏尔泰祈祷，甚至不为任何人祈祷；希望咱们不尊重国王、神职人员、法官、教授……这叫离经叛道，妄自尊大！"

伊格鲁埃拉的一席话，激起了院士们的不满。短短一周后，这段发言被全文刊载在他自己编辑的《文学审查官报》上。院长维加·德塞利亚绝望地频频去看挂钟，要求大家肃静。可是，这依然无法避免桑切斯·特龙通过暗示、间接提出再次发言的请求。根据勤勉的帕拉福斯秘书的会议纪要，他较为严厉地指出："某些院士持荒谬的亚里士多德-托勒密②宇宙论，誓死捍卫经院哲学，坚决奉《圣经》为圭臬。"他总结道：西班牙不应继续抗拒科学与理性，而应学会阅读与思考。亡羊补牢，犹未为晚。

"让我们学会阅读？"伊格鲁埃拉等不到发言，就气得跳了起来，"院士先生的意思是：我们这些胡子一大把的人全是文盲？"

---

① 分别为非洲西南部、南美南部和北美的印第安人。
② 托勒密（Claudio Ptolomeo, 90？—168？），古希腊天文学家、地理学家、数学家，建立地心宇宙体系学说，代表作为《天文学大成》《地理学指南》等。

"绝对不是这个意思。"桑切斯·特龙一口否认，但他不屑一顾的口气和高高在上的笑容恰恰表明，他就是这个意思。

伊格鲁埃拉像在往桌布上喷毒汁：

"全欧洲都在思考，结果是灾难性的：很不幸，除了西班牙王国，已经没有王国不支持牛顿学说，即哥白尼学说了，这是在亵渎理应顶礼膜拜的《圣经》……亵渎基本常识。前不久，我读了一些桑切斯·特龙先生的文章，从此寝食难安：吃一盆草莓，等于吞下若干有知觉的小动物；嗅一朵玫瑰，相当于生命与生命在对话；摘一朵花，足以被指控谋杀……谵语如此，想要如何？"

"我只是建议，"桑切斯·特龙和刚才一样，冷冷地回答，"接受启蒙思想的指引。"

"引入歧途……或者，引到别的道上去了。"伊格鲁埃拉的用心歹毒之至，"不负责任地强调国民愚昧，畅所欲言地宣扬别国思想，只不过懂些皮毛，却不管有理无理，照单全收……培养理性，不能依葫芦画瓢，需要内化为自身素养，特别是作为西班牙人的自身素养。"

"我不同意……"

"您同不同意，关我何事？"

挂钟总算敲了一下，八点半整，院长维加·德塞利亚松了口气，不再看钟：

"院士先生们，会议到此结束。Agimus tibi gratias①……"

两人在门口遇上，伊格鲁埃拉罩着西班牙斗篷，桑切斯·特龙裹着最新款呢大衣，谁也不看谁，目中无人地走出学院，在珍宝馆外面

---

① 原文如此，为拉丁语，意为"感谢大家"。

的街上一个走左边，一个走右边。后来，一个越走越慢，好让另一个跟上，并排走。

"您真是无礼！"桑切斯·特龙嘟哝道。

伊格鲁埃拉耸了耸肩，挨着他，步调一致地往前走。他夹着三角帽，假发戴在圆脑袋和短脖子——像用螺丝拧在身上似的——上，有些滑稽可笑。

"您就别抱怨了，下期《文学审查官报》上的反哲学批判文章，我放了您一马。我是能遵守停战协议的。"

"我跟您没有什么停战协议。"

"名称您随便叫：战术协定，利益同盟，想当搅屎棍……咱们好歹有件小事，需要一起完成。甭管您喜不喜欢，这是咱俩之间的纽带，也是您的兴奋点。"

桑切斯·特龙很不高兴地嗫嚅道：

"我想说清楚：我无论如何都不……"

"那是，那是，那是自然。您别担心，我负责。"

"估计您没明白我的意思。"

"您放心，您的心意，我最明白。您希望脏活儿别人干，自己两只手干干净净。"

"晚安，先生。"

桑切斯·特龙傲慢地将手抄进大衣口袋，转过身，大步流星地往王宫广场走。伊格鲁埃拉不动声色地跟着，耐心地走了好长一段，没说话，最后又走到他身边，扯扯他袖子。

"喂，看着我的脸……我保证：箭已离弦，您不会中途收手。"

"这件事已经太过分！"

伊格鲁埃拉阴险地笑了笑：

"我真佩服你们这些人民的救世主：一旦动真格的，说闪就闪；

念头可以有，事儿要别人做，绝对不付道德代价。"

他们驻足于广场路灯下。另一侧很黑，星空下，王宫这座硕大无比的白色石头房子隐隐地泛着亮光。伊格鲁埃拉用戴满戒指的手指指桑切斯·特龙的胸口，又指指自己胸口。

"这件事，您和我都有份。"他指出。

"主意是您的。"

"您觉得很棒。"

"现在没觉得。"

"已经太晚了。咱们派往巴黎的人会继续行动，后果必须承担……就在今天早上，我收到了他的来信。"

桑切斯·特龙傲气十足，脸板着，听到这句话，突然来了兴致：

"信上怎么说？"

"他们找书遇到困难，我们的人打算再多制造点困难。他们落在一个不靠谱的人手里，西班牙使馆不闻不问……您瞧，都是好消息，对咱们的计划有利。"

桑切斯·特龙一惊，又生气了，傲慢地说：

"我再重申一遍，我……"

"别再重申了。拉波索提出，再加点钱，似乎开销大。他是这么说的。"

"我给了您三千里亚尔。"

"没错。当然，拉波索的话不能全信。可咱们要想省心，多少得再给点。"

"再给多少？"

"一千五百里亚尔。"

"合计这么多？"

"每人这么多。今天，我已经自掏腰包，把两份钱通过皇家汇票汇出了，他可以在巴黎赛多利斯银行兑现……所以，如果您能尽快把您的那份钱给我，我将感激不尽。"

他们又开始走，这回沿着王宫正面往前走。门岗前，灯光下，卫兵站在岗亭，漠然地看着他们。

"我知道您在想什么。"伊格鲁埃拉说，"我当然可以一个人把钱付了……但我还是想小小地伤害一下您身为启蒙派纯净清澈的心灵。"

"您不是只好鸟。"

"有些日子我的确不是只好鸟，有点……所以，我的《文学审查官报》才会热卖。"

桑切斯·特龙冷笑，怪笑，心情很糟。

"那是……尽是些低俗的夸夸其谈，斗牛、民谣、冷嘲热讽和对当代文学翘楚的诽谤攻击。而对智者的赞美、对其作品的宣传、对科学进步的思考，在您那份烂报纸里却少得可怜……更何况，审查官跟您一丘之貉，都是您的狐朋狗友。"

"我的先生，某位出版了二十年报纸的人说过：出版自由是有限度的。某些话题和思想的碰撞的确能给人启迪，但在宗教、君主制这些话题上，碰撞会引发火灾，应谨慎避免……您说：要是跟您一丘之貉的人掌了权，会允许出版自由？"

"那当然。"

"会大度地允许出版我的报纸？"

桑切斯·特龙有点犹豫：

"我觉得会。"

"您知道不会。"如今换成伊格鲁埃拉咧开嘴笑，"甭管话说得有多好听，你们的人肯定会先禁了《文学审查官报》之类的出版物。"

"不会的。"

"您言不由衷。拆墙和补墙不是一回事，想和做不是一回事……既然我有幸能做主，那就要防患于未然，绝不能任事情发展到不可收拾的地步。"

"真该死……您是怎么混进皇家学院的？"

"除了对文字的热爱，还有关系和野心……跟您差不多。他们怕我；而您是响当当的新派人物，能代表启蒙派给学院撑撑门面。"

"总有一天，他们怕的是像我这样的人，而不是您那种货色。"

伊格鲁埃拉调侃地吹了声口哨，声音不高。

"在此等语境下，"他想了想，说，"且继'不是只好鸟'之后，'货色'这个词在西班牙皇家学院院士之间使用，听起来太粗鲁……您得提醒我，下周四，咱们去学院词典里查查释义。"

"我现在就告诉您，释义为： 相似的人。具体到眼下这个语境，指某个下三滥物种。'不是只好鸟'的同义词是'恶棍'： 低俗卑鄙之人。"

"见鬼！这些都不是绅士该用的词。"

"您又不是什么绅士。"

"行……这么说，您是！ 您总是那么纯洁……那么高尚，那么趾高气扬地拥有启蒙思想的理性。"

两位院士离门岗越来越远，灯光在身后拉出了长长的影子。两人各怀鬼胎，互相记恨，却又同仇敌忾。没走几步，伊格鲁埃拉妥协地耸了耸肩。

"不管怎么说，这次咱们就算了，我指两个词的释义。至于将来……嗯，我尽量让怕您和您朋友的日子晚点到来。总之，到那时候，咱们之间小小的战术联盟恐怕早已经瓦解。"

"希望如此。"

"您就别做梦了。没有这个联盟，也会出现新的联盟。您瞧： 您跟我水火不容，却有一定的利益交集，尽管想法南辕北辙，利益交集永远存在……这是西班牙式的需求，不在以力服人或以理服人，而在消灭对手。实际上，您需要我，正如我需要您。"

"别胡说八道。"

"您觉得这是在胡说八道？……既然您老说理性，您就用点理性。咱们就像寄生虫，互相依靠，扮演着相生相对的社会角色，满足一端和另一端人民的需求。而人民粗鲁、笨拙、天分低，救赎的可能性微乎其微……甚至即使我们抢起棍子，自相残杀，到头来还是需要唤醒对方。各国人民，尤其西班牙人民，是靠梦想、欲望、仇恨和恐惧活着的，而您和我这样的人在用不同的方式管理他们。您不这么认为？……总而言之，想想那句老话：极阴转阳，极阳转阴，阴阳一体，互根互长。"

"那边在吵什么呢？"堂埃莫赫内斯问。

"一帮妓女，"布林加斯教士回答，"要被带回到萨勒贝特里埃①。"

他们站在圣马丁街的拐角，那儿挤了一大帮人在看热闹，有路过的，有从附近商铺出来的，还有在家里，把头伸出窗外的。越过人头和帽子，只见驶来一辆装满女人的大车。十二个女人年纪不一，披头散发，衣冠不整，挤在敞篷大车上，另有十二个穿蓝色制服、配步枪刺刀的警卫。

"多么奇怪的场面！"海军上将评论道。

"一点也不奇怪。"布林加斯说，"巴黎有三万妓女，不算情妇和

---

① 萨勒贝特里埃（Salpêtrière）：位于巴黎十三区的医院，内设圣马丁监狱，专门关押警察捕到的巴黎妓女。

暗娼，每周晚上都在抓人，勤快得简直过分……她们会被集中关押在上面的圣马丁监狱，每个月去见一次法官，跪着听审，再当街示众地被带回监狱，以儆效尤。"

三人停下，目送大车经过。两位院士发现：人群中，有人单纯看热闹，也有人笑话甚至辱骂她们。妓女们年纪各异，既有麻木不仁的老脸皮，也有外表清纯的小姑娘。有些低着头，特别是最小的几个，难为情地哭；还有些，别人看她们，她们也恬不知耻地看回去，别人骂她们，她们也伶牙俐齿地骂回去，或是挖苦那些警卫，对他们喷各种污言秽语。

"惨无人道！"堂埃莫赫内斯说，"这么做，太伤人。即便是这些倒霉的妓女，也不应该如此对待。"

布林加斯表示无能为力：

"可人家就是这样做的。你们如此羡慕的哲学家的城市同时也是一座虚伪的城市。这些不幸的妓女既没有诉讼代理，又没有律师……随便往哪儿一关，没有任何保障，也没有任何权利。"

"您说把她们带到哪儿？"

"萨勒贝特里埃。那儿的监狱专门关押妓女，再把被感染、没救的隔离出来，送往距巴黎一里的比塞特。那儿恐怖极了，同情、希望这些词压根儿就不存在……简直是人间地狱，四五千人挤在一起，被疾病和恶习折磨得奄奄一息，难得有人活着出来……就是个藏污纳垢的地方，有罪犯、乞丐、可怜虫、疯子，还有各种各样的病人。说起比塞特，谁都会心惊胆战。它是这座城市的耻辱，全人类的耻辱。"

"太恐怖了！"堂埃莫赫内斯注意到有个年轻姑娘手里抱着几个月大的孩子，孩子裹着斗篷，"有些真让人同情。"

布林加斯表示同意。他说最糟糕的是对这种事处理得十分随意。

巴黎到处都是淫荡的女侯爵或放荡的公主，她们比这些可怜的女人更肮脏，更罪孽深重。那辆耻辱的大车上拉的女人运气不好，没有人保护，没有警察和当局撑腰，没有想办法保她们的人，完全被社会抛弃。

"想想在这座城市里活得人模狗样的各种妓女："教士苦着脸说，"歌剧院里的舞女、被包养的女人、警察的女线人、有靠山的女人。拿她们和这些不幸的女人相比，您就会明白这有多不公平……甚至这些女囚之间，也无公平可言。有办法的，有朋友的，有钱的，会换辆不敞篷的大车，换个时间走，以免当众出丑。"

一群男女认出了其中一位妓女，冲她嚷嚷，开些恶心的玩笑。那个女人面不改色心不跳，对答如流，用不堪入耳的话骂回去，连警卫都端着刺刀威胁她，让她闭嘴。

"瞧那些可怜的家伙，"布林加斯指出，"尽是些下流坏。笑话她们的人也许昨天就是嫖客……巴黎妓女每年拉动消费五千万，这些钱全都进了时装师、珠宝商、租车人、餐厅和妓院老板的腰包。你们可以想象：这是多大一笔生意！逍遥的女人们——委婉叫法——累死累活地做贡献，这座城市却用这样的方式惩罚她们，羞辱她们。Ibi virtus laudatur et auget dum vitia coronantur[①]……真是令人作呕。"

大车经过教士和两位院士面前时，怀里的孩子放声大哭，撕心裂肺的哭声盖住了人群的嘈杂声。

"太可怕了！"堂埃莫赫内斯为之动容。

动容的不止他一个，附近市场上好几个卖菜的女人和他一样，动了恻隐之心。她们吼起来，为年轻的母子说话，气愤地谴责警卫。吼

[①] 原文如此，为拉丁语，意为"以怨报德，而非以德报德"。

声似乎改变了围观群众的声调，咒骂与嘲笑戛然而止，同情与谴责应运而生。布林加斯带着欣慰的表情冲周围看了半天，不禁讥笑。

"哦，听听这些人，多么的反复无常。"他满意地说，"他们还有救，还有点感情，还要点体面……面对不公和不幸，内心还会震动，还会在没有神祇的天空下振臂一呼……他们眼下赤手空拳，总有一天，手里会握着救赎大众的水烛、净化社会的火炬。"

声浪一波比一波高。就像洒了一溜火药，全都炸开了锅，群情激愤，辱骂警卫，布林加斯也兴致勃勃地加入。

"打倒不公正！"他热情高涨，喊起了口号，"打倒糟糕的政权！打倒无耻的压迫！"

"上帝啊，教士先生，"堂埃莫赫内斯吓了一大跳，扯扯他上衣，责备道，"您别激动！"

布林加斯迷惘地看着他：

"您叫我别激动？目睹了如此不光彩、不道德的场面，您还叫我别激动？……见鬼的别激动！打倒不法行为！打倒刺刀！"

面对骚乱，刺刀蠢蠢欲动。一些卖菜的女人责成警卫善待年轻的母亲，警卫们从肩膀上卸下步枪，粗暴地予以拒绝。结果，围观者吼声更高，义愤填膺，如风吹麦田，人潮汹涌。所有人骂起了警卫，甚至拿东西砸他们。带队的长官拔出了军刀。

"赶紧走。"海军上将建议道。

"绝不！"布林加斯发疯似的咆哮，"善待母子！……善待这些可怜的女人！"

狂热的他用手杖指着大车，用法语冲人群呐喊。破衣烂衫的小伙子和几个凶神恶煞的家伙出来声援，他们推开警卫，想接近大车，释放妓女。冲突爆发，警卫们开始用枪托打人。

"混蛋！"布林加斯在推推搡搡的人群中挣扎，"没良心的狗腿子！……暴君们的奴才！非利士人①！"

海军上将沉着地做出反应，一只手扯着布林加斯的胳膊，把他往后拉，另一只手拽着不知所措的堂埃莫赫内斯。现场一片混乱，叫声此起彼伏，闪亮的刺刀对着人群，突然传来一声枪响，人群四下逃散。所有人发足狂奔，躲进附近街巷。布林加斯和两位院士使出吃奶的力气，从伦巴达街逃跑。图书管理员魂飞魄散，堂佩德罗加快步伐，布林加斯时不时地回头，兀自咒骂不休，海军上将被迫拉了他好几次，让他跟上。就这样，他们跑了好长一段，面色苍白，上气不接下气，直到拐过街角，躲进门廊，停下时，都已经说不出话来。

"您疯了！"堂埃莫赫内斯吓坏了，刚喘过气来，便开口骂布林加斯。

"疯得很彻底！"堂佩德罗跑得筋疲力尽，倚在墙上。

图书管理员用手帕擦去额头上的汗，如哮喘病患者，呼吸十分困难。

"您想想，要是咱们在马德里街头被人看见，会怎样？万一骚乱中，有朋友和熟人在场，怎么办？……上将，您和我好歹都是受人尊敬的西班牙皇家学院院士，却像暴民般沿街发足狂奔……天啊！咱们都一大把年纪了。瞧瞧我们……都一大把年纪了！"

海军上将没说话，发出了奇怪的声音，很轻。堂埃莫赫内斯定睛一看，惊讶地发现他居然在笑。图书管理员更加手足无措，责备地看着他：

"真不明白，您在笑什么？……天啊！真是……太可怕了！"

"现实生活正在敲门，"布林加斯阴森森地说，"欢迎来到现实生活。"

_____

① 非利士人（flisteo）曾在古代不断地搅扰以色列人，后被大卫王制服。

堂埃莫赫内斯转头去看教士，眼神既惊讶又责备。布林加斯假发都跑歪了，他扶扶正，大汗淋漓，却幸福无比，像刚做了件"大好事"的淘气包。

"先生们，这也是巴黎。"他冷静地讲，"在不远的将来，小火星会燃爆炸药桶。"

说完，他发出魔鬼般的大笑。

7. 圣奥诺雷街的沙龙

她在圣奥诺雷街款待客人。没有她的允许,谁也别想走上文学生涯。如果能受邀去她家里读一篇手稿,不仅是认可的标志,更是成功的保证。

菲利普·布罗姆:《危险的人》

"玛加丽塔·丹塞尼斯是旧制度最后几年、大革命前的沙龙女王之一。"昌塔尔·克罗德伦说,"她和另一个西班牙女人,特蕾莎·卡瓦鲁斯①,各显神通,在巴黎社会大获成功,主宰了时尚界和社交界……不过,卡瓦鲁斯的成功纯属偶然,而丹塞尼斯的成功从一开始便已注定。"

"我的理解是,凭借她的美貌。"

昌塔尔红头发,低头去看布满雀斑的手,又抬头笑。她在塞纳河左岸孔蒂码头的栏杆边有个书摊,我们俩就坐在书摊旁的折叠椅上,面前车水马龙。好在阳光灿烂,巴黎这天难得不下雨,让人感觉十分舒畅。

"有若干因素: 美貌、聪明、来自西班牙北部的富贵人家……从圣塞瓦斯蒂安的上层资产阶级生活转移到巴黎的时尚与知识分子中心,对了,还有适应当年放荡的社会环境。"

我仔细聆听,膝盖上放着一本打开的笔记本,几乎没用。很久以前，我就意识到问问题，记笔记，会打断对方的思路，让对方说话不自然。昌塔尔·克罗德伦是圣伯努瓦街一所学校的历史老师，塞纳河畔的书摊传到她手里，已经是第三代。我的两位法国朋友，作家菲利普·努里和艾蒂安·德蒙泰向我推荐了她，说她是十八、十九世纪女性研究专家，博士论文做的斯塔尔夫人②。她每周去开两天书摊，每本书都仔细地套上玻璃纸书套，用马克笔标出价格。书摊上有不少与她专业相关的书：《德西蕾·克拉里和茱莉·克拉里③》《保琳·波拿巴④》《约瑟芬皇后⑤的一生》《马略卡的冬天》《十年流放》《玛丽·安托瓦内特⑥的囚禁与死亡》等；也有诸如弗吉尼亚·伍尔夫⑦、帕特里夏·海史密斯⑧、卡森·麦卡勒斯⑨等当代女作家的作品。记得很久以前，当时还不知道她叫昌塔尔，我在这个书摊买过七星诗社版三卷本塞维尼夫人⑩的《书简集》。

① 特蕾莎·卡瓦鲁斯（Teresa Cabarrús，1773—1835），又称"塔里安夫人"或"热月圣母"，西班牙银行家卡瓦鲁斯伯爵的女儿，法国大革命时期的贵妇，因容貌秀美受众人仰慕，曾嫁给政治家塔里安。
② 斯塔尔夫人（Madame de Staël，1766—1817），法国浪漫主义文学先驱，小说家兼评论家，代表作有《论卢梭的性格与作品》《论文学与社会制度的关系》，小说《黛尔菲娜》《柯丽娜》等。
③ 茱莉·克拉里（Julia Clary，1771—1845），约瑟夫·波拿巴的妻子，约瑟夫原来是她姐姐德西蕾的未婚夫。
④ 保琳·波拿巴（Paulina Bonaparte，1780—1825），拿破仑的二妹。
⑤ 约瑟芬皇后（Joséphine de Beauharnais，1763—1814），拿破仑的第一任皇后，和拿破仑于1809年离婚。
⑥ 玛丽·安托瓦内特（Marie Antoinette，1755—1793），法国国王路易十六的妻子，原奥地利公主，死于法国大革命。
⑦ 弗吉尼亚·伍尔夫（Virginia Woolf，1882—1941），英国女作家、文学批评家和文学理论家，代表作为《达洛维夫人》《到灯塔去》《一个人的房间》等。
⑧ 帕特里夏·海史密斯（Patricia Highsmith，1921—1995），美国当代最重要、最具话题性的女性作家，开创了犯罪小说中的"海史密斯流派"，代表作为《天才雷普利》。
⑨ 卡森·麦卡勒斯（Carson McCullers，1917—1967），二十世纪美国最重要的作家之一，代表作为小说《心是孤独的猎手》。
⑩ 塞维尼夫人（Madame de Sévigné，1626—1696），法国散文家，代表作为《书简集》，是她每天和女儿的通信，详细叙述巴黎人情风物，描绘宫廷与贵族之家的奢华生活及趣闻轶事，同时评述巴黎文坛动态，具有较高的文学价值和文史资料意义。

"她有情人吗？"

她扑哧一声笑了，眼边荡出无数条皱纹，诡异的是，那些皱纹反倒使她更年轻。我猜她五十五岁。我还记得很久以前，她坐在阳光下、书摊前的模样。当年的她魅力四射：红头发、年轻、有趣，身后是书，河边的石栏杆上永远靠着一辆自行车。那天之前，我和她说过的话不超过十二句。

"那个时代的巴黎，谁会没有情人？……用现在的话讲，她是个自由的女人。偏见已经被伏尔泰辛辣的文风、卢梭缜密的口才、《百科全书》令人瞠目的博学击得粉碎。可是，当这些在时尚沙龙里自由讨论的思想正在改变法国时，旧的社会秩序光芒犹存。王位渐渐无人尊重，但排场还在，入世的哲学家们也在和贵族、金融家打交道。丹塞尼斯夫人的沙龙位于社交中心圣奥诺雷街……"

"她丈夫什么样？"

"比她大。"昌塔尔回答，似乎这么说再合适不过。

"大很多吗？"

"多到不会对她造成任何妨碍。好像她丈夫很有生意头脑，不乏幽默感……同时代的人对他印象不错，说他为人本分、知书达理，早在当年，便已嗜书如命，手不释卷，聪明、好静、爱藏书……"

"有钱吗？"

"富得流油。皮耶尔-约瑟夫·丹塞尼斯是阿巴斯托斯皇家委员会委员，跟奥尔良公爵合伙做房地产生意，赚了一大笔，包括对皇宫花园的商业开发。"

我往塞纳河对岸、卢浮宫方向看去，里沃利街后面的房子都被卢浮宫挡住。

"当时，"我想确认一下，"皇宫花园正在被改造成大型商业中心，对吗？"

"没错，当时正在改造，到处都是脚手架和泥瓦匠。时尚店铺还在圣奥诺雷街及附近街道。皇宫花园有黎塞留咖啡厅，后来扩建过，别的没什么了……建议你去读梅西耶对当年城市的描写。"

我还望着塞纳河，心想：除了后建的艺术桥①，附近的桥都和十八世纪的桥一模一样。艺术桥曾经是我的最爱，二十年前写《寻书人》时，在这里取过景。我苦涩地想：很难相信，桥上原来全是卖锁的，栏杆上挂满了莫洽②式浪漫主义的爱情锁。昨天下午，我还恶作剧式地在一位巴基斯坦人手里买了一把锁，连锁带钥匙直接扔进了塞纳河。

我指着书摊，接着往下聊：

"梅西耶的书你这儿有吗？"

"没有。"昌塔尔又笑了笑，"我是小本买卖，他的书格调太高。"

"昨天我买了缩减版，口袋本。"

"对你来说不够……梅西耶全集几乎是百科全书式的，对了解你所感兴趣的巴黎会有很大帮助。问题是，这书太贵。还有，要能找得到……几个月前，我在圣安德烈艺术街上的克拉夫勒伊-泰塞德尔书店见过一套全集。"

"我知道那家书店。"

"你可以去那儿试试。或者，去找米谢勒·波拉克，她也有一套……不管怎样，我记得有一套便宜的版本，旧书丛书里的，梅西耶

---

① 巴黎艺术桥始建于 1804 年，用来连接法兰西学院和艺术展览馆；二十世纪八十年代曾经原址重修。艺术桥有爱情索桥部分，2014 年 6 月，该桥段因不堪重负而倒塌。
② 全名费德里科·莫洽（Federico Moccia, 1963— ），意大利作家、导演，代表作为《对不起，我爱你》。小说中，主角将带有名字的锁挂在罗马米欧维奥桥上，并把钥匙扔进台伯河以代表永恒的爱情。此后，这股风潮席卷到全世界。

和拉布勒托纳①合成一卷。不过，我不太肯定。"

我把这些全记下来了。之后，我们又聊回到丹塞尼斯夫人。

"丹塞尼斯先生在任法国驻西班牙商会会长时和她相识，"昌塔尔说，"两人结婚，一起回到巴黎。你感兴趣的那个年代，他五十多岁，实际上已经退休，而她三十多岁或四十岁。他由她去做小小的沙龙女王，像个局外人，有时作陪，出场时，笑得很迁就，心不在焉……"

"他们有孩子吗？"

"据我所知，没有。"

"他们有画像吗？"

昌塔尔想了想，随便做了个手势，表示想出来了。她只知道阿德拉·拉比耶-嘉德替他们画过一幅，建议我去网上找，那幅肖像画将丹塞尼斯夫妇诠释得非常到位：夫人一身英式户外装，骑装上衣，戴着帽子，很自信，深色头发，没有扑粉，眼睛又大又黑，拿着一本卢梭的《忏悔录》，轻轻靠在裙子上，选这本书绝非偶然，显然是在卖弄风情；先生站在她身边，绣花真丝袍，灰色假发，表情平和，一只猫正在舔他的鞋，手上空空如也，身后的书房门开着，可以想象，里面的藏书成百上千。

"他们每周三在圣奥诺雷街的沙龙款待客人。那里原本是家酒店，现在没了。丹塞尼斯先生从蒂布维尔侯爵手里买过来，整饬一新，专门给夫人用。"

---

① 全名尼古拉斯·埃德姆·雷蒂夫·德拉布勒托纳（Nicolás Edme Restif de la Bretonne，1734—1806），法国多产作家，一生创作了120部作品，大部分作品来源于他对女性脚的鉴赏。他时常穿一件褴褛的短披风，整夜在大街上徘徊，只要看见一只穿着合适的鞋的漂亮女性的脚，就能立即找到写作灵感。因此，他被文学史家划为色情作家。

"怎样才能加入沙龙？"我问。

"必须有才华，有气质，了解宫廷秘闻，既能聊哲学和物理，又能聊那个年头的鸡毛蒜皮……还要机智，这些是最基本的，符合当时的自由精神：在舞厅聊民主，在剧院聊哲学，在梳妆台前聊文学……蒲丰或狄德罗的赞誉胜过王子的宠幸。"

"她的沙龙在当年很有名？"

"名噪一时。玛加丽塔·丹塞尼斯——大家都叫她玛戈——和丈夫以及家中常客所办的沙龙当年可与蒙特松夫人的沙龙、博阿尔内伯爵夫人的沙龙、艾米丽·德圣塔阿玛兰塔的沙龙相媲美。进出沙龙的名人有：蒲丰、达朗贝尔、博腾瓦尔、米拉波、霍尔巴赫、塞居尔伯爵[①]、本杰明·富兰克林……"

"还有另一个层面的人，"我开心地指出，"布林加斯教士。"

她看着我，开始有点摸不着头脑。

"谁？……啊，没错。"她明白过来，"那个激进、嗜血的西班牙人，加入了罗伯斯庇尔的阵营，给刽子手送去了许多人头，追随罗伯斯庇尔上了断头台……"

"就是他。沙龙也会接受这种人，我很惊讶。"

"这不奇怪。我对他了解不多，但我记得他是个人才，很机灵，疯疯癫癫的，很会逗人开心。塞居尔伯爵在《回忆录》中写到过，我觉得是他。丹塞尼斯夫人对这个布林加斯十分宽容，结果养虎为患。后来，他和其他人将她告上革命法庭……不过，布林加斯不是沙龙里唯一的奇葩。除了大人物，那里还有一群小人物：兰巴耶公主的理发师德斯·布尔沃思、乐师兼词作者拉图什、放荡不羁的科埃莱贡、

---

① 塞居尔伯爵（Louis-Philippe, Conde de Ségur, 1753—1830），法国军人、外交家、历史学家、诗人，参加过美国独立战争，曾为法兰西学院院士。

文人雷蒂夫·德拉布勒托纳……拉克洛①也会去，在当年，他只是个怀揣文学梦想的普通士兵……"

"写《危险关系》那个？"

"就是他。"

"后来就职于革命政府，不是吗？……我记得在梯也尔②的书里读到过。"

"是的，好像担任的是行政委员会委员。他是丹东的人，丹东很维护他。结果丹东上断头台的时候，他也差点掉了脑袋……你猜是谁五次三番地告发他，害他坐牢的？"

"这容易，我想……是我那位亲爱的布林加斯教士？"

"没错，就是你那位亲爱的教士。你瞧瞧，这家伙作的孽罄竹难书。"

我又看了看塞纳河。两百三十三年前，故事中的主人公也这样看着它。逛书画摊的人不多也不少，我已经多年没有在这儿买过东西——塞维尼夫人的书是最后一件——但只要来巴黎，总会来这儿走走。有时候，我会在某个背书包的年轻人身上看到昔日的我：用不专业的手指，在某个还能给寻书、读书、做梦的人提供精神食粮的书摊上寻寻觅觅。只可惜，塞纳河畔的大部分书摊已经改造升级。那些年代久远的书、杂志、版画渐渐让位于拙劣的仿制品、明信片和旅游纪念品。

"总之，"昌塔尔总结道，"在大祸临头前的那几年，经常出入丹

---

① 全名皮埃尔·安布鲁瓦兹·弗朗索瓦·肖代洛·德拉克洛（Pierre Ambroise François Choderlos de Laclos, 1741—1803），法国小说家，曾经是拿破仑麾下的一名陆军准将，代表作为《危险关系》。

② 全名阿道夫·梯也尔（Adolphe Thiers, 1797—1877），法国政治家、历史学家，代表作为十卷本《法国大革命史》，36 岁即当选为法兰西学院院士。

塞尼斯夫人沙龙的什么人都有，大部分挺有意思的。这种状况又持续了十年，直到旧世界轰然一声坍塌。"

我想起了她丈夫：

"皮耶尔-约瑟夫·丹塞尼斯后来如何？"

"在圣日耳曼的九月屠杀①中遇难。"

"丹塞尼斯夫人呢？"

"侥幸逃过。她被革命法庭判处死刑，罗伯斯庇尔倒台后，没有上断头台。"

"哟……运气好！"

昌塔尔做了个怀疑的表情，又看着自己布满雀斑的手。

"这个，要看怎么看。"过了一会儿，她说，"三年后，玛加丽塔·丹塞尼斯贫病交加，在莫贝尔广场一家破破烂烂的客栈，吞了五十粒鸦片，自杀身亡……辉煌社会的辉煌人物，要么移民到雾都伦敦，要么散落在莱茵河畔，要么丧命于断头台，而她，和那个社会一起香消玉殒。我想，她会十分怀念那些在圣奥诺雷街的家中度过的日子，哲学家与文人，理发师与风流小生，捧着酒杯，倚着壁炉，谈论这个世界如何旧貌换新颜……你跟我说过，你的两位院士同胞即将登门拜会。"

晚上七点半，小几上带钟摆的豪华座钟刚刚敲了两下。三个仆人负责剪烛花，像猫一样轻手轻脚。烛台上的蜡烛用来照亮挂在墙上的画和镜子，多添些金色的光源到主客厅。参加沙龙的人正在讨论时髦的科学词汇"燃素空气"。有人说，可以通过加热水银生石灰提取，

① 1792 年 9 月 2 日到 6 日法国大革命时期发生的群众处死在押犯人的事件。9 月 2 日凡尔登陷落后，巴黎警钟敲响，谣传狱中犯人阴谋暴动，于是部分群众和义勇军自发地到狱中或在路上处死犯人。短短几天，巴黎被处死约一千多人。

这种空气不仅更有生机和活力，还能让蜡烛烧得更旺，甚至在一定时间里，让呼吸更顺畅。

"要是能装瓶，当奢侈品出售，"穆希先生说，他是知名物理学家，大学教师，科学院院士，"生意一定稳赚不赔……谁不想此生时不时能呼吸到一点质量更好的空气？"

有人礼貌地笑两声，机智地评论两句。有人提到拉瓦锡①，提到增加活力的空气和减少活力的空气，大家接着往下聊。客厅里铺着漂亮的土耳其地毯，众人围坐在椅子或扶手椅上，位置摆放得很随意。堂埃莫赫内斯·莫利纳穿着笔挺的深色正装，他的法语不够好，要是听不懂，就善意地点头微笑。旁边坐着堂佩德罗·萨拉特，他穿着蓝色燕尾服，钢纽扣，白色棉质及膝短裤，坐得有点靠边，有点傲气，以观察人和环境为主，听人聊天为辅。其实，聊天的不止他们。丹塞尼斯家宽敞的客厅里有三群人，女人们的梳妆打扮符合晚宴规格，男人们紧身坎肩或紧身长袖加上衣，基本都是深色系，款式稳重，有个别燕尾服，但没人穿制服。

最远的那群人正在打牌。主客厅的旁边有个小客厅，隔着两幅大帘子，帘子敞开。男主人加三位宾客，共四个男人在打法老牌，站着观战的便是布林加斯教士。他下午刷过旧上衣，梳过假发，从一群人蹓到另一群人，这儿说两句，那儿说两句，不是被笑话，就是被讥讽，好在大家都能容忍他的存在。海军上将几天前就记住了其中一位牌友的名字。那天在香榭丽舍大街，布林加斯教士把他和堂埃莫赫内斯介绍给丹塞尼斯夫人时，这位先生就在她身旁。他叫科埃莱贡，系着圣路易斯教派的红色束腰带。要是在西班牙，大家会说——不完全

① 全名安托万-洛朗·德拉瓦锡（Antoine-Laurent de Lavoisier, 1743—1794），法国贵族，著名化学家、生物学家，被后世尊称为"近代化学之父"，创立了氧化说以解释燃烧等实验现象。

确切——他挺时髦的。他四十岁上下，长相英俊，衣着考究，没戴假发，扎着马尾，太阳穴边上的头发鬈着，精心地扑了粉。听布林加斯说，他是个外省贵族，曾在精锐部队服役，在赌博和女人身上烧钱，也许只是装阔，因此得了个色勇双全的名声。海军上将刚才看他坐庄，看出了他是哪种人。他属于眼睛眨都不眨，能押上身家性命，输了绝不抱怨，赢了就把牌不屑地往桌上一扔的那种人。听布林加斯说，他用同样的腔调，向女主人大献殷勤；而她也就大大方方地由着他去。大家都是见过大世面的人，教士刚才小声评论道，还加了个讽刺挖苦的表情。

"丈夫呢？你们瞧，不动声色地切牌，简直了……必须得承认：没有人比法国人更会戴绿帽子。"

第二群人离他们稍近，围坐在俄式火炉旁的一张沙发和若干张椅子上，成员有既给兰巴耶公主梳头又给这儿的女主人梳头的理发师德斯·布尔沃思；丹塞尼斯夫妇的密友，水彩画家艾玛·谭克雷迪，清瘦，飘忽，长睫毛，神情哀怨；还有沙瓦纳夫人，满身的绫罗绸缎、花边、皱纹，透着机灵，是个七十多岁的老寡妇，有气质，爱唠叨，很风趣。她是周三的常客，年轻时一定有过许多风流韵事，对路易十五时期的闺房秘闻了如指掌。如今，这三位正在谈论最时髦的发型。德斯·布尔沃思神经兮兮，矫揉造作，上衣上的五彩条纹和花边看得人眼花缭乱，顶发高耸，扑了粉的两绺垂在两侧，脸上还点了一颗痣。他正在运用精准的专业知识，恶评沙特尔公爵夫人三天前在歌剧院展示的所谓"情感发型"，两拃高，带鬈发，总之，太不合适了。

"更何况，她还扑了彩虹粉，显得头发更加金黄，肤色更加苍白……夫人们，简直太做作了……完全就是一个彩绘纸板娃娃，坐在包厢里，一边丈夫，一边情人。"

"一次在凡尔赛，杜巴丽夫人……"沙瓦纳夫人压低声音，理发师和水彩画家凑过头来听。

有人在笑。堂佩德罗转头来看自己这群人，全都围着女主人的扶手椅。壁炉搁板上的装饰品是西班牙和葡萄牙瓷器，壁炉里的火不大不小，烘得客厅暖洋洋的。科学院院士穆希坐在附近，他很健谈，正在跟大家说：芹叶钩吻药丸可以治疗阻塞类疾病，如腺体堵塞或肿瘤。除了海军上将和堂埃莫赫内斯，还有圣吉尔贝爵士，他很会享受，人不错，略显乏味，每次都带来一箩筐的八卦，瞅准时机一点点地说，临走时还有两三条没来得及用；傲慢的西蒙·拉莫特，五十多岁，戴着轮状皱领，歌剧院芭蕾舞老师；他的情人泰雷小姐，金发，是名年轻的话剧演员，擅长饰演天真少女，明白她底细的人看了总会哈哈大笑。

"水一直被认为是单质，古人称它为要素①。"丹塞尼斯夫人正在回应穆希的另一番话，"即便如此，它也没逃过现代化学无情的分解。"

玛加丽塔·丹塞尼斯坐在客厅正中央——这是个定点，海军上将饶有兴致地观察到——甚至对于另外两群人来说，也是中心，似乎有个看不见的磁场，将所有人吸引到她身旁。她宛若奥林匹亚女神，和所有人说话，对所有人微笑，鼓励这个，褒奖那个，什么都看在眼里，调整周围人等的社交节奏、手势表情和谈论话题。

"要是哪天也能分解一下我们女人的头脑，世界会惊讶地发现自我，发现自己的幼稚，危险的幼稚。"

海军上将认为：丹塞尼斯夫人有文化，思维敏捷。但是，她之所以享有如此崇高的社会地位，恐怕部分因为其外貌完全符合法国人对

---

① 古代自然哲学中，土、水、空气和火为生命的四大要素。

西班牙富家小姐的全部想象：皮肤雪白，牙齿整齐，眼睛又大又黑，眼神里带着聪明劲。她今天头发鬓着，没扑粉，戴着丝绸束发帽，丝带很俏皮，正好搭配紫红色的衣服，里面是时髦的女士紧身背心，俗称"皮埃罗背心"。岁月在她身上没有留下太多痕迹，前额、脖子和脸颊的皮肤依然紧致，双手也保养得很好，软若无骨。手里的扇子开开合合，作为身体的延伸，用于表扬或责备。

"上将先生，您有何高见？……身为西班牙人，您会有自己的想法。"

"堂娜玛加丽塔，我客居巴黎，对女士们的想法还是谨慎起见，不说为好。"

"哦，您可以和他们一样，叫我玛戈。"

"非常感谢。"

丹塞尼斯夫人好奇地冲他微笑。他笔挺地坐在椅子边，双手放在膝盖上，发现夫人正在仔细研究他。

"您的眼睛不像西班牙人。"

"一定是海水把它冲淡了，"他礼貌地笑了笑，"这么多年冲下来，也该变淡。"

"亲爱的先生，您别这么说……不管您多大年纪，您保养得非常好。"

"但愿如此。"堂佩德罗叹了口气，忧伤地说，"而您却拥有西班牙女人的美貌。作为您的同胞，我感到十分骄傲。"

"哦，"丹塞尼斯夫人听到夸奖，转头问堂埃莫赫内斯，"皇家学院的人都会这么向女人献殷勤？"

"是的，夫人，"图书管理员的脸腾地红了，他绝望地在找合适的法语措辞，"尽管我们不像上将那样信手拈来。"

丹塞尼斯夫人合上扇子，指着牌桌问：

"那位不可思议的教士告诉我：两位来巴黎，是想购买《百科全书》？"

"的确如此。"

"也许，我先生可以指点一二，等他再输点钱。他嗜书如命，视书房为城堡。"她转向物理老师，轻声打断了他与拉莫特之间的谈话，"难道不是，亲爱的穆希？"

"当然。"穆希的脑子转得非常快，"我也乐意为两位效劳。"

又来了两位客人，打断了他们的谈话。一位是长者，戴着白色假发，穿着绣花上衣，很有风度，有点老派；另一位五十多岁，衣服是上好的呢料，款式虽然简单，也是出自于富贵人家，头发扑了灰色的粉。两人手挽手进门，很从容，像是这里的常客。堂埃莫赫内斯和海军上将起身，丹塞尼斯夫人尽地主之谊，向他们介绍：

"这两位先生刚到巴黎，他们是西班牙皇家学院院士堂埃莫赫内斯·莫利纳和海军上将堂佩德罗·萨拉特……两院院士蒲丰伯爵，著名的自然学家，法兰西科学的荣耀……博腾瓦尔先生，皇家学校文学教师，哲学家，院士，成功人士，我们家的好朋友……你们正在寻觅的《百科全书》，他写过六个词条。"

海军上将微微颔首，打了个招呼，表示尊重，未做评论；堂埃莫赫内斯听到两人的名字，简直不敢相信，激动得差点说不出话来。

"上帝啊！先生们，"他冲着长者结结巴巴地问，"……我面前的这位莫非就是乔伊斯·雷克勒·德蒲丰？……《自然史》的著名作者？"

老人被恭维惯了，笑得很有优越感：

"是的，当然，我就是。"

"上帝啊，太荣幸了！"堂埃莫赫内斯转头去看另一位，"您就是伏尔泰的朋友居伊·博腾瓦尔？……著名哲学家、文学家，写过《论不容忍》，英勇对抗索邦大学极端反动势力，名震欧洲的居伊·博腾瓦尔？"

博腾瓦尔微笑着点点头。同为院士，他旋即表示愿为西班牙院士效劳——在法国，这么说不代表任何承诺——热情地与图书管理员握手。

"上帝啊……"图书管理员幸福地自言自语，"上帝啊……哪怕只为了这次会面，来巴黎也算值了。"

蒲丰和博腾瓦尔在壁炉边坐下，话题立即转向马德里和巴黎皇家学院的工作，蒲丰盛赞西班牙皇家学院和学院编纂的各类优质词典。他还提到：语言、科学与宗教时有纷争。尽管他年事已高，行事谨慎，对百科全书派和激进派哲学家们敬而远之，两年前，还是被巴黎大学的神学博士给告了。

"此事表明，"他彬彬有礼地对堂佩德罗和堂埃莫赫内斯说，"不止在西班牙有黑乌鸦围着新旧思想转。"

"但我愿意用我们的黑乌鸦换你们的黑乌鸦。"海军上将说。

接得真妙，众人喝彩。得知他曾在海军服役，博腾瓦尔请教了几个有关哈瓦那船只建造与航海应用科学方面的问题。后来，两人聊起了洛克和牛顿，海军上将表达了对两位科学家的崇敬之情，博腾瓦尔听了，十分意外。就连堂埃莫赫内斯也很意外，他一直在兴致勃勃地听堂佩德罗心平气和、温文尔雅地讲话。丹塞尼斯夫人继续追问，海军上将礼貌但坚定地表示：在科学领域，他是个亲英派。他还措辞谨慎地祝贺蒲丰，在究竟是德国人莱布尼茨[1]还是牛顿发明了微积分

---

[1] 全名戈特弗里德·威廉·莱布尼茨（Gottfried Wilhelm Leibniz, 1646—1716），德国犹太裔哲学家、数学家，历史上少见的通才，被誉为十七世纪的亚里士多德。他和牛顿先后独立发明了微积分，他所使用的微积分数学符号更综合，使用范围更广。

的论战中力挺牛顿。最后，他带着爱国主义情感，力荐西班牙科学家、航海学家豪尔赫·胡安。两位院士欣喜地发现，博腾瓦尔和蒲丰熟悉他的著作，并对他赞赏有加。

"可惜这位杰出人士无论在西班牙，还是在欧洲，都明珠暗投。"蒲丰说，"您认识他吗？"

"曾有幸相识。"

"曾？……他怎么了？"

"去世了，走得籍籍无名。"

"遗憾至极……像他那样的人，如能聆听赐教，实乃三生有幸；若是有眼不识泰山，只会自取其辱。对了，他那本《对天文学和物理学的想法》……"

"诸位，咱们去看一看晚餐准备得怎么样了！"丹塞尼斯夫人留意到仆人在无声地提醒，先请他们暂停。

又来了一位客人，是家中密友、女画家阿德拉·拉比耶-嘉德。她人美，身材好，脸圆圆的，表情和善。她一来，大家都站起来往餐厅走，半路上跟男主人及牌友们会合。皮耶尔-约瑟夫·丹塞尼斯年届花甲，宽额头，银发，没扑粉，穿核桃色燕尾服，黑色及膝短裤，不带搭扣的鞋，很随意，毕竟在自己家，周围全是信得过的朋友。居家打扮的他性格平和，面带微笑，有些心不在焉，在夫人宾客的簇拥下往前走。

布林加斯教士和牌桌上的几位一同走来，在客厅看见博腾瓦尔，上前致意。海军上将就在一旁，他发现博腾瓦尔看见布林加斯，厌恶地将头扭到一边。

"我只想向您表示敬意。"布林加斯难堪地说。

"笔头表示就好，别在那些匿名宣传册上攻击我，玷污我的名声！"

"先生，我向您保证……"

"您就别瞎扯了。同在巴黎这个屋檐下，谁还不知道谁啊？"

海军上将无意中看见了这一幕，博腾瓦尔转身，扬长而去。他冲丹塞尼斯夫人点点头，步入餐厅时，小声说："看来，您还在邀请那个混蛋。"

"他挺逗的。"夫人从容自若地回答。

"好吧！亲爱的夫人，在您家，您说了算……谁都要时不时找点乐子。没有小丑，哪儿来的宫廷？"

他们在一张漂亮的餐桌前就座，桌上摆着十八套赛佛尔瓷餐具①。进餐厅时，布林加斯告诉两位院士：这栋房子值八十万镑，男仆女仆共七名，还有厨师、车夫、侍从和瑞士门童。

"昨天，我在小敦刻尔克见到了吕内夫人。"圣吉尔贝爵士说，"你们都知道怎么说她吧？……她太胖了，情人吻一晚上，也不会把她身子吻遍……"

晚餐用得十分愉快，众人谈笑风生，妙语连珠，话题间切换自然，从沙瓦纳夫人和圣吉尔贝爵士的趣闻轶事转向政治、道德和历史。图书管理员和海军上将欣喜地感受到其乐融融的气氛：和风细雨、宽容大度、诙谐幽默、引人入胜。大家各抒己见——让堂佩德罗意外的是，但他没有表现出来，蒲丰老人的思想没有想象中那么前卫——新旧思想却并无对抗，坦陈想法而已，大家都客客气气。只有布林加斯是个异数，很明显，他憋坏了，从桌子一端拼命去瞪博腾瓦尔。他挨着理发师德斯·布尔沃思，一会儿挖苦地叹口气，一会儿煞风景地插两句。当博腾瓦尔绘声绘色地说他四进巴士底狱，将国王签

---

① 法国赛佛尔（Sèvres）瓷窑是欧洲瓷器工艺的极致表现，几百年来，一直享有法国王室的支持，有浓郁的洛可可风。

署的监禁令戏称为"国王和我的通信"时，布林加斯坐在角落，捧着波尔多葡萄酒，叉着一块正在滴汁儿的鸡肉说：

"巴士底狱和巴士底狱也不尽相同……有人进去，压根不在乎，朝中有人，知道自己会很快被放出来；有人进去，压根没指望，只能把牢底坐穿。"

"遗憾的是，我怎么老见您在外头？"博腾瓦尔含着笑，轻蔑地问。

布林加斯把鸡肉塞进嘴里，喝了口葡萄酒，用叉子指着博腾瓦尔：

"总有一天，我们会洗净天下的污浊。"

"天打雷劈？"圣吉尔贝爵士跟平常一样，笑眯眯地问。

"您说谁打谁劈？……先生，您再说一遍！这是时代的巨响，王位和神坛就要倾塌，响声震耳欲聋。"

"亲爱的教士先生，咱们先放过王位，"丹塞尼斯夫人坐在博腾瓦尔和蒲丰中间，请他消消气，"如果可能的话，咱们也先放过上帝。"说完，她瞪了圣吉尔贝爵士一眼。

布林加斯又叉了盘子里的另一块鸡肉：

"遵命，夫人。在这虚伪的巴比伦，唯一让我臣服的便是您的美貌与智慧。"

"那就好。"

海军上将坐在丹塞尼斯夫人的对面，两人的眼神时不时地碰上，海军上将会自然礼貌地直视，而玛戈·丹塞尼斯则会浅浅一笑，露出脸颊上可爱的小酒窝。刚才往餐厅走，堂佩德罗见她稳稳地踩着三英寸高的缎子鞋，袅袅婷婷，凸显曼妙玲珑的身材。她穿着一件法式百褶裙，领口开得很低，平纹细布勉强遮住雪白柔软的上乳房。海军上将一怔，不由得看了一秒，抬头时，正撞上夫人的眼神，她在开心或吃惊地盯着他看。堂佩德罗谨慎地移开目光，喝了一小口酒，把杯子放到绣花桌布上，再次环顾四周时，发现那个叫科埃莱贡的男人冷冷地、充满敌意地看着自己。听布林加斯说，此人向玛戈·丹塞尼斯大献殷勤，运气不错，夫人搭理了他。海军上将决定不去管他，听身边的沙瓦纳夫人说话。她在说已故国王路易十五宫廷里发生的事。布里萨克陆军元帅和她在樊尚皇家猎场打猎时，追野猪迷了路，元帅对她有非分之想。

"……于是，我把手放在我魅力四射的身体和他抑制不住的欲望之间，对他说：'先生，您想想，万一被您夫人或野猪撞见，该如何是好？'……元帅先生兴奋地回答：'亲爱的夫人，说心里话，我更乐意被野猪撞见。'"

大家都笑了，话题转到法国人和西班牙人的生活习性、风流人和风流事上。

"身处这座美妙的城市，我经常看看周围，"丹塞尼斯夫人承认，"已经认不出当年那个在富恩特拉维亚古板的寄宿学校长大的女孩子了。"

"您家的圣乔治英雄救美，把您从恶龙爪子底下救了出来。[①]"歌剧院老师拉莫特说。

大家都看着男主人，他坐在堂埃莫赫内斯的左手边，镇定自若地在切盘子里的鸡肉。

"我做过更大胆的事。"他笑言道，"两年前，我请蒲丰伯爵送了我一本签名版的《自然时代》，一分钱没花，绝对是壮举……"

---

① 源自于欧洲一个美丽的传说。传说中有一座城堡，堡主的女儿美丽善良，恶龙逼堡主将女儿作为祭品献给它。这时，上帝的骑士圣乔治以主之名突然出现，经过一番激烈的搏斗，终于将凶残的恶龙铲除。西班牙语和法语中的圣豪尔赫（Jorge）也可译为圣乔治。

大家又笑了，包括年迈的蒲丰在内，他是出了名的小气鬼。后来，风流这个话题又被重新摆在桌面上，是丹塞尼斯、科埃莱贡的牌友提出来的。他扎着马尾，扑过粉，穿着双排扣核桃色燕尾服，虽然是平民打扮，但据介绍，他是炮兵上尉拉克洛先生，挺和善的年轻人，一脸聪明相。

　　"我正在写相关题材的小说，"他语气轻佻，"写到一半，有关勾引、贞洁什么的，主人公是个浪荡子，肆无忌惮地到处勾搭女人……"

　　"会出版吗？"女主人问。

　　"但愿能。"

　　"有坏人吗？"

　　"有，有坏女人。"

　　"太棒了！就是应该有坏女人。出格场面呢？"

　　"有几个，不过肯定比不上您读的那些专治头痛的小说。"

　　众人开怀大笑。刚才有人半开玩笑半当真地说，丹塞尼斯夫人每周三办完沙龙，都会头晕，晕得厉害，读哲学书才能缓解。

　　"拉克洛，别使坏。"

　　拉克洛挥挥手，表示不用在意：

　　"其实，简而言之，我的小说讲的是有关纯真的教导类故事。"

　　"有题目了吗？"

　　"还没想好。"

　　"我倒挺想读一读的……把科埃莱贡先生写进去了吗？"

　　众人哄堂大笑，科埃莱贡讥讽地微微颔首。

　　"他要是有机会，"玛戈·丹塞尼斯故作正经地说，"一定会去教导纯真少女。"

　　大文豪们济济一堂，还有女士在场，谈话居然如此自由放肆，实属不同寻常。在场的女士们也能畅所欲言，只有水彩画家谭克雷迪恹恹地不说话。堂埃莫赫内斯不敢相信自己的耳朵，频频去看海军上将。他也在好奇地观察丹塞尼斯先生，先生处之泰然，安安静静地吃东西，似乎这些都与他无关，轻松扮演宽容丈夫的角色。他与宾客周旋，却不过分参与，反正书房门永远开着，就在旁边，里面舒舒服服的，必要时，可以神不知鬼不觉地溜进去。

其他人又说回到风流，在说原因和结果。这时，有点被晾在一边的哲学家博腾瓦尔开始收复失地。

"破坏道德美的东西，可以增添诗意美。"他严肃地说。

"要苦涩，也要甘甜。"蒲丰不甘落后，补充道。

博腾瓦尔皱了皱眉，思忖一招制胜的法子，来了个经典概括：

"要严肃，也要欢愉。"

"两位言之有理。"丹塞尼斯夫人说。她和其他人一样，对布林加斯嘲讽的掌声置若罔闻。教士有点醉了，坐在桌子一端冲着博腾瓦尔和蒲丰鼓掌。"美德只会衍生出冰冷、平静的画作……激情和癖好才能激发画家、诗人、音乐家的创作灵感。"

"完全同意。"拉莫特老师一边说，一边悄悄握住泰雷小姐的手。

"风流的人之所以在社会上大受欢迎，"物理学家穆希也想争夺众人的眼球，"是因为他们自在、乐天、大方，玩什么都在行。"

"多半长得帅。"泰雷小姐补充道。

"特别善解人意。"阿德拉·拉比耶-嘉德说。

拉克洛兴致勃勃地开起了玩笑：

"今天的巴黎，贵妇都应该至少有个风流朋友，再来个几何学家朋友，就像过去的侍从。"

俏皮话博得了满堂彩。穆希和德斯·布尔沃思成心捉弄科埃莱贡，问他意见如何。科埃莱贡刚喝了点葡萄酒，用餐巾擦了擦嘴，瞟了一眼丹塞尼斯夫人，冷冷地笑了笑。

"关于几何学，我不发表意见……至于另外那个，我估计，我们中的某些人爱恶习甚于爱美德。毕竟，恶习有趣，美德无趣。"

"科埃莱贡，愿闻其详。"有人说道。

科埃莱贡环顾四周，笑容冰冷。海军上将心想：他的确帅气。长相既精致，又不失男子气；举止潇洒，略显张狂；气定神闲，自命不凡，拒人于千里之外。据说他是国王卫队的排头兵，沉着冷静的气质也许源自于此。此人爱虚荣，气量小，格调高。

"这个话题，最好留到下次晚餐再谈。"科埃莱贡说，"今晚，看来恶习是少数派。"

"先生，我支持您。"拉克洛笑着说。

餐后甜品来了。堂埃莫赫内斯认为：这顿晚餐堪称完美。葡萄酒他没怎么碰，两小口就上了头，微醺，十分惬意。海军上将坐在沙瓦纳夫人旁边，淡定如常，和颜悦色地交谈。图书管理员对朋友兼同伴的从容引以为豪，不管怎样，海军上将身为皇家海军军官，受过严格的训练，走南闯北；不像他，一辈子都在灯下啃普鲁塔克。"希腊人认为，智慧者交谈，无知者评判……"等等等等。

"西班牙有风流的人吗？"阿德拉·拉比耶-嘉德询问两位院士。

"哪儿都有。"只听布林加斯回答，可是谁也不睬他，所有人都在看堂埃莫赫内斯和海军上将。堂埃莫赫内斯有些拘束，靠在椅子上，将刀叉放进盘子，看着同伴，请他全权代表，予以回答。

"有，但风格不同。"海军上将不慌不忙地说，"这儿所谓的风流在西班牙会被人不齿，或压根不存在。"

"宗教所迫。"玛戈·丹塞尼斯指出。

堂佩德罗目不转睛地看着她，表示同意：

"没错。我们在那儿见到的是另一种登徒子：锦衣华服，厚颜无耻，扎根民风民俗。小客栈，小酒馆，弹吉他，打拍子，吉卜赛派头，经常勾引下层社会的女人。结了婚的女人才不会……"

他戛然而止，玛戈·丹塞尼斯脸上的酒窝笑得更深：

"海军上将的意思是：和法国女人不同，西班牙女人不会当着丈夫的面和别的男人调情。"

"拜托，"堂佩德罗说，"我没想过……"

她支着肘，身体微微前倾，盯着他：

"您说说，在法国，风流的男人对于女人的吸引力究竟在哪儿？"

"因为不许。"海军上将毫不犹豫地回答。

丹塞尼斯夫人惊讶地眨了眨眼：

"对不起，您说什么？"

"因为不齿。"

"天啊！"酒窝笑得更深，"一针见血，亲爱的先生！谁都会说，您深谙此道。"

"不，我从不涉足。"

布林加斯突然插嘴，让海军上将松了口气。教士的酒劲上来了，开始口无遮拦。

"女人们喜欢这样的男人，是因为她们本性风流。"他斩钉截铁地说。

"说得真好，教士。"玛戈·丹塞尼斯不愠不恼，"In vino veritas①……上将，您同意吗？"

"同不同意'酒后吐真言'？"

_____

① 原文如此，为拉丁语，意为"酒后吐真言"。

丹塞尼斯夫人冲他慢悠悠地笑了笑，她故意的，几乎心存感激：

"别装傻，先生，同不同意他对女人的看法？"

堂佩德罗斜着眼，感受到科埃莱贡冰冷的目光，心想：莫名其妙树了个敌，真没必要。

"我和狄德罗都不太肯定，"他终于开口，"让女人脸红真的会让女人不开心？"

玛戈·丹塞尼斯哈哈大笑，笑声清脆、自信。海军上将忧伤地想：这个女人有魔鬼般的吸引力。可他什么也没说，看了她一会儿，被迫转移视线。布林加斯在桌子一端开口：

"说得好，先生。风流的男人拥有其他男人不敢或无法拥有的社会地位……该有的，正经男人没有，或者，包括我在内，该有的，我也没有。"

他不说了，喝酒，差点噎着。假发比平时歪得更凶，目光模糊、游移，似乎看不见周围，或对周围兴味索然。

"在接下来的日子里，"他嘟哝道，"这些都会改变。"

"什么日子？"理发师德斯·布尔沃思冲其他人挤了挤眼，挖苦地问。

"拔刀子的恐怖日子，狗娘养的世界末日。"

"哦，女人，"穆希说，"就是第五个骑士。"

"哦？有另外四个骑士吗？①"

接下来讨论热烈，又回到男人、女人、风流、贞操等可以质疑的话题上。丹塞尼斯夫人起身前，坦率地概括了她对此事的看法。

"说到底，"她说，"见过世面的女人乐于知道有些男人比另一些

---

① 《圣经》的《启示录》描绘了在世界末日，羔羊将解开书卷的七个封印，唤来分别骑着白、红、黑、绿四匹马的骑士，将战争、饥荒、瘟疫和死亡带给接受最终审判的人类。届时天地万象失调，日月为之变色，随后世界毁灭。

男人强，他们更勇敢，更英俊，更能满足她的虚荣心，不会因为她假正经，就止步不前，而是会采取主动，甚至会找借口，对女人采取必要的暴力手段……我说明白了吗？"

"我的夫人，您说得像西塞罗一样明白。"博腾瓦尔说。

"那好，我们回客厅，去喝咖啡。"

半夜，正好听见圣洛克教堂①的大钟在敲十二点。两位院士就在教堂附近，找马车送布林加斯教士回家。教士歪歪倒倒，跟跟跄跄，醉得不轻，说了一大通狠话，威胁全世界，尤其威胁丹塞尼斯夫人的宾客。手杖已经掉了三回。

"哎，时候总会到的，那当然。"他口齿不清地一遍遍重复，"时候总会到的，我坚信……"他转过身，看看身后，似乎想把这个地方印在脑子里，"民众的愤怒终会……嗝儿……降临到你们头上……"

他们在旺多姆广场找到一辆出租马车，从布林加斯的嘴里好不容易问到地址。塞纳河左岸，车夫确认道。三人在陈旧的座位上坐下，教士坐中间，院士坐两边，几乎架着他，不让他倒下。堂埃莫赫内斯的手上抓着他掉下来的假发，海军上将的肩膀上靠着他那头发剪得长短不齐的脑袋。

"愤怒……"布林加斯机械地重复，"民众的愤怒……"

他们经过歌剧院门口，歌剧院刚刚关门熄灯，附近街道上还有马车和晚走的观众。再往前，尽管夜已深，街上并非空无一人。风停了，夜晚静谧，没那么冷，行人裹着大衣和斗篷。有些人路不远，雇了萨瓦人打着火把回家。有家商铺还没歇业，干树街拐角漂亮的夜总会

---

① 圣洛克（Saint-Roch）教堂是法国巴黎第一区的一座巴罗克风格的天主教堂，始建于 1653 年，由路易十四奠基，完成于 1754 年。法国大革命期间，教堂曾遭到洗劫。

也没关门，门前还有马车、灯光和热闹的人群。两位院士发现，巴黎这座城市，至少在主城区，夜晚和白天一样安全，治安肯定比马德里好。马德里有长鬈角的蒙面恶棍，昏暗的街道，乱七八糟的小酒馆，随时会有人拔刀子。这里隔一段就有一盏街灯，秘密警察和爪牙成天在街上转悠，好几个点还有法国警备队严密监视。两位院士看着窗外的黑暗与灯光，一路评论。布林加斯睡得没那么死，用柔和的声音低语道：

"灵魂……就是这个……自由的灵魂宁可社会乱成一团糟，先生们……可悲的是……臣民的安危……嗝儿……掌握在暴君手里。"

"说得好。"海军上将坚定地拍了他几下，笑言道。

"嗝儿。"

马车走过皇家桥。上弦月，月色黯淡。塞纳河像一条宽宽的黑带子，缀着高深的倒影，掌灯的窗户和远方的街灯洒下的点点光影蜿蜒前行。白天桥上车来车往，现在桥上冷冷清清。马车经过岗哨时，被警卫拦住。军士胡子拉碴，三角帽歪着，从窗口探进头来。背后有一盏灯，映出执勤警卫油腻的皮肤、蓝色的上衣和闪亮的刺刀。海军上将告诉自己：不是所有巴黎人都像看上去那么平静，仔细一瞧，就会发现衣服底下的躁动。

"带火器、剑或刀了吗？"

"没有。"

军士盯着堂佩德罗两腿之间的手杖：

"是柄手杖剑？"

"是的，是我个人物品。"

军士听出了口音：

"你们是外国人？"

"先生，我们是西班牙人。"

"哦……走吧！"

马车驶到塞纳河对岸，驶离码头，拐进狭窄凌乱的街巷，似乎闯入了另一个世界。房子与房子挨得很近，昏暗的月光照不到底层。街灯很少，现有的也缺油，不亮，都快熄了，橙色的灯光只能照亮周围几步。堂埃莫赫内斯看着眼前惨淡的景象，不禁想起对岸的世界，与此处有天壤之别。丹塞尼斯家的灯光明暗不一：门前适度，走廊柔和，客厅和餐厅明亮。威尼斯产炫目的玻璃吊灯将烛光放大若干倍，宾客们悠闲自得地交谈。法国上流社会比谁都懂礼数，哪怕谈的是无礼的话题。

　　晚餐后的聚会同样让人愉快。众人回到客厅，海阔天空地聊。蒲丰、穆希、拉克洛和德斯·布尔沃思喝完咖啡后告辞；博腾瓦尔向丹塞尼斯夫人通报法兰西学院的候选院士名单——他认识学院的终身秘书达朗贝尔，夫人让他保证一定把达朗贝尔介绍给两位西班牙院士；圣吉尔贝爵士的八卦终于告罄；布林加斯教士还在一边喝酒，一边危言耸听，逗得大家很开心；最后，拉莫特和阿德拉·拉比耶-嘉德聊起了博马舍①，说他是个才子，但作品一般，格调不高，在《塞维利亚的理发师》中滥用意大利和西班牙过于耳熟能详的话题。

　　"也许诸位并不知情，"堂埃莫赫内斯听完后说，"博马舍先生的姐妹住在马德里蒙特拉街，离我家不远，他经常去看她们……所以，他对西班牙有一定的了解，尽管不太深入。"

　　"他的姐妹是做什么的？"丹塞尼斯夫人问。

　　"据我所知，她们是女装裁缝。"

　　"女装裁缝？……太有意思了。"

　　这个小插曲谁都爱听，好心的堂埃莫赫内斯高兴得羞红了脸。后

---

① 全名加隆·德博马舍（Caron de Beaumarchais, 1732—1799），法国戏剧家，代表作为《塞维利亚的理发师》和《费加罗的婚礼》。

来，一向飘忽的水彩画家艾玛·谭克雷迪在古钢琴上弹奏了一曲斯卡拉蒂[1]，大家拼命鼓掌。最后，大家玩起了当年时髦的烛光剪影游戏，将烛光投在墙上的人影剪下来。大家都在玩，只有布林加斯说太可笑，自顾自地喝酒。丹塞尼斯夫人制作的海军上将剪影惟妙惟肖，众人交口称赞。泰雷小姐为大家朗诵多拉[2]的《罗萨伊达》片段时，堂佩德罗发现丹塞尼斯夫人正在微笑地看着他，用不着回头，也能觉察到科埃莱贡先生看他越来越不顺眼。

男主人礼貌地参加所有活动，但态度冷淡，心不在焉。这时，他请求告辞，回书房；起身时，邀请两位西班牙院士前去参观，两人欣然应允。先穿过一条走廊，两边都是名画，丹塞尼斯先生一边走，一边漫不经心地介绍："这是一幅格勒兹[3]，这是一幅华托[4]，这是一幅弗拉戈纳尔[5]……那边还有一幅拉比耶-嘉德……瞧……都是夫人的东西。"之后走进一个宽敞的房间，四面书墙，中间一张桌子，摆着大开本的画册和版画册。

"太壮观了！"堂埃莫赫内斯贪婪地看着书房，赞叹道。

丹塞尼斯先生用含硫火柴点亮了枝形烛台。这是个新玩意，很实用，将火柴伸进放磷的小瓶里，瞬间点燃。烛光下，两位院士驻足去看带金色书脊的藏书。

---

① 意大利有两位姓斯卡拉蒂的知名作曲家，分别为父亲亚历山大·斯卡拉蒂（Alessandro Scarlatti, 1660—1725）和儿子多梅尼克·斯卡拉蒂（Domenico Scarlatti, 1685—1757）。

② 全名克洛德·约瑟夫·多拉（Claude Joseph Dorat, 1734—1780），法国艳情作家，代表作为《艳情诗集》。

③ 全名让-巴蒂斯特·格勒兹（Jean-Baptiste Greuze, 1725—1805），法国画家，擅长风俗人物画，描绘市民生活习俗，借以体现道德训诫意义。

④ 全名让-安东尼·华托（Jean-Antoine Watteau, 1684—1721），法国18世纪洛可可艺术最重要的画家，英年早逝，留下了大量精美的素描手稿《千姿百态的形象》，对后来的法国印象派画家产生了深远的影响。

⑤ 全名让-奥诺雷·弗拉戈纳尔（Jean-Honoré Fragonard, 1732—1806），法国画家，擅长描绘女性美。

"这里是我的城堡。"丹塞尼斯先生指了指周围,"让我独处,休养生息,贵国那位叫克维多的诗人说的,夫人特别喜欢。这是对此地最好的定义。"

两位院士继续如痴如醉地参观。所有书分门别类: 古代哲学、现代哲学、历史、植物学、科学、游记与航海日志……丹塞尼斯先生从书架上抽出几本,递给客人:

"瞧,这是你们的同胞,费霍神父的八卷本《世界戏剧批评》,好版本,不是吗?马德里皇家印刷厂出品……我还有这本,西班牙皇家学院去年出版的、伊瓦拉印制的豪华对开本《堂吉诃德》……请允许我斗胆断言: 这个版本非常伟大,印刷精美,不同寻常。"

"这是我们的骄傲。"堂埃莫赫内斯欣慰地说。

"也是我的骄傲,很荣幸拥有这件瑰宝,为我的藏书增色不少。"

"您能看西语书吗?"

"有点费劲。可是,美丽的书永远美丽,无论用的是哪种语言。这版《堂吉诃德》是最美的!我还有其他版本,瞧……这是安特卫普印刷的威尔迪森版,还有一七四一年法国的阿尔芒豪华版……上将先生,您也许对那边的书更感兴趣。"

堂佩德罗走过去看,羡慕地看着那些书名:《乔治·安森①游记》《拉孔达米讷②游记》……他还惊喜地看到乌略亚和豪尔赫·胡安的两卷本《历史性的南美游记》,是法文译本。

"做生意赚的钱让我有幸退隐书房。"丹塞尼斯说,"瞧,这辈子或有生之年,我都会有足够的书看。"

---

① 乔治·安森(George Anson,1697—1762),英国海军上将,继德雷克之后第二个完成环球航行的舰长。他改革了英国舰队组织,提高了舰队的作战能力,撰写了《环绕世界航行》一书,描绘了自己的航海经历。
② 拉孔达米讷(La Condamine): 摩纳哥地名。

"瞧您说的，您还能活好多年。"

"这可说不准……总之，我从这里关注玛戈，参与到她的世界中；熄灯后，再安静地回到我的世界。"

堂佩德罗翻着一本书，热情地笑道：

"您是一位了不起的藏书家。"

"您过奖了。"丹塞尼斯反驳道，"我只希望这世界上的书能成为不可或缺的日用品。"

海军上将把书放回原处，继续浏览：《科学起源信札》《矿物学分类表》……看到这些，他不由得心生嫉妒。

"藏书不是用来读的，它是一种陪伴，"他又走了几步，说，"是一剂良药，是一份慰藉。"

丹塞尼斯几乎露出感激的笑容：

"先生，您这是肺腑之言。人在书房，总能找到不时之需。"

"照我说，不仅如此……如果我们想鄙视同类，看一眼这样的书房，看到有这么多彰显人类伟大的成果，内心就会释怀。"

"所言极是。"

另有一张小桌，摆放着十几本最新期刊：《学者报》《欧洲邮报》《政治与文学报》……堂佩德罗好奇地翻看，马德里没有这些。官方审查后，《马德里公报》上顶多只剩些剪刀和滤网的残留物。

"您有最新出版的图书吗？……您的书房会紧跟时代吗？"

"只是相对而言。"丹塞尼斯微笑着说，"不是所有书或所有人都能走进这间书房。"

他笑着指指走廊那头，就像指着远方奇异的世界，他希望和那个世界尽量保持距离。过去出海，海军上将也见过有人这样指着背风处的海岸。

"否则的话，"丹塞尼斯顿了顿说，"那就相当于欧洲要被美洲森林和草原上的野蛮人殖民，您明白我的意思吗？"

"完全明白。"

他们去找堂埃莫赫内斯，他在浏览哲学文学书架，离得有点远，只听见了只言片语。丹塞尼斯说：法国读书盛行，出版了大量的图书。饿肚子的教士、领半饷的士兵、无聊的单身女人，都在写书；书商会尽数全收，写得再烂也买，因为什么书都有人读；印刷品遍地都是，无论赶时髦还是真喜欢。反正有那么一大堆写史的、汇编的、写诗的、写日记的、写小说的，还有那种既想做伏尔泰又想做里科博尼夫人、基本无毛的两足动物，就是那些既想做哲学思考，又想赚钱的家伙，只可惜——也自然是——好好的哲学，全被他们糟蹋了。

丹塞尼斯的手上拿着一本漂亮的书，是色诺芬[①]写的，希腊文和拉丁文版。他站着不动，歪着头，像在回味自己说过的话。

"没错，"过了一会儿，他说，"我的话，你们能听懂……你们是文人。"

他们走到对开本、棕色皮面、金色书脊的二十八卷《百科全书》面前，两位院士不由得浑身一颤。

"这是……？"堂埃莫赫内斯问。

"正是。"丹塞尼斯含笑回答。

"我能摸一摸吗？"

"请便。"

它就在那儿，是的，两位院士与它初识：《百科全书，或科学、艺术和手工艺分类词典》，原汁原味的一套书：纸张奢华，边距宽敞，印刷精美，比相关介绍更加令人震撼。

---

① 色诺芬（Jenofonte，前430—前355），雅典人，历史学家，苏格拉底的弟子，著有《长征记》《希腊史》《回忆苏格拉底》等。

"这是一部伟大的作品。你们看过它的前言吗？……达朗贝尔写的，是篇美文。"

堂埃莫赫内斯将厚重的第一卷捧到中间桌子上，仔细地戴上眼镜，翻到第八页前言，充满感情地高声朗读道：

> 我们认识大自然，不是通过模糊、独断的假设，而是通过对现象的思考和对比，尽量将一大堆现象概括为一个现象，是为总原则……

他哽咽了，无法继续，看着堂佩德罗。海军上将见他幸福得双眼潮红。

"它就在这儿，上将先生……"

"没错，"堂佩德罗笑着将手搭到图书管理员的肩上，"它就在这儿，终于见到它了。"

丹塞尼斯好奇地看着他们。

"即使在法国，"他说，"有人认为它满纸悖论，错误百出，不忍卒读；也有人，包括我在内，视它为一座无尽的宝藏。"

海军上将点点头：

"西班牙皇家学院也这么认为，所以我们才会来到巴黎。"

"哦，对了，我听布林加斯说，你们来，是想找一套《百科全书》。"

"是的，要首版，就像您这套。"

"首版估计难找，再版和重印很多……"丹塞尼斯想了想，看了看周围，耸耸肩，和颜悦色地说，"对不起，我不想割舍我这套。博腾瓦尔先生或许有办法，能帮你们找一套。我可以提供几个信得过的书商地址。可是，首版全套……"

他顿了顿，让两位院士翻阅其中几卷，对增补中的插图叹为观止。

"我想去马德里，看看你们的学院。"他忧伤地说。

"先生，随时欢迎。"堂埃莫赫内斯自告奋勇地发出邀请，"不过，也许您会失望。很简陋的机构，条件没那么好。"

丹塞尼斯相当法国范儿地噘了噘嘴：

"只恐怕有心无力，我说去马德里……我懒得动。读书，让心在路上，已经足够。"

他帮两位院士将《百科全书》放回原位。

"简陋与否，"他又说，"我都相信马德里的皇家学院是个值得信任的机构，出版了那么多方便实用的词典、正字法、语法书……我感觉，和这儿的皇家学院有云泥之别。法兰西学院自黎塞留创办至今，已经成为野心、虚荣心、人情往来的大舞台……院士们自诩为'不朽'，已经很能说明问题。"

"博腾瓦尔先生和蒲丰先生很好相处。"堂埃莫赫内斯说。

"是的，还有达朗贝尔和其他几位，属于难得好相处的法兰西院士。再说，玛戈很会调节气氛……没有人能像她那样，让酸的和甜的、轻佻的和正经的相安无事，和平共处。"

"真是个了不起的女人！"海军上将说。

"是的，"丹塞尼斯想了想，"她的确是。"

他们正想离开，堂埃莫赫内斯突然看见一本博腾瓦尔的《欧洲哲学状况》，停下来翻阅。也许因为法语欠佳，他感觉开篇有些华而不实。

"法兰西院士就是一帮学术霸，将有人情的请进门来，没人情的拒之门外，"丹塞尼斯似乎猜到了他的心思，"其成果很少惠及普通民众。"

他从堂埃莫赫内斯的手中取过书，微笑着放回原处。

"然而，对于西班牙院士而言，"他又说道，"个人成果比不上集体成果……你们做的是至关重要的国民教育，并兼顾到美洲词汇。"

他走到烛台边，吹灭蜡烛，只有走廊的光线还能照进书房。

"能和丹塞尼斯夫人如此优秀的女人共同生活，"海军上将说，"挺好。"

男主人突然站住，动作有些突兀。光线微弱，让他看上去更加心不在焉。堂佩德罗看不见他的脸，但他知道对方在看自己。

"再好不过，所有事务都被挡在了这扇门外，听明白吗？"

"非常明白，先生。"

丹塞尼斯似乎又犹豫了一秒，接着说：

"她有自己的书，完全是另一种风格。"

"普瓦特万街到了。"车夫在座位上喊。

只有拐角处亮着一盏街灯，出租马车停在灯下。街道很短，破烂不堪，家家户户往外倒脏水，地上一片泥泞。海军上将嗅了嗅，空气很不好闻，有亚硝酸钠和硫磺的味道。街灯似鬼火，照不亮黑影，反倒使黑影更黑。远处隐约有座中世纪破旧的塔楼，锥形顶，黑乎乎的。

"亲爱的朋友，您家在哪儿？"

"那儿。"

教士用手撑墙，很响地撒尿。

"这儿的住户正直，却潦倒……"黑暗中，尿蜿蜒流走，他也蜿蜒前行，"有才华，却愤世……他们精通思想与文字的炼金术……"

"有地方比这儿更差。"堂埃莫赫内斯好心宽慰他。

"您错了，先生……等到了那天……"

他们让车夫稍等一会儿，架着教士往前走。大门就是一扇几乎要散架的马车门，用砖头垫着，木板钉着，旁边是家装帧作坊，大晚上关着门。借着灯光，能看见招牌上写着"安东尼夫子，装帧师傅"。

"哦，不用麻烦你们……我自己能行。"

"不麻烦。"

堂佩德罗和堂埃莫赫内斯架着他，摸黑走上嘎吱嘎吱的木楼梯，踩在上面，感觉楼梯随时会塌。他们爬到楼顶，帮他打开阁楼门。海军上将在门口摸索，找到火镰和火石，点亮蜡烛，地板上五六只泛红的蟑螂惊慌失措地逃窜开去。阁楼很冷，有两个房间，很寒酸的样子：一只脸盆，一张餐桌，餐巾下有硬面包块，一张土耳其床，一只没有生火的炉子，一个衣柜，一张书桌。桌上摆着一套文具，堆着几十本书和宣传册。地上也堆着几十本书，大部分是旧书，脏兮兮的。屋里尽是人味、霉味、陈面包味，弥漫着饥饿、孤独、贫困的气息。不过，书码得倒很整齐。床边有个放置干净熨过衣服的篮子，里面有两件衬衫，一双袜子，尽管破了补过，却是一尘不染。

"放开我……我都说了，我自己能行。"

布林加斯闭着眼，倒在床上，压得床嘎吱响。堂埃莫赫内斯帮他把假发挂在床头的黄铜球上，替他脱掉鞋子，盖上毯子。海军上将扫了一眼房间，看了几本书名：《装甲录》《阿拉斯的蜡烛》《欧洲殖民两个美洲的哲学和政治史》……许多段落都被划了出来。所有书混在一起，很杂，没有明显的标准，从色情文学到哲学或神学，从雷纳尔到阿雷蒂诺①或孟德斯鸠，还有爱尔维修、狄德罗或卢梭，什么书都有。墙上挂着三幅彩色肖像画，分别是伏尔泰、俄罗斯的叶卡捷琳

---

① 全名彼特罗·阿雷蒂诺（Pietro Aretino，1492—1556），意大利诗人、剧作家。

娜①和普鲁士的腓特烈②，很奇怪的组合。布林加斯给三位大人物添了胡子、角和其他恶心的线条。

"他睡着了。"堂埃莫赫内斯悄声说。

海军上将发现，此话根本没必要说，教士的鼾声震得墙直晃悠。

"咱们走！"

堂佩德罗吹灯前，看见桌上有份手稿，显然是布林加斯写的。谨慎起见，他没敢碰；但出于好奇，他举着蜡烛，俯下身，读了几行。字迹清秀，高低起伏，尖尖的，像匕首。

　　有才华的作家可以通过剧场的观众向民众传递自由的信息。他们可以假借历史上的人和事，尽情地施展口才，说些哪怕最狂热的爱国人士也不能或不敢向王子、宠臣、权贵说的话。因此，剧场是民众幸福的源泉、大众教育的学校，在勇敢者的手中，可以变成锋利无比的武器。只要他有足够的胆量和才能……

"是他写的吗？"堂埃莫赫内斯问。

"应该是。"

两位院士打算离开。

"写得怎么样？"

"相当不错，给我的印象是：这位教士没看上去那么疯。"

海军上将吹灭蜡烛、放回原处前，又看了一眼黑乎乎的床上动也

---

① 叶卡捷琳娜为俄罗斯帝国女皇，叶卡捷琳娜一世于 1725 至 1727 年在位，叶卡捷琳娜二世于 1762 至 1796 年在位。书中所提到的画像应为叶卡捷琳娜二世。
② 腓特烈大帝（Federico de Prusia，1712—1786），启蒙时期的全才，政治家、军事家，将普鲁士建设为欧洲大国，留给后世战争原理、四部交响曲和一百余首长笛奏鸣曲。

不动的身影。布林加斯依然鼾声雷动，喝着别人的酒，受着自己的穷，战士需要稍做歇息。

一小时后，在维维恩街，戴着卷檐帽的帕斯夸尔·拉波索抬起头，看见法兰西宫廷酒店两位院士的房间熄了灯。他扔掉香烟，用靴子跟踩熄，裹着披风，慢慢地踱步离开。其实，他今天没必要来盯梢，难得需要他亲自出马，米洛巡警和手下一直在向他汇报海军上将和图书管理员在城里的一举一动。可是，就像前几个晚上一样，老牌骑兵知道自己会睡不着，会因为胃里火烧火燎，在房间里漫无目的地转悠或伏在窗上抽烟。他想困极了再上床，不想这么睡睡醒醒，熬到天亮，累得半死，最后脑袋昏，嘴巴苦，眼睛充血。

就连客栈老板的女儿亨丽埃特·巴布也无法让他安然入睡。拉波索估计，这个时候，小姑娘恐怕已经穿着睡袍，举着蜡烛，赤着脚，悄无声息地溜到他房间，打算钻进他被窝了。想到这儿，下身突然变硬，硬得真不是时候。那天下午，他们俩的关系有了实质性的进展。当时，她跪在地板上，拿着桶和抹布，在擦楼梯平台。两人亲热了一小会，她答应有机会就让他得手。可是，就连这个也吸引不了他。太早了。不是他觉得早，是他的胃、他不安分的脑袋、那些想起来或冒出来的幽灵觉得太早。尽管过去的苦日子已经在身体上留下痕迹，累得越来越早，人却怎么也睡不着。于是，拉波索不紧不慢地去找米洛。他知道这位老兄每天下班后，会去巴黎大堂附近的某家夜总会。

半夜一点多。昏黄的街灯下，他越往巴黎大堂走，街上越热闹。每天晚上这个时候，四五千个农民从四面八方赶着骡车，走若干里路，将蔬菜、豆类、水果、鱼、鸡蛋运往市中心，给各地的早市供货。因此，塞纳河右岸的这个地方晚上比白天热闹，街上全是牲口和马车。格勒内勒大街比别的街道更加灯火通明，好几家酒馆都还开着门。可以想象，旁边的窄巷里，有女人哐着嘴，忙着拉客。

"妈的，帕斯夸尔，真高兴在这儿见到你。"

其实，米洛没说"妈的"，他说的是法语 parbleu，相当于"上帝啊"，"天啊"。可是，拉波索总觉得用莫里哀的语言诅咒或骂人太软，不带劲。不说别的，比西班牙人随口一句"该死的上帝！"或"我恨不得在耶稣头上拉屎拉尿！"差远了。这些脏话，还没骂到魔鬼头上，已经很响亮。因此，他就自个儿在脑子里把法语加工了一下。

"我渴了。"拉波索说。

"来这儿就对了，老兄。"巡警用铜柄木节手杖指了指门厅，"红葡萄酒还是白葡萄酒？"

"别娘了，"拉波索笑话他，"这个点儿，来烧酒。"

他知道烧酒伤胃，可他管不了那么多。他说的是法语粗话，用了emproseuries，跟卡斯蒂利亚语的粗话相比，一点儿也不生动。他说：Laisse tomber avec tes emproseuries。米洛笑了，带他进夜总会，里面弥漫着烟味和人身上的臭味。老板见到巡警，在角落里腾出一张桌子，两张凳子，安排他们坐下。

"Eau-de-vie？"老板问，他指的是烧酒。

"狗屁生命之水①？"拉波索一边解披风，脱卷檐帽，一边拿老板开涮，"老兄，我要会燃烧的水，eau-qui-brule 什么的。可以的话，再来几粒胡椒。"

"你是没睡醒还是成心找茬？"米洛哈哈大笑。

"该睡觉睡觉，该找茬找茬。"

"去盯你的小鸟了？……跟你说不用，我的人负责！"

_____

① 原文如此，为法语，意为"生命之水"。

"没事儿，我想隔三岔五自己去瞅一眼。"

"要我说，这叫职业自尊。"

"这叫以防万一。还没死人呢，总是不放心！"

烧酒和杯子上来了。拉波索谨慎地闻了闻，又惬意地尝了尝。很带劲儿，加上胡椒，辣味直往鼻子里冲。喝下肚之前，他先含了含，胃暂时不疼。

"据我的消息，"米洛说，"他们还没找到《百科全书》。卢浮宫有个叫屈涅的书商答应帮他们找。我会劝他，让他别去找……"

"不管怎么说，"拉波索表示反对，"我们再使绊子，他们也没准真能找到一套。我有别的主意。"

"比方说？"

"买书需要钱，把钱偷了！反正这座城里到处都是坏人。"

米洛摸了摸光头，冲拉波索挤了挤眼：

"是有这么一说。"

"找到书，也是一大堆，还得运回去。要装好几大包，特别沉……路上会遇到各种麻烦。"

"就是，各种各样的麻烦。"

"还会出现各种各样的意外。"

"那当然。要是你问我的意见，作为警察，我建议举报。"

"以什么名义？……禁书？"

"那不行。事到如今，《百科全书》的风声没那么紧了，就连主管警察的大臣家里都有一套。举报的话，理由得更劲爆。"

有个卖鱼的喝醉了，满身鱼腥味，经过时，撞了拉波索。拉波索猛地一推，卖鱼的气急败坏，转过身来。米洛想插手，伸手去抓铜柄木节手杖，好在这事儿几个眼神就能摆平。卖鱼的瞅瞅拉波索，再瞅瞅米洛，头一低，走了。米洛内行地瞅见朋友的上衣口袋鼓出一块。

"你还带着那把双筒小手枪？"

拉波索耸了耸肩：

"偶尔带。"

"知道城里不让带吗？"

"知道，"拉波索满不在乎地回答，"我懂。"

他们静静地喝酒，看了看四周。有人抽烟，有人聊天，有人醉酒打盹。

"陪同他们的教士有可能会惹上麻烦，"过了一会儿，拉波索问，"牵连到他们……你觉得这主意怎么样？"

"可以考虑。"米洛承认。

"找个理由，耽误他们一程，将书、文件和行李全部没收。"

"比如说什么理由？"

拉波索皱了皱眉头，想了想，喝口酒，又想了想。

"间谍罪，"他最后说，"他们是某大国派来的间谍。"

米洛考虑这么做是否可行。

"嗯，"他终于笑了，"这主意相当不错。"

"嗯，不过也有问题：法国和西班牙是盟国。"

"那又怎么样？……告他们是英国间谍，不就完了。"

拉波索又想了想：

"这么做，你能帮忙吗？"

"那当然。老兄，我就是干这个的：收人钱，做伪证。"

两人碰杯。拉波索暗暗算计：时间、机会、好处、坏处。一想到两位受人尊敬的院士被举报犯间谍罪，他不禁坏笑。

"这么一来，能帮我争取多少时间？"他终于问。

米洛的表情模棱两可：

"这得看他们怎么活动，西班牙使馆是否关注。"

"嗯，他们毕竟是西班牙皇家学院院士，受人尊敬……还有给阿兰达伯爵的推荐信。"

"那就别在这儿动手……你想啊，沿途找个镇子，说他们是英国间谍，当地人一定很期待。警察局长会通知镇长，或镇长通知警察局长，再请示巴黎，进行审问……同时，行李没收，无人看管……"

"落到哪个没良心的人手里，要么偷走，要么毁掉。"拉波索接着他的想法往后说。

"没错，老兄。"

"合理吗？"

"当然合情合理。正好在跟英国打仗，这种事很容易办……再要点'会燃烧的水'？"

他们又要了一瓶烧酒。第二瓶酒上来，两人接着喝。拉波索的胃还没有提出抗议，他从紧身坎肩里掏出怀表，看了看，发现还早，还没到他理想的睡觉时间。再说，夜总会不赖，米洛是个不错的搭档，酒也挺好，到目前为止，还没让他难受。

"你什么时候退伍的？"巡警好奇地看着他，问。

"十八年前。"

"最后一仗在哪儿打的？"

"葡萄牙，打英国人。"

米洛撇了撇嘴：

"干吗不当兵了？……当骑兵，不是挺好的吗？"

"是不坏。"

拉波索的脸沉了下来，米洛察觉到了。

"对不起，可能你不想谈这个话题。"

"我不介意。"

拉波索往后仰，背靠着墙，看看酒杯，又喝了一口。现在觉得酒在肚子里火辣辣的，有点不舒服。

"听说过拉瓜尔迪亚隘口吗？"

"这辈子都没听过。"

"最后一仗是在那儿打的，就在去里斯本的路上……英国人和葡萄牙人防守严密。队伍很疲惫，有伤亡。我们摆好阵势，一动不动，好长时间，完全暴露在敌人的炮火下……"

"死了很多人？"米洛问。

"多到你会诅咒上帝，诅咒上帝他亲娘。"

"懂了。"

拉波索慢条斯理地开始说，声音没有感情，也许很漠然。

"就这样，两小时后，"他稍稍顿了顿，接着往下说，"上面命令进攻……一颗炮弹已经把中队长炸上了天，负责指挥的是副中队长。他年纪很大，不是军校出身……你们这儿怎么讲？"

"Ancien（老人）？Vétéran（老兵）？……行伍出身？"

"对，就是这个，反正没念过军校，晋升难。他胡子灰白，满脸倦容……骑着马，站在队伍前面，和我们一起吃苦受罪，听我们抗议骂娘……他懂我们在想什么。"

拉波索停了停，揉了揉肚子，发了发呆，似乎那些场面又重现在眼前。后来，他转向米洛，几乎很诧异，带着疑惑。他一定很奇怪：米洛怎么会在身边？酒馆里到处是烟，到处有人说话。

"终于，"过了一会儿，他接着说，"先遣兵过来传达命令。副中队长拔出马刀，号令道：'准备战斗！'命我们前进。我们很不情愿地跟着，队伍走得十分散漫。炮弹还在继续往下落。他叫'小跑前进！'，我们停住；他下令进攻，没人动弹。我们牵着缰绳，静静地站着；他举着马刀，快马扬鞭，奔向隘口……他知道我们不会跟着，但还是骑着马，一溜烟地去了，连头都没回……只有一个十五岁左右的号手吹着铜号，跟在后面。最后，我们看着两匹马扬起一片尘，荒唐的号声越来越远，直到突然消失。"

"就这些？"巡警沉默片刻，问。

拉波索慢悠悠地点点头，过了一会儿才说话。胃开始正儿八经地疼了起来。

"就这些，"他说，"我们再也没见到他们。骑兵中队被解散，军士们被枪毙，其余人等被遣送到休达，蹲了四年监狱。"

"见鬼！"米洛张大嘴，惊讶得几乎说不出话来，"老兄，这我可不知道。"

拉波索站起来说：

"你现在不是知道了。"

过了一会儿，帕斯夸尔·拉波索走过袜店街。挂在滑轮上的街灯刚刚熄灭，玻璃罩里的灯芯还在冒烟，只剩下周围一片晕黄。他把脸埋在披风里，帽子压在眼睛上，做贼似的，专挑房子的阴影处，摇摇晃晃地往前走。夜色重重地压在身上，生出各种怪异黑影。方才的烧酒和谈话在脑子里留下了过去的画面，都是些不愉快的回忆。让他特别不舒服的是副中队长的灰胡子和满脸倦容。不记得他叫什么名字了，十八年前，他只带着一名号手，冲向拉瓜尔迪亚隘口。

确切地说，拉波索并不后悔。对他而言，后悔是件稀罕事。他和大部分人一样，就算有过再残忍、再龌龊的举动，也能找到自我开脱的理由，不会背负无法承受的罪恶感。这天晚上，回忆让他忧伤：事情都过去了，那么遥远，无法弥补。也许，有些机会已经错过，他感觉糟透了。想起副中队长拔出马刀，高喊着"冲啊"，明知谁也不会听，仍旧踢着马刺，头也不回地远去，拉波索无比惆怅。不为别的，只为当年可为，却无所为。他为自己惆怅，原来的他没了，可能的他没了。当时，他和其他人一样，骑着马，几乎松着缰绳，站在原地，对着灰尘满天的葡萄牙隘口。说到底，让他惆怅的是自己的青春、逝去的岁月、走过身边的人。也许，他原本可以从他们身上得到什么，让自己在这个点儿睡个好觉。

黑夜中出现了一个身影。他想把手伸进披风，去摸上衣口袋里的枪。对方咂了下嘴，他的手停住。妓女从阴影中走出，逆光站在身后即将熄灭的街灯前，穿着红白条纹的紧身上衣，看不清脸。但从举止上分辨，应该是个妓女。

"先生，来找点乐子吧！"是妓女，说话不害臊。

"去哪儿？"拉波索问。

"附近有个地方：我收五法郎，铺着床单的床六个苏埃尔多……行吗？"

"我赶时间。"

妓女指了指黑乎乎的小巷，看上去很疲惫：

"要不，就在那儿？"

拉波索胃疼，揉了揉肚子，想了想。从巴黎染上梅毒带回去，这可不是他的人生目标。

"你有保护吗？"

"什么？"

"安全套、避孕套……羊肠什么的。"

"用完了。"

"好吧。"

妓女凑近了点，她没戴帽子，拉波索看得更真切。她好像挺年轻的，有股汗味加酒味加廉价刺鼻的香水味，还有当晚上过她的男人味。

"先生，您要是乐意，可以从后面上。"

"没有安全套，前后一个样。"

"用嘴呢？"

拉波索想了想，有点兴趣。西班牙妓女不会玩这个，她们会去听弥撒，数念珠，忏悔牧师不让她们这么做。他有点心动，可最后还是摇了摇头。

"不要，算了吧！"

"三法郎。"

"跟你说不要。"

他走了，听见妓女在低声骂他，说 Salaud de merde① 之类的话。说哪种语言没关系，听语气就全明白了。拉波索又往前走了走，拐进一条又窄又短的小巷，掀起披风，在一堆碎砖头上撒尿。一弯新月从屋檐间漏下一点点光，显得巷子更黑，巷子里堆了许多垃圾。拉波索扣上裤子的那一刻，发现有只老鼠瞪着红通通、亮晶晶的眼睛，贼溜溜地看着自己。那只老鼠大得像只猫，蛰伏着，一动不动地盯着他，希望不被人看见。拉波索瞧了瞧，慢慢地弯下腰，捡了块碎砖头。老鼠似乎猜到了他的心思，恐怖地叫了一声，威胁他。拉波索狞笑着，扬起砖头、盯着老鼠。一只被困在小巷、钻进垃圾堆的老鼠，这个世界完美的写照。拉波索心想着，将那块砖头冲它砸了过去。

---

① 原文如此，为法语，意为："吃屎的下流坯"。

8. 普洛可甫咖啡馆①的绅士

违背常理让我气愤的日子已经过去了。

德尼·狄德罗：《致索菲·沃朗的信》

找《百科全书》运气不好。尽管布林加斯教士诚心帮忙，朋友、熟人纷纷指点，甚至连丹塞尼斯先生也给熟识的供书商写了推荐信，首版《百科全书》还是迟迟没有踪影。哲学家博腾瓦尔证实： 首版共四千两百二十五套，四分之三销往国外，巴黎连一套完整的也没剩下。堂佩德罗和堂埃莫赫内斯遍访书商，苦求而不得： 加尔默罗会对面的拉佩诺特、天神酒店旁边的基亚乌、卢浮宫连拱柱廊下的桑松和屈涅、马蒂兰斯街上的巴拉尔寡妇……从一流书商到九流书商，包括塞纳河畔的书摊和香榭丽舍大街的流动书摊，都没有完整的二十八卷对开本，只能找到零散的几本。巴拉尔夫人是国王的印书商，有日内瓦再版的后十四卷。全本只找到两套，版本不太可靠： 意大利卢卡对开本和瑞士伊韦尔东三十九卷十六开本，后一版文字改动很大，圣雅克街的书商贝林只卖三百镑一套，被布林加斯教士全盘否决。

"看价格，就不靠谱。"他轻蔑地说，"更何况，还被伏尔泰盛赞。"

布林加斯说这话的时候，堂埃莫赫内斯正在因伤风感冒、肺部感染而卧床不起。他穿着衬衫，戴着睡帽，毯子拉到下巴，胡子两天没刮，看上去脸庞消瘦，眼睛烧得通红，眼泪汪汪。对街的窗户关着，尿壶里的尿很浑，几乎快溢出来。房间里空气污浊，弥漫着伤病与疲惫的气息。教士和堂佩德罗刚从外面回来，第 N 次空手而归，在跟病人汇报情况。他们坐在床边，海军上将在喂图书管理员温柠檬汁，给他补水。

"没关系，亲爱的朋友。只是感冒，不是最厉害的那种……这种情况，我见得多了。"

"胸口闷得慌。"堂埃莫赫内斯虚弱地抱怨道。

"您老咳嗽，是湿咳，有痰……您在咳痰，这是好现象……不管怎样，教士先生已经帮您找了个医生朋友。"

"没错，"教士确认道，"科班出身，能信得过。他就快到了。"

"我的运气太糟糕了！"图书管理员痛苦地说，"人到巴黎，居然病了，还耽误正事。"

"也没耽误，"海军上将安慰他，"找到书的可能性很小。首版似乎已经人间蒸发……连日内瓦重印的对开本都找不全，看来只印了不到两千套，也卖完了。"

"其他版本呢？……上将，咱们要坚持到底，永不放弃……前些天说的那个托斯卡纳版呢？"

"已经完全排除。他们说，词条都重写过。"

"上帝啊……咱们要空手而归了。"

"还不好说。今天早上，我给学院写了封信，要的驿站加急。"

堂埃莫赫内斯急了，抗议道：

"驿站加急的邮费那么贵！说到开支……咱们快没钱了。"

---

① 普洛可甫咖啡馆（café Procope）：位于巴黎塞纳河左岸圣日耳曼街 13 号，1686 年开张，是巴黎第一家咖啡馆，伏尔泰、卢梭、罗伯斯庇尔、丹东、马拉都曾是这里的常客。

"我明白，可是没办法。咱们需要马德里方面的指示……现在只能等，等天上掉馅饼。您先好好养病。"

"麻烦您，把尿壶给我。"

"行。"

有人敲门，布林加斯的医生朋友来了。他长相粗俗，目光逼人，长头发，油乎乎的，没扑粉，身子瘦，脑袋奇大，很不匀称，嘴巴宽，有点歪，像长了两只脚的蛙。

"小便如何？"他开口便问。

"酸，浊，少。"堂埃莫赫内斯回答。

"肺部染上了丹毒。"医生给他搭脉，用勺子柄压舌，检查喉咙。动作粗鲁，差点没让他呕出来，"要给皮肤补气，让其所有门都打开：排汗、排尿、排便、呕吐，手臂上抹起疱膏，开人工通道……还有，绝对不能见风：门窗紧闭，炉子烧烫……现在，我要给他放血。"

"这么虚弱，还要放血？"海军上将感到奇怪。

"正因为虚弱，才要放血。排出浊气，沥干肺部，就没事儿了。"

"对不起，医生……我没记住您的名字。"

"我还没说。我叫马拉。"

"您瞧，马拉先生……"

"马拉医生，如果您不介意的话。"

海军上将十分镇定地点点头：

"一点也不介意，如果您希望这样叫，医生……我对您从事的学科十分尊敬，但是，您想在我这位朋友的静脉上开个口子，我反对。"

医生吓了一跳，似乎刚挨了骂：

"为什么？"

"虽然我不是医生，见得也挺多，看一眼，就能分辨出这只是普通的伤风。还有，我不相信该死的刺血针和放血术，过去没什么用，现在也不会有什么用。这些方法，早就应该在临床治疗上彻底废弃了。"

医生的脸刷白，嘴唇紧闭，差点闭没了。

"先生，您不知道自己在说什么。"他嘟哝道，"凭我的经验……"

堂佩德罗依然像之前那么镇定，他抬起手：

"和您的经验相比，我的经验微不足道，或许正因为如此，才更简单实用。堂埃莫赫内斯需要的不是放血、抹膏药、排出丹毒浊气，而是开窗通风，多喝点温柠檬汁，如果可能的话，加点糖。"

"您想告诉我……"

"我想告诉您：如果这个方法在轮船上管用——轮船上那么不卫生，撇开坏血病不谈——您想想，在这么舒服的地方怎么会不管用？您说，出诊费多少钱？"

"先生，真是闻所未闻……"医生结巴了，"嗯……十法郎。"

"见鬼，有点贵。"海军上将把手伸进坎肩口袋，掏出几枚硬币，"不过，咱们犯不着为起疱膏讨价还价……再会，先生。"

医生突然抓过硬币，谁也不看，连病人也不瞧一眼，夺门而出，砰的一声关上门。海军上将走过去，将窗户大开，放进阳光和空气。布林加斯阴沉着脸，责怪地看着他。

"您这样做不对，"他抗议道，"马拉医生……"

"甭管您跟他关系有多好，走近了也能一眼瞧出他是庸医……他真的有行医执照？"

"他说有。"布林加斯泄了气，"同行们对此确有争议，他也惹出过乱子……其实，他擅长的是眼科，还专门写过点什么……治疗淋病的文章。"

"行了行了，教士先生，最后这点跟他最契合。"堂佩德罗回到图书管理员身边，又递给他一杯柠檬汁，"我有点好奇，你们是怎么认识的？"

"他就住在我家附近，我们常去同一家咖啡馆。我觉得，问题是这人的思想比较前卫……"

"我觉得不是。"

"我说的是政治思想，他大有前途，所以科学院才容不下他。"

"噢，好吧！"海军上将耸了耸肩，"马拉先生的政治前途我无意插手，但作为医生，他是个公共危险分子……我看他总想把人打发到鬼门关。"

马德里夕阳暖暖。从阿尔卡拉街到阿托查门，普拉多大街上全是马车、轿子和行人。大家站着或坐着聊天，长凳上、租用的小马扎上、饮品店旁，头顶就是正在发芽的绿树。曼努埃尔·伊格鲁埃拉和胡斯托·桑切斯·特龙在丽池公园的马厩前偶遇。桑切斯·特龙挽着夫人散步；伊格鲁埃拉携全家从圣费尔明·德洛斯纳瓦罗斯教堂祈祷完出来，妻子戴着花边帽，两个待字闺中的女儿戴着发网。全家人站在一边，给一辆四骡马车让道，车门上印着贵族纹章，车夫座上坐着穿号衣的仆役。两位院士都在人群中，伊格鲁埃拉远远地看见桑切斯·特龙，默默地跟他打了声招呼，像共济会会员接头。他们交换了目光，哲学家院士犹豫片刻，两人走近，得体地互相介绍。四个女人在前面走，欣赏马车和服饰，两位院士拖后。

"您夫人很美。"伊格鲁埃拉率先打破沉默。

"您的女儿们也很美。"

"小女儿还行，"伊格鲁埃拉很公允，"大女儿会很难嫁出去。"

他们俩看着路人，默默地往前走。桑切斯·特龙想尽量离记者院士远点，免得让人以为他们亲密。他和平常一样，没戴帽子，没扑粉，遇到熟人，生硬地点点头，下巴埋到厚厚的领结里。这只领结，他在脖子上绕了好几圈。伊格鲁埃拉遇到熟人，为了不影响假发，只能用手碰一碰三角帽的帽檐。

"周四，我们在学院很惦记您。"伊格鲁埃拉说。

"那天我有事。"

伊格鲁埃拉盯着一辆所谓的巴伐利亚马车，有很多玻璃窗那种，就像在人群中移动的一盏硕大无比的街灯。

"我知道，"他说，"您是因为《欧洲文学状况》缺席的……书名是这个，对吧？……您被它耽搁了。据我所知，这本书……"

他故意顿了顿，似乎在找溢美之词。

"大获成功，"桑切斯·特龙接过话头，"反响非常好。"

伊格鲁埃拉不怀好意地笑了笑：

"我倒不怀疑……可是朋友给我消息，说算上他，只有十七人出席。"

"比这个多。"

"有可能。不管怎样，我会在下周的《文学审查官报》上登一篇书评，当然是正面的，至少在一定程度上……为了给书评腾版面，我还略微删减了那篇有关直布罗陀行动和美洲英属殖民地战争的文章。"

桑切斯·特龙还是不高兴，高傲地做了个不耐烦的手势：

"我的书不需要您夸奖。"

伊格鲁埃拉的表情更夸张。

"那当然，"他总结道，"您的意思是：夸奖您的书反倒会有损您的形象，"他顿了顿，像在斟酌，比之前笑得更假，"会有损您不被赏识但决不妥协的形象。您从这个形象里可没少捞好处。"

"您简直胡说八道！"

"我说什么，做什么，心里一本账，明白着呢……您应该注意到，在我最新那期报纸上，有篇抨击当代作家的重量级文章，没把您骂进去。"

"我不看您写的东西。"

"行了，老兄，我知道您看。只要印成铅字的东西，您都会如饥似渴地看，到处找您的名字，尽管表面上不屑一顾……因此，您一定注意到，在我那篇志在毁灭自由思想家和蹩脚哲学家的文章中，您就像或几乎就像特尔斐①的圣女，毫发无伤。您瞧，我是遵守停战协议的。"

"遵守？……我的天啊，您要遵守什么？您不尊重任何人。"

"我都跟您说了：停战协议。您瞧，我很守信誉！"

"胡说八道！"

桑切斯·特龙严肃地跟一位年轻人打招呼。那人没戴帽子，没扑粉，戴着夹鼻眼镜，穿着合身但滑稽可笑的大礼服，衬衫上的领结系得很紧，几乎让他喘不过气来。

"这人是您那边的，对吧？……"伊格鲁埃拉笑着问，"埃鲁迪奥·特拉彼略，如果我没记错的话。"

"正是。"

"哎呦！"伊格鲁埃拉夸张地赞叹道，"不就是《神游文学共和国，复兴西班牙诗歌，外加道德配方——本朝天才的塞万提斯学者，哲学、修辞学、神学和文学教师著》的作者吗？……如果我没记错的

---

① 特尔斐（Delfos）：距雅典150公里的古希腊城市，因拥有阿波罗神庙而闻名，被称为大地的肚脐、世界的中心，没有任何国家敢于侵犯，故而成为当时最安全的地方。

话，前言是这么写的：'我没觉得希腊人荷马或英国人莎士比亚有什么了不起，他们只会编故事。'他说维吉尔死气沉沉，严重被高估，还说'至于贺拉斯，尽管他的六韵步诗不算最好……'我是题目记错了？……还是内容记错了？……要么人物记错了？"

桑切斯·特龙恶毒地斜着瞪他一眼：

"您找我说话，就是来胡说八道的？"

"上帝保佑……我是来通报最新消息的，上周四没见到您。咱们的两位同事在巴黎遇到麻烦了。购书一事，进展缓慢，看来，《百科全书》很难找。我不知道拉波索起了多大作用，但他的确功不可没……情况就是这样。"

"然后呢？"

"时间不多了，下面这个阶段最棘手。"

"怎么个棘手法？"

"非常棘手，一定要小心谨慎。"

"说真的，我不知道您想干什么。"

"咱俩目标一致，我希望，nemine discrepante①。您应该记得：咱们在雇人去巴黎时，那人问过，阻挠两位院士，有何分寸？"

桑切斯·特龙既不自在又不自信地眨了眨眼：

"您说什么？怎么样两位院士？"

伊格鲁埃拉在空中比画出写字的样子：

"'阻挠'，既是名词，也是动词……您查查，什么叫委婉语。"

"我不喜欢开玩笑。"

"对不起，我不是故意的。"

"我还是没听明白，"桑切斯·特龙打断他，问，"您想说

---

① 原文如此，为拉丁语，意为"没有分歧"。

什么？"

他们走过小喷泉，继续沿着榆树树荫，往圣赫罗尼莫街口走。现在轮到伊格鲁埃拉谦卑地向两位夫人问好，她们是司法部高官的夫人，披着黑披肩和圣女丽塔教服，正在散步。教服虽暗，但配饰明亮：金色十字架挂件、银色肩布、因玛库拉达肖像的浮雕宝石、带圣牌的绿宝石手镯。最近流行圣女丽塔，取代了圣徒弗朗西斯科·德葆拉，被本地天主教上流社会顶礼膜拜。伊格鲁埃拉亲自撰文，盛赞此事，登载在最新一期《文学审查官报》上。他说：巴黎有时尚，马德里有传统，各有取舍，在这方面，其他国家不配对我们指手画脚。

"太遗憾了，您居然没听明白，"记者院士没走几步，又说，"我的口才一向不错。总之……顺便说一句，拉波索这个粗人居然能在信中，用合适的、令人惊叹的方式，委婉地问我们：阻挠两位院士的巴黎之行，究竟有何分寸……说白了，如果他们买书成功，打道回府，对人对物，允许伤到什么程度？"

"还要伤人？"桑切斯·特龙吓了一跳。

"这是我说的，他暗示的。"

"您是怎么回复的呢？"

"哎呦，我的先生，我还没回复呢！无论什么回复，责任咱俩一人一半，均担道德责任，这点您很在意。"

"对物，那是明摆着的。可这对人……"

伊格鲁埃拉从上衣袖筒里掏出一块硕大无比的手帕，很响地擤鼻涕。

"您知道吗？"过了一会儿，他说，"这年头，养两个女儿不容易。"

"怎么会突然说起这个？"

"去看戏？还是去跳舞？"伊格鲁埃拉充耳不闻，自顾自地往下说，"……上帝啊！想想咱们的祖辈和父辈，女人成天捧的是刺绣绷子和织花边的线轴。可现如今，基督教教义、端庄、谦逊这些都不教了，这下好……成天谈这个发型，那个粉扑，这件衣服坏了，那件外套破了，无数诸如此类的傻话，制造出无法调和的家庭矛盾；要么就谈刚从巴黎捎来的薄纱、绸带、丝绸、小帽子，或是刚跟哪个表兄、邻居、时髦的公子哥接触过。他们想骗走我的两个女儿，特别是小女儿，教她们对舞、英国舞，或用比韦埃拉琴①伴奏，给她们唱《抛弃》中女暴君演唱的第三部分……您瞧，我夫人的想法奇怪得很：女儿好好的，乖乖听话，是我们的女儿；出问题了，就只是我的女儿。"

他顿了顿，又自顾自地点点头，最后，指着走在前面的四个女人问：

"上帝没有保佑您，让您传宗接代，是吗？"

"我不信这个。"桑切斯·特龙不苟言笑，几乎有些不可一世。

"不信上帝？"

"不信传宗接代。"

"对不起……您说不信什么？"

"我说：不信传宗接代。把孩子带到这个人奴役人、不公平的世界上无异于助长不公平。"

伊格鲁埃拉挠了挠假发下的脑袋。

"有意思，"他说，"所以您不要孩子……免得生出更多的小奴才。您的做法是生物学上的仁慈，令人击节赞叹。"

桑切斯·特龙听出他在冷嘲热讽：

"您见鬼去吧！"

"我见不见鬼，也许会，也许不会。不是不报，时候未到。"伊格

---

① 比韦埃拉琴（vihuela）：西班牙十六世纪的一种弹拨乐器，类似吉他。

鲁埃拉停下来，小眼睛充满歹意地看着对方，"如今，当务之急是您说，拉波索要做到什么程度？……我指对人。"

桑切斯·特龙深吸一口气，先看一边，再看另一边，最后看着记者院士。

"伤人，万万不能。"他说。

伊格鲁埃拉两手叉腰，已经不是讥笑，他想骂人了：

"如果走投无路，别无选择呢？……都做到这份上了，总不至于半路收手吧！"

桑切斯·特龙气愤地将下巴缩进夸张的领结里：

"该说的都说了！明白吗？不能伤人！……这么说已经很不像话！"

说完，他猛地向前迈三大步，走到夫人身边，拉着她胳膊，冷冷地向伊格鲁埃拉的妻女点点头，迅速离开。伊格鲁埃拉原地不动，见他跟平常一样，一本正经地扬长而去。目送着他溜走的背影，记者院士露出奸笑，挖苦地想：什么"奥维多启蒙读本"？这家伙，还有那帮虚伪的狐朋狗友，总有一天，他恶毒地想，所有敬酒不吃吃罚酒的哲学家，所有在咖啡馆里卖弄学问、虚荣心膨胀的穷酸文人，都会在扬言不信的上帝面前，在口中热爱、心里鄙视的人面前，付出应有的代价。桑切斯·特龙不愿跟别人握手，怕把干干净净的手握脏。生活中迟早会遇到的那些脏事破事，他都留给别人去做，他也会为此付出应有的代价。

此刻在巴黎，布林加斯教士刚刚回家。堂埃莫赫内斯盖着毯子，睡帽的帽缨落在鼻子上，正在休息。佩德罗·萨拉特穿着衬衫和紧身坎肩，守在一旁读书。窗户开着，传来经过维维恩街石板路的马车声。

如果说，我们对大自然的无知创造了神祇，那么，对大自然的了解就是为了毁灭神祇。

他在看《自然的体系》，最近去见书商时买的，十年前伦敦印刷，署名 M·米拉包德。不过，所有人早就知道真正的作者是百科全书派霍尔巴赫男爵。

大自然是盲目的，不谈学问和目的。可是，无所不能的上帝总是抱着最崇高的目的，让可怜的凡人有机会犯错，好让他雷霆大怒，不断地迁怒于人。投入大自然的怀抱不是比一辈子战战兢兢要好？

天色渐晚，屋里的光线越来越暗。海军上将放下书，点燃了床头柜上的枝形烛台。他用的是刚在巴黎买的先进工具：一小块火石，小钢轮连着装了灯芯的小黄铜管。只要使劲转动小钢轮，就能擦出火花，点燃灯芯。酷似投弹手近年来装在皮带上的点火装置，只是缩小版。法国人叫它 briquet，相当于西班牙语的"火镰"。海军上将认为：这项发明很实用，家里用、路上用、吸烟的人用，都特别好。回头看书前，他打算某周四提议：在新版词典的 mechero 词条下添加释义或引申义。截止到目前，该词只有"火嘴"一个释义，指套住蜡烛芯的那根管子。

上帝不公正，令人畏惧，以致虔诚温和的信徒压根就不会思考……

"我有点冷。"堂埃莫赫内斯翻来翻去，小声说。

海军上将又把书放下，艰难地站起身——他个子高，长时间不动，关节会僵——走到窗边，把窗户关上。他回到椅子旁，见图书管理员睁大着眼睛看他，虚弱地笑了笑。

"我觉得好点了。"他没等海军上将开口，先行汇报。

堂佩德罗在他身边坐下，给他搭脉。脉搏跳得还是有点快，但已基本正常，有力，有节奏。

"再来点柠檬汁？"

"谢谢。"

海军上将扶他微微欠身，喝柠檬汁。

"我觉得，是您救了我的命。"图书管理员又躺下，"赶走了那个医生……您不觉得十法郎太贵了吗？"

"我的朋友，我付钱，就是想赶他走。我敢肯定：这么做，是我们赚了。"

"要是布林加斯拿了回扣，我一点儿也不奇怪，这两人是一丘之貉。"

堂佩德罗开怀大笑：

"堂埃梅斯，这样的医生，我们太了解。这种人哪儿都有：随随便便动刀子，人死了，他一眨眼就忘了……催吐剂、起疱剂，准会开这两种药！"

"催吐剂，我被开过若干次。"堂埃莫赫内斯叹息道。

他们俩好一会儿没说话。窗外，晚霞映红了屋顶。

"您在看什么书？"

"昨天买的那本，第一卷……您知道的，霍尔巴赫那本。"

"是禁书吗？"

"非禁不可，哪怕在启蒙时期的法国。您瞧，以防万一，说是在伦敦印的。"

"好看吗？"

"绝对不同凡响。应该是必读书，尤其对于受教育的年轻人来说……不过，您要是看了，恐怕会不认同。"

"看完再告诉您。可以翻成西班牙语吗？"

"想都别想！在咱们生活的这个可悲的时代，绝对不可能。谁胆敢去翻，宗教裁判所的黑乌鸦们一定会扑上去。"说到这儿，海军上将又翻开《自然的体系》，"您听好：'如果你们需要幻想，就让你们的同类也能幻想。别因为他们不像你们那样胡言乱语，就要了他们的命……'您觉得如何？"

"恐怕不止一个人会觉得这是在说他。"

"您想得没错。"

海军上将把书放在床头柜上，看窗外渐渐变暗。过了一会儿，他似乎晃过神来。

"当然，法国不是天堂，"他说得有些突兀，"巴黎也不代表整个法国。可是，相比较而言，西班牙错过了多少时光！浪费了多少精力在无谓的琐事上！多少有用的事被说成无用！……您会和我一样，认为神学、逻辑学和形而上学，就算无所不知，也一无所用……从哲学角度讨论运动、阿喀琉斯、乌龟和其他傻事，得不出任何有用的结论，好比球击墙后的折线，物体从斜坡上滚落的速度等。"

"于是，您所挚爱的牛顿出现了……"堂埃莫赫内斯亲切地笑了笑。

"当然，他也是您所挚爱的。"

"那是，"堂埃莫赫内斯承认，"毋庸置疑。"

海军上将摇了摇头：

"您是真心信仰天主教，也是启蒙派。可并非所有人都真心信仰天主教，也并非所有人都是启蒙派……您想想不久前企图给您放血的那位庸医，他代表愚昧和落后，尽管打着科学的旗号，其实是伪科学。"

"不用您说，我也想过，想得我心有余悸。"

"牛顿早在一个世纪前就发表了《自然哲学的数学原理》，堪称人类思想与现代科学的巅峰之作。可是直到今天，他的思想依然受到质疑，不仅仅在西班牙。将来的人要是知道，会如何想？……直到今天，依然有人拒绝从宗教真理转向科学真理，从神学家和神父转向科学家和哲学家。将来的人要是知道，会如何想？"

他停了停，又拿起书，翻到折角那一页：

"听霍尔巴赫是怎么写的：'若是有才能的人能像几百年来拒绝进步的人那样屡受褒奖，人类会前进多少步！若是实用科学、艺术、道德、政治和真理能像谎言、谵语、迷信和无用那样被重视、被扶持，那会怎样地日新月异！……'您认为如何？"

他把书放在膝盖上，期待地看着堂埃莫赫内斯。

"此乃上帝之声，"图书管理员承认，"恳请上帝原谅。"

"在西班牙，谁也不会像豪尔赫·胡安那样对此全盘接受。"

"您总算提到同样挚爱的科学家及同行豪尔赫·胡安了。"堂埃莫赫内斯善意地评论道。

"您很清楚，他是我最最挚爱的科学家：理论物理及实验物理学家、工程学家、天文学家、航海学家……他的一生是一场与牛顿完美的对话，谈话对象自始至终是牛顿，而非宗教信仰。再说了，宗教信仰什么的，也插不上手……"

"亲爱的上将，咱们别再争了。"堂埃莫赫内斯提出抗议，"求求您：您可别头脑发热，现在发烧的是我。宗教信仰完全取决于个人。"

"很抱歉，堂埃梅斯。宗教信仰不是个人的事。西班牙科学迈进的每一步，都会遇到宗教阻力。”

“这倒是，”堂埃莫赫内斯表示同意，“这点我承认。”

海军上将把书放到床头柜上。日光已经很暗，他回过头，烛光照得他半明半暗。

“如您所言，我所挚爱的豪尔赫·胡安就是最好的例子。他是我们与牛顿之间最显而易见的纽带，他能真正理解牛顿……他所做的有关悬浮物体和船只模型的实验具有革命性的意义，《航海大全》和《航海测试》是他的巅峰之作。而我有幸于六九年和他一起观测了金星掠过地球……”

“你们一起出过海吗？”

“时间很短。他专心做自己的事，不知从何时起，就很少出海了；而我则专心编写《航海术语词典》。可是，他对我的友情和我对他的敬重一直延续到他生命的最后一刻。”

“又是遗珠一颗，”堂埃莫赫内斯叹息道，“最糟糕的是，衣钵无人继承。”

海军上将嘲讽地噘了噘嘴：

“谁有这个胆子？……他在世时，就一个劲地被人攻击，穿小鞋。”

“眼红、嫉妒，西班牙通病。”

“没错。”堂佩德罗说，“不但攻击他，而且攻击他所代表的一切……要知道，当政府希望在西班牙大学教授牛顿物理学时，大学反对；两年前，当卡斯蒂利亚枢密院责令嘉布遣会修士比利亚尔潘多将科学界的最新进展纳入到大学课程时，教师们反对……您注意到了没？……反对就行，就这么简单。”

“尽管如此，您这么说不公平，”堂埃莫赫内斯并不同意，“我们也不是一无所有。我们有植物园和它的化学实验室，有马德里自然史研究室，有派往智利和秘鲁总督辖区的植物考察队……还有加迪斯海军士官生学校无与伦比的天文台。至少军人尚能守住科学的堡垒，您说的那些黑乌鸦不太在军界指手画脚。工程师、炮兵、水手……可以这么说：科学被军事化实乃西班牙之大幸。"

"那当然，老兄。咬文嚼字在军队根本没用。建造战舰或抵挡炮弹的防御工事，这些工作都不能交给亚里士多德或圣托马斯，所以说，海军是尖端科技的温床……可惜除此之外，乏善可陈，连法国或英国那种科学院或科学协会都没有，因为教会不允许……甚至在军队里，说实在的，军阶和军纪也会控制思想，规矩总是要讲的。"

"不是有国家之友经济协会吗？他们也在尽力做些事。"

海军上将说：这还不够。他认为：农民养出最胖的奶牛，要奖励；改进纺织机的人，要奖励。此外，国家还需要制定政策，鼓励资产阶级洞察商机，投资实验科学。在西班牙，科学、教育、文化，都在同一处碰壁。因此，谨慎的人沉默，大胆的人遭殃。

"所以，"他总结道，"我们没有欧拉，没有伏尔泰，没有牛顿……他们要是出现，不是被关进监狱，就是被叫到宗教裁判所。西班牙人要是遵循科学方法，必定引火烧身……乌略亚和豪尔赫·胡安从美洲归来，作品出版不了。要想出版，必须舍弃一些结论，更改或掩饰另一些结论。"

"您说得确实在理。"图书管理员表示接受，"早就应该把牛顿的天体物理学规律运用到西班牙帝国的政府管理上……英国人就是这样做的，尽管他们的美洲殖民地有很多麻烦；法国人也是这样做的，尽管他们连帝国都没有。"

"就是。同样的情况也发生在教育界、出版界、作者和译者身上……不应该逼迫他人在思考完科学体系后又反过来否认。西班牙人只要出版科学著作——如果他能出版的话——必须要在每条结论后写上：'然而，此结论有悖于《圣经》，请读者切勿妄信……'这成何体统？只能阻碍进步，让西班牙沦为欧洲的笑柄。"

"是的……所以，上将，您和我才会来到巴黎。"堂埃莫赫内斯给他鼓劲，"您不认为这已经意味着什么了吗？"

海军上将笑容忧伤。烛光下，几乎透明的眼眸更加澄澈，不带一丝希望。

"是的，亲爱的朋友，"他慢悠悠地说，"所以，我们才会来到巴黎。"

我需要一个咖啡馆，不是为了喝咖啡——写这本小说的过程中，我没少喝咖啡——而是为了布景。根据我在学院查阅的信札和文件，可以推断出，堂佩德罗·萨拉特和堂埃莫赫内斯·莫利纳经常光顾巴黎的几家咖啡馆，并在其中一家，又结识了几位知名的百科全书派。一开始，我考虑过当年位于皇宫花园黎塞留街的富瓦咖啡馆。没过多久，经奥尔良公爵改造，那里成为大革命前巴黎的社交和商业中心。可是，工程结束的时间和故事编排对不上，我只好把第五章原本安排在皇宫花园的场景移至圣奥诺雷街。后来，我总算在图书管理员的一封信上得到提示："圣安德烈街，旧剧场附近"。我顿时明白过来，那天，两位院士唯一有可能光顾的是普洛可甫咖啡馆：它历史悠久，是巴黎仍在开张的咖啡馆中最古老的一家。我带着笔记本和一七八〇年的巴黎地图，坐在它门前，琢磨着怎么去写这段故事。

我来过普洛可甫咖啡馆，知道它很有名气，接待过十八世纪最杰出的知识分子。甚至我还跟文学经纪人拉克尔·德拉孔查和法国编辑安妮·莫尔万在这儿吃过一顿饭，饭菜倒没什么特别。我知道这是一家文学咖啡馆，因为文人常去附近的法国剧院，百科全书派常在咖啡馆开聚谈会；后来在大革命艰苦时期，科德利埃俱乐部也常在这里碰头。但在此之前，我从未以作家的眼光、实际的眼光审视过这个地方。幸好门前那条街，如今的圣安德烈商业街，逃过了奥斯曼男爵大刀阔斧的城市改造，如同被手术刀直直切出的圣日耳曼大道距商业街只有区区几米。现在的商业街保留了过去的格局，全是小商店、小餐馆，还是过去的房子，过去的咖啡馆。因此，实地走一遭，想象一下，并不困难。普洛可甫咖啡馆的一个门还是对着这条商业街，另一个门漆成红蓝两色，开在这栋楼的另一面，对着现在的古剧院街。根据阿利贝尔、艾斯诺斯和拉皮利的地图，十八世纪时，这段叫圣日耳曼德佩街。此外，重新打造内部环境，还原人声和杂声，桌子如何摆放，喝的咖啡和巧克力茶等等，我都有详尽的资料。《启蒙时期的巴黎》是基于杜尔哥地图完成的十分精辟的巴黎城市研究。书里有几幅复制版插图，可以让我熟悉当年的内部陈设，地砖，细颈小玻璃瓶，镶在墙上的镜子，漂亮的水晶吊灯，还有木头、铁和大理石质地的小圆桌。

　　　　几步之外，就是圣日耳曼德佩街。自从一六八八年法国喜剧演员纷纷在此定居之后，街名便改为剧院街。普洛可甫咖啡馆很快驰名欧洲，客人中有闻名遐迩的作家。德图什①、达朗贝尔、霍尔巴赫、让-雅克·卢梭、狄德罗和众多文人曾经将这里打造为法兰西学院的分部。

　　这段引自勒帕热的《艺术与文学咖啡馆》。这本书的部分章节，我带了复印件，划了重点，将普洛可甫咖啡馆和许多书紧密地联系在一起。

----

① 全名安德烈·卡迪纳·德图什（André Cardinal Destouches，1672—1726），法国作曲家，擅长创作芭蕾歌剧。

那些天，我在巴黎书店淘到许多有用的书： 莫尔帕[1]和布拉亚尔的合集《十八世纪》，孔斯特勒的《路易十六时期的日常生活》，特别是梅西耶精妙绝伦的《巴黎展板》。多亏书商昌塔尔·克罗德伦帮忙，我在圣米歇尔街的吉贝尔·热纳书店低矮书架的偏僻角落找到了现代版二手书。

就这样，凭借笔记，在一七八〇年的巴黎地图上驰骋想象，忘记现代的霓虹灯、热闹的餐馆和商铺以及挤满圣安德烈商业街的游客，那天早上，我走进了，或者，我让海军上将和图书管理员在布林加斯教士的陪同下走进了——当年他们应该进去过——普洛可甫咖啡馆。

"简直不敢相信，我们居然来到这里，"堂埃莫赫内斯目眩神迷地看着周围，"著名的普洛可甫咖啡馆。"

咖啡馆里热闹极了。所有桌子都被坐满，大家围坐着争论或交谈，人声杂声不绝于耳，空气中弥漫着烟味和热咖啡的芬芳。

"简直像个蜂房。"海军上将评论道。

"尽是些不干活的雄峰。"布林加斯依然满肚子怨气，接过话头，"他们来这儿，不是为了工作，而是为了消遣。"

"我还以为您认同这些地方。"

"地方和地方也有不同。我的意思是： 层次不同。来这家咖啡馆的人都是些不食人间烟火的寄生虫，只会夸夸其谈，互相恭维，互帮互助，自娱自乐。极少有人例外……瞧瞧那边那个，"他指着一张桌子，"咖啡馆贵客，怪人一个。"

堂埃莫赫内斯仔细观察布林加斯指的那个人： 快上岁数了，穿着皱巴巴的旧上衣，一个人对着一杯咖啡，看着空气，一动不动。

---

① 莫尔帕公爵，原名让-弗雷德里克·菲利波 (Jean-Frédéric Phélypeaux, 1701—1781)，法国路易十五的国务秘书，路易十六的大臣。

"他是谁啊？"

教士眉毛一抬，似乎这个问题问得特别不合适：

"伟大的象棋手弗朗索瓦-安德烈·菲利多尔①……听过这个名字吗？"

"当然听过，"海军上将说，"我还以为他年纪更大些。"

"他在咖啡馆里总是一个人枯坐……基本不需要上楼，去找棋盘或对手，他在脑子里下棋，自己跟自己下。"布林加斯羡慕地咂了咂舌头，"你们瞧，就在那儿……孤身对抗全世界。"

"我想去跟他打个招呼，"堂埃莫赫内斯说，"我也会下一点国际象棋。"

"千万别，他连话都不会跟您说，他从来不跟任何人说话。"

"太遗憾了。"

他们在咖啡馆里转悠，找位子。有人上楼，有人下楼，二楼是国际象棋室、西洋跳棋室、多米诺骨牌室；侍应生们端着水、冷饮、热气腾腾的咖啡壶或巧克力茶壶四处穿梭。

"这里有四种人。"布林加斯解释道，"喝咖啡聊天的，上楼打牌的，看报的，待上一天、喝聊以果腹的咖啡或半瓶苹果酒、等人帮他买单的。"

"您常来？"堂埃莫赫内斯问。

"来这儿？……我从不来这儿，今天是为了陪你们才来。我喜欢去城墙根街脏乱点的酒吧抽抽烟、喝喝烧酒，或者去林荫大道找个寒酸点的地方，虽然咖啡不好，煮得有点焦，可是能自由呼吸到纯粹的思想和真理……最多会去圣尼凯斯街的歌剧咖啡馆，花六个苏埃尔

---

① 弗朗索瓦-安德烈·菲利多尔（François-André Philidor, 1726—1795），法国作曲家，国际象棋理论家，十八世纪世界顶尖象棋手。

多，坐在炉火边，抱着一杯牛奶咖啡，暖暖地从早上十点坐到晚上十一点，鄙视那些不会受冻、靠榨取民脂民膏取暖的人……那儿有个阅览室，可以看到国外报刊和哲学书。"

"真的哲学书还是比喻？"图书管理员多了个心眼。

"两种都有。"

一块搁板和一张大桌子上，铺着各类宣传册和报刊。读者坐在旁边的椅子上，聚精会神地看《缪斯历书》《欧洲邮报》《巴黎日报》等报刊。西班牙报纸少，只有官方公报和有限的几种可以在咖啡馆免费翻阅，两位院士早已习惯，如今好奇地看着这么一大堆。

"最受欢迎的是《巴黎日报》，"布林加斯说，"因为每天出，还登讣告。"

"我没见到《法兰西公报》。"堂埃莫赫内斯说。

"那是官方报纸，在这里名声不好。大家公认，读官方报纸的人不讲理……《法兰西信使报》印得很差，连字都看不清楚，读者要么是冲着娱乐版谜语或字谜游戏去的，要么就是玛莱区至今惦记着路易十四时代的老顽固在看。"

"这儿有人读《伦敦晚报》吗？"海军上将好奇地问。

"有。尽管在打仗，英国的报纸基本都能准时送到。先生们，这里是巴黎。这儿有不好的地方，也有好的地方。"

布林加斯站住脚，沉着脸，看了看四周。

"哎！普洛可甫咖啡馆过去款待的都是有尊严、思想自由、英勇无畏的人士，是别的公众场合不受欢迎的人。"他说得咬牙切齿，"卢梭、马里沃①、狄德罗之类的人在此相聚，畅谈文学和哲学……可是

---

① 马里沃（Pierre Carlet de Marivaux, 1688—1763），十八世纪法国古典戏剧泰斗，代表作为《双重背叛》《爱情与偶然狂想曲》。

现如今，来这里的尽是些傻瓜、好色之徒、密探和自以为是的家伙，就像旁边那个小厅，那边正对着的，坐在窗边的那些家伙……我说，就像那个博腾瓦尔，他刚看到我们，对我自然没有好脸色，对你们两位，站起来打招呼了……我赶紧去报刊桌，看能不能从谁的手里抢份《巴黎日报》，研究一下昨天有谁抢过他风头……对不起，失陪。"

教士很识趣。博腾瓦尔见布林加斯离开，心花怒放。他就坐在靠窗那桌，正在起身，张开双臂走来，向两位院士致以最热烈的欢迎。上周三在丹塞尼斯夫人家，他建议两位院士去咖啡馆走走，他们果真来了，他很高兴。

"我来拿椅子，请允许我向大家介绍……这两位是西班牙皇家学院院士，对他们的到来，我们深表荣幸……退役海军准将堂佩德罗·萨拉特……学院的图书管理员、文学家、翻译家堂埃梅内希尔多·莫利纳。"

"埃莫赫内斯。"图书管理员纠正道。

"没错，堂埃莫赫内斯……两位请坐，喝咖啡，好吗？……这几位是孔多塞先生、达朗贝尔先生和富兰克林先生。"

图书管理员一边坐下，一边结巴，仰慕的话怎么说怎么不顺。这可不是闹着玩的，对面坐的就是和狄德罗同为《百科全书》推动者的让·达朗贝尔，他还撰写了著名的前言，看上去六十刚过，戴着扑了粉的假发，穿着一尘不染。达朗贝尔是法兰西学院终身秘书，著名的数学家，被誉为启蒙时期最卓越的思想家之一，正处于人生巅峰。同时，他对西班牙皇家学院开展的工作十分了解，给他们寄过好几本法兰西学院的书，包括第四版《法语词典》。因此，这位资深百科全书派更是笑脸迎接兴致勃勃的堂埃莫赫内斯。

"达朗贝尔先生，请相信我，"图书管理员说，"不怕得罪几天前刚刚认识的博腾瓦尔先生及在座各位，这是我人生中最重要的时刻之一。"

达朗贝尔自然而然地接受了这番恭维话，凭他的年纪和地位，类似的话已经听得太多。海军上将则用朴实的话语客客气气地称赞了他的《流体力学研究》和《动力学》。两本书他都读过，对于水手来说很有趣，他很喜欢，读完颇有收获。

"尊敬的同事，"达朗贝尔说，"能在巴黎见到两位杰出的西班牙院士，是我们的荣幸。"

海军上将和蔼、自然地微微点头，向博腾瓦尔介绍的另一位先生致意：他是位长者，又高又壮，头顶上光秃秃的，头发却披到肩膀，脸红红的，生了牛皮癣。

"我真的有幸，见到了富兰克林老师？"海军上将的英语相当不错。

"确实如此。"富兰克林欣喜地回答。

"先生，我很荣幸，也很高兴。"海军上将转回到法语，"您的作品我拜读过，对关于玻璃和双焦眼镜的文章很感兴趣，关于避雷针可以用于船只那篇也不错……请允许我向您和您的同胞在北美争取独立表示敬意……您知道的，我的祖国对此无条件支持。"

"我知道，万分感谢。"富兰克林同样彬彬有礼地回答，"自从我来到巴黎，常与贵国大使阿兰达伯爵接触，总是非常愉快。"

博腾瓦尔向在座诸位介绍了堂埃莫赫内斯和堂佩德罗前往巴黎的原因，谈话变得热烈起来。两位院士坦陈了目前遇到的困难，达朗贝尔确认：《百科全书》的某些重版在可信度上存有争议。他说：只有一七七六年和一七七七年日内瓦重印的对开本完全忠实于首版。正因为如此，如今连重印本都很难找。他所知道的最后一套全本几个月前被在座的富兰克林先生寄往费城。对两位西班牙院士来说，这是个坏消息。

"你们进来的时候，我们正在聊美国革命。"他说。

"自由的旗帜已经举起，"富兰克林似乎在总结之前的谈话，"如今，我们要让它屹立不倒。"

"这也是富兰克林先生来巴黎的目的之一。"达朗贝尔向两位院士解释道，"筹措资金，寻求支持。"

"希望您在这项崇高的事业上如愿以偿。"堂埃莫赫内斯一脸严肃地表示。

"谢谢，非常感谢。"

"博腾瓦尔先生认为，"达朗贝尔说，"盎格鲁美洲人靠造反建立的共和国，永远不可能得到巩固；富兰克林博士当然表示反对；孔多塞先生更倾向于博士的意见……"他转向堂佩德罗，"两位作为西班牙人，对英国及英国在这场战争中的态度有何看法？"

海军上将没有马上回答。

"我的意见十分主观。"他想了一会儿，说，"我仰慕大不列颠的军事胆量和公民道德。但作为或曾经作为西班牙海军的一分子，英国人永远是我的敌人。我的意见还是不说为好。"

"英国人无所忌惮，做起事来简单粗暴，"富兰克林说话不绕圈子，"用大炮和拳头维持帝国。至于其他，先生，著名的英国式礼貌只限于极少数社会精英……我向您保证：任何一位西班牙农夫都比英国军人更有尊严。"

"你们怎么看十三块殖民地的战争？"博腾瓦尔询问两位院士。

这回，海军上将不假思索。

"照我看，"他回答道，"北美终究会建立共和国。正如其他新兴国家一样，环境乃至风景都能表现出这种态势。"

"将战争和风景联系在一起，很有趣，也再恰当不过。"富兰克林十分惊讶，"您去过北美？"

"去过一些地方。年轻时，我登陆过北美海岸，太平洋沿岸我也去过……那种广袤的孤独感所烙下的个人主义性格有悖于欧洲古老的君主制。"

"言之有理。"富兰克林转向堂埃莫赫内斯，"先生，您呢？您怎么看？"

"我都没怎么出过马德里，"图书管理员回答，"我不这么认为。如果一个民族坐拥物质或精神财富，个性成熟，不再年少轻狂，包括年轻的民族，比如英国殖民地所在的民族，它会更乐于让君主坐上王位……因此，我觉得那儿的人也会如此：在美洲拥护一位合适的君主，代表新兴国家，同时像父亲一样，佑护子民。"

"上帝啊，救救我们！"富兰克林开心地笑了，"看来，您不太信任我的同胞。"

"我当然信任，但我更信任睿智公正的君主。"

"这么说，您站在富兰克林先生和孔多塞先生的对立面。"达朗贝尔说。

"我从没这么想过……我只是抱着良好的愿望，用理性讨论有争议的观点。"

"先生，我们向来如此。"富兰克林善意地做出让步。

"准将先生，您呢？"达朗贝尔问，"您信任君主，还是信任人民？"

"我既不信任君主，也不信任人民。"

"尽管您是西班牙人？"

堂佩德罗谨慎地顿了顿，想了想，又忧伤地笑了笑。

"正因为我是西班牙人。"他温和地说。

"我部分同意准将先生的意见，"达朗贝尔说，"我也不信任冲动、单干、有自身缺陷的人。"

"那就启蒙君主制。"博腾瓦尔开玩笑地建议道。

"如果可能，以天主教为国教。"堂埃莫赫内斯却当了真，怯生生地提出。

大家面面相觑，图书管理员天真地眨着眼睛，不明就里。

"所有思想都值得尊敬。"短暂沉默后，达朗贝尔表示。

在博腾瓦尔的要求下，侍应生再次给所有人续杯，大家又闲聊了一会儿。可是，堂埃莫赫内斯还在流连于刚才的话题，认为有必要澄清立场。

"尽管白玉有瑕，"他又说，"并非尽善尽美，但彼国的情况还挺不错。"

"您指什么？"孔多塞问。

"君主制。依我看，启蒙君主制是个大家庭，父母慈爱，子女称心，通过和平手段实现……因此，我爱法国。政府有文化，如慈父般呵护子民，给必要的自由度，有很大的容忍度，不惧怕任何革命。"

"您这么认为？"

"是的，恕在下愚见。法国无暴政，无暴君，不会有可怕的骚乱去煽动受压迫的民众。"

孔多塞礼貌地持怀疑态度。尼古拉·德孔多塞是位外表谦和的绅士，英式打扮，四十出头。据博腾瓦尔之前介绍，年轻的他已经是赫赫有名的数学家、积分学权威、不折不扣的共和派，撰写了《百科全书》的部分技术词条。

"尊敬的先生：您对法国过于理想化。"孔多塞说，"我们的政府和贵国政府一样集权专制，区别在于我们面子上做得更好。"

"您和您的朋友想法一致吗？"达朗贝尔问海军上将。

堂佩德罗摇了摇头，向堂埃莫赫内斯做了个和解的手势，先行道歉。

"不一致……我认为骚乱是游戏规则的一部分，世界本性如此，万物本性如此。"

资深哲学家达朗贝尔饶有兴趣地微微欠身，追问道：

"您的意思是：骚乱不可避免？"

"那当然。"

"包括暴力和其他恐怖？"

"所有恐怖都包括在内。"

"您同意孔多塞先生的意见，认为法国有必要骚乱，或骚乱不可避免？"

"那是，如同法属北美殖民地。"

"西班牙和西属美洲殖民地也是如此？"

"也是如此，闪电迟早终会降临。"

达朗贝尔继续全神贯注地听。

"我觉得，您并不为此感到遗憾。"他说。

海军上将耸了耸肩。

"好比航海或下棋，"他端起咖啡杯，看了看，喝了一口，"游戏规则、基本原理都摆在那儿，无须遗憾，无须喝彩，只需承认并接受。"

达朗贝尔冲他欣赏地笑了笑，若有所思：

"先生，您对将来的看法十分有趣……身为西班牙军人，实属不同寻常。"

"西班牙海军。"

"当然，很抱歉……您能跟我们说说，西班牙有哪些不是，会让闪电降临吗？"

"我可以说，"海军上将将咖啡杯放在桌上，从上衣袖筒里掏出手帕，小心地擦了擦嘴，"但很抱歉，我不会说。我身在异国，虽然了解本国的缺点，也经常会和同胞展开讨论……可是身在异国，和陌生人——请原谅，我用了这个字眼——谈论这些话题，未免不妥。"他扭头去看图书管理员，"我相信：堂埃莫赫内斯和我想法一致。"

达朗贝尔笑容可掬地看着图书管理员，问：

"是吗，先生？……您也会忠于国家，保持沉默？"

"那当然。"图书管理员坦然面对众人的目光。

"这么做，两位更让人萌生敬意。"达朗贝尔打了个圆场。

他们后来聊到思想、历史与革命。博腾瓦尔举了几个经典的例子，孔多塞兴致勃勃地提到古罗马时期，斯巴达克斯率领角斗士和奴隶起义。

"我的想法和孔多塞先生不同，"达朗贝尔说，"启蒙时期、有文化的欧洲不会经历灾难性的革命。我保证，编纂《百科全书》的初衷绝不在此……启蒙思想的渗入最终所改变的是必然会改变的东西……编者尽绵薄之力，无意让世界天翻地覆，只想用常识循序渐进。乐学之人永远不会，或者说，我们永远不会成为危险的民众。"

"您这么想？"海军上将镇定地问。

"当然。"

"任何人，学习也好，不学习也罢，只要被人利用，或受人胁迫……我觉得，都会是危险分子。"

达朗贝尔笑言道：

"您这么说，似乎胸有成竹。"

"先生切勿怀疑。"

富兰克林和孔多塞支持堂佩德罗。

"我依然同意准将先生的意见。"富兰克林表示。

"当然，我也是。"孔多塞附和道。

达朗贝尔举起双手，请求双方和解。

"我们正在把两个世界混为一谈。"他语气温和，"欧洲和美洲，中年和青年，油和水……我坚信，无论我们的想法是什么，理论是什么，期许是什么，都不会导致突如其来、残暴野蛮的革命。"

"我可不敢保证。"孔多塞坚持原来的想法。

"可是我敢保证。可以用优秀与高贵的事物，比如现代哲学，小心翼翼地点燃民众的思想，所有因思想衍生的癫狂与骚乱都可以排除……在欧洲这片旧大陆，革命绝不会诉诸暴力，只会通过长时间的思考与论证。"

达朗贝尔顿了顿。所有人都在充满敬意地听，尽管海军上将发现孔多塞淡淡一笑，表示怀疑。天真的堂埃莫赫内斯听得着迷，频频点头，像个孩子，面对尊重和景仰的老师。

"如果富兰克林先生的同胞完成大业，需要滑膛枪和火药，"达朗贝尔又说，"那么，文化上更古老、更成熟的欧洲，只需要了解并遵从自然规律和理性准则……先生们，我们的革命，无须其他，书本和文字就是武器。"

海军上将移开目光，去看布林加斯。教士蹙着眉，一边看报，一边远远地观察他们。堂佩德罗差点想说：你们撇开了邋遢教士，撇开了像他那样的人。比如说，你们从未置身于霰弹与木屑齐飞的战船，意识到人心险恶。坐在百分之百安全的咖啡馆，所有人举止得体，文质彬彬地交谈，谈些美丽的、善良的想法，忘记了那些身处不幸、屡遭侮辱的人，忘记了有支不起眼的军队。那支军队的士兵们躲在咖啡馆的角落，躲在几乎没有被理性和哲学之光照亮的市郊，满腔仇恨，满怀绝望。他们忘记了激流的力量，大海的力量，大自然的力量，这些力量会很盲目，所到之处，破坏殆尽。他们忘记了生命的规律。想到这儿，堂佩德罗很想拍案而起，去指无人理会的教士，好比参加冷漠、悲情、漫长的盛大宴会，有人去指墙上的标记。他觉得有必要让大家去看那个窝在最里头、一动不动的无名小卒，教士的眼睛在看报纸，脑子却在吞噬全世界。拍案而起，一吐为快。他知道谁会点燃这个世界。然而最后，他只是耸了耸肩，低头去看咖啡杯，什么也没说，什么也没做。

下午，两位院士和布林加斯教士去安茹街拜访书商，无功而返。他们走在杜乐丽花园西边的大平台上，两边都是飞马雕塑。这里不许马车通行，散步的人熙熙攘攘。天上飘着淡淡的云，日头依然很高，气温宜人。桥对面景致绝佳，遥望过去，有国王骑马铜像所在的路易十五广场、绿树成荫的香榭丽舍大街和奔向远方的塞纳河。

"当然很美，"布林加斯首肯道，"欧洲最美的城市风景之一……这里的落日美轮美奂。"

"此处允许散步，很暖心。"海军上将有些意外，"我还以为这是国王的私人领地，只在圣路易那天开放。"

"那天是对底层民众开放，"教士讽刺地说，"对贱民开放。你们瞧：散步的都是些什么人？养尊处优、锦衣玉食的人，抱着小狗的贵妇——我恨不得抓那些狗烤来吃——歌剧院里被包养的情妇，时髦公子哥和社会寄生虫……瞧瞧那些漂亮的滑稽鬼：假发高耸，点着假痣，穿着傻不拉几的紧身上衣。应该罚他们去做划船苦役！……与此同时，瑞士警卫守着入口，要是袖子上没镶花边，帽子上没缀金银丝带，看起来无权无势，好人也不让进。记得不？他们可没给我好脸色看……尽是以貌取人。"

"那些小朋友真可爱。"堂埃莫赫内斯看见两个孩子大人打扮，头发扑粉，佩宫廷剑，一本正经地走在父母身边。

"那几个？"布林加斯气不打一处来，"先生，父母愚蠢，孩子早早地堕落，看了最令人气愤……瞧瞧他们的怪模样：用香脂固定白色假发，女人气的鬈发，可笑至极的小剑，胳膊底下的三角帽，跟父亲一个样，一本正经，狂妄自大，将来也会出落成那样的人……趁他们现在还小，没有反抗能力，赶紧把他们灭了。再过几年，灭起来更难。"

"教士先生，您在说什么鬼话？"

"这叫鬼话？……要不，就等着瞧。我们会下手的……不管怎么说，可笑的时尚只会破坏真正的天性。如果我是立法者，只要看见孩子这么打扮，就会剥夺白痴父母的监护权，把孩子送到公立学校再教育。"

"就像吕库古①。"海军上将笑了。

教士斜着眼睛看他：

"没错，先生，的确就像那个著名的斯巴达人……说实在的，我不知道您在笑什么，有什么好笑的？"

一缕阳光撕破了薄薄的云层，花园里的植物焕发出新的颜色。远处的塞纳河就像一条宽宽的灰带子，闪耀着蜡一般的光芒。

"真的很美。"海军上将换了个话题，感叹道。

"哼，总会有那么一天……"布林加斯还在自顾自地说，尽管说到一半，自己打住。

堂埃莫赫内斯手撑栏杆，似乎没在听。他低着头，有点犯愁，几乎很痛苦的样子。

"堂埃梅斯，您怎么了？"海军上将问。

"生理需要，"图书管理员羞愧地说，"正常需要，内急……恐怕

---

① 吕库古（Licurgo），传说中公元前七世纪的斯巴达国王，著名的立法者。他认为：在教育方面，孩子不是父亲的特殊财产，而是国家的公共财富。孩子长到 7 岁，将全部由国家收养，编入连队。

是因为最近发烧，闹肚子。"

堂佩德罗不知所措地看了看周围：

"天啊，不知道这里……"

"没问题，"布林加斯说，"那些台阶下去，平台底下，有收费厕所。"

"实用的现代化设施。"堂埃莫赫内斯又惊讶，又庆幸，"您能赶紧带我去吗？"

"咱们走。有零钱吗？……上将先生，您在这儿稍等。"

布林加斯带图书管理员走了，堂佩德罗倚着栏杆，欣赏美丽的风景。桥那边的广场上有几辆马车，但花园里，所有人都在树丛中、四方形的草坪上散步，丝绸衣裳、镶花边的小披肩、扎着的丝带、装饰着羽毛的女式帽子、修身礼服和上衣、瑞士风格的三角帽随处可见。来往人群中，海军上将的衣着更显简朴：海蓝色呢制铜扣燕尾服、鹿皮紧身短裤，英式皮靴，胳膊底下有一柄手杖剑，灰色的头发没有扑粉，拢成小辫，搭在后颈，黑色三角帽微微往右眉倾。

"太惊喜了！"身后传来一个声音，"不苟言笑的西班牙骑士孤身来到杜乐丽花园。"

海军上将转过身，看见丹塞尼斯夫人在冲他笑。夫人脱下一只手套，伸出手，堂佩德罗脱下帽子，躬身接过那只手，用嘴唇轻轻碰了一下。

"我在等朋友。"

"教士和那个温柔可亲的堂埃莫赫内斯？……我早该想到的。"

玛戈·丹塞尼斯的笑容赏心悦目，为偶遇而惊喜。她穿的是散步装：榛子色褶呢裙，胭脂红腰带，无需裙撑也显苗条；披着美第奇式披肩，打着小阳伞，没戴帽子，头发梳得高高的，系着一根丝带和一根鸵鸟毛，既简单又出众。拉克洛和科埃莱贡左右相陪，同时向他问好。拉克洛态度和善，科埃莱贡口气生硬，条纹紧身坎肩上的怀表链和挂件叮叮当当地响。

"咱们别把他一个人留下，陪陪他，等他朋友回来。"

丹塞尼斯夫人微笑，露出白色整齐的牙齿，大大的黑眼睛顾盼流波，日光凸显出皮肤上细小的瑕疵与皱纹。不过，海军上将发现，这丝毫无损于她的美貌，反倒更显她风姿绰约，比皮肤光滑紧致、尚无阅历、淡而无味的妙龄女子更有韵味。

"上将先生，您觉得景色如何？"

她指着景，却看着人。

"无与伦比。"堂佩德罗不动声色地迎着她的目光。

"科埃莱贡先生也对这里情有独钟……拉克洛先生自然也是。"

"我一点儿也不奇怪。"

他们又闲聊了几分钟，从寻觅《百科全书》聊到巴黎的餐厅和咖啡馆，包括磁力的普遍性与催眠的可靠性等时髦话题。海军上将注意到科埃莱贡的眼睛自始至终在盯着他。他和拉克洛一样，一身下午打扮，窄袖礼服式外套、短款紧身坎肩，宫廷佩剑，系着圣路易斯教派的束腰带，三角帽上的彩色花结代表他曾在军队服役。堂佩德罗转头看了他两次，都碰见他冷若冰霜的眼神。

"我们想去弗扬咖啡馆的露天茶座喝点东西，"丹塞尼斯夫人说，"您想一起去吗？"

这时，堂埃莫赫内斯和布林加斯回来了。他们礼貌地互相问候，跟教士开两个玩笑，教士忍气吞声地听完，大家沿着椴树林荫道往旺多姆广场走。广场周围一圈漂亮的酒店，街道那边，广场中间，有座路易十四的雕像。

"我要个冰激凌。"丹塞尼斯夫人说。

弗扬咖啡馆就在杜乐丽花园的平台上，是家挨着栅栏的小型露天茶座，一名瑞士警卫开的，人气很旺。大家找了张空桌坐下，夫人坐在科埃莱贡和海军上将中间。他们点了冰激凌、柠檬汁和咖啡，布林加斯还要了一个加糖黄油小面包。他们聊起凡尔赛最新的八卦，一位叫查尔斯的先生准备热气球升空①，两位院士参观了国王的自然科学实验室和科学院布里松先生的物理实验室。

"估计这段日子，你们去了巴黎所有的书店。"丹塞尼斯夫人问，"除了一心一意要找的《百科全书》，还买书了吗？"

"买了几本，我们带不了太多行李。"

"别担心，可以从这儿寄回马德里，我丈夫会很乐意帮忙。"

"也许我们会很乐意让他帮忙。"堂埃莫赫内斯向她致谢，"这儿出版的书多得让人惊叹！"

"就让他帮好了。如果你们愿意，我们也能想办法寄些禁书过去。"

"哲学书？"堂埃莫赫内斯感兴趣地问。

"两种都有，"她坏坏地做了个鬼脸，"由你们定。"

图书管理员猛地明白过来她指的是哪些书，脸腾地一下红了。

"哦，对不起，"他很惶恐，说话结巴，"我不想……我想说，我从来没有……我……"

"别担心。"拉克洛笑了，"夫人不会被吓着的。正相反，她自己就看哲学书，对吗，玛戈？……两种都看。"

堂埃莫赫内斯眨了眨眼睛，更加惶恐：

"您是说……？总之……这么说……"

"没错，"丹塞尼斯夫人确认道，"拉克洛说得一点没错。"

---

① 法国造纸商孟戈菲兄弟发明了热气球，1783 年 6 月 4 日，他们进行了首次当众实验；1783 年 9 月 19 日，在凡尔赛宫的花园里，进行了首次载动物升空实验；1783 年 11 月 21 日，进行了首次载人飞行实验。

"浪费时间！"布林加斯态度生硬，对转换话题很不满意，"太轻浮！有那么多真正意义上的哲学书，可以擦亮双眼，涤荡灵魂。"

丹塞尼斯夫人看着海军上将，抬起纤纤玉手，指甲精心修过，戴着两枚宝石戒指。堂佩德罗注意到，她皮肤白皙，蓝色的血管隐约可见。

"您错了，教士先生。"她说，"存在即合理，关键看时机。"

科埃莱贡笑了。他的笑容傲慢、自负，也许还有点恶心，海军上将一点也不喜欢。那是一种别人没有特权，我有，或自认为我有的笑容。

"玛戈的看书时间在早上，边吃早餐边看书。"科埃莱贡看着海军上将的眼睛说。

堂埃莫赫内斯根本看不见那些眼神交流、心领神会，温和地笑问丹塞尼斯夫人：

"夫人，是真的吗？……还是这些先生在开玩笑？您真的会看那些，比如，并非哲学的哲学书？"

"就是真的。"布林加斯没好气地说。

"没错。"她确认道，"没有比它们更好看的书了，让我想起《费利西娅》《苏松回忆录》或《哲学家泰蕾兹》，最后这本我正在看。科埃莱贡这个不要脸的家伙说得没错——这家伙向来不要脸——我喜欢用完早餐，躺在床上看会儿书……有些书写得相当不错，每本书都很有意思。有些看起来放荡，但不乏哲学深度。"

拉克洛开玩笑地把手放在心口，背诵道：

"'我们俩苏醒片刻，为了再次死去……上帝啊！……多美的夜晚！……多棒的男人！……多么澎湃的激情！'"

"够了，拉克洛。"夫人批评他。

"为什么？……《费利西娅》的这段算最温和的了，我想不会吓着两位先生。"

"您会吓着我！"

拉克洛喝了一口柠檬汁，笑道：

"亲爱的夫人，您会被吓着？……智慧女神会被我等凡夫俗子吓着？我很怀疑。"

"两位先生会当我是歌剧院的舞女，被包养的情妇。"

"哪儿的话！他们都很聪明。知道吗？……"拉克洛转向海军上将和图书管理员，"夫人有时会善心大发，邀请凡夫俗子中的幸运儿去跟她共进早餐。她穿着漂亮的真丝睡裙，王后般倚在大靠垫上，让我们读书给她听……我向你们保证，场面比周三的沙龙更温馨。"

丹塞尼斯夫人轻轻地拍了拍他的肩膀，板着脸说：

"先生，您如此出言不逊，我很惊讶，居然还有人当您是位绅士！"

"亲爱的夫人，绅士不会对美人过于客套。缺了胡椒粒，沙拉就没味道了……科埃莱贡，难道不是？"

他回头去看科埃莱贡，科埃莱贡听他说话，正在轻蔑地笑。

"沙拉有没有味道，关键得看厨子。"他傲慢地说。

"够了，先生们。"丹塞尼斯夫人喝令道，"我说够了！"

"遵命。"拉克洛笑了。

"作为惩罚，今天您付钱。"

"遵命，没说的。"

接下来很短的时间里，没人说话。海军上将感觉到丹塞尼斯夫人好奇的目光和她的情人科埃莱贡仇视的目光。真见鬼，他自问道：为什么是我？

"先生，您呢？"科埃莱贡突然问他，"您在遥远的年轻时代，会读哲学书吗？"

唇边依然是那副笑容，生硬、轻蔑，也许还带着点挑衅。

"恐怕不会。"堂佩德罗回答得非常简单，"如您所言，我在遥远的年轻时代，读得更多的是天文学和航海学方面的书。"

"我想，是法国人和英国人写的。"

科埃莱贡不怀好意，海军上将虽然察觉，但还是心平气和地点点头：

"当然，也有我同胞写的。您从没听说过豪尔赫·胡安、乌略亚、加斯塔涅塔①吗？……或许您知道，本世纪许多重要的航海学著作是西班牙人写的。"

科埃莱贡唇边的轻蔑更深：

"不，之前我并不知道。"

"那好，现在您知道了。"

一片沉默。大家都盯着他们，不说话。堂佩德罗注意到丹塞尼斯夫人正在担忧地用眼神提醒科埃莱贡，大意是：你太过分了，没这个必要。

"先生，您在海军服役的时间长吗？"

同样轻蔑的语气，同样仇视的目光，海军上将字斟句酌，注意把握分寸：

"没那么长，也就十七年而已……后来，我转到陆地，和纳瓦罗上将合作；再后来，我从事理论研究，编纂《航海术语词典》。"

"纳瓦罗？"科埃莱贡似乎很感兴趣，"土伦海战那个纳瓦罗？"

"就是他。因为那次海战，他被封为维多利亚侯爵。"

科埃莱贡又轻蔑地笑了，笑得生硬，几乎傲慢。没有几乎，就是

---

① 全名何塞·安东尼奥·德加斯塔涅塔 (José Antonio de Gaztañeta, 1656—1728)，西班牙军人、航海学家、船舶工程师。

傲慢。

"好吧，'维多利亚①'这个封号值得商榷……我读过有关土伦海战的东西，我的一个舅舅还参加过那次海战。"

其他人都不吭声，听他们往下说。拉克洛忧心忡忡地看着科埃莱贡；堂埃莫赫内斯不解地看看这个，看看那个；海军上将发现丹塞尼斯夫人盯着自己，目光中带着恳求或提醒，似乎想劝他别说了，放下这个话题，聊点别的，拜托，我了解跟您说话的这个人。

"先生，您觉得哪里值得商榷？"

科埃莱贡耸了耸肩：

"明明是西法联合舰队对阵英国舰队，却叫嚣着是西班牙人的胜利……太夸张了。"

"打了七个多小时，阵亡一百四十一名将士，三名指挥官、六名军官、近五百名士兵受伤，英国舰队同样损失惨重，您说太夸张？"

"哟！"科埃莱贡这回是真惊讶，"先生，所有数字您都记得，都过去差不多四十年了。"

"我能记住，是因为我在场。"

科埃莱贡只是微微眨了眨眼，表示信息收到。

"之前我并不知道。"

"那好，现在您知道了。当年，我是'皇家费利佩'号的海军中尉……知道为什么我们会以一抵四吗？因为我们的法国盟军，在海军上将库尔特·德拉布吕耶尔的带领下——您的亲戚恐怕就在其中——自顾自地走了，根本没有参战，让西班牙舰队孤立无援，只身断后。"

"可我舅舅……"

真见鬼，海军上将心想。我烦透了他傲慢的微笑，自负的眼神；

---

① 维多利亚（victoria）在西语中意为"胜利"。

烦透了这位系着红腰带的沙龙"勇士"，恬不知耻，虚伪客套，装得连三岁孩子都骗不了。既然他一直在找我的茬，总得给他点颜色看看。

"如果您舅舅是另外一种说法，那他就是个谎话精……如果您坚持他说得没错，先生，那您未免太无礼。"

死一般的寂静。堂埃莫赫内斯张口结舌地看着同伴，科埃莱贡脸色苍白，似乎脸上的血一下子被抽干。

"您这么说，让我无法忍受。"

"那是您忍耐限度的问题，您可以自我修正。"

"够了，先生们，拜托，"丹塞尼斯夫人恳求道，"已经太过分了。"

堂佩德罗缓缓起身：

"您说得没错……我也很难过。夫人，请您接受我诚挚的歉意。"

他将两根手指伸进紧身坎肩口袋，掏出一个金路易，放在桌上，微微点头，起身离去，后面跟着布林加斯和图书管理员。图书管理员的眼角瞥见科埃莱贡向拉克洛欠过身去，拉克洛摇头，并不赞同，科埃莱贡坚持；丹塞尼斯夫人转向他们，激烈地争执，最后掩面放弃。于是，拉克洛起身，追赶三人。他加快脚步，追上了。

"很抱歉，先生们。"他摘下帽子，语气沉重，"上将先生……我的使命实在难以启齿。"

堂佩德罗停住脚，也摘下帽子，镇定自若地听：

"我明白，请讲。"

"科埃莱贡先生觉得您侮辱了他，"拉克洛迟疑片刻，说道，"坚持要个令人满意的说法。"

海军上将看了看拉克洛的佩剑，又看了看自己的手杖剑。

"现在就要？"

"上帝啊，不是现在。"拉克洛赶紧否认，"用正常的解决方式……如果您觉得合适，后天清晨，在香榭丽舍草坪。"

"行。"

"武器您选。"

"这方面我不是专家，但我认为应该他选。"

"考虑到您的年纪，他让您选……手枪？"

堂埃莫赫内斯眼睛睁得很大，听了半天，终于反应过来：

"你们不会是说真的吧？"

"当然是说真的。"布林加斯唯恐天下不乱，似乎正在看一场好戏。

海军上将指了指自己的眼睛，忧伤地冲拉克洛笑了笑，说：

"我眼睛不好，天又那么早，光线不够，手枪不行。"

"科埃莱贡先生会理解的……那就，剑？"

"可以。"

"见血即止？"

"这个科埃莱贡先生说了算。"

"好的，我会尽量让他答应。您的助手是……？"

海军上将冷静地指了指堂埃莫赫内斯：

"这位先生。"

"我？……决斗助手？……"图书管理员忙不迭地抗议，"你们都疯了吗？"

谁也不理他。布林加斯始终一副既乐呵呵又残忍的表情，海军上将不动声色，拉克洛满意地点点头。

"其余我来负责，"他总结道，"包括找一位信得过的外科大夫……"他转向堂埃莫赫内斯，图书管理员还在怔着，"咱俩明天见，得做准备……知道怎么去我说的那块草坪吗？"

"我知道。"布林加斯回答。

"很好。"拉克洛转向海军上将，跟他握手，"先生，对此，我深表遗憾……科埃莱贡这几天疯了。也许，我们还能让他收回成命。"

海军上将终于展开笑颜，只是淡淡一笑，疏离，却暖心，不像他，或许让他焕发了青春。谁看了都会说，笑容来自三十七年前，那个在"皇家费利佩"号上的海军中尉。

"无论哪种情况，乐意为您效劳。再会。"

帕斯夸尔·拉波索十分诧异：这些人跑来跑去，说来说去，态度着实古怪。一定发生了不同寻常的事，但不知是何事？他倚在五十步之外的栅栏上，好奇地观察。今天轮到他监视，米洛的手下都去忙别的了。他跟了两位院士和布林加斯一整天，去普洛可甫咖啡馆，去找书商，最后来到杜乐丽花园散步。他给警卫塞了点钱，不费吹灰之力就混进了花园。太阳快落山了，椴树树冠间的天空变成了琥珀色，让拉波索感到庆幸。这一天实在漫长。罗伊·亨利客栈老板的女儿亨丽埃特从昨晚起，就大大方方地钻进了他的被窝。这姑娘大胆、火辣，急吼吼地自己把衣服脱了。真是没想到，简直意外之极。昨天晚上，两人一直奋战到天明，什么失眠、胃痛，全都被他忘到了九霄云外。拉波索盼着能回到房间，重续那无声胜有声的交谈。

他远远地看着两位院士和布林加斯，心想：发生了什么我没看见的事？丹塞尼斯夫人和两位先生已经从露天茶座上起身，沿着大平台，往圣奥诺雷街走。两位先生交谈激烈，似乎吵起来了；夫人心烦意乱地走在前面。其中一位伸过胳膊，想扶她上台阶，被她没好气地甩在一边。

拉波索放他们走，总有机会查到是怎么回事儿。米洛能帮忙，他们在家里会当着仆人的面议论。他去看另外三个，他们在往另一个方向走，穿过花坛和四方形的草坪，走到通往杜乐丽码头的台阶。他发现：这三人的神情也不自然。布林加斯和图书管理员吵得不可开交，有时还会去看海军上将。他不怎么搭腔，几乎一言不发，若有所思地摇着手杖。就这样，他们走下台阶，来到码头，走在塞纳河与卢浮宫之间的路上。夕阳映红了身后的景色。

9. 荣誉问题

所有视荣誉为生命的男人只有一边脸颊。

德尼·狄德罗：《宿命论者雅克》

"决斗就是丧失理智。"堂埃莫赫内斯说，"上帝啊，简直就是胡闹，有百害而无一利。启蒙世纪绝对不可以用这种方式解决问题，你们不觉得吗？……就因为时髦的公子哥或头发扑粉的杀手一时任性，你就去要了别人的命或丢了自己的命，为了什么荣誉，这是残忍的一派胡言……给犯小恶者行大恶的机会，荒谬透顶！"

图书管理员义愤填膺，堂佩德罗一副无所谓的态度更让他气愤得不能自已。三人沿着塞纳河边走，夕阳映红了晚霞，也映红了左岸的卢浮宫大门。河边的石栏杆旁，摊主和书商正在收拾，准备回家。

"我从来没想到您，亲爱的上将……"

"不是他的错，"布林加斯息事宁人，"他没得选。"

"他和我聊过好几次决斗，始终持反对态度，有理有据。他总说：这是野蛮的举动，落后的表现；可现如今，他却想都不想地答应跟别人去决斗……这是见了什么鬼？"

"当时，我无法拒绝。"海军上将沉默良久，回答道。

"没错。"布林加斯也说。

可这说服不了堂埃莫赫内斯：

"他怎么会无法拒绝？……就说这太愚蠢了，不搭理那些先生，不就完了？一笑置之，逼也没用。决斗就是这样：逼别人动手。简直蛮不讲理！"

堂佩德罗淡淡一笑，像在想别的事：

"堂埃梅斯，人生哪儿会处处讲理？"

图书管理员惊愕地看着他：

"上帝啊！我都傻了，我都认不出您了……哎，真没想到，您那么冷静……"

他顿住，张着嘴，摇着头，寻找合适的理由，最后举起双手，又无力地放下。

"荒谬，荒谬！"他反反复复地强调，"对您而言，自相矛盾，荒谬透顶！"

"可他有难言之隐，我能理解。"布林加斯说，"当时那种情况，牵涉到国家荣誉，又有夫人在场，很难拒绝……科埃莱贡那个混蛋正是利用了这一点。"说到这儿，他肃穆地转向堂佩德罗，"先生，您的理由是……"

"我的理由是我的事。"海军上将突然将他生生打断。

"好吧，"教士偃旗息鼓，"抱歉。"

他们来到行人如织、车水马龙的新桥附近。金银匠码头和轻骑兵码头间是多芬纳广场，广场上的人挤得如蚂蚁般，个个忙着买东西回家。残阳将桥墩下的塞纳河染得血红。

"挑起决斗的人就是杀人凶手，"堂埃莫赫内斯说，"比拦路抢劫的人更恶劣，必须严惩……西班牙纵然有种种不是，到底不允许决斗。处罚严厉，甚至死刑。"

"你们都看见了，法国是睁只眼闭只眼。"布林加斯说，"决斗是社会习俗，这里动辄决斗。"

"至少在这方面，西班牙人没那么野蛮。"

他们离塞纳河越来越远，天也越来越黑。左拐，此处漆黑一片，商店、柱廊和住家纷纷开始点灯。布林加斯表情讽刺。

"在这里，决斗是个悖论，"他说，"是不光彩的文明行为。决斗者不同于贱民，他们为荣誉而战……决斗的一整套仪式表明：此乃精英所为，独断专行，在上流社会根深蒂固。连法官判决，举凡世家子弟，均暗自认可，素来从轻发落。"

"您说得没错。"堂埃莫赫内斯表示同意，"可是上将……"

"哦，恐怕这次上将先生默认了这套体制。既然同意决斗，那就是帮凶。再怎么接受启蒙、服从理性，也要屈从于自身矛盾。他无法逃避海军将士和绅士身份，他也正是其中一员。"

图书管理员沮丧地看着堂佩德罗：

"上帝啊，上将！您得说点什么……好歹为自己说句话。"

海军上将默默地走路，漫不经心地摇手杖，表情含糊不清，阴沉着脸：

"您想让我说什么？"

图书管理员停下来，叉着腰：

"怎么？您就这么若无其事？"

海军上将也停下来，耸了耸肩。

"教士先生的话不无道理。"他承认。

布林加斯听了，眼睛一亮。

"哦，我的话当然有道理。"他胜利地叫道，兴奋异常，"决斗有利于维护社会秩序，巩固特权……从本质上讲，决斗者共同捍卫的是俗世中的上层阶级。决斗使他们高高在上，明白吗？……"

"我从来没这么想过。"堂埃莫赫内斯虚心承认，三人又开始往前走。

"先生，您想想……两位绅士遵守绅士定下的规则，自由厮杀，这是美的极致。他们明为敌，实为友……模仿贵族的生活方式，是在用封建行为，鄙视不属于本阶级、无需恪守愚蠢规则的人。"

布林加斯正说到兴头上。他竖起一根想让世界毁灭的手指，指向昏暗的天空，似乎想让天空作证，或想让天空认罪。

"古老的上层阶级是无用的社会寄生虫，他们视决斗为象征。"他还是那副腔调，"模仿者和新贵将此举无限夸大，直到社会舆论认为决斗是邪恶的、害人的、荒唐的……或是直到——这一天已经不远了——"他狞笑一声，"红海的海浪封住法老追随者的去路。"

"如果我们生活在理性社会，"堂埃莫赫内斯说，"决斗理应在本世纪消亡，可它居然得到启蒙主义和宗教的双重认可……决斗者凌驾于法律之上，决斗者的荣誉高于凡人或神祇……"

袜店街拐角，市政人员放下大肚子街灯，点燃，又用滑轮将摇摇晃晃、刚刚点亮的街灯拉上去。三人从他身边经过，海军上将稍稍在前，沉默不语；布林加斯和图书管理员在后，争论不休。

"想解决问题，得好好商量。"图书管理员说，"只要不决斗，换别的方式也行。在这方面，我羡慕老百姓，简单粗暴，凡事动拳头。"

"或动刀子。"海军上将头也不回，嘲讽地加上一句。

"只有下等人才会动拳头、动刀子，"布林加斯痛心地指出，"这样不体面，不美观，懂吗？……而决斗需要交换名片，任命助手，准备比剑法，比枪法，尽显谦谦君子之风范，尽管荒谬至极。"

"我是决斗助手？"堂埃莫赫内斯如梦方醒，顿时六神无主。

"那是，"布林加斯笑话他，"别指望全身而退。"

图书管理员方寸大乱，想了想，又摇摇头。

"不行！"他又想了想，又摇了摇头，"我绝对不能在如此残忍的行为里充当这种角色。"

"上将，他不能拒绝，是吧？……"布林加斯幸灾乐祸，"尽管他不乐意，他也不能拒绝。这就叫左右不是，左右为难。"

"恐怕教士先生言之有理。"堂佩德罗说。

"我当然言之有理。"布林加斯说，"您的职责是保证决斗公平公正，双方机会均等。这就是个坑：您认同友谊，迫使您成为帮凶。作为决斗助手，您要和拉克洛确认时间、地点、武器……到了现场，还要确认谁也没有偷偷占便宜：剑一样长，阳光不刺眼，地面一样干或一样湿……瞧见没？堂佩德罗需要您……决斗助手负责检查对方的衣服，确保里面没有加防护。你们要提供全方位的协助，包括伤亡时收拾残局……"他特别强调最后的场面，十分得意，"还要在决斗前试图和解，不过，这只是例行公事。"

"有时候，助手上场决斗。"海军上将成心吓唬他。

堂埃莫赫内斯猛地一惊，画了个十字：

"上帝啊！"

天黑了，城市的那片地区安静下来，黑暗中，只能看见商铺的灯光和错落有致的街灯。布林加斯提议：该吃晚饭了，补补肠胃，也补补脑子。他说：附近正好有个不错的馆子，在两个埃居街，那里有可口的瑞士烤牛肉。

"一顿好饭，可以改变人生观。"他的话几乎很有哲学含义。

他们走到巴黎大堂附近，这个点儿，这里安静得可怕。布林加斯饥肠辘辘，海军上将无动于衷，堂埃莫赫内斯左思右想决斗的事。

"家破人亡，"图书管理员哀叹道，"孤儿寡母……都是因为该死的'荣誉'二字，其实有谁在乎荣誉？如果理性看待，又被说成懦弱无能。"

"不是这么回事。"堂佩德罗喃喃地说，像在自言自语。

"不是？"

"或者，不全是。"

堂埃莫赫内斯难过地看着他。此处远离灯光，彼此几乎看不清面容，海军上将又高又瘦的身影似乎显得格外孤独。

"不管是怎么回事，要是我来管理国家，"图书管理员说，"提议决斗者，即刻流放；死于决斗者，呈尸示众；杀死对手者，收监关押。"

"堂埃梅斯，您平时的善心都去哪儿了？"海军上将讥讽地问。

"别诡辩，亲爱的朋友，情形不同。如我所言：凡决斗者，一律收监！"

"或处以绞刑。"布林加斯提议。

"先生，我反对死刑。"

"我倒觉得这是清扫社会渣滓的好办法，无论决斗的还是不决斗的。要不，咱们等着瞧。"

他们在餐馆门前停下，是个小地方，黑咕隆咚的，灯光照亮了画在门上的牛头。

"不管怎样，"海军上将客观地说，"得感谢法国人乐于决斗。因为存在决斗或有可能被卷入决斗，他们才会温良谦恭……也许，西班牙人之所以粗俗，正是因为缺少相应的惩罚。"

"您在开玩笑吗？"图书管理员问。

"绝对不是……不全是。"

"上帝啊！亲爱的朋友，"堂埃莫赫内斯把手搭在海军上将的胳膊上问，"要是您决斗身亡，我该如何是好？"

"您得凭借个人力量，继续寻找《百科全书》。"

布林加斯故意挺直身板，郑重其事地表示：

"要是那样，先生，您还有我。我会听从您的吩咐。"

"瞧见没？"堂佩德罗头一歪，讽刺地指向布林加斯，对图书管理员说，"塞翁失马，焉知非福。您还有他。"

"这话一点儿也不好笑。我还是不懂……"

"您不懂什么？"

"我说了，您居然改变态度，准备应战。"

门口灯光下，海军上将微微苦笑。他和堂埃莫赫内斯之间赫然有了一道巨大的鸿沟：

"您就从来没想过：也许，我愿意决斗？"

巴黎决斗吓了我一跳。我首先查阅的是帕拉福斯秘书的会议纪要，里面没有记录。我问过维克多·加西亚·德拉孔查、堂格雷戈里奥·萨尔瓦多和其他院士，没有人能给我确切的答案。后来，我在何塞·曼努埃尔·桑切斯·罗恩提供的补充文件中找到了一封信，读完后确信无疑。堂埃莫赫内斯·莫利纳虽然语焉不详，但在亲笔信中——这是图书管理员从巴黎写来的倒数第二封信——提到了决斗。或许还有更详细的一封信，但我估计，就算有，也已被销毁，以绝后患。那封保留下来的信，因为堂埃莫赫内斯的字太难认，读第一遍时，我居然理解错了；又读一遍，才明白主题是决斗。这封信是在海军上将和科埃莱贡决斗后写的，措辞比较委婉。当然有必要谨慎，毕竟，决斗无论在当年的法国，还是在卡洛斯三世时期的西班牙，都是重罪：

> 荣誉问题导致了一场恼人的争斗，后果很严重，同伴差点把命丢了，我们的处境变得微妙……

就这些，或几乎就这些。重现场景，重现巴黎戏剧性的一天，之前如何，结局又如何，只能靠我的想象。严谨起见，我查阅了一些文章，温习了二十多年前创作小说《刺剑》①时学习的剑术知识。几本挺老的专著，比如特别有名的古斯曼·罗兰多大师那本——书里还有上次阅读时铅笔勾画的痕迹——让我掌握了基础知识。至于决斗礼仪，我在藏书中找到了几本十九世纪的著作，包括赫利的《意大利绅士规则》。尽管这些书均写于故事发生之后，但解决荣誉问题的方法，那一百年几乎没变。我还大致复习了卡萨诺瓦、雷蒂夫·德拉布勒托纳和肖代洛·德拉克洛的作品，请《危险关系》的作者来当决斗助手是件挺有意思的事。这些资料给我提供了必要的时代背景，从决斗规则到过程，技术层面的问题就这么解决了。地形地貌部分，我找了瑞士人费尔南德·费德里希的日记《香榭丽舍大街周围明目张胆的罪行》，他曾是此地的警卫队长。这里隐蔽，备受决斗者的青睐。

　　人物对话、各人观点、启蒙人士对荣誉决斗的谴责与法西两国现状之间的矛盾，这些是另外要做的功课。海军上将、图书管理员和布林加斯教士如何看待决斗，站在现代人的角度根本揣摩不了。用现代伦理学评判过去，风险是注定的。因此，在坐下来解决具体对话和场景前，我要研究一下当年决斗者和民众的真实心理。又是书帮了大忙。其中一本是基尔南②的《欧洲历史上的决斗》，尽管结构混乱、过于盎格鲁中心主义，书中许多有用的想法可以借堂埃莫赫内斯和布林加斯教士之口说出。皇家学院同事圣地亚哥·穆尼奥斯·马查多③的杂文《启蒙派院士作品中的决斗》也很有用，我在文中意外发现了

---

① 小说中的书名为《刺剑》（*La estocada*），实指 1988 年出版的小说《击剑大师》（*El maestro de esgrima*）。

② 全名维克多·戈登·基尔南（Victor Gordon Kiernan，1913—2009），英国历史学家，爱丁堡大学教授。《欧洲历史上的决斗》发表于 1992 年，副标题为：贵族阶级的荣誉和特权。

③ 圣地亚哥·穆尼奥斯·马查多（Santiago Muñoz Machado，1949— ），西班牙法学家，2013 年获国家杂文奖，同年当选为皇家学院院士，并担任学院秘书。

堂埃莫赫内斯·莫利纳的名字。文中提到，图书管理员从巴黎回来后不久，写过一本名为《过时的荣誉观和其他道德思考》的小册子。以海军上将为代表的一些人，既被启蒙思想所吸引，又无法割舍根深蒂固的荣誉观。关于他的道德思考与矛盾，我决定参考另一位西班牙启蒙派剧作家加斯帕尔·德霍维利亚罗斯——他和卡达尔索、莫拉廷在本书中始终阴魂不散——的作品，特别是剧本《诚实的罪犯》。剧本反映的正是一位自由派人士在荣誉与愧疚间的内心挣扎。

在重现堂佩德罗和科埃莱贡的决斗场景前，我还有一个非常重要的细节需要落实：一位六十二三岁、身体健康、精力还算旺盛的绅士——不是生活在现在，而是生活在十八世纪末——能否与一位比他年轻的绅士比剑。我能理解海军上将为何不选手枪。清晨光线朦胧，花甲之年老人的眼神确实会犯致命的错误。可是，这个年纪的人用剑或花剑会怎样？于是，我去请教一位好友，作家、记者兼剑术大师哈辛托·安东[1]。我已经二十五年没有踏入击剑场，花剑早已生锈。我请他帮我重拾剑术，稍作比试。我想替代海军上将，试试他还有多少力气。

我被哈辛托连连刺中。我们在皇家学院后面的赫苏斯·埃斯佩兰萨大师击剑馆，头几个回合，我被他刺中八次。如此开场，让我明白攻肯定没戏，年龄差摆在那儿，什么年龄的人干什么事，于是，我决定守，按照古典剑法：不主动出招，等对手进招。用了这个办法，果然好些。我能平衡局势，少冒险，体力消耗少了很多。哈辛托气势汹汹，咄咄逼人，如同状态正佳的击剑手，最后连刺两剑，估计会在荣

---

① 哈辛托·安东 (Jacinto Antón, 1957—)，西班牙记者，已在《国家报》文化版任职二十余年，2009 年获得西班牙文化部颁发的国家新闻奖。

誉决斗中要了科埃莱贡的小命。于是，我摘下面罩，还挺满意的。海军上将对阵年轻人，至少有可能保住性命。

哈辛托是个了不起的家伙：忠诚、有教养、破万卷书、行万里路。他和小说中的堂埃莫赫内斯性格很像，本性善良，有点天真，有点大胆，熟知各类冒险家或游历世界的人，从阿拉伯的劳伦斯[①]到鲁珀特·亨索[②]，还有其他文学影视作品中的著名剑客。他手拿击剑面罩，胳膊底下夹着花剑，满头大汗，问我满不满意。

"非常满意。"我笑着回答，"我还活着。"

"显然，作品中的人物要想决斗成功，必须防守。"他总结道，"人到了一定年纪，会无力进攻，很快力竭。"

我表示同意，亲身感受已经足以说明问题。

"你说得没错。没打几分钟，我胳膊就酸了，剑握在手里，像铅一样沉，"我隔着护甲，指指胸口，"被你刺得遍体鳞伤。"

"即便如此，你身体状况不错……那位上将的身体也好？"

"还行！考虑到那时候，人老得快，可以说，他保养得相当不错。"

"换了我，枪法好的话，我会选择手枪。"

"我觉得他枪法应该不错，可他担心眼睛。还有，你知道的，清晨的光线也差。"

哈辛托表示同意：

---

① 《阿拉伯的劳伦斯》是由大卫·里恩执导，彼德·奥图、亚利克·基尼斯等主演的冒险片。该片以土耳其入侵阿拉伯半岛为背景，讲述了英国陆军情报官劳伦斯带领阿拉伯游击队炸毁铁路，成功地使阿拉伯各族团结在一起的故事。1962年12月10日，该片在英国上映；1963年获第35届奥斯卡奖最佳影片、第20届美国金球奖剧情类最佳影片等奖项。
② 《卢宫秘史》由《詹达堡的囚徒》及其续篇《鲁珀特·亨索》组成，是英国小说家安东尼·霍普（Anthony Hope，1863—1933）的传世之作。

"哦，是的，这也正常……你知道吗？小说家布拉斯科·伊巴涅斯[1]就参加过手枪决斗。"

"我不知道。"

"真的，二十世纪二十年代发生的事。按照当年的规矩：各走二十五步，回头……布拉斯科是共和派，他和一位军人起了争执，说好了决斗。他两枪都没打中军人，军人一枪打中了他肚子。他运气好，子弹打在腰带上。决斗到此结束。"

我们卸去护甲，往脸上泼水。哈辛托一向细致，他很关注技术细节：

"小说里的院士用的是军刀、剑、还是花剑？"

"用的是剑，当年那种又轻又薄的剑。"

"哦，好吧……你说的是佩剑。在后来的决斗中，带护手的三角剑十分流行，几乎算是当年的花剑：八十多厘米长的剑刃，对他更合适……决斗结果如何？"

我正在用毛巾擦脸，笑了。

"还不知道。"

"好吧，我希望他赢。"

我想象着又瘦又高的海军上将手持佩剑，站在清晨时分的草坪上；堂埃莫赫内斯则在提心吊胆地看。

"我也希望如此。"

尽管是中午十二点吃午饭，还是堂佩德罗·萨拉特自掏腰包——几乎总是如此——他依然神采奕奕、风趣幽默地称它为"最后的晚

---

① 全名维森特·布拉斯科·伊巴涅斯（Vicente Blasco Ibáñez, 1867—1928），西班牙近代伟大的小说家和政治家，代表作为《碧血黄沙》。

餐"。堂埃莫赫内斯、布林加斯教士和海军上将坐在圣奥诺雷街中心地带的达里格莱酒店包厢。这家酒店如西班牙风格，一分为二：一边对外出售法国顶级美食，橱窗里有奶酪、灌肠、瓶装芥末、挂成圆形且几乎很有艺术感的火腿；另一边是家顶级餐厅，接待的都是付得起人均十二法郎的常客。活一天是一天，海军上将能否再多活一天，三人都不清楚。因此，这顿午餐说不出的丰盛：一瓶香贝丹葡萄酒、一瓶拉菲特葡萄酒、鸡肝酱配勒萨热块菌、日内瓦湖鳟鱼、凯尔西红腿鸡、斯特拉斯堡香肠。布林加斯教士盛赞斯特拉斯堡香肠，说它可以预防坏血病，清洁血液，舒缓心情。

"七点，等启明星消失；距香榭丽舍大街尽头的咖啡馆两百步；"堂埃莫赫内斯说，"科埃莱贡会和决斗助手乘出租马车去，我们也一样。"

"决斗时，一方需要两名助手。"海军上将指出。

"没错，您这边是教士和我，科埃莱贡那边是拉克洛和另一位朋友……我们希望谨慎从事，越少人知道越好。"

海军上将嘲讽地笑了：

"堂埃梅斯，我觉得您办事效率真高……谁都会说，您想奉公守法地送我上西天。"

图书管理员大惊失色，叉子跌落在盘子里，上面是正要送进嘴里的香肠。

"上帝啊！……您怎么能这么说？我……"

"老兄，我开玩笑的。您别生气，快吃饭。"

"我怎么能不生气？……听到这种话，您让我还有什么心情吃饭？……上将，如果您是在开玩笑，一点也不好笑，一丁点也不好笑。"

"好吧，请原谅我。"海军上将的脸上依然挂着笑容，他啜了一小口葡萄酒，"使馆的人知道了吗？"

"哦，上帝啊！但愿他们不知道……尽管我希望他们知道，能派个人来阻止。"

海军上将的表情严肃起来，他严厉地看着图书管理员：

"您不能让这样的事发生。"

"放心吧！"堂埃莫赫内斯咽了口吐沫，"我保证，只有当事人知情。"

堂佩德罗转头去看布林加斯：

"您呢，教士？"

"您放心，我口风紧。"教士两边腮帮子都在嚼，"无论如何，我都不想错过这一幕。"

图书管理员责怪地看着他：

"您似乎很想看见上将和科埃莱贡自相残杀……可是那天，您分明将决斗批得体无完肤。"

"这与个人意见无关。"布林加斯神色自若，"上将先生我当然钦佩；在我眼里，科埃莱贡就是个花花公子，是个混蛋。我高兴的理由比这复杂。"

"我懂。"海军上将说。

堂埃莫赫内斯看看这个，又看看那个，完全懵了。

"可我一点也不懂。"他说。

"教士先生指的是事情的性质。"海军上将向他解释，"从这个角度讲，蠢人干蠢事，蠢死活该，他有什么不高兴的？他说得没错。"

布林加斯把手放在织补过的上衣心口，抗议道：

"喂，我哪儿敢……"

"算了，您别介意。"海军上将转向堂埃莫赫内斯，"还有谁会在场？"

"医生和决斗裁判会乘第三辆马车前往。拉克洛请百科全书派的博腾瓦尔先生做决斗裁判，他绝对信得过，我认为很好。"

"我也认为很好。他能答应，真的很好。"

"他说：都是学院同事，不能拒绝。"

"那是，"布林加斯不怀好意地说，"开膛破肚、血流成河的场面，他可不想错过。"

堂埃莫赫内斯沉着脸看他，又看了看吃了一半的饭菜，实在没胃口，把盘子推到一边。

"选好鞋。"他怯生生地说，"到时候，草地湿滑，小心摔倒。"

"我会注意的。"海军上将气定神闲地回答，"武器呢？"

"两把一模一样的宫廷佩剑，是科埃莱贡的，他知道咱们没有，多备了一把。我弄到一把一样的，至少很类似的剑，让您今天下午稍微练练手……不管怎样，您得听我的，找个击剑室活动活动，回忆一下刺剑、挡剑、常用策略。"

"不用。我在马德里会时不时地去军人俱乐部练剑。至于常用策略，我忘不了，尤其头等重要的一条，考虑到我的年龄：护住要害，耐住性子，等对手犯错。"

"我相信，您会杀了那小子，"布林加斯边吃边说，"包括他所代表的傲慢的坏小子。"

"既然您这么有兴致，"堂埃莫赫内斯说他，"应该找他单挑。"

布林加斯举着叉子，往椅背上一靠，轻蔑地看着图书管理员：

"先生，击剑、射击非我所长。我擅长的是——形象说来——宣布暴君及爪牙的末日，打响历史的惊雷。笔是我唯一的武器：Longa manus calami① 什么的，你们懂的……对了，香肠的味道好极了。"

---

① 原文如此，为拉丁语，意为"以笔为戈"。

堂埃莫赫内斯不去理他，满脸担心，真诚地看着海军上将：

"您觉得我们能闯过这一关吗？"

堂佩德罗又亲切地笑了：

"亲爱的堂埃梅斯，感谢您用了'我们'二字，可我真的不知道。这种事，比的不单是技巧，运气也很重要。"

"见鬼！真希望我也能像您那样冷静，您好像并不在乎。"

"我在乎。我可不想明天早上把小命丢了。我特别想念我的姐妹……可是，有些事防不胜防，规则使然。"

"上将，那些规则荒唐透顶。荣誉……"

"我说的不是那些规则，而是属于内心、属于自己的规则。"

大家都不说话，只听见教士一个劲地大嚼特嚼。餐厅里弥漫着香料、冷盘、腌制品的芬芳，刺激食欲。可海军上将几乎没怎么吃，堂埃莫赫内斯后来就没碰过盘子，只有布林加斯吃得心花怒放。点餐时他就说：这里和坏小子街上的寒酸馆子那叫一个天，一个地！他有钱的时候，会花六个该死的苏埃尔多和做工的男人、卖鱼的女人在那里胡乱吃上一顿。

"还有一件事，"图书管理员说得十分谨慎，似乎左思右想才开口，"需要两封信，您签一封，科埃莱贡签一封，必要时，赦免对方……信上写明：伤害均为自己造成，与他人无关。"

海军上将无所谓地点点头：

"行，今天晚上写。"

堂埃莫赫内斯把手搭在他肩上问：

"您知道万一您……有所不测，看到这封信的人会以为您自杀了吗？"

"那又怎样？"

"亲爱的朋友，基督徒不能这样结束自己的生命。"

"我从来就没想过像基督徒那样结束自己的生命。"

布林加斯停了一会儿，不吃了，看看海军上将，赞许地点点头。

"先生，您说得真好，我等的就是这句话。"

堂埃莫赫内斯不敢苟同：

"听您这么说，我很遗憾。也许到最后一刻……"

海军上将看着他，语气难得这么生硬：

"您可以遗憾，但您必须尊重。如果明天，我的胸口上被插了一柄剑，我不希望最后一口气是去撵您叫来的什么忏悔牧师……听明白了吗？"

"非常明白。"

餐厅老板蓬塔耶拿着一个用火漆封上的信封，打断了他们的谈话。他说：有位穿制服的仆役刚刚给先生们送来一封信，收信人只是其中一位：海军上将堂佩德罗·萨拉特。信使从维维恩街的法兰西宫廷酒店来，酒店的人告诉他收信人正在这里吃饭。

"请把信给我。"海军上将说。

布林加斯和图书管理员好奇地看着他。他扯破火漆，开始读信，面无表情，什么也看不出。之后，他又把信折好，放进上衣袖笼，从紧身坎肩的口袋里掏出怀表，打开盖子，看了看时间。

"今天下午，恕不奉陪。吃完午饭，我要去办点事。"

"严重吗？"堂埃莫赫内斯有些不安。

"我不知道。"

"私事？"

海军上将正视着他的眼睛，面不改色地回答：

"我想是的。"

堂佩德罗·萨拉特走在圣奥诺雷街上，心想：这里虽不是凡尔赛，但很像。这里有各式各样的马车、穿着考究的行人、进出商店的女士。谁都会说，巴黎这条热闹的主干道和邻近街道就是纯粹的商业街，迷宫般的时装店、香水店、咖啡馆、奢侈品店抓住了一半巴黎人的心。据布林加斯教士说，圣日耳曼、安坦路、蒙马特、玛莱区工作日里人会全部走空，大部分住户或步行，或乘坐出租马车、四座马车、敞篷马车来这儿散步、吃饭、喝咖啡、购物、看风景。

海军上将一路留意着门牌号和商店橱窗，来到他要找的这家店。商店位于彩纸店和手套店中间，招牌上写着"波莱罗小姐家的时尚帽子"，他笑了。门上有个玻璃橱，放着各种丝带、球饰、羽毛、发网和帽子。堂佩德罗把门推开，门上的铃铛响了。他脱下帽子，走了进去。两位美丽的姑娘听到铃铛响，抬起头来。她们在柜台边做针线，去打扮那些追逐时髦的女性。海军上将心想：时尚女性们不久将身着时装、戴着波莱罗小姐家漂亮的帽子，前往欧洲各国首都，从马德里到君士坦丁堡或圣彼得堡。

"下午好。"

迎来一位中年妇人，她面容和善，穿着庄重的深色缎子衣裳，挽着西班牙髻。

"我是萨拉特先生……有人在等我。"

玛戈·丹塞尼斯坐在小小的庭院里，这是间玻璃暖房。小桌旁植物环绕，桌上摆着一套细瓷茶具。

"先生，感谢您的到来。"

堂佩德罗在椅子上坐下，回头再看门口，接待他的中年妇人已经没了踪影。

"一位好友，"丹塞尼斯夫人解释道，"和我们一样，是西班牙人，帮我做了多年的帽子，绝对信得过。"

海军上将仔细端详丹塞尼斯夫人：她上衣修身，灰色真丝裙，绣着碎花，带裙撑；麦斯林纱巾，好比三角披肩，掩住部分袒露在外的胸口；笼着发网，配一顶可爱的宽檐小草帽，一定是波莱罗小姐家出品；黑黝黝的大眼睛愁肠满结。

"我需要在明天事发前见您一面。"

海军上将微微一笑：

"愿意为您效劳。"

"科埃莱贡不是那种成心找茬、喜欢决斗的人……他人不坏。"

"我没想过他是坏人。"

她手上的螺钿扇子开开合合，扇面上绘着花鸟。

"他只是嫉妒。"

堂佩德罗收起笑容，断然地说：

"他没理由嫉妒。"

"是的，他没有。"

两人都不说话，丹塞尼斯夫人很快做了个不耐烦的手势：

"明天的事就是胡闹，我要阻止。"

两人又不说话。海军上将无言以对，只好去看夫人那双手：纤纤玉指，悉心呵护，纤细的蓝色血管，可见夫人出身高贵。

"科埃莱贡太骄傲了，"她突然开口，"他说被您冒犯，您说他是个骗子。"

"那当然，"海军上将镇定自若，"他撒了谎。"

"他气坏了。"

"气坏了的理由很多……那天的事，他犯不着。"

夫人恳求地看着他，任性地问：

"没有别的解决办法？"

"您不懂，丹塞尼斯夫人。"

"请叫我玛戈。"

"您不懂,玛戈。"

她端起茶壶,沏了两杯热乎乎的茶。俯身倒茶时,香气袭来,柔和的花瓣香,玫瑰花瓣。

"您就不能给他个台阶下,取消决斗?⋯⋯道个歉什么的?"

海军上将又笑了,笑容忧伤:

"恐怕这不可能。"

"男人的骄傲简直不可理喻⋯⋯"

"很抱歉不能满足您的要求,丹塞尼斯夫人。"

"拜托您,叫我玛戈。"

"玛戈。"

她啜了一小口茶,把杯子放在茶盘上,若有所思地将扇子开开合合,想试试扇骨牢不牢。

"原因在我。"她低声说。

"我不这么认为。"

"我们俩都是这么认为的。您确实没招惹他,您很无辜。但原因在我,是我招惹了他吃醋。"

"您又没让他吃醋。"

她用合起的扇子碰了碰嘴角:

"这我可不敢保证。"

她抬起头,看着他的眼睛:

"先生,我请您来,是因为我觉得责任在我。"

他伸手去拿茶杯,听了这话,又把手缩回,茶杯碰都没碰。

"您别这么想,"他顿了一会儿说,"这么想太傻。"

"才不是。我想告诉您:我欣赏您的沉稳,您优雅的成熟稳重。"

"听不懂您在说什么。"

玛戈·丹塞尼斯又去打量扇子：

"这么说，我什么也做不了，阻止不了这次胡闹？"

"是的。"

"他……我不想冒犯您，上将先生……您的对手……"

"很年轻？"

堂佩德罗终于拿起茶杯，端到嘴边，见夫人几乎痛苦地摇了摇头。

"事情该怎样，就怎样。"他放下茶杯。

"我怕您误会我。您不是……嗯，'老'这个词不适合您。"

她说话的口气诱人，笑容可以融化圣奥诺雷街上的所有巧克力。堂佩德罗有点坐不住，感觉不太对劲，这不是他习惯听到的话，很久没听到了。

"这么说，您真的参加过土伦海战？"她突然问。女人善变。也还好。

"是的。"

"很可怕？"

"很艰难。"

"场面一定壮观。"

"我没看见什么场面。"海军上将眯着眼，似乎远光刺眼，"当时我在船舱，负责第二组炮，忙着指挥，又有烟，没看见什么特别的，无非是叫声、噪声、热浪……就这些。"

她用扇子指着他的脸：

"那道疤是那天留下的吗？"

海军上将想都没想，不自主地摸了摸那道疤：

"是的。"

“是霰弹？”

“是木屑。”

“上帝啊！”她看起来吓坏了，“会把您眼睛戳瞎的。”

“您言重了。”

“才没有。眼睛瞎了，那就太遗憾了！先生，您的眼睛很有趣。一直是这个样子？……始终这么冰冷、澄澈？”

“不记得了。”

这次停顿的时间长，两人默默地喝茶。

“刚才我都忘了。”终于，她慢悠悠地开口，似乎好容易放下之前的话题，“我先生去凡尔赛庄园处理紧急事务，让我给您捎个口信。”

海军上将惊讶地看着她：

“他知道明天的事？”

“哦，他当然不知道，我们想办法瞒着他。他要是知道，会很伤心。”

“我明白……什么口信？”

“他的一位朋友去世了，叫艾诺，是名诉讼代理。艾诺和他一样，嗜书如命，也有一套《百科全书》。他认识艾诺夫人，夫人一直讨厌丈夫整天买书。我先生说：藏书家前脚去世，藏书后脚就会被扫地出门……所以，他写了封推荐信，方便你们去联系艾诺夫人。”

“太感谢了，请向丹塞尼斯先生表示我的敬意。”

“我觉得这几天，您也没心思关注《百科全书》之类的事。不过，书好歹有眉目了。如果明天一切顺利……”

“谁顺利？”堂佩德罗打趣地问，“科埃莱贡先生还是我？”

她故意玩世不恭地扇着扇子：

“当然是两个人都顺利，我不希望任何人受伤。他们说见血即止，但愿无伤大碍地蹭一下就好。”

"希望如此。如果不是这样，请您记住：很高兴认识您，非常荣幸。"

夫人脸一沉，合上扇子，放在膝上：

"很抱歉，有我在场，居然发生了这样的事……"

"任何与您有关的事都值得经历。"

她带着暧昧的天真，端详着他：

"先生，您结婚了吗？"

"没有，我没结过婚。"

"没人照顾您？"

"我有两个姐妹，她们也单身。"

夫人的眼睛调皮地闪着光，几乎充满柔情：

"这倒着实有趣。"

两人对视。玛戈·丹塞尼斯双唇微启，似乎呼吸有些急促。麦思林纱巾下的脖子光洁细长，像美丽的天鹅脖子。过了一会儿，她摸了摸茶壶，气恼地把手缩回，似乎茶温了，她不喜欢。

"我想，您和您的朋友买到《百科全书》，就会离开巴黎。"

"是的，如果我的身体状况允许。"

"别傻了，"黝黑的眼睛里闪着异样的光，"别瞎说。我保证……"

"见不到您，我会觉得遗憾。"

"您说真的？……见不到我，您会觉得遗憾？"

她懵了。堂佩德罗没有回答，只是看着她。

"天啊！"她喃喃自语。

最后，她又去找扇子，打开，使劲扇：

"上将先生，不如这样。等这件恼人的事情结束——但愿能皆大欢喜——请您来我家用早餐。"

"我不明白。"这回他懵了,"我担心……"

"您不用担心。请您来家里用早餐再正常不过。要知道,我常请朋友来,读点哲学书,说笑一会儿。希望您能参加。"

"非常荣幸,"他还是疑惑,"可是,那么私密……"

"哦,先生,您别让我失望。我知道西班牙没这个习惯,原以为您不会在乎……就快上决斗场的人,怎么会突然假正经?"

海军上将开怀大笑,笑得很开心:

"您说得没错。怎样才能补救我的形象?"

"接受我的邀请。"

"那好,我接受。"

"就这么定了……要是一切顺利,会一切顺利的,就这几天,我等您,来家里用早餐。"

帕斯夸尔·拉波索在罗伊·亨利客栈房间,点着一盏大油灯。信写完了,签名,洒上吸墨粉,吸干墨水,再看一遍,特别关注其中一段:

> 我(通过本地探子)得到消息:一名院士与一名法国绅士之间发生了荣誉纠纷,几小时后将会以常规方式解决。如果结局悲惨,等于帮了我们大忙……

拉波索担心没讲明白——这些信不知会落入何人之手,不能指名道姓,细细道来——又将羽毛笔蘸上墨水,在"解决"两字下面画了条线。他折好信纸,写上地址,再洒一遍吸墨粉,就着油灯将背面封口处的火漆烧融。然后,他把信放在桌上,就着灯火,点了一支烟,起身开窗。炉子烧得太烫,房间里热得慌。拉波索穿着衬衫,双手抱在胸前，一边抽烟，一边看圣洁无辜者墓地围墙外的房子和棚屋，它们是街上黑乎乎的影子，十分醒目。云很低，天还没黑透，星星开始出来了。

有人敲门。拉波索看了看时间，有些惊讶，亨丽埃特应该晚些时候再来。睡衣下急不可耐的身子，热乎乎的大腿，温暖的乳房，这个不要脸的姑娘激发了他的想象力，残忍的嘴边咧出了笑容。他去开门，门外不是亨丽埃特，是她父亲，笑容瞬间消失。客栈老板穿着上衣，打着领结——对于一个成天穿着衬衫、披着夹克、坐在门口抽烟的人来说，太不寻常——特别正式，衬托出表情的凝重。他看见拉波索，迟疑片刻，问他能不能聊一聊。拉波索让到一边，请他进门。他叼着烟，见巴布先生到处看，留意到一些细节：桌上封着火漆的信、开着的窗户、挂在墙上的军刀、用面包屑粘在墙上的路易十五的彩色肖像画。最后，他盯着床，眼神忧伤，几乎痛心。

"先生，有件事很严重，"他说，"非常严重。"

拉波索递给他一张椅子，让他舒舒服服地坐下，自己坐在皱巴巴的床单上。

"我来，是以父亲的名义，不是以客栈老板的名义。"

语气和表情十分合拍，凝重，一副资产阶级做派，相当的郑重其事。

"关于亨丽埃特。"

拉波索微微眯缝着眼，吸了一口烟。

"请讲。"他说。

客栈老板有些迟疑。要不是已经在罗伊·亨利客栈住了两个礼拜，拉波索会以为老板难以启齿。

"我们就这一个女儿。"他斗胆开口。

拉波索心想：他用了"我们"，含义实在太丰富，一切尽在不言中。他又吸了口烟，接着想：人们一般不在意复数，结果就发生了后来发生的事。

"挺好的呀。"

"她妈妈跟我说了。她妈妈怀疑，跟我说了……然后，总之……我们问了亨丽埃特，她都承认了。"

拉波索坐在床边，继续不动声色地吸烟：

"她都承认了些什么？"

"就是那个……哎，您懂的，先生。"

"您错了，我一点儿也不懂。"

两人都不说话。巴布又看了看房间，这回将视线停留在已故国王的身上，似乎在国王的肖像画中找到尊严，得以继续往下说。

"贞操问题……"他欲言又止。

"我品德怎么了？"

"先生，我不是说您的品德，我是说我女儿的，亨丽埃特的贞操①……"

客栈老板尴尬地打住，露出恳求的眼神，恳求拉波索帮帮他，理解他，陪他跨过前面这道坎，度过这个难挨的时刻。可是，拉波索依然微微眯缝着眼，吞云吐雾，静静地看着他。

"您夺去了我们女儿的贞操。"巴布总算把话说出了口。

他又用了"我们"。拉波索早想放声大笑，好不容易忍住。他可以想象巴布夫人正裹着披肩，躲在走廊上，竖着耳朵，等着听谈判结果。

"你们想让我怎么样？"拉波索冷冷地问。

客栈老板看着自己的手，像在犹豫。大油灯的光照着他半边脸，

---

① 西班牙语中，virtud 既有"品德"又有"贞操"的含义。

显得脸颊瘦削，很受打击。

"给予补偿。"

拉波索终于无耻地笑出了声，他从嘴边取下烟，痛快淋漓地大笑：

"补偿什么？"

"亨丽埃特的贞操……"

"贞操已经说了，还有呢？"

"她妈妈说，这次例假没来。"

"这跟我有什么关系？我才来巴黎十五天。"

客栈老板再次移开目光，想了想：

"这些女人的事……我不懂。"

"您说是女人的事。"

"没错。"

"我明白了。补偿什么？……别指望我会跟她结婚。"

"哦，不是这个……她妈妈跟我说了，实际上……"

"您女儿呢？"拉波索打断他，"她什么意见？"

"她还是个孩子，没什么意见。而您是个游客，只是暂住。"

"这么说，你们想要经济补偿？"

客栈老板原本凝重的表情缓了缓：

"是的，咱们可以商量……我跟她妈妈说，您像个绅士，会讲道理的。"

拉波索看着基本抽完的香烟，不慌不忙地站起来，走到窗边，将烟头扔了下去。空中划过一道明亮的弧线，消失在黑暗中。他背对着客栈老板，站了一会儿，看看街上，看看黑乎乎的古老的墓地。天漆黑一片，乌云像是碰到了飞檐，被撕成一绺一绺的，星星很亮。他不慌不忙地转过身，不紧不慢地对巴布说：

"您女儿是个不要脸的大婊子。"

客栈老板看着他，张口结舌，似乎吞了火，或吞了冰。

"对不起，您说什么？"他结巴了。

拉波索向前三步，站在他面前，贴着他，逼他抬头看着自己。他眼前的情形一定很糟糕，吓得他直眨眼，心神不宁。

"据我所知，您女儿身上，只有耳膜那层膜没破。"拉波索还是那副不紧不慢的口气，"早在她妈妈和您让她上我的床，想捞一笔之前，她就是个破鞋。"

"不是……"

拉波索没有动感情，没有多使劲，不紧不慢地扇了巴布一个耳光，把他从椅子上扇到地上。他俯下身，单膝顶着他胸口，扯他的领结，差点把他勒死。

"巴黎妓女有好几千，不算情妇、歌剧院姑娘和你女儿这种客栈野鸡……你居然想用她来诈我？"

巴布在拉波索的膝盖下使劲挣扎，领结被他扯着，人都快窒息了。他没想到拉波索会动粗，吓得半死，惊恐地看着他。

"我在西班牙也跟容易上当的游客玩过这个小把戏，"拉波索笑得像头恶狼，"那儿叫'少女损失费'。来巴黎，还被人玩儿这手……搞笑！"

拉波索放开他，站起来，开心地笑。他想：要是跟马德里那帮哥们儿说，他们都不会相信！想玩儿我，帕斯夸尔·拉波索，以为我是个没长心眼的雏儿。想玩儿我？有你好看！

巴布揉着脖子，睁大眼睛，站起来，满脸惊恐和屈辱。

"警察……"他气急败坏地低声说。

拉波索几乎诧异地看着他，突然来了兴致，喝他住口：

"白痴！警察就是我哥儿们。听过有个叫米洛的警察吗？……去找他，找他评理！"

说完，他往客栈老板走去，吓得他直往后退。

"看见那把军刀了吗？"他指着挂在墙上的那把军刀，"你给我记住，巴布……再烦我，我就拿它割了你的头，塞到你老婆和你女儿的屄里。"

法兰西宫廷酒店寂静无声，已经很晚了。堂埃莫赫内斯戴着睡帽，穿着睡衣，趿着拖鞋，举着蜡烛，从厕所回来。经过海军上将的房间时，他犹豫片刻，下定决心，轻轻地敲门；听到"请进"，直接推门，门没锁。烛台上点着两根蜡烛，堂佩德罗坐在扶手椅上，穿着衬衫和鹿皮短裤，正在给怀表上弦。腿搭在脚凳上，书翻开，反扣在手边桌上。

"您现在应该睡了。"图书管理员说。

"确实应该。"海军上将回答。

堂埃莫赫内斯将烛台放在桌上，桌上有个捆着绳子、封着火漆的小包裹。

"我能陪您一会儿吗？"

"非常感谢。"

图书管理员疑心重重地瞅了一眼包裹，坐在床边的椅子上。被褥还没铺开，被单上放着他早上借来，供海军上将练习的那柄剑。

"练剑了吗？"

"没有。"

"亲爱的朋友，您应该练一练。我借来佩剑，就是让您练手的。"

"我没心思去练什么剑式。"

两人都不说话。堂埃莫赫内斯关切地看了看同伴：

"您还好吗？"

“感觉有点怪。”

海军上将说完，想了想，把怀表放在书旁，微微低头，含糊地笑了笑。

“也有点累。”他又说。

“所以我说您应该睡了。”

“不是这种累。”

堂埃莫赫内斯忍不住又去看封了火漆的包裹，好奇地问：

“冒昧地问一句：这里头是什么？”

海军上将看了看包裹，似乎忘了它的存在。

“两封信，还有遗嘱。”他简单回答，“一封给我姐妹，一封给皇家学院院长，表达了一些歉意。”

“挺好，但我觉得没必要……”

“我跟您来巴黎，是有使命的。我怕我会完成不了，至少应该解释清楚。”

“您不用解释。”堂埃莫赫内斯深受震动，抗议道。

“您错了。我明天要去做的是件蠢事，是我大半辈子都不屑于去做的蠢事。”

“那您就别做了。那么过分的事，拒绝拉倒。”

海军上将看着他，什么也没说。他去看窗户，似乎答案在窗户那边：

“大自然所有的问题都是平衡问题，规律都是互补的。”

“上帝啊！……您这颗心始终和脑袋同步，就像指针和钟摆，您不累吗？”

“我没得选。”

图书管理员摸摸下巴，胡子又长出来了：

“我听不懂。”

"亲爱的朋友，听不懂，没关系。"

"不，当然有关系。如果您有意识，有理智，拒绝胡闹，您会好好的……我知道您沉得住气，不想向别人证明什么。如果有人看错了您，遭殃的是他们。"

"这么说吧，我就难得奢侈一回。"

"您说什么？……为了所谓的荣誉去决斗，您说这是奢侈？"

"我决斗，不是为了个人荣誉，堂埃梅斯。个人荣誉对我来说，从来都不是问题，至少不是通常理解的那回事。"

图书管理员去看封漆包裹旁、反扣在桌上的那本书，书脊上写着：《普世道德》。这是海军上将前几天在圣雅克街上的书店买的，同时购买的还有霍尔巴赫男爵的《自然的体系》。

"那封写给姐妹的信……"堂埃莫赫内斯说，"您把她们孤零零地扔下，不会良心不安吗？您想过要是您……她们会有多难过吗？"

"她们略有积蓄，可以度日，在加拉加斯公司还有一点股份。"

"可是，她们会想念您，情感上会受不了。"

"哦，那倒是。她们会非常想念我。我们从小就是孤儿，我不出海的其中一个原因就是想回来照顾她们，而她们俩选择单身，也是为了照顾我。这些年来，我们一直生活在一起。要是我……她们一定会非常想念我。当然，我唯一的愧疚是扔下了她们，内心无法安宁。"

"至于学院……"

"学院那边我倒放心。您一定会帮我处理得很好，尽量粉饰太平：'上将决斗，是为了捍卫祖国和皇家海军的荣誉'……理由无懈可击，所有人都会称道。他们会暂停全会，以示悼念；然后，由帕拉福斯秘书记录在案，处理完毕……对了，我不希望有人为我做弥撒。要是有的话，我会从另一个世界回来，夜里去扯您的脚。"

"您真是没救了。"

"我老了，不想再去做什么蠢事。"

堂埃莫赫内斯心烦意乱，伸手去摸佩剑柄：镀金把手，不宽，手感好；剑身插在黑色皮鞘中。

"法国真是个荒谬绝伦、自相矛盾的国家。"他评论道，"身为启蒙与理性的中心，居然决斗成风。老觉得被人侮辱，被人得罪，真是可悲……"

海军上将不失幽默地看着他。

"咱们公平点，堂埃梅斯，我确实辱骂了科埃莱贡。"

"那是他自找的，您忍了很久。我说的是这儿动辄拔剑或拔枪的习气……比赛输了要决斗；盯着你看久了要决斗；夫人或情人卖弄风情、红杏出墙要决斗，没准还把小命丢了；给别人戴绿帽子，别人叫你流氓也要决斗，没准要了别人的小命……幸好不少决斗是见血即止。"

堂佩德罗做了个无所谓的手势。

"最后一句就是解释。"他想了想，说，"意大利人或西班牙人不会这么惺惺作态。决斗中，该杀就杀，下手痛快。也许正因为这样，西班牙很少决斗……可是在法国，社会浮躁，大部分决斗就像我遭遇的这个，见血即止。一旦受伤，双方收手，确保今后还能再战二十回。这种事，他们不当真。"

"没错，可是死亡必须得当真。"堂埃莫赫内斯火了，"一旦受伤，有可能是一剑刺中心脏，或伤口感染两周，一命呜呼。"

"那是运气不好。"

"既然如此，何必决斗？……何必惺惺作态？"

这回，沉默的时间很长。海军上将把腿从脚凳上放下，人在椅子上坐直，一动不动，坐了好一会儿，像在全神贯注地听远方只有他能听到的声音或信号。

"四四年二月，我们在出海撕破土伦封锁之前，"终于，他慢悠悠地说，"英法两国的海军上将有过一次会晤。法国舰队原本应在西班牙舰队出港后，负责护卫……英法达成协议：如果英国人只打我们，不打法国人，法国舰队就直接驶过，不参战……锡西埃角那儿真的发生了这一幕：三十二艘英国战舰对阵十二艘西班牙战舰，十六艘法国战舰临阵脱逃，扬长而去。"

他停下，看着烛光。

"即便如此，我们也鏖战了七个半钟头，没有束手就擒。"过了一会儿，他又补充。

"无疑，那是一次伟大的胜利。"堂埃莫赫内斯笑道。

海军上将几乎诧异地看着他，没想到他会说出这样的话。

"哪儿是胜利？"他断然回答，"只不过侥幸逃生，捡回了一条命。"

海军上将站起来，慢慢地恢复他高高的个子，似乎关节在痛。烛光放大了他的身影，投在墙上。堂埃莫赫内斯拿起反扣在桌上的书，翻过来，仔细辨读：

> 认真思考并忠实完成使命的人此生会享有真正的幸福，辞世时，既不会恐惧，也不会愧疚。有美德相伴的人生必定幸福而欢喜，带我们平静地走到终点，不后悔走了这条本性指引的路。

"那天，我们出海时就知道会发生什么。"堂埃莫赫内斯放下书，海军上将说，"知道法国人会扔下我们不管……即便如此，我们还是选择出发。"

"自然是因为荣誉和旗帜。"

"不，是因为军令在身。您懂吗？所有人都想快快活活地留在港口，谁也不想把命丢了，或是缺胳膊少腿。"

堂佩德罗看了看佩剑，从床上拿起来，放进衣柜。

"只是为了遵守规则，"他关上衣柜，说，"人生让你面对规则，接受、服从即可……没有惊天动地，也没有呼天抢地。"

"您从来没有……"图书管理员开口。

海军上将似乎没听见：

"我现在知道：当年，将士们拼死作战，不是为了荣誉，不是为了国家，不是为了名声……只是因为轮到我们，轮到我们遵守规则。"

"可是，上帝的旨意……"

"堂埃梅斯，拜托，"海军上将咧着嘴，觉得好笑，"别把上帝掺和进来。您就让他好好地待在西奈，传授他的十诫吧！"

"上帝啊！您让我想起那个冷静的几何学家，老听大家说《堂吉诃德》，决定拿来一读，读完第一章问：'这书想证明什么？'"

"从某种意义上讲，他说得没错……"

图书管理员丧气地摇了摇头。

"所以，您明天要去决斗。不为别的，就因为轮到您去决斗。"

海军上将心如止水，缓缓地点了点头，嘴角的笑容还未完全褪去：

"就为这个，没错。不为别的，只为……因为轮到我，我没得选。再说，人终有一死。"

"就到这儿。"米洛用手杖敲打出租马车的车顶。

帕斯夸尔·拉波索和巡警下车，拉波索裹着披风，巡警的大衣一直扣到脖子。天气并不冷，但林子里很湿，草地上沾着露水。太阳还没出来，薄雾笼在树梢，两人下坡，将香榭丽舍大街抛在身后。

"你看着办。"米洛边走边说，"要是你想让我阻止决斗，我就去抓人，交给警卫队长费德里希，让他吃官司。这个太容易了。不过你也知道，决斗吧，在见血之前，属于杀人未遂，批评两句，罚个款就没事儿了，明后天就会放人……你顶多只能争取两天时间。"

"咱们等着瞧，没准他会被刺死，或被刺成重伤。"

米洛满意地笑了：

"就是，那敢情好。对你来说，问题就解决了，或至少解决了一半……要是他杀了对手，抓他就更理所应当，罪名也会更重。到时候想脱身，没那么容易！"

"所以我说，咱们站得远远的，拭目以待。"

"行，老兄，你的生意，你做主。"

坡底有道沟，两人一跃而过。路渐渐平整，直到林子边缘。那里有片开阔地，像块草坪。草坪那边树木葱茏，清晨空气湿润，林子有些影影绰绰。树底下，木栅栏边，停着两辆马车。

"这地方不错。"米洛说。

看得出，巡警之前来过这里，对环境非常熟悉。他径直走到灌木丛中一根倒下的粗树干前，擦去露水，垫着大衣下摆坐下。他在来时的路上，坐在马车里告诉拉波索：那片草坪常被人用来决斗，离路易十五广场不到半小时，不在香榭丽舍大街，很隐蔽。香榭丽舍大街附近也有其他地方，可是费德里希带领的瑞士警卫看得紧，给决斗者制造了不少麻烦。

"找个舒服的地方坐下。"他建议道。

拉波索在树干上坐下，发现灌木丛既挡住了他人的视线，又让决斗草坪几乎一览无余。他满意地说：这可是头等座，还免费。对他来说，好戏即将开场。

"你那种烟，有我抽的吗？"巡警问。

“当然有。”

拉波索掏出火石、火绒和两根烟。空气太湿，他试了好几回才点着。两人默默地吸烟。

“瞧，”米洛看看怀表，“正好到点儿，人该到齐了。”

拉波索从口袋里掏出折叠望远镜，开始观察。第三辆马车出现在开阔地的边缘，正在慢慢驶近。与此同时，从两辆马车里下来了好几个人。其中三位背对着第三辆马车，往草坪中间走。两位穿着黑色上衣，系着斗篷，戴着三角帽；还有一位穿着袖口领口饰有花边的衬衫，棕色及膝短裤，白色长袜。他没戴帽子，太阳穴边上的头发卷着，尽管时候还早，头发上已经扑了粉，身材不错。他走得很慢，跟同伴说话，后来停下，一动不动地看着远方驶来的马车。

“那是科埃莱贡。”米洛用烟指着那个穿衬衫的人说，简直多此一举。

拉波索在看第三辆马车，它停在另外两辆马车旁，两位身穿黑色斗篷的先生正在恭候。马车里下来三个人：邋遢的布林加斯教士，穿着劣质灰大衣，戴着皱巴巴的帽子，很容易辨认；矮胖的是堂埃莫赫内斯·莫利纳；瘦高的堂佩德罗·萨拉特下车后，环顾四周，看了看草坪上正在等候的对手，脱去上衣，叠好，放在座位上，穿着衬衫，和两位身穿黑色斗篷的先生握手。

“那是决斗裁判和外科医生。”拉波索把望远镜递给米洛，米洛说，“胳膊底下夹着两柄剑的是法兰西学院的博腾瓦尔。”

大家神情肃穆地往草坪中间走。走到一半，海军上将停下。其余人继续往前，跟迎面而来的科埃莱贡的助手会合。于是，助手、裁判、医生，六个人在草坪中间交谈。两位决斗者站在各自的位置上，相隔二十步，等他们议定最终规则。

“你的同胞看上去很镇定。”

"你知道的，他当过兵，在海军。"

"或许是因为这个。"米洛还给他望远镜，"这种场面，一般人都会紧张。"

拉波索饶有兴致地观察堂佩德罗。海军上将灰白的头发梳成小辫，用塔夫绸带子扎着；款式简单的衬衫，黑色领结，黑色紧身短裤，黑色长袜。他很冷静，一副无所谓的样子，手背后，在神游，在看林子里的雾霭。科埃莱贡过一会儿走两步，很不耐烦，要么是想活动活动手脚。海军上将一直不动，站在原地，直到中间几个人讨论完毕，达成共识。助手们分别转向主人，请他们过去，到裁判和医生那儿。

"你决斗过吗？"

"从来没有，"拉波索含糊一笑，"那是在犯浑。最好的决斗方式是冷不丁一刀捅进腹股沟，这儿，看见没？……你懂的，股骨这儿。"

"你说得没错，"米洛表示同意，"这么一捅，什么止血带都没用。"

"西班牙管这叫斗牛士刀法。"

"真的吗？……有意思。"

拉波索带着批评的目光和狼一般凶残的表情看着草坪上的那些人：

"证人、仪式什么的，实在是滑天下之大稽。"

他又吸了一口烟，放肆地往灌木丛中吐了一口黄色的唾沫。

"真想解决问题，"他想了想，又说，"知道的人越少越好。"

"切记："博腾瓦尔一边发武器，一边说，"不许用左手拨开或抓住对方的剑。"

局面紧张得让人透不过气来，堂埃莫赫内斯恨不得钻进林子，吐出早餐时喝的那杯牛奶咖啡。只有他吃了早餐，海军上将说保险起见，空着肚子去打的好。图书管理员羡慕地看着同伴，自问道：剑拔弩张之际，他怎么能如此淡定，单手稳稳地接过剑？要是换了自己，一定抖得像筛子。

"听到我的命令，两位必须立刻停止。"

博腾瓦尔将规则一条条说完。科埃莱贡始终眉头紧锁，目空一切。他试了试剑的柔韧度，在空中耍了两招，颇具表演性，像在抽打马鞭，确认剑身笔直，状态良好。海军上将站在三步之外，纹丝不动，右手持剑，胳膊自然下垂，剑尖蹭着湿漉漉的草，泰然自若，做沉思状，似乎身在心不在。科埃莱贡也停住不动，持剑那只胳膊自然下垂，第一次注视对手的脸。堂佩德罗似乎有所察觉，慢慢抬起了他蓝色澄澈的眼眸——晨雾中，似乎更加澄澈——先盯着对手的剑，再慢慢往上，又盯着对手的眼。

"预备。"博腾瓦尔后退五步，发令道。

决斗裁判的手中有一根长长的手杖，要是谁犯规或受伤，可以用手杖中止决斗。他一声令下，堂埃莫赫内斯、医生和其他助手纷纷退至场外，两位决斗者都举起了手中的剑。图书管理员见科埃莱贡恪守繁文缛节，抬剑，与脸同高，向对手致意；海军上将只是肘贴着腰，微微举剑。

"先生们，开始！"博腾瓦尔发令。

堂埃莫赫内斯的心乱跳一气，差点从胸口蹦出来。他感觉自己提着剑上场，情况也不会比现在糟到哪里去。提心吊胆的他见科埃莱贡用舌头润了润唇，双腿微曲，左手扶胯，剑式优美，堪比示范动作。而海军上将只是将空着手的那只胳膊举成直角，手微微下垂，剑柄稍高，举在眼前，剑身直指对方的脸。他冷静异常，仿佛此生除了决斗，没做过别的事。堂埃莫赫内斯怕得要命，布林加斯在一旁残忍地笑，科埃莱贡几乎一直盯着对手的剑，而海军上将眼中无剑，一直盯着对手的眼，似乎真正的危险在眼神，不在眼神控制的那柄剑。两人就那么站着不动，互相打量，两柄剑只差几英寸，图书管理员感觉时间漫长得难以忍受。科埃莱贡先动，剑稍稍往前，身体也稍稍往前，做试探状。终于听到金属相击的声音，在清晨湿润的空气中，清脆，清晰。

除了调动所有体力，海军上将的头脑一片空白，内心一片安宁。很奇怪，所有人、所有事，都那么遥远。他握着剑，留意对手的动静，对手从眼神到剑招，有一秒钟的差池。科埃莱贡的眼神不再藐视，变得专注与不安。堂佩德罗感觉到，剑尖离他的身体只有三四拃。负伤、死亡，还是活着，只在一念间。科埃莱贡的剑迅速移动，佯攻一招，海军上将不假思索，本能地防守，科埃莱贡想伺机寻个空当，海军上将感觉危险临近，剑身就要刺进或极有可能刺进他的身体。腹股沟有些发凉，此乃不祥之兆。

他后退两步，剑没放下，又呈守势。剑尖再次远远地碰了一下，很慢，很谨慎。草地太滑，念头来得快，去得也快，我滑，他也滑，头脑再次空白。他盯着对手的眼神，继续呈守势。眼神中杀机又起，科埃莱贡再攻，向前两步，算得精准，交锋后正好一剑刺下，要的不是见血即止，而是毫不犹豫，将海军上将的胸口一劈两半。堂佩德罗走投无路，只好往右闪，同时攻对方下盘，姿势别扭，不循常理，剑尖掠过科埃莱贡的右膝，逼他后跃，气得他嘴唇紧闭。

"先生们，拜托。"博腾瓦尔的声音从很远的地方飘来。

堂佩德罗举起一只手，请求暂停，科埃莱贡站住不动。

"很抱歉，先生。"海军上将说，"我是无心的。"

科埃莱贡不耐烦地点点头，双方再次摆出守势。他怒气冲冲地快攻，迫使海军上将为求自保，只能后退。他一攻再攻，只听见叮叮当当，双剑急速交锋，海军上将已经看不清对手的剑在哪里，找不着北的感觉太糟糕。他不禁惶恐，只好胡乱刺出两剑，权作防守，转个圈，逃出去，差点滑倒，赶紧稳住，刚好接住对手的新一轮进攻。海军上将开始疲惫，举着剑的胳膊像铅一样沉。科埃莱贡的脸也涨得通红，脸上的露珠更像汗珠，或汗珠更像露珠，让海军上将的心稍安。这番攻势太过凌厉，对手的体力也消耗大半。海军上将记得过去几位老师说过：六十岁以上的剑客，最稳妥的打法就是死守，等对手因疲惫或兴奋，自己犯错。

然而，犯错的却是他自己。他后退一步，刚想站稳，脚在草地上一滑。就这么一晃，对手一剑刺来，差一寸，没进胸口。可他避让时，剑尖划破了肩膀处的衬衫。他感觉被剑狠狠地咬了一口，后退两步。肩膀痛，他动动胳膊，免得伤口发麻，被助手和裁判看在眼里。裁判上前一小步，叫道：

"停！……先生们，有人受伤！……住手，让我们检查一下。"

海军上将惊讶地看着他，那里居然有人！他费了好大的劲，才想起现场不止他和科埃莱贡。博腾瓦尔和医生旁边，是惊恐万状的堂埃莫赫内斯，双手绞来绞去，脸白得像张纸；拉克洛和另一名助手一脸担忧；只有布林加斯在陶醉地笑。堂佩德罗用不握剑的那只手摸了摸受伤的肩膀，发现血正在浸透衬衫，不是很多，混着潮气和汗水，正在蔓延。可这终究是见了血。原则上，决斗可以叫停了。

"我能继续。"海军上将看着对手，听到自己的声音。

科埃莱贡原本在得意地笑，笑容突然凝固。

"您有权继续。"他再次摆出守势。

剑尖相击，做试探状。海军上将勉强摆出守势，一动不动，尽可能保存体力，缓过这口气。肩膀上时不时会滴点血，渗进衬衫，流到腋窝。没想到，失血反倒让他气定神闲，头脑清醒。也许，清醒只是假象，他的脑子飞速运转：虚假自信会让自己的胸口被刺出一个窟窿。于是，他决定继续提高警惕，盯着对手的眼神，伺机而动。他上前一步，双剑相击，再后退一步，心想：不管怎样，我年纪大了，自信不起来。

剑光如闪电。科埃莱贡的眼神里写着愤怒和扑上去杀人的决心。海军上将想都没想，后退，停下，挑剑，刺脸。科埃莱贡后仰，避开脸，身子倒得厉害。海军上将不后撤，剑斜斜刺下，停下并稳住，手腕一抖，真痛，剑尖估计刺中了髋骨：他发现对手自己让身体右侧偏下的位置撞上了身前的剑。他后退，猛地收肘，将剑拔回。科埃莱贡气急败坏地骂了一句，走了半圈，用剑使劲刺空气。

"停，先生们！"博腾瓦尔喝令道，"让我们检查一下……"

科埃莱贡骂骂咧咧地挡住他：

"我很好！……咱们接着打！"

他用不握剑的那只手去摸伤口，及膝短裤的上方被鲜血染红。他说自己很好，其实不然。堂佩德罗一眼看出他脸色蜡黄，嘴唇紧闭，只剩下愤怒的一条线，目光阴险，方寸大乱。

"咱们接着打！"科埃莱贡摆出守势。

"先生们，本次决斗见血即止！"博腾瓦尔抗议道，"我要检查两位的伤口。"

"我不要！咱们接着打！"

他又举剑猛攻，执意要在堂佩德罗的胸口刺出一个窟窿。可是，海军上将早有防备，下剑封住，使劲荡开对手的剑，后退三步，与他保持距离。

"先生，我觉得够了。"他很平静。

科埃莱贡看着他，似乎听不懂他的话，摆好姿势，发起新一轮进攻。可是，人还没扑上来，脸就白了，身子一晃，剑垂下，血迹蔓延到及膝短裤的腹股沟位置。

"我不觉得……"舌头开始打结。

他松开剑，慢慢地跪在地上。大家都跑过来，堂佩德罗率先赶到，用胳膊撑着，免得他倒地。科埃莱贡迷惘地看着他，喃喃地说：

"可以了……够了。"

"先生，我向您道歉。"堂佩德罗扶着他，"那天是我太过分。"

科埃莱贡眼神浑浊，微微颔首。海军上将想从自己衬衫上扯下一只袖子，为他裹伤。医生赶到，不必了。拉克洛将斗篷铺在湿湿的草地上，大家扶着他躺下。

"他伤得不重，除非伤口感染。"医生检查完伤口，请大家放心，"剑尖被骨头挡了一下。"

堂佩德罗站起身，发现剑还在手上，递给布林加斯，教士喜形于色地接过了剑。

"攻得好，先生，"教士既心满意足，又语带讥讽，"攻得漂亮。"

图书管理员站在教士身边，近乎膜拜地看着堂佩德罗。海军上将十分镇定地用手按住肩膀上的伤，想为自己止血。

"深吗？"堂埃莫赫内斯关切地问。

"不深。"

此时，旭日探出地平线，雾霭七零八落地挂在树梢。第一缕阳光照亮了海军上将蓝色的眼眸，冲淡了蓝色，眼眸几乎透明。

10. 丹塞尼斯夫人的早餐

> 我只想恳求你们原谅我的诧异，这是我头一回听到谈论
> 如此色情的场面。
>
> 萨德侯爵[①]：《梳妆台上的哲学》

艾诺夫人住在玛莱区一栋漂亮的房子里，靠皇家广场很近，离巴士底狱也不远。据布林加斯介绍，该区已经没落，只是昔日的风范犹存。行道树、还算宽敞的街道、酒店古老的外墙，烘托出路易十四"黄金时代"的气息。决斗后第二天，堂佩德罗·萨拉特和堂埃莫赫内斯决定登门拜访。他们衣着得体，和平常一样，深色、朴素，尽量让人肃然起敬。教士执意陪同，他们没有答应，放了他的假。任务棘手，无论海军上将还是图书管理员都不想因为教士言行失当而功亏一篑。

唯一不方便的是在下雨。巴黎从昨天下午起，雨水不断，全城通行不畅。一开始，只是豆大的雨点零星落下；没过一会儿，雨声便如同密集的霰弹，路面开始积水，越积越深。马车堵住了街道和主要桥梁，屋顶落下粗粗的水流，浇在既要避雨，又要避马车，选择贴墙走的行人身上。广场变成了湖泊，雨点噼里啪啦地敲个不停；街道上处处激流。海军上将和图书管理员乘坐的出租马车遭遇了好几次堵车，花了将近一个小时，才从维维恩街走到圣安东尼街。透过水汽弥漫的

小窗，两位院士见识到一个迥然不同的巴黎，和之前所见相去甚远，那是一座肮脏、泥泞、灰色的城市迷宫。

"两位喝咖啡还是喝茶？"

艾诺夫人在一个儿子的陪同下，接待了他们。她是位老妇人，七十上下，容貌干瘪，瘦脸，尖下巴，绿眼睛，早年一定十分美丽。她居丧在身，黑色的发网笼住灰色的头发。儿子的下巴和母亲的一模一样。他深色着装，戴着假发，太阳穴边有两个卷，上衣是传统样式，衬衫领口的花褶层层叠叠。看上去，他像律师、诉讼代理什么的，办公室靠近司法部。

"对先夫而言，"夫人说，"书就是命。他花了许多钱去买书，最后几年抱病在身，就没怎么出过书房。他总说：书是慰藉，书是最好的良药。"

"他的藏书共计有多少本？"堂埃莫赫内斯问。

他们坐在小客厅。这里摆放着蓝色和粉色的瓷器，贴着彩色壁纸，挂着飞鸟版画，画框装饰得很有品位。过去，这里应该很温馨；可是现在，既不通风，又不干净。木百叶半开着，脏兮兮的光线照进来，缺灯少蜡的房间更显昏暗。邋遢的老仆端着托盘，送来茶点。

"不知道确切数字，"少爷说，"目测有四千多本……特别是植物学、游记和历史学方面的书，是他的最爱。"

"这么多书，您难道不看？"

少爷碍于场合，笑了笑，有些不自在。

"我有工作，有别的要忙。"他漫不经心地摸着母亲的一只手，"我是学法律的，父亲有关法学方面的书，都被我拿走了。"

---

① 萨德侯爵（Marqués de Sade，1740—1814），法国伟大的情色作家，宣扬性暴力和性虐待以及违反伦常的哲学。现代学术界在研究性虐待狂这一现象和病例时，直接用萨德的姓氏命名，称其为萨德主义（sadismo）。

“这么漂亮的私人藏书，没了真可惜。”

“我也觉得可惜。”夫人说。

“是的，母亲。可是您知道的：无论我家，还是妹妹家，都没有这么多地方放书。”他转向两位院士，“还有，母亲想离开这里，跟我们住。这么一来，藏书就成了大问题……变卖换钱，对母亲也不坏。”

“有书商来报过价吗？”

“正在接洽。”少爷承认，“你们也知道：书商都是奸商，故意对珍本不屑一顾，说什么‘这个不值什么钱，根本卖不动’，无非想出最少的钱，把书全拿走。西班牙也是这样？”

“并无二致。”

“总之，母亲的意思是整体出售。可是，丹塞尼斯先生是父亲的朋友，有他的推荐信，我们可以破例……如果条件谈妥，你们可以买走这套《百科全书》。”

“想不想看一眼？”艾诺夫人问。

“当然想。”

他们把杯子放在小桌上，穿过一条走廊——书廊，两边都是书——来到隔壁房间。书房十分宽敞，四壁书墙，窗户正对着皇家广场。雨还在下。

“刚才介绍过，有许多植物学方面的书。”少爷将窗帘再拉开些，让房间更亮堂，“还有史书，瞧，这是七卷本《路易大帝①军事史》，漂亮极了……植物学的书在那边，有查尔斯·帕鲁米尔②关于

---

① 路易大帝（Louis le Grand），即路易十四，1643 至 1715 年在位，在位时间长达 72 年 3 个月 18 天。1680 年，巴黎市政会献上了“大帝”的尊号，史称“路易大帝”。

② 查尔斯·帕鲁米尔（Charles Plumier，1646—1704），法国著名植物学家。

美洲植物的书，还有索叙尔①的《阿尔卑斯之旅》，父亲十分珍爱。"

堂埃莫赫内斯和堂佩德罗看得十分仔细。堂佩德罗前一天肩膀受伤，敷了药。艾诺少爷将林内奥②厚厚的一卷书放到他手上时，他痛得咧嘴。

"先生，您还好吗？"

"当然很好，您不用担心……只是有点风湿。"

"哦，"少爷将书放回书架，"下这么大的雨，空气太湿。"

他指了指书房的另一处，堂埃莫赫内斯已经一脸陶醉地站在那儿了。窗户照进铅灰色的光，赫然可见二十八卷对开本，金色书脊，浅栗色皮面精装，红绿色书名：《百科全书》。

"我能打开一本吗？"堂埃莫赫内斯问。

"请便。"

图书管理员无比虔诚，如同手捧《圣经》的神甫，戴上眼镜，从书架上抽出第一卷，放在桌上，小心翼翼地打开。"编者前言。"他激动地读出了声，"我们呈献给读者这套《百科全书》，正如书名所言，乃无数文人智慧之结晶……"

"瞧，装帧上无可挑剔，"少爷强调，"爱护得也非常好。"

"先夫亲自给书打蜡，"夫人说，"他总会在这些事情上花好多时间。"

"最后几卷插图也有，"少爷补充道，"一卷不少。父亲一开始就订了这套书，刚出头几卷的时候就订了。他时常翻阅……我们都知

---

① 全名奥拉斯-贝内迪克特·德索叙尔（Horace-Bénédict de Saussure, 1740—1799），瑞士自然学家、地质学家，1786 年开创阿尔卑斯运动，即后来的登山运动。《阿尔卑斯之旅》为四卷本，出版于 1779 至 1796 年。
② 全名卡洛斯·林内奥（Carlos Linneo, 1707—1778），瑞典自然学家、植物学家、动物学家。

道：这个版本如今很难找。"

"是不容易。"堂埃莫赫内斯回答得很谨慎。

母子俩飞快地交换了一个眼神，被堂佩德罗看在眼里。

"咱们来谈谈价钱。"少爷说。

"那是自然。"堂埃莫赫内斯点点头，"先生，我们专程前来，希望价钱合适。"

"此话怎讲？"律师少爷起了疑心。

"我们的预算虽然充足，"海军上将解释道，"但并不富足。"

律师少爷将书放回书架，若有所思地笑了笑，说明谈话即将进入正题。

"嗯……所有票据都在桌上。父亲预付的订费为两百八十镑，最后的总价，包括几卷插图，共计九百八十镑……首版市价飞涨，现在估计要八十个金路易。"

堂埃莫赫内斯眨巴着眼睛，每次听到数字，他都一脸困惑：

"那是多少镑……？"

"将近一千九百镑。"堂佩德罗迅速接上，"准确地说，是一千八百六十四镑。"

"没错。"艾诺少爷叹服于海军上将惊人的计算能力。

"书商们说，"堂埃莫赫内斯说，"这套书的市价约为一千四百镑。"

少爷看了看夫人，耸了耸肩。

"嗯……不管怎样，两位也看到了，二十八卷完好无损。我们认为这个价钱合情合理。"

"那当然。"堂埃莫赫内斯说，"不过，考虑到……"

"我们可以出一千五百镑。"海军上将打断了他。

图书管理员看着堂佩德罗，堂佩德罗看着少爷，少爷看着夫人。

"这个价低了。"夫人说。

"或许一千七百镑，"少爷接上，"我们可以接受。"

"对不起，我没把话说清楚。"堂佩德罗不卑不亢，"我们只有这么多钱，一千五百镑，多一分都没有。金币，范登-伊韦银行的信用证。这是我们的全部资金。"

母子俩再次交换了一个眼神：

"恕我们失陪片刻。"

母子俩离开书房，留下他们俩。海军上将和图书管理员好奇地四处张望，碰碰这本，翻翻那本，堂佩德罗对库克①的十八卷《游记》很感兴趣。最后，两人还是被《百科全书》的强大磁场所吸引。

"您看，他们会接受吗？"堂埃莫赫内斯悄声问。

"我不知道。"

图书管理员掏出小鼻烟壶，挑一撮，打了个喷嚏，用手帕擦了擦。他有点慌神。

"这可是我们找到的唯一一套全本。"他压低嗓门。

"我知道。"海军上将还是那副口气，"可是预算有限。"

"不能讨价还价……？"

堂佩德罗十分严肃地看着他：

"堂埃梅斯，这里不是得土安②的集市。真见鬼！咱们是西班牙皇家学院院士。更何况，车夫的食宿费、四座马车的停放费，加起来一大笔钱，咱们都得付。"

"您说得都对。"图书管理员无比眷恋地抚摸着《百科全书》第一卷的书脊，"可要是真错过了，我会十分惋惜……"

---

① 全名詹姆斯·库克（James Cook, 1728—1779），英国航海学家、探险家、地图绘制员，为了绘制地图，曾经多次出海，遍寻大小岛屿。
② 得土安（Tetuán）：北非摩洛哥北部沿地中海城市。

"咱们走一步看一步。"

艾诺少爷一个人回来，舒心的笑容预示着他带来了好消息：

"考虑到购书方为西班牙知名机构，母亲同意以一千五百镑的价格成交……如何交易？"

堂埃莫赫内斯长舒一口气，被堂佩德罗狠狠地瞪了一眼。

"我们会尽快一手交钱，一手取书。"海军上将郑重承诺。

"你们需要一张收据。"

"那当然。"

律师少爷看上去很满意，可他犹豫片刻，又竖起一根手指：

"你们会付定金吗？"

堂埃莫赫内斯刚把嘴张开，就被堂佩德罗抢了先：

"当然不会，先生。"

律师少爷心里没底，这个回答不合心意，他想退缩：

"哦，好的……可是按规矩……"

堂佩德罗冰冷的眼神足以冻住窗外的雨：

"我不懂什么规矩，我又不是专门买书卖书的，更不会跟您讨价还价。可是，话既然出口，决不会食言。"

律师少爷赔了个笑脸：

"好的，好的……行，这样挺好。方便的话，两天后，我在办公室恭候二位，咱们把手续办了。"

"定会前往，敬请放心。"

三位互相颔首致意，艾诺少爷和堂埃莫赫内斯面带微笑，堂佩德罗一脸严肃地往门口走。

"能够认识两位，是在下的荣幸。"律师少爷恭敬地说。

"我们也是。"海军上将回答，"代向令堂告辞。"

帕斯夸尔·拉波索一路躲着屋顶流下的雨水，走到河滩广场的一角，停下。他像是要去穿越敌方生死线，停留片刻，扶稳帽子，竖起披风领子，鼓足勇气，冒着雨，踩着水洼，跑到巴黎圣母院印象夜总会门口。

"瞧你，淋得像落汤鸡。"米洛向他问好。

拉波索嘟囔一句，点点头，像淋湿的狗一样甩掉身上的水，将披风和帽子扔在椅子上，坐在炉边，把腿伸长。米洛递过来一杯热葡萄酒。

"有消息？"

"有点。"

屋里除了酒味，还有潮味和木地板上用来吸水的锯木屑味。窗户关着，空气不流通。屋里有桶装酒、瓶装酒，墙上贴着军人画像，长条柜台上满是油污，屋顶被油烟、油灯、蜡烛熏得发黑。这个点儿，没什么顾客。一个肉嘟嘟的姑娘在招呼市政府看门的、附近码头卸货的，还有船夫；老板娘或女管事儿的在柜台后面修指甲、结账。两个穿着蓝色制服的军人喝醉了，躺在凳子上小憩。手挂在地上，一只猫在舔。

"今天上午，"米洛汇报，"两位院士前去拜访了新近居丧的艾诺夫人，她家书房有一套《百科全书》。"

拉波索像蛇一样，身子突然绷紧：

"你肯定？"

"百分之百肯定。我的人一直跟到那儿，干得不错。院士们前脚走，他们后脚就打听家里有没有用人……只有一名女仆，足够了。女仆出门买东西时，他们上前搭讪。"

拉波索喝着酒，依然口干舌燥：

"然后呢？"

"夫人把书卖了。"

"真他妈背运！"

米洛耸耸肩，慢条斯理地喝酒。拉波索一口气把酒喝干。

"钱付了？"他眉头紧锁。

"还没，应该正在办……艾诺夫人家就在附近的圣安东尼街，两位院士从她家出来，回到维维恩街的酒店，之后去了那条街稍北一点的范登-伊韦银行，出示了一张价值两千镑的信用证。据我所知，信用证完全有效，银行正在处理。"

"钱取了？"

"我都说了，银行正在处理。这种事儿要走程序，签字、盖章什么的，需要时间。我打听到，他们明天会再去一趟。"

拉波索又把腿伸到炉子边，空杯子递过去，米洛替他斟满，那瓶酒还在冒热气。

"我知道你在想什么，"巡警说，"我同意。你有两个选择：今天去偷信用证，明天去偷钱。"

拉波索抱着杯子捂手：

"你会怎么做？"

"老兄，信用证更好偷。我想，信用证现在又回到酒店房间了，去找找呗！"

目光一闪，技术层面上，有点意思。

"能办成？"

米洛笑得邪恶：

"在这儿，只要找对路子，一切皆有可能……不方便的是：信用证到手，谁也用不了，包括你在内。信用证取现需要一大堆的签字、认证什么的。"

拉波索看了看杯子，喝了一口，又看了看杯子。

"不过就一张纸，方便拿；必要的话，也方便毁。"他想了想说。

"那当然。"米洛压低嗓门，"麻烦的是：要偷信用证，就得今天下午或今天晚上，趁他们不在房间的时候动手……有点复杂，有风险。"

"要是偷钱呢？"

"那就是另一码事。钱转手，还是钱。钱上又没写名字，谁拿着，就是谁的。对你我而言，那就是真金白银。"他冲拉波索挤了挤眼，"咱俩对半分，是不？"

"那当然，扣掉先付给你的那些。"

"很合理。"巡警同意，"当然，我更倾向于这样：等他们拿到钱，在去付钱的路上，把钱劫了。"

"你说大白天，在巴黎街上抢钱？"

"没错。"

"这么容易得手？"

米洛的声音几不可闻：

"明天肯定还会下雨，天助我也。别忘了，这儿是我的地盘……还有，两千镑，或他们要付给艾诺夫人的数目，占不了多大地方。正常情况下，范登-伊韦银行会给金路易，十个一卷，也就八九卷的样子，揣在口袋里就能拿走。"

话说到这个份儿上，米洛留心拉波索的表情。他小口喝酒，仔细琢磨，直到把酒喝完。

"好像行。"拉波索想了想，说。

"那当然。咱们派人盯着，出银行就动手。从维维恩街出发，方便下手的地方有好几个。"

"他们万一坐车，怎么办？"

"一样办，当街拦住。"

"你跟我，咱俩一起？"

"你疯了？"巡警看着酣睡的军人，怕他们听见，"别忘了，跟你办事儿的是老米洛，手底下有合适的人。"

"百分百靠得住？"

米洛哈哈大笑：

"老兄，这么问，就伤人了！我再说一遍，跟你办事儿的是我……咱俩在附近盯着，等着收钱，把金路易揣进腰包。"

两人都不说话。拉波索攥着空杯子，反复把玩。他想象着第二天，雨中巴黎的某个地方，院士遭劫。他们会有什么反应？行动会有什么危险？

"你决定。"巡警说。

拉波索下定决心，点点头：

"行，明天动手。"

"这得喝一杯，或好几杯。"米洛叫侍应生，"说到底，聪明人赚笨人的钱，如囊中取物。"

天刚刚黑，挂在滑轮上的街灯映黄了雨。堂佩德罗、堂埃莫赫内斯和布林加斯教士步履匆匆，两位院士撑着上过蜡的塔夫绸伞，教士的帽子和大衣已经湿透。好在路不远，从吃晚饭的地方到维维恩街和院士们下榻的酒店还挺近的。这时，他们正在科尔贝街的皇家图书馆附近，躲避着屋顶上浇下的雨水。街上没有人行道，只要有马车经过，就会溅起泥浆，逼他们贴着墙走，被落水管浇个正着。

"淋得像落汤鸡，可晚饭真心不错。"布林加斯踩着水洼，开着玩笑。

他像个孩子，踩水玩，反正已经湿透，再湿一些也无妨。每次吃饱饭，他都是微醺着出门。这晚，他们去的是黎塞留街的博维莱尔酒店，那儿装饰考究，菜品丰富，价格不菲。在布林加斯的建议下，两位院士决定美餐一顿，庆祝找到《百科全书》。三个人吃了两个钟头，教士当然是主力，堂埃莫赫内斯也不甘落后。他们配着醋和芥末，品尝了土伦的金枪鱼肉酱、佩里戈尔的鹅肝、波尔多的山鹬，佐以两瓶上好的安茹葡萄酒。

"雨中的巴黎奉献了难得的水利盛景。"布林加斯讽刺道，"你们瞧：两万条水流从五十英尺的高空飞落，裹挟着屋顶上、房子里的各种污垢；路上的马车和马儿发起地面攻势，溅起各种泥浆；街道湿滑，激流滚滚……实可谓赏心悦目，堪称上帝的杰作。"

"至少街道可以被洗刷干净。"堂埃莫赫内斯说。

"不惜溺死毫无防范的行人？……哦，不，先生。住在这片希望乡、避难所，我最恨的就是雨……相比较而言，我更爱马德里的肮脏和苍蝇。那儿干燥，臭了，烂了，至少是干着臭，干着烂。"

又一辆马车驶过，把他们逼到墙脚，去淋屋顶落下的水流。布林加斯扯着嗓门，痛骂车夫是无赖，还有别的难听话，骂声比雨声还大。后来，他们逃进一户开着的门廊，正好在街灯下，好喘口气。布林加斯抖抖大衣，堂佩德罗甩甩雨伞。每个人的身上都在滴水，脚边滴成一片水洼。

"咱们明天几点去范登-伊韦银行？"堂埃莫赫内斯问。

"这儿的银行九点开门。"布林加斯介绍。

"那就不着急。"海军上将说，"咱们跟艾诺少爷约好，十二点办公室见！"

"带这么多钱，在街上走？"图书管理员惴惴不安。

"所以我才约的十二点，总不能揣着一千五百镑在巴黎街头散步。"

"你们也看见了，这座城市很安全，"教士提醒道，"遍地都是警卫、巡警、密探，还有专制制度下的各种狗腿子。打个劫，都有可能打到警察头上。"

"即便如此，"海军上将说，"最好先安安心心地吃个早饭，再去银行，十点半左右去。"他转头去看布林加斯，"您知道艾诺律师的办公室在哪儿吗？"

"知道。新桥下来，诗坛咖啡馆对面，靠近卢浮宫。要是到得太早，可以去咖啡馆吃点东西。那儿很安全，常客都是司法部律师、讼棍和诉讼代理。"

"很好。八点半在我们下榻的酒店会合，可以吗？"

"再好不过。"

堂埃莫赫内斯有点担心。

"即便如此，"他说，"教士先生，对您来说，还是太早了点。从您家到维维恩街，有好长一段路，明天可能还会下雨。"

布林加斯脱下帽子和假发，抖了抖，长短不齐的头发底下是张溅满雨水的脸。

"别担心。为这件事，值！我很乐意早起。"

"您为我们做了那么多，真不知该如何感谢。"堂佩德罗说。

光从外面照进来，模糊了教士脸上满意的笑：

"我很乐意帮忙。至于感谢，两位不用担心。跟你们在一起，三餐丰盛，好多年没有连续吃过这么多好东西了。"

"即便如此，"海军上将坚持说，"我们耽误了您太多时间，给您添了太多麻烦。我们欠您的……"

"别再提了。"

"我们想……"

布林加斯死死地盯着他，做了个几乎气急败坏的手势：

"先生，你们想什么？"

"亲爱的教士先生，您别生气。这段日子，承蒙您关照，我们想略表心意。"

布林加斯看着他，不敢相信自己的耳朵：

"您是说钱？"

"其实，"海军上将字斟句酌，"我说的是感谢您为我们提供的服务。"

三人好久都不说话，场面有点尴尬。布林加斯仔仔细细地看着假发，最后郑重其事地戴上。

"上将先生……您和堂埃莫赫内斯一定注意到我的经济状况并不尽如人意，对吧？"

"既然您问起，至少看上去是的。"

教士这回又看帽子，先抖了抖，再用袖子擦了擦，最后小心翼翼地戴到假发上。

"我是在勉强度日，隔三岔五地运气不好，很糟心。我承认，运气不好的时候，我会饿肚子……能听明白吗？"

"差不多。"海军上将摸不准布林加斯这是唱的哪一出。

"如果饿肚子，我就要想办法。"

"对不起，没听明白。"

"就那个意思，我都说了。我会花时间做我想做的事。最近这些日子，我决定把时间花在你们身上。"

"可是……"

"没有可是、但是、却是……"布林加斯顿了顿，犀利的眼神看看这个，看看那个，"两位是有尊严的人，担负着神圣的使命。我永远做不了西班牙皇家学院院士，也永远做不了法兰西学院院士……但我斗胆认为，或者，我十分肯定地认为：这套《百科全书》将会照亮我被迫离开的野蛮祖国的某个角落，改变它，改善它，让它更有头脑、更有文化、更有尊严……这些是对我最大的回报。"

"您有一颗无比高尚的心。"门廊外雨声淅沥，堂埃莫赫内斯稍稍顿了顿，由衷地赞叹道。

布林加斯宽容地笑了，笑容里透着威严。

"我知道，尽管得看是什么日子。"他转向海军上将，"好奇地问一句，您打算付我多少钱？"

海军上将惊讶地眨了眨眼，放松了警惕。

"我不知道，"他开口说，"其实……"

"好了，先生，"布林加斯鼓励他，"都到这个份儿上了，咱们多少有点信任。"

海军上将看着堂埃莫赫内斯，向他求助。可是，图书管理员和他一样无助。

"拜托，"教士非要打破砂锅问到底，"别让我心里吊着难受。"

"嗯，这个……总而言之，"海军上将胡乱做了个手势，"也许一百镑，或一百五十镑，差不多这个数。"

铅灰色的门廊里，布林加斯愤怒地直起身子：

"您不觉得，您是在骂我吗？"

"教士先生，恳求您原谅。我也很痛心，这辈子我从来……"

"上将说得没错。"堂埃莫赫内斯赶紧打圆场，"他从不会……"

"少于两百镑，我拒不接受，这是原则问题。"

两位院士面面相觑，又同去看布林加斯。

"您的意思是……"海军上将揣摩道。

布林加斯威严地举起手，宣布谈话到此为止：

"先生，就按您说的办。既然您坚持付钱，看在是两位院士的份上，尽管于情于理不合，在下却之不恭。"

维维恩街上路灯昏暗，法兰西宫廷酒店是黑暗中一幢气派的白色石头房子，大门宽敞，可以驶进马车。院子里铺着地砖，雨点打上去，噼里啪啦地响。两位院士和教士湿嗒嗒地进门，海军上将请他先喝点东西，补充点能量，再出门回家。

"您浑身上下都在滴水，不能气都不喘一口就走，进来坐一会，喝点东西，没准这该死的雨会小点。"

"先生，我什么苦都能吃，什么罪都能受。"布林加斯并不乐意，郑重其事地回答。

"老兄，那当然，我信。可是，稍事休息，暖和暖和，恢复一下，没什么不好……进来，把大衣脱了，都湿透了。"

教士好歹答应下来。三人在小餐厅坐下，这里是猎场主题餐厅。壁炉生着火，湿衣服水汽蒸腾。晚班侍应生送上布林加斯要的饮品：一杯加蛋黄的烧酒。托盘里有只封着火漆的信封，堂佩德罗收。海军上将接过来，没拆，继续礼貌地跟教士交谈。餐厅暖和，教士脱下假发，拿在手上比画。

"哎，如果不是气候原因，我向你们保证，我会搬到伦敦去住，可惜伦敦气候更差。"布林加斯说，"我以牛顿和莎士比亚的名义发誓：我会住在泰晤士河畔，向自由的空气致敬。英国人敢于砍掉国王的脑袋①……"

"您觉得那种空气健康？"堂埃莫赫内斯大惊失色。

"那当然，先生。百分之百健康，甚至卫生保健。有此前车之鉴，后世君主得了教训。英伦小岛如今以公民自由著称，这充分表明：有国王，没国王，都会有好政府。"

"上将，您的意思如何？"堂埃莫赫内斯问，"我记得：您不喜欢

---

① 英国人民早在 1649 年，就砍掉了国王查理一世的脑袋。

英国人，咱们这位朋友倒是对英国情有独钟。"

堂佩德罗坐在一张旧扶手椅上，椅子被临近的壁炉火烘得皮开肉绽。他交叉着腿，低着头，若有所思地笑，无可奈何地看着尚未拆封的信。

"英国人作为公民、商人和航海家，我当然羡慕……这个民族好战，敢闯，令人钦佩。然而，好运也好，厄运也罢，身为西班牙人，我只能厌恶他们，英西两国素为天敌。"

"国民与国民其实迥异。"布林加斯依然站着，背对着壁炉，一手酒杯，一手假发，"英国人强壮，营养好，胆子大，肯吃苦，自然有所得。法国人忧郁，不苟言笑，无论是老黄牛般种地的乡下人，还是看不惯贵族的骄奢淫逸、总想着将来复仇的城里人……意大利人萎靡不振，醒了就去响应爱、激情或音乐的召唤。德国人工作，喝酒，打呼噜，长膘。俄罗斯人被人奴役，如牲口般耕地……"

"咱们呢？"堂埃莫赫内斯急不可耐地问。

"西班牙人？……别提了。穿着斗篷瞎想一气，什么都不知道，还什么都瞧不上；随便找片树荫，就能把午觉睡了；坐等天上掉馅饼，指望问题迎刃而解。"

"挺形象的。"图书管理员笑了。

"那当然。接触了那么多文人，了解国民性的只有我，因为只有我成天和人民在一起……我可不像博腾瓦尔或普洛可甫咖啡馆里那帮蹩脚的哲学家，只知道在富人的桌边讨点面包渣。"

堂埃莫赫内斯注意到堂佩德罗的手里还攥着那封尚未拆封的信。

"上将，您拆开看看，没准儿是要紧事。"

"就是，"布林加斯说，"您拆开看看。"

堂佩德罗点点头，说了声抱歉，扯掉火漆，拆开信一看，只有超常的自制力才能让他不为之动容。

欣闻阁下在冲突中，只负轻伤，我心甚慰。记得邀请过您到家里来用早餐，特此提醒。明早九点，家里见。

玛戈·丹塞尼斯

"是坏消息？"堂埃莫赫内斯见他不说话，担心地问。

"不是，绝对不是。"海军上将思忖片刻，说道，"可有个问题……明天我不能跟你们去范登-伊韦银行取钱了，突然冒出了一件事，我要处理。"

图书管理员不安地看着他：

"啊……严重吗？"

"不严重。这样，如果你们不介意，我们在教士先生刚才提到的那家咖啡馆见。"

"诗坛咖啡馆。"布林加斯提醒道。

"那好。"堂佩德罗不动声色地点点头，把信收进上衣袖筒，"十一点四十五，咱们咖啡馆见，一起去艾诺律师的办公室。"

我在巴黎找了两个星期的资料，离开时，故事情节已经想好，只差最后几章没有完成。接下来的任务最艰巨，也最无趣，要不停地写，往前写，翻回去看，没完没了地修改，没完没了地检查，还得要花一年的时间。好在主要情节，两位院士的巴黎之行和接下来即将发生的事都已成型。功课做到这个份儿上，我知道哪些资料可以查到；剩下的空白点和盲点，即使没有可靠的资料，也能天马行空，编个八九不离十。

堂佩德罗·萨拉特对丹塞尼斯夫人的私人拜访让我有些担心。我知道场面对于海军上将来说，会很尴尬。他一辈子都是百分之百的绅士，不会在信中，更不会在之后写给学院同事的回忆录中留下只言片语。那顿著名的早餐上究竟发生了什么，我别无他法，只能想象。好在玛丽·萨摩出版于一八九八年的《十八世纪的巴黎沙龙》和梅西耶那本反复勾画标注的《巴黎展板》在丹塞尼斯夫人的社交习俗方面，提供了很有价值的资料，塞纳河边的书商兼历史老师昌塔尔·克罗德伦找到的一篇长文又补充了很多细节。据她说，这篇文章是在《两个世界》杂志的过刊上偶然发现的。文章发表于一九九一年，署名杰拉德·德科尔唐兹，有关法国大革命前的艳情回忆录，其中两次提到了玛戈·丹塞尼斯。

基于这些资料，我还拿着放大镜，仔细研究了玛戈的朋友阿德拉·拉比耶-嘉德给他们夫妇俩画的像，我弄到了一幅精美的复制品，希望通过玛戈的外貌探究其性格。我想知道，个性独特、不受拘束的女人会如何面对情感、自由和时下的各种观念。画像自然是美化她的，不仅美化了她的外貌，还通过丈夫的居家装扮，她的英式户外装扮，骑装上衣加骑装帽子，烘托出她从容不迫的气质，既沉着，又自如。膝边那本卢梭的书使观众转移视线，去看她美丽、黝黑的眼眸。黑色的鬈发没有扑粉，倾泻而下；帽檐窄，缀着一根野鸡毛。就凭那双集聪慧、娴静、激情于一身的眼眸，我就能猜出她和海军上将共进早餐的情形。

资料备齐。回到马德里，坐在桌边，对着键盘，我写出了这个场景。当然，我也参考了阿利贝尔、艾斯诺斯和拉皮利绘制的巴黎地图。那天上午，堂佩德罗·萨拉特为了避雨，穿过柱廊和施工中的皇宫花园的脚手架，走到圣奥诺雷街，来到丹塞尼斯夫妇尊贵雅致的宅邸，推开黑色金边栅栏，拉响门铃，九点整，将名片交到管家手中。

"我正在犯愁：今天要抹什么颜色的唇膏？选唇膏是头等大事。

女演员会抹紫红，烛光下看了更美；优雅的宫廷贵妇会抹淡红，求不过分；妓女会像屠夫的老婆那样抹成猩红……先生，红色这一色调，是巴黎这座城市的细节。"

云鬟初挽，五官精致，略施粉黛。木百叶开着，灰蒙蒙的天色照进来，配上烛光，光线柔和。丹塞尼斯夫人心思细腻，品位不俗，很能掌控场面。她坐在床上迎接海军上将，毯子拉到膝盖，倚着大靠枕，披着轻薄的梳妆衣，欲盖弥彰地显出绸缎底下凹凸有致的身材。毯子上搁着一只早餐托盘，备了双份的银制和瓷制餐具；身边扣着一本打开的书；手边的床头柜上放着三管唇膏。夫人自然而然地从唇膏谈起。

"请坐，上将。"玛戈·丹塞尼斯指着床边天鹅绒面的椅子说，"来杯咖啡？"

"谢谢。"

"加牛奶？"

"黑咖啡。"

"西班牙式的。"

"没错。"

夫人亲自倒了一杯热气腾腾的咖啡递过去，堂佩德罗俯身接过时，嗅到一股精致的香水味，现在想来，是茉莉花香。他把杯子举到唇边，环顾四周。卧室里到处都是小幅画、轮廓画、微型画和巴黎其他昂贵时髦的物件：中国制造的小魔术师雕像，科林斯泰德的水墨裸体画，分别代表奥克塔维奥、吕辛塔和斯卡拉罗切的牵线木偶，十二个大小不一、形状各异的漆盒。床头壁毯是一幅乡间下午茶的画面，估计至少价值一万镑。

"我也邀请了谭克雷迪夫人，她没来，好像是偏头痛，卧病在床。理发师德斯·布尔沃思帮我梳完头，刚走。先生，希望您不要介意。"

"不会。"

"科埃莱贡有时会来喝咖啡，他是个咖啡狂。当然，他今天的身体状况不允许。"

夫人的嘴角带着一丝若有若无的笑，她看着堂佩德罗，不动声色地娓娓道来。海军上将什么也没说，沉稳地看着她，继续喝咖啡。卧室里的光线颇具艺术感，俨然是一幅画，画中的玛戈·丹塞尼斯比平时更美：淡化了岁月的痕迹，褪去了夜晚的倦色，黑眼眸更专注，脖子更修长，皮肤更白皙。当然，还有梳妆衣下隐约可见的曼妙身躯。海军上将总结道：她就像刚睡醒或刚出浴的女神狄安娜①，风姿绰约，令人怦然心动。

她像是猜到了他的心思，或许，被她全部猜中，无一幸免。

"在巴黎，所有上流社会的女人每天早上要梳妆打扮两回。"她笑着说，"头一回很隐秘，连情人都不许看，不到指定时间，不能擅自进入。可以对女人不忠，但绝不能当不速之客……第二回完全是搔首弄姿地表演。半遮半掩的梳妆衣，若隐若现的睡袍……再加上梳妆台上的扑粉、薄纱和绢纱，床上摆着看了一半的信和翻开的书，就像您面前这幅场景……先生，希望我没有坏了规矩。"

海军上将笑了。

"您不用怀疑。穿这个比穿正装更显品位和美貌……夫人，您的装扮浑然天成。"

"哪儿有什么'天成'，"她噘了噘嘴，假装生气，"这个词相当于'无知'。工夫、敏锐、耐心、算计，这些天性才能发掘出最美的宝藏。"

---

① 狄安娜（Diana），罗马神话中的女神，相当于希腊神话中宙斯的女儿、阿波罗的孪生姐妹阿耳忒弥斯。她身材修长，容貌美丽，是处女的保护神，也是狩猎女神和月亮女神。

"您过谦了。您用不着算计，这是您的本色。"

他不假思索，脱口而出，略显鲁莽。玛戈·丹塞尼斯静静地看着他，奇怪地陷入沉思。

"非常感谢。"她终于又开口，"早上，连窗户都没有完全打开，只有我的小狗伏尔泰和好朋友才能到这儿来，真正的一天从中午开始。巴黎的许多女人下午起床，天亮了才睡觉。我说的是体面女人，至少是大家公认的体面女人。"

有时候，她会在两个字或两句话之间顿一顿，眼睛盯着海军上将，仔细研究他的每个表情或每个反应。堂佩德罗总是端起杯子喝咖啡，耐着性子随她看。

"有这么多奶妈、管家、家庭教师、学校和修道院，"夫人接着说，"有些女人根本意识不到自己已经身为人母，乳房完好如初……曾几何时，乳房以干瘪为美，意味着哺育儿女，彰显母性光辉。如今……哎！我没这个福气，没有孩子，也不会有孩子。我的模样会很快……"

她话说一半，戛然而止。这样的欲说还休也是算计过的，海军上将又微微一笑。

"夫人，您的模样永远是最美的，有孩子也好，没孩子也好。"

"至少就目前而言，乳房不会干瘪。"

她又不说话了，这次时间短，她用手指去绕毯子上的花边：

"我没有身孕，要想引人注意，只好装病……在巴黎，生病是司空见惯的事。女人生病，往往是最好的借口。头晕，对，就是这个。"

"'弱柳扶风惹人怜，但求此病无绝期。'"海军上将说。

"哟！"夫人惊讶地看着他，"您读过伏尔泰？"

"这很正常。"

她用手轻轻扶着脖子，哈哈大笑：

"西班牙人读伏尔泰，才不正常。"

"夫人，那您恐怕会惊讶，西班牙有不少人读伏尔泰。"

"您说学院里？"

"包括学院外。"

"尽管是禁书？"

"尽管不允许。"

"我父亲不会去读，他的朋友一个也不会去读。在我就读过的修女学校，'这位不敬神的哲学家'根本不受待见，甚至连名字也不许提……否则就会挨打。"

"您挨过打？"堂佩德罗惊讶地问，几乎有些失态。

夫人宠辱不惊地笑了笑，笑得有点怪，让他不安。

"我小时候，从来没挨过打。"

"哦，那就好。"海军上将有点坐不住，不知该如何替自己解围，"……我的意思是，总而言之……时代变了。"

"西班牙应该变化很大……再来点咖啡？"

"谢谢。"

总算换了个话题，海军上将如释重负地递上杯子，玛戈·丹塞尼斯又从咖啡壶里给他倒了一杯温热的咖啡。

"不管怎样，"她又说回去了，"原则如此：女性柔为美。我们女人再清楚不过，愿意表现出需要男人呵护的模样。"

"以满足男人的自尊心。"海军上将把话接上。

她看着他，兴致又起：

"可是这么一来，我们也会无聊透顶。头晕的女人只能从浴室到梳妆台，从梳妆台到土耳其式长沙发。在巴黎，百无聊赖地坐上马车，慢腾腾地排队往前挪，去圣奥诺雷街的某家商店，这叫散步。有些女人认为所谓的女人味，就是愚蠢的慵懒。"

她举手拉绳，叫女佣，绳子就在床头。海军上将注意到，西班牙人惯用铃铛，巴黎的房子里却到处都是这种叫 sonnettes 的绳子，特别时髦。

"巴黎女人都很苗条。"夫人说，"令人绝望的是，女人过了三十就发胖，全靠紧身胸衣和裙撑掩盖。有些女人为了保住蜂腰，就去喝醋，结果把脸色喝成那样。"

一位年轻漂亮、穿着考究的女佣走进卧室，替夫人整整靠垫，撤走用完的早餐。

"您的女佣真可爱！"女佣出门，海军上将评论道。

"女佣没有仆役那些坏毛病。夫人如何，她们就会出落得如何，环境使然……等她们嫁到小资家庭，会因为气质出众，鹤立鸡群。没见过太多世面的人甚至会当她们是上流社会的小姐或贵妇。"

"我发现在巴黎，这些称呼有些滥用。"

"凡是不能以你相称的姑娘，都叫'小姐'；凡是结过婚的女人，从公爵夫人到洗衣妇或卖花女，都叫'夫人'。很快就可以称姑娘为'夫人'了，哪儿有那么多老'小姐'？……您怎么看巴黎女人？"

"不好说……当然很有趣。放得开，有点无耻，比西班牙女人开放得多。"

"这儿的女人要出入公共场合，跟男人周旋。她们有女人的傲慢、放肆，甚至眼神……资产阶级家庭的女人相夫教子忙家务，节俭谨慎爱操劳……上流社会的女人每天写十封或十二封信，托关系，找大臣，安置情人、丈夫和孩子……"

"卢梭撰文，将巴黎女人批得体无完肤。"

玛戈·丹塞尼斯眨了眨眼，再次惊讶：

"您也读过亲爱的让-雅克？"

"读过一点。"

"先生，您真是让人惊喜不断……不管怎样，卢梭所言，不无道理。巴黎女人铺张浪费，放荡轻浮，白天索取，晚上付出。原本应该夫唱妇随，结果四分之三的丈夫没个性、没实力、没尊严，导致许多事情女人说了算……这里无所谓出身贫贱，裁缝也好，卖花也好，只要是美人坯子，就能把公爵、法兰西陆军元帅、王公大臣甚至国王骗上床，然后再通过他们办事。"

"这在西班牙是不可能的。"海军上将指出。

"您这么说，似乎十分庆幸。"

"确实如此。尽管西班牙有诸多不是，但国王、大公尊严还在，也是民众所向……西班牙情妇不会干政。那样做有失身份，让人无法容忍。"

她不说话，还在盯着他看：

"您也许在想：我是个卖弄风情的女人。"

"绝对没有。"

"我也不是。"她温柔地笑了笑，"我只知道，男人对女人的兴趣使男人更聪明，更风趣，甚至更大胆，所以，我让他们来爱。就我这年纪，先生，您能猜到我的年纪吗？"

海军上将吓了一跳，赶紧坐直：

"我岂敢……尽管您的年纪，谁都敢猜，不会失礼。"

她开心地微启双唇：

"您是位真正的绅士。"

"您过奖了，夫人。"

堂佩德罗去看挂在墙纸上的小幅画，用的是中国墨汁，勾出画中人的身形轮廓，其中一幅显然是女主人。模样很容易辨认：纤细、优雅，梳着出门的发型，打着小阳伞。丹塞尼斯夫人循着他的目光看过去，再次开心地笑：

"您就当我四十岁，或将近四十，这个岁数大差不差。"

堂佩德罗温柔地摇了摇头：

"美丽的女人永远不会四十岁，要么三十岁，要么六十岁。"

"哦，先生，您真有才。这儿称之为 esprit，西班牙语里没有完全对应的词。"

"我只有最基本的常识。"

这次沉默更久，合乎两人心意。她看看指甲完美、精心呵护的一双玉手，轻轻碰了碰扣在毯子上的那本书，微微地叹了口气，抬起头来，去看海军上将。海军上将还在看那幅画。

"您喜欢？"

"非常喜欢。"

"是我朋友阿德拉·拉比耶-嘉德画的。"

"相当精美，刻画得十分到位。"

她忧伤地笑了。

"对于所有激发异性欲望和同性嫉妒的女人而言，"她顿了顿说，"有一刻很残忍：当镜子告诉她，美丽不在。"

堂佩德罗小心翼翼地点点头：

"有可能……事到临头，无异于当头一棒。"

夫人的脸色阴沉下来，日光与烛光遽然失色：

"打击之大，超出您的想象，甚于一夜失权或失去恩宠。女人走到那一步，面前只有两条路：皈依宗教或有尊严地老去。曾经情人一大把，若能将最智慧的那个变为忠实可靠的朋友，何其幸也！"

"言之有理。"

"没错。最初的激情所引发的幻想一旦消失，理性便日趋成熟……四十岁的女人可以成为完美的朋友，听命于男性挚友，为他效劳。"

"这很自然。"海军上将说,"有些女人善于动脑子,令人钦佩。精神自由的聪慧女子,无视社会偏见,既欣赏男人体魄上的性感,又欣赏他们灵魂上的强大。"

"说得对极了。也许正是如此,才女才会眷念老友,胜于新欢……她们有时会欺骗丈夫或情人,但从不会欺骗朋友。"

夫人不说话,又去看书。堂佩德罗看不见书脊上的书名。

"对了,我给您写了封短笺,担心会犯拼写错误……西班牙语长时间不用,都生疏了。跟院士写信,犯错岂能原谅。"

"夫人也许拼写有误,但文风绝无瑕疵。"

玛戈·丹塞尼斯笑靥如花。堂佩德罗觉得,她的笑容不仅能融化圣奥诺雷街上的所有巧克力,还能融化北极的所有寒冰。

"先生,我喜欢您。您总是笑而不语,不显山不露水,不求esprit,属于那种让别人说话、善于倾听或至少做倾听状的人。"

堂佩德罗无言以对,只好看着她。玛戈·丹塞尼斯动了动,靠得更舒服些,梳妆衣和缎子睡袍下的身段更加曼妙。

"敏锐的女人三句话一听,"她继续说,"就能听出谁在卖弄,也能从沉默中,看出谁更有才。"

夫人拿起书,递给他看,就像有秘密要和他分享。

"每天早上起床前,我都会看半小时书,"她说,"现在看的是这本。您看过吗?"

海军上将从她手里接过书,三十二开本,皮面精装,带插图。他看了看封面,《哲学家泰蕾兹》,布瓦耶·德阿尔让斯著。

"没看过。"

"这就是所谓的'哲学书'……或艳情读物。"

"淫书?"堂佩德罗惊讶地问。

"没错，"她笑了，"这么说更确切。"

海军上将翻了几页。他惊讶地发现，配的全是赤裸裸的春宫图。他抬头看夫人，发现夫人也在调皮地看他脸上的表情。

"有传统艳情读物，几乎无害的那种，如《帕梅拉》《克拉里斯·哈罗》或《新爱洛伊斯》……这本有点过。"

太过了！堂佩德罗尽量不动声色地往下翻。其中一幅插图画得再明白不过：赤裸的女人躺在床上，男人正在插入。

"有些女人坚信，她们单凭颜色和装帧，就能选定一本书，就像选扑粉丸或帽子上的丝带。"丹塞尼斯夫人很自然地说道，"她们会一本正经地告诉你：更爱拉辛，不爱高乃依；或更爱高乃依，不爱拉辛……真正出类拔萃的女人不会再做什么滑稽可笑的'知性女人'，那是三十年前流行的东西。捍卫丈夫声誉、评判新老作家才华这些事，留给院士夫人们去做就好……这种小说不仅更有趣，还能帮你更好地找到自我，更自由。"

堂佩德罗继续往下翻。在另一张插图上，袒胸露乳的姑娘正在抚摸男子的后背，而男子已经从背后深深地插入了另一个女人的身体，那个女人是跪着的。他翻到第三张插图：三个教士撩起女孩的衣服，各自抚摸不同的敏感部位。他看不下去了，合上书，一言不发地放回到毯子上。

"在巴黎，"玛戈·丹塞尼斯继续说，"爱情只是有节制的淫荡，是约束感官的社会行为，无关理性与义务。爱情脆弱，不持久，不要求我们做出很大的牺牲。引诱者之所以存在，是因为有人愿意被引诱，真正的美德终究会出污泥而不染。爱情不实在，易挥发，厌倦了，就不见了……您明白我想说什么吗？"

海军上将稍作停顿。他明显感觉兴奋，需要稍稍停顿，咽口唾沫，再回答。也许只是试着咽了口唾沫，因为他口干舌燥。

"我想我明白。"他试着平复下来,"您想说: 爱情那么肤浅,只会伤害到那些愿意被伤害的心灵。"

看表情,她似乎在心里默默鼓掌:

"没错。因此,只要行事谨慎,丈夫既无需受过,又无人耻笑。在巴黎上流社会,丈夫不是妻子的主人,妻子也不用对丈夫百依百顺。夫妻双方,各有各的生活,各有各的朋友,各有各的爱好,相敬如宾。监视妻子,纠缠妻子,会被视为资产阶级的野蛮行为⋯⋯您明白吗?"

"当然。"

"总而言之,美德只会创造出冰冷、安宁的画卷,激情与恶习才能激发画家、诗人、音乐家的灵感,色胆包天的情人才会有大作问世。"

"这些话您那天晚餐时说过。"

"您记性真好。"

"有时候还行。"

两人又不说话。安静的气氛让人紧张,堂佩德罗全身绷紧,僵坐了好久,背上的肌肉开始隐隐作痛。

"上将,您的胆子大吗?"

海军上将悲伤地笑了笑:

"早就没胆儿了。"

"那您诚实吗?"

"有时候尽量。"

"感觉您有些忧伤,"她边想边说,说得很慢,"与您年纪不符。"

海军上将终于缓过神来,找回了自信。夫人提到他年纪,反倒让他心里舒坦。他耸了耸肩,有点鄙视。

"年轻时，我闯荡世界，去过一些地方，拿忧伤做行囊……很早我就认定，就算先知先觉吧，即将发现的美好，生活也终将让我失去。"

"比如说？"

"想不出。"他顿了一秒，回答。

"真的？"

"真的。"

玛戈·丹塞尼斯倚着靠垫，聚精会神地盯着他看，目光中满是疑问，笑容里却是赞赏。她的脖子和手臂肌肤温润，看着暖心。此乃倾国倾城貌。海军上将突然觉得，夫人坐在那个位置，处于那样的光线下，又变美了。

"卢梭提议：行万里路，去感受人类的渺小。"她说。

"我不觉得人类渺小，"海军上将冷静如常，"我只想了解人类，观察人类。"

玛戈·丹塞尼斯又拿起书，漠然地翻了几页，包括插图。她突然抬头，似乎想趁其不备，抓到一个海军上将无暇掩饰的表情。

"您，毫无疑问，是个帅气的男人。"她顿了一会儿说。

"我不知该如何理解，"堂佩德罗很不自在地眨了眨眼，"就我这个年纪……"

"帅气的男人，上天会眷顾他，赋予他两项重要的使命：在战争等诸多状况下保护人类，以及只在一种状况下繁衍人类……先生，您在巴黎吻过女人吗？"

海军上将吓坏了，看着她，茫然不知所措：

"我觉得这个……上帝啊，夫人……当然没有。"

"当然？……巴黎又不是西班牙，很容易吻到女人，它是最自然的情感表达方式。"

她把书递给海军上将，执意让他拿着：

"先生，念一段给我听，求求您。我的朋友都会高声念给我听。"

"我不知道行不行。"堂佩德罗惶恐地给自己找理由，"这书是法语的。"

"您法语说得很棒，把它译成西语。我想听一听，用西语念出来，会是什么感觉。"

她递过来的时候，书是开着的，她指指那页。海军上将开始高声念，尽量发音清晰，适当停顿：

女人和男人一样，自有需求。她们由同样的材料构成，却无法使用同样的手段。名誉观、担心遇人不淑、怕怀上孩子，使她们无法像男人那样行事……

"请继续，"海军上将抬头看她，玛戈·丹塞尼斯说，"往前跳几行，拜托。"

"好吧，咱们往下看……"

血、气、勃起神经都让那根镖变大、变硬。双方同意，选择最理想的姿势：男人的箭被推进女人的箭囊。箭与箭囊互相磨合，精子准备就绪。欢愉的浪潮一浪高过一浪，将它们往前推。神所赋予的灵药准备倾泻，流淌……

堂佩德罗仓皇停住。他能想象出——尽管他不愿——仓皇的表情就写在脸上，夫人全神贯注地看着他。

"您觉得如何？"她问。

他犹豫，在找合适的词。

"我想，"他说，"很刺激。"

"先生，您这么想？"

"没错。"

玛戈·丹塞尼斯笑得开心：

"他们称它为'哲学书'。"

海军上将没有搭腔。夫人尚未化妆的唇间，犬齿闪烁，白瓷般清亮，与眼睛的清亮有所不同。

"接着念，从有标记的那页开始。"

堂佩德罗镇定地看着她，他又找回了镇定。

"夫人，您肯定？……您真觉得合适？"

"完全合适。"

海军上将又开始高声念。他断句断得很好，翻译得不疾不徐，毫不费力。他念道：

> 你立刻扑进我的怀抱。我毫不犹豫地抓住那根镖——那之前，我一直觉得它非常可怕——将它放进蠢蠢欲动要钻的那个洞。你钻进我的身体，你铆足了劲往里推，让我低吟。我全身心地享乐，丝毫不感到痛楚……激情似乎已经让男人不再自主，你磕磕巴巴地对我说：
>
> "泰蕾兹，我不会去行使你给我的所有权利。你怕怀孕，我会避免。高潮就要来了，你再用你的手去抓住你的征服者，抽出它，帮它再动一动……就现在，我的孩子……我……太……舒服了……"
>
> "啊！我也要死了。"我大叫道，"我已经没有感觉了……我……已经……昏厥了……"

这时，我已经将那支镖抓在手上，轻轻握着，包裹着它。而它，刚刚离开那片享乐地，温柔乡……

读到这里，海军上将慢慢地合上书，站起来，一动不动地站了一会儿，表情严肃地想了想。然后，他向玛戈·丹塞尼斯走去，走得很慢，似乎在给她机会，让她说句话，或使个眼色，阻止自己。他前往那片享乐地，温柔乡，中途没有遇到任何阻碍。

灰色的雨雾笼罩了整条维维恩街，两边的房子已经模糊。帕斯夸尔·拉波索戴着帽子，披着披风，贴着左边的房子，一边躲雨，一边远远地跟着堂埃莫赫内斯·莫利纳和布林加斯教士。他们俩手挽手，打着一把硕大无比的黑伞，在雨中匆匆前行。拉波索迅速扫了一眼右边，确认米洛带着两个手下——巡警保证，这两个坑蒙拐骗的家伙信得过——正在沿着街道的另一侧往前走。巡警像一头雀鹰，全神贯注地盯着猎物，躲闪着从屋顶和落水管落下的雨水。街上行人稀少，偶尔驶过一辆马车，溅起了泥；零星的几位行人有点偷偷摸摸，快走或快跑，忙着避雨。灰蒙蒙的天光下，门廊变成一个个黑乎乎的洞；有些商店亮着橱窗，点着蜡烛。世界透着寒冷、潮湿、绝望与悲伤。

拉波索一边盘算，一边等候时机。维维恩街止于皇宫花园附近的小场街。教士和图书管理员五分钟前刚从范登-伊韦银行的办公室出来，正在往塞纳河方向走。可以想象，此时，购买艾诺夫人那套《百科全书》的钱就在他们身上。米洛打听到——此类调查他向来靠谱——钱要交给艾诺少爷，他的律师事务所靠近司法部。如此说来，拉波索要下手，有若干合适的机会。想到这里，他提前露出了笑容，那是狞笑。事情早就商量好了，一切就绪，找个理想的地方下手就行。不过，教士和图书管理员越往河边和市中心走，动手的机会就越渺茫。虽然在下雨，但卢浮宫附近人多，车来车往；更糟糕的是，新桥还有随时候命的法国警卫。怎么也得赶在那之前下手，米洛在圣奥诺雷街上划了条界。他说，在那之前下手，才能确保全身而退。

一条落水管泻下粗粗的一股水流，拉波索一边躲，一边恶毒地咒骂。他最诧异的是堂佩德罗·萨拉特居然不在。图书管理员和教士在范登-伊韦银行待了一个小时，拉波索、米洛和两个手下从他们出银行起，就一直跟着，海军上将愣是没露面。这倒没什么要紧，信用证换来的钱在谁身上，这是明摆着的。可是，拉波索做事极有条理，他不喜欢过日子悬着心。也许，海军上将会跟他们会合，也许他身体不适，也许他在艾诺律师那里，也许他在玛莱区艾诺夫人那里。最后这点让他有些不放心，他怀疑地对自己说：但愿那家伙现在不是正在打包那二十八卷该死的书。

教士和图书管理员走到街角，皇宫花园和商业街正在施工，两人被泥瓦匠搭建的脚手架挡住了去路，只好左拐。拉波索踩着水洼，紧走几步，怕跟丢了，右边的米洛和两个手下也加快了脚步。拉波索赶到街角，正好看见他俩转向好男孩儿街，没影儿了。他和巡警昨天专程来过，在附近的好几条街上踩过点，可能走的，不可能走的，全都看了个遍，以防万一。那条街他们来过，带个弯，走到半程，旁边有条窄巷，是个下手的好地方。拉波索举起手，想提醒米洛，手还没举到位，就发现米洛也有此意，正在下达指令。两个手下踩着水，钻进皇宫花园的脚手架，转眼就不见了。之后，米洛转向拉波索，向他示意：全部搞定。拉波索又开始跑，转过街角，见两个目标打着伞，挽着手，继续往前走。他们就在二十步开外，却对身后发生的事浑然不知。拉波索加快脚步，追了上去。帽檐被雨水打趴下，雨还在一个劲儿地往脸上打，顺着斗篷下摆，渗进绑腿，连大腿都湿了。他像弹簧般紧张地往前蹦，果断，凶狠，感觉耳边和心脏都在突突地跳。念头一闪：时不时找回点过去的习惯，挺好，那都是原始的本能。他回头，看米洛是否跟上。巡警十分镇定地转过街角，打算远观一场好戏。本应如此。万一事儿搞砸了，有人叫警察，也无大碍。总之，正如米洛昨晚在古老的朗波诺夜总会左拥右抱——两条腿上，各坐一个妓女——喝啤酒时所说的那样：老子就是警察。

堂埃莫赫内斯从没见过这么大的雨。他和布林加斯教士打着伞——其实是教士勤勤恳恳地打着伞——两条腿和半个身子全湿了，雨水从西班牙斗篷的各个地方往里渗。布林加斯的大衣一直扣到脖子，身上也没比他干到哪里去。拦不到出租马车，一下雨，空车集体消失。两人只好肩并肩，尽可能地躲着雨，快步向前。

"到卢浮宫就好了，"布林加斯给他打气，"可以走拱门。"

堂埃莫赫内斯不太相信地点了点头。这会儿，卢浮宫的拱门跟秘鲁的矿井一样遥不可及。他左手抓着教士打伞的那只胳膊，右手抄着上衣口袋，忐忑地摸着几卷沉甸甸的金币，这是他们兑换了信用证上几乎所有的钱，从范登-伊韦银行取来的。堂埃莫赫内斯为了平衡重量，每个口袋放三卷，折合一千五百镑，上好的法国金币，印着路易十五和路易十六的头像。不管怎样，揣着这么多金币在街上走，心里终究不踏实。身携巨款，却只有教士相陪。街上没几个人，也许正因为人少，他才会惴惴不安。他不习惯，没有安全感。他没管过这么多钱，见都没见过。他发现，那些金币好比挂在脖子上的枷锁或尚未宣布的判决，压得他喘不过气来。不仅因为下雨以及下雨带来的种种不便，这么多钱本身就是威胁，所以堂埃莫赫内斯无论如何都要催教士赶紧走，尽快赶到和海军上将会面的咖啡馆，一起去找艾诺律师，把事情办妥。

走得好好的，他听见身后噼里啪啦的雨声中，有踩水声。正想回头看来人是谁，右边黑暗的窄巷里，两个黑影正在迅速靠近。灰蒙蒙的天色突然变得邪恶，似乎雨水从天而降，顷刻化成了灰。堂埃莫赫内斯打了个寒战，腹股沟处丝丝发凉，前所未有的惊恐像压在心头的一块大石头，心脏似乎停止了跳动。

"教士，快跑！"他大叫。

性情平和的文弱书生遽然鼓足勇气，却终究徒劳。话音未落，身后的踩水声已经又急又近。砰的一声，脑袋下方挨了重重的一拳，眼前或眼里冒出金星。他晃悠着，想攥着布林加斯的胳膊不摔倒，却发现教士身子一震，哼了一声，伞掉了，落在自己身上，像一团黑色的面纱，蒙住闪电般在脑子里飞来飞去的金星。

"混蛋！……救命啊！……救我！……救命啊！"他听见布林加斯在喊。

声音仿佛从很远的地方传来。堂埃莫赫内斯挥舞着双手，想推开伞。他张着嘴喘气，肺里的空气一下子被抽空，膝盖发软。一双强有力的手抓着他，把他提了起来。他好不容易微微睁开双眼，绽放在眼前的焰火中，有三个黑影。背光，只看出是三个人。他们把他往黑暗的窄巷里拖，暴打布林加斯教士，又打了他一下，这回打在肚子上。他像受伤的动物，缩成一团，倒在地上，侧躺着，一动不动，又痛又怕。他尿裤子了，热乎乎的液体缓缓地流过腹股沟，挺舒服的。若干只手在贪婪地摸他口袋，抢走了金币，而他几乎感觉不到，这些景象那么遥远，就像一场噩梦。

11. 蒙马特酒店的贵宾

在全新的启蒙世纪，黑暗终将散去。暂时困在黑暗中的曙光，终将照耀我们。

让·勒朗·达朗贝尔：《百科全书》前言

白色假发，深色朴素的上衣。诗坛咖啡馆由于临近司法部，常客的模样都很严肃，甚至威严。屋里人声鼎沸，有浓浓的烟味、人味、地板上用来吸水的锯木屑味和湿衣服味。门口的衣帽架上挂着大衣，合起来的伞滴着水，靠在墙上。桌上铺满了文件夹、文件和咖啡，各种法律界人士在读文件、写文件、抽烟、聊天。

"这是一次重大打击，"堂佩德罗·萨拉特说，"灾难性打击。"

三人坐在最里面预定的桌子旁，挨着难闻的炉子，墙上挂着一幅粗制滥造的画，绘出打猎的场景。堂埃莫赫内斯坐在海军上将对面，肘撑着桌，手捂着脸，刚把发生的事仔仔细细地说了一遍。他衣服脏了，湿淋淋的，挨着炉子，还没烘干，上衣肩膀那儿被扯了个大口子。脸上除了懊恼，还有这场意外留下的伤痕：两只眼皮肿着，一只眼睛巩膜充血，人还有点晕。布林加斯教士坐在旁边，模样也好不到哪里去。他摘掉假发，长短不齐的头发里，肿出一个大包；一边颧骨呈紫红色；刚挨了揍，浑身上下一动就痛，需要小心。

"他们把钱都抢走了，"堂埃莫赫内斯垂头丧气地低声说，"钱都没了，连我的怀表和鼻烟壶都没了。"

"我们一定是从出范登-伊韦银行起，就被盯上了。"教士指出。

"他们怎么会知道你们身怀巨款？"

"我也不清楚，"图书管理员绝望地摇头，"我也想不通。"

"重要的是你们俩人没事。"

"都被人揍得七荤八素了。"布林加斯抱怨道。

"即便如此，伤得并不重，不幸中之万幸。遇到这种情况，结果通常要糟糕得多……你们反抗了吗？"

图书管理员摇摇头，忍住没有呻吟。

"我们尽力了。当然，教士先生比我更尽力。我听见他像肚子朝天的猫一样，拼命反抗。"

"说反抗就过了，"布林加斯怨恨地说，"根本没机会反抗……哦，要是您看见他们冲上来的样子！……要是换在过去，我早就……哎！那三个混蛋下手又快又准，心里有数得很。"

"才三个？"堂埃莫赫内斯哀叹道，"我被揍的时候，以为对方有三十个。"

三人都不说话，阴沉着脸，面面相觑，不知该如何是好。

"下一步该怎么办？"堂埃莫赫内斯开口问。

海军上将摇了摇头：

"我不知道。"

"被抢了，总得去报案。"

"没用。这时候，金币早就飞了。"

"不管怎样，咱们得去使馆，严正投诉。"布林加斯建议。

"这也解决不了主要问题。"海军上将回答，"咱们答应别人的，要去买艾诺夫人的《百科全书》……艾诺少爷还在等我们送钱。"

"跟他们说缓两天。"

"缓两天也无济于事，咱们拿不出另外一千五百镑。"

"连借的地方都没有。"堂埃莫赫内斯说。

"没错。"

图书管理员又把脸埋在手里：

"真不敢相信，会发生这种事。咱们运气太背。"

"是我的错，"海军上将想安慰他，"我应该跟你们一块儿去。"

"亲爱的朋友，您去了也没用……只不过两个人挨揍换成三个人挨揍罢了，金币一样被劫。"

"三个人总能抵挡一阵。"

"我向您保证：抵挡不了，"布林加斯一口咬定，"那帮人就像孟加拉虎，直接往上扑。"

教士和堂埃莫赫内斯看着海军上将，指望一向沉稳的他能够审时度势。海军上将耸了耸肩，将情况大致总结如下：

"咱们还剩六百镑，用来支付在巴黎的最后几天开销，还有返程费用，包括车夫的住宿费、马车的停放费和驿站费。"

"这点钱不够，"图书管理员承认，"咱们会穷死。"

"就是。"

"也许，可以拿一半给艾诺家当定金，让他们再等几天。"

"几天？……不可能把钱凑齐的。"

"给马德里写信，据实相告，"布林加斯建议，"让学院定夺。"

海军上将点点头，仍有疑虑。

"这件事当然要做，可是，等回信也要时间。等着等着，就怕把《百科全书》给等没了……还有，发生的事情、过去的困难、现在的困难，一封信里说不清楚。我不知道学院同事是否能够理解。"

"上帝啊……"堂埃莫赫内斯深感绝望，"真丢人……太丢人了！"

布林加斯眉头一皱，计上心来。他看了看堂佩德罗：

"您说能不能找找熟人，比如丹塞尼斯夫妇……？"

海军上将面无表情地往椅背上一靠，断然拒绝：

"想都别想。"

三人又不说话，垂头丧气地你看着我，我看着你。

"咱们陷进了死胡同，"堂佩德罗说，"得往外走。"

谁也不吭声。布林加斯若有所思地转了转假发，摸了摸头上的包，小心翼翼地把假发戴上。

"之前我说过，要去使馆投诉。"

"会去的，"海军上将回答，"去是理所应当。"

"没错。不过在使馆，也可以试试别的办法。"

堂佩德罗好奇地看着他：

"此话怎讲？"

"两位是西班牙皇家学院院士……不是普通人。"

"还不是挨揍？"堂埃莫赫内斯说，"至少我被结结实实地揍了一顿。"

海军上将继续盯着教士：

"您的意思是？"

布林加斯似笑非笑，一看就没安好心：

"大使先生，我的同乡阿兰达伯爵不能不接见你们，更何况，你们是去使馆投诉。他必须要给你们建议，必要的话，给予援助。"

"您指的是钱？"

"那当然……他那种人，每年手里有二十万镑，支付各种开销，还有各种挥霍，都不能拿到面儿上来说，绝对有能力帮你们。不过要说动他才行……他是出了名的铁公鸡。"

海军上将没说话，想了半天，堂埃莫赫内斯期待地看看他，看看教士。

"试一下，又不会损失什么。"他说，"他会再接见我们吗？……上次就不爱搭理。"

布林加斯自信满满：

"哎，见肯定见！两位院士在巴黎出这么大的事，西班牙大使居然不闻不问，传出去，会是丑闻……还有，你们要想办法让他掏钱。"

堂埃莫赫内斯盯着海军上将，点点头。

"干吗不去？"他斗胆建议道，"试一下，又不会损失什么。"

布林加斯突然来劲，倚着桌子：

"就是去一趟……听我的，我了解那些大人物：不能低三下四地按正常渠道请求接见。咱们现在就去，大张旗鼓地去，义愤填膺地去，跟埃雷迪亚秘书说，要见伯爵，马上，立刻，十万火急，事态严重，踹了门进去。"

"老兄，踹门……"堂埃莫赫内斯表示反对。

"也就这么一说。我告诉你们，跟外交人员打交道，这是最客气的了。"

"既然您这么说……"

"我说了，我会担着。你们知道，我本来就容易进大使馆。我向你们保证……"

"行。"海军上将突然开口。

布林加斯被他的语气吓得直眨眼：

"先生，您想好了？"

"全想好了。您说得没错，咱们得破釜沉舟。更何况是在巴黎，下这么大的雨。"

小说中的配角也会给作者找点事做，比如这部小说中的西班牙驻巴黎大使阿兰达伯爵。两位院士的巴黎之行走到这个阶段，我需要了解法国大革命前，他所承担的外交使命，还需要在个人传记中找点具体事例。阿兰达伯爵的全名为佩德罗·巴勃罗·阿瓦尔卡·德博莱亚，支持改良主义和百科全书派，与伏尔泰等哲学家来往密切。因为种种原因，我对他还算了解。比如巴黎之行的若干年前，他是西班牙驱逐耶稣派教士的关键人物，我在旧作《格洛丽亚神祇之谜》中写到过这段历史。因此，藏书中有大量关于伯爵的资料，包括好几本著名的传记，如奥莱切亚·伊·费雷尔撰写的大部头《阿兰达伯爵》，对堂佩德罗·巴勃罗在巴黎的十年大使生涯有十分细致的描述。我还找到了好几幅肖像画，对此人的体型外貌有了直观的认识。这些资料都便于我深入刻画人物。他在本书第五章出场：六十二岁，模样欠佳，驼背，斜眼，耳背，没剩几颗牙齿。文献资料与个人想象相结合，演绎出堂佩德罗·萨拉特和堂埃莫赫内斯·莫利纳在蒙马特酒店与阿兰达伯爵的第二次，也是最后一次会见。没过多久，西班牙驻法国大使馆就从蒙马特酒店迁出，搬到现址协和广场的克利翁酒店。堂埃莫赫内斯后来递交给学院的报告中，提到了这次会见。报告的原件珍藏在学院档案室，如今就在我手上。我会尽可能忠实地还原由图书管理员本人所描绘的场景：

> 开始，他对我们虽然客气，但心不在焉，就像脑子里有更要紧的事要做。

他的确有更要紧的事要做。当年，阿兰达伯爵不仅负责处理马德里和凡尔赛之间的外交、与启蒙派联系密切、声援美洲殖民地反对英国、在直布罗陀和梅诺尔卡岛的归属权上争取法国支持等重要国家事务，还要密谋在西班牙政敌，如国务秘书弗罗里达夫兰卡①和卡斯蒂利亚枢密院财政官坎波马内斯②的眼皮底下捣乱。在巴黎之行的那段日子里，伯爵依然是启蒙派加改良派，虽然暂离西班牙王室，但影响与声望犹存，在欧洲有靠得住的人脉与关系网，回西班牙也有很好的位置。他所支持的进步思想很快酿成了法国大革命，十年后葬送了他的政治前程。

不管怎样，在那个天光铅灰色、雨打玻璃窗的日子里，阿兰达伯爵依然是个有权有势的大人物。他的办公室装着巨大的壁炉，热得让人难以忍受。他坐在铺满书籍和文件的办公桌前，接见了堂佩德罗·萨拉特和堂埃莫赫内斯·莫利纳。两位院士，特别是海军上将，对埃雷迪亚秘书反复强调：事关重大，关系到国家社稷，大使不接见，他们就不走。于是，他们见到了大使，道出了实情。

"令人惋惜。"阿兰达伯爵说，"你们的遭遇实在令人惋惜。"

他似乎很喜欢这个形容词，又对自己说了一遍，从饰有西班牙王室纹章的镀金珐琅鼻烟盒中取了一小撮鼻烟，没有将鼻烟盒递给两位来访者。

"令人惋惜。"他响亮地打了个喷嚏，用花边手帕擦了擦。

窗外透进脏兮兮的光，阿兰达伯爵的双眼看上去更灰，右眼有点斜。他戴着白色假发，发卷无可挑剔，穿着绿色丝织上衣，袖口和领

---

① 原名何塞·莫尼诺·伊·雷东多（José Moñino y Redondo，1728—1808），又称弗罗里达夫兰卡伯爵，1777 至 1792 年间担任卡洛斯三世及卡洛斯四世宫廷的国务秘书，相当于现在的首相。
② 全名佩德罗·罗德里格斯·德坎波马内斯（Pedro Rodríguez de Campomanes，1723—1802），西班牙政治家、经济学家、法学家，曾在弗罗里达夫兰卡伯爵手下担任财政大臣。

口绣着金线，可见隶属于圣灵法国教派。

"你们打算怎么办？"

海军上将犹豫地看了看同伴。阿兰达伯爵的问题更像礼貌的寒暄，不像真心的关切。大使先生不时谨慎地瞥一眼桌上待办的文件和报纸。埃雷迪亚秘书带两位院士进来时，他正在处理公务。秘书说他们有急事。

"我们需要钱。"海军上将回答得简明扼要。

阿兰达伯爵的左眼眨得比右眼早。钱。像他这种日理万机的人，"钱"是为数不多能让他眨眼的词。他耳背，给了他几秒喘息的时间。

"你们说：钱？"

"是的，殿下。"

"唔……要多少？"

"被抢的那些，一千五百镑。"

阿兰达伯爵摸了摸鼻子，似乎鼻烟还在刺激鼻腔。他的鼻子又大又弯，在蜡黄的脸上特别醒目。他暂时没有回答，盯着坐在桌前的两个人：萨拉特海军上将眼神平静，莫利纳图书管理员眼神单纯、善良、充满期盼。这年头，一千五百镑就算对使馆而言，也不是个小数目。他没好气地皱起眉头：

"你们想让我承担这笔费用？"

堂埃莫赫内斯忐忑地看着同伴。海军上将一言不发，笔直地坐在椅子上，严肃地看着大使。而阿兰达伯爵也在好奇地看着他。这人长相普通，灰白的头发扎成小辫，胡子刮得精细，款式简单的蓝色上衣，彰显军人风度，和图书管理员的不修边幅对比鲜明。伯爵观察后得出结论：海军准将干净清爽，衣冠楚楚，就算着便装也能一眼看出他的军人身份。房间里这么热，似乎对他没有影响。

"使馆经费有限。"大使先生顿了一会儿说,"巴黎的生活费比马德里贵四倍,想体面地代表圣上,开销巨大。你们知道光花在厨房、照明、供暖和马车上的钱有多少吗? ……每年六万镑……还有欧洲范围内的政治博弈,开销更是惊人。"

"殿下,我们需要这笔钱。"堂佩德罗·萨拉特直截了当地说。

换了别人,这样的回答会显得无耻。伯爵没好气地想,海军上将就像没听到他说的话。于是,他高傲地微微抬头:

"尊敬的先生们,这里不是银行。在钱方面,恕我爱莫能助。"

海军上将沉默片刻,目光游离于桌上文件堆里的《欧洲王室》和《阿姆斯特丹公报》。

"大使先生,请允许我给您讲个故事。"

熊熊燃烧的壁炉上方,挂着一座金色巴罗克风格的钟。阿兰达伯爵看了看钟点。

"下午,我要去凡尔赛宫觐见法国国王。"他不乐意,"路程,唔,远得可怕……恐怕没时间听您讲故事。"

"希望您作为绅士,能给我这个时间。"

阿兰达伯爵把手放在右耳上:

"对不起,您说什么?"

"殿下,您是位具有绅士风度的绅士。"

海军上将澄澈的眼眸坦然面对大使先生不自在的眼神。阿兰达伯爵很不情愿地做出让步:

"好吧,您讲!"

堂佩德罗开始讲故事。他说: 差不多七十年前,十一个每周四会面畅谈语言文学的好人决定效仿英国人、法国人、意大利人和葡萄牙人,编纂一本西班牙语词典,丰富母语文字。其实,早在一个世纪前，塞瓦斯蒂安·德科瓦鲁维亚斯①就率先编纂了罗曼语②单语词典，赢得了广泛的赞誉。然而，随着时间的流逝，科瓦鲁维亚斯词典太过古老，西班牙没有像样的工具书收录近年来卡斯蒂利亚语丰富的语言成果。

"这些我都太清楚了。"大使先生不耐烦地打断他。

可是，海军上将丝毫不为之动容。

"我们知道殿下对此十分清楚，"他面不改色地继续说，"我们想说的就是这个……您也一定知道：那些先驱者们，首批十一位院士，拥护比列纳侯爵为院长，得到国王费利佩五世的庇护。"

"这些我都知道。"

"那当然……想必您也知道：圣上委托他们'编纂一部释义精准、紧跟时代的西班牙语词典'，刚开始六卷，后来合成一卷。目前，皇家学院正在筹备新版，预计一两年后问世。"

阿兰达伯爵很不耐烦，没好气地又看了一眼钟：

"先生，您到底想说什么？"

"我想说：编纂词典，西班牙人虽然起步最早，但成果并非最好。多年来，我们始终为之汗颜……皇家学院正在尽力弥补这一缺憾，希望有权威注释的第一版，合成一卷、方便使用的第二版，加上在不远的将来即将问世的第三版，都能尽善尽美，成为旷世佳作……因此，我们不能无视欧洲的先锋派思想，而这些思想都被恰如其分地收入在《百科全书》中。大使先生，此乃王命，也是我们身为臣子、身为臣民所应担负的责任。"

---

① 塞瓦斯蒂安·德科瓦鲁维亚斯（Sebastián de Covarrubias, 1539—1613），西班牙词汇学家、作家，1611 年出版了《卡斯蒂利亚语或西班牙语词典》，这是迄今所知的第一部西班牙语单语词典。
② 罗曼语（romance）：从拉丁语衍生出来的语言，包括西班牙语、葡萄牙语、加泰罗尼亚语、法语、意大利语、罗马尼亚语等。

"这些我都非常明白，而且，唔，非常同意。"阿兰达伯爵说，"可是钱……"

"确实是一大笔钱，我们明白。我们两个院士，此生从未见过一千五百镑，可惜时运不济，愧对学院同事、圣上及祖国……可是先生，我们不应落得如此下场。我以名誉起誓：我们不应落得如此下场。也许，这项使命超出了我们的能力。可是，我们在抱着最良好的愿望去完成……所以今天，我们以西班牙国民及绅士的身份，来向殿下求助。"

阿兰达伯爵唯恐避之而不及：

"我只是个大使。"

海军上将微微一笑，很入神，似乎在高声思考：

"对于身在异乡的国民，大使就是父亲，使馆就是避难所……买不到《百科全书》，完不成任务，空手而归，我们不能接受！"

"见鬼！"阿兰达伯爵往后一倒，靠在椅背上，"先生，您口才真好。"

"我和同事堂埃莫赫内斯已经绝望。"

图书管理员听见自己的名字，一边怯生生地点头，一边用手帕擦脖子上的汗。大家都不吭声，堂佩德罗死死地盯着大使先生。

"我也是看着火炬闪耀的人①。"他说。

堂埃莫赫内斯听了，惊讶地去看海军上将。和大使先生相比，他那点反应算不了什么。大使耳背，眼睛睁得很大，包括那只右眼。他俯身向前，困惑地看着海军上将。堂佩德罗并起食指和中指，碰了碰

---

① 此处影射光照派或光明派。据称，光照派成立于启蒙运动时期，是共济会中的阴谋分子，其成员试图建立世界新秩序，幕后操控全世界。共济会被认为暗中支持了法国大革命。会中的一级会员为学徒，二级会员为技工，三级及以上会员为导师。前两级为非正式会员，从第三级起为正式会员。

上衣的左翻领。

"派别?"阿兰达伯爵低声问。

"十三星。"

"级别?"

"三级。"

大使先生两只大小不一的眼睛继续盯着海军上将:

"这么说,您知道……?"

他话停下,眼没挪开;海军上将缓缓地点了点头,依然并起食指和中指,碰了碰上衣的右翻领。

"令人惊叹。"阿兰达伯爵感叹道。

"这倒不至于。"堂佩德罗随手一挥,时空都在弹指一挥间,"当院士前,我服役于海军……去过法国和英国。"

大使先生明显感到不安,瞥了一眼堂埃莫赫内斯:

"您的同伴也是……?"

"不是。他是绅士,不会乱说。"

阿兰达摸着鼻烟壶,松了口气。堂埃莫赫内斯一头雾水地看看这个,看看那个。大使先生打开鼻烟壶,递给海军上将,海军上将摇了摇头;图书管理员微微欠身,取了一小撮,往鼻子里送。

"在西班牙,立足难。"阿兰达伯爵说。堂埃莫赫内斯又拿出手帕,响亮地打了个喷嚏。

大使先生既好奇又期待地看着堂佩德罗。海军上将微微一笑,笑容忧伤。

"我知道。"他回答,"我不怎么过问……联系很少,都是过去的事了。"

"您的意思是: 不活动了?"

"早就不活动了,只是保留了信物、密码和情感。"

沉默良久。大使先生和海军上将静静地交流着会心的眼神。局面至此，堂埃莫赫内斯难以置信。最后，阿兰达伯爵拿起羽毛笔，想了想，在左手背上划了划，打开印着金色纹章的真皮文件夹，抽出一张纸：

"支票写谁的名字？"

"艾诺先生的遗孀，艾诺夫人。"海军上将不动声色地回答，"这样更保险。"

大使先生在墨水瓶里蘸了蘸羽毛笔，慢悠悠地写，一分钟里，只听见笔尖划纸的声音。

"我需要一份两位签名的收据，承诺皇家学院负责还款。"大使抬起头，依次看了看他们俩，"两位能担得起这个责任吗？"

"当然可以。"堂佩德罗冷静地回答，"不用学院还，我还，我负责。写我的名字，签我的名。"

"还有我的。"堂埃莫赫内斯不甘心被排除在外。

阿兰达善意地看着他们，问：

"你们在马德里有这么多钱吗？"

海军上将点点头：

"我有合适的办法能筹到这笔钱，还款由我全权负责……我的同伴没必要签名。"

"亲爱的朋友，您在胡说，"图书管理员抗议道，"我绝不允许这件事由您一人承担。"

"堂埃梅斯，咱们之后再议。这会儿，时间、场合都不对。"

大使签字，开瓶，洒上吸墨粉，提起来晃了晃：

"唔，好了，都解决了。"

他从文件堆里找出铜铃铛，摇了摇，埃雷迪亚秘书应声而至。

"堂伊格纳西奥，请将这份手令交给财政官本图拉，请他照办，给两位先生提供方便。"

秘书接过那张纸，瞅了瞅，歪着嘴看了看大使，似乎他牙疼：

"殿下，要一千五百镑？"

"不是写在上面了吗？……好了，情况紧急，速速去办。"

"遵命。"秘书不再坚持。

阿兰达伯爵起身，整整上衣下摆；两位院士也跟着起身，整整下摆。

"希望一切顺利。堂伊格纳西奥精明干练，接下来的事，由他负责……回到马德里，代我向奥西纳加侯爵问好，他是我的好朋友。出新版词典，记得给我寄一本。"他冲海军上将挤了挤那只斜眼，"那是我应得的。"

"当然。"

"哦，还有一件事……桌上有份报告。几天前，有位西班牙人途经巴黎，卷入了一场纠纷。我想是场决斗……是吧，堂伊格纳西奥？"

"没错，殿下，"秘书扬起眉毛，"至少报告上是这么写的。"

阿兰达伯爵转向两位院士：

"两位是否碰巧知情？"

"略知一二。"海军上将非常平静。

"类似传言，有所耳闻。"堂埃莫赫内斯有些惶恐。

"确有此事。"斜着的右眼和左眼一样，死死地盯着堂佩德罗，"这位西班牙人跟某个系着红色束腰带的人决斗，似乎将对方伤得很重……警方报告称：建议使馆展开调查，追究责任，严惩当事人。"

"殿下想怎么做？"海军上将冷静地问。

大使先生似乎没听见，什么也没说，盯着他看了看，举起双手，滑稽地表示无能为力：

"说真的，我不想管，我还有别的事，对吧，秘书先生？……比如，一会儿要去凡尔赛。"

他顿了顿，转过身，在文件堆里找了半天，找出一张纸，拿到面前，大概扫了一眼，轻轻地在空中晃了晃：

"我只想告诉你们，唔……嗯……我对此事原本就不关心，不想调查，打算直接归档。现在，我很乐意直接撕毁这份报告……先生们，再会！"

布林加斯教士一边很响地擤鼻涕，一边诅咒巴黎和巴黎的鬼天气。三人淋得像落汤鸡，站在卢浮宫的连拱柱廊下避雨。柱廊下都是卖书、卖版画和卖劣质画作的摊位。他们抖抖上衣和雨伞，看着大雨滂沱。空气中弥漫着泛潮的书本、发霉的装帧和泥土的味道。就着外面烟灰色的光线，堂埃莫赫内斯斜着眼，盯着海军上将。

"我再也想不到，您会有这一出。"他说。

堂佩德罗似乎从千里之外归来，慢悠悠地转向同伴，什么也不说，盯着他看。布林加斯好奇地看着手帕里的鼻涕，折起手帕，装进口袋，听两位院士交谈。

"哪一出？"他问。

图书管理员没有回答，继续看海军上将，表情有些痛苦：感觉被人出卖，或遭人冷落。

"您没提醒过我。"他好不容易说了一句。

"也没必要提醒。"堂佩德罗好不容易答了一句。

两人默默对视，一时间，只听见雨声。

"感觉我错过了什么。"布林加斯说。

没人为他答疑解惑，堂埃莫赫内斯继续盯着海军上将。

"咱俩相处了那么久，"他苦涩地说，"有些事……"

语气悲伤，欲言又止。海军上将没有回答。布林加斯看看这个，看看那个，越看越好奇：

"能告诉我，你们在说什么吗？"

"堂埃梅斯刚刚得知我是共济会的。"海军上将说，"过去是，有段时间是。"

教士霎时愣住：

"您是共济会会员？"

"老黄历了，那时候年轻……在英国待过一段时间①，跟同样是共济会会员的水手们接触过。"

"哦！"布林加斯的指头伸进假发，使劲挠，"我崇拜您，先生。"

"为什么？"堂佩德罗做了个无所谓的手势，"只是那些年做的一件傻事……跟其他人一样，赶时髦，不是认真的。"

"您入会了？然后呢？"

"没错，在伦敦入的会，又在加迪斯加入了当地组织，和海军士官生学校的成员一起。"

布林加斯用舌头润了润唇，兴冲冲的，迫不及待地想听下文：

"然后呢？"

"没有然后了。我都说了：不是正经的。组织渐渐解体，这事儿就过去了。"

"可是在大使身上，就是管用。"堂埃莫赫内斯依然痛心。

"真的？"布林加斯惊讶地大叫，"所以他……"

堂佩德罗点了点头：

"我觉得：他是，或曾经是共济会会员，至少是同情者。我这是最后一招，还挺好使。"

---

① 现代共济会于 1717 年在英国成立了第一个总会所。

教士的嘴巴张得很大：

"您直接问他的？……就这么问阿兰达伯爵的？"

"哦，才不是。"堂埃莫赫内斯难得挖苦别人，"人家用了密码，那种会员之间才能看懂的奇怪的手势。"

海军上将不慌不忙地解释：

"那些手势谁都知道，小孩子都会比画，所以我才会用。"

"他冷静得要命，我都傻了。"堂埃莫赫内斯一个劲地说。

"纯属瞎猫撞着死耗子。"

"可是撞到一千五百镑啊！"布林加斯强调，"阿兰达伯爵是个绝对抠门的守财奴……堂埃莫赫内斯，您应该感激才是！"

可图书管理员还是不高兴。

"我才不感激他。"他的下巴贴着胸口，"不能付出这样的代价。"

"什么代价？"

大家都不说话，气氛很尴尬，只听见柱廊下书商们的说话声，外面还在下雨。

"上将，很多事情我都能理解。"堂埃莫赫内斯开口，"但我向您保证：共济会不在我理解范围之内。"

"为什么？"海军上将追问道。

"教皇下了两道圣谕，谴责共济会，共济会已经被逐出教会了。"

"就因为这个？……您说真的？"

"当然是真的。"

"那他更应该加入共济会。"布林加斯说。

"您别胡说八道。"堂埃莫赫内斯跟他急了，"共济会祸害教会，祸害国家。本应听命于上帝和君主，共济会一来，全乱了。"

"这些所谓的'听命于'原本就值得商榷。"布林加斯说。

堂埃莫赫内斯不理他，转向海军上将：

"我想象不出，您会参加秘密会议，在烛光下密谋造反，说些伟大的建筑师①之类的傻话。"

堂佩德罗笑了，笑得不偏不倚，含含糊糊：

"看来，费霍神父的书，您看多了。"

图书管理员愤怒地眨了眨眼：

"我看的是托鲁维亚神父的书：《警惕共济会会员的哨兵》。"

"您把我想得太好了。我不否认，有那种荒谬绝伦的集会。但我接触的共济会要简单得多。有的在咖啡馆见面，有的在会所见面。我所在的那个就像英国俱乐部：有军人，有家产丰厚的商人，也有贵族……大家都受过教育，不分国籍，不分派别，只聊书本、科学和友爱，气氛挺好。什么藏着掖着的，那都是笑话。"

堂埃莫赫内斯还是不信：

"那些兄弟间的誓言、阴谋什么的，又怎么讲？"

"尽是胡说八道，都是头脑简单的人或老女人散布的假消息。"海军上将用手指着自己的脸，"我像是那种用中世纪神奇的密码、阴谋推翻王位或圣坛的人吗？"

"可是，集会中有狂热分子，"图书管理员还在坚持，"他们有极端思想或破坏欲。"

"没脑子的人哪儿都有，堂埃梅斯……共济会的集会上有，共济会之外也有。但我向您保证：全球阴谋论就是瞎掰。"

他们看着雨，再次陷入沉默。堂佩德罗又笑了，笑得入神：

"不管怎样，对我而言，都是过去的事儿了。现在想来，只是一

---

① 共济会宪章中写道：上帝是宇宙间伟大的建筑师，其智慧主要是几何学方面的知识，知识传承者被称为石匠。

段有趣的回忆。"

"可它派上了大用场。"布林加斯强调。

"所有的回忆都能派上大用场……所有的经历都会以这样或那样的方式用上。狂热分子和混蛋除外。"

帕斯夸尔·拉波索的膝上坐着半裸的金发女人。他从女人的大腿间抽出手来，喝了一大口酒，将杯子里的酒一饮而尽。

"米洛，再开一瓶。"

米洛推开陪他的女人，摇摇晃晃地站起来，从桌上的篮子里又取了一瓶酒，哼着淫荡的小曲儿，使劲用开瓶器开酒。

"老兄，酒来了。"他过来斟酒。

斟完酒，他醉醺醺地大笑，妓女们也跟着笑。两个臭味相投的兄弟已经在城北臭名昭著的肖塞-德安坦妓院逍遥了好几个钟头，大肆庆祝抢钱成功：好酒、好菜、大床加两个美女，共计三十镑。快活一天是一天。

"为成功干杯！"米洛举杯，"敬一千五百镑！"

"你话太多了。"拉波索瞟着两个女人，说他。

"别担心，她们靠得住。"

"靠得住的婊子，我还没见过。"

膝上的女人听他叫自己"婊子"，不高兴地扭了扭。拉波索板着脸，冷酷地凑近了瞧她。

"没错，你想得没错。"他对妓女说，"荡妇……臭娘们……你就是婊子，婊子养的。"

女人听了，气急败坏，收拾收拾衣服，想站起来走。拉波索扯着她头发，不让她动：

"敢动，我就把你脑袋拧下来，臭婊子。"

米洛又给他斟酒，叽里咕噜说了一大堆俚语，拉波索听不太明白。气氛缓和下来，陪拉波索的女人态度一转，又笑了。

"你跟她们说什么了？"

"我说，咱们会在她们的屄里塞满金币。"

拉波索责怪地看着同伙：

"我还是觉得：你话太多了。"

"放心吧，老兄。"巡警又笑了，"这里是我的地盘，她们都是好姑娘，拎得清，能管得住嘴。"

拉波索半信半疑地喝酒，心不在焉地揉搓着膝上姑娘的乳房。他在想那两位院士：钱那么容易就被抢了，下面该如何是好？钱抢到手，这事儿就算结了，他在脑子里重复这句话，就算结了。现在的问题是：海军上将和图书管理员是去？还是留？留下来，想别的办法，继续找书？尽管拉波索也想不出他们还有什么别的办法，一千五百镑又不会从石头缝里蹦出来。接下来要盯紧点，由米洛手下负责。

"别愁眉苦脸的，老兄。"巡警对他说，"活儿都干完了，难道不是？"

"事无定数。"

"这倒是，凡事无定数。不过，单就这件事，两位院士的处境已经十分艰难。"

"都跟你说了……事无定数。"

"那是你的想法，总有定的。"

"比如说？"

"现在，我要把这个婊子再放倒，就在那张床上，前面干一回，后面干一回。就这么说，我去了。"

"去吧！"

"好嘞……你看好了，学着点。"

拉波索又灌下好多酒。金发女人用温热湿润的舌头舔他耳朵，悄声邀请他跟那两位去一起快活，被他没好气地推到一边。他还在想那两位院士：接下来会发生什么？直觉告诉他，事情没有看上去那么简单，不是米洛说的那样，都结了。海军上将萨拉特，那个在香榭丽舍草坪上握剑决斗，在里亚萨河边的栎树林里冷静持枪、击退强盗的瘦高个，尽管上了年纪，怎么看都不会轻易认输。抢到钱，这事儿就算结了，恐怕是个错误。拉波索不喜欢犯错，尤其在拿人钱财替人消灾时，更不能犯错。

"咱们也跟他们去！"妓女还在劝他，指着米洛和姑娘扭成一团的那张床。

拉波索摇了摇头，好奇地去看巡警如何动作，他确实卖力。后来，他想了一会儿，似乎晃过神来，一只手解开及膝短裤的门襟，另一只手把面前的女人往下摁。

"跪下。"他命令她。

这时，有人敲门，敲个不停，敲到米洛在床上停止动作，拉波索推开凑到门襟前的女人——女人叽里咕噜地骂了一句——站起来，胡乱塞好衬衫，往门口走。

"发生了什么鬼事情？"米洛在床上问。

拉波索开门，敲门的正是巡警的一名手下，见过好几次。人又瘦又小，白鼬脸，帽子湿透，被雨浇得变形，披风滴着水，靴子上全是泥。米洛见了，赤条条地站起身来，使劲挠腹股沟。巡警的上身又短又胖，胸口全是毛，腿也短。他穿过房间，去走廊和手下说话，拉波索站在门边盯着。白鼬脸跟米洛耳语半天，米洛忧心如焚地摸脑袋，转身看拉波索，又接着去听汇报。最后，他把手下打发走，回到房间，关上门，酒劲似乎一下子没了。

"他们去了使馆，你的两位院士。"

拉波索平静地点点头：

"意料之中。"

"没错。可是之后，他们直接去了艾诺律师的办公室。"

拉波索口干舌燥，不敢相信：

"使馆给他们钱了？"

米洛看了看等在床上的女人，又在两腿间挠了挠：

"我不知道……可是，他们从办公室乘了一辆出租马车，和艾诺少爷一起，去了艾诺夫人家，同行的还有那个布林加斯。"

拉波索的世界顷刻坍塌：

"什么时候的事？"

"一个半钟头前。"

"他们现在在哪儿？"

"还在艾诺夫人家，至少我的人决定过来汇报时还在。"

谁都不说话。巡警看着妓女，拉波索看着他。

"他们把事儿办成了，"拉波索喃喃自语，垂头丧气，"他们弄到了钱。"

巡警怀疑地撇了撇嘴：

"你的意思是：他们去使馆露了个脸，使馆就给了他们一千五百镑？"

"他们是西班牙皇家学院院士，受人尊敬……这不奇怪。"

"妈的，"米洛恨得牙痒痒的，"这点咱们没想到。"

金发女人和同伴会合，盖了点毯子。两人坐在床上，百无聊赖地看着他们。米洛看了女人最后一眼，伤感地告别风月场，很不情愿地俯下身，从地上捡起衬衫穿上。

"现在，你打算怎么办？"他问。

拉波索做了个无能为力的手势：

"我不知道。"

"要是他们弄到钱，把钱付了，钱方面已经做不了什么。这时候，书已经是他们的了。在巴黎，你不能有什么动作。"

"不能给他们找个茬？……把书抢了？"

巡警蹙着眉，摇了摇头。

"老兄，这我没法儿办。二十几本书，不能说没了，就没了。在这座城市里，做事也得有个度。既然买了书，就是书的合法主人。"

"编个理由告他们，找他们点麻烦呢？"

"你也只能争取几天。要是他们联系使馆，没准还少几天……书到他们手上，就不好办了。"

"不能没收？"

"不能。别忘了，卖家是律师，或卖家的儿子是律师。买卖是合法的，没有漏洞……从这儿下手，不会有什么作为。"

米洛慢条斯理地穿上衣服，还在想。突然，他灵光一闪，似笑非笑，有了个好主意。

"不管怎样，"他老谋深算地指出，"回程的路很长。你想想我们说过的话。"

他压低嗓门，不让两个女人听见，身子微微凑过去，跟拉波索说悄悄话。

"回程有好多里路，要走好多天。"他说，"从法国到西班牙路途艰险，你知道的，既有狼，又有强盗，遇到哪个都正常。"

"就是。"拉波索点头称是，终于展开笑颜。

"所以，除非我不了解你，否则的话，路上不出事，反倒奇怪……总会出点令人遗憾的事吧？"

米洛边说话，边往桌边走。桌上有酒，他斟了满满两杯，冲妓女们挤挤眼，回到拉波索那儿，递给他一杯：

“书很容易损坏，不是吗？”

“相当容易。”拉波索附和道。

“要防耗子，防蠹虫。”

“没错。”

“还要防恶劣天气，防火，防水。如果我没记错的话。”

拉波索的微笑变成哈哈大笑：

“一点也不错。”

米洛一边笑，一边举杯，和老伙计干杯。

“我敢肯定，你会找机会下手；没机会，也会制造机会……据我所知，正如某位哲学家所言，你最大的优点就是狗改不了吃屎。”

两小时前，雨停了。塞纳河畔每隔长长的一段，都会有一盏街灯，灯影倒映在黑乎乎的水面上和孔蒂码头湿漉漉的地面上。远处是新桥岗哨的灯光，灯从下往上，照亮了骑马雕像。

“多美的城市啊！”堂埃莫赫内斯拿着帽子，整整披风说，“终于要离开了，我很不舍。”

他们刚刚走出餐馆，两位院士和布林加斯教士共同庆祝在巴黎的最后一晚。一切准备就绪，明早出发。二十八卷大厚本《百科全书》被打成七个包裹，用麦秆、纸板和蜡布包好，捆在四座马车的车顶上带走。车夫萨马拉收拾完毕，马儿也已经在马厩中。堂埃莫赫内斯和堂佩德罗希望在塞纳河左岸找家餐馆，美美地吃一顿，好好跟布林加斯教士告别，感谢他的鼎力相助。教士推荐了以海鲜驰名的科尔蒂酒店，点了不列颠的牡蛎、诺曼底的鱼，还有几条让他感动得涕泪横流的比目鱼。饭吃了一晚上，三人一点点喝完了香贝丹葡萄酒和圣乔治葡萄酒，连堂埃莫赫内斯都比平常多喝了几分，海军上将原本泛红的脸也变得更红。

"晚餐美味至极！"布林加斯幸福地赞叹道，美美地吸了一口指间点燃的香烟。

"应该的，"堂埃莫赫内斯说，"您是我们忠实的同伴。"

"我只是做了应该做的事……两百镑报酬除外。"

三人靠着码头栏杆，呼吸着湿润新鲜的空气，顶上的天空越来越明净，点缀着几颗星星。海军上将职业病发作，条件反射地抬头，看见正在西沉、即将消失的猎户座，还有那颗晶晶亮、最易分辨的天狼星。

"这是出行的好兆头。"布林加斯也往天上看，"打算几点出发？"

"十点。"

"没准儿，我会想你们的。"

大家听了，望着塞纳河和远处的灯光，都不说话。教士叹了口气，将烟头扔进水里。

"哦，对了。总有一天，这座城市会是另一个模样。"布林加斯若有所思。

"我就喜欢它现在的样子。"堂埃莫赫内斯语气温和。

布林加斯转过头来看他。教士大衣太紧，竖着衣领，远处的街灯照亮了他黑暗中的脸。变形的假发下，脸庞更显瘦削，眼神却充满渴望。

"你们在这儿住了段日子，从某种意义上讲，我就是你们的维吉尔……你们真的没发现隐藏在城市背后的东西吗？……我真的如此愚钝，无法让你们看到：在这个让您如此喜爱的城市背后，有一股可怕的力量，正在一点点壮大，总有一天，会打破这虚假的宁静吗？……我的评论和理由不足以让你们相信：这座城市或它所代表的世界，已经被宣判了死刑吗？"

无人搭腔，气氛紧张。海军上将转向布林加斯，听得专心，期待他接着往下讲；而堂埃莫赫内斯猛地听到这番话，惊呆了，一个劲地眨眼，不想聊这个话题。

"明天跟你们上路的是济世救人的良方，"布林加斯的语气变得残忍，"也是揭穿谎言、铲除不公的毒药。世界舞台的布景将会为之变换，我很骄傲出了一份力……作为流亡在外的西班牙人，能把这套《百科全书》，特别是它的内容和精神带到蒙昧、顽固的西班牙的心脏，我想不出还有什么事业比它更高尚。"

堂埃莫赫内斯似乎稍稍心安：

"教士先生，您的人格十分高贵。"

布林加斯拍了拍石栏杆：

"别咒我，别把'高贵'用在我身上，这个词早被贵族污染了。"

"那就换成：您有纯真的情感。"图书管理员纠正道。

"也不行。"

"啊……那就说：您对人类有爱。"

布林加斯如神父般张开手臂，似乎想请塞纳河为他作证：

"还以为相处了这些天，你们已经把我看透。我的动力不是对人类的爱，而是对人类的鄙视。"

"您太夸张了。"堂埃莫赫内斯又吓了一跳，"您……"

"一点也不夸张。哦，没有。人类冥顽不化，美好的情感无法成为其动力，只能鞭策。教育新人，建设和谐、宜居的世界，需要一个中间阶段、过渡时期，像我这种绝对思想的捍卫者，会让人类看见他们拒绝看见的东西。"

"亲爱的教士，教育新人，"海军上将和善地指出，"那是学校的事。"

"如果不先在这里竖起一座断头台，有学校也枉然。"

堂埃莫赫内斯惧得浑身发抖：

"上帝啊！"

听到"上帝"两个字，布林加斯狂野地放声大笑：

"上帝也许跟别的事有关，但与此事绝无干系……上帝的使者们还在拒绝注射天花疫苗，说这是违背天意。您还要提什么上帝？……他们连这种事儿都要掺和？"

"求求您：放过上帝和他的使者。"

"哦，我也想！改变时代命运，不取决于上帝，只取决于人，取决于两位的巴黎之行，取决于两位给西班牙带回一份大礼。哦，西班牙……人民只求有饭吃、有斗牛看。他们痛恨新鲜事物，痛恨任何不让他们闲适、懒散、好逸恶劳的事物。"

"巴黎之行恰恰证明：您说的不是全部。"堂埃莫赫内斯抗议道。

"先生们，咱们不幸的祖国，不是几本书就能唤醒的。这个既可怜又可悲的民族，非得闹出大动静，才会惊醒。近一百年来，欧洲不亏欠西班牙什么。无论对世界还是对自身，西班牙都一无是处。"

"又回到您的革命调调上了。"图书管理员埋怨道，"需要爆发一场革命。"

"那当然，不靠革命，靠什么？……西班牙需要彻头彻尾的震动、惊天动地的碰撞、脱胎换骨的革命。想治好西班牙的无张力症，文明的方子不管用，只能用火烙烂疮。"

"您想在咱们国家竖断头台？"

"为什么不？……医生或外科医生从业前，必须宣誓捍卫圣母马利亚无沾成胎说的国家，还能指望用别的方式改变？"

他们沿着河栏，往桥那边走。

"我再陪你们走一段，"布林加斯说，"最后一次散步了。"

三人默默前行，思考着刚才的谈话。月亮爬上屋顶，照亮了码头间的河面，远处巴黎圣母院幽暗的塔楼轮廓清晰。

"总而言之，"布林加斯突然开口，"如果不先大刀阔斧地砍一批，将不可雕的朽木清除掉，类似巴黎之行的奔波注定无用……顽固愚昧、不可救药的那些人，必须铲除。"

"这个有点猛。"海军上将说。

"要是我做主，会更猛。"

"您的意思是：大屠杀？"

"为什么不？……先杀掉一批，下手要果断。然后过渡到学校：向古斯巴达人学习，把孩子从母亲的怀里夺过来，从头教，将他们培养成道德高尚、性格坚毅的公民。那些不……"

"您难道不认为教育也可以用春风化雨的方式进行吗？……总之，文化乃幸福之源，可以增长民族智慧。"

"我不这么认为，至少不同意第一句话，因为贱民不会思考。"

海军上将轻轻一笑，他笑得始终温和：

"教士先生，您的思想有点松懈，说漏嘴了。贱民论出于伏尔泰之口，您对他并不欣赏。"

"这个喜欢穷奢极欲、王公贵族的机会主义者此言不虚。"布林加斯迅速答道，"实际上，教育人，教育生性卑劣的人，只能靠理性和畏惧……这么说吧，畏惧不遵从理性或不遵从有理性的人所产生的后果……想想伟大的让-雅克，那么伟大的人也会对广泛传播文化的益处有所顾虑，他的顾虑是有道理的。"

"可是，卢梭没说过类似大屠杀之类的混账话。"

"这没问题，后人可以诠释。"

"血的惩戒才能以儆效尤。"

"没错。"

他们走过亨利四世雕像下的法国警卫旁，挂在栏杆上的灯照亮了黑暗中警卫们的蓝色制服和坐在台阶上打盹的人。一名端着步枪、上了刺刀的警卫走过来，瞅了他们一眼。海军上将说了声"晚上好"，手碰帽檐，打了个招呼。他便什么也没说，走回了岗哨。

"你们坚信，"布林加斯继续说，"把《百科全书》带回学院、编纂词典和做其他分内事，西班牙民众就会从中或从这些工作所象征的精神中受到教育，一点点获得幸福……"

"或许上将对此有所怀疑，"堂埃莫赫内斯说，"但我深信不疑。"

"我很怀疑……一个有制造业、艺术、哲学家和书籍的国家未必更好管理。也许国家还会在那些人手里，一如既往地被他们统治。开明专制主义，再开明，也是专制……一定要赶尽杀绝。阻碍进步者，斩！人头落地。"

"用什么方法？"海军上将冷漠但礼貌地问。

"先拉拢现任领导层中的开明分子，无论是真心，还是权宜，抑或是跟风；一旦与其为伍，便取而代之。"

"怎么个取而代之？"

"很简单：无情地歼灭之。"

堂埃莫赫内斯惊恐地画十字：

"上帝啊！"

"您想在法国这样做？"海军上将问，"还是在西班牙这样做？"

布林加斯态度坚定：

"我想在全世界这样做，从这里到中国……要想人民富裕，血洗是唯一的路，不能回头。先血洗，再理性。"

"好比有人不想自由，拿鞭子抽他，逼他自由？"

"没错，可以这么说。"

"谁来挥鞭子呢？"

"公正睿智的立法者……不被收买者，品行无瑕者。"

"教士先生，咱们酒喝多了，有些失言。"

"正相反，Vinum animi speculum……①我的脑袋从没像今晚这么清醒过。"

布林加斯在桥中间停下，激动地指着沿岸的点点灯光：

"瞧那些路灯，还有那些滑轮。他们就是进步的象征，未来的象征。"

"没错。"堂埃莫赫内斯点点头，松了一口气，话题终于变了，"装置很妙，还有，用的是动物油脂……"

"老兄，我指的不是这个……您看到的是灯油与舒适，我看到的是悬挂人民公敌的绝佳位置。把对抗进步的人全都挂上去……您能想象这座城市的每盏路灯上都挂着一名贵族或一名主教的场景吗？……绝对盛况空前！……堪称全球榜样！"

"教士先生，您是一名危险分子。"海军上将说。

"我的确是名危险分子，并深以为荣。危险是我唯一的财富。"

"正如莎士比亚在《裘力斯·恺撒》中所言……面容瘦削，思虑过多，睡眠欠佳。"

"没错，我就是布鲁特斯和凯西阿斯②。我们品德高尚，我们睁大双眼……哎，那些国王和暴君，要是有一天，通通被扔在庞培③雕像下就好了！……我向你们保证，握着共和国匕首的我，绝不会手抖。"

---

① 原文为拉丁语，意为："酒如明镜……"
② 布鲁特斯和凯西阿斯均为《裘力斯·恺撒》中的人物，他们试图谋害恺撒。
③ 全名格涅乌斯·庞培（Gnaeus Pampeyo，前106—前48），古罗马共和国末期著名的军事家、政治家。

突然，他毅然决然地往前走，似乎匕首就在桥那边。两位院士紧随其后。

"您是一位不错的朋友，"堂佩德罗走到他身边，对他说，"尽管我觉得，您属于做朋友很贴心、做敌人很无情的那种人……我想，关键是弄清何时会与您为敌。"

布林加斯很受伤，拼命摇头：

"我绝不会与两位……"

他突然打住不说，继续往前；走了一会儿，放慢脚步。

"总之，能认识你们，协助你们……"他耸了耸肩，"是我的荣幸。你们是正人君子。"

黑暗中，海军上将笑了：

"希望您在马德里把人挂上灯柱时，还记得这句话。"

"现在说这个，为时过早，但也没你们想的那么遥遥无期。"

空荡荡的广场上，回荡着三人在砾石地面上踏出的脚步声。他们走在卢浮宫悠长阴暗的大门前，窗户都黑着，只有附近亮着一盏孤零零的街灯，将黑暗中的卢浮宫照得更加鬼魅。

"您不回西班牙了？"堂埃莫赫内斯问，"不回家了？"

"家？"教士的口气充满不屑，"你们拥有的，或自认为拥有的东西：家、家人、朋友，我都不信……更何况，我回西班牙，不会有好下场，最起码要坐牢……我已经经历太多，知道在那里，与众不同与自由独立都会孕育仇恨。"

布林加斯顿了好久，又看了看周围，似乎在向黑暗发问：

"我就像《埃涅阿斯纪》中的魂灵，注定要游荡在塞纳河畔。"

就着最近的街灯，海军上将看见堂埃莫赫内斯关切地把手搭在教士肩上。

"或许有一天……"图书管理员说。

"如果有一天我能回去，"布林加斯乖戾地打断他，"一定骑着《启示录》里的高头大马。"

"去找某些人算账。"海军上将接过去。

"没错。"

他们又停下，月亮又高了些，在黑色石板瓦的屋顶上泻下银色的光。三人的身影模糊地印在地上，挨得很紧。

"亲爱的教士，希望您能得偿所愿；"海军上将说，"如果失败，也能全身而退。"

三人又不说话。这回，布林加斯愣了好久。

"失败了全身而退，终究是一种放弃。"终于，他用挫败的口吻说，"我不知道你们会怎样。但是如果我看见幸存者，一定会想：他到底做了什么龌龊事，居然能把小命留住？如果我失败了，惟有忠于自我，不必苟活……到那时，我在这个世界上，除了不占地方，已无所作为。"

"您别这么说。"堂埃莫赫内斯用感动的声音求他。

布林加斯摇了摇头：

"黎明总会到来，新的一天总会到来，总会有人心怀感激地微闭着双眼，迎接第一缕阳光，享受光明的到来……可是，我们这些为光明努力过的人已经不在。我们要么丧生于黑夜，要么面对曙光时，早已遍体鳞伤，面色惨白，精疲力竭。"

教士说完，过了好久，才听见海军上将的声音：

"亲爱的朋友，祝愿您能看见黎明的到来。"

"哦，不！只要祝愿我在坚持信仰的那一刻，好好去死，不背弃信仰……无愧于黎明。"

教士走到堂佩德罗的面前，跟他握手。海军上将脱下帽子。布林加斯的手冷得像冰，似乎夜晚的寒气已经渗入骨髓。然后，他转向堂埃莫赫内斯，也跟他握手。

"先生们，能协助你们，是我的荣幸。"他很干脆，只说了这一句。

说完，他转过身，在黑暗中走远，悲剧性的身影肩负着智慧与生命的重任，直到消失。

12. 恶狼峡谷

尽管采取了种种措施，法国人编写的这套书依然历经磨难，才进入到西班牙境内。

N·巴斯·马丁：《启蒙时期信札》

写到故事的最后一章，还有个问题没有解决。堂埃莫赫内斯·莫利纳回国后递交给学院的报告中，两位院士的一次决定性遭遇尽管细节上引人入胜，但内容上残缺不全，语焉不详，地点描述不清，让人困惑。报告中分明写的是"临近西班牙边境的一个地方"，可是地名却远离边境。因此，我只好去研究当年的法国地图，还有道路与驿站指南，希望能为接下来的情节找到确切的场景。

故事说到这里，两位院士乘坐萨马拉驾驶的四座马车，行李和二十八卷《百科全书》打包捆在车顶，从法国首都巴黎赶往巴约纳和法西边境，路已行了大半。如果没有报告中提到的意外，旅行中并没有发生特别的事。马车走官道，从巴黎到奥尔良，再沿卢瓦尔河往南，除了长途跋涉中常见的颠簸、灰尘和不总是一流的驿站或客栈条件之外，一路平安。堂埃莫赫内斯又有点发烧，他在巴黎就因为感冒发过高烧。于是，大家决定在布洛瓦滞留两日，等他康复。大雨滂沱，道路泥泞，河水上涨，木桥断了，马车只好在图尔附近择旁道前行，又耽误两日。不管怎样，这些问题都很常见，当年只要出门，总会遇上。两位院士也和同时代的人一样，逆来顺受。就这样，驿站换马、读书、打盹、交谈，堂埃莫赫内斯和堂佩德罗同行此程，友情甚笃，无话不谈。他们在正常时间里走过普瓦捷、昂古莱姆、波尔多，第十四天，走进了加龙河畔人烟稀少的密林。

我被困在之前所提的问题上。图书管理员的报告中有些细节不太确切，开始误导了我，以为接下来的故事发生在高低起伏的比利牛斯山。可是，当我仔细研究完报告、道路指南和当年的地图，筛了一遍行走路线之后，我意识到好心的堂埃莫赫内斯一定是受了惊吓，记忆有误，弄混了地名，以为那里更靠边境。好在他对一个关键性场景的描述给我提供了具体线索，用现代版地图定个位，结果让我十分满意。特别是描述中提到"经过一座城堡，走过一座桥，右手河边矗立着一座中世纪教堂，钟楼很高，周围全是松树林、栎树林、菜园和果园"，几乎和我在谷歌上搜索到的卫星地图完全一致。堂埃莫赫内斯提到的树林还在，只是当年"三百人"的小镇经过两个半世纪的城市化扩张，被逼退不少。他说河流附近有个地方叫"恶狼峡谷"，我没找到，定是毁于树林砍伐和现代化建设。不过那座城堡，确切地说，是当年某个贵族的豪宅，还在原地。河流弯曲处有座桥，右手边高耸着哥特式教堂的钟楼。当年，这里应该是制高点，教堂周围便是古镇。此处名叫塔尔塔，也许正是图书管理员在报告中提到的地方。

发生在小镇及周边的事情十分重要，对故事的结局起到了决定性作用。本着善始善终的原则，我带着地图、笔记、堂埃莫赫内斯那份报告的复印件前往塔尔塔。我在圣塞瓦斯蒂安租了辆车，驾车过西法边境，开到阿杜尔河沿岸，走二级公路，来到阿杜尔河与米杜兹河的交汇处，找到塔尔塔。当然，这里和十八世纪相比，变化很大，但主要地标还在。我运气不错。乌雷尼亚侯爵的《欧洲游记》提及从巴黎到昂代沿途供马车和公共马车停靠的各个信件传送站或驿站，对塔尔塔驿站的描述十分详细。据此，我有很大把握，可以推断出书中那个"条件不错，干净卫生，可容纳四十人甚至更多，包括牲口和行李"的驿站就是两位院士从蒙德马桑冒雨赶了五里路，下午入住的那家。堂佩德罗和堂埃莫赫内斯一路颠簸，又饿又累地从满是泥浆的马车上下来，准备歇息，浑然不知当晚及次日，他们会饱受惊吓。

　　与此同时，帕斯夸尔·拉波索决定找机会下手。孤独的骑士倚着马鞍，竖着披风领子，护着耳朵，压低帽檐，盖住眉毛，远远地望着那辆停在塔尔塔客栈门前的四座马车。日头已经很低，擦着地平线，躲在云儿后面，而云儿也和远方的树林缠得难舍难分。灰蒙蒙的田野上满是泥浆，夜幕开始一点点落下来，压在河对面的小镇上，只有高高竖起的钟楼还能看得比较清晰。那儿地势平坦，挨着米杜兹河。夜晚脏兮兮的，透着烟灰色的光，被细细密密的雨点穿过，什么都是湿的。拉波索的披风是湿的，坐骑的毛也是湿的。水洼里泻着银色的光，泥泞中有若干道平行的车辙，泥点溅到马儿的蹄子和骑士的靴子上，马儿也乏了。

　　拉波索停了一会儿，夹紧马刺，走向客栈，只听见马蹄踩着泥浆，稀里哗啦地响。他走过客栈，没有停留，仔细瞧了瞧门前的马车。车夫披着打过蜡的斗篷，正在将马车驶进车棚。两位院士的身影已经消失在客栈中。客栈是一栋孤零零的、四四方方的大房子，炊烟袅袅。拉波索一路赶来，湿漉漉的，疲惫不堪。他羡慕客栈里有火，两位院士恐怕正在火边取暖，等待着合适的晚餐。拉波索松着缰绳，一边走，一边聚精会神地研究客栈的马厩和夜间停放马车的车棚，之后稍稍夹紧马刺，走向雨幕中远处的石桥。他不是头一回走这条路——这条路是他成心选的——很容易就能辨认出矗立在路边、孤零零的小城堡。城堡在石墙后，有些远，石墙上还探出一些树冠。

马蹄踏在石桥上，声音变得响亮。桥拱下河水浑浊，水位涨了，裹挟着树枝。拉波索过了河，纵马沿着右边那条道，往镇上走。小镇有五十多座房子，昏暗中，只亮着一盏灯。毕竟，夜幕还未完全落下。镇里的教堂是座古老的尖顶塔楼，拉波索在教堂的指引下，来到中央广场，这里是镇政府所在地。到处都黑乎乎的，他下了马，将马拴在墙上的铁环上，环顾四周，想在黑暗中、被房子包围的广场上，辨认出方向。最后，他用双手拍打着披风上的雨水，往其中一栋走。门楣上挂着一盏小灯，照着门上斑驳的招牌，招牌上写着"加斯科涅之友"。他走到那儿，推门，进了酒馆。

"哎呦天啊！拉波索！你是人是鬼？……好久不见！"

酒馆老板正坐在壁炉旁吸烟斗，见拉波索进门，把烟斗从嘴边拿开，站起来，先是吓了一跳，后来又笑，最后伸出手来，右手少了根食指。这家伙名叫杜兰，瘦骨嶙峋，头发多，全白，眼神如老狗般倦怠。可靠与否，得看对什么人，办什么事。他是西班牙巴伦西亚人，娶了个法国女人，早就在这儿安了家，是拉波索的老哥儿们。拉波索脱下湿漉漉的披风，坐到炉火前，把沾满泥的靴子伸过去，暖一暖冻僵了的脚。酒馆里挺舒服的，墙上挂着各种猎物，一张清清爽爽的长条桌，旁边放着长条凳。这时候，除了老板，只有一位顾客坐在长条桌的另一端，旁边放着一罐葡萄酒，头埋在胳膊里，自顾自地打盹。

"从哪儿来？"

"从该死的雨里来。"

在帕斯夸尔·拉波索独特的世界里，人人惜字如金，用不着废话。知道必须要知道的事，说些必须要说的话，足矣。特别是身为老友，突然露面，凭着过去的交情，彼此信任，在壁炉旁坐下，伸手接过一杯热乎乎的葡萄酒。就这样，杜兰一个字也不多问，拉波索一个字也不多答。衣服被烤得直冒热气，过了一会儿，他站起身，背对着壁炉，挨着它，烘干全身。这期间，他们只聊了几句家常，无非是些老朋友、老地方和过去的回忆，足以润滑生锈的友谊小齿轮。

"尼古拉斯·奥赫被绞死了。"

"不会吧！"

"是真的，去年的事。"

"他兄弟呢？"

"在土伦监狱戴着镣铐拉铁球。"

拉波索听了，撇了撇嘴：

"运气不好。"

"没错。"

"不可能老赢。"

"没错……有时候永远赢不了。"

拉波索疑心重重地看了看长条桌那头酣睡的醉汉。杜兰注意到，打个手势，意思是无妨。

"什么风把你吹到这儿来了？"

"有生意。"

"哪种？"

拉波索又看了看醉汉，杜兰想了想，走过去，推推他。

"走了走了，马塞尔，我要关门了，回家接着睡，走了！"

醉汉茫然地站起身，听话地被老板送出了门。现在只剩下他们俩，拉波索又坐下，杜兰又给他倒了点酒。

"想吃点什么？"

"一会儿再说。"拉波索摸了摸鬓角和没刮胡子的脸，火光下，皮肤油油的，"现在，我想让你回答几个问题。"

酒馆老板兴致又起，看看他，说：

"你好像很累。"

"是的，是很累。这种鬼天气，我刚骑马赶了五里路。"

"总不会平白无故。"杜兰笑了，期待地看着他。

"那当然。"

一口酒。再来一口。拉波索抱着杯子取暖。

"问题就在这儿。"他说。

杜兰挤了挤眼，用壁炉里的炭火将熄灭的烟斗点燃。

"如果我知道答案……"

"你知道。"

拉波索将手指伸进坎肩口袋，捏出三个金路易，让它们叮叮当当地落在手掌上，又收了回去。酒馆老板吐了口烟，点点头，似乎他能听懂音乐。

"你说。"

"你跟地方政府关系好吗？"

"很好。镇长是我朋友，常来，叫鲁耶，是我女儿的教父。镇上的人互相都认识……算上周边，只有三百八十个。"

"警察呢？"

杜兰突然不信任地看了看他，吸了长长一口烟斗，过了一会儿，才舒展开紧锁的眉头：

"一个军士加四个警卫，这里管他们叫国家宪兵……轮流守着河对面那家客栈，盯着过往行人，不怎么卖力。"

"军营在哪儿？"

"就在这儿，镇政府里头……教堂旁边。"

"警察归镇长管吗？"

杜兰喷出一口烟：

"其实归他管。士兵隶属于达克斯警卫队，但人都是镇上的，包括军士。"

拉波索嘴一歪，笑了。屠夫的笑容，很危险。

"要是他们知道客栈里有两个英国间谍，会怎样？"

"不会吧！"杜兰大叫。

大木箱上的箱子开着，东西没有全拿出来。两位院士跟平常一样，临睡前，再聊一会儿。晚餐吃得还行：炖兔肉、腊肠、奶酪，喝了点法国葡萄酒，吃完还在炉火前叙了叙话。如今，两位已经回到房间。挺宽敞的两人间，一边一张床，中间隔着芦苇秆印花屏风，刚往铁炉子里加了好几块粗壮的木柴，屋里还是不够暖和。于是，他们决定晚点上床，坐在火炉边，继续聊天。没上漆的松木桌上摆着烛台，堆着好几本书，旁边放着堂埃莫赫内斯写给学院的旅行报告。海军上将穿着衬衫加坎肩，图书管理员披着毯子，两人轻松地聊着动物学、数学，马德里即将开放全新的皇家植物园，西班牙亟须设立科学院，网罗顶尖的几何学家、天文学家、物理学家、化学家和植物学家。两位好友语气亲切，聊得正欢，突然听见楼梯上传来脚步声，有人在重重地敲门。

"出什么事了？"堂埃莫赫内斯担心地问。

"不知道。"

海军上将起身开门。门口站着四个人，蓝色制服，红色镶边，白色皮带，看样子来者不善。有个人一手举灯，一手握着带鞘的马刀柄，制服上有军士的标志。几杆步枪上的刺刀将灯光映得更亮。

"穿衣服，跟我们走。"

"您说什么？"

"穿衣服，跟我们走。"

堂佩德罗惊讶地看了一眼堂埃莫赫内斯：

"能知道为什么……"

军士不等他说完，一把将他从门口推开。

"推我干吗？"堂佩德罗气愤地问。

无人回答。军士气势汹汹地守着他，三名警卫冲进房间，翻箱倒柜地搜，连纸都不放过。堂埃莫赫内斯吓坏了，退到床边，苦恼地看着海军上将。

"我必须要知道发生了什么事。"海军上将说。

"行，"军士粗暴地回答，"你们被捕了。"

"荒唐！"

军士恶狠狠地看着他。他是个老兵，模样很蠢，花白的小胡子，饱经风霜的脸。

"我都说了：穿衣服。否则，我就这么把你们带走。"

"带走？……带到哪儿？什么理由？"

"这个回头再说，咱们有的是时间。"

军士摆了个手势，警卫用刺刀指向堂佩德罗。海军上将莫名其妙，却束手无策，又羞又恼，脸涨得通红，很不情愿地穿上上衣，拿起大衣和帽子。堂埃莫赫内斯刚把衣服穿好，绝望地看着警卫把屋里的文件全都搜了出来，装进一只帆布口袋。

"你们无权这么做。"他结结巴巴地说，"都是私人文件，我们是有身份的人……上帝啊！……如此野蛮的行为，我要抗议！"

军士看都不看他一眼。

"爱怎么抗议，就怎么抗议……全部会被记录在案。"他指着门，"现在都出去！"

两位院士下楼，军士打头，三名警卫断后。客栈老板、伙计、几位衣衫不整或穿着睡衣的客人在楼下，既惊讶又怀疑地看着他们。车夫萨马拉坐在最里头的一张桌子旁，也有警卫守着，正在被穿着灰色瘦袖长上衣的人盘问，他向两位院士投来无助的目光。

"那是我们的车夫，"堂佩德罗对军士说，"据我们所知，他没做过什么坏事。"

"咱们走着瞧。"军士不客气地回答。

他们来到漆黑湿冷的街上。军士提灯在前，带所有人上了一辆马车。

"要带我们去哪儿？"海军上将问。

无人回答。马车在黑夜中前行，先过桥，又经过一排在黑暗中几乎看不清的房子，来到一个黑灯瞎火的广场，旁边是座古老的教堂，再往前走五十步，停在镇政府边上的房子前。两位院士下车，走进一个脏兮兮的房间。房间里点着油灯，光线很暗，有张歪歪倒倒的桌子，几把椅子，一座停摆的钟，一个步枪架，两只敞开的文件柜，摆满了文件夹，墙上挂着一张路易十六的彩色肖像画。旁边有扇半开着的门，门那边就是牢房的铁门。

"这里是监狱？"堂埃莫赫内斯目瞪口呆地问。

"好像是。"海军上将惴惴不安地回答。

军士取来两把椅子，放在桌前：

"坐下……嘴巴先闭紧了！"

"您简直目中无人，胡作非为。"堂佩德罗严词拒绝，直到警卫逼他坐下，"你们必须告诉我：发生了什么事？"

军士故意把脸凑近，嘲讽地端详着他：

"您说必须？"

"没错，必须！我不明白究竟发生了什么事，可这也太离谱了。"

"瞧您说的……怎么个离谱法？"

"有失体面，有失分寸。"

军士收起笑容，狠狠地瞪他一眼，抄起手，坐在桌角。

"耐心点，很快会有人来跟你们解释。"他反唇相讥，"先别动，闭嘴，等着。"

"等？……等谁？"堂埃莫赫内斯问。

"等长官。"

一刻钟后，长官来了，就是那个灰色瘦袖长上衣。他们从客栈被带走的时候，他正在盘问车夫萨马拉。长官没戴帽子，胡子拉碴，嘴唇很薄，几乎看不见，更显得脾气坏、为人刻薄，鼻子又塌又小，窄额头，深色眼睛，眼神多疑。他带了名文书。文书年迈，秃顶，戴眼镜，拿着全套文具和一沓纸。灰色瘦袖长上衣谁也不看，谁也不打招呼，进门解开大衣，往桌子后面一坐，打开记得满满的笔记本，默默地看了他们好久。

"姓名？"他总算开了金口。

"先说您的，"海军上将反问回去，"带我们来这儿干吗？"

"吕西安·鲁耶，本镇镇长。问题该由我问……姓名？"

海军上将指着警卫们放在桌上的一大堆文件，就在奋笔疾书做笔录的文书那沓纸旁边。

"佩德罗·萨拉特和埃莫赫内斯·莫利纳。先生，您有我们的旅行文件。"

"国籍？"

"西班牙。"

听到"西班牙"三个字，鲁耶镇长和军士交换了会心的目光。军士见镇长进门，立刻起身，和手下站在一起，听镇长盘问。

"来塔尔塔干什么？"

"从巴黎途经巴约纳，回马德里。"

"目的？"

"巴黎购书，带回西班牙。在这堆文件里，您能找到可以证明我们是西班牙皇家学院成员的文件。"

"什么成员？"

堂佩德罗微微俯身，既严肃又严厉地问：

"镇长先生，既然您自称镇长，您必须告诉我们： 为什么把我们带到这儿来？"

鲁耶不听他说话，不屑一顾地瞅了瞅桌上的几份文件，似乎并不感兴趣。

"会说英语吗？"

"我会。"堂佩德罗回答。

"说得好吗？"

"还行。"

鲁耶转头看了看文书，确保这点被记录在案，又不怀好意地看了看堂埃莫赫内斯。

"您呢？"他故意问。

图书管理员茫然地摇了摇头：

"不会，一个词也不会。"

"太奇怪了。"

堂埃莫赫内斯张着嘴，眨眨眼：

"有什么奇怪的？"

镇长没理他，转向海军上将：

"您说： 两位是西班牙人……"

"不仅我说，"堂佩德罗勃然大怒，"我们就是！ 我是西班牙皇家海军退役准将。"

"还是准将呐！"

海军上将的血一下子涌到脸上。堂埃莫赫内斯见他捏紧拳头，指节发白。

“我们不习惯这种待遇。”堂佩德罗气得声音都变了，抗议道。

鲁耶恬不知耻地看着他：

“那就慢慢习惯呗！”

海军上将噌地一下想站起来，军士上前一步，警卫压低步枪，用刺刀顶着他胸口。堂埃莫赫内斯大惊失色地注意到：海军上将的前额渗出了点点汗珠，之前没见过他出汗。鲁耶镇长肘撑着桌，十指交叉，抬着下巴，不动声色地看着这一幕。

“客栈里被看着的那个人，”他问，“是你们的车夫？”

堂埃莫赫内斯试图缓和气氛，挺身而出，接过话茬儿。

“没错。”他确认道，“他是奥西纳加侯爵的仆人，跟我们从马德里来。他可以向您解释……”

“哦，他可什么也解释不了。”鲁耶讥笑道，“我看他吓坏了。这么怕，总有原因的。目前，他和你们口径一致。”

“那当然，只有……”

“你们带的什么书？”

“二十八卷《百科全书》，恐怕您听过；还有几本零零散散的书，在巴黎买的。”

“您说要把这些书带到西班牙？”

“没错。”

鲁耶狡猾地笑了笑。

“《百科全书》在那儿是禁书，”他用胜利的口吻说道，“恐怕不会放你们过境。”

“我们有特别许可。”海军上将似乎定下神来。

“哦，真的？”鲁耶转向他问，“谁给的？”

“皇家法令。”

“哎呦！是西班牙国王颁发的，还是英国国王颁发的呀？”

堂佩德罗明白跟他讲不出道理，摆出无可奈何的表情。

"整一个荒谬！"他微微抬手，说道，"可笑！"

"您觉得可笑什么？"

海军上将先指着鲁耶本人，又指着军士和手下：

"这场谈话。这些警卫和他们的刺刀……军士先生和他在客栈中的恶心表现。"

鲁耶邪恶地撇了撇嘴。

"听见没，贝尔纳？"他对军士说，"先生觉得您恶心。"

军士奸笑，咂了咂舌头：

"嗯……到时候，我一定改正。"

海军上将轻蔑地看着他，又转向镇长：

"还有您，先生，您用这种方式……"

他就此打住。镇长的嘴撇得更厉害，多疑的眼神透着怨恨：

"哦，是吗？……我跟贝尔纳一样，也让您觉得恶心？……或者，就跟这场谈话一样，也让您觉得可笑？"

"我没这么说。我想说的是：您这么审……"

"先生，您知道真正可笑的是什么？……是你们觉得这个镇上的人全是傻瓜。"

海军上将和图书管理员一头雾水，又互相看了看。

"我们从来……"堂埃莫赫内斯开口。

"这是个小地方，很不起眼。"鲁耶不让他说完，"然而，我们是国王陛下的良民……诚实，机敏，"他将拇指和食指靠得很近，"这么小的一点点事情也逃不过我们的眼睛。"

"这是场误会。"堂佩德罗再次惊呆，愣了一会儿说，"你们一定是认错人了……我不知道究竟怎么回事。可是，镇长先生，您犯了个大错。"

“咱们等着瞧。目前，好多线索还没对上。”

海军上将指了指堆在桌上的文件：

“您看看这些文件，就什么都明白了。”

鲁耶耸了耸肩：

“这些文件，我保证，该看的时候，一定看，仔细看。现在，咱们先把事儿弄明白，文件先搁着。”

“把事儿弄明白，什么事？……您能爽快点告诉我们这乱七八糟的到底是怎么回事吗？”

“很简单：我以国王的名义逮捕你们。”

“您说什么？”堂埃莫赫内斯抗议道，“法国是有教养的国度，国王应该爱民如子，该罚则罚；而不是野蛮的奴隶主，说关就关，无保障可言，无正义可言……”

“别费口舌了，堂埃梅斯，”海军上将说，“您这番雄辩，他们不想听。”

“把他们关起来！”鲁耶给警卫下令。

“关起来？您疯了？”海军上将站起来说，“我告诉您：我们是院士。我向您保证……”

军士很不客气地抓着他肩膀，不让他往下说。堂佩德罗尊严受损，本能地一巴掌将他拍开。军士越发粗鲁地去抓，上将坚决不让他抓；警卫们扑上去，上将奋力阻挡。堂埃莫赫内斯见朋友受难，想起身帮忙，被一枪托打回到椅子上。场面混乱不堪，众人推推搡搡：鲁耶叫唤，警卫卖力，两位院士最终在刺刀的包围下，被牢牢抓住，强行拖走，扔进另一个房间，那里是牢房。

夜太黑，看不见星星。雨停了，地面依然泥泞。客栈门前的街灯倒映在路上的水洼里。这是唯一能看见的一盏灯，帕斯夸尔·拉波索裹着披风，卷檐帽压至眉毛，若有所思地站在灯前，一动不动。每吸一口烟，火光便会照亮他的下半边脸。

身后有动静，他转过头。桥那边有一团黑影从黑暗中走来，渐渐地变成身影。过了一会儿，酒馆老板杜兰来和拉波索握手。靴子踩进泥浆，气得他骂人。

"镇上什么情况？"拉波索问道。

"按部就班，有条不紊。你的两只鸟被关进笼子了，镇长的心里美滋滋的。"

"会怎么处置？"

"关在那儿，明早通知德芒加尔骑士。"

"这人是谁？"

"客栈那边有个城堡，他是住在城堡里的大人物。你从蒙德马桑过来，应该能看见。是个贵族，半个塔尔塔都是他的，包括树林和猎场，相当于整片地区的行政长官，裁决地方事务……镇长鲁耶正在写报告，让人送到他家。"

"这位骑士会什么时候去见他们，或去裁决此事？"

"这我就不知道了。除非出门打猎，他一般很晚起，估计中午之前不会过问。"

拉波索又抽了一口烟：

"那两位什么反应？"

"我看糟透了。鲁耶说，他们居然奋起反抗，只好对他们动手。"

拉波索想象着那幅场面，在黑暗中咧开嘴笑。

"下手重吗？"

"足以让他们消停……那个叫贝尔纳的军士很想揍他们一顿。他觉得这俩太傲气，特别是高个子。"

拉波索吸了最后一口烟，将烟头扔在地上，两只靴子中间。

"留守在客栈的警卫，你认识吗？"

"认识，他叫雅尔纳克……挺不错的小伙子，娶了面包店老板的女儿、我老婆的表妹。"

"他妈的……这儿的人，不是亲戚，就是哥儿们。"

"差不多。你瞧，小地方还是有它的好。"

"咱们去跟你这位亲戚聊一聊。"

"行。"两人往客栈走，"喂，我说……那两个老家伙真的是英国间谍？"

"我觉得是。"

"我可不希望这事儿把我好好的日子给搅和了，你懂的。"

"怎么可能呢？……记住：你只不过上交了路人留在酒馆里的匿名信。"

"话是这么说。可是万一问起来……"

"万一问起来，你就说那人留下信，走了。你能有什么责任？你只是在尽好市民、好公民的职责。"

"他们到底是不是间谍？"

"我说杜兰……想想我放在你口袋里的金路易，千万别把我惹毛了。"

他们看见雅尔纳克坐在壁炉前，步枪靠在墙上，正在和客栈老板聊天。他是个相貌普通的中年人，敞着上衣，咬一口奶酪，喝一口葡萄酒。杜兰向他们介绍，说拉波索是个老相识，路过此地，对两名英国间谍的事感兴趣，几个人聊了一会儿。雅尔纳克说两人的车夫就关在楼上房间，马车停在车棚，马卸下来了，在驿站马厩。

"行李呢？"拉波索问。

"一点儿也没动。"警卫说，"被抓的两个，除了搜走了文件，行李还在房间；其余行李还在马车顶上……估计明天才会处理。”

他们又聊了好半天。客栈老板一个劲地感慨这年头不安稳，客栈里鱼龙混杂，英国人背信弃义，亏得有好友雅尔纳克及同事，还有军士负责执法，维持秩序。过了一会儿，拉波索见众人思想放松，站起来付了酒钱，说要去马厩看一眼，马儿没燕麦了。他冲杜兰使了个眼色，杜兰说陪他去。拉波索扣好披风，点上灯，和杜兰一同出去。夜深了，外头漆黑，又湿又冷，他们往马厩和车棚走。车棚是木结构，铺着瓦，遇到恶劣天气可以保护马车。里面只停着院士们那辆黑色的四座马车，赶马的竿子靠在木桩上。

“你来这儿找什么？”杜兰问。

“你就看着，别说话。不过，你可什么都没看见。”

两位院士的其他行李还在马车顶上，盖着帆布。拉波索拿着梯子，爬上去，掀开一角，用灯照了照。

“别碰那些东西。”杜兰说。

“妈的，给我闭嘴。”

《百科全书》共计七个包裹，很大，用蜡布和细麻绳捆扎完好。拉波索拍了拍，满意地笑了笑。他估算着包裹的体积和重量，怎么带走？结论是再来一头牲口就好。自己有一匹马，马屁股上驮两包；另一头牲口再驮五包。总之，计划已经想好，路又熟，不用走太远。

“杜兰，我要头骡子。”

天终于亮了，灰蒙蒙的日光照进脏兮兮的天窗，海军上将一脸疲惫。他睡得很不踏实，躺在铺着玉米叶草垫的石板床上，盖着自己的大衣和一床脏兮兮的旧毯子，冷得缩成一团，快冻僵了。他摸了摸没刮胡子的脸，眨了眨眼，看了看堂埃莫赫内斯，试着接受这一切都是真的，不是噩梦。图书管理员躺在另一张草垫上，盖着自己的斗篷和一床同样污迹斑斑的毯子，积了一大团眼屎，看着海军上将。两人都睡不着。

"早就醒了？"堂佩德罗问他。

"一宿没睡。"

海军上将费劲地掀开毯子，坐起来，双手撑着脑袋。

"这要闹到什么时候？"堂埃莫赫内斯问。

"我不知道。"

牢门上方是铁栅栏，可以看见昏暗的走廊和一扇关着的门。堂佩德罗起身活动活动酸痛的手脚，整了整凌乱的衣裳，看了看周围，往铁栅栏走。刚走到那儿，他就抓着铁条叫人。无人答应。他无奈地转过头，看见善良的堂埃莫赫内斯目光焦虑，似乎能否逃脱困境全指望他了，只能靠他的想法和行动。

"到底怎么回事？"图书管理员问。

"他们肯定认错人了。"

"瞧这乱的！把我们认成谁了？"

"真不知道。"

牢房又窄又长，墙壁湿乎乎的，布满了划痕和下流的文字。墙角有只白铁罐，供犯人方便。两位院士用它小便，羞得无地自容，尽量避开对方。

"简直斯文扫地。"堂埃莫赫内斯说。

海军上将开始回忆，究竟发生了什么，让他们陷入如此境地？他一头雾水、满怀疑惑。为什么警卫粗暴，军士恶心，鲁耶镇长不怀好意？

"提到英国的那几句话让人担心。"他说。

"为何？"

"法国和西班牙一样，正在打仗，也许当我们是外国间谍。"

堂埃莫赫内斯的嘴巴张得很大：

"您和我是外国间谍？……这也太离奇了！……间谍来这儿干吗？"

海军上将披着大衣，又在草垫上坐下，接着想。

"咱们被人盯上了。"他说，"先是在巴黎被偷，现在又碰上这档子事儿。"

"上帝啊！"图书管理员吓了一跳，"您觉得有关系？"

堂佩德罗又想了想。

"不，我觉得没关系。"他说，"可是，怎么会老出事儿，老走霉运呢？"

"没准……"

图书管理员的话头被开锁声打断。一盏灯照亮了走廊，来了好几个人。堂佩德罗认出了鲁耶镇长、贝尔纳军士和昨晚见过的一名警卫。一同前来的还有一位高高的中年男子，气质不俗，头发扎成小辫，没有扑粉，看装扮，像是要去野外或打猎。

"就是这两只鸟儿。"鲁耶言语粗俗。

陌生人靠近铁栅栏，看着两位院士，端详许久，既好奇，又多疑。

"我是德芒加尔骑士，此地的行政长官。"他态度生硬，"他们前来通报时，我正要出门打猎……你们是什么人？"

"萨拉特海军准将和堂埃莫赫内斯·莫利纳，"海军上将回答，"西班牙皇家学院院士。"

对方困惑地看着他们。堂佩德罗注意到，那双灰眸镇定、聪慧。

"马德里皇家语言学院？……编词典的那个？"

"正是。"

"来塔尔塔做什么？"

"只是途经此地，带着从巴黎购买的图书，前往巴约纳。"

德芒加尔骑士听完，想了想，看了看鲁耶镇长，又回头看了看两位院士：

"能证明身份吗？"

"当然可以。"海军上将镇定自若，"我们有旅行文件，盖着法国当局的印章，和其他文件一起被没收了……昨晚就在外面桌上。"

德芒加尔骑士做了个手势，让人拿过来，军士出门去拿。骑士再次若有所思地看着鲁耶：

"谁举报的？"

"一名路人，在杜兰酒馆。"

"此人现在何处？"

"我不知道。"镇长犹豫片刻，"也许接着赶路去了……但他留了张字条。"

他从口袋里掏出字条，递给骑士。骑士看了看，皱了皱眉，隔着铁栅栏递给堂佩德罗。字条是用法语写的：

> 身为良好市民，特此举报：客栈中有两名英国间谍，从巴黎来，往边境去。法兰西万岁！国王万岁！

"堂埃梅斯，我们想得没错。"海军上将气愤地将字条还给骑士，"有人举报我们，说我们是间谍。"

"什么？……太无耻了！署名是谁？"

"我不知道。没署名，是封匿名信。"

"上帝啊……就因为一封匿名信，这么对待我们？"

军士拿回了几份重要文件，海军上将认出里面有护照和旅行许可。镇长高举着灯，德芒加尔骑士仔细研究每一份文件。他看了看囚犯，又看了看文件，最后折好文件，命人打开牢门。所有人回到堂佩德罗和堂埃莫赫内斯昨晚接受审讯的房间。骑士请他们仍旧坐在那两张椅子上,自己也在桌边坐下,鲁耶、军士和警卫站在一旁。

"吃过东西吗?"

语气柔和多了,更有礼貌。

"从昨晚到现在,什么也没吃。"堂埃莫赫内斯回答。

"马上给你们准备吃的。"德芒加尔骑士吩咐警卫去拿两碗汤和面包,还有水和毛巾过来,然后转向镇长,问,"信是谁送来的?"

"跟您汇报过,是杜兰……他说:有位路人经过,认出了他们,觉得有必要留张字条。"

骑士又皱了皱眉:

"为什么留给杜兰,不送到这儿?"

"我不知道,先生。"

"请杜兰来一趟。"

"先生,杜兰靠得住。我是他女儿的教父,所以……"

"我说了,请他来一趟。"

警卫端来了早餐、水和毛巾,德芒加尔骑士客气地递给两位院士。他们简单洗漱,将面包掰碎,泡在汤里,顾不上客套,就着办公桌,一边跟骑士说话,一边把早餐吃了。骑士为外省贵族,有学识,有教养。他得知两位院士获得国王和宗教裁判所的许可,将首版《百科全书》带回马德里,十分惊讶。堂佩德罗和堂埃莫赫内斯被问起在巴黎的情况,说了一些经历,聊到一位共同的熟人——百科全书编纂者博腾瓦尔。德芒加尔骑士也认识他,任里尔市长的叔叔还和他有通信往来。说到这里,酒馆老板杜兰战战兢兢地来了。骑士冷冷地问了他一些问题,让他越发紧张,答得惶恐,以至于前后矛盾,只说没看清匿名信作者的脸。骑士明显很不高兴,打发他走,痛心地看了看两位院士,对鲁耶说:

"总而言之，镇长先生：您接到了陌生人留给酒馆老板的匿名信，不先确认身份，就贸贸然地将两位绅士关进牢房……我说得没错吧？"

鲁耶的脸早就白了。

"骑士先生，当时事态严重，"他吞吞吐吐地说，"我想事不宜迟，赶紧行动。"

"我都看到了。"德芒加尔一边在桌上敲手指，一边若有所思地看着贝尔纳军士，"两位遭虐待了吗？"

"有一点，"堂埃莫赫内斯回答，"既被骂了，又被打了。"

"镇长吩咐的，"贝尔纳为自己开脱，"我只是服从命令。"

"我依然认为……"鲁耶插嘴道。

德芒加尔不耐烦地打断他：

"很明显，镇长先生：这些都是合法文件，盖过章，签过证……而这两位先生，尽管在这儿待了一晚上，模样很糟糕，但依然能看出，他们是有身份的人。我觉得，昨晚您做得有点过。"

"可是杜兰……"

"您是他女儿的教父，"德芒加尔的灰眼眸狠狠地瞪着他，"没错，您说过。"

他又去看两位院士，他们正要吃完早餐。堂埃莫赫内斯在静静地嚼着最后一块面包皮，海军上将刚喝完汤，把碗放在桌上。

"两位对此有何解释？"

"先生，我不知道该说什么。"堂佩德罗用皱巴巴的手帕擦了擦嘴，一脸担忧，"这不是我们遭遇的第一桩怪事，但我想不出，到底是谁想……"

他猛地打住，恍然大悟，似乎想起了什么：从巴黎回来的路上，在两三个驿站或客栈都遇到过一位孤独的骑士。他依稀记得那人蓄着连鬓胡，斧头状嘴巴，戴着卷檐帽，西班牙人打扮，很少说话。他不是很肯定，似乎在去巴黎的路上也见过这人。

"我们的行李在哪儿？"他浑身一震，问道，"捆在马车顶上、打包的书在哪儿？"

"我想，就在客栈车棚。"骑士望着贝尔纳军士，军士回答。

"有人看着吗？"

"我们在那儿留了个警卫，不是吗？"鲁耶说。

"没错，是雅尔纳克。"军士确认道。

海军上将噌地站起来，几乎将椅子掀翻。众人吓了一跳，包括堂埃莫赫内斯。他脸色煞白，脸部抽搐，对德芒加尔说：

"先生，我恳求您：立即赶往客栈，我有种不祥的预感。"

雅尔纳克好半天才苏醒过来。一行人匆匆忙忙地从镇子里过桥，赶到客栈时，发现他正倒在车棚地上。等他苏醒，问他怎么回事，他说，当时出来巡查，发现有人在马车边上忙活儿，就是先前在客栈遇到、和酒馆老板杜兰在一起的那个人。警卫见到他，问他在干吗。那人笑着走来，跟他解释，说得好好的，突然在他脑袋底下敲了一下，将他打倒在地。后面的事，他都不记得了，但他记得那人的模样：穿着赶路的衣服，蓄着浓密的连鬓胡，脸很凶、很冷。他不知道那人在车棚里干吗，有何居心。杜兰应该知道，他们一起来过客栈。除非……

"《百科全书》！"堂埃莫赫内斯哀号一声。

所有人顺着他的手指看过去：车顶上的帆布被人掀了，扔在车轮旁，几包书全没了。

"目的就是这个？"德芒加尔骑士难以置信地问，"偷书？"

"看来是。"海军上将的脸色都变了。

"这书有什么特别？"

"我不知道……我发誓：真不知道。"

大家面面相觑，两位院士痛心疾首。

"你们要怎么办？"

"我也不知道，"堂佩德罗看了看外面：乌云压顶，灰蒙蒙、湿漉漉的，天气很糟糕，"可是总得去找。"

鲁耶镇长悔不当初，他无法想象所有这些，举报什么的，竟然是一场阴谋等等。他敢肯定：酒馆老板杜兰和那人不只是说说话那么简单。什么女儿的教父，才不是！这家伙太卑鄙！

"我真白痴。"他说。

德芒加尔尖刻地说：那当然。问题是：伤害已经造成，怎么去抓这个奇怪的贼？

"知道他往哪个方向去了吗？"

客栈老板听见众人嚷嚷，带了个伙计过来。伙计说：他不知道雅尔纳克遇袭，不过刚才看见有人骑马，拉着另一匹牲口，沿着河边，往恶狼峡谷去了。他刚发现：马厩里少了一匹骡子。

"峡谷离这儿半里。"贝尔纳军士想了想，"要是他走的就是那个方向，也许我们还能赶上。"

雅尔纳克脑袋受伤，自尊心也受了伤，自告奋勇地前去追捕袭击者。德芒加尔和镇长决定：他去的话，至少军士也去。于是，雅尔纳克去找步枪，骑士命令客栈老板清点一下马厩里可以用的马。老板说：能用的有四匹。两匹给警卫，剩下两匹，谁愿意跟着去，谁就骑去。

"我去，"海军上将说，"这点毋庸置疑。"

"袭击雅尔纳克的人看起来是个危险分子。"镇长反对。

"我不管。他偷的是我们的书，我想知道他要干吗！"

"行！"骑士同意，"您当然有这个权利……马骑得好吗？"

"好。"

"太好了。还能去一个人，谁去？"

堂埃莫赫内斯怯生生地举手，大家都看着他。

"绝对不行！"海军上将温和地将他否决。

"凭什么我不能去？"图书管理员抗议道，"我跟您一样，要对那些书负责。我们责任共担。"

"有风险。"

"哎！正因为有风险……在巴黎也有风险，我还栽过大跟头。让您独自面对，我怎么有脸回学院？"

"您会骑马吗？"德芒加尔问。

图书管理员大无畏地点点头：

"我会尽量不掉下来。"

海军上将还是不同意，两位好友继续争执。客栈老板和伙计拉来了四匹套好的马，雅尔纳克取来了步枪，贝尔纳军士蹙着眉头，正在检查腰间手枪的火帽。

"赶紧决定，"军士骑上一匹马，对他们说，"否则那个混蛋就逃了。"

看表情，他是那种不甘受人戏弄也不甘手下被欺负的人，已将此事当作个人恩怨。雅尔纳克斜背着步枪，翻身上马。海军上将面对执意要去的堂埃莫赫内斯，仍在犹豫。

"您的朋友说得在理。"德芒加尔说了句公道话，"他想去的话，有这个权利。"

"我有权去。"图书管理员坚决不松口。

堂佩德罗端详着面前这张毅然决然的脸。堂埃莫赫内斯和他一样，昨晚没睡好，胡子拉碴，带着重重的黑眼圈和黑眼袋。可他咬紧牙关，执意应战。他似乎一下子老了十岁，然而，海军上将从未见过他如此自信坚决。

"堂埃梅斯，您想好了？"

"我全想好了。您以为呢？……我尽量不给大家添麻烦。"

堂佩德罗无话可说，无可奈何地做了个同意的手势，脚踩马镫，稳稳当当地骑上马。德芒加尔和镇长也将堂埃莫赫内斯扶上马，图书管理员坐稳后，披斗篷的动作几乎称得上潇洒。

"你们没有武器。"骑士发现。

"我有手杖剑，"海军上将说，"相信我的朋友不需要武器。"

"我也这么认为。"堂埃莫赫内斯叹了口气，表示同意。

德芒加尔从衣服底下掏出一支短柄袖珍手枪，递给堂佩德罗：

"先生，恳请您收下，里头有子弹……世事难料，以防万一。"

"谢谢。"海军上将手碰帽檐，礼貌地笑了笑，"争取过一会儿就还给您，希望我用不着。"

"我们在客栈等消息……千万小心。"德芒加尔又对军士说，"贝尔纳，我命你负责这次行动……两位先生绝不能有任何闪失。"

"放心吧，骑士，"贝尔纳回答，"包在我身上。"

灰蒙蒙的天空下，空气依然湿润。四名骑士一夹马刺，离开官道，沿着河边，循着林间泥泞小路上清晰的马蹄印，奔往恶狼峡谷。

水量充沛、水流浑浊的米杜兹河在帕斯夸尔·拉波索的右边流淌。铅灰色的激流不安分地发出声响，时不时地冲上河岸，漫至林间。峡谷通往河边，隔一段一片泥沙，动物行走十分困难。之后，小路在绿色清新的柳叶黑杨间弯曲蔓延，高高的树枝上绕着最后几缕薄雾。有时，一只喜鹊绝望地贴着草丛盘旋，扇得蕨类植物摇摇晃晃。

这一处林子茂密，河水从山丘旁流过，河岸高出不少。拉波索仔细观察地形，离开小路，将牲口往山丘上赶，上去之后下马，将马拴在树上，还有骡子，先卸下马屁股上的两包书，又卸下骡背上的五包书，放在湿漉漉的草地上。包裹当然沉得很，他没想到书会这么沉。他打开折刀，割断其中一包的细麻绳，掀开蜡布和纸板，感叹道：书真漂亮，大小合适，皮面精装，书脊上印着漂亮的烫金字母"百科全书"。翻开包裹里的第一卷，随便读上一句：

> 为了摆脱愚昧，人类需要一场革命，给世界一个崭新的面貌。古希腊虽然灭亡，留下的知识却从废墟中流往欧洲各地；印刷术的发明，美第奇家族①和弗朗西斯科一世②的庇护，使人文精神和启蒙之光在各地重放光芒……

树枝上滴下几滴露水，落在打开的书页上。拉波索把书放下，站起来，走到马儿的褡裢旁，去掏烟具。过了一会儿，他静静地站在河流上方的山崖边，看着水流，吸着烟想：这地方挺合适的。昨晚，他原想在车棚里放把火，烧光了事。可是，这相当于开大炮轰蚊子，过分了，没必要，只会招惹更大的麻烦，引来更多的注意。扔河里谨慎些，也干净些。问题是一本本往下扔，还是整包往下扔。从上面扔下去，书更容易沉。拆开包裹，里头的书也会湿得更快。崖边的水看上去挺深的。不管怎样，书是毁定了。

拉波索打定主意，叼着烟，开始割开其他包裹的蜡布。他先将第一包顺着草地，拖到崖边。"人类需要一场革命，给世界一个崭新的

---

① 美第奇家族（Los Médicis）：佛罗伦萨十三至十七世纪的名门望族，对欧洲文艺复兴起到了非常关键的作用。
② 弗朗西斯科一世（Francisco I de Médici, 1541—1587），佛罗伦萨美第奇家族的重要成员，他所收藏的众多艺术品均为如今博物馆中的重要藏品。

面貌。"他看了最上面一本书最后一眼，想起这句话。可惜了，没时间再多读两句。拉波索从来不读书，连咖啡馆里的报纸都不看，更别提那些讨论危险话题的书了，他就是要在这个乱世浑水摸鱼地过日子。可是，那几行字让他陷入沉思。也许说得没错，他笑得像头狼，尽管不关我的事儿。也许，正如书中大胆所言：人类时不时需要胡来一回，疯狂一把，让人推一下，才会走得更好。这种想法让他第一次把书的内容和书的原主人联系在一起。就在刚才，读那几行字之前，"百科全书"这个词对他而言，毫无意义；海军上将和图书管理员对他而言，只是两个普通人。谁让他收了别人的钱呢！两个老家伙只好被他折腾。可是现在，书都快扔水里了，读了那几行字，他突然觉得：他们不是普通人，他们有思想，有目的，或许还有信仰。他们认为需要一场革命，给世界一个崭新的面貌，所以才被人觉得碍事。看看他们，谁也不会当他们是老朽。

他刚准备把第一包书扔进水里，突然传来一声马嘶。他停住不动，抬起头，怀疑地看了看山丘下的林间小路。他就这么俯在书上，竖着耳朵，屏息聆听了好久。除了潺潺的水流声和鸟儿突然的振翅声，什么也听不见。尽管如此，出于本能和职业素养，他终究放心不下，继续听，终于听到远方传来了说话声和马儿蹚水的声音。他小声骂了两句，猛地直起身子，抽了最后一口烟，将烟头扔进河里；脱下帽子和披风，走到马旁边，从马鞍后捆着的箱子里掏出双筒手枪，又从卷着的毯子里抽出骑兵军刀，把刀鞘扔在地上，悄悄走远，躲到几棵树和高高的蕨类植物后面，守着三十步开外、山坡底下的那条小路。躲好后，他看了看周围，感觉此地甚好，于是把军刀往地上一插，跪在树后，确认火帽没沾水，把枪夹在两腿中间，尽量闷住声音，两个撞针齐往后拉。做这些时，熟悉的感觉又回来了。每次行动前，腹股沟总会痒痒，需要深呼吸，让自己镇定下来，防止心动过速。好久没行动，有时候还挺惦记的。他眯缝着眼睛，盯着小路，嘲讽地想：除了革命和崭新的面貌，人类时不时地也需要挨挨枪子，尝尝蛋疼的滋味。

"马蹄印从这儿离开了小路。"贝尔纳军士说。

他压低声音，怀疑地指了指长满树木、植物覆盖的斜坡，勒住缰绳，让马儿转了个身，别有深意地看了看雅尔纳克。后面的堂佩德罗和堂埃莫赫内斯也勒住马，期待地并排站着，紧张地等候指示。

"上坡。"军士下马，不停地往山丘上看。

雅尔纳克握着步枪，翻身下马。军士冲两位院士做了个手势，也请他们下马，两人遵命。军士发令，冲警卫指指河边。警卫点点头，往河边走了几步，举着步枪，躲在树后。堂埃莫赫内斯发现，蓝色制服的红色衣领和镶边在绿色氤氲的小树林里，分外扎眼。

"你们俩待在这儿别动。"贝尔纳从腰间拔出手枪，小声吩咐，"我们俩去看看他在不在上面。"

"我能帮忙。"海军上将握着手杖剑，解开大衣扣子，坚决地拍了拍口袋里德芒加尔骑士给他的手枪。

"你们俩别碍事，就算帮我们大忙了。"军士没好气地反驳道。

他悄悄举手，训练有素地指挥雅尔纳克沿着斜坡，缓缓往上；雅尔纳克端着枪，依令而行，躲在另一棵树后，腰以下埋进蕨丛。贝尔纳眼睛一扫，确认两位院士还在马儿旁，扣紧扳机，往坡上走。堂埃莫赫内斯吓得张着嘴，屏住呼吸，一只手紧紧地攥着海军上将的胳膊，看着军士小心翼翼地爬坡。斜坡上长满了树，他边爬边找，步步谨慎，时不时看一眼右手边、几步之外、也在爬坡的雅尔纳克。枪响时，图书管理员几乎都没听见，或许是过了一会儿，他才留意到枪声在潮湿的小树林里发出的回响。军士突然站住，身子一挺，似乎看到了出乎意料的事，仰身倒进蕨丛，喉咙里汩汩冒血。

一切发生在电光石火间，图书管理员都没来得及看清。雅尔纳克站好，把枪举在眼前，开火。这回枪声很近，很响，似乎将潮湿的空气撕开了一道口子。海军上将甩开堂埃莫赫内斯攥紧的手，扑向倒下的军士，试着用手帕堵住伤口，止住血。图书管理员吓得魂飞魄散，一动不动，眼睁睁地看着努力之后，红色的液体还是止不住地往外流。军士的眼珠都快瞪出来了，他剧烈地抽搐，哑着嗓子，气若游丝地发出最后的喘息。

"再来一块手帕。"海军上将蹲在贝尔纳身边，满手是血，染得鲜红，拼命压住伤口，叫道，"……看在上帝的分上，把您的手帕给我！"

堂埃莫赫内斯手忙脚乱地正要递给他手帕，只见一个人影在树林间迅速移动，往坡下走。那人蹿出草丛，飞快地靠近正在给步枪上子弹的雅尔纳克，跑到距他三四步的地方，不等他上完子弹，砰的一枪。雅尔纳克往后倒，撞在树干上，沿着灌木丛滚下山，一眨眼没了。

图书管理员寒毛直竖，惊恐万状地看着海军上将听见枪响，放下贝尔纳，迅速抓起军士丢在地上的手枪，站起来就打，子弹追着袭击者逃窜的身影飞去。那人听见枪声——堂埃莫赫内斯觉得震耳欲聋，双手抱住脑袋——躲到树后。当硝烟还在空气中弥漫时，他已经十分灵巧地发足狂奔，逃回了山上。

"他跑啦！"图书管理员从惊讶中晃过神来，大叫道，"圣女保佑！……他跑啦！"

无论是里亚萨河边遭遇强盗，还是与科埃莱贡决斗，堂埃莫赫内斯都不曾见到堂佩德罗·萨拉特如此坚决。他一枪未中，原地不动，眼神冷峻、专注、犀利，似乎林子里的湿气都化成了他眸子里的水，盯着凶犯往山上逃。图书管理员目瞪口呆地看见了另一个海军上将，他瞬间不认识了，一眨眼年轻许多，抄起地上的手杖剑，拔剑出鞘，敏捷地直起身，从大衣口袋里掏出袖珍手枪，紧扣扳机，一手提剑，一手持枪，决意往山上追，似乎周围的世界不复存在。不识干戈的图书管理员吓坏了，他想冲堂佩德罗嚷嚷，让他站住，别再追了，那人既然能连杀两名警卫，也能杀了他们。可是，当他张嘴想说这些话时，只能结巴地吐出几个不连贯的单词。他只好苦恼地闭上嘴，明白此时此刻，说什么也没用，堂佩德罗已经爬上山，消失在林子里。堂埃莫赫内斯突然意识到自己让海军上将单枪匹马地去追凶手，顿感惭愧，环顾四周，发现草丛中有贝尔纳军士扔下、海军上将刚刚用过的手枪。聊胜于无，只有那支没用的手枪能给他安慰或安全感。于是，他弯下腰，捡起手枪，颤抖着双手，跟在同伴身后，爬上了山。

拉波索爬到山顶，从地上拔出军刀，果断地握在手上。他生性好斗，斗起来如鱼得水。他知道，没时间再给刚用过的双筒手枪上子弹，抱怨也没用，还是省省吧。下面还有两个——他见他们骑马过来时数过，一共四个——听脚步声，近了，已经追上来了。刚才他注意到开枪的好像是高个子院士，是海军上将。子弹贴着耳朵，呼啸而过。想想只要对付他们俩，他顿时放心不少。他们根本不是他对手，尽管高个子枪法不错，在去巴黎的路上，里亚萨河枪战中，他远远地见识过。可是在这种地方，在这种环境下，海军上将无法对他造成实质性的威胁。于是，他一边猫着腰，拿着军刀，半隐藏在蕨丛中、树干后，一边庆幸在第一回合的较量中，早早地解决了两个穿蓝色制服的警卫，那俩倒是要好好对付。他先锁定了两个当兵的，目标很明显，在棕色和绿色的林子里，制服上的红色镶边太过醒目。尽管从另一方面讲，谁也不愿意干掉两个国家宪兵，他也不想，可是没的选：

要么他们死，要么自己亡。要是这两个死者的同伴知道，恐怕会组织一场像样的搜捕。所以，当务之急是赶紧甩掉这两位老人，把书扔进河里，脚底抹油，溜过边境。这单活儿算是干完了。

脚步声近了，地上的树枝和灌木被踩得咯吱响。有人爬了上来，距离很近。拉波索念头一闪：挨这么近，万一追来的人有上了膛的手枪，尤其是海军上将万一手里有枪，那就麻烦了。只要有枪，结果就会难以预料。最好藏起来守着，等来人走进军刀范围内。军刀是他骑兵时代的老家伙，铜护手，刀身微微弯曲，宽刃，锋利。要是一刀戳进要害，就能在曙光中结束战斗。

声响更近，脚步更急，连喘息声都能听见，毕竟爬山费劲。第一个追上来的就在眼前，拉波索认出是位老人，本能地思想上稍稍放松，一定是高个子院士。尽管如此，他还是猫低了腰，让蕨类植物湿漉漉的叶子蹭着脸，两次深呼吸后，屏住呼吸，专心辨音，找准自己被发现时，对手的准确位置。如果对手有枪，即使他年纪再大，远距离射击也会让自己的胸口吃上枪子儿。又有枪，又会使，只能突袭和近距离格斗。现在的时机刚刚好。

他猛地直起身子，高举军刀，见人出招。来人就在两步之外，灌木丛中的深色身影，湿湿的，气喘吁吁。只可惜低矮的树枝挡住了军刀的去路，偏了方向，没砍到正面，只攻到侧面，打在对手肩上。他低声咒骂一句，看见对手脸上的惊讶——他当即确认，就是高个子院士——和面对军刀的惊恐，澄澈倔强的眼神瞬间做出反应，手中的枪几乎同时响了。火光一闪，拉波索的右肋被什么撞了一下，突然有烧灼感，痛得他呻吟，猛地后退，倚在树干上。

"混蛋！"他嘟哝一句，又胡乱砍了一刀。

不知是这一刀，还是想躲过这一刀，让对手倒在灌木丛中。拉波索右手握着军刀，后退两步，左手摸了摸右肋的伤口，见海军上将浑身又是水，又是泥，痛苦地慢慢起身。带刺的树枝刮伤了他的脸，灰白色的头发乱蓬蓬的，脖子上的小辫快要散了。该死！拉波索愕然地看着这么大年纪的人居然不可思议、冷静从容地站起来了，还握着一柄出鞘的手杖剑。该死却打不死的海军上将用冷若冰霜的眼神看着他，狗娘养的！

"站在那儿别动！"拉波索命令他。

说着，他摸完右肋的伤口。只是擦了一下，没伤着肋骨，出血不多，他放心了。再往下两寸，就会伤到胯。他气得发抖，想打人，更想杀人。

"再往前走一步，我就把您钉在那棵树上。"

那时候，他真心希望对方再往前走一步，让他说到做到，乱砍一气，减缓伤口的不适，结束这荒唐的局面。该死的老头儿！他想：什么都被愚蠢地搅和在一起，简直一团糟。这两位和他自己，谁都不该出现在那儿。

"您走吧！"他倦了。

可是，海军上将依然盯着他，一动不动，身板挺直，面无表情，似乎没听见他说的话，灵魂出窍，去了另一个时间，另一个地点，另一个世界。拉波索举起军刀给他看，意思是：瞧见没？我这个是砍人的，你的手杖剑不堪一击，你差点在我胯上打出一个洞。这人傻了，成心找死！

蕨丛中又有动静，有人上山。拉波索侧身一看，果不其然，是另一位院士，矮胖的那个。看见他们俩，他猛地停住。爬山爬得他费劲极了，衣服湿透，大汗淋漓，上气不接下气，惊恐地看看这个，看看那个。拉波索不安地发现他手里有枪，打算在他瞄准射击前，扑上去将他撂倒。突然，他注意到那把枪的撞针在下面，可能已经开过枪了，顿时安心。也许就是没打着他的那一枪。

"扔了它！"他命令道，"扔地上，现在就扔！否则，我杀了你们俩。"

图书管理员犹豫地看了看枪，似乎不知该如何是好。最后，他乖乖地把枪扔在地上。拉波索挥刀示意，让他远离那把枪，靠近他同伴。堂埃莫赫内斯照做不误。

"事已至此，"拉波索想了想，说，"你们俩在这儿也没什么可做的……赶紧转身，从哪儿来，回哪儿去，咱们仨相安无事。"

"您不杀我们了？"图书管理员迷惑地问。

"不杀了，没必要。"

"可是那两名警卫……"

"他们命不好，就是干这个的。我有马，这地方我熟。我得赶紧。"

图书管理员指了指放在马和骡子旁边地上的那些书，离崖边只有几步，下面就是河：

"那些书您打算怎么办？"

"泡水里。"

"什么？"

"扔水里，要是没人拦我的话。"

图书管理员惊恐地睁大了眼：

"扔水里？为什么？"

"这是我的事……比如说，我他妈的愿意。"

"在巴黎抢我们钱的，是您吗？"

拉波索邪恶地笑了，含糊地说：

"也许！"

沉默，长长的沉默。图书管理员难以置信地看着同伴，海军上将握着手杖剑，一言不发。他又回头，看着拉波索：

"我不明白。"

"您不用明白。"

"可是，您杀了两名警卫……就是为了偷书？"

"差不多。"

"偷来，再把它们毁了？"

快没时间了，拉波索心想。他已经浪费了太多时间，还得把书扔了。没准什么时候，就会冒出一支小分队来寻找同伴。得赶紧，软的不行来硬的，好像得来硬的。

"我说了：再不走，就杀了你们。"

"我们为什么要走？"海军上将一直没吭声，突然问。

拉波索盯着他。他还是一动不动地站着，右手握着手杖剑，剑尖蹭着地上的草，眼中只有拉波索，别的都不存在。刚才说起那些书，他看都没看一眼。

"因为……"拉波索开口回答。

"不走，您就杀了我们？"

对方不动声色，冷冷地打断了他的话，似乎这只是一种可能性罢了。拉波索好奇地看着他，残忍地撇了撇嘴。

"您不行。"他说。

"什么不行？"

"阻止我。"

拉波索见他微微低头，看了看手杖剑，似乎在思考刚才听到的话，盘算着血肉之躯和钢刀利刃，孰软孰硬。后来，海军上将又抬起头，看着对手的眼睛，无奈地叹了口气，声音很轻，几不可闻，让拉波索十分诧异。他突然明白：面前这个男人，只要有口气，站得住，能握住那柄可笑的手杖剑，就绝不会走。

"这些书有这么珍贵吗？值得你们去死？"他问。

海军上将想了想，或似乎想了想。

"不为书，为书里的内容。"他回答。

"哦？……说什么的？"

"理性。为了有一天，世上不会有像您这样的人。"

拉波索听了，饶有兴趣地撇了撇嘴：

"说来听听，说快点。"

对方思索片刻，只是片刻：

"恐怕您听不懂。"

之后，他举起手杖剑，上前一步，冰冷的双眼始终盯着拉波索的双眼。图书管理员深受震动；拉波索不知所措，举棋不定，是打？还是退？他稍稍后退，气势汹汹地举起军刀，在空中画了个半圈，似乎划出了楚河汉界：言已至此，多说无益，只好兵戈相见；恐吓过后，只有沉默与死亡。

"别再往前，"他提醒道，"就站在那儿，否则……"

这时，另一位院士，图书管理员，脸白得像鬼，胡子拉碴的下巴直哆嗦，痛苦地看了看同伴，咽了口唾沫，绞了绞双手，就这样上前一步，站在他身旁，迎着继续画半圈的军刀，献上血肉之躯。

"你们俩疯了！"拉波索准备出手，他在想先找谁下手。

这时，他目瞪口呆地看见了最意想不到的事：海军上将笑了。他笑得突然，笑得古怪，嘴角和眼角荡出笑纹，澄澈的蓝眼眸突然温暖，突然解冻，突然生机勃勃。特别让人想不通的是，笑容让他面对的这个男人刹那间焕发青春，脸上的岁数、灌木的划痕、时间的轨迹与生命的沧桑，全没了。在这恶狼峡谷，置于潺潺水声、林间风声之上的，是无数遥远的回声：那些被遗忘的战场的喧嚣，那些表现恐惧与勇气、体现人心伟大与可怕的呐喊。在几百年悠远的回声中，在脑海里纷乱的画面中，老牌骑兵认出了灰胡子副中队长，当年也是这般疲惫、悲伤地笑着——当年宛如隔世——纵马冲向拉瓜尔迪亚隘口，消失在敌军的炮火硝烟中，后面只跟着年轻的号手，整个中队勒马不动。昔日重现，如此奇妙，让他内心震动。他愕然地看着面前两位老人，又看了看四周：残雾还挂在林梢，第一缕阳光照进树林，山崖下浑浊的河水卷走淤泥和树枝，划开的包裹里是书。他刚刚听见：也许有一天，那些书会让他这样的人在世上消失。

"你们俩疯了！"他钦佩地又说一遍。

之后，他放下军刀，放声大笑，笑得响亮、坚决，几乎称得上幸福，惊飞了在蕨丛中啄食的鸟儿。

后　记

　　现在，让我们再次想象另一幕场景。周四下午，西班牙皇家学院珍宝馆，院士们鱼贯而入，参加周会，只见扑粉的假发、银发、灰白色的头发、色调稳重的上衣和教士服。今天，几乎所有成员悉数到会，门口衣架上挂着二十一件呢大衣、斗篷、大衣和帽子。若干只鼻烟壶传来传去，还有人在吸烟。大家三五成群地聚在门厅，互相打招呼，客套两句，准备进全会室。今天的全会室有些不同寻常，栎木大门紧闭。陆续前来的院士十分讶异，纷纷打听发生了什么事。

　　六点差一分，院长奥西纳加侯爵弗朗西斯科·德葆拉·维加·德塞利亚迈进学院大门，确切地说，他在戏剧性地完成进门仪式。他穿着量身定做的绣花上衣，戴着卡洛斯三世骑士勋章，身边是海军上将堂佩德罗·萨拉特和图书管理员堂埃莫赫内斯·莫利纳。两位院士缺席多日，突然现身，众人纷纷上前拥抱、问候、询问旅途见闻，其中也包括曼努埃尔·伊格鲁埃拉和胡斯托·桑切斯·特龙。他们俩强颜欢笑，刻意不去看对方，和众人一样神情关切。院长的脸上挂着笑容，看着两位院士接受同事们最热烈的欢迎。大家惊讶地发现图书管理员瘦了，海军上将的脸黑了，都是风餐露宿的结果。所有人都在问路上如何，巴黎如何，在巴黎认识的人以及不寻常的遭遇。图书管理员在陆续写给学院的信中均如实汇报，除了两位说好，谨慎起见，略去不表的部分。当然，所有人也都问起了《百科全书》。

"先生们，请安静。"院长说道。

大家安静下来，围成圈，期待地看着他。维加·德塞利亚向两位院士表示欢迎，回顾学院派他们俩前往巴黎，寻找法国哲学家最重要的作品。他强调：此书对于新版词典的修订，不可或缺。

"两位终于平安归来。"他又说，"这趟旅行很不容易，学院将永远感激他们，我们也将永远热爱他们，崇敬他们。此行路途遥远，条件恶劣，意外不断，实可谓困难重重。然而，正如他们对我所言，巴黎见闻、结识世界哲学界及科学界的卓越人士在很大程度上，弥补了各种不愉快……"

院长的话被一些院士的掌声打断，堂埃莫赫内斯涨红了脸，去看海军上将。维加·德塞利亚欣慰地笑了，看了看他们俩，接着往下说。他认为：这次圆满完成的旅行不单单是皇家学院的成就。

"更是由善良的人，由热爱启蒙思想、期望民众幸福、有尊严的西班牙人完成的一项爱国主义行为。"他断然宣布，说到这里，他环视全场，几乎很偶然地将目光短暂停留在伊格鲁埃拉和桑切斯·特龙身上，"因此，我坚信：在座诸位，无一例外，都会对此举给予高度评价……亲爱的图书管理员先生，亲爱的海军上将先生：我谨代表你们的学院，你们的家，尊贵的卡斯蒂利亚语的家，向两位表示最诚挚的谢意……欢迎回家，谢谢两位。"

掌声再次响起。全体鼓掌，笑声、祝贺声不绝于耳。院长就像本人去了趟巴黎，也和大家握手，接受祝贺。他一遍遍地说：这是开心的一天，光荣的一天。

"书在哪儿？"有人问。

院长再次戏剧性地停顿片刻。这一刻鸦雀无声，连针掉在地上都能听见。他用胜利的眼神和庄严的动作，邀请所有人开启大门，步入全会室：

"院士先生们：《百科全书》愿为您效劳。"

《百科全书》就在那儿，长途跋涉后，毫发无伤，一卷不少。它在学院创始人比列纳侯爵和第一位庇护者费利佩五世的画像下面，在旧天鹅绒帘幔、暗淡的家具、堆满书籍卷宗的书架中间，尽管附近就是工地，正在修建新王宫，到处都是灰尘。二十八卷，大厚本，皮面精装，书脊上印着烫金字母，小心地被摆放在羊皮桌布上——桌布已经陈旧，沾着墨水印、蜡烛油和灯油渍——简陋的房间中央。这个房间是卡斯蒂利亚语的大熔炉，确保它的纯净与辉煌。所有的照明工具：煤油灯、枝形烛台和国王卡洛斯三世馈赠的那盏灯都被点亮，首版《百科全书》看上去漂亮极了。它是一座丰碑，书中蕴含着理性与进步。其中一卷，是第一卷，已经被翻至前言那一页。会法语的院士们——几乎所有人——都能看懂：

> 有灵感的人启发民众，狂热的人误导民众。然而，反对狂热者的误导也决不能以束缚自由为代价，人类必须能够自由追寻真正意义上的哲学。

就这样，年迈的院士们，包括当时反对购进此书的一小撮人，一个接一个，缓缓地、默默地、仰慕地走过书前。其中有学院秘书、亚里士多德作品的翻译者堂克莱门特·帕拉福斯，贺拉斯作品的注释者、教会人士堂约瑟夫·翁蒂韦罗斯，《矿业和农业新技术报告》的撰写者堂梅尔乔·翁蒂韦罗斯，《西班牙古代作家名录》的汇编者堂费利佩·埃莫西利亚……有人激动地停下脚步，有人戴上眼镜，伸出手，好奇甚至虔诚地去摸一摸翻开的书页。年事已高、白发苍苍、皱纹满面、小病缠身的院士们凑到书前，去欣赏清晰的印刷，美丽的装帧。纸张纯白，边距宽敞，上好的亚麻布纸，不会变旧、变脆、泛黄，耐得住寂寞，经得起岁月的考验，使人类更智慧、更公正、更自由。

"我们输了。"曼努埃尔·伊格鲁埃拉说。

"是您输了。"桑切斯·特龙反驳道，"这件事自始至终是您的主意。"

两人一起走出学院，出于本能，无须表情和动作，又一起走在昏黄的街灯下。

"您真了不起，"伊格鲁埃拉乐了，取笑他，"就像那些掉下来、始终四脚着地的猫……您有几条命？"他好奇地看着他，"七条？十四条？"

他们慢慢地踱到圣希尔广场。记者院士穿着斗篷，戴着帽子；另一位光着脑袋，穿着英式大衣，扣子一直扣到脖子。黑暗中，远处有一大团白白的物体，那是王宫。

"从开始就是胡闹。"桑切斯·特龙难过地表示。

"您指的是购买《百科全书》还是我俩之间的协定？"

桑切斯·特龙斜睨着眼，投来批评的目光：

"协定？……您太夸张了，从来就没有什么正式协定。"

"咱们花了好大一笔钱，您花了，我也花了……我记得您还欠我点。"

"我？……我欠您什么钱？"

"给拉波索汇的最后一笔款子。"

桑切斯·特龙急了：

"我可不想再多付一个子儿。这人胆子也忒大了点！"

走到圣地亚哥教堂旁边，街道变窄。门廊下，巡夜人提着木棍和油灯。他们经过时，他手碰帽檐，向他们致意。

"那人怎么样了？"桑切斯·特龙问。

"您问拉波索？……应该还那样，回到原来的圈子了。"

"他没脸来见您了吧？"

"谁说的？他来见过我了。他不是那种躲躲藏藏的人……他来向我汇报情况，在边境附近遭遇了法国国家宪兵什么的。他说：该做的，都做了。"

"您信吗？"

"信一半。"

"我觉得他应该退钱。"

"一个子儿都没退。"

"太混蛋了！"桑切斯·特龙气不打一处来，"您肯定有法子对付他。"

"您指什么法子？"

"我不知道，想法子报复呗……去告他。"

听到这里，伊格鲁埃拉拼命去挠假发下的耳朵。他怜悯地看着对方，似乎这人是个笨蛋。

"老兄，别逗了……有什么好告的？"记者院士默默地走几步，露出认命的表情，"再说，谁知道呢？"

"您指什么？"

"这回是没得手，可是人生兜兜转转，三十年河东，三十年河西。身边有个像拉波索这样的人，总会用得着，特别是生活在今天的西班牙。"

桑切斯·特龙紧走几步，想逃得远远的：

"我对您的计划或拉波索那样的人一点兴趣也没有，我不想再跟你们有任何瓜葛。"

伊格鲁埃拉追上他，无耻地笑了笑，跟他并排走：

"我们俩多少会有接触……至少每周四在学院。"

"我恳求您：以后别再跟我谈这些。"

伊格鲁埃拉上上下下地打量他。

"您放心！"他笑得嗤之以鼻，"我向您保证：跟您打了回交道，让我大开眼界。"

"我发誓，我可没有。"

他们来到比利亚广场，周围全是老房子，黑乎乎的。一辆公共马车缓缓驶过，马蹄敲打在石板路上，车夫的身旁亮着一盏灯。

"堂胡斯托，您知道咱俩最大的区别在哪儿吗？"伊格鲁埃拉看着渐渐远去、驶往太阳门的那辆马车和那点光，"我知道：舍不得孩子，套不住狼。我无所谓这么说，也无所谓这么做。可是您呢？如俗语所言：又想马儿跑，又想马儿不吃草，甚至希望捅人一刀子，还要别人说你好。"

"胡说八道！"

"是吗？……咱们等着瞧。"

在瓜达拉哈拉门，他们经过一堵墙。就着远处的一盏街灯，能看见墙上贴着若干张戏剧海报。其中一张写的是：梨木管剧院将重新上演拉蒙·德拉克鲁斯的《马诺洛》，还有另一部剧。记者院士看了，邪恶地笑：

"对了，说起胡说八道……下周，我会在《文学审查官报》上刊登一篇评论，有关四天前您在王子剧院首演的那部具有独创性的现代家庭剧……我知道，您很谦虚，没去看，免得观众鼓掌，让您脸红。您对荣誉什么的不屑一顾。不过，我去看了，首演岂能错过。"

两人都不吭声，只听见脚步声。伊格鲁埃拉时不时讥讽地瞅瞅同伴；同伴在黑暗中走神，不说话，一个劲地走路。

"您就不问问我有何感想？……会从哪儿开炮？"

"您的想法，我不在意。"桑切斯·特龙态度生硬。

"那倒是。"伊格鲁埃拉拍了拍脑门，"我都忘了：您不看报纸，不读评论，不看《百科全书》。您根本不需要读书。"

桑切斯·特龙欲言又止，最终还是没说话。伊格鲁埃拉看在眼里，决定继续使坏。

"那我先跟您透两句。"他很享受这一刻，"剧名叫《诚实的奸夫，或哲学的自然证明》。您觉得一目了然，我却觉得佶屈聱牙……第一幕，雷蒙多对好友说，他爱上了儿子的奶妈，儿子刚八个月，观众目瞪口呆。第二幕，他向妻子坦白这段无法启齿的恋情。当他说到'浪费啊！亲爱的，你把那么多的爱浪费在我身上！'时，观众开始发笑。到墓地那一场，观众更是集体跺脚喝倒彩……堂胡斯托，您知道我评论文章的题目是什么吗？……'当我们是傻瓜的戏剧复兴者'。"

桑切斯·特龙终于停下脚步，站在街灯下，气得声音都变了，说不出一句完整的话：

"您……简直闻所未闻！……您……"

伊格鲁埃拉笑得无情，举起两只手，比画出八根手指：

"堂胡斯托，下周五……《文学审查官报》八天后出版，您有八个晚上可以辗转反侧，彻夜不眠，诅咒怨恨……等我这份狗屁不通的报纸——您说过不止一次——开始在咖啡馆和聚谈会上被人传阅，您可以想象这个圈子里的人，那些平日抬举您、只懂皮毛的哲学家们会怎样地冷嘲热讽……对了，为了把文章做足，我还在同一期报纸上盛赞了加斯帕尔·德霍维利亚罗斯的《诚实的罪犯》。您素来对他不齿，也许是因为他有真才实学，所以您就抄袭了他半个剧本……他和您对比鲜明。在接下来的日子里——下不为例——我会对他顶礼膜拜。"

桑切斯·特龙脸都气歪了，眼珠子差点没瞪出来。看表情，他想杀人。

"这件事不会就这么完了！"他咬牙切齿地说，"您冥顽不化的蒙昧主义，您……卑鄙无耻的忏悔室和圣器室……您保守反动，居心叵测……哦，对了……我保证：我会给您好看！"

"那当然。"伊格鲁埃拉厚脸皮，坦然接受，"堂胡斯托，您跟我前世注定，至少在两百年里，一定会知道彼此的消息……不只是通过文字。"

就这样，一个怒不可遏，一个恬不知耻，两人各奔东西。街灯下，亦敌亦友的两个影子开始挨得很近，后来越拉越长。

堂佩德罗·萨拉特夹着帽子和手杖，推开家门，解开大衣扣子。他和堂埃莫赫内斯昨晚抵达马德里，舟车劳顿，在学院激动了一整天，十分疲惫。门厅手杖桶上方有面镜子，他一边把钥匙挂在墙上，一边照镜子。圣心雕塑下方的靠墙小桌上，点着两盏油灯。镜子一照，光线亮了一倍。海军上将端详镜子里的人，感觉快认不出自己：更瘦了，脸更黑了，油灯微弱的光线加深了岁月的痕迹和左边太阳穴上细长的疤痕，澄澈疲惫的眼睛显得更蓝。

安帕罗和佩利格罗斯姐妹听到动静，出来迎接。她们穿着家居服，趿着拖鞋，戴着浆过的麻布束发帽，和海军上将一样，瘦高个，淡眼眸。镜子里映出三张相似的脸庞，一看就是一家人，很温馨的家居画面。

"小佩德罗，学院那边好吗？"

海军上将笑了。还叫他小佩德罗，说明姐妹们还在为他的平安归来激动不已。昨天，她们像孩子一样，大呼小叫地扑上来拥抱，他都憷了。他们仨平日里性格沉稳，不至于会有这么大的反应。他拿出沿途购买的礼物，她俩惊喜得合不拢嘴：两条从里昂买的一模一样的丝绸披肩，两捆花边，两串煤玉念珠，两块刻着法国国王肖像的浮雕，还有一只印着法国风光的小手提包。后来，她们看家里还有什么吃的，用鸡蛋和丸子凑合着给他做了一顿晚餐。再后来，她们拉着他坐在火盆桌旁，腿贴着桌布，脚挨着火盆，问了他各种可以想象的问题。最后，她们送他进卧室，每人在他额头上狠狠地亲了一下。他精疲力竭地倒在床上，连行李都没整理，就睡着了。

"挺好的，院长和同事们都非常满意。"

"本该如此，这趟走得不容易……你们俩费了多大劲啊！他们怎么感谢，都不为过。"

堂佩德罗漫不经心地笑，佩利格罗斯帮他脱下上衣，安帕罗指指餐厅，问：

"给你做点晚餐？……今天家里什么都有。"

他摇摇头，中午刚吃了一顿大餐，院长维加·德塞利亚执意要请他和堂埃莫赫内斯到金泉餐厅，为他俩接风，准备下午在学院全会时向院士们展示《百科全书》。现在，他只想换上家居服和土耳其式拖鞋，安安静静地坐在书房，找本从巴黎给自己买的书看，比如霍尔巴赫的《普世道德》，还剩几页就看完了。幸亏他和图书管理员有官方通行证和官方许可，十二天前，才能把自己的书打在《百科全书》的包裹里，混过伊伦海关，平安带回西班牙。

"我们帮你把箱子清了，"佩利格罗斯把上衣挂在衣架上说，"东西都在卧室床上。"

海军上将注意到姐妹们暗暗交换了一个会心的目光，他一边解坎肩纽扣，一边往昏暗的走廊走，画框里的轮船似乎正在海上夜航。卧室里的三枝烛台只点了一根蜡烛，木头横梁搭起了高高的屋顶，胡桃木衣柜，大理石面板、后面镶镜子的五斗橱，地上铺着水烛席，放着一只旧箱子和一只凳子。

"都是你的东西，我们什么也没碰。"安帕罗说。

脏衣服拿去洗了，干净衣服放进了衣柜和五斗橱，姐妹们将箱子里的其他东西铺在床上。锦缎床罩上，有装着玳瑁梳子、剪刀和个人卫生用品的皮质洗漱包，装着针、线、纽扣的针线包，一盒剃须刀，几本法文书，两本道路指南，沿途使用、后面垫布、折成三十二开的驿站地图，一把多功能折刀，一把刷衣服的刷子……还有特意放在最上面、特别醒目的一小幅画像，是丹塞尼斯夫人的轮廓画，镶在金色的画框中。海军上将给她写了一封简短、客套的告别信，离开巴黎的前一天，他在酒店收到了这份礼物。画像用绢纸包着，系了根丝带，外加一本小书《哲学家泰蕾兹》。画像后面贴着一封手写的短笺，权当是告别信的回复：

> 生活中，有些人走过，留不下痕迹；有些人留下，永远不会忘记。相信我会永远留在您的记忆中。

堂佩德罗捧着那幅小小的画像，忧伤地端详许久。他把画像反过来，又读了一遍短笺。情感得失搅得他心烦意乱，没办法，只能认命，时空相隔是残忍的现实。书被他故意留在酒店，画像却被他带走。水墨悉心勾出的轮廓，展现出一位美艳动人的苗条女子，梳着高高的发髻，拿着一把收起来的小阳伞。曼妙的轮廓完全吻合海军上将记忆中的玛戈·丹塞尼斯。

"她很美。"安帕罗在门口说。

堂佩德罗转过身，看见姐妹俩窃窃私语后，专注地望着他。她们很有教养地表现出好奇和一点点的惊讶，似乎从整理箱子、发现小画像和背后的短笺到现在，始终在等。那个女人她们不认识。她们故意将画像放在床上所有物品的最上面，就是为了等这一刻，看他重见画像时，会如何反应。

"巴黎一定是座美轮美奂的城市。"佩利格罗斯叹息道。

"是个迷人的地方。"安帕罗补充道。

"没错，"他稍稍停顿，回答道，"的确是。"

姐妹俩相视一笑，就像小时候，他们仨背着大人，藏了一个秘密。她们温柔地手拉手，海军上将怔怔地看了一会儿画像，慢慢地走到五斗橱边，把它放上去，靠着镜子。

2015 年 1 月，马德里-巴黎

图书在版编目(CIP)数据

巴黎仗剑寻书记/(西)阿图罗·佩雷斯-雷维特著；
李静译.—上海：上海译文出版社,2018.7
书名原文：Hombres buenos
ISBN 978－7－5327－7589－7

Ⅰ.①巴⋯　Ⅱ.①阿⋯ ②李⋯　Ⅲ.①长篇小说－西
班牙－现代　Ⅳ.①Ⅰ551.45

中国版本图书馆 CIP 数据核字(2017)第 175172 号

Arturo Pérez-Reverte
Hombres buenos
© 2015，Arturo Pérez-Reverte
© 2015，de la presente edición en castellano para todo el mundo：
Penguin Random House Group Editorial，S. A. U.
Travessera de Gràcia，47－49. 08021 Barcelona
Published in agreement with RDC Agencia Literaria S.L.，through The Grayhawk Agency.
All rights reserved.

图字：09－2015－990 号

巴黎仗剑寻书记
【西班牙】阿图罗·佩雷斯-雷维特　著　李静　译
责任编辑/刘岁月　插图/史　鑫　装帧设计/柴昊洲

上海译文出版社有限公司出版、发行
网址：www.yiwen.com.cn
200001　上海福建中路 193 号　www.ewen.co
上海市崇明县裕安印刷厂印刷

开本 890×1240　1/32　印张 15.25　插页 2　字数 279,000
2018 年 7 月第 1 版　2018 年 7 月第 1 次印刷
印数：0,001—7,000 册

ISBN 978－7－5327－7589－7/I · 4647
定价：59.00 元